Martin Amis

Money, A Suicide Note

[英]
马丁·艾米斯
著

陈新宇
译

金钱
绝命书

上海译文出版社

马丁·艾米斯和他的小说

瞿世镜

马丁·艾米斯1949年生于英国南威尔士,父亲金斯利·艾米斯是著名小说家,母亲希拉莉·巴德威尔是农业部一名公务员的女儿。马丁十二岁时,父母离异。继母伊丽莎白·简·霍华德也是一位小说家。马丁原来和其他同龄孩童一样,喜欢阅读连环漫画。继母引导他读简·奥斯丁的小说,这是他最早受到的文学启蒙熏陶。马丁曾经在英国、西班牙、美国十三所学校上学,然后在伦敦和布莱顿补习,为大学入学考试作准备。他考进牛津大学埃克塞特学院英语系,毕业时获一等荣誉奖。他写的第一部小说《雷切尔文件》1973年获毛姆奖。1975年,他担任伦敦《泰晤士报文学副刊》的助理编辑,出版了第二部小说《灵与魂的夭亡》。他还发表了许多书评和散文。于是他被《新政治家》编辑部录用,这时他才二十七岁。后面两部小说《成功》(1978)和《其他人:一个神秘的故事》(1981)出版之后,他成了专业作家,并且给《观察家》《泰晤士报文学副刊》《纽约时报》等报刊杂志写文学评论。他是一位多产作家,陆续发表了下列作品:《太空侵略者的入侵》(1982)、《金钱——绝命书》(以下简称《金钱》)(1984)、《白痴地狱》(1987)、《爱因斯坦的怪物》(1987)、《时间箭——罪行的本质》(1991年获曼·布克奖提名)、《访问纳博科夫夫人及其他游览杂记》(1993)、《经历》

（回忆录，2000年获詹姆斯·泰特·布莱克纪念奖）、《会面屋》（2006）、《第二平面》（2008，关于"9·11事件"及反恐战争的文集）、《黄狗》（2003年获布克奖提名）、《莱昂内尔·阿斯博：英格兰现状》（2012）。2007年至2011年，马丁在曼彻斯特大学新写作中心担任创意写作课程教授。2008年，《泰晤士报》将他评为1945年以来五十位最伟大的英国作家之一。马丁·艾米斯结过两次婚。他的第二位夫人伊莎贝尔·丰塞卡也是一位作家。马丁·艾米斯曾经住在伦敦肯辛顿区王后大道，他的小说时常以这个地区作背景。书中人物抱怨这里外国游客过多，商业气氛过浓，反映了伦敦市民丧失文化根底的异化感。他像狄更斯一样，喜欢从伦敦街头俚语、行业切口中吸收新鲜词汇，来丰富他的英语。这种植根于日常生活的通俗语言，被其他青年作家、记者、读者们纷纷仿效而流行一时。

在接受记者采访时，马丁·艾米斯阐明了他的文学观念：

"如果严肃地加以审视，我的作品当然是苍白的。然而要点在于：它们是讽刺作品。我并不把自己看作先知；我不是在写社会评论。我的书是游戏文章。我追求欢笑。

"我不相信文学曾经改变人们或改变社会发展的道路。难道你知道有什么书曾经起过这种作用吗？它的功能是推出观点，给人以兴奋和娱乐。

"小说家惩恶扬善的观念，再也支撑不住了。肮脏下流的事情，当然成为我的素材之一。我写那种题材，因为它更有趣。人人都对坏消息更感兴趣。只有一位作家，曾经令人信服地写过幸福，他就是托尔斯泰。似乎除他之外，再无别人能把幸福写得跃然纸上。

"我利用在自己周围所看到的所有荒诞可笑的、人们所熟悉的、凄惨可怜的事情……在这些日子里，到处存在着寒伧破旧、苦难悲惨的景象。

"阐明社会因果关系并非小说家的事业。他们必须对他们所具有的艺术效果非常敏感。"

马丁的处女作《雷切尔文件》被誉为青春期赞歌。这部小说的时间跨度只有一个晚上，但是通过记忆联想和闪回等意识流手法，扩展了它的容量。主人公查尔斯·海威在他二十岁生日之夜，回想他第一次爱情经历。他是一位聪明、敏感的青年，渴望成为作家。在几本笔记本里，他写满了描述女友雷切尔·诺伊斯的文字。通过这些笔记和其他回忆，第一人称叙述者查尔斯展示了一个引人入胜的故事，机智幽默地描述他的成长过程和初恋的惊喜感受。马丁·艾米斯认为，"在青春期，人人都感到创作的冲动——想要写诗、写戏剧、写短篇小说。作家不过是那些把这冲动继续坚持下去的人。"

我们发现，马丁·艾米斯的创作冲动继续坚持着，而且他有一种黑色幽默的灵感。他的第二部小说《灵与魂的夭亡》，把幽默讽刺、生活堕落、荒诞暴行混杂在一起。这部小说写六个年轻人在伦敦郊区一幢大房子里度周末。时间跨度从星期五早晨至星期六。作者仍然使用意识流闪回手法，来扩展六个人物的生活经历和心理深度。当这群青年星期五聚在一起过周末时，来了三位美国客人。他们激起了大家放荡的欲望，在酗酒、吸毒之余，男女混居，任意淫乱。然后是一连串暴行：殴打、虐待、谋杀、撞车。此书的平装本改名为《阴暗的秘密》，因为《灵与魂的夭亡》这个标题实在太触目惊心了。这部小说如实暴露了西方社会的阴暗面，然而它的色情、暴力内容却可能会引起我们东方读者的强烈反感。

1984年出版的《金钱》是一部非常独特的社会讽刺小说。此书采用第一人称叙述，主人公约翰·塞尔夫是位极端令人厌恶的反派角色，集粗野、好色、蛮横、奸诈等恶习于一身。他的职业是制作电视广告和色情影片。他坦言其所有的嗜好都具有色情倾向，包括"诅咒、斗殴、射击、玩女人、吸毒、酗酒、吃快餐、赌博、手淫"。塞尔夫（Self）的英文含义是"自我"，可见他是个以自我为中心的人物。然而他自我意识的核心元素是金钱。他用金钱来购买一切，包括爱情。他的情人塞琳娜·斯特里特是交际花。斯特里特（Street）的英文含义是街道，暗示塞琳娜是出卖色相的街头女郎。她所做的一切都是为了钱。她和塞尔夫上床，她拍三级影片，都是为了金钱。塞尔夫与她臭味相投。他说，"我爱她的堕落"。他们做爱时不是说我爱你，而是说钱。只有钱才能帮助塞尔夫达到完美的性高潮。他内心情绪很不稳定，是偏执狂。他认为塞琳娜应该有众多情夫，这才显得她更够劲，更有价值。他又总是怀疑塞琳娜对他不忠，突然间没来由的惊恐不安、汗流浃背。约翰的父亲巴里·塞尔夫离不开毒品、女人、黄色录像、高级餐馆。他的情妇维罗妮卡是有露阴癖的脱衣舞女。他用儿子的钱来购买性爱。人与人之间没有伦理亲情，只有金钱关系。故事发生在1981年，查尔斯亲王和戴安娜王妃成婚，举国欢庆。这是个势利社会，金钱可以购买一切，而高尚的文化毫无意义，因此塞尔夫追求金钱而不追求艺术。他的另一位情妇玛蒂娜·吐温是个有文化的知识分子。她试图引导塞尔夫欣赏高雅艺术，消减他的满身铜臭。但是在塞尔夫眼中，印象派画家莫奈的作品不是艺术品，而是金钱的等价物。他的心灵已被金钱彻底地占领和腐蚀！小说的主题是金钱：描述了主人公如何得到它、保存它、消耗它、丢失它。在这过程中，塞尔夫日益腐化堕落、丧失自我。作者所使用的语言相当独特，充满着俚语、行话，弥漫着市井色情文学的特殊气息。在字里行间，响彻着金钱以及金钱的呼声，令人寒心地感到这里有一种异化压抑的气氛。这是一个国际性毒品文化的世界，吸食各种毒品的瘾君子令人恶心，人际关系极其混杂。塞尔夫表面上是个文化人，暗地里是个奸商，频繁往返于纽约和伦敦之间，靠走私毒品牟利，小说的场景也就随之而变换。在纽约和伦敦各有一个马丁·艾米斯，他们似乎是作者的化身。这些知识分子是在金钱世界中仅存的批判性良知。艾米斯给塞尔夫打工，为他写电影剧本。塞尔夫强迫他在剧本《良币》中添加暴力色情场景。后来塞尔夫穷困潦倒，与艾米斯下象棋赌博。艾米斯不肯手下留情，要将塞尔夫置于死地。最后，塞尔夫撞地铁列车自杀，终于得到了应有的下场。他口袋里那本用来赚钱的剧本《良币》成了陪伴他走向死亡的绝命书。在撒切尔夫人统治下的英国，经济暂时复苏，贪得无厌的拜金主义成了流行一时的社会风尚和万恶之源。作者对于这种资本主义社会的弊端深恶痛疾。作者以"绝命书"作为副标题，发人深省。金钱的破坏性控制力笼罩一切，要想摆脱它的控制，除了死亡之外别无它途。这是何等触目惊心的警示！

马丁·艾米斯1989年出版的《伦敦场地》，题词所示是献给他父亲金斯利·艾米斯的。此书篇幅将近五百页，是他最长的小说，其中蕴含的黑色幽默甚至超过了《金钱》。故事发生在伦敦西区拉德布罗克丛林，时间是1999年。作品结构并不复杂。

男主人公基思·泰伦特是个精力充沛、容易激动的飞镖手。他非常迷恋他的女友妮古拉·西克斯，又怀疑她不忠于爱情。读者感到有一种不祥的预兆，最后果然发生了惨案，西克斯被残暴地谋杀了。结果发现是死者本人精心策划，诱骗凶手杀害了她。在人们期盼的"至福千年"前夕，伦敦场地上居然发生了如此惨剧，资本主义世界还有什么希望！此书在1989年布克奖评委会中引发了一场剧烈争辩。两位女性评委麦吉·琪和海伦·麦克奈尔实在难以容忍女主人公西克斯被残暴杀害的血腥场面。由于她们竭力抗辩，此书被否决了。另一位评委戴维·洛奇为此悔恨不已。他认为当时五位评委的意见是3∶2，此书应该入选。

1991年出版的《时间箭——罪行的本质》是一部简短的小说。马丁·艾米斯借鉴了库尔特·冯内古特1969年的小说《第五号屠宰场》和菲利普·迪克1967年作品《时光倒转的世界》中的叙事技巧。作者在此显示出他对自己所掌握的辉煌技巧的极端自信：整个故事用倒叙法从坟墓回溯到摇篮，读者必须仔细辨认那些轶事和对话，把它们颠倒的时序重新理顺。在作者的颠倒叙述中，穿插了许多插科打诨的笑话，其五花八门的内容包括吃饭、排泄、争吵、做爱等等；与此并行的书中人物的倒叙，涉及令叙述者苦恼的道德价值判断。叙述者是二次世界大战中的纳粹战犯，他在盖世太保集中营里当军医。他不是用其医术救死扶伤，而是用它来蓄意杀人。他在战后逃亡到美洲，把时光之箭倒转过来，从死亡到出生把人生之路重新走了一遍。于是死于纳粹屠刀之下的犹太难民自然也活了过来，纳粹集中营里出现了奇特的复苏景象。食物不是从嘴里吃进去，而是从胃里反刍出来。清洁工不扫垃圾，而是往地上倒垃圾。既然一切都颠倒了，双手沾满鲜血的纳粹战犯的罪行也就被漂白了。这种是非颠倒的态度和研制原子弹的科学家何等相似！这部黑色幽默作品，启发读者去思考一个极其严肃的问题。那就是本书的副标题：罪行的本质——是非颠倒，人性泯灭！

1997年出版的《夜车》也是一部简短的作品。叙述者是一位颇有男子汉气魄的美国女侦探麦克·胡里罕。小说情节围绕着她老板年轻美貌的女儿的自杀案件逐渐展开，总体气氛灰暗、凄凉而充满着不祥预感。作者炫耀他的语言天赋，随意穿插美国本地土话、切口。评论界对此书毁誉参半。

2003年出版的第十部小说《黄狗》与《夜车》相隔六年之久。主人公汉·米欧是演员和作家。他的父亲梅克·米欧是极其残暴的强盗，早已死在狱中。他生活在父亲的阴影中，唯恐遇见父亲生前的仇人或同伙，害怕他们对他报复。在沉重的精神压力下，他变得十分孤僻，甚至疏远了自己的妻子和女儿。一直想实施报复的科拉，指使色情演员卡拉把汉诱骗到加利福尼亚，想以色相破坏其婚姻，但未得逞。汉在加州意外地遇见了自己的生身父亲安德鲁斯。这个意外发现使科拉放弃了报复的念头，因为他并非米欧的真正后代。小说把梅克·米欧作为暴君的象征，表现了主人公如何摆脱暴君影响的过程。他渴望摆脱亡父的阴影，正如那条哀鸣的黄狗试图挣脱背负的锁链。小说家泰勃·费希尔写道："我在地铁里阅读此书，唯恐有人从我身后瞥见我在读什么……就像你喜爱的叔叔在学校操场上被当场逮住手淫一样。"马丁·艾米斯却说这是他最好的三部小说之一。此书入围当年布克奖候选小说之列，但最终未能获奖。

《怀孕的寡妇》原来打算在2008年问世，后来一再修订，拓展到四百八十页篇幅，到2010年才正式出版。此书的主题涉及1970年代欧美的性革命，西方世界两性关系的规范从此改观。然而，旧的道德伦理被摧毁了，新的道德伦理尚未诞生。亚历山大·赫征将这个过渡时期称为"怀孕的寡妇"，暗示逝者已去，新儿未生，尚在寡妇腹中。作者以此作为本书标题。故事发生在意大利凯潘尼亚一座城堡中，主人公基思·尼亚林是一位文学专业的英国大学生。1970年夏季，他与一群朋友到意大利度假。他们亲身体验了男女两性关系的变化。叙述者是处于2009年的基思本人的"超我"，即他的道德良心。与基思一起到意大利度假的有他若即若离的女友丽丽以及她那位富于魅力的闺蜜山鲁佐德（这位姑娘与《一千零一夜》传奇中的公主同名）。基思与山鲁佐德互有好感，丽丽因而开始折磨基思。小说下半部的情节发生出乎意料的转折，给基思后来的爱情生活留下了难以磨灭的痕迹。此书幽默、机智、感伤，是对于性革命浪潮中失去自控能力的年轻人的漫画写照。

2012年出版的《莱昂内尔·阿斯博：英格兰现状》是马丁·艾米斯的第十三部小说。此书似乎可以看作《金钱》的续篇，金钱魔力在此书中引发的闹剧甚至比前者更为夸张。故事发生在伦敦迪斯顿市镇。主人公德斯蒙德·佩珀代因住在大厦第三十三层。这位少年的同龄伙伴们在街头打架，他却在图书馆里看书。他的舅舅阿斯博是个贪得无厌的流氓无赖，臭名昭著的罪犯恶棍。他以独特的方式关怀外甥，对他谆谆告诫：男子汉必须刀不离身，与女朋友约会还不如色情挑逗管用，在斗狗场里赢钱的诀窍是用塔巴斯科辣酱拌肉片喂狗。然而德斯对此毫无兴趣，他在书本的浪漫天地中寻求慰藉，这种娘娘腔的行为使他舅舅火冒三丈。德斯学识增长，逐渐成熟，想要开始过一种更加健康的生活。这时阿斯博买的奖券突然中了一亿四千万英镑大奖。一位工于心计的诗人模特儿委身于阿斯博，成了他的情妇。阿斯博腰缠万贯而始终不改其流氓本色，然而舅甥俩的人生轨迹却从此发生了剧烈变化。有人认为作者是以轻蔑的目光审视大英帝国的沉沦。马丁·艾米斯辩称此书并非"皱着眉头对英国评头论足"，而是以"神话故事"为基础的一幕喜剧，并且坚持认为他"作为英国人，深感自豪"。

英国小说家、评论家Ａ·Ｓ·拜厄特认为，现代英国小说有两种传统。第一种传统是前现代的现实主义。菲尔丁是这种传统的鼻祖。这种传统侧重于小说模仿现实、记叙历史的功能，并且通过"情节"与"人物"之间的交织来表述，注重思维的逻辑性、时间的顺序性和文字的清晰性。第二种传统是现代的实验主义。其远祖可以追溯到斯特恩。这种传统侧重于小说的虚构功能，强调探索小说本身的形式结构，挖掘其象征内涵，并且认为叙述技巧与形式结构的标新立异比思维的逻辑性、时间的顺序性、文字的清晰性更为重要。

二十世纪八九十年代，英国小说出现了两种传统交汇合流的趋势。马丁·艾米斯正是这股潮流的代表人物。他在接受记者采访时曾经说过："我可以想象这样一部小说：它和罗伯-格里耶的那些小说一样复杂微妙、疏远异化、精心撰写，同时又能提供节奏、情节和幽默方面沉着而认真的满足感，这些品质使我联想起简·奥斯丁的作品。在某种程度上，我想这是我自己正在试图去做的事情。"马丁·艾米斯兼收并蓄的创作方式，不仅继承了英国小说的现实主义和实验主义传统，而且从法国罗伯-格里耶的新小说、爱尔兰乔伊斯的意识流小说和美国小说家冯内古特、索尔·贝娄、纳博科夫那里借鉴了不少新颖技巧。他的标新立异来源混杂而丰富多彩。在当今英国文坛，不少青年作家深受他的影响，威尔·塞尔夫和扎迪·史密斯便是其中的佼佼者。

虽然作者自嘲他的小说不过是游戏文章，我们千万不要被他那种令人眼花缭乱的叙事技巧所迷惑。他创作的那些"讽刺漫画"中所蕴含的社会批判和价值判断，表明他是具有社会责任感的严肃作家。1989年春，我在伦敦英国国家图书馆中初次阅读马丁·艾米斯的《金钱》时感到十分震惊。狄更斯《双城记》的场景在伦敦和巴黎两个城市展开，《金钱》的叙事线索也在伦敦和纽约两个城市之间交织。在西方的传统观念中，爱情是纯洁的、神圣的。《双城记》主人公席德尼·卡尔登是典型的英国绅士。他为自己心爱的女人献出了宝贵的生命。《金钱》的主人公塞尔夫简直是个卑鄙畜生，情妇是他用金钱购买的泄欲工具。摒弃了圣洁的光环，爱情异化为买卖，英雄堕落为反英雄。我原来以为英国是一个具有绅士之风的国度。彬彬有礼的英国绅士，怎么会变成塞尔夫那样猥琐卑鄙的恶棍？我简直无法接受这样的人物形象！

起初我觉得马丁·艾米斯的小说令人反感，难以卒读。后来我注意到，约翰·塞尔夫在小说中自称"六十年代的孩子"。我知道二十世纪六十年代欧美社会经历过一场激进自由主义社会风暴。正是这股强烈的右倾社会思潮，冲垮了西方传统道德的底线，英雄才会异化为反英雄，神圣的爱情才会异化为可用金钱交换的生物本能。

与英国著名小说家多丽丝·莱辛研讨当代英国小说发展，使我对此有了更深入的思考。她严肃地指出:"西方现代文明的发展,造就了整整一代文明的野蛮人。他们受过充分教育,掌握了现代科学知识,却用它来满足永无止境的物质欲望。西方现代文明的发展造成了野蛮的后果。虽然科学昌明、物质丰富、经济繁荣,但是精神空虚、传统断裂、道德沦丧、贫富悬殊、两极分化、民族冲突、性别歧视、国家对立、战争灾难、资源消耗、环境污染……中国现代化千万别蹈西方覆辙,必须另辟蹊径,走自己的路。"读到马丁·艾米斯小说中的色情暴力场景,莱辛关于"文明的野蛮人"这个振聋发聩的警句,就在我心中回响。也许这就是阅读马丁·艾米斯的价值所在吧。

献给安东妮娅

这是一封绝命书。待你读完放下时，约翰·塞尔夫已不复存在，或大意如此。这种文字，你应该慢读细品，在字里行间寻找线索缘由，然而你能从绝命书里读出什么？芸芸众生中，写遗书的多于自杀的。可以说，绝命书像诗歌，无论有无这种才华，几乎人人都曾一试身手。我们全都在心中写过。通常，绝命书是这种东西：写完后，你继续你的时间之旅。消亡的是绝命书，而非生命，或者反之，死亡。不过，你无法从绝命书里读出什么。

这封绝命书是写给谁的？写给马丁、给菲尔丁、给维罗妮卡、给亚历克、给塞琳娜、给巴里——写给约翰·塞尔夫？不对，是写给局外的你，为可爱、温柔的你而作。

M. A.

伦敦，1981 年 9 月

1

的士在罗斯福大道上驶过一百零几街后正要停下时，一辆贴地行驶、满载黑人的战斧摩托冲出它的车道，打我们车前掠过，差点蹭上车头。我们一个斜转，撞到防护栏或隔离带：随着枪声般的一响，的士车顶好像猛地塌落，正砸在我头顶。我真不需要这些，我跟你说，我的头、我的脸、后背和胸口一直疼得厉害，更何况还有从飞机上带下来的醉酒和疯癫迷糊。

"嘿，好家伙！"我说。

"是啊，"的哥透过碎裂的塑料防护网说，"他妈的没错。"

的哥四十来岁，精瘦、秃顶，剩下的头发长而鬈，湿乎乎地垂到脖子和肩膀处。在乘客眼里，所有城市的的哥都这德行——疯脖子，疯头发。这位疯脖子坑坑疤疤、斑痕累累，耳垂深红，还有丝愤青的感觉。他坐在他那个角落，一双长手疲塌地搭在方向盘上。

"只要一百号人，一百号我这种人，"他把声音抛到后面，"就能干掉这个城市里所有的黑鬼和波多黎各佬。"

我坐在座位上听着。多亏我新得的所谓耳鸣，近来我能听到很多声音，那些严格上说来根本听不到的声音。诸如飞机起飞、玻璃碎裂、冰块擦着托盘发出的声音。通常清晨耳鸣严重，不过其他时候也出现过。比如，在飞机上就是，至少我这么觉得。

"什么?"我大声道,"一百号人?那可不算多。"

"我们做得到。有合适的枪支,我们可以做到。"

"墙漆?"

"枪支,没错。五六式,自动的。"

我挠挠头,往后靠。我在移民局待了两小时,该死的。我有这种反排队的天赋。你懂的。吼,吼,吼,当我一番穿插推搡,成功地排到最短一队的队尾时,我这么想。可是最短的队伍之所以最短,个中自有缘由。排在我前面的人不是金星人就是翼手龙,男男女女全部来自另一个时间流。他们都得接受那个坐在通明透亮的小玻璃房里板着脸、体重三百磅的家伙的活体解剖,然后再被扔进装尸袋。"出差还是旅游?"终于这家伙问到我了。"我但愿只办公事,"我说。这是真的。出差公干我通常还凑合。旅行玩乐总是给我惹麻烦、害我花大钱……然后我在海关又待了半小时,再过半个小时后我才在这辆的士上坐稳了屁股——没错,听着车轮惯有的、令人发疯的嘶嘶声、噼啪声。我已经走在纽约的路上了。才五个街区,极度的恶心就让我难受得眼泪都出来了,那么人们花钱让他们成天在路上跑的这些返祖人怎么样?你试试。于是我说:

"为什么你想干这种事?"

"啊?"

"灭掉所有黑鬼和波多黎各佬?"

"你知道,他们觉得你开着辆黄色的士,"他说着懒洋洋地从方向盘上抬起软绵绵张开的手,"那你准是人渣。"

我叹了口气,往前靠。"你知道吗?"我问他,"你真是个人渣。见到你以前,我总觉得这是句骂人的话。你是我遇到的第一个真正的人渣。"

车靠路边停下。他坐直身体,慢慢回身望着我。那张脸比我原以为的更要讨厌,更有味道,显然更有用——双眼明亮、嘴唇纤薄,又难缠又女里女气,仿佛脸皮之下还有张脸,一张真正的脸。

"好吧,滚出去。我说你他妈给我下车!"

"得了,得了,"我边说边从座位上拖过行李箱。

"二十二块,"他说,"喏,看看咪表。"

"我一个子儿都不会给,人渣!"

他一动不动盯着我,同时伸手在仪表板下摁了个特殊装置。随着油腻腻咔嗒一声响,四扇门沉闷地锁上了。

"给我听着,你他妈的肥佬,"他开口道,"这里是九十九街和第二大道路口。钱呢,给钱。"他说他情愿往上城再开二十个街区,把我往大马路上一扔。他说,等黑鬼们收拾完我后,除了点毛发牙齿,我渣都没得剩。

我屁股口袋里还有几张钞票,上次旅行时剩下的。我从脏兮兮的防护网里递给他二十块钱。他弹开锁,我下车。没有多余的话。

就这样我拖着行李,站在刺眼的灯光和曼哈顿岛的雨雾中。身后是蒙蒙水雾,以及罗斯福大道上产业化了的女式胸衣店……现在准快八点了,但白天潮湿的乌云仍然挡住阳光,挡住闪烁的光芒,凄凉无比——雨还在下,还在滴滴答答。肮脏街道的对面，三个黑人孩子四仰八叉地躺在一家早就关张的酒铺门前。我是个混蛋，是的，我是个大混蛋，他们无精打采，懒得看我。我挑衅地喝了一口机场免税店买的酒。按我的时间，现在已过午夜。天啊，我恨这部电影。它才刚开始。

我想拦的士，没有的士经过。我在第一大道，不是第二大道。第一大道是上城。所有的士都转走另一条路，上了他妈的第二大道和列克星敦路。刚到纽约不出半分钟，我已经开始用脚丈量纽约，沿着九十九街直走下去。

你知道吗，一个月前我可不会这么干，我那时不会这么干。那时我在逃避，现在我只是等待。我出了点事。没错。它们就这样不得已发生了。你观望——你等待……有人说，通货膨胀正在清理这座城市。金钱卷起袖子，把这地方打扫干净。但这儿还是出事了。你走下飞机，四处张望，长嘘一口气——穿着内裤便来到苏活区南边某处，或者躺在中城区的某张牵引台上，胸口上搁着银质托盘和流苏吊牌，一个身穿白衣的家伙说早上好，先生，今天过得怎么样。要一万五千美元……这儿还是出事了，我迟早会出事。我看得出来。近来我的生活像个让人胆战心惊的笑话。最近我的生活刚有起色。有些事在等待。我在等待。等待会停止——随便哪天都有可能。坏事随时可能发生。而这才真是件坏事。

恐惧趾高气扬地行走在这个世界上。恐惧走得大摇大摆，走得挺好。恐惧真的给我们找晦气。噢，这是真的，伙计。姐妹，别自欺欺人了……总有一天，我会径直朝恐惧走去。我打算径直走过去。总要有人这么做。我打算径直走过去说，行了，硬起来，够了。你随意摆布我们够久了。这儿有人不愿再忍受。结束了。滚出去。有人说，实际上，恶棍乃懦夫。恐惧就是恶棍，但是有什么让我觉得恐惧不是懦夫。我怀疑，恐惧神勇无比。恐惧会引领我穿过这扇门，把我搁在过道上的箱子和空瓶子中间，指给我看谁是老大……我可能会失去一两颗牙，我想，也许他还会拧断我的胳膊——更有甚者，弄瞎我的眼睛！恐惧可能太过投入太过忘我，就像我见它们做过的，彻底地破坏，不顾一切。也许我需要一帮人，要么操件家伙，或者刀枪之类的利器。现在想来，我最好随它去。真的打起来，我会很勇敢——豁出去，无所谓，也别跟我谈什么信义规矩。但是我真的被恐惧吓到了。他太能打了，而我则怕得要命。

我往西走了一个街区，然后转南。在九十六街路口，我拦了辆的士——我刚拉开门，把行李扔到座位上，的哥转过头来；我们四目可怕相对。"去艾什伯里，"我对他说了两次，"四十五街。"他送我到那儿。我把欠他的两块钱还给他，外加几块钱。钱意味深长地换手易主。

"谢谢你，朋友，"他说。

"不客气，"我说，"谢谢你。"

我坐在酒店床上。房间不错，很好，绝对没有可抱怨之处，绝对物有所值。

我脸上的疼痛一分两半，但痛感一样。我的下巴准是肿了，就在我的"上西区"。他妈的，可能化脓了，也可能是牙神经或牙龈出了问题。天啊，我想我得去看病。我挑的口腔医生大吃一惊。我的这些鳄鱼牙齿，这些英国牙齿——我估摸，它们大概跟普通美国僵尸的牙齿差不多。再说，还会花我不少钱。在这儿，你得为这类事儿大出血，正如你所知，亦正如我所说。你得提早告诉自己，这是个无底洞。这儿街上的人们，这些临时演员和龙套们，他们全是花了大价钱才待在路上的。在这座城市里，救护车上也有计程车咪表和计价器：这就是我要与之为伍的地方。我觉得另一种痛在双眼两侧已然开始。嗨，你好，欢迎欢迎。

我喝着用漱口杯装的免税威士忌，同时侧耳细听，看能不能听见什么。通常清晨是最糟糕的时候。今天早上便是坏上加坏。我听到计算机赋格曲、日语爵士即兴演奏会，迪吉里杜管[1]的吹奏。我的脑袋在忙什么？我希望脑袋里有点什么念头。我想马上给塞琳娜打电话，告诉她一点想法，我的一点想法。此时那边是凌晨一点。不管怎样，在我脑中这边也是凌晨一点。当我的脑子处于……时，塞琳娜比我要强。现在我又要对付一晚。我不想对付这又一个晚上。我在英格兰、在飞机上已经过了一夜。我不需要这多出的一夜。亚历克·卢埃林欠我钱。塞琳娜·斯特里特欠我钱。巴里·塞尔夫欠我钱。我看到外面天色很快暗下来。这还用你说——现在天全黑了。远处天边，灯光零星，尚未全亮起来。

昏睡片刻后我精力充沛了，起身走到隔壁房间。当我在没有窗户的浴室里、在借来的光线下忙于梳洗时，镜子在一旁看着，完全不为所动。我刷牙、梳头、剪指甲、洗眼睛，用漱口

---

1 迪吉里杜管，原文为 didgeridoos，为澳大利亚土著民族最主要的乐器。

水漱口、洗澡、剃须、换衣服——可是看起来还是那么糟糕。天啊，我这些天来太胖了。我跟你说，我在浴缸里、在马桶上的样子把自己都吓得够呛。我瘫坐在马桶垫圈上，像一堆管子，像挨了揍的老流浪汉的喘着粗气的烧水壶。怎么会这样的？不可能仅仅是我喝酒吃快餐造成的。不，我准是很久之前就被画成了这副模样。我父亲不胖，母亲也不胖。怎么回事？金钱能解决这个问题吗？我得深入研究我的全身、修整、替换。我要我的身体变成我需要的样子。我也打算这么做，一旦我赚了大钱我就要这么做。

塞琳娜，我的塞琳娜，那个塞琳娜·斯特里特……今天有人告诉我她的一个可怕秘密。我暂时还不想说。我以后会告诉你的。我想出去走走，喝点什么，先让自己更累些。

弹簧门朝两边分开，我摇晃着走出来，站在门厅的柚木地板上，站在闪烁摇曳的灯光里。穿制服的男人们冷漠地站在一旁，像站在战壕里的岗哨上一样。我把钥匙啪地拍在桌上，严肃地点点头。我喝得太多，搞不清他们能不能看出我喝得太多。他们会介意吗？当然我自己喝太多无法介意。我迈着四方步，费力地挪到门边。

"塞尔夫先生？"

"是我，"我说，"什么事？"

"哦，先生。今天下午有个电话找你。卡都塔·梅茜？……是那个卡都塔·梅茜吗？"

"是她。她——有留口信吗？"

"没有，先生。没有口信。"

"那好。谢谢。"

"嗯嗯。"

于是我沿着曲折的百老汇大街南行。这嗯嗯算怎么回事？我大步穿过地铁这食肉妖怪的大口。我听到刺耳的警笛声，两轮摩托和滑板、弹跳器、小轮单车、帆板的呼啸声。我看到高速行驶的汽车和出租车，凭着它们喇叭的力量穿插而过。我感到到处都有争论、都很民主，全都以斜体字强调着。人们决意要做真正的自己，爱谁谁，毫无羞愧。一个金发大块头高声尖叫着从失意者、无聊者、旁观者、路人的队伍中冲出来，在人行道上挥舞双手，咒骂着来往的行人车辆。他的头发是那种特别疯狂的黄色，像煎蛋卷，煎蛋鬈头发。当他与假想敌人搏斗时，他咕哝着什么欺诈、背叛、冗余、驱逐。"这是我的钱，我要它！"他说，"我要我的钱，我现在就要！"这座城市里到处都是这种人，到处是这些家伙和无知的女人们，他们大喊大叫，发牢骚，哭泣，抱怨厄运缠身。我在某处杂志上读到过他们是从市疯人院里跑出来的。十年前，因为没钱他们被放出来……现在有个好笑的笑话，国际性的，开的是钱的玩笑。一个阿拉伯人在羊圈里提起拉链，满意地环视了一圈，说，"嘿，巴希姆。我们给石油提价吧。"十年后，一个大块头白人在百老汇街头挥舞双臂，大家有目共睹。

我去了四十四街的脱衣舞酒吧。有没有去过这种小酒吧？我总指望这是那种由衣衫不整的女仆们打理的闹哄哄的兄弟会。可惜不是。酒吧里只有几个穿着短裤的小妞在吧台后面的舞台上扭动：你坐着喝酒，由她们一显身手。我不停喝着威士忌，三块五一杯，用酒精冲洗我的"上西区"，还把冰凉的酒杯贴在抽搐的脸颊上。这还管点用，或貌似管用。没那么痛了。

台上有三个妞，彼此保持着照镜子的距离。那个没穿上衣的小妞冲我和我右边隔着两个高脚凳、分不清男女的红头发扭着，她身材矮小、像未发育的小狗，羞涩。嗯，让我们好好看看。光线暗得让人眼睛很不舒服，灯光下她的皮肤苍白，仿佛过敏患有皮疹。胸脯大得可悲，在胸前耷拉着，一圈松垮的肉从裤子高腰边上露出来。海军蓝的裤子，松软的丝棉，有点像运动短裤。没错，她的胸脯像两个松软垛口，比身体其他部位的皮肤更白。十九二十岁的年纪就有了妊娠纹；这是哪儿出了问题？还这么年轻，神情里就透着疲惫、显出错误。她全明白，我的小妞。那张普通的假小子脸上想装出一副自我陶醉、沉迷的鄙夷神态，然而却满脸的忧虑不安——对身体的烦恼，而非别的什么羞愧。如果你想听听我深思熟虑后的意见，这小妞在热舞这个行当中没有前途。不过，不管怎样，接下来的半小时里，她是我的姑娘。另外两名竞争对手虽然更对我的胃口，但离我太远。每次当我转脸看她们时，我的脸便有意抽痛，我还得考虑我的姑娘在这事上的感受。孩子，我跟你在一起，别担心。我只要你就够了。她不时朝我这边笑笑。笑得那么无助、那么迟疑。是的，笑得那么羞愧。

"你还要杯苏格兰威士忌吗？"吧台后的老板娘问——这位老夫人头发打着蜡，嗓音沙哑。身上的连身袜或芭蕾舞短裙是难看的闷褐色或焦糖色。据说是脊柱支撑器，有助于缓解疝气。

"行啊，"我说，又抽起一根烟。除非我特别明说，否则我总在抽另一根烟。

我用酒杯护理我的脸颊。我嘟嘟囔囔，我骂骂咧咧。等我再抬起头时，我的小妞不见了。舞台上扭动着一个六英尺高的墨西哥人，张着血盆大口，热辣辣油腻腻的胸脯，肚子上一条黑毛像道黑色火药似的蜿蜒进入枪套般的白色短裤。我想，现在这他妈的有点像它了。凭我的经验，你可以根据一个女人在内裤上所投入的时间和金钱、对内裤的态度清楚地了解她。以塞琳娜为例，这些裤子意味着真正的床笫秘笈。她舞得像个潮湿的梦，邪恶而空洞。一笑露出整齐的牙齿，像是在冲所有人笑，又像谁也没看。那脸蛋、那身体、那动作，在它们的表演中、它们的艺术里、它们的色情里非常心安理得。

"你想请唐喝一杯吗？"

我低下头。吧台后的老夫人敷衍地朝我旁边的高脚凳打了个手势，唐就坐在那上头——唐，我的姑娘，现在裹着一件羊毛晨褛。

"那么唐想喝什么？"我问。

"香槟！"一只矮胖的杯子重重地砸在我面前，仿佛一杯加冰的葡萄糖。"六美元！"

"六美元……"我又将一张二十美元的钞票抚平放在潮湿的木头桌上。

"对不起，"唐有点迟疑。她用的是拖长的郊区人元音，乡下人的元音。"我不喜欢这样。这么做对一个姑娘可不太好。"

"别担心。"

"你叫什么名字？"

"约翰，"我说。

"你做哪一行，约翰？"

噢，我明白了——聊天。这可是桩好买卖。就在离我鼻子不到五英尺便有扭动的裸体奇观，而我却在这儿花大价钱跟穿晨褛的唐聊天。

"我干的是色情业，"我说，"就在这儿。"

"有意思。"

"你还想再来一杯苏格兰威士忌吗？"那个穿着治疗背心的丑八怪老太婆，拿着找我的零钱出现在我们面前时又问。

"好啊，"我说。

"你想再请唐喝一杯吗？"

"天啊。好吧，行——来一杯。"

"……你是英国人吗，约翰？"我的女友问我，好像十分懂得我的样子，仿佛这一问题能回答许多问题。

"跟你说实话吧，唐，我一半是个美国人，一半还没睡醒。我刚下飞机，你知道吗？"

"我也是。我是说汽车。昨天。我刚下大客车。"

"从哪儿来，唐？"

"新泽西。"

"开玩笑吧？新泽西哪儿？你知道，我从小在——"

"你还想再要一杯苏格兰威士忌吗？"

我觉得我的肩膀塌了下来。我慢慢转过身说，"告诉我，你要多少钱才能让我安静十分钟？"我问她。不过我还说了好多。这个老太太，她站在那儿，经验老到。我冲她仰起脸，这张脸通常能把人们看趴下。灰色的大脸上全是青春残迹及廉价食品和粪土钱财，这是胖蛇的脸，承载着罪恶的痕迹。她也朝我仰起她的脸好几秒钟，整张脸，犀利的眼神，比我的脸更冷酷，噢，冷酷得多。她的小拳头砸在吧台上，边朝我靠过来边喊道：

"勒鲁瓦！"

音乐声戛然而止。几个侧影朝我转过身来。黑皮肤舞女双手叉腰，沉默令她显得更老，乳房下垂，低头盯着我，目露鄙视。

"我正在找活干，"是唐在说话，"我真的对色情业很有兴趣。"

"不，你没兴趣，"我说。再说色情业对你也不感兴趣。"没事了，勒鲁瓦！放松点，勒鲁瓦。朋友，这儿没问题。我走了。钱在这儿。唐，你保重。"

我脚下一滑，失去了平衡。高脚凳像枚硬币似的摇晃了几下。我朝看着我的女人们挥挥手——别看我——然后一头栽倒在地。

外面什么都有得卖。男人脱衣舞、陪伴洗浴、现场活春宫，一间"我们永不关门"的性用品商场昂首伫立。店外甚至还有真的卖——以妓女的形式，可我不想买，今晚不想。我平安无事地走回酒店。什么也没发生。以前不会这样，但今后会。旋转门把我送进门厅，前台服务员在围桩里忙活。

"您好，先生，"他说，"您今晚出去后，洛恩·盖兰德打过电话。"

他优雅地递过我的钥匙。

"真是那个洛恩·盖兰德吗,先生?"

"无可奉告,"我说,也许我只是这么想。电梯把我吸向空中。我的脸还一直疼。进门后,我拿起一瓶酒,倒在床上。我等着噪声再来时,心想着时空穿越,想着塞琳娜……是的,我现在可以跟你说说那件事。也许我告诉你之后,等一切都说出来之后,我会觉得好受些。

今天早些时候——今天吗? 天啊,好像是童年时的事了——亚历克·卢埃林送我到希思罗机场,他开着我那辆马力强劲的菲亚斯哥[1]跑车。我走后他要借这辆车开,这个骗子。为了坐飞机,我喝了很多酒,还吃了色拉芬,现在一塌糊涂。我害怕飞行。我也害怕降落。我们没什么话说。他欠我钱……我们加入等候退票的长长队伍中。我暗暗希望这趟航班满员。可惜没有,滴答响的电脑玩花招给了我座位。"不过你最好快点,"那姑娘说。亚历克一路小跑陪我来到出入境护照管理处。他揉揉我的头发,嘴里嘘着把我赶了过去。

"嘿,约翰,"他从栅栏的另一边喊我。"嘿,瘾君子!"在他身边一个老头站在那儿不知朝谁挥手,这儿没有别人。

"什么?"

"到这儿来。"

他叫我过去。我气喘吁吁地走近他。

"什么?"

"塞琳娜。她一直跟别人乱搞——很多次,一直这样。"

---

[1] 菲亚斯哥:原文为 Fiasco,有惨败之意。

"噢，你这个骗子。"我觉得我甚至朝他的脸无力地扇了一巴掌。亚历克总是做这种事。

"我觉得你应该知道，"他生气地说。他微笑。"后背式，单腿朝上，她在上，什么姿势都有。"

"噢，是吗？跟谁？你这个骗子。为什么你要——是跟谁？谁？谁啊？"

可他不告诉我。他只说这样已好长时间了，而且那人是我非常熟悉的人。

"你，"我说着，转身跑了……

好了。我还是感觉不好，一点也不好。我翻来覆去想睡一会儿。伦敦现在醒了。塞琳娜也醒了。我脑后遥远的嘶嘶声、啸叫声又开始了，它在慢慢调整，寻找自己的频率。

噢，伙计，有时候我醒来觉得像只被车辗过的猫。

你熟悉那种滥饮、酗酒后的坚忍感吗？真强烈，真难受、真不容易。天啊，我从不想自己受伤害。我只想过得开心。

我做东招待的这个病，名叫耳鸣——比酒店唤醒服务更可靠、更便宜——九点准叫醒我。耳鸣以一种极度恼怒的音调唤醒我，仿佛它好几个小时一直在拼命叫醒我。我用干得要命的舌头嘎吱嘎吱检查肿大的"上西区"。还是老样子，更疼了些。我的嗓子通知我，我也有过一次香烟宿醉。我一抽烟就可能会点燃通往我胸腔内军火库的那一线火药。不管怎样，我拍拍口袋，还是点燃一根。

十分钟后，我四肢着地爬出浴室，像一条苍白且懊悔不已的鳄鱼，真的很后悔昨晚享用和痛饮的那些恶臭垃圾。我仰面躺下，刚松开领带，解开衬衫纽扣，电话就响了。

"约翰吗？我是洛恩·盖兰德。"

"洛恩！"我说。天啊，声音怎么这么嘶哑。"你好吗？"

"还行，"他说，"我还好，约翰。你怎么样？"

"我很好，挺好。"

"那就好，约翰。约翰？"

"洛恩？"

"有些事情困扰着我，约翰。"

"那跟我说说，洛恩。"

"还好我不算老，约翰。"

"我知道，洛恩。"

"我状态很好。没么好过。"

"我很高兴，洛恩。"

"那就是为什么我不喜欢你说我是老头的原因，约翰。"

"可我没这样说过，洛恩。"

"可你这样暗示了，约翰。而且，它是一回事。依我看，你也暗示我在性爱上不太活跃，不能满足我的女人们。那不对，约翰。"

"我想你搞错了吧，洛恩。"

"那你为什么要那样暗示？约翰，我觉得我们应该见个面，谈谈这些事。我讨厌在电话里讨论。"

"没问题。什么时候？"

"我很忙，约翰。"

"我看得出，洛恩。"

"你不能指望我放下手头所有的事，只为，只为跟你见面，约翰。"

"当然不能，洛恩。"

"我的生活非常充实。充实而积极。超积极，约翰。六点钟我去健身俱乐部。健身完后，我跟我的柔道教练打几个回合。下午，我练举重。在家时，我打高尔夫、打网球、滑水、自携式呼吸潜水、玩室内网球和马球。你知道，约翰，有时候我还会去海边沙滩玩玩，像个孩子似的到处跑。我回家晚了的话，家里的那些姑娘、那些小妞会骂我，约翰，仿佛我还是个小孩。接着大半夜我都忙于做爱。拿昨天来说……"

我向天发誓，他就像这样说啊说，说了一个半小时。没多久，我已沉默不语，即使这样也于事无补，所以，最后我只是坐在那儿抽烟，随他说去，倒霉极了。

一切结束后，我喝了一大口苏格兰威士忌，用纸巾擦掉眼泪，打电话给总机要客房服务部。我要咖啡。我是说，有时候你得放松。

"什么样的咖啡？"电话里传来狐疑的回答。

我告诉他：加牛奶和糖。"多大一壶？"

"够两人喝的，"他说。

"来四壶。"

"马上来。"

我拿着扇状的破旧地址簿躺在小床上，用酒店免费赠送的便笺和铅笔，列出一串可能找到游牧人塞琳娜的地址。那个塞琳娜四处跑。我好奇地琢磨这些电话会花我多少钱。

我脱衣服、洗澡。这时，那个无可挑剔的黑人酒店服务员送来我要的咖啡。我走过来，简签支票，塞给他一块钱。这孩子状态不错：他的步伐和笑容里有种令人愉快的激动。他天真地皱起眉头，嗅嗅鼻子。

他可能看了我一眼——看看烟灰缸、酒瓶、四壶咖啡、我的脸，以及裹着白浴巾、石头般的肚子——他可能看了我一眼，确信我烈酒灌多了。

我房间下陡峭的天井里拴着一条狗。这位天才吠叫者中气十足地叫着。洛恩跟我说话时，我坐在那儿听它叫了好久。半小时内他声嘶力竭的吠叫从天井底升起，碰到井壁反弹回来。他需要那种阴间的愤怒。他重任在身——仿佛他是地狱之门的守卫。他的肺深不见底，他地狱之犬的愤怒无边无际。他需要他的肺——用来干什么？阻止他们进来，阻止他们出去。

我最好还是跟你说点塞琳娜的实情——而且要赶快。那个荡妇，我怎么让她如此对我？

跟许多姑娘一样（我寻思），特别是跟那些小巧、听话、离经叛道、柔顺、床上功夫不错的姑娘一样，塞琳娜生活在被袭击、骚扰、强奸的残酷恐惧中。以前这个世界冒犯她太多，她觉得这个世界还想再度冒犯她。在我俩躺在床上时，或开着菲亚斯哥作长途旅行塞琳娜不耐烦地靠在我身侧时、抑或在高档餐馆里的背风处跟我面对面坐着时，她常常反复跟我讲她童年及青少年时代受侮辱、受侵害的故事，令我精神振奋——从空地上嘴里一股怪味、给人发太妃糖的疯子，到受到浑身是汗的公园管理人在工具棚里对她的审讯，再到大街小巷上的傻大个儿，直说到上班时总缠着她的自恋狂的摄影师和阳刚的道具小伙。现在呢，怒目而视的朋克、粗鲁的足球小子、公共汽车站的黑人们故意排到街上，老是有意无意捏她的屁股、蹭她的乳房，而且通常对他们要做的事毫不犹豫……这个星球上有一半人，一个接一个，对你想做什么就做什么，这种了解、这种认识真累啊。

而且，对塞琳娜这样的姑娘来说，也格外困难。在镜前折腾好几个小时后，她看起来只是将不成熟的矜持与粗俗挑逗稍稍中和了一下，一半一半。在妓院绝活和昂贵内衣的明显暗示下，她的品味绝对大众时尚。比如说，我们一起逛街时，我跟着塞琳娜沿街慢行，她走在前面，穿着剪掉一截的牛仔裤、洗得皱巴巴的Ｔ恤，或穿着极短的百褶裙，露出黄褐色的大腿，要么披着透明薄纱，像避孕套；要么穿着一件短小仅可蔽体的校服……男人们退避三舍，躲到一旁观看。他们屈服了，一半人转身离去。他们闭上眼，挠挠头。有时，当他们看到我在我的小朋友身后为其保驾护航，看到我一手揽着她的腰款款而行时，他们望着我仿佛在说——对此做点什么吧，好吗？别让她这副模样到处走。行了，这是你的责任。

我跟塞琳娜谈过她的穿着。我也提到强奸与她夏季衣橱之间的密切关系。她付之一笑，仿佛还很兴奋，很得意。在酒吧和派对上，我老是在为她的名誉而战。她被人摸、被人戳屁股，有人向她提出性要求——而我只得一次又一次疲惫地举起伤痕累累的拳头。我跟她说这是因为她穿得像本裸体杂志四处走。她觉得这种说法也很可笑。我不明白。我有时候觉得塞琳娜甚至会一动不动地站在一辆前进的印度神车前面,只要司机的眼光永远不离开她的乳房。

除了强奸外,塞琳娜还怕老鼠、蜘蛛、狗、毒菌、癌症、乳房切除术、有缺口的茶杯、鬼故事、幻想、恶兆、算命、占星术、深水区、火、洪水、鹅口疮、贫穷、闪电、宫外孕、衰退、医院、开车、游泳、飞行和衰老。跟她苍白肥胖的爱人一样,她从来不看书。她从来没工作:她没钱。她要么二十九要么三十,或者可能已经三十三了。她知道她行动太晚了。她必须动起来,她得赶紧了。

当然,我不相信亚历克,但我也不相信塞琳娜,真的。凭我的经验,姑娘们——你永远不懂。是的,你永远不懂。哪怕你真的捉住她们,当场逮个正着——在床头半空中头朝下三弯,再比如,你当场撞到她在用你最好朋友的鸡巴刷牙——你永远不懂。她会怒不可遏加以否认。她也会相信。她会拿着那根鸡巴,像拿着麦克风,对你说事情不是你想的这样。

我对塞琳娜忠诚不渝一年多了。我试过不这样,但没用。我找不到别人,无法对她不忠。她们不想要我给的东西。她们想要承诺、坦白、同情、信任和所有我似乎真正缺乏的东西。她们都被洗脑了,为那些该死的东西而跟男人上床。塞琳娜也被洗了脑,很久以前就是。人人都知道她曾经很执着,真的,但是现在她要考虑未来的安全问题。她要考虑钱的问题。啊,塞琳娜,来吧。告诉我事情不是这样的。

那天早晨，我冲着电话机座拼命努力——是的，也因此产生了一张大账单。咖啡因让我耳聋，我就是个发烫的机器人，是时差、时间跳转和宿醉织就的滴答网络。电话碰巧又是老古董：还要拨号，而我的手指已经那么酸痛，每个该死的按键像熔化的焊接材料……左手小指拨号拨到半路时，"请问房间号，"传来接线员甜蜜的嗡嗡声，每次如此，次次如此。"还是我，"我说了又说，"101房间。我。是我。"

我首先试的是我自己的号码，之后还重复了几遍。塞琳娜有钥匙。她总是进进出出……我问了曼迪和戴比，塞琳娜的虚幻室友。我打电话到她以前的办公室。我打电话到她上舞蹈课的地方。我甚至打电话问她的妇科医生。没人知道她在哪儿。与此同时，我还彻底搜查了亚历克·卢埃林的这条线索。我跟他老婆通话。我跟他的三位女友通话。我跟他的假释官通话。很不幸，伙计，离家三千里之外，真够让我操心的。

狗在叫。我的脸夹在两只又红又肥的耳朵之间，觉得小了些，更笨了。我跌落在床，恨恨地望着电话好一阵。它沉默了几秒钟，然后响起来。我想当然认为是她，为了我的女人，我赶紧抓起电话。

"——你好？"

"约翰·塞尔夫吗？我是卡都塔·梅茜。"

"卡都塔，你总算打电话来了，"我说，"幸会。"

"约翰，很高兴跟你通话。不过，见面之前我想先搞清楚一些事情。"

"什么事情，卡都塔？"

"比如说，你觉得我应该有几个孩子？"

"这个嘛,我觉得一个就行。"

"不行,约翰。"

"你想要多几个?"

"很多很多。"

我说:"大概几个?"

"我觉得我应该有很多孩子,约翰。"

"那行,当然。为什么不可以。什么,比两三个还多?"

"我们再看看,"卡都塔·梅茜说,"你可以改动,我很高兴,约翰。谢谢你。"

"不用谢。"

"还有件事。我觉得我应该有个妈妈,穿黑衣的白发女士,不过也不是那么重要。"

"没问题。"

"还有,难道你不觉得我应该改名字吗?"

"改成什么,卡都塔?"

"我还不知道,换一个更适合的吧。"

"你说什么都行。卡都塔——我们见个面?"

打完电话后我让酒店给我送一排鸡尾酒和一些鱼籽小面包。还是那个黑人服务员,他双手紧托银托盘,灵巧地走进来。我没有小钱,只好塞给他一张五美元的钞票。他看着饮料,又看看我。

"来一杯,"我说着端起一杯。

他摇头,绷着脸,多变的脸转向一旁。

"怎么回事?"我喝口酒冷冷地说,"对你来说,早了点?"

"你昨晚开派对了?"他问。他根本没法连续好几秒钟板着脸。

"你叫什么名字?"

"费利克斯。"

"没有开,费利克斯,"我说,"就我自己。"

"……你现在打算开派对?"

"是的,不过还是我一个人。见鬼。我遇到的问题你不会相信的。我跟你的时间不同,费利克斯。按我的时间,现在午饭时间已经过了。"

他抬起圆圆的下巴,重重地点点头。"我只要看你一眼,伙计,"他说,"我就知道你永远不会停手的。"

那天我不想再试别的什么了。我喝酒、吃东西。我刮胡子。我打了一次手枪,紧紧围绕昨晚我跟塞琳娜在一起的情节。或者说,我这样试过。我记不太清了,然后这些家伙全都登场……结果我和我那颗痛牙一起抽动着看了几个小时的电视——我坐在那儿不知所措,念念有词,像无能的鬼魂,由于出没于体育节目、肥皂剧、广告、新闻的另一个世界而疲惫万分。最好看的是由一个久负盛名的主持人主持的综艺节目,这人在我还是孩子时就一把年纪了。没想到这些家伙现在还活着、还出现在屏幕上,更别提还在挣钱了,我无比惊异。他们不再是那副模样。不,得了吧,让我们说得更准确点:只有现在,1981年,他们才是那副模样。他们以前做不到——他们没有这种技术。耶稣基督啊,这老家伙在最先进的美容院里重新缝合过了。他的假牙犹如贝壳般发着光,与他阴森却光彩夺目的荷叶边衬衫围襟倒是正相配。醒目的隐形眼镜发着老虎绿光。看看这家伙的古铜色皮肤——就像画上去的。他看起来好极了:肤色健康红润、拉丁式头发渗出富含维他命的汗液、假耳朵尖而肥厚。等我赚了大钱,我一定要去加利福尼亚,来一个我早就向自己许诺过的应得的身体移植。当我逐渐昏迷时,我会提到这个老绿眼的名字,告诉医生们。喏,那就是我想要的。给我整一个那样的……可此时这个一把年纪的机器人领出一串更老的老头们,个个整洁漂亮、熠熠生辉,穿着半正式晚礼服的家伙们排成一排合唱名为《音乐娱乐先生》之类的东西。等等,现在我知道那家伙死了好多年了。想想吧,整个节目弥漫着悬疑气氛,处理过的胶片质地暗淡,散发着那种殡仪馆里的幽光——麻木、迷幻、闪闪发光,像具尸体。我换频道,坐在那儿揉眼睛。屏幕上出现了一个陨石坑般的大坑,全是废旧汽车,一堆堆破烂被反复揍得嗡嗡直响,古老美洲神灵们的新墓地。我打了许多个电话,全都没人接。

时间就这么过去,我该出门了。我套上大西装,头发梳向脑后。那个下午我还接了个电话。奇怪的电话,神秘的电话。我以后再说。一个疯子。没什么大不了的。

塞琳娜在哪儿?她在哪儿?她知道我在哪儿。我的电话号码就贴在厨房墙上。她在做什么?为了钱,她在做什么?惩罚,这就是惩罚。我在接受惩罚。

我只求一件事。我通情达理。我深思熟虑。我的要求也不高。我只想回伦敦,找到我的塞琳娜,跟她在一起——即使不在一起,至少离她近点,近到可以闻到她的肌肤之香,看到她柠檬般双眸织就的朦胧之网，看到她美妙双唇的模样。只要珍贵的几秒钟，只要能够彻底痛快地戳几下便行，这就是我全部的要求。

现在我必须去趟上城，跟菲尔丁·古德尼在卡罗威酒店见个面——菲尔丁，我的投资人、联系人，也是我的好伙伴。因为他我才在这儿，也因为我他才在这儿。我俩打算一起赚大钱。知道吧，赚大钱并不难，是人们把它想得太难。赚大钱轻而易举。你就瞧着吧。

我走下台阶，来到街上。天空明亮得似海洋：以一览无余的蓝天为背景，一只手迅捷得让人难忘，自信地随手画下朵朵白云。才华横溢啊。我喜欢天空，常常想如果没有它我会在哪儿。我知道：我会在英格兰，我们那儿没有天空。纯属生理上的偶然——香水和感官吸引在烟雾缭绕的体内达成协议——我感觉还好，我感觉不错。曼哈顿在春天的臭氧层里发出颤音，为七月流火和八月酷热做准备。我们步行吧，我想，开始横越纽约。

在阳刚的麦迪逊大街（纽扣紧扣，像件斯诺克背心），我转向左，朝北一头栽进无穷大的空气陷阱里来。汽车和出租车彼此叫骂、找碴、准备打架、较量。看这些街道，以及街上异国情调的人们。看这些街头艺术家。在五十四街转角，一个黑大个蜷缩在玻璃、钢筋的电话亭里。显而易见，他在那里面过得相当不愉快。当我经过时，他发白的肥手掌正在猛击电话亭发烫的金属外壳。他在吼叫——吼什么，我不知道。我打赌跟钱有关。钱总是脱不了干系，也许还有毒品和女人。在纽约街道下的电缆以及天空中抽象的频道里，有多少暴力在里面噼里啪啦作响？如何才能安抚下来？可能很难。凡有一条电话线供两位爱人卿卿我我的话，必有一百多条电话线被扭曲、遭咆哮，而唯一的措辞只有猥亵和恐吓……我打过女人。是的，我知道，我知道这不怎么酷。可笑的是，从某种程度上说，这很难做到。你有没有打过？姑娘们、女士们，你有没有逮到过一个？很难，特别是第一次打的时候，跨出的真是一大步。不过，打过之后，就越来越容易了。过了一段时间，打女人就像滚木头，但我想我最后还是住手。我想我最好还是戒掉它，那些倒霉的日子……我经过电话亭时，那个黑鬼啪地把电话放回架子上，朝我这边探出身子，他垂下头，再次猛击电话亭，不过这次无力多了。电话上方显示的时间和温度一闪一闪的。

六点刚过，我踱进卡罗威酒店，菲尔丁·古德尼已经等在迪梅斯代尔房间了。他杵在那些错位的高背椅中间，背对我站在玻璃小屋里，两根软不拉叽的手指抬起来，似在警告或规定什么。我看见他那张说话的脸，在磨砂玻璃的映衬下跟金属一样白。一个卑微的酒吧服务员在认真听他吩咐。

"冰镇一下就行，"我听他在说，"杯子里不要放，行吗？就冰镇一下。"

他转过身来，我感到他的健康和色彩在涌动——那种加州人的、花生酱般的身体色彩。

"嘿，你好，滑头，"他说着朝我伸出手。"什么时候到的？"

"我不知道，昨天吧。"

他抬起头打量着我。"你坐的经济舱?"

"候补的。"

"多花点钱,滑头。坐最好的飞机,超音速。经济舱太逊,虚假的实惠罢了。奈特,给我这位朋友来一杯雨王。冰镇一下。放松点,滑头,你看上去气色不错。奈特,我错了吗?"

"没错,古德尼先生。"

菲尔丁斜靠着厚实的木头,他身体重量满意地分配在两个手肘和一条扬基[1]长腿上。他瞪着我,矢车菊般的浅蓝色眼睛超级坦率,略显尴尬,第一波美国彩色电影明星让这种色彩非常时尚,浓密没有层次的头发从可笑的大脑门上往后梳着。他笑着……说话像英国人。纽约的一大好处便是这样说话会让人觉得你很有教养,来自上流社会。我是说,你肯定会觉得自己很聪明、很贵族。中午,当你走在四十二街或联合广场,甚至走过第六大道,从那些上班族、从那些有着饭盒脸和息惰眼神的上班族身边经过时,你会觉得自己相当优雅。我在菲尔丁身上找不到这种感觉。我根本没有这种感觉。

"你多大?"我问他。

"一月份就二十六了。"

"天啊。"

"这有什么,约翰。给,你的酒。"

皱着眉头的奈特不负所望地把玻璃杯滑给我。杯中液体看起来像水银一样。

"这里头是什么?"

---

[1] 扬基,原文为Yankee,指美国人。

"没什么，不过是夏季的天空，滑头……你时差还没完全倒过来吧，倒过来了？"他温暖褐色的手搭在我肩上。"我们坐下来吧。奈特，再端几杯过来。"

我跟着他坐到桌前，人与人之间的接触让我稳定下来。菲尔丁调整着他的袖扣，说，

"对妻子这个角色有什么想法？"

"我刚跟卡都塔·梅茜通过话。"

"真的吗？她亲自给你打电话了？"

我耸耸肩说，"是啊，今天下午。"

"那么说她迫不及待了。很好。她说什么？"

"她说她想要很多孩子。"

"啊？"

"在电影里，她想要一串孩子。"

"那倒说得通，"菲尔丁说，"有传闻说，她自己结扎了，在她快三十岁时。她是个虔诚的天主教徒，也是个抢手的性伴侣。你知道——不会再有堕胎了。"

"嘿，听着，"我说，"我不知道，菲尔丁。对我们来说，她太老了点，是不是？"

"你看过《怪姐姐》吗？"

"看过。惨不忍睹。"

"当然，电影拍得很垃圾，不过卡都塔看上去还行。"

"不过如此。她像个被宠坏的电影明星。我不想要这种演员。我想要那种……"我想用那种刚刚崭露头角的女演员，那种看起来很平凡、操劳的家庭主妇。评论家们永远觉得这种女演员很性感、很真实。我倒不觉得她们性感，可我想她们看上

去很真实。至少这是我的直觉，而直觉是我赖以前进的全部。"还有其他人选吗？哈皮·杰森怎么样？"

"不好。她现在在修道院。"

"怎么啦？"

"忧郁症，很严重，实际上是紧张性精神病。那姑娘真的很抑郁，滑头。"

"那好。桑尼·旺德怎么样？"

"同样情况。现在在减肥中心。二百二十磅。"

"哇……好吧，黛·莱特波恩。"

"算了吧。她刚结束两年的精神治疗，紧接着就在布里奇汉普敦被她的周末治疗师给约会强奸了。"

"约会强奸，啊哈，这是怎么回事？什么，跟香蕉之类的有点关系？"

"约会强奸，滑头。约会时发生的强奸，你知道吗？记得吗？实际上这里头的不同很有趣。普通强奸，欲望不起任何作用，纯粹是力量、自我肯定、暴力——通常这些失败者们甚至不举。可是约会强奸，欲望起了重要作用。"他停顿片刻，接着轻快地说，"不管怎样，黛·莱特波恩被她的心理医生给彻底毁了，她干不了这行了。我说就是卡都塔了，滑头。对我们而言，她是最好的。想想吧。你跟洛恩谈过吗？"

"有啊。"

"最近洛恩日子有点不好过。"

"你他妈没开玩笑吧。"

"他的职业生涯正处于转折点，而他刚刚做完价值八万的牙科手术。他现在很低调。"

"低调？那他高调时什么样？两小时前我跟他通过电话。听着，菲尔丁，他打算把我烤了吃掉。今后我可控制不住他。"

"冷静点，滑头。事实是，洛恩·盖兰德为了能出演这部影片不惜任何代价。你有没有看过《电子人禁令》？"

"没有。"

"《宝贝出发》？《活力四射的迪克》？"

"全都没有。"

"现在他什么都肯演。科幻片、公路片、古惑仔之类的，专为电视台播放的影片都行。他的经纪人扶他上马，任他自己驰骋。这是四五年来他碰到的第一个真正角色。他为之疯狂了。"

"那我们为什么要找他来演？"

"相信我，滑头。有盖兰德加入，整部电影才上得台面。最起码的是，洛恩·盖兰德拍的电影有票房保证。有他参影，相关电视、有线电视和影碟的销售会上升百分之五十，这意味着我们在台湾和瓜德罗普也能挣钱。我认识一帮老家伙，他们床下塞着五十万。他们可不会为了克里斯托弗·梅铎布鲁克或斯邦克·戴维斯或布奇·波索莱掏一个子儿，他们从没听说过这些人。但是，为了盖兰德，他们会的。洛恩是我们的人，滑头。正视这一点。"

"他是个疯子。我怎么跟他打交道？"

"像这样。说你会满足他的一切要求，可是到时候什么也不做。如果他发疯，你拍下场面，然后公开，你就能赢得最后的胜利。约翰，我发誓。"

嗯，这还说得过去。我说，"钱的事怎么样？"

"钱，"菲尔丁说，"钱绝对没问题。你锻炼身体吗，滑头？"

"怎么啦？锻炼啊。"

"哪种锻炼？"

"哦，你知道。我有时候游泳。我还打网球。"

"真的吗。"他叫人结账。我伸手去掏我放在裤子口袋里揉得皱巴巴的钞票。菲尔丁左手强有力地捏着我的手腕。当我站起来时，我看到他发亮的皮夹里一沓五十元的钞票，他从中抽出一张。

菲尔丁的车等在外面——六门的独裁者，长达半个街区，配有服装考究的司机和手持猎枪的黑衣保镖。他带我到高地的一间老帮派牛排馆。妙极了。我们聊到钱。菲尔丁的投资团队看起来那么酷。去他妈的，我想：最坏的可能性是，他老爸最后为此埋单。菲尔丁的爸爸叫贝里尔·古德尼，拥有半个弗吉尼亚。也许他妈妈也叫贝里尔，拥有弗吉尼亚的另一半。菲尔丁从来不谈他自己的钱，但我还没遇到过一个比他更富得流油的有钱人：他已经很有钱，但他还想要更多……"滑头，大体上说来，你对钱了解多少？"我说——知之甚少。"我告诉你，"他开口说起来，鉴赏家般激情昂扬，用了很多类比和举了许多先例，意大利银行业、流动性偏好、合成谬误、恶性通货膨胀、商业信心征候群、繁荣与恐慌、美国公司、金融体系的冷静，1929年的大萧条、拉萨尔街和华尔街上的自杀……我发现自己在琢磨亚历克是否见过塞琳娜床头装在果酱瓶里那朵凋谢的花，是否听到她在安静的浴室里撒尿和哼歌的声音。黑裤子像电线缠着她的小腿。女人和好朋友之间似乎总有点什么。想到这儿，其实我对她的好朋友也总是想入非非。当然我对戴比和曼迪有非分之想，还有时装店里塞琳娜很谈得来的那个哈莉。也许你对你女朋友的好朋友们有非分之想是因为她们之间有许多共同点。她们非常相像，只有一点区别：跟她的好友上床你无法想上就上。在床上，她能给你一样你女友无法给到你的东西：不同口味。甚至塞琳娜也无法给你这个。亚历克有没有操过她？嗯，你怎么想？她一直在为他效劳吗？可能吧，不会？这是我的理论。我觉得她不会。我觉得塞琳娜·斯特里特没有跟亚历克·卢埃林搞过。为什么？因为他是个穷光蛋，而我有钱。得了，你觉得塞琳娜跟我在一起是为了什么？为了我的啤酒肚？为我难看的头发？为我的个性？为她的健康她不会这么做，是不是？……我跟你说，这些思索真的令我振奋。你知道你的经济需求是什么。等我赚到这笔我正要赚的钱后，我的地位会更加稳固。那时我就可以把塞琳娜一脚踢开，再找个更好的。

菲尔丁签了支票。我签了些合同，指示更多的钱到我这儿来。

我在百老汇下了他的车。深夜十一点，除了找麻烦或寻花问柳，一个单身成年男人在深夜的曼哈顿能做什么？

我，接下来的四个小时，我是在四十二街上过的，把我的时间花在游乐中心的太空游戏和隔壁地下室的脱衣舞酒吧里了。游乐中心里挤满了纽约夜晚的无产者幽灵，游戏机屏幕上反射出这些黑暗崇拜者们可怕的脸，他们弓着身子站在操纵台前，看上去像化成人形的怪异鼹鼠和蝙蝠，对雷达上瘾，对这些新机器人嘟囔叫好。只要你出钱，它们就跟你玩。出到一定价钱，它们还会跟你说话。启动任务、电路完成、火风暴、闪点、时空隧道、撞毁、信号中断！这些孩子、流浪汉和孤僻者，他们是新时代的矿井灵魂。他们的祖父母准是在地下工作。我知道我的爷爷奶奶就是。在脱衣舞酒吧，男人女人永远彼此对立，被酒墙、毒沟分隔开来，与其一道的还有疯癫女招待和坏保镖巡游。

十一点半左右，一把年纪的女招待对我说，"看见了吗？她在跟你说话，谢里尔在跟你说话。你想请谢里尔喝一杯吗？"

我付了十块钱，什么也没说。女招待穿着褐色的避孕套，她可能是昨晚那个女酒保的姐妹。这就是我的生活：重复、再重复。真的，舞台上的小妞们有点不一样。她们没穿裤子。起初我认为这样做她们赚得更多。不过，看看这个地方，再看看那些小妞的样子，我最后得出结论她们赚得更少。

两小时后，我坐车前往时代广场寻求补偿。我找到点儿补偿。一个极年轻的妓女向我靠过来，我们拦了辆的士，走切尔西路，朝西、往市中心去，坐了三十个街区远。在颠簸的车里，我瞟了她一眼。她很黑，猩红的嘴唇、西班牙发式凌乱没有光泽。我这样安慰自己：除了一瓶"我梦想"酒、一盒董事牌香烟，还有乳房上的一拳外，我要给塞琳娜带回真正的性病——疱疹一期、疱疹二期，疱疹：动作片。我还记得某间热闹小旅馆的简陋门厅。我付钱开房，提前付清。她带我去房间。她提到四十美元这个数目，我同意。她开始脱衣服，我也脱。然而我住了手，"……可你怀孕了，"我记得自己孩子气地说，惊讶不已。"没事，"她说。我盯着那发光的大肚子。你以为它很柔软，其实它非常强壮。"这可不是没事，"我说。我让她穿好衣服，坐在床上。我握着她的手，听自己说了一个半小时的废话。她不停地点头。我付了她钱，她甚至听进去一点。这活挺轻松、真正轻松。到最后，我以为我甚至能从她那儿骗一个手淫。不用说，她很乐意地答应了我的请求。她像我，像我自己。她知道她不该继续这么做，她知道她以后也不该继续这么做，可不管怎么样，她还会继续这么做的。而我呢，我甚至不能说是钱的错。请问这是种什么状态：明明知道好坏之间的差别，却选择坏的——或赞同坏的、认可坏的？

什么也没发生。我又另给她十块钱坐车。她走了，去找更多男人赚更多钱。我回到酒店，和衣而卧，在这座城市的第二晚终于睡着了。这座城市的锁与开关全装错了边，这里的警笛叫着"你——呜"，还有"嗷、嗷、嗷"。

我的头是座城市，不同的疼痛在我脸上的不同区域定居。牙龈疼和骨头疼在我的"上西区"携手合作。穿过中央公园，神经痛在我的"时尚东七十街"租了幢复式公寓，我的下巴随着没有颌骨的阁楼而抽痛。至于我的大脑，那是一百多街，是哈莱姆区，在火热的夏季膨胀着，滚烫发肿，很快它就会爆炸。

记忆很搞笑，是不是？你不同意？我也不同意。回忆从没让我快乐过，随着我年岁渐长，我觉得它那套把戏越来越没劲。也许随着岁月流逝，记忆只是简单地保留原样，很少有什么作为。我想，我的记忆还保留完好。只是一直以来，我的生活里值得记住的东西越来越少。你还记得你的钥匙丢哪儿了吗？为什么你该记住？某个缓慢的下午，躺在浴缸里，你还记得你洗过脚趾头吗？（在尿过几千次尿之后，尿尿很无聊，是吧，哎哟，难道那不是个累赘吗？）我做过的事有一半我都记不得了，不过我也不怎么想记住。

比如说，此刻，中午，我醒过来，我有种强烈的感觉夜里我跟塞琳娜说过话。就像在我虚弱和害怕的时候，在黑暗的几个小时里，她萦绕在我心头那样。塞琳娜知道人人都知道的东西。她知道人们很容易害怕和纠结，人们很容易受恐吓。我也是，我比大多数人都勇敢。或者说，比大多数人醉得厉害。昨晚我跟人打架了。这样说吧：我睡着时是个可爱的男孩。这场打斗始于酒吧，结束于大街上。打架是我挑头的，幸运的是，也是我结束的——不过结束得有点勉强而已。那家伙打起架来比他看上去要厉害得多……不，塞琳娜没有打电话过来，没这事，要不我会记得的。我心脏有点毛病，一直痛，这是新添的毛病，心脏里有一种新的压迫感。我不知道塞琳娜能给我造成这么强大的疼痛。这是那种无助感，远离家乡的无助感。我听说，远离家乡令人心思柔弱。我想这是真的。我当然怀念那种随便的关系。我不断试着回忆，在我走之前那晚，我对她说的最后一句话，或她对我说的最后一句话。它们可能不那么有趣，不那么难忘。当我第二天醒来，准备出发时，她已经走了。

十二点一刻,费利克斯来了,托盘举至齐肩高,上面放着一两杯鸡尾酒。事实上,我咖啡喝多了。

"谢谢,伙计,"我说,塞给他十块钱。

哦对了,趁我还记得——我还没有跟你简单说说我接到的那通神秘电话,是不是?也许我已说过了?噢,对了,我跟你说了整件事。没错。一个精神病。没什么大不了……等等,我撒谎了。我还没跟你提起过。我会记得的。

昨天下午,那会儿我正做着我现在做的事——我最喜欢的活动之一,你甚至可以称之为一种爱好。我躺在床上,喝鸡尾酒、看电视,同时进行……电视让我变得白痴——我能感觉得到。很快,我就会变得像那种电视艺术家。你知道我说的是哪种人。姑娘们有意把自己变成儿童节目主持人,全是病态的优美与快乐,优美与快乐。男人们举手投足露出新闻评论员指手画脚的样子、沾着肥皂剧和电影烂片的痕迹。还有那些在公共汽车、街道上说话的白痴,仿佛电视是真的,他们打电话给电视台,问些奇怪的问题,提出更奇怪的要求……如果你掉头发,你可以弄个假发。如果你笑不出来,你可以来个假笑。如果你没脑子,你可以来个假的。

电话响起。"你好?"

沉默——不,不是沉默,而是微弱焦干的尖叫,沉闷而遥远,像我脑子里的声音,也许这是巨大而空洞的大西洋发出的声音。

"喂,塞琳娜?说话呀,看在老天爷的分上。谁出钱让你打这通电话的?"

"钱,"一个男人的声音说,"总是钱,钱。"

"亚历克？你是谁？"

"我不是塞琳娜，伙计。我不是塞琳娜。"

我等着。

"噢，我压根不是某个具体的人。我只是一个被你毁掉生活的家伙，这就是我。"

"你是谁？我不认识你。"

"这家伙说他不认识我。最近你毁了多少人的生活？也许你该记个数。"

这话从何说起？酒店接线员知道这事吗？最近我毁了谁的生活吗？我倒不记得……

"得了吧，"我说，"谁想听这个？我要挂了。"

"**等等**！"他说——而我立马宽慰地想到：噢，他是个疯子，所以并没什么真正问题。这不是我的错。一切都好，很好。

"那好，你说吧。"

"欢迎来到纽约，"他开腔，"航班号666，房间号101。感谢你乘坐泛美航空。别去惹的哥，别跟醉鬼打架。别在九十九街上步行。别去脱衣舞酒吧。你想请唐喝一杯吗？别走进你一直眼馋的色情商店，它们会摧毁你的大脑。我们见面时请保持酒醉状态，把我该死的钱还给我。"

"……等等，嘿，你叫什么名字？"

电话断了。我放下听筒，又拿起它。

"是本地电话，先生，"那姑娘告诉我，"您没事吧，先生？"

"没事儿，"我说，"谢谢你。是的，一切都好。"

哇，我想——这真是件新鲜事。这是本地电话，毫无疑问，相当本地化。

两点四十，我出门向北来到百老汇。此时，你猜我的感觉有多糟？……嗯，你错了。你的同情心让我很感动（而我想要更多、更多的同情：我要同情，虽然我发现行为举止富于同情真的很难），可是你错了，兄弟。姐妹，你也不对。今早我感觉不太好，真的。不过，到胡椒汉堡世界走一遭，九十分钟，很快就把坏心情收拾好了。我吃了四个威利、三个火爆热狗，还有一个美国方式，外加九瓶装的一箱啤酒。我有点饱，也许有点犯困，不过除此之外我万事俱备，干什么都行。

我打着饱嗝，走在百老汇街道上，我纳闷这座城市是怎么建造出来的。有人胸怀大志，挺好。百老汇从华尔街开始，笔直向上，直到旧西区的残垣断壁，它蜿蜒而行穿过曼哈顿岛，是这个网格世界里唯一的曲线。不知何故，百老汇总是企图比它蜿蜒行经之处要破旧那么一点点。看看东村：百老汇比它要破旧。再看看上城，看看哥伦比亚区：百老汇糟得多。百老汇是一条严谨的正在蜕皮的巨蟒。有时我自己也有点那种感觉。这些傻瓜们偏向曼哈顿时间。

那么我跟菲尔丁打网球又是怎么回事？你还记得我跟他的荒唐约定吗？提醒我。今天早晨，当我坐着抽第一根烟时，菲尔丁打电话过来，说，

"好了，滑头，场地我定好了，我们来打一场。"

我当然没吭声，若无其事地抄下他给我的地址。还好我还

带了一双旧跑鞋、勉强可称之为T恤的衣服。菲尔丁会给我带条短裤。至于网球，我自己寻思——是啊，我会玩那玩意。以前有四五年，每年夏天你可以看到我在网球场上满场嬉戏，后来我再没玩过，但我在电视上看了非常之多的网球比赛。

我用免税塑料袋装着我的东西，沿着曲折的百老汇向北而行，经过环形广场，走进西区那片空旷地和张着大口的车流里。用数字编号的街道缓缓而过。我一直盼着看到体育中心或体育馆，或期望看到在伦敦令你惊异的那些绿荫浓密的广场。"你又搞砸了，"当我来到菲尔丁指定的那座大楼时想到。这是幢摩天大楼，呆滞的线条像一卷胶片攀进无垠的蓝天。不管如何，我走进去，问那个老家伙。

"十五层，"他说。

菲尔丁在玩什么把戏？我进了电梯，电梯飞速向上经过标志着X的多层闲置楼层。在走道里，我碰到一张熟悉的面孔——那是奇普·福那基，皮肤黝黑的职业选手，在主要赛事的半决赛上老是失利，脾气很臭。一转眼，我又遇到尼克·卡瑞本基安，奇普的双打搭档。

门嗡嗡叫着打开了，我踏入一间绿得刺眼的热带会客室。菲尔丁站在人工草皮上，喝着一大杯橙汁。他的皮肤一年四季都是古铜色，使得四肢上细弱的绒毛、干净的裤子和T恤上笔挺的折缝，以及矮胖的白色高科技球鞋非常醒目。

"嘿，滑头，"他说着转身对着玻璃幕墙。我走到他那儿。我们仿佛站在一艘船的舰楼上，俯视着下面的网球场。这是在看电视：两名顶尖大满贯选手在狠狠击球。他们嘴里咕哝着、快速奔跑。看台远处还有一扇窗户。黑暗的屏风后坐着二三十人。球场本身肯定有三层深。这儿一小时得要一百美元？二百？三百？

"那些人是谁？"我问。

"他们只是进来看看而已。看到下面那个男孩了吗？来自得克萨斯的裘伯格。电脑排名十一。他正在接受 TPA 的调查：他收受保证金才在青少年主要赛事上露面，这是受贿，非法的。其实整个前三十名都收，金额是他的三倍。接下来一两年里有好戏看了。他们应该合法化，而且要尽快。我是个资本家，滑头。我是个优秀的资本家。这里有供有求，为什么要打击？给你你的短裤。"

他指向门。

"哦，古德尼先生，"我听到一位浑身雪白的女士唱歌般地说道，"你不会打太久吧，是不是？希茜·斯科里莫斯基四点上场，你知道她的脾气。"

我也知道希茜·斯科里莫斯基什么样。她是世界冠军。

所以我到隔壁换衣服。嬉皮红紧身背心，菲尔丁可怕的短裤（他妈的，它们根本不是网球短裤：它们是紧身百慕大短裤，还有高尔夫格子），黑袜子，我开裂发烫的跑鞋……我想我已经说过了，通常，来纽约如同度假，可以让我从朝九晚五的社交难堪中脱身，但我现在有种不祥预感——很强烈、很幼稚。我踮着脚尖走到厕所里。鞋子夹脚痛死了：我的脚准是还在倒时差，还有时差肿。我解开裤子拉链，尿尿。在弧形小便池里，散香球浸泡在富含维他命 B 的尿液中，在他的映衬下，尿液显得那么灰白。我转过身，那儿有面镜子。得了吧，就这副模样，他们无论如何不会让你打球的。

可是他们让了。那位女士惊诧地瞟了我一眼——不用说，她看到了我的将军肚，还有大格子百慕大短裤里挤变形的阴囊——她递给我球拍，为我打开门。我走下台阶，上场。菲尔丁已经在那一头轻松弹跳，一手握着有谷仓门大小的钢球拍，另一只手里拿着一打黄色网球。

"想打一会儿吗？"他叫道，第一颗球刺破空气燃烧着朝我飞来。

我早该知道英国人说会打网球和美国人说会打网球是两码事。美国人说他们会打网球是当真的。我即使在全盛状态，也从来不是个全天候的公园球手。有时候某种巧妙的错误步伐让我打出近网吊球，杀出一条路，打败比我更有才气的对手。但基本上，我只是球场上的一条狗。菲尔丁很棒。噢，他太棒了。我们在健康、肌肉配合协作上的区别也能说明问题。菲尔丁，古铜色肌肤、赏心悦目，斥巨资整得一口好牙，从小吃牛排、喝牛奶长大，铁和锌让他更强壮，他二十五岁，身体稍稍前倾，手腕一翻，发出一颗上旋球。我呢，我在另一头快速移动，拼了老命地跳跃；我是体重二百磅的混混；成天与酒精、烟草、快餐为伍，比他大十岁，被烈酒烧焦窒息，除了抽球和反手切球外没有什么拿得出手。我抬头看看菲尔丁头顶上方的玻璃窗。曼哈顿中层管理人员都在盯着看呢，他们的脸薄得像张信用卡。

"好吧，"菲尔丁说，"你想发球吗？"

"你发吧。"

我看着菲尔丁向前弓起腰，拍着球，然后站直身体，向上瞄准他的枪。我发球不过是一次抽搐罢了，偶尔能打出个底线扣杀，但是菲尔丁站姿准确，跑动很有分寸，还有种天生球员才有的严肃味道。什么是天生球员？难道他们比我们更懂什么是球形？世界是圆的。他们也懂。

他发来的球我根本没看到，只听到球嗖嗖地从我身边飞过，在中线时有片刻根本看不清轮廓，然后打在我身后的绿色帆布上弹起来。球像彗星般扫过人工绿色球场，留下一道黄色尾迹。

"好球，"我喊道。我穿着黑袜子、格子百慕大短裤费力地跑来跳去。这次我设法搞清楚了菲尔丁的首发球：它砸在了球拍把握带上，那声音震得我怨声不迭——那是强有力的手拍在坚硬肚子上的声音。当菲尔丁优雅地从定做的球裤口袋里掏出第二只球时，我朝球场中央移动了几英尺。我转动着球拍，挥了几下……他的第二个发球真是个好球。发得又迟又低，我以为是反手握拍，球旋转着越过球网，落得很靠后，像个狗杂种似的弹起来。弹得那么高，我只能用个唬人的抽杀把它打回去。菲尔丁悠闲地来到网前，当然，来了一记准确快速的斜线击球。菲尔丁发球得分，二比零。不过，在比赛的最后一个局点，在他第二轮发球时，我打出一记漂亮球。我稳稳站定，一记抛高球，相当准确，菲尔丁只得从发球线跑回去追它。那吊高球是我最后一次出击，真的。其后我再无招架之力。可以说，我们对打好多个来回：菲尔丁站在他那头的底线中间不动，而我则满场奔跑。扣杀，我不停地跟他说，但是我们还是来回抽了好几个球，最后菲尔丁才打了个我接不到的球。

我们交换场地。我没看他。我希望他没听到我气喘如牛的声音。我希望他没闻到——没看到——我热气腾腾的脸。我站好后，瞟了一眼高高看台上的观众。他们笑着俯看下面。

我开局发球失败，球打在网上，离地六英寸远。我的第二个发球软绵绵的，菲尔丁身体后仰，全身力气用在这个球上，不慌不忙干掉了它。我甚至没有追击他的回球。第二分时，情况再次重演。零比二。我发球太盲目、太疯狂，菲尔丁只是伸出手，在空中拦截，抓住了球。他把球放进口袋，向前走了几步——几步而已。我则大范围移动，愤怒绝望中发出第二个球，仿佛那是首发球似的。成功了！菲尔丁还没有我自己吃惊，可他只是用球拍碰碰球——他大比分领先，所以他只不过来了个高空反弹球。黄球扑通掉到我的半场中间，诱惑着我。我用力打出一个低球，打到菲尔丁的反手位置，然后谨慎缓慢地挪到网前。大错特错！菲尔丁选择这个时机放出一个双手上旋球。球呼啸着飞向球拍把握带，顿了一下，重新调整了方向，再次积聚动力——正打在我脸上。我往后一倒，球拍咣当掉到地上。我震惊地在地上躺了几秒钟，像条老狗，像条希望有人抚摸揉搓老肚子的老狗。这太不像话了！我站起来。摸着鼻子。

"你没事吧，滑头？"

"没事。我很好，"我嘟囔着弯腰拾起球拍，站直身体。玻璃墙后，海洋生物从它们的池子里看着我们。尖脸们。没错，别看了。

接着打球。我赢了大概六分——因菲尔丁双发失误、擦网、球打在球拍木框上、还对几个球的落点撒谎。我一直想说:"听着,菲尔丁,我知道这花了你很多钱什么的,但是如果我不打了,你介意吗?因为我再不停下我会死的。"我没有呼吸。五分钟后,我满嘴呕吐物地打着球。虽说我一生中有过许多低潮时刻,但这是我最受挫的一次。

第一局比分六比零。第二局也是。我们在第三局中打成九比零,菲尔丁这时说,

"你是想比赛还是只想打球?"

"……我们打球吧。"

铃声终于响起,希茜·斯科里莫斯基和她的教练来了。菲尔丁看来认识这个壮实的白皮肤姑娘。

"嗨,"她说。

"嘿,希茜,"菲尔丁说,"我们可以看看吗?"

她已经上场,开始热身了。"你们可以看,"她说,"但你们不能听……他妈的!"

不过此时我已经蹒跚着离场。十分钟后,我仍瘫软在会客室里的一把总裁椅上,呼吸困难,几近窒息。菲尔丁轻快地跑下台阶,捏着我的肩膀。

"很抱歉,我……"

"放松,滑头,"他说,"你只要砸几千块钱练练你的反手,也许再花一千块学学发球。你要戒烟,少喝点酒,吃得健康些。你应该去贵一点的健身俱乐部和优质按摩馆。你应该去做一系列漫长、痛苦而昂贵的手术。你应该——"

"听着,你他妈的闭嘴好吗?我没心情。"

"我不想你死，滑头。我想你多活几年。等我事成之后，你会很有钱。我只希望你到时候能享受。"

不久，菲尔丁小跑着回卡罗威了。我来到隔壁更衣室坐下。我盯着凸起的瓷砖地面。我觉得如果我能彻底安静地待上半小时，可能就没事了。我想，可能是转瞬之间，或是眨眼之间，更衣室便处于某种限制级特效境地……六个彪形大汉闯进来——我猜是从走道中某间壁球室来的。这帮发着光、汗毛竖立的男子汉骂人、放屁，脱衣冲凉。我没看到他们的脸。我不能抬头，因为一抬头就会碰到某人胳肢窝或毛发缭乱的露阴屁股。有一次我睁开眼，看见一根粗大鸡巴就在我鼻子前两英寸远处垂着，像是黄色报复。然后他们来了场十分钟的毛巾大战。弄得穿制服的小姐从门后探进来，透过腾腾蒸汽冲他们叫喊……我再也受不了。我呻吟着收好我上街穿的衣服，把它们一团塞进免税袋里，穿着汗渍斑斑的上衣、长及膝盖的百慕大短裤、黑袜子和嘎吱响的跑鞋来到六十六街。想想那样子，我看起来跟其他人准是一模一样。我的身体渴望黑暗和寂静，可太阳热到要爆炸，我站在百老汇大街的一片黄色车流里，尖叫着招出租车。

只有一种方法能让你很会打架：那就是你得经常打。

为什么许多人不擅打架，那是他们打得太少。再说，在当今这种高度专业化的时代，没人真正擅长一切，除非他们经常练习并投入一定的时间。对于暴力，你得深入其中，你得有一套看家本领。当我还是个孩子，先在新泽西特恩顿、后在皮姆利科的街头长大时，我一点点学会了这些路数。比如，你会撞人吗（就是用你的脸去撞击别人的脸——一种非常亲密的打架，用惊人的力量去恐吓别人）？我十岁时开始撞人。过了一段时间，撞了几个人后（你试着用你额头发际线处撞他们、撞他们的鼻子、嘴巴、颧骨——那都没关系），我想，"是啊：我现在可以撞人了。"从那以后，撞人突然成了一种选择。跟用膝盖顶人家的胯下、踢小腿和戳眼睛一样；它们是表达沮丧、愤怒和恐惧的全新手段，也是对我有利的争吵解决手段。不过，你得多练习，经过多次尝试与犯错，得多年学习。你不可能光靠看电视来学这手绝活。你得真刀真枪地干。所以，比如说，如果你跟我发生口角，继而争吵起来，你想撞我，用你的头撞我的头。你可能并不太擅长此道。它不痛，没有任何损伤，只让我愤怒而已。于是我会用我的头去撞你的头，用特大力气，那会很痛，有可能你还会受伤。

而且，在你撞我之前，我可能早就撞你了。街头和酒吧打斗的唯一规则是：暴力最大化、即时化。不要谨慎行事，不要等着战争升级。用武器攻击他们，不要迟疑！用一切东西打他们，牛奶瓶、汽车工具、紧握的钥匙或硬币。第一击得用尽全力，如果他承受下来，那你就处于下风了，然后，无论如何，对他打出来的一切你得接受下来。最坏的、最极端的暴力——不要迟疑。非常手段只是让人吃惊的一种因素。用一切东西打他们。格杀勿论。绝不手软。

唉，球场上我真把自己累得够呛，我会跟你说说那个的。

接下来的三天里我躺在酒店我的小窝里。一直耳鸣个不停，而牙痛却复杂得多：疼痛的啸叫声让我无法入睡，那么大声、紊乱、纠缠、扭曲，像河里的水流。我后背也痛，在球场上时——由于菲尔丁弄得我手忙脚乱，我摔了一跤，急速下落过程中我的屁股蹭过人工草地好几码的距离，大腿后侧留下一道令人难以置信的伤痕。最后值得一提的是，我的胃部状况似乎也不容忽视，可能拜这些破垃圾热狗所赐，也可能只是一种多重宿醉，我不知道。第一天，我像纯粹的涡轮动力，像浮在碗上的一台人类气垫船。噢，我起飞升空了……女仆躲在那里，但根本没往里看，很快房间便真的显出了老态。

酒店服务员费利克斯慢慢成了我的哥们。他替我往药店和酒铺跑腿。他用迅速出现和快活的生命力，填补了我午后的空虚。他变得过于自信。一天上午十点半，当他发现我在《金钱游戏》前一副傻相时，他甚至冲我大喊大叫，仿佛他可以证明运酒有多困难。我冲他吼回去。"去你妈的，费利克斯，"我说，"我要客房服务。"于是他照我的吩咐办，忙个不停，就是不看我。我感动了。费利克斯从中赚了不少钱——我已经塞给这孩子一张面值二十的钞票。如果我一直要酒水的话，他还会挣更多。我状态不佳时，受不了他责难的言行，所以总的来说，我尽量放松自己。

我发烧了。塞琳娜让我发烧。躺在那个既非睡眠又非清醒的滑动区域，在那儿所有思绪和言语都各有所指，然而大脑却永远在解决问题、解决问题，塞琳娜在粉色疑云中朝我而来。在奇异的漩涡和震动中我看见她表演的肉体，脸上赞同的微笑，奉承的眼神里同谋的意味，神鬼内衣令人想到蜘蛛和丝，她的削肩，火红头发，这个弓着身子的女人做着她最拿手的事——令人震颤的证明，色情意味如此浓烈，证明她这样做并非出于激情，也非为着舒服，更不是出于爱，她做这一切只是为了金钱。深夜我满嘴胡言乱语地醒来——是的，我听到自己在说梦话，说它，解决它——我说，我爱它。我爱她……我爱她的堕落。

电话是单向设备，是酷刑。卡都塔打电话过来。洛恩·盖兰德打电话过来。克里斯托弗·梅铎布鲁克、纳布·福克纳和赫里克·施耐德这仨疯子——也打电话过来。那个疯子，那个真正的疯子，那个信以为真、昏了头的神经病，他又打电话过来了，打了三次、四次，狗娘养的。他真让我心烦，我得承认。当我听到电话那头一片寂静，他还没开始高谈阔论时，我的气就来了。他听来卑鄙、苦涩、可怜——他的声音那么小气无情。从他的声音里你能听出他对自己的憎恨、他的羞愧与痛苦。他唠叨不休。他哭泣。他生动细致的恐吓是消遣娱乐。我应付得了恐吓。"我该怎么称呼你？"有一次我问他，"叫我弗兰克吧，"他说罢笑了很久，没有任何快乐的笑声。

他知道打网球的事，对我的难堪丢脸尽情大笑。我认为他一直在玻璃看台上往下看，目光没有离开过球场上的我。"那双黑袜子，"他说，"伙计，你还能再恶心点吗？"他的中心话题是什么？他的主题是我毁了他的生活。我多次耍手腕欺骗他。我做什么都于事无补，只有自我毁灭才行。我没有争辩，我懒得说话。我只希望他在我喝得不太醉时打来电话：那样我要跟他说说我的想法。有时候他听上去很大，有时候他听上去很小。通常他听起来很受伤。如果事情真到了那地步——谁知道？灌下几杯白兰地，我很可能会用我简易但很有杀伤力的街头绝技对付他。不过，你永远也搞不懂那些愤怒的家伙。我有次被一个发狂的家伙揍过，跟我以前挨的揍完全不同——性质上完全不同，凶残暴戾、无限坦率。他们的内部马达全都加到最大。如果他们愤怒至极的话，举起大客车之类的东西都不在话下。

菲尔丁也打过几次电话。他很体贴很关心，责备自己不该在球场上欺侮我。是我自己的错，我这么说。他不是戏弄我，他只是正常比赛罢了。天啊，他甚至还没有放开手脚。

"嘿，"我说，"球场上的那些家伙、在看台上的那些人是谁？"

"怎么啦？我真的没法回答你，滑头。我想他们只是从街上随意进来的。也许是打球的人的朋友，我不知道。你为什么问这个？"

"有个人给我打电话，"我含糊其辞。

"是谁？滑头。神探？"

"哦是啊，"我说着伸手拿过苏格兰威士忌。

菲尔丁接着提议说要派他的私人医生过来看看我怎么样，可我觉得没必要让医生接这份苦差。

还有别人也给我打过电话。在纽约还有别人给我打电话。一天，在我发烧、说胡话时，传来人类的声音。

到现在我才学会把电话当成一种极其可笑、极其恶毒的东西,这个白痴玩偶连同它的腹语恐吓和哄骗。说一套做一套,全是假的。这时传来人类的声音。

我穿着透风的内裤,仰面躺在床上,庞然大物,很阳刚很男性。啊,我真是个大老粗。我躺着那儿,出汗、骂人,只想睡过去。这时,电话自己响起来。我对塞琳娜最大的牢骚是由于她玩失踪,害得我只要这东西一响就去接。我想,也可能是菲尔丁打来的,让钱源源不绝来我这儿。

"嗨?"一个熟悉的声音,"约翰?"

"……塞琳娜!哦,好啊,你这个婊子。现在你最好告诉我——"

"运气不好喔。我是玛蒂娜,玛蒂娜·吐温。"

我感觉——我立即感觉到好几件事。我感到无准备、不好意思地缩了一下。我笑了,觉得脸上的肌肉从它近期的模型中解脱出来。我觉得,有刹那,脸颊上奇怪地一皱,让脸上的脓肿有点发痒。我觉得脑子里的静电噪音消失了——我觉得我真的受不了这个,现在不行,可能永远不行。

她笑我的沉默,好像在笑我是个废物或游手好闲的浪子——不过,我觉得是善意的笑。这时,我已坐直了身子,抽着烟、喝着酒,总体上振作了起来。因为我得告诉你,按任何人的标准,玛蒂娜·吐温都是最正点的小妞——甚至按你的眼光和标准,按你阴暗的价值观和道德观、按你们这些我不认识的凡夫俗子的标准。伙计,她举止高雅、受过良好的教育,外加那种中了头彩的身材,高挑苗条,不知怎么却有对结实的乳房和大屁股。双唇娇艳欲滴、能说会道。美国人,在英国长大。自从在电影学院结识以来,我总是对她保持着遥远而无助的爱慕。

"玛蒂娜……今年你过得还好吗？你怎么知道我在这儿？"

"我丈夫告诉我的。"

"噢，真的吗？"我难过地说。

"他现在在伦敦。他刚打电话过来，所以我知道。你怎么会在这里？"

"噢，我这几天总算熬过来了。我准备拍一部电影。"

"是啊。奥西跟我说了。今晚我请了几位客人过来吃饭。你想来吗？"

"噢，是吗？都有谁？"

"我恐怕大部分是作家。"

"作家？"我说。在伦敦，有个作家就住在我家附近。他在街上奇怪地打量我。我讨厌他。

"没错。作家。有位来自《翠贝卡时报》的女评论家。还有位名叫芬顿·阿金波的尼日利亚小说家，以及批评家斯坦威克·米尔斯。"

"今晚我去不了，"我说，"我得去参加一个无聊的派对——跟，啊，跟布奇·波索莱和斯邦克·戴维斯。"

这句话貌似给她留下深刻印象，至少她的沉默让我有这种感觉。"嗯，我觉得你很忙。"

"等等。吃早餐怎么样？事情确实很多，但吃个早饭的时间我还是安排得过来的。"

我们定好明天早上在中央公园西边的巴特比见面。九点钟。我的感冒神奇地治愈了。你上床，把自己盖得暖暖的，喝一瓶苏格兰威士忌。技术上说，半瓶酒就够，可是我想绝对保险。我拔掉电话,把"请勿打扰"的牌子挂在门把手上——十点不到我像个孩子似的睡着了。

我的旅行闹钟告诉我已经八点一刻了。我跳下床,感觉斗志昂扬,状态好极了,除了出汗、抽搐、哆嗦、明显的晕眩——那种感觉难以形容,更难忍受,我错过了时机,昨天应该见好就收的。透过后窗户,我仔细查看清晨的昏暗还有多长时间……我躺在浴缸里抽着烟、一条腿在冰冷的白架子上哆嗦,这时我要的咖啡来了。我刮胡须时割伤了自己,然后又跟我的头发大吵了一架。我喜欢头发向后梳,但一缕青灰色头发总是耷拉在我锯齿状的眉毛上。于是,我弄湿梳子,然后把那缕头发往后梳平,让它熨帖。来到隔壁,我大口喝着咖啡喘着粗气。八点四十。穿上最好的外套:向外敞开的长外套,细脚裤,黑色厚底鞋。我没有喝酒,不过,当我锁门时,我演练了下如何跟玛蒂娜打招呼,如何谈笑风生地叫香槟的样子。

我先朝东,然后朝北走去。唷,这种天空色彩绝对可笑——犹如竖琴般的道道光束发着绿光,铁青色,胆汁绿,仿佛某种生态垃圾仍然存留在它的肺里。来吧,把它咳出来。商店仍在睡觉……噪音都哪儿去了?制造噪音的人都哪儿去了?只有目光锐利的少许车流。我突然觉得很不对劲,于是我在一个穿着市政蓝工装裤的老建筑工人面前停住。

"怎么回事,伙计?"我软弱无力地说。我觉得我抓着他的胳膊。"人都上哪去了?今天是假日吗?天啊,天这么暗!是有什么日食之类的吗?"

"你以为几点了,现在是九点。"

"我也知道是九点。"

"晚上九点,孩子。九点左右天总这么暗了。人们都回家了。"

不知道为什么,我受不了。我哭起来,也不容易但是哭得很厉害,胸脯一起一伏不断地抽泣哽咽。那个老头极其克制地站在那儿,手搭在我肩上说,"站稳了,孩子。我想你会没事的。是啊,你会的。你根本没问题。听着——还有明天呢。"

这人说得对。第三天早上,我醒来发现床单是干的。我小心地睁开眼,坐起来。是的,它转移了,它过去了,它移到另一个地方,到别处忙活去了。而我想家,我要回家。

我滑下床,按铃要了客房服务。我原地小跑了一分钟。这就是醒来应该有的样子。这是我的幻想吗?还是我瘦了点?我用洗发水洗头。我找到一瓶消毒剂,大喝一口。我做了个俯卧撑。我打电话给航空公司。

第一品脱咖啡喝到一半,我点燃一支烟。嗯,味道不错。香烟和发烧真的不能混合。我责备自己缺乏自律,但是提到香烟时,你已经把它递给我了。我意识到,在我生病期间,我用纯粹的意志力继续数着我的香烟。在第二盒上,略呈下降趋势,或香烟短缺,但是如果我一手一支烟同时抽的话,没什么不能修复。

我碰碰脚趾头。撕开第五盒黏黏的奶油牛奶,我倒了更多咖啡。我满足地伸了个懒腰。那好吧,我问自己,打次手枪怎么样?

我从衣箱里翻出几本男人杂志,回到床上,翻看它们。我们来看看……整个想法显然错误至极,根本没什么乐趣可言,还让我头痛得难以置信。

再说,色情是培养起来的习惯。噢,是的。它是培养起来的。我是个色情瘾君子,比如,保持着一周三本黄色杂志和至少一场色情电影的习惯,所以我需要这么多钱,我要养活这些小妞……我站在浴室镜子前,懊悔地摩挲着我的脖子,从我那张枯萎的脸上收回目光。我还想起来一件事,在炎热的纽约,在我发烧说胡话的那几个晚上,有人走过长长的走道,在101房间门口停下,一次,两次,也许更多次。有人大力撼门,不是想进来而只是为了愤怒和警告。是真的吗?抑或只是一种新梦。现在我老是做些新梦,有关我或别人的悲伤之梦、醉酒之梦、无聊之梦,一直这么做啊做啊,永不醒来——这些梦我都能和诗人寻章索句的不懈努力相媲美了。我这样说也没把握。我不知道怎么写诗。我也不知道怎么读诗……关于我和读书(我真不知道为什么我会跟你说这些——我是说,你经常读书吗?):我不能读书因为读书害得我眼睛痛。我不能戴眼镜因为眼镜害得我鼻子痛。我不能戴隐形眼镜因为它害得我神经痛。所以你瞧,一切都是在痛苦与不阅读中进行选择。我选择不阅读。不阅读——我的钱就花在这上头。

我打电话给卡罗威的菲尔丁。

"洛恩想要保证,"他告诉我。

"是啊,好吧,你可以让他安心一段时间。我要回家去了。"

"滑头,太快了!"

"我会回来的。我得回去搞清楚些事情。"

"什么问题?女人还是金钱?"

"两者都有。"

"那是同一个问题。你的航班是什么时候?"

"十点钟。"

"那么你八点四十五分动身去机场。"

"不。我八点四十五分要到机场。我坐的是空轨航空。"

"空轨航空?他们能提供什么服务,滑头?大麻,沙拉和灯光秀?"

"嗯,我要的就是这些。"

"听着……我希望你能在起飞之前跟布奇·波索莱见个面。你七点左右能到我的俱乐部来一趟吗?伯克莱,西四十四街。你把行李放在门口,径直走进来就行。"

没错,我还跟玛蒂娜通了电话。她接受我的道歉。首先,她们总会这样。实际上她真的很有同情心。我们六点钟在第五大道的古斯塔夫短暂见个面。我对这姑娘以实相告,告诉她我一直病得很厉害,我有多孤独,我的生活一团糟。

今天是忙碌的一天。中午时我在第六大道的售票亭前排队,为了宽大机体、可能坠毁的飞机上一张便宜狭窄的座位而跟一帮学生、工人一起排队。这是人民的航空公司:我们是这家航空公司的人民。他们全面降价,现在只有穷人才坐空轨航空。一名身穿制服的姑娘,有着番茄红头发、难以置信的雄火鸡嘴,不祥地消失了几分钟去查我的美国运通卡,然后急匆匆回来了，我可靠的信用评级令她湿湿的牙齿恢复光彩。我问，"有什么电影看？"

她用红指甲敲出这个问题。"他们有《波奇上路》，"她说。

"真的吗？谁演的？"

包罗万象的电脑也知道这个。"卡什·琼斯和洛恩·盖兰德。"

"不会吧。你最喜欢谁？"

"我不知道，"她说，"他们都没劲。"

在五十街有一家朦胧酒吧，绝对不是脱衣舞酒吧，我顺道进去坐坐。我看了一会儿机票。旁边那把高脚凳上坐着一个哆嗦的主管，他飞快地连喝了三杯黑色鸡尾酒，可怕地长叹一声，又急急走了……我喝的是白葡萄酒：我想保持清醒。这是我——什么？——几乎两天以来的第一杯酒。在眼泪汪汪的迷惑之后，在大街上像个一岁的孩子之后，我无法咽下任何东西。我试过，什么都味如毒药，像铁杉毒药。于是我只是吞下一把色拉芬然后上床睡觉。我不知道没有那个穿连身工装裤的老头我会做出什么。如果没有那一点人与人之间的接触，我真觉得自己可能会去死……在我若有所思地嚼着椒盐饼干条时，突然那颗不稳定的后牙被戳到了。知情是痛苦的，不用说，我知道塞琳娜肯定还有别的男人。得了吧，那当然。她很聪明。她很实际。她会结识某个地产开发商，或某个为寻求刺激而吸毒的富二代，或某个有钱人。她甚至用不着跟人家上床，只要让他安静且两眼冒光地瞥见她的内裤、听到浴缸里的奇怪响动——哦，不用说，还有奇怪的手淫，就能搞定。毕竟，我和她就是这样开始的。当时,她傍着广告总监大款,同时还跟另一个二十岁的地产研究员暧昧着。塞琳娜知道如何可爱地挡开他们,她知道如何把他们停在她的飞机跑道上——她是航空交通管制上的老手。然后,有一天,他们全是你的了……此刻她在哪儿?伦敦那边六点钟了,天色渐暗。为了这个夜晚她在收拾打扮,她也很焦虑。她焦虑。那边天色尚早,但塞琳娜不早了,她不再年轻。你知道什么吗?我打算娶她,娶塞琳娜·斯特里特。如果我不娶她,可能没人会娶她,而我另娶他人又会毁掉另一个姑娘的人生。

我喝完葡萄酒,付完账——出奇的贵,不过那时我似乎已喝了六杯或六瓶可口的加州甜酒。我穿过曼哈顿的碌碌大众(他们又出来了),穿过临时演员和替补演员、小配角以及重要角色,穿过这些不知名的凡夫俗子,走回酒店。无数演职员塞满街道,怒气冲冲的出租车司机骂个不休,就在这时我看到标语——**英国人滚出贝尔法斯特、 我爱爱尔兰共和军**,以及**谁杀了鲍比·桑德斯? 鲍比·桑德斯, 死去的绝食罢工者。**绝食罢工对这些家伙来说一定特别可怕,这些人个个都长着个生日蛋糕似的脖子。"你在跟我说话吗?"我冲他们中某个人吼道,"滚开。你们知道什么!"突然我想起威尔士王子此时也在纽约。他们的目标可能是他。有些标语实际上针对的就是他,我现在明白了。好吧,王子,挺住。我想到,别听这些人渣的,我觉得你还行——你会没事的。

回到酒店,我跟服务台后的男人达成协议:跟他多聊聊洛恩·盖兰德和卡都塔·梅茜，外加十块钱，他同意我可以在房间里待到六点钟而不再另收一天的房钱。他是卡都塔的铁杆影迷，也有不少岁月痴迷着老洛恩。"三十五年来他一直是最棒的，"他解释道，"我佩服他。"我收拾行李，没有爱的房间像是在遭受极大的折磨。念念不忘与玛蒂娜的会面，我决定保持这两天来的成果。我拼命喝了四分之一瓶夏布利酒，好让我整个下午稍微有点活力。可是房间里到处都是苏格兰威士忌、琴酒和白兰地。我痛恨浪费。啊，我留下的这些酒，一个非洲家庭可以连续大醉一个月。我没再给塞琳娜打电话，我要给她一个惊喜。

刚打包行李时还挺有条理，到后来就乱得一塌糊涂。我在沙发下找到一品脱没打开的朗姆酒——很可能是费利克斯藏在那儿的——我又开始解决它了。当我的手被锁键重重卡住后，我干脆在行李箱上跳上跳下。不知什么时候，我瘫倒在床上，准打了几分钟的盹。电话吵醒了我。我优雅地喝了口酒，点了一支烟。这是我最舒服的时候。

"噢，天啊，又是你。"

"你这个该死的杂种，"那声音说，"滚回去。去那儿摧毁更多人的生活吧。怎么回事？你误了一天？我看见你在街上嚎啕大哭。你完了。一切结束了。"

暂停。他正好碰到我的心情好。遇到这种事，你得找点话说，不过我从来都有话可说。喝了酒后更是如此。我一把抓住电话听筒，身子前倾说道，

"好了，傻逼，你给我听好了。去寻求点帮助，好吗？到你住的附近看看有没有疯子援助，或者精神病院或人渣计划，把自己送进去吧，你个恶心的家伙。这不是你的错，是你的生

理在作怪、是你的钱在作怪。他们给你几颗不要钱的好药丸,过一段时间你就会好。"

"接着说,"他说,"我喜欢你的风格。大块头……我们总有一天会见面的。"

"噢,我希望如此。当我跟你了结时,阳光灿烂,除了一缕头发和几颗牙齿,什么也不剩。"

"我们会见面——"

"总有一天我们会见面的。当那天来临时,我他妈的要干掉你。"

我把听筒啪地挂上,坐在床上直喘气。我想吐。我恨这些恐吓电话。我看看手表,天啊。我睡了准不止一个小时——不过说睡眠可能有点言过其实。睡眠对这些天来我的状况来说夸张了点。小弟,我这叫失去知觉。我把朗姆酒瓶头朝下竖起来对着我的嘴巴,在令人难受的微光中收拾完行李,整理好我的旅行文件,然后飞奔下楼找服务员。

最后,我有充足的时间跟纽约道别。我首先给了费利克斯五十块。他看来出奇的愤怒或担心,不知何故,他一直想让我躺在床上。但我希望,为了那点钱的缘故,他会开心点。我爱给人钱。如果此时你在这儿,我可能也会塞给你一点钱,二十、三十,也许更多。你想要多少?你有多少钱?你会给我什么,姐们、哥们?你会搂着我的肩膀,告诉我我跟你们是一路的吗?为此我会给你更多钱的。

我把行李寄放在门房,大步径直走进巨无霸屋,在那儿我一口气吃了七个法斯特热狗。它们真是太好吃了，我狼吞虎咽，吃得眼泪都出来了。接着我从时代广场的一个黑胖子处买了根大麻、强力催情剂、一小瓶可卡因和一块鸦片，在一家脱衣舞酒吧的厕所里把它们全吸了进去。这样做很傻，人们说，因为黑鬼们把冰毒这种强劲的东西跟麻醉剂混在一起。但这里头的经济学是什么？他们真正做的是把较弱的东西跟麻醉剂掺在一起，结果，在效果上你相当于只买了一根手卷烟、廉价商店里的一支温度计、磨碎了的阿司匹林和一坨狗屎。不管怎样，我把它全吸了进去，跟我说的一样——我像头小公牛那样冲出厕所时，我明显感觉到一股冲动。

在一片汽车喇叭声中，我穿过马路，进了四十三街和百老汇交界处的色情商店。怎么描述好呢？这是男厕所。那些二毛五的格子间是厕所，真的：你走进去，把钱放进槽里，坐下，做你想要的事情。黑色神奇马克笔乱涂了几个字在一些黄色卡片上，奇怪的招贴画也贴在那上头。这个婊子的阴道那么大。看那些傻逼们在屎尿流里嬉戏。胡安尼塔·德·帕布罗屁股里塞着它。谁写的这些东西？显然是某个与异性关系特酷的人。与此同时，看门的黑女人拿着抖动的钱袋踱了过来……我首先试了一下4A房里的性虐。他们让个小妞身体弯成三段，把一根棒球棍插进膝盖后，然后，他们电击她。很逼真。这是真的吗？你看到白色电流闪光，当然那姑娘在尖叫，身体在抽搐。在他们给她用灌肠剂之前我就出来了。他们把这个项目写在粗糙报纸上做宣传，报纸用大头钉钉在门上。如果那姑娘长得再好看一点，再对我胃口一点，我可能还会坚持看下去。隔壁的格子间里，放的是二毛五的电影。这是森林场景：这影片的兴趣点集中于一个姑娘和一头驴子之间绽放的爱情。啊呀！那头驴子似乎也不害怕。"我希望你赚得不少，姐们。"我嘟囔着出来了。她也不算太差……最后，我把价值二十八个代币的时间贡献在一个异性恋节目上。节目里，一个张口发呆的牛仔拥有一切，什么都有，以牺牲天才的胡安尼塔·德·帕布罗为代价。就在这个男人高潮前，这两人颤栗着分开来。然后她跪在他面前。有件事很清楚：这个牛仔至少肯定在酸奶农场住了六个月，禁欲，且除了冰淇淋和黄油牛奶外什么也不吃，在他的合同里肯定有一条无懈可击的禁止打炮、禁止手淫的条款。当他高潮来临时，胡安尼塔看起来像玩笑中被蛋糕砸中后的一脸面糊，我觉得她就是那样。当她呕吐、哆嗦、呛得咳嗽时，摄影机骄傲地来回移动……很难说，真的，在这场复杂的交易中谁是最大输家：她、他、他们，抑或我。

现在我摇摇晃晃、打着嗝来到菲尔丁俱乐部正门台阶处，一路上我停下来喝上一两杯。你会觉得我喝了瓶朗姆酒、嗑过药，到现在应该已是强弩之末了，我可不是那样。不是，先生，我才不是这个乖乖。现在你认识这种人了吗？有些人喝多了之后嗜睡，但我们这种人不是。我们喝多了后，我们想出去走走，做点什么……永远不要做任何事是我喝醉后尝试已久并坚持下来的规则，可是我总在做些什么。我喝醉了。"永远什么也不做"：这是条好原则。如果大家什么也不做，这世界可能会更美好，对我而言会更安全……所以，正如我所说，旋转门把我卷入大厅时，我神采奕奕——我要去见菲尔丁·古德尼，还有布奇·波索莱，真正的布奇·波索莱。

一个白发、呆滞的老男人站在服务台前，当他在内部通信系统里登记我的身份时,我们聊了会儿天。我跟他讲了个笑话。什么笑话?有个家伙,他的车坏了,他——不,打住。有个农夫,他一直把老婆锁在——等等,让我们重新再来……我俩哈哈大笑,不管我说没说完这个笑话,他告诉我怎么走,后来我还是迷路了。我走进一间房,许多人穿着晚礼服坐在一张方形桌前玩牌或玩双陆棋。我赶紧退出来,却撞倒门边的一盏台灯。首先,台灯就不该放在那儿,更何况底座还那样伸出来好多。我围着某个食橱瞎转了好久,但最后还是找到一条路杀出来。再一次踏空台阶,仰面重重摔下。不怎么痛,但是很好笑。有个吓得要命的男仆想过来扶我,我挥手让他走开。然后我很严厉地跟服务台后的老男人说了几句,他向我保证这次我会找到的,并且亲自护送我来到冥王星房门口,并鞠了一躬。

"现在好了吗,先生?"

"太棒了,"我说,"给,拿着这个。"

"谢谢,不用了,先生。"

"得了吧。五块钱怎么啦?"

"我们有规矩不许收小费,先生。"

"只此一次,不会伤害任何人。没人看见——来吧……那好——滚吧!"

嗯,这样算是把他解决掉了。我咔嚓咔嚓地进了冥王星房,松开领带、伸长脖子。好家伙,里面真黑真热。远处吧台下,女人们略略弓起的背影和她们身边殷勤的男人离我很远。我从高脚凳上差点摔下来,撞向一根柱子,但是偶然间却发现我的朋友菲尔丁站在酒吧那头。他穿着白色晚礼服,在跟一个艳光四射的女孩悄声细语。她穿着一条漂亮的灰色短丝裙——

一动便起波纹,像闪烁的电视,乌黑的鬈发波浪般垂在她柔嫩的脖颈和嗡嗡的身体语言上。没等菲尔丁来得及拦截我,我径直飘到这姑娘身边,在她脖子上轻轻吻了一下。

"嗨,布奇,"我说,"你好吗?"

"哦,嗨,约翰·塞尔夫,幸会,"布奇·波索莱说。

"老运动员,情况怎样,"菲尔丁说,"嘿,滑头,你看起来真是喝高了。趁我还没忘,有份礼物送给你。"

他递给我一个信封。里面是张机票,纽约——伦敦,头等舱。

"九点的航班,"菲尔丁说,"但你会赶得上的——我保证。约翰,你看来能来一杯。"

年轻人都在喝香槟,我赶紧叫喊也要了一瓶。我洒出很多,又抱怨着要了另一瓶。布奇真是非常好笑——她显然是这里的常客:你真该看看她帮我用餐巾擦拭她膝盖的样子,她顽皮地接住我不停掉在她胸前的冰块。哎唷,这只性感的狐狸散发出来的气息,那么流畅,而我则满脑子旺盛的情欲。激情、金钱、性和兴奋——就这样,这就是纽约,这就是第一流,这就是顶级。我是冥王星房里一个快乐的小混混,接着,我又要了一瓶酒,我的鼻子嘶嘶冒着泡,还有一个房间,极端混乱。有人扳过我的肩膀,我转过身来,觉得浑身湿漉漉的,我看到菲尔丁的脸在说……

黄色出租车在纽约街头穿插,一辆笼子似的小货车送这头疯狗回家。司机灵活的褐色手臂驾着车冲过黄灯,加大油门带我们上了直路。永远不要做任何事,永远不要做任何事。我看着他的褐色胳膊，起着褶子的皮肤和矛刺一样的黑色汗毛。我看着陌生的城市一闪而过。终于，机场的扁平标志和白色灯光开始在我面前嗖嗖而过。

"你几点的飞机？"司机说，我告诉他了。

我在说谎。至少我知道——根据我的手表、根据售票亭前的红带子——我的两个航班都已经起飞了。但是在鸟笼般大的候机厅里一大堆惊喜在等着我。九点起飞的航班延误了，感谢一个定时炸弹的恶作剧。他们刚开始重装行李，预计十一点能起飞。我踱到头等舱办理登机手续的地方。头等舱，他们待你可真好。"您有多少件行李，先生？"那个小姐问。"只有一件，"我说，热心地一挥手，转过身去。"噢，你他妈这可怜的白痴。""先生？""不，没有行李。只有我，"我苦笑着说……我给艾什伯里的费利克斯打电话，要他把我的东西保管好很容易。我会回来的……在牙医诊所那种炽热的灯光下，我在候机大楼里穿梭，寻找酒吧，有个念头冒出来，要为我从纽约释放出来而干一杯。我游逛了很远很久。"才十点你就关门了？"我听到自己在吼叫，"去他妈的肯尼迪机场，伙计！"说着我两手揪住一个家伙的海军蓝哔叽翻领，那家伙只好重新打开免税柜台，卖给我一品脱酒。我坐在候机室里喝着。再次登机了，头等舱优先。我站起来，走进机舱。

在管道般的夜空里飞向更深处——黑夜从那边而来，横扫整个地球。我坐在宽大的红色宝座里喝着香槟，机舱里只我孤家寡人一个。我优雅地放下帘子，挡住商务舱、普通舱和经济舱里的咳嗽声、鼾声、尖叫声、抽泣声、生孩子等各种声音。我真是憎恶自己的生活！我要来占卜牌。我已不再年轻。为什么？这会要我的命。他妈的青春会要我的命。我吃饭、我看电影——他们给我一个选择，我选了《波奇上路》：太糟了，老洛恩看上去太没劲。纽约那边他们还在干什么，菲尔丁和布奇？呀，走开些！别让它再碰我。我不能再想它了。我得长大。是时候了。

2

"说说吧,约翰,感觉怎么样?你是这个国家最好的商业广告导演之一,你才三十五岁,你要拍你的第一部故事片,你跟洛恩·盖兰德、布奇·波索莱这些人一起工作。说吧,约翰——感觉怎么样?"

实际上,没有任何感觉,就觉得我又回伦敦了,从天上掉进这种什么也不是的天气里,什么感觉也没有。不过我啜着啤酒,对着麦克风笑道,

"嗯,还用说吗?好极了,比尔。第一次拍电影不容易,但是我对这个计划真的感觉良好。事情进展得很顺利。"

"你说的没错!你肯定感觉棒极了。"

"当然前景看起来很光明。"

比尔是好莱坞《票房》杂志的伦敦特约记者——因此有这种兴高采烈的腔调。不过,我倒不觉得比尔今天上午很开心。看来为我的成功欢呼雀跃真是件难事,不过他们付钱给他就是干这些的。

"再多透露点消息给我们,剧本是由你来写吗?"

"我?你开什么玩笑?不,主要想法是我的,但是我们会请一位,请一位美国作家多丽丝·阿瑟来写"——比尔点点头——"来展开情节,写完剧本。起初,电影的背景设在伦敦,现在改为纽约,所以我们需要一位会说美国英语的作家。"

"跟我说说,你对与洛恩·盖兰德合作的前景看好吗?兴奋吗?"

无疑,他这话里有股讽刺味道,不过我说,"非常兴奋,真的太刺激了。我希望洛恩能帮我扫清这个障碍——洛恩,有着多年丰富经验,加上他的——等等。你最好不要写这个。我们这样说吧:嗯,洛恩是名真正的专业演员,是所悠久的学校。等等。你最好也不要写这个。只说他是真正的专业演员就好了,行吗?"

"布奇·波索莱怎么样?"

"关于布奇最值得一提的是她并非花瓶。她光芒四射,而且她也非常聪慧,是个感性的年轻女人。我认为她在我们这一行里前程远大。"

"最后一个问题:资金。"

"哦,我说过,菲尔丁·古德尼是个投资高手。这也是他筹拍的第一部故事片,不过他在、在资金筹集上经验老到。要到电影发行之时,我们才会启用大型工作室。我们已经有个中等规模的投资人团队。有来自加州、德国和日本的资金。正如你所知,这也是融资上的全新尝试。"

"没错。请问预算是多少,六位数?"

"十二。"

"天啊,有些人总是运气好,是不是?"

"没错。"

比尔没再打扰我,走了,谢天谢地。我拿着空杯子踱回酒吧。十点三十,星期天上午,莎士比亚酒吧。在吧台曲面镜下堆满酒的狭窄通道里,肥文斯和肥保罗——两代杂务工和极有天赋的酒吧保镖——正猫腰装啤酒箱。肥保罗直起身子,我径直望着他苍白而湿漉漉的脸。

"再来一杯一样的?"他说。

"是,"我说,"嘿,那个——肥保罗。给我们来杯苏格兰威士忌。"

"一大杯?"

"不用,双份就行。"

肥保罗把酒放在吧台上。他抱着胳膊,往前靠过来,若有所思地点点头。"今天有个新的脱衣舞娘,"他主动告知,"维罗妮卡。天啊,漂亮极了。"

"我会在这儿的。"

"喝吧,那个——塞琳娜。还跟她上床,是吗?"

"别问我,伙计。"

我们听到链条晃动的声音。我们转过身,一个小小的阴影在锁着的玻璃门后耐心地等待。

"他妈的滚!"肥保罗年轻气盛地吼道。

"别,没事,"我说,"这准是我那位作家。"

在伦敦五天了,还是没有联系上塞琳娜。

二十四小时前,我费好大劲才找到亚历克·卢埃林,不过线索到此就断了。亚历克,那个谎话精。他躲在大理石拱门附近一幢提供膳食卫生服务的公寓里——那是收费高昂的单身中层管理人员和临时旅客的简陋旅馆,绝对有那种监狱牢房和实验室的感觉:该旅馆坐拥五十套交通便捷且管理严格的公寓。

亚历克把自己当成生活潜水员。犯罪、债务、毒品——他就在这种深度中潜水。夹着纸板火柴和香烟盒的纤长手指与他英俊、紧张、胡桃夹子般的脸部轮廓遥相呼应。是的，他很紧张。他比一年多前虚弱多了。一年前可以办到的事，现在他没把握了。

"塞琳娜在哪儿？"

"我不知道，"亚历克说，"也许躺在一堆鸡巴上，要么在哪家妓院里晃着她的屁股。随你怎么想。"

"她跟谁在鬼混？"

"我怎么知道？"

"你告诉我的，是我很熟悉的人。是谁。谁？"

"是谁不重要。想想吧，伙计。我简直不相信我会坐在这儿跟你说这些。她快三十了，是个拜金女，对不对？换句话说，是个正在掉价的床笫艺术家。她得一直傍下去直到发大财，她没有别的事可干。好吧，要么娶她，要么试试其他类型的姑娘。有雀斑的、中学水平的职业女性，带着两个孩子的离婚女人、胖护士——"

"噢，你这个谎话精。你根本不顾及自己在胡说些什么。当谎话精的感觉如何？"

"不太坏。当白痴的感觉怎么样？你觉得她在哪儿，在暑期学校？在湖滨散步？"

我环视一周，看到床上被子一团糟、梳子，还有打开的衣箱，里面的东西全被翻了出来。消瘦的亚历克，三十六岁、两个孩子的父亲，受过良好教育、有一定特权——他在这间租来的拘留所里做什么？我们喝着法国绿茴香酒，或者说喝着幻觉，希思罗机场的标签还挂在一升装的酒瓶上面。

"你知道，"我说，"你在机场跟我说的话，扰乱了我整个行程。谢谢。你真没让我舒心。"

"那只是个警告。"

"呃？"

"她要的是你的钱。"

这真让我那什么。"那又怎样？"我说，"他妈的，这跟你有什么关系？"

"……因为我也想要你的钱。"他笑了，但还不如说是脸部抽搐。"听着，约翰，我是认真的。我讨厌问你要这个。"

"我讨厌听这个。要多少？"

他说了个数——让人震惊的数目。我说，"你已经欠我一笔钱了。你要这钱干什么？买毒品？还赌债？"

"离婚赡养费！现在她有法律支持。我们没有达成协议，有满满一警车警察跑来支持她。"

"等等。你跟我说过你还在操她。"

"我是在操她，只有你跟我知道，从没像现在这么爽过。"

"我不懂。"

"是这么回事。猪猡警察们说我欠她这些钱。如果我没钱，那也就算了。但问题是，我有钱，在银行里。现在我需要钱了结一单生意，我跟些坏蛋有点生意往来，如果我不交钱，我会有得受的。他们告诉我他们准备怎么对付我。"

我饶有兴趣地问，"怎么对付你？说具体点。"

"不是从脑后来一枪。换句话说，我的脸可能会开花。那些猪猡们，他们也是当真的。要么我星期五交钱，要么我去布里克斯顿监狱。"

"天啊。"

"给我钱吧,伙计——给我!你拍这电影能赚多少钱?八十万?一百万?"

"八字还没一撇呢。"

"给我。我会还给你的。"

"是啊,你一直这样说。"

"十天内我就会还给你。我发誓。我在等张支票。这是搭桥贷款。"

"哦,我了解这种搭桥业务。"

我也做过。每次总是如此。亚历克期待的钱——现在好像是我的钱,仿佛全写着我的名字,但是当钱借出去后,就不再是我的钱了,而成了他的钱。他不想给我一个子儿。金钱多变至此,你真得好好表扬它。

我对亚历克这么说。他不想听。我也不想。里面的门开了,一个身穿白色细腿裤的瘦长姑娘踮着脚尖走进来。我心想,这人还真正懂得裤子。她肌肤色调异乎寻常得几近可笑。她打哪儿来?婆罗洲、马达加斯加、水星?当她一手在她的包里掏着时,一手捂住脸。对有人在看她红棕色的乳房不以为意,看来许多人已看过了。她身后是没有窗户的小房间,明亮得像白炽灯丝。我在那样的洗手间里待过,成排的洗手间(仿佛洗手间被测试得不够似的)。你感觉自己像只老鼠,撒着老鼠尿,在被控制老鼠的科学家观看。

"别看我的脸,"她说。

"喝杯茴香酒,甜心,"亚历克说,"这是约翰——这是艾琳。"

"刚刷完牙，"她说。

她一扭头又回到洗手间，现在走得自然多了。亚历克和我默默注视着她平滑的肩膀和受宠的屁股。

"这些小妞们在哪儿做的日光浴？"我问，"某个小岛上？"

"全是在'她——光彩'里做的，"他凝视着关上的洗手间门说。"说来你不会相信，她的屁股白得跟那条裤子一样。艾琳不愿别人以为她做日光浴时光着身子，她觉得那样很下流。可笑吧，是不是？"

"那条裤子很酷，"我轻快地说，"现在听着。"我一根手指警告性地敲着酒瓶。"我可受够了你和钱的事，我怎么知道你不是在撒谎？我想知道这钱是给谁的，我不断给你的钱都哪儿去了。"床上放着两张揉皱的机票。我伸手拿过来看：巴黎、头等舱。"艾琳是哪种姑娘？胖护士？"

"职业女性。机票钱是她付的，我也欠她钱。"他哆嗦了一下，心绪不宁地两手一挥。"我得摆脱这堆垃圾。你不过是个侥幸成功、撞了大运的小混混罢了。关你啥事？给我闭嘴，把他妈的钱给我！"

我要的就是这个，这就是我想看到、想听到、想感觉到的。这是我朝上他往下、我们彼此擦身而过时他恐惧的致意。也许我花钱买的就是这个。

"好吧，"我说，"我看看能做点什么。"

尖利的铃声响了，跟着门外传来三下重重的敲门声。亚历克立刻站起来，赶紧退到洗手间里，偷偷摸摸的样子看来不是第一次。他朝我狠狠点了点头，一挥手掌做了个遁身姿势，不见了。

我手端酒杯，拿着香烟，解开门栓，拉开门。一个头发乱蓬蓬的粗壮男人靠在门柱上，仿佛极累，用拳头揉着眼睛。他笑得刻薄、疲倦，但幽默之火还没完全熄灭。是的，他块头很大，跟我体重差不多。亮晃晃的肥大西装在走廊尽头的日光下泛着光。

"什么事？"

"卢埃林先生在吗？"他伸直了脖子问。

他找的不是我，也不是像我的人。我没有亚历克那么瘦、也不爱打扮，没有那种出身高贵的亡命之徒被击败的狡诈。他找的不是我，不是他自己这种人。

"你是谁？"

"卢埃林先生在家吗？我看着他进来的？我可以进去看一下吗？"

"你不能进来。"

"这样做，"他说，"这样做有点蠢。而我们，我们是当真的。人们犯傻时，我们会很恼火。"他向前迈了一步。"现在让我们把这事给了了。"

"得了吧，"我说，自己也向前迈了一步。"我知道你们干的勾当。你们半价买下跳票支票，然后再来敲诈勒索。"这不会折胳膊、不会剥脸皮。他在金钱大军里军衔太低，业余人员、民兵。他不会逼你说，他会烦你说出来，他为了钱会烦死你。"你根本不合法，"我说，"你只是个马仔。滚开！"

壮汉垂下头，转过身。有片刻，我看见他坐在停在那儿的卡普里特或666车里，面红耳赤、直喘粗气，想着如何挽救局面。但是后来,他朝地上吐口唾沫,抬起头挖苦地看着我。

"你可以告诉你那个骗子朋友,我们会再见面的。你也一样。"

"噢,你们就会吓唬人,"我说。这家伙在恐吓这一行里没有前途。他一点也不可怕。

"很快会再见的,"他说着走下走道,手里还晃动着钥匙。

我精神振奋地踱回屋里。"他走了,"我边说边推开洗手间的门。

……啊,色情。艾琳坐在盥洗台上,一丝不挂,不,她穿着白裤子。不,她光着身子:那奶白色裂缝只不过是她比基尼边的错觉。这姑娘(我突然觉得),她煞费苦心地想现实点——可那时,舞蹈者们要假装成牵线木偶,他们跳得多累?……在无礼的白色灯光下,她的腿悬在亚历克肩膀上。亚历克转身看着我,表情迷惑而紧张。她也扭过头来,眼神呆滞,根本没有投入,仿佛她在照镜子,却没指望会喜欢镜子里的东西。她的嘴更奇怪。裤子就挂在嘴上,它的荷叶边就卷在她唇间,像凌乱的花束。

我留了张支票在床上。当我走回过道,下楼梯时,我听到点声音,特别清晰有节奏。那是模仿自愿痛苦的声音,是孩子打喷嚏前发出的声音,我听得出这声音是艾琳发出来的,她嘴里的东西滑了出来。

此刻,肥保罗弯下腰,打开黑色的大门栓。多丽丝·阿瑟走进莎士比亚酒吧,不知道该把感激的微笑送给谁。不过,肥保罗一直低着头，跟地狱看门人、地狱保镖一个样……菲尔丁·古德尼跟我说过，多丽丝是"天才的女权主义者"。我还以为这不过是床上天才的可笑代号，不过此刻我没多大把握。我喝了口酒，等她在昏暗中认出我。毕竟，多丽丝是上过大学的人，在哈佛大学受的教育。她可以找到自己的路。通常，我讨厌那些受过大学教育的人。我讨厌有学历的人，剑桥普通水准、初中前入学预试、艾奥瓦基本技能测试、速记文凭……而你讨厌我，是不是？是的，你讨厌我。因为我是那种新型的、专干坏事的有钱人。对此我要说：你们永远不会接纳我们，真正接纳。你们可能以为你们接纳了我们，但是你们永远不会。你们只是给我们一点钱。

然后再对我们说滚远点……至于女权主义，总体上说，嗯，我的态度是有权有势的黑帮老大的立场。当惹人厌的女权主义者们可能会坏了大事令他很恼火时，他会把女士们请进来，平静地说，好吧，那么你们要的是这个，以前谁拦着你们了？我们以为你们一直很快乐地做那些事。上百万年来你们一声不吭，到现在才说。不过我通情达理。很快，在我们某个城外运作中就会让步的。如果一切进展顺利，你们安分守己，谁知道，我们可能会……

"约翰·塞尔夫？"

她眯着眼站在那儿，迟疑着。不管她们有多男性化，有多激进，姑娘们永远不会失去这种灵敏的直觉，或者我希望她们不会。她穿着宽松的牛仔工装和一件差不多开裂的飞行员夹克——抗强奸服装，催泪毒气服装。它们不管用。此刻，我想，这儿有个、有个真正值得强奸的人。找个好律师的话，你只会判两三年。近年来,局子里也不太坏。他们有乒乓球打,有电视看,还有单人牢房。

"请坐,多丽丝,"我相当酷地说,"我请你喝一杯。肥保罗!"

"不用——水就好了。"

"瓶装水,还是自来水就行?"

"自来水就行。"

我穿着方方正正的西装,笨拙地站起来,从酒吧人群中挤过,我转过身。多丽丝用人类学家的眼光四处打量……几个月前,菲尔丁送给我这小妞的第一本小说,薄薄一册短篇小说选。年轻的多丽丝在美国显然干得不错。菲尔丁的洛杉矶办公室附上了剪报,上面划线的文字温和地提到她小说中的原创性和反传统的情欲力量。不知何故,这本书名为《啼笑皆非的时尚新款》。又不知何故,有个短篇与此同名。深夜,我打着呵欠、眨着眼看了几篇,想找反传统的情欲力量。我读了那篇名为《啼笑皆非的时尚新款》的同名小说,讲的是一个流浪汉,他言必称莎士比亚,他所做的不过是乞讨、拉皮条和诈骗,可他是边做这些边谈莎士比亚。这个老浪子——我无法告诉你他有多讨厌。不管怎样,哪怕是我也看得出她直白对话里立场的多次转换,多丽丝因此而加入我们剧组。菲尔丁说过她是个犹太公主。她当然是个值得一看的小奇观,她是北非蜂后,有着魔鬼般的肤色,炽热的黑眼睛,润泽而半启的嘴唇……噢,伙计。怪不得她穿得难看。可是对那种长相你无能为力。它们让人无法自拔。它们穿过我身上重重的宿醉热浪直冲而来。它们剥开了宿醉的七重面纱。

像《票房》的比尔一样，多丽丝掏出一个本子，鼓励地看着我。"你能跟我谈谈，"她小声说，"你最初的想法么？我是说，发生在哪儿？"

"什么？"

"我说故事最初发生在哪儿？"

我耸耸肩。"就这儿，"我说。

我们一起难过地看看周围改建到一半的拱顶——蔷薇木、潮湿的紫色长毛绒、窗帘软软地耷下来，后面是脏兮兮的玻璃，冰冷的厚台球桌，连仅有的一只手臂也没了的吃角子老虎机，还有肥保罗无神的双眼、酒吧脸、张开的大口，他看着钟，听着时间嘀嗒地一路奔向中午。

"就这儿。我就在楼上出生的。这地方是我爸爸的。"

"你开玩笑吧？！"这个不假思索的词语从那两片丰满、深橄榄般的嘴唇间奇怪地滑出来。她的牙齿像珍珠，是莎士比亚酒吧这个牡蛎里的珍珠。我用鼻子吸了口气说，"像这样。父亲、母亲、儿子和一个情妇。父亲、儿子共享情妇。起初她是父亲的情妇，后来儿子强行插进来。儿子知道情妇跟父亲的关系，但做父亲的不知情。知道吗？你听懂了吗？你知道，做父亲的已经——"

"我懂了。"

"操了她好多年，现在儿子也加了进来，偷偷地。噢，是的，情妇与黑帮有往来——她过去在一家黑帮酒吧里跳过脱衣舞。不管怎样，一天，在饭馆里——他们全都在一家饭馆、或小酒馆、或酒吧、或俱乐部里工作。到底在哪儿我们还没定好。情妇也在那儿干活。反正，一天——做母亲的和儿子关系密切，也把这个情妇当女儿看待。这位母亲什么也不知道。不管怎样，在他们工作的饭馆、或小酒馆、或酒吧、或俱乐部里，面包店每天会送货过来。一天，父亲和儿子打开一包面粉。可那不是面粉——是海洛因。现在做父亲的跟黑帮扯上了关系。他只想把那包东西给送回去。但是做儿子的，他——"

这个故事我说过很多次——只要我精力充沛，我可以滔滔不绝，毫不费力。这样我的思绪可以随便乱飞，就如它在没有压力或也不快乐时总是神游万里一样。我的思绪在舞蹈。什么舞？焦虑和恳求之舞，徒劳的熬夜之舞。我觉得我肯定得了什么新型母牛病，这病会让你琢磨你有没有真实存在过，会让你觉得生活像个恶作剧、像场表演、像个笑话。我觉得，我觉得自己死了。有个家伙就住在我周围，他真的让我毛骨悚然。他也是个作家……我一个人睡不着——那当然。我需要有人关心。我得马上走出去，买点关心。清晨我醒来，一无所有。晚上我醒来，在负时间里醒来……最好不要问——最好不要说。

多丽丝魔鬼般的双眼从来没离开过我的眼睛，她晃动身体脱掉夹克，拿手帕摁在她光洁的额头上。她的男式白衬衫也因丝质质地而闪闪发光。我凝视着她，接着嘟囔。照我看，她绝对是个飞机场。而且她的苗条，也奇怪地让人心猿意马，尤其是当你盯着那活跃、复杂的喉咙时。塞琳娜的喉咙更丰满、更多变、更容易点燃他人的激情，实际上她的乳房也一样。这跟乳房有什么关系？你不需要它们，是不是？多丽丝不需要……酒吧门打开来，然后一直开着。人们鱼贯而入：这个时候老顾客不多，穿着低俗西装、腋下夹着小报的中年人也不太多。不，现在进来的是年轻人，红男绿女、华服丰乳、生龙活虎，带着城市的喧嚣吵闹，还带着他们的金钱。

"所以到最后，"我还在说，"我们来了个父子间的大摊牌。噢，是的，而这——"

"跟我说说，"多丽丝说，"布奇·波索莱这个角色的动机是什么？"

"啊？"

"那个情妇。她的动机是什么？"

"啊？"

"为什么她要跟这两人睡觉？做父亲的给她钱，那好。但是为什么要跟儿子睡？那样做对她来说风险很大，更何况这个儿子是这么个软蛋。"

"我不知道，"我说，"也许他在床上功夫了得。"

"什么？"

"也许他是个抢手的性伴侣。"

"那不是动机，不是我们能戏剧化展现的东西。关于这个情妇，关键点在于她不仅仅是个花瓶，对吗？那她为什么要这样做？我觉得观众不会买账的。一个相当重要的女人，为了性而毁掉自己的生活？我们得向观众提供点动机。"

肥保罗晃悠着走过去，"维罗妮卡上台了，"他说着做了个大胸脯的手势：两个手掌窝着举起且紧绷着。多丽丝温柔地抬起头来。

我说，"嘿，你们这些小妞、你们这些作家，到这边来。"

我牵着她冰冷、纤瘦的手，穿过沾着灰尘且潮湿的天鹅绒门帘，进入更喧闹、更多烟雾、更多酒精的世界。二十多个大声吵吵的人们看着小舞台上一个大女人。她像只黑蜘蛛、身形健美，舞跳得很好——面无表情，正该如此。她慢慢跳了几分钟后，半躺在一直摆在那儿的直背椅上。此时她一手紧按胸口深沟，另一只手找到裤子上的亮片缀饰，滑了进去，在那儿动啊摸的。我弯下腰，在多丽丝耳边悄声道。

"你看行吗？也许你想坐在我脸上？告诉我。她的动机是什么？他们的动机又是什么？听着。我的菲亚斯哥就停在外面。我们去你住的酒店吃午饭，然后我们上楼，去你那儿上一节长长的动机课。"

她抬起头，打量着我，点头微笑，穿过门帘走出去，结实的屁股上一记响亮的巴掌让她加快了步伐。我跟在她身后，小声嘀咕着，眼睛盯着忙碌的舞台。真美，不是吗，她们一直都这样，上帝保佑她们？你只需一个大身体——大身体和小胆量。

多丽丝急急地收拾东西，夹克搭在肩膀上。哇，宝贝儿，我想，迫不及待，啊？也许午饭都不用吃，我们径直上床好了。这时我看见泪水像汗珠似的从她脸上滚落。

"谢了，"当我走到身边时，她说，"这么多年来没这么倒霉过。"

"得了吧，亲爱的，你知道你喜欢这样。"

她冷静下来，话说得很吃力，但最后还是一股脑全说了出来。"你这个混蛋，"她说，"我不知道他们还在大批量制造她们。你以为我们这种女人会身不由己被你这种男人吸引，我才不想同你这种男人上床，我但愿你这种男人死光光！"

她转身要走，我往前一扑想拦住她，结果撞在了桌子上，跌倒了。这个动作，以及我撞倒并在其中挣扎的一大打空啤酒杯和威士忌酒瓶，让我想起某事来。我以为宿醉可能消了，实际上它沉入另一吨酒精之下，无迹可寻。我爬起来，掸掉西装上的湿玻璃碴，发现父亲从红色门帘的缝隙间看着我。我也迷惑地看着他，若有所思，但他瞟了一眼，端着酒退回到阴暗处，这是打发我走的意思。

十分钟后，我还在莎士比亚酒吧厕所里，头靠在小便池冰冷光滑的石头上，额头觉着舒服点。我抬起头，慢慢皱起眉，大声读出柠檬绿瓷砖上的信手涂鸦。**"干掉所有黑鬼。强奸是屎。操科夫。"**

"谁是科夫？"我自言自语，"行啊，管他是谁，操他。"

午睡后，我觉得好多了，我手足并用顽强地从后排座位爬到前面，只在皱巴巴的裤腿被手刹钩住后解开它时停了一下。然后我开车回家——坐在我紫色的菲亚斯哥里，从皮姆利科开到波特贝洛。我的菲亚斯哥是台漂亮车，是辆精力旺盛、重量可观、乒乓作响的老式跑车。菲亚斯哥，我的骄傲与欢乐。当我去纽约时，我仗义地把车借给了亚历克·卢埃林，可是我收回来的是什么？贴着交通告票、沾着鸟屎的圆顶小屋，撕裂的备件、新冒出来的难听的摩擦声，仪表板上每样东西都闪着光不工作。这家伙对我伟大的、无与伦比的菲亚斯哥干了什么？仿佛他住在里面，不仅如此还将它分租给他人。有些人，他们真是不入流。当菲亚斯哥驶进——或被推进或拖进汽修厂到处是垃圾的停车房时，你真应该看看那些修车工们脸上的艳羡之情。有一次，这车还是用直升飞机吊进去的。我的菲亚斯哥性能不稳定，跟最好的赛马、诗人和厨师一个样。你不能指望它像旧米斯特拉或阿利布一样。这车是我去年花了一大笔钱买的。有些人——亚历克很可能便是一个——觉得菲亚斯哥错在炫耀卖弄，认为菲亚斯哥品味差。他们懂什么？！

我和车爬进了我住的那条街。你没法在这附近停车，哪怕星期天下午也不行。你可以并排停在人们上面，人们也可以并排停在你上面。车的数量在翻倍而房子面积在缩小。房子被一分为二、为四、为六。如果一个房东或发展商遇到一间足够大的房间，他会把它变成迷宫、七巧板。多层门廊上密布的门铃按钮像古老宇宙飞船上的仪表板。房间划分开来，房间增殖，房间分割——房屋并排三幢地立在那儿。人也在翻倍、在分开、在分离。在双重麻烦下，我们分割损失。怪不得我们欣喜若狂。

……我喜欢把我位于伦敦西区的公寓想成花花公子的寝宫，不过想也没用，它仍旧是个低级的娱乐场所、栖身之处、窝棚——单身公寓。一股单身汉的味道、独身的味道，就是我也能闻出来（不要让独身状态变成你的生活方式，不要让它融入你骨子里。不用多久，单身便深入骨髓）。我可怜的公寓像个毛头小伙，激动不已、张口发呆、渴望女人、为女人憔悴，我也是。它的灵魂已毁，我的也是。（她的睡袍、她的保湿霜、她装内衣裤的百宝箱——它们不在了，全不见了。）我公寓里凌乱的米白色地毯、犀牛角和路标塔的沙发、罩着黑绸床罩的椭圆形大床。这些东西没有一样是我的，薄纱帏幔不是我的。什么都是租来的。我租水、租热、租光。我买茶包租茶喝。我住在这儿十年了，没有一样东西是我的。公寓虽小，但花费不少。

　　站在厨房的一角，我可以看到下面四肢灵活的慢跑者朝南边公园跑去。天气差不多跟纽约一样糟。当中有喘粗气的胖子，有出名太晚、微有薄名的艺术家，他们顺着上坡跑、向上跑。我的同辈人，我们开始这一切的。以前，理所当然地认为人人满意于行尸走肉般的生活。现在他们想永远感觉精彩。六十年代教会我们老去是可恶的。我是六十年代的产物——六十年代温驯、不笑、不发表意见的产物——但是在这事上，我真心同情过往，同情没人介意一直活得像个死人的往昔。我从反着光、脏兮兮、粘着烟灰污渍的窗户望出去，看到外面这些穿着童装蹦蹦跳跳的老家伙们。回家去，我说。回家，躺下，多吃些土豆。昨天我打了三次飞机。每次都不容易。有时你真的要全力以赴才行，像做体育锻炼似的。这跟意志力有关。任何有蛋蛋、站在那儿跟我说打飞机不是项锻炼的人，他们都不知自己在说什么。我在厕所撒尿时，差一点心脏病发作。其实我也做些其他锻炼。我上楼下楼；我钻进钻出的士和餐馆的火车座；我长途跋涉去屠夫武器和伦敦学徒酒吧。我咳得厉害，我经常呕吐，这些真的让你疲惫不堪。我打喷嚏，我洗澡和上厕所。我上床、下床，经常一天好几次……啊，你在纽约看到的是我最好的一面，是最有约束、最坚定、最有活力的我。在伦敦，我发现我有种走下坡路的迹象。在这儿我无事可干、没人可以共事。我什么都没做。我希望我可以找到一个人，好让我背叛塞琳娜。比如，我觉得小多丽丝就非常可爱。女人！酒！如果你与女人打交道时一直醉醺醺，会让你很不利——不过，有一天菲尔丁在电话里提到那天布奇·波索莱对我印象极好还是令我大吃一惊。是的，你在纽约看到的是最好的我，温文尔雅而魅力逼人。噢，为纽约精神干一杯！在那儿，哪怕你一塌糊涂，大家还觉得你才华横溢，因为你来自欧洲。我犯过错，我承认，就像我们去那儿试试时都会做的一样。比如，在深夜二点一刻时，在食客寥寥无几的小饭馆里骂着还再来一杯。比如，在酒吧里起哄唱歌，在夜总会和迪斯科舞厅里摔跤。在前两次的旅行中，一天早上，我跟菲尔丁还有最初的三个投资者一道出席一个早餐会，就在萨顿广场附近的一间天鹅绒酒店的公务包间里。在我的故事大纲讲到一半时，堵住嗓子眼的恶心的软木塞好像给突然拔出。我只好跑到隔壁厕所去吐。厕所很大，还装有听觉效果：我那河马怒吼般的声音隔着门也清晰可闻，还是四声道的（后来菲尔丁向我解释过）。回座位时，有一两人好笑地望望我，我随他们去，我觉得它没有伤害到我。如果我是他们，我会享受眼前这景象。请注意：看到有人真的崩溃——并且起因在他自己，对我这可怜的老心脏有好处，还好不是被外界自然或不幸所摧毁，不然那可会吓到我。不过，在美国，大家都非常拘谨古板，因此，那天早上，当我继续侃侃而谈时，面对厚重的银质餐具里盛着的果汁、炒鸡蛋和煮得汩汩作响的咖啡时，大家面露出怀疑、担忧的神色。我开始发出一种奇特的声音——前几天，当我想从塑料瓶里用力挤出最后一滴番茄酱时就是这种声音，现在我又听到了。没什么大不了的。我于是拼命咳嗽，把自己搞得鬼哭狼嚎的，只好被人搀扶着下了楼，坐进了独裁者里。全是些无伤大雅的闹剧而已。我在这种状态下不想看见女人。你在女人身上看不到这些，我很高兴。有时候你在我周围，在那些小破酒吧里的金发美女们身上看到……那天晚上是怎么回事？在伯克莱的那晚？出什么事了？肯定发生了什么……我已经解开了一个小谜团。我现在知道我是如何从纽约飞回来的了。菲尔丁给肯尼迪机场打电话，说我要坐的那个航班行李中有炸弹。"没什么大不了的，滑头，"菲尔丁在电话里告诉我，"我赶飞机晚了的时候总这么干。他们会严加盘查那些误点的旅客，但如果你是头等舱的话，他们不会查的。那样做可不够划算"……可还有第二个谜团，那个谜一直在我心头盘旋。

现在是星期天下午，我从厨房走到睡房。我打开嵌入式白色衣橱，拿出在纽约最后那晚穿的那套西装。这已不是第一次，我把裤子扯出来，在床上摊平。裤裆侧缝处有块大污渍，比黄褐色要深些，然后逐渐缩小变成一滴滴的在两条裤腿上。那脏东西摸上去还有点裂纹的感觉。这是什么？自来水？不是。是香槟或尿。我想我知道真相。记忆就在那儿，它还在——一摸它就让我作呕。啊唷，别让它碰我！*走开些*。所以我又把这套西装锁回衣橱，连同它的犯罪同伙一道送回牢房里，安全地关门过夜，别让我摸到。

眼下我缺了点什么。难道你不觉得？到处玩、闪亮、迷人，我的生活看来不错——总之，表面上如此——但是我想我们都觉得我有毛病。不是这样？那是怎么回事？哥们、姐们，行行好，告诉我，帮帮我。你会说是酒精……酒精没那么大不了，我保证，酒精不是什么新东西，但是有新东西。我感觉受侵犯，感觉上当、被人愚弄。我听到陌生的声音，说着奇怪的话。我脑子里冒出一些想法，我觉得受到打搅……一天清晨，我打开小报才发现，在我不在的这段时间里，整个英格兰已经被骚乱暴动、被烧焦的贫民窟、被社会崩溃给弄得焦头烂额。我从报上获知，失业让大家都很愤怒。我了解你的感受，我自言自语。我了解你的感受。我一天到晚没事干。我无助地坐着，脑子里全是耳痛和暴乱。为什么？说吧。内城贫民区因金钱骚乱而受到破坏——但是我有钱，很多钱，我还会赚更多。可我还缺点东西，他妈的，是什么呢？

兴之所至（这些日子我总是心血来潮：这就是我所谓的动机），我走到隔壁房间，放眼打量我的藏书：《家庭税务指南》《金银岛》《高利贷者》《雅典的泰门》《配偶的权利》《我们共同的朋友》《买、买、买》《织工马南》《成功！》《坎特伯雷故事集》《检察官自白》《一颗像里茨饭店那么大的钻石》《紫水晶遗产》——这是我所有的藏书。（大部分严肃书籍是塞琳娜前任的收藏，只有《高利贷者》例外，那是我自己买的。）我盯着我的太空时代音响系统。多年前我对摇滚音乐的兴趣随着年龄的增长消失了，实际上在成长过程中我对什么类型的音乐都没有兴趣。我等待，我徘徊，但就是什么也没有。时至今日晨间电视节目还只是个梦、是声呓语。也许我打算跟它一起消磨时日，也许不。看电视是我的主要兴趣所在，是我的一项重要技能。录像电影是我的另一项成就：魔法、大屠杀、情色电影。在我能够思考时，我发现，我的所有习惯都跟色情有关。唯一的满足这么生硬地被强调。快餐、性爱表演、太空游戏、吃角子老虎机、色情录像、裸体杂志，酒、酒吧、打架、电视、手淫。我对手淫或它们令人疲乏的频率有些疑惑。我需要那种人与人之间的触摸。这儿没别人,所以我自己解决。至少打手枪不要钱,免费赠送,没有现金牵扯其中。

用来配烤马铃薯般的沙发的石英茶几上,一沓未拆的邮件随意摊在那儿。我的生活中所有邮件只有一个主题。这种状态持续多久了?我看着这沓信,最终还是拆开来,骂骂咧咧看完全是陷阱的建议与要求,对于这些乞求的信件,我想说,听着,难道我们不能换个话题?这么多年之后,难道你们就不能说点别的事?只此一次……看在老天的分上,我最后一次收到情书是什么时候?最后一次写情书又是什么时候的事了?

六点半。忏悔时间。我给多丽丝·阿瑟住的酒店打电话,说了许多道歉的话。一个人能有多少道歉?当我回纽约后,我需要更多道歉的话——对玛蒂娜说……多丽丝相当轻易地宽恕了我。起初,她们总是这样。再说,有十万块钱让她保持兴趣。后来,我找到一支圆珠笔、一本便笺、几个信封、一页邮票。我边工作边对自己、对金钱悄声低语。

最后一封信的信封上是手写的地址,写到我的名字时用的是"约翰·塞尔夫先生敬启"。我从纽约回来后的这个可怕清晨(伦敦的中午,坐在空荡荡的公寓里,手里端着杯酒,比如,清晨六点时的金汤力——这得是对身体和灵魂都有好处的消息),我翻着这个黄褐色信封,寻找友好、帮助的手,我扫了一眼这笨拙的笔迹,寻思这是我用得着的哪位脊椎专科医生、发型师或彩票专家寄来的一封颇有技巧的勿忘我信……他们雇外国小妞们手写地址:多少给了我一点人情味。但是,突然间,这封信看起来是很私人的信件。我心狂跳着撕开信封,读到:

约翰，亲爱的，

接我回家吧。我不相信你说的那话都是当真的。你怎么能认为我是这种人。来接我吧，如果你不照顾我，我不知道怎么办。

爱你的塞琳娜××××××

附注：我身无分文。

危险地兴奋起来，在强烈欲念的支使下，我给自己倒了杯酒，仔细读这封信寻找线索。邮戳是埃文河畔斯特拉福德。日期是十天前。信纸上的信头是辛柏林，酒店赌场，七位电话号码以二、五形式写的……这个什么接我回家是什么意思？我说过什么可怕的话吗？我不止一次回忆去纽约前的那个晚上。发生了什么？我带塞琳娜出去吃了顿昂贵晚餐，为了钱我们大吵，回家后来了一场详尽细致的告别做爱，塞琳娜勇敢而坚忍，我则一如既往地充满兽欲。接下来，我记得睡前我喝了几杯饮料，自己安静地睡去了。换句话说，非常普通的一晚。最后我可能说了几句无礼的话，但那也很寻常。第二天中午我醒来时，塞琳娜早走了。我也没多想。我喝了杯爱尔兰咖啡，收拾好东西，在厨房墙壁上写下我在纽约的电话号码。

一个男人接的电话，漠然地答应照我的话办。

"我就知道是你，"她沙哑小声地说，强压着迫切与邪念。

"回来吧，回家，"我用同样的声音说，"我要你，马上！"

"噢，天啊，瞧我这日子过的！"

"打的。"

"坐的士！"

"快点！"

"好。"

"马上。"

"好。"

我在公寓里走来走去。我拿起信封。我的眼睛，奇痒无比又灼热疼痛。你们知道吗？这是我第一次看见她的笔迹——她懒散、不熟练的签名，她潦草画上的亲吻。这怎么可能？我是说，我知道我们不是那种最善于表达的伴侣，不过大家都一样。见鬼，两年的分分合合，甚至没有写过一张便条？见鬼。我扔下信，抬起头。我有没有给她看过我的笔迹？是的，她见过，账单上、退货凭条上、支票上。

我在闹哄哄的商场里转来转去。我来干吗？买香槟。塞琳娜她喜欢花钱。玩色情你不能半途而废。色情和金钱总喜欢搞在一起，你得付结盟费……辛柏林，呢？我自己就住过这间酒店——和塞琳娜的一两个前任，某个模特或设计师，某个辛迪或琳迪或朱迪或楚迪。这是个花钱的地方，没用的琴酒宫和游戏窝，非常贵，全是扬基佬和枫叶客，捐客、妓女、骗子以及肮脏的周末游客。我推荐这个酒店。我，我曾经在斯特拉特福为一种名叫汉姆雷特的新闪脆肉蛋面包片或面包卷或面包三明治拍过一个电视广告。我们找了间剧院，整个广告在舞台上拍摄完成。有个演员，浑身素黑，连脑袋也不例外。他惹上了麻烦，一个愤怒的小妞对他唠叨个不休。突然，一个淫荡大女人，穿着清凉短裤、戴着胸罩，端着两个热气腾腾的汉姆雷特，悠悠然走进来。她朝他抛了个媚眼——一切就是这么容易。我所有的广告里都有个只穿热裤、戴胸罩的淫荡大女人。这算是我的商标。没人说我的广告深奥。但是，天啊，他们的快餐就是卖得快。

我低头从湿湿的白光中闪进五光十色的酒铺里。天啊，他们有那么多酒，而且许多酒价格低廉——成缸的尼日利亚雪莉酒、成桶的阿拉斯加波尔多葡萄酒。他们甚至有种名叫酒晶的酒，装在标签都没有、大得像锅一样的塑料瓶里出售。对于出没于市区这一带的无家可归的流浪女、流浪汉、站立不稳的醉鬼，酒铺一定已经启动了直接应对方案。当然货架间还晃动着一些可怕脸孔。当我在麦芽威士忌展厅里逗留时，一个老头来到我的身后，嘴里一股腐烂木头的味道，像条迅捷的火血蜥蜴。废话！他的声音懒洋洋，指着把他长满燎泡的脸上一分为二的一条新的伤疤，语调冷淡地乞求、为自己开脱。不，你不能这样，伙计，我想——你不能在这儿乞讨：招人讨厌。我本该给他一块钱，让他离我远点。不过，当然，守在收银台前的三人中一个满脸疙瘩的家伙打着呵欠走过来，一手重重地拍在那可怜家伙的肩膀上，指示他回街上去，那才是他应该待的地方。滚出去，老小子。为什么？因为钱说的。我买了三瓶普通法国酒。在柜台上结账时，他们把我的贵宾卡登记在一个小本上，那上头列着的都是破产诈骗犯和众所周知的失败者……然后我丁零当啷地走进隔壁换支票的地方。有个小妞坐在笼子里，不分昼夜地把支票换成现金，不过要收你一半现金作为这笔交易的佣金。实际上，还不止一半，至少现在是这样。佣金一直上涨。总会有一天我走进这儿,写张五十英镑的支票,递过去,等一会儿后问:"行了——我的钱呢?"笼中的小妞会抬头说,"你不识字吗?我们现在全收了。"

我走很远的路回家,好打发掉塞琳娜回来前的时间——我那卖不出去的塞琳娜、我那时髦的塞琳娜,一度在打折销售中继续降价。啊,我是多么爱它。我太爱它了。就像塞琳娜,这个区总算走上坡路了。这条路对面曾有间开了三代的意大利饭馆:铺着亚麻桌布、一身黑衣的女招待神情严肃。现在那儿成了间汉堡窝,其实街上已经有家汉堡小屋,也有家汉堡馆以及一家汉堡村。快餐相当于快钱。我知道:我也助了一臂之力。也许还有盈利空间,可以再多开几家。这条街每隔一扇窗户就有家脱衣舞小店。一条街上需要多少家脱衣舞小店——三十家、四十家?过去这儿还有家书店,书籍按字母顺序和主题来排列,现在消失了。这地方以前有的东西全都不见了:市场力量造成的。这是家脱衣舞小店,由三个难看的黑妞在打理,她们的笑容尖得像针。过去这儿还有家乐器行(长笛、吉他、乐谱),已经被一家旅游纪念品巨型超市所取代。过去那儿是家拍卖行:现在成了录像带俱乐部。犹太熟食店——按摩店。你明白了吗?我的方式在这个世界上一路向上、畅通无阻。我很开心。不,我不太开心。对于那家意大利餐馆我有点不好意思——我曾是那儿的常客,塞琳娜也很喜欢那儿——但是其他东西对我没用,我很高兴它们都不见了。

我从挤得要命的穿梭巴士上下来,走进灰头土脸的广场和呆头呆脑的旅馆的格子栅栏间,安静多了。某些居民区也总算开始走上坡路了:它们正在改造修缮、加湿处理、大理石化。

广告总监们、投资客们、尖脸小两口们，全都搬进来，各自划地为营。在我家周围你甚至可以碰到那位奇怪的二流名人。一个老演员，在后街酒吧里演唱辛酸的咏叹调。还有个播新闻的小妞，好几次我看见她把她的孩子们塞进那辆旧回飞镖车内。每天，在锡尔切尔斯特花园的烤肉店内，一位不成功的清谈节目主持人和一位酗酒的前智力节目主持人神情严肃地共进午餐。哦对了，还有一位作家也住在我家附近。酒吧里一个家伙指给我看过，从此我常在亲子游戏、太空游戏厅看见他，我还看见他背着蓝色洗衣袋去自助洗衣店。我觉得他们付给作家的钱不会多，你觉得呢？……他停下来，看着我。他满脸狐疑，你读不懂——那苦笑中杂有假笑，还有种心照不宣的神色。他真让我毛骨悚然。"重新认识我好吗？"有一次我冲着街对面喊，朝他做了个胜利的手势，再一挥拳头以示警告。他站住、定睛看我。这个作家，有人告诉我，名叫马丁·艾米斯。从没听说过。你知道他吗？

……我猛地抬起头来：还是看不出什么天气。有时候，当天空这般灰暗时——完美的灰色，真的，这种灰是对色彩概念的彻底否认——无数佝偻着腰的人抬起头，我们人类不洁的眼睛，很难辨认这是什么天气，仿佛粗砂的佩斯利花纹上升下降本身就是花纹的一部分一样，雨、孢子、眼泪、胶片、尘埃，在这种时刻，天空不过是住在我们人类眼里的所有尘埃。

全都搞定。我回到公寓。换过床单、藏好袜子、理好杂志，自己也收拾打扮妥当。不久门铃便会响起，塞琳娜就会出现在这儿。漂亮的淡褐色大眼睛、过夜的包包、滚烫的喉咙、无所不知的内裤、带伤疤的手腕、闺房女人香,而且,很可能还带有其他的男人味。不过,想到即将来临的色情,这也不成问题,就算了,这也行。等我跟你更熟些,我再告诉你我跟塞琳娜会在这间公寓里干什么。无论如何,我都会告诉你的。谁在乎?我才不在乎。她对我不忠?她跟男人上床是为了钱?不,这不是我的塞琳娜。她只是趁我不在城里时,拍点黄色电影,特地在我脑袋里偷偷放映罢了。今晚,我会得到一切。我说不准自己现在有多烦躁,色情已经坐着的士往这儿来了。

香槟在强制冷的小冰箱里冰镇着,我打开一罐啤酒,吞下十颗维他命 E。我是个维他命瘾君子、我是盘尼西林瘾君子、我是止痛药瘾君子。止痛药,它们真他妈是好东西……麻木、呻吟、不安、无助,我在公寓里走来走去。我站着不动。我坐下。我用遥控器打开电视,安慰自己。经过一阵开机时的噼里啪啦,威尔士王子出现在租来的电视屏幕上。嗨,王子,我对自己说。你什么时候回来?那家伙结婚才一个月左右。他迷上了一个名叫戴安娜的小可爱。她看起来不会给他找什么麻烦——不像塞琳娜老给我惹祸……一连串的剪辑里,王子打马球、爬山、驾驶战斗机、指挥舰艇。他坐在壁炉前,安静地与他母亲交谈。整张脸正对镜头,王子接着回答有关他童年和青年时期的问题。他说,他非常感激在人生初期受到的自律教育。在各类文明中,王子说,自律对他而言绝对是最基本最重要的……天啊,我真希望——我年轻时,当你不费什么劲就能学到东西时,也有人教教我什么是自律。他们还可以顺道教我自信与自尊,还有法语。我肯定学得很轻松。但是压根没人教过我这些东西。我努力自学。我坐下来试着教自己什么是自律。不过,我没能做到(自学,不怎么好玩),最后我总是出门找乐子去了。

门铃响了,我站起身,手在口袋里忙着掏钱。

"最近有没有做过爱?"

终于,到了预料之中、注定要到的夜晚时段。我们刚从克罗采餐厅吃完饭回来。这是老传统,习惯成自然了。克罗采为我们的重逢、为我们的前戏、为我们的谎言提供了昂贵的背景。肥美的肉、腥红的酒、白兰地、浓稠的布丁。吃饭时就已开始了黄色谈话。塞琳娜兴致高昂,而我呢,我是卡路里过剩、哈哈大笑的巫师。

"有啊,"她说,停了片刻,抿着她的香槟。

"谁?我认识吗?"

"……是的。"

"你最好跟我说说这事。"

"我在家里,跪在窗台上,看着空旷的外面,那么可爱。这时,一辆黑色大轿车停在酒店外。铬合金的。车窗摇下来,一只戴着十二个戒指的手伸出来,召唤我。"

"你当时穿的什么?"她现在穿着加长的黑色紧身胸衣,紧紧裹在她的大腿之间,还有黑色丝袜和金色鞋子。

"我穿着白色小喇叭裙,是我小时候穿过的,只齐这儿。我还没来得及穿内裤,因为我刚洗完澡出来,正在穿衣服。"

"那你接着做什么了?"现在她穿过房间,跪在我旁边的床上。她两手将头发梳向脑后，露出变幻无常的颈部。

"我踮着脚走过房间，下楼。我走进那辆大车里。"

"他是干什么的？"我让她仰面躺下。黑色紧身胸衣有四十颗黑纽扣，扣在丝线做的眼睛样小孔里，十分牢固。现在只有三十九颗了。只剩三十八颗。

"他把我抱在他腿上，好像坐在绞盘上，或消防水龙头上一样。他的手放在我肩膀上，很用力。我想：他永远也进不去。我永远也躲不开他。可他那么强壮，他的手重得像金子，难以置信。弄得我很痛，但我很湿，湿让痛变得黏软甜美。我想：我是只公鸡，我只是只公鸡。"

后来，我俩并排躺在绸缎床单上休息，她摊开身子躺在我身边，我抽了根雪茄，喝完香槟，想这美好生活。从某种意义上、在某种意义上来说，我想我是真正想要过得好点。

怎么才能做到？

骨子里，我是个快乐的家伙。人们说，快乐是对痛苦的补偿，所以我猜我是个相当快乐的家伙。对我而言，痛苦的补偿太频繁了，但另一方面，痛苦亦如是，所以我才得到那么多他们所谓的补偿及幸福。

"你知道我希望什么吗？"罗杰·弗里特说，"我希望你来我这儿之前的那些个晚上很放松。"

"现在怎么啦？"

我最好交代一下：罗杰二十六岁，是个精致的小男人，超级活跃的同性恋。

"你说的话,它太……我是说,这是个日常礼貌问题。它让我觉得很不愉快。"

"本来就不是讨你开心的。你就做你的好了。天啊,你收得可真够贵的。"

"那么给我躺回去,放松点……天啊!"

如果你斜躺在罗杰的电椅上,你也放松不了。罗杰是我的洗牙医师、我的牙龈教练。我一年四次跟他的尖嘴钳、叉子以及尖头探针打交道,他用它们吱吱叫着切开我脑袋根部。我们管这叫做深度牙垢牙菌斑控制。他妈的这牙菌斑是个什么东西?为什么牙菌斑不到其他人嘴里去钻孔?牙菌斑不打扰我爸、不打扰我妈,至少目前我知道如此。我妈在我很小时就去世了,死时很年轻,现在我想起来,我不太……我上西区的那颗牙、那颗给我带来这么多痛苦的牙——它安静了几天,还给我带来些幸福,噢,多么幸福。可昨天,它又开始痛了。它并没真正安静下来:我可以感觉到它在哼唧、咕噜,在皮肤下抽动,谋划着卷土重来。现在,我希望罗杰能治好它,解除那种痛苦,再把幸福还给我。塞琳娜也有这种绝活。她让我痛苦,她又能解除这种痛苦。我快乐吗?我不知道。现在她回来了,我的痛苦当然减轻不少。至少,她跟我在一起,而不是跟别人。显然,那天晚上、我去纽约前的那天晚上,我臭骂她,赶走她,我不太记得了。显然,我叫她婊子,骂她傍大款,人人都能上。我把她踢了出去,她消失在夜色中,身上一个子儿也没有。你信吗?还是不信?我不记得。这个我们没有多谈,我们谈的是钱。她想要个联名账户。这事你怎么看?

"噢,"罗杰说。他自己的呼吸也不太烫,真的。

此时，我嘴里已有了个三件套玩意儿。"哇，"我尽量说，"轻点。"

"这儿你有任何不适吗？"

"你是说痛？是的，很痛。所以我才来这儿。"

"是的，你会很痛。嗨，看来那儿有点流动性。"

他把流动性几个字说得听来仿佛是件很鼓舞人心的事，像社会流动性、向上流动什么的。"你是说，松动了？"我咕噜着。

"我可能还要检查那颗牙有无生命力。"罗杰伸手去够牙钻的机械臂。"你能感觉到什么吗？"

"什么什么？"

"压力？"

"牙齿上？没有。"

"不适？……最小的生命力，"他嘟囔着。

这时，我咳出牙托和喷嘴，挣扎着坐直身体。"你在说什么？能好好说话吗？它松动了、它死了、它就要掉了。对？不对？"

"我不拔牙，"他一本正经地说，"你得去找麦吉尔克里斯特夫人。"

"那么把它们洗干净，"我说。

罗杰重新放好喷嘴和镊子。他一边哼哼一边清洁牙齿，尖嘴仪器自己干着活，让人痛苦的微调。金属在我上西区无用区域的有问题部位盘旋。

"唔，"给牙齿抛完光后，他轻巧地从我嘴里抽出那个小玩意儿。"牙根的形状已经损害到牙龈，"他沉思着，"漱口。"

"损害?"我吸了一口冒泡的液体,再吐出得体的粉红液体。"现在你在说话了。"

"嗯,牙根的形状很特别。"

"所以牙龈无法应对?牙龈受到损害?"

"牙齿还是可以生存的,"他说。

我在摆满花卉的炎热候诊室拿上我的大衣——那儿有两个人,轮廓模糊,自得其乐,像候诊室里的所有魂灵一样。有个小妞躲在没有窗户的小格子间里织毛衣,我交钱给她:十五镑,现金,以及一盒录像带。没有收据。不法经营。我跟塞琳娜也是不法交易。我们之间不保存任何账本,什么都没有。没有书信、没有便条、没有君子协定,甚至没有握手,不过我俩都明白。

"塞琳娜,"她回来两天后,我说,"——在去机场的路上,亚历克跟我说了件好笑的事。"塞琳娜脱大衣时略略停顿了一下。

"什么?难道我那时甚至连个吻都没有?"

"他说你一直在跟某人乱搞——有好多次,一直都在。"我小口喝着酒,点燃一支香烟。

"他是个英国贵族,"塞琳娜热切地说,"在华尔街将家族资产翻了倍。他的仆人们来这儿接我——"

"不。这不是开玩笑。这是真的。他说你另外还有别人,我认识的某人。"

"噢,你这个笨蛋。别听他的。你知道他有次还非礼我。"

"是吗？狗娘养的。"

"他吻我的乳头，他还把我的手放在他的鸡巴上，然后他——"

"天啊。那时你们在哪儿？一起躺在床上？"

"就在这儿，在厨房里。你不在家时，他经常来。"

我给自己添了酒，平静地说，"人人都非礼你，塞琳娜。餐馆的侍者对你动手动脚。街上的男人对你动手动脚。"

她闭上眼大笑，然后很快冷静下来说，"他可是你的朋友。"

"我所有的朋友也对你动手动脚。"

"你没有朋友。"

"特里非礼你。基思非礼你。我爸爸非礼你——他是自家人。"

"那就别听他的。难道你不知道亚历克嫉妒你吗？他一直想破坏我们。"

从任何意义上来说，我都觉得这像小说情节。打开第二瓶苏格兰威士忌时，我突然想到，我漏了什么。是什么呢？不过我只是说——"你真这样想？"

"酒洒出来了！真该死，放松点，六点还没到呢。听着，你有没有从银行拿那些表格回来？你在这儿喝多久了？"

"什么表格？"

"你知道什么表格。我得有点自主权。"

"是啊，是啊。"

"我二十八了。"

"二十八？嗯，你看起来一点都不像。"

"谢谢,亲爱的。我觉得我并不是不讲道理。格雷戈里按时给戴比钱。为什么你那么怕呢?你在小东西上相当慷慨,这一点我承认,可一旦提到——"

"行了,行了。"

麻烦的是,整个麻烦是,在我看来塞琳娜太聪明了。我试图换个话题。凭我的经验,跟塞琳娜在一起时,换话题的唯一办法是去屠夫武器酒吧。如果本来就只一个话题时,你怎么可能换个话题呢?噢,是的——用暴力。那可以换话题。有一阵子,挺管用。不过,暴力当然不再是可选项,现在我想都不去想。我对自己读的这个自我提高的新课程很认真——非常认真。自律。更为文明的存在。

所以我只是下床,叫她闭嘴,下楼去屠夫武器酒吧了。

我用舌头探探牙齿,扭头找出租车。我沿街溜达着走了有牙科皮带那么长的一段路,经过长着牙菌斑的街道,踩过龋齿广场的灰泥,走过有栏杆、浮雕的阳台、昂贵的诊所、宁静的阿拉伯区。东倒西歪的嘴巴受害者们穿着最好的礼拜服装、他们的女人穿着裘皮大衣,涂着哈莱姆指甲油,打扮整齐的孩子们要么痛苦要么快乐——我穿过被公共汽车撕开的牛津街贫民区,进入苏活区,充塞着性爱、餐饮和电影之地,走下狭窄的小巷,最后来到卡伯顿、林奈克斯和塞尔夫事务所的玻璃区。

在我看来,卡伯顿、林奈克斯和塞尔夫事务所是另一间候诊室。不过,这地方真好!你真该看看我们彼此对对方发了多少钱,我们干的活又是多么少,我们大家有多么愚蠢无能。你真该看看我们的费用开销有多大,到处散发的机票,还有姑娘们。五年前我们建立C. L. &S. 事务所时,就是一大突破,到现在仍然是。许多公司想学我们,可他们学不像。C. L. &S. 事务所是一家自己制作商业广告的广告代理商。听起来很容易是吧,你来试试? 我本人就是这行里的关键人物。我为香烟、酒类、垃圾食品、裸体杂志所拍的商业广告颇有争议。还记得1976年盛夏时的轰动吗? 我拍的虚无主义广告在得奖的同时被禁止播出。那个为裸体杂志拍的广告在法庭之外从未公开播放过。公众的关注及随后的影响令我们取得突破、让我们起步,我们从不回头看。我们的投资人奈杰尔·特洛兹是这儿唯一一个全职工作的人,他带个小妞、外加一台施乐复印机和巨量速溶咖啡在地下室待着。奈杰尔是凭着一腔热诚在工作的投资人。

"奈杰尔为荷属安利斯人发明了一个拎袋器。"有人在我桌前对我说。

"太棒了,"我小声答道,因为你有义务这样说。

我们大伙儿似乎都挣了很多钱。伙计,我们真像在这儿印钞票! 甚至连小妞们也过着帝王般的生活。车是免费的,车费由事务所出。房子是按揭的,按揭由事务所付——没有利息。有趣的是:这样能持续多久? 对我来说,这个问题包含着太多焦虑——按复利计算的焦虑。当然,这是不合法的。你无法那样处置钱,还不违法。但是我们做到了。我们多么贪婪! 我们多么可耻! 我曾见过特里·林奈克斯,那个胖疯子,心安理得地拿了公司小额现金去迪拜过周末。他把他老婆的子宫切除手术费用还有他女儿的正牙费用都列在X项下。甚至他们家狮子狗的洗发水也逃税，美其名曰保安费用，还让菲菲兼任保安犬。我们估计基思·卡伯顿1980年光吃中饭就花了一万七千英镑，不含服务费和增值税。你真该看看他们自己的联排别墅和精致美观的考兹沃德度假小屋。你真该看看他们的座驾——战斧、法拉勾和回飞镖。我也一直在敲诈事务所和政府，到现在有五年了，我得到什么？一套租来的公寓，一辆菲亚斯哥，还有价格高得惊人的塞琳娜。我那些钱都花哪儿去了？挥霍一空。然而不知怎么搞的，我还是很有钱。

"我跟我老婆说，"特里·林奈克斯说着半边大屁股坐在我桌上。"'你想要什么家电都行，但是它们坏了的时候，可别来找我。我们俩说清楚了吗？'星期五晚上我回家，走进厨房——我说，'怎么回事？恐怖电影吗？'厨房里有台全新的洗碗机，地上一摊黑油渍。'我正在打这该死的电话，'她说，'快点修好它！'于是你猜我做了什么？"

"你做了什么？"

"我告他们。我打电话给科蒂斯和科蒂斯公司，在本森先生家里找到他。十分钟后，我走进厨房——有个巴基斯坦人躺在地上，舌头伸进漏斗里。没有收费。没有麻烦。太棒了。我一直这么干。开摩托车去做维护。四百英镑。猜我怎么做的？"

"你告他们。"

"我告他们。他妈的没错。'您想怎么付款，先生？'那人问我，'现金？支票还是信用卡？'我说，'我不付钱。你们付。我他妈的要告你们，伙计。'他们脸全白了。最后我只出了三十六镑。上周我告了税务检察官。"

"干得好，"我说。

"难道你不喜欢这样？"

我说我喜欢，然后重新看着我办公桌上乱七八糟的一堆东西。我本该在这儿打包、整理清拣的。老抽屉里塞满撕碎的纸张，抽屉都给卡住了：五年没有交一点税——所以我才这么有钱……在办公室里我有种投奔更好的东西而去的感觉。有时候我倒希望他们向我请教这个，但是他们只是翻白眼、吹口哨，鼓励地搓着双手。我接受过《票房》杂志的采访，《营业额》杂志做过有关我的特写报道，《市场力量》里有我的人物专访。我拍的三十五分钟短片《牛津街》在去年的西耶纳电影节上获得特约评论家特别提名奖。我是报纸头条，我挥金如土。彼得·塞耐特曾这样。弗雷迪·盖尔斯和罗尼·特普里顿曾这样。杰克·康恩——他也曾这样。他们现在都住在加州，全都脱离了凡间。他们买新房、换老婆、全新的古铜色皮肤、全新发型。驾着土狼V8和自大傲慢的阿卡尔普尔科敞篷跑车，在海滨路上兜风，每日子弹般飞去他们的医疗点做DNA剂量强化和换血。每个月两到三次，他们飞到千岛湖度长周末，那是被时间遗忘的快乐海角。人人觉得我很快也会那样。不知何故我并不觉得。我有种敏锐的直觉，我的生活悬而未决。我可能从不留恋过去，或者说我从不会回到从前。我告诉你，我很害怕，我他妈怕得要死。"他妈的给我钱就好了，行吗！"我一直想这样大叫。如果你失败了，他们可不会再请你回去……今年一月我自己去的加州——洛杉矶。我在那儿谈成了些极棒的业务，看上去成功性很大。不过，说到玩乐，情况却有点不妙，我卷进极其糟糕的事里，这事以后我再说。好事是……我在回纽约的飞机上遇到了菲尔丁。我们碰巧都坐的是头等舱。

"你想去哪儿吃饭,约翰,面包干线?阿西西?马哈塔玛?"

特里·林奈克斯和伙计们请我出去吃午饭。基思·卡伯顿正好走进来,呵着自己的双手。最近老有这样的事,让我觉得自己像个过时被抛弃的人。不过我很想去吃饭,上午过了,我需要加点油,我快没油了。我去,当然去——就像时机合适、我在放大假时会去一样。我希望我的大假不会击垮我……接着,我们穿着肩膀高耸的开司米大衣跳下出租车,女招待穿着女同性恋服装、系着流线型橙红色领带(我觉得只要我愿意,我就能跟她上床,不过也可能是她的职业造型让我有这种念头),她没脑子地领我们去餐桌,但是这张桌子不行!在特里·林奈克斯告这家餐馆之前,基思·卡伯顿把这姑娘叫到一边。我模模糊糊听到他在提醒她我们在这间餐馆里花了多少钱。这小妞显然很震惊,我也是。很快我们就换了张餐桌(一老头脖子上还系着餐巾,被迫让到一旁),这张好多了,圆的,靠近门,还送一瓶香槟。"很抱歉,先生,"这姑娘说,基思朝她痛苦地点点头。

"这才像话,"特里自言自语。

"对的,"基思说。"对的。"

我们喝香槟,喝完又要了一瓶。姑娘们从厕所或化妆间陆续出来,重新被领到这张更好的餐桌上来。米兹,基思的助理;小贝拉,接线员。食肉动物特鲁迪,公用荡妇和公关战略专家。(关于招聘姑娘们,在我们 C. L. &. S. 事务所,只有一条招聘原则——外表至上)她们得多笑,多听。她们也可以多说,但我们得是她们谈话的主题。笑话般的六月行将熄灭的光线,像船帆又像乳房,鼓起来,充满整个房间。这时的我们轻佻狂妄,我们像魔鬼。这时整个餐馆像个装着发胶和牙医器具的泡菜坛。好戏现在才真正上演。特里朝我扔起面包,奈杰尔站在地上模仿他的狗嗅着特鲁迪的袜子。我注意到邻桌的一对老夫妇,他们缩起身子,埋头于饭菜。当他们缩成一团时,我摇晃着香槟,朝特里射过去,然后加入基思·卡伯顿的歌唱,吼了几嗓子"我们是冠军"。我恐怕这顿饭余下的时候对那两人而言,可能不怎么好玩。我猜,在我们这种人没来之前,这种地方在他们眼里肯定很酷,可是我们待了下来,你试试赶我们出去……菜单来了,像考试试卷般分发给大家,我们拿不定主意,安静了一会儿,对着奇怪的印刷品皱眉嘟囔。

四点钟。强光一动不动地照着,让人后背生疼,林奈克斯和塞尔夫站在小便池前,抖动着。我听到特里的三尺拉链缓慢拉下来的声音,然后是他的尿液射在象牙小便池里的滴答声。又一天结束了,跟其他许多天一样,就这样浪费掉了。

"哇,"特里眨眨眼说。

"你的鸡巴怎么样?"

他向下瞟了一眼,"还是绿的,"他的声音尖利、空洞,是胖子的嗓音。

"还是你在巴厘岛搞的那样子吗?到底怎么回事?淋病?"

"淋病?"他说,"淋病?不,伙计。我得的是鼠疫。"

这时，他的短脸严肃起来。"约翰，你最近有没有搞过别人的老婆？或惹过别人的孩子？"

"啊？"我说着伸出手扶住墙壁，让自己站稳。

"我是说——外面有没有人要害你？"

"嗯，是的。"我自己换了下站姿重心。有些天似乎外面人人都想害我。

"真正的伤害？"他特地指明，"有什么很严重的事吗？"

"没有。怎么啦？"

"有天晚上我在神奇老鼠里玩，"特里·林奈克斯说，"我们觉得自己有点醉。他们是些疯子。比赛喝苏格兰威士忌。我跟这伙坏蛋一起，他们中有个家伙说，'哦耶。你有个合伙人叫约翰·塞尔夫，对吗？'我说，'怎么啦？'他说，'有些人在算计他。具体情况不清楚，但是有人在算计他。'你知道的，很多混球都贬低神奇老鼠。但通常无风不起浪……你要我去打听一下吗？"

我看着特里那张暴躁的脸——低级、乱糟糟的头发、被咬掉半边的耳朵、一大一小的鼻孔、牙齿无规则地插在那里像后街围墙上的碎玻璃。特里是后起之秀，精力旺盛的天才即兴表演家。他最新的梦想是雇个残疾车夫：残疾标志可以让林奈克斯想停哪儿就停哪儿，停一整天都没问题。

"行啊，打听一下。"

"没问题，"他说，"小心点为妙。懂我意思吗？"

于是现在，我拖着沉重的步子回家去。这个支离破碎的下午，我在弟兄姐妹们中间转来转去，跟有些人交换下眼神，有些人我看都没看。这么正式还真好。

"将军，"我说。

塞琳娜愤怒地抬起头看看我。她锋利的眼神又回到棋盘上。她长吁一口气，黑格上的相走了无关紧要的一步。

"将军，"我说。

"那又怎样？"

"那意味着你的国王受到威胁。我可以吃掉你的国王。"

"你想吃就吃。烦死了，不值得。"

"你不懂。整个——"

"我要去洗澡。我讨厌象棋。我们打算去哪儿？我不想吃印度菜、中国菜，或希腊菜。克罗采吧。"

"随你便，"我重新摆好沉重的棋子。

"你的头发很难看。你应该让我帮你剪剪。"

"我知道。"

那天下午我剪了个二十块钱的头。那个同性恋小男生从头到尾一缕缕梳着我的头发，梳了一会儿之后，噘着嘴问，"你多大了？"罗杰·弗里特也问过同样的问题。是心，心的问题。我的心出了问题，我的心脏出了毛病。我的钟走得不准了。

我走进卧室，翻了翻塞琳娜的内衣抽屉，想等她洗完澡出来给她找件内衣。嘿，这些是新的。这些也是……当我用手指试探着一件没穿过的紧身胸衣时，我感到衬里褶缝里有硬硬的东西。这是什么？鲸鱼骨头？不：是一卷十英镑的旧钞票——总共两百镑！现在塞琳娜的内衣抽屉成了塞琳娜藏东西的笨地方，因为我老翻这儿，塞琳娜很清楚。

她从浴室里走出来，浴巾裹着腰部。我指给她看，她看到钱时，眼都没眨一下——钱随意地散放在靠她那边的床上。

"你从哪里搞的这么多钱？"

"我赢的！"

"怎么赢的？"

"轮盘赌！"

"这就是你说的身无分文？"

"是用我最后的五块钱赢的！在我准备出门时，我把它放在一个数字上的！"

"每个数字他们最多给三十块钱——剩下那五十呢？"

"那是小费！"

"你说你在那儿上班？"

"是的！"

"做什么？"

"赌台管理员！"

我怒容满面，停了片刻。塞琳娜以前是当过赌台管理员，这是真的。辛柏林会雇些挑逗女郎来管理赌桌，这也是真的。把她们打扮得漂漂亮亮，穿着迷你裙和透明上衣。小妞们看起来好像会为了支香烟付出一切，但实际上她们有严格的商业头脑，禁止跟赌客们乱搞——有天晚上当我的女朋友已经上床后，我自己证实过。

"听着——我怎么知道你不是去那儿跟别的家伙鬼混？"

"给托尼·德文谢尔打电话！"

"托尼·德文谢尔是谁？"

"经理!"

"是啊,嗯……"

"打啊!给他打电话!"

"打就打。"

"顺道说一声,我想我跟你说过把垃圾袋拎下楼去的。能不能请你现在就去。为什么明天我们不能在城里吃个中饭,然后去你的银行把一切搞清楚。那笔钱我得用来交房租,而且我还欠我的妇科医生六十块。如果我搬进来住会更说得过去。来吧,你有很多钱。看看那个。它们缩水了,我几乎穿不上。哎哟,噢。我觉得它们跟吊袜带不配了,你觉得呢?"

我一屁股坐在那些皱巴巴的钱上。"废话,"我说,"过来。"

菲亚斯哥需要大修。塞琳娜·斯特里特想要个联名账户。亚历克·卢埃林欠我钱。巴里·塞尔夫欠我钱。我要去美国,马上就去,去赚更多的钱。我跟多丽丝·阿瑟一起吃中饭。她对我上次的非礼行为很客气。实际上,正是因为她对我的非礼太过客气所以我才非礼她。这次不是酒,是关于女人。吃过饭,我们在她的酒店房间里讨论故事大纲。我脑海里基本上有了六个主要情节,我也知道该如何拍摄,多丽丝的工作就是把一个个情节尽可能流畅地串起来。"你知道吗?"她边说边从我身下滑出来,冷冷地把我放在她大腿上的手拿开。"你给我许多勇气来奋斗。我觉得我们的前途是光明的,然而道路是曲折的。"感谢塞琳娜,第二次调情没有第一次那么差劲,不过仍然很差劲，多亏塞琳娜。塞琳娜……噢是的，我跟我的灯光师凯文·斯喀斯，剧务德思·布莱卡德一起喝了几杯。菲尔丁说我应该立即把这帮人招进来，为秋天的拍摄作准备，不过现在没活干。照我看来，他们似乎饿得不行了，但我寻思他们还可以再等一个月。

我能吗？天气跑哪儿去了？哪儿去了？哪儿？四月，鲜花怒放、突如其来的束束阳光、迅速移动的乌云。五月，光线清凉，天空变幻多端。然后是六月，夏天到了，雨水少而酸，像公路上车轮溅起的水花，根本没有天空，就是没有天空。夏天的伦敦是个有口臭的老头。如果你仔细听，你可以听到他肺里疲惫的抽泣声。讨厌的伦敦，甚至连名字里也含着沉重的压力。

有时当我走在街上时——我与天气作战。我向天气诸神挑战。我打败它们。我踢、我打、我咆哮。人们望着我，偶尔有人发笑，我才不管。我来个空手道腾跃，跃得不高，前臂伸出、重拳出击，意在天空。我大吼大叫了好久。人们以为我疯了，我才不管。我不会屈服的。我不甘挫败。

有一阵子，塞琳娜老找碴，要我开一个联名账户。她没有账户，她想要一个。她没有一点钱，她想要点儿。她以前也曾有过一个账户：看她那可怕的对账单、看她那些可怜的交易金额真让人心碎——2.43英镑、1.71英镑、5英镑。银行还把她的户头给关了。她户头里从来没钱。塞琳娜拥有一个联名账户对她的尊严和自信非常重要。我一直反对这事，辩解道，她在目前状态下也非常自尊自信，现在还有优异奖和激励机制。我是这样看待这个问题的：没钱的姑娘们有两种途径来证明她们自己：她们要么可以跟你吵架，要么她们可以一直跟你生闷气直到你投降为止。（她们无法离开：因为她们没有钱。）塞琳娜不是个吵架的人，可能因为我爱打人的缘故——或者说过去爱（可她不知道我改了，我希望她永远不要发现）。而且她也没有耐心一直跟我生闷气，那是个长期工程，所以塞琳娜找到第三条路……连着一周，她不化妆，穿着松松垮垮的连裤袜、稀粥样的内裤，抹着面霜、戴着发卷、穿着夸张的褐色睡衣就上床。我搞不清她是否真的把性爱从菜单上撤了下来。我从来懒得问。

不过，前天，我决定开一个联名账户。塞琳娜耸着肩膀，在她冰冷戒备的监督下，我填好表格。那天早晨，她穿着黑丝袜、流苏吊袜带、缎带、丝质开胸短上衣，系着腰链、戴着金项圈。我狼吞虎咽，我得承认。一个半小时后，她转身向我，一只腿还勾在床头，说，"来吧，随便哪儿，随便什么。"关于这个地方的新自信与新自尊，情况无疑得到改善。

昨晚，十一点差二十，我坐在盲猪酒吧。明天要去美国。如果没有彻底喝醉的话，我陷入了沉思——发散型、反省、达观的沉思。塞琳娜跟哈莉在一起，她是塞琳娜的好朋友，开小店的。我为塞琳娜准备了一样礼物：一本崭新的支票簿。我要伸出手递给她，看着她眼睛为之一亮。塞琳娜也有份礼物要送给我：某种新式男内裤，从哈莉不公开外售的内裤中挑选的。我就那么坐着，一动不动，甚至呼吸也无，像酒吧里的宠物蜥蜴，这时，应该是有人在我对面坐了下来，原来是马丁·艾米斯，那个作家。他在喝葡萄酒，还抽烟——也在看书，平装本的，看上去是本严肃书籍。从某种意义上说，他本人也是，小而紧凑，他的头发留得相当长……酒吧的两扇门朝着炎热的夜晚敞开。似乎初夏就是这样，温热的白天、炎热的晚上。这是场暴动。怎样都行。

我觉得很友好，正如我所说，于是我打个呵欠，啜口酒，低声说道，"卖了一百万本了？"

他抬起头看我，闪过一丝疑惑，异常坦率迟钝。在这间酒吧里，我真的不怪他。这里全是土耳其人、疯子、火星人。这儿也有外国人逗留。我知道他们不说英语——没问题，但是他们会说地球语言吗？他们说的是立体声、电台噪音、干扰声。他们是立体声、蝙蝠吱吱声、翼龙语、鱼类咕噜声。

"你说什么？"他说。

"有没有卖掉一百万本？"

他放松下来。不太正常的笑容拒绝承认什么。"别开玩笑，"他说。

"那你卖什么？"

"噢，销量还说得过去。"

我打个嗝、耸耸肩。我又打了个嗝。"该死，"我说，"请原谅。"我又打个呵欠。我环视酒吧。他接着看他的书。

"嘿，"我说，"每天，你……你是不是每天都会干点，写作？你会给自己定个时间什么的吗？"

"不会。"

"我希望我能不再他妈的打嗝，"我说。他又开始看起来。

"嘿，"我说，"你，你会不会多少有点生编瞎造，或者说它就那样,你知道,自然而然地发生了?"

"两者都不对。"

"自传体,"我说,"我从没读过你的书。我啊,我真的没有那么多时间看书。"

"有意思,"他说。他又读起来。

"嘿,"我说,"你爸爸,他也是个作家,是不是?我打赌那让你写作更容易。"

"噢,当然,就像接管家族酒吧。"

"啊?"

"到时间了,"吧台后的男人说,"关门了,要关门了。"

"给,你还想来一杯吗?"我问他,"来杯苏格兰威士忌。"

"不,我够了。"

"是吗,那好。我真的很生自己的气。我女朋友很快就要回来了。她有个应酬饭局。她有间,有间时装小店。她们,她正在找人往里投资。"

他没有回答。我打呵欠,伸懒腰。我打嗝。我站起身时,膝盖骨撞到了桌子。他的酒晃荡着,像枚硬币,但是他抓住了。没溅出多少。

"该死,"我说,"好了,下次再见,马丁。"

"那还用说。"

"……那是什么意思?"我真不喜欢他的高人一等的腔调,想起来,还有他的肤色、他的书,我都不喜欢。甚至他在街上望着我的样子,我也不喜欢。

"意思?"他说,"你觉得它是什么意思?"

"你叫我笨蛋！"

"你误会了。"

"啊，那么你说我说谎了。你说我是个骗子！"

"嘿，放松点，伙计。天啊，你很好。你太好了。我们以后见。"

"……好吧。"

"保重。"

"是的。那好，马丁，"我说着蹒跚出了敞开的大门。

十一点：暴动时间。警察们穿着衬衣（近来，我们对待犯罪全都那么放松，那么随意），围着白色货车站成六排，收费的救护车等在主干道战壕的拐点处，车身上有一道聪明的红带。在某处，青少年们，那些暴力青少年，聚集在一起，准备开始他们的演出。很明显，上周六晚上在这一带有大规模的革命。我在汉堡村靠窗的座位上，我什么也没发现。如果你问我，这儿每晚都有暴动，总是有过，总是会有。十一点钟，伦敦像场风暴、聚会、喧闹聚会、自由自在的……他们来了。是的，我说，接着来，接着来。我粉身碎骨了，你粉身碎骨了——是毒气。接着来。

撕碎它。

"没错，塞琳娜，"当我自己的暴动结束后我解释道。"我要你听着，我要你好好听着。当我不在的时候，你这个年轻女士要表现乖点。你懂我意思吗，塞琳娜？别再多废话！你现在靠我发工资了，你他妈最好也照我说的做，他妈的。没人可以操我家的人!**没人能找约翰·塞尔夫的麻烦!你听见没有?谁都不行!**"

"听听他说的话!你说什么我一句也听不清。把你的大脸离开枕头行吗?"

"如果有谁欺骗我,他们很快就会后悔的。他们会发现他们要承受他们受不了的——"

"什么?拿开——哎哟,对了。你在说什么。"

我咕噜着翻了个身。塞琳娜尖刻地说,"你在纽约有没有见到玛蒂娜·吐温?"

"算见了吧。我打算见的,但是——我的安排出了问题。"

"你觉得她讨人喜爱,是不是?她有文凭、有大屁股。"

"是啊,嗯……"

"没机会了,忘了吧,朋友。她结婚了。保住女人的唯一办法是——娶她。"

"没错,没错。"

我爬下床,走到隔壁房间喝点睡前小酒。一两个小时后,我觉得我听到塞琳娜的声音,嘟囔、呻吟。我费力地从沙发上坐起身子,悄悄走到卧室里。她光着身子,躺在温暖的床上,脱掉了那些道具护身符之类的东西。我跟你说,哈莉的小店今晚真有拿得出手的东西……我靠近了些。塞琳娜在睡觉,那么满足,没有心机、没有迷惑。在合着的眼帘和若有若无的微笑中,她还有股孩子气——是的,仍然看得出。她一直在做时间旅行,是去哪儿呢?这时,塞琳娜动了一下,轻轻地,慢慢地,寻找更为完美的平面,就像水渴望最平坦的地方。

塞琳娜·斯特里特没有钱,身无分文。想想吧,她生活中无数次没钱买车票,买杯茶都没钱。她偷东西、她典当衣服、她为了钱跟别人上床。没钱真痛,锥心之痛。是的,对极了,给她点钱。她总是说男人用钱来统治女人。我总是万分赞同。所以我从不想给她钱。但是,对的,对极了,给她点钱。喏,拿着钱……我爬到卧室窗户,一只手放在黑色窗帘中间。这个春天是本世纪最冷的春天。六月的雨雪敲打着窗玻璃。外面真冷。天气真冷。真冷。那就是钱给你的真实感觉。

3

我站在吧台前看《晨间快线》。**女巫为性爱博士撒谎。这只是……懵懂初恋。我支持爱尔兰共和军——红色基思。我的暗恋、电视小人作：请看中间页。**现如今是用这种方法来解读世界的吗？看来波兰在酝酿重要争端。团结让莫斯科看到成功，也拉响了战争警报。如果情况继续如此，苏联将出兵波兰，我肯定。换了我就会这么做，我是说，他们得寸进尺……关于戴安娜女士嫁妆的猜测仍在继续。我对嫁妆没什么强烈看法，但是我希望他们再刊登那张著名快照，就是她怀抱孩子的照片，你可以看透她的裙子。一位酒吧女招待用大啤酒壶打死了她的房东男朋友，被判十八个月监禁（缓期执行）。怎么可能？因为她声称当时是经前综合征。我本以为，即便没有那种纵容，经前综合征也足以对男人造成很大危害。还有位老太婆在公寓里被一伙黑人小混混和白人光头仔轮奸。难道现在的年轻人好老太婆这一口？老天爷呀，这个老太婆八十二岁了。在那把年纪被强奸——天啊，这肯定是你最不想要的。还有条新闻：一个小妞十多岁就死了，根据《晨间快线》，因为她对二十世纪过敏。可怜的孩子……好吧，我也有我的问题，妹子，但是我没有你这个问题。我对二十世纪不过敏，我对二十世纪上瘾。

三号登机楼正闹哄哄地在登机，空气和灯光中弥漫着最后的东西、星球恐慌、金钱报应。趁着还有希望、还有机会，我们逃离地球，飞向新世界。我排队、办理手续、上楼、找到酒吧。我被搜身检查、照X光、清关。我去酒吧，洗劫免税酒，走过长通道，在候机室里踱步。最后我们两个一组登机，什么人都有，我们开始大逃亡……在机舱里（一种新型候机室）我们排排坐，像观众，观看机上提供的艺术疗法：让人牙疼的背景音乐，配备有家庭影院屏幕大小的帆布帘，画法毫无天分的海港景色。接下来是空中小姐挑战死亡的表演，局促的姑娘们用哑剧表演如何使用氧气面罩。不过好几次失速让这只鸟跳起了末日之舞。逃离了伦敦，我们激动、发抖，我们奔跑。当我们无比轻松地在空中越飞越高时，我想道，走喽!

我低头看着地面街道组成的漂亮图形，街道们自己不知道。我嘛，我坐的是经济舱，不过，此时侧身摇晃着的飞机，每英里耗油七加仑，甚至菲亚斯哥也比这要经济得多。我飞得很经济，可我极需加油。香烟和打火机举在手里，我等着不准吸烟标志的取消。我扭过头，密切监视着酒水小推车像送葬队伍般缓慢过来。我狼吞虎咽地吃完午饭，施展魅力从笑容可掬的空中小姐处要来第二份中餐。我爱航空食物，也猜想这里头有钱可赚。我曾想说服特里·林奈克斯开一家航空食品餐馆。显然，你会需要适当的座位、餐盘、小包装蛋黄酱等等。你甚至还要配备录像电影、光线昏暗的禁烟区域、纸袋什么的。林奈克斯喜欢我这个想法，可他说你无法让顾客快进快出，食品永远没法快到赚真正的快钱……

我戴上昂贵的耳塞，看飞机上的电影。不用说，这部电影难看之极，它是只扑扇着翅膀、刺耳尖叫的火鸡。我希望我拍的电影比这好:我当然希望它能挣大钱。(发行头三个月就在飞机上销售?这对每位相关人员而言都是悲剧。)你知道,我最想要的——你可以称之为我生命中的梦想——就是赚很多钱。如果炼金术的确存在过,并且真的很赚钱的话,我会兴高采烈干这一行的……我们在穿越时空,还有四小时要消磨。哎呀,喝酒和抽烟不需要专心致志,这是这些活动中我唯一能挑得出来的瑕疵。而有些人,在我看来,永不知足。塞琳娜对她那漂亮的新支票簿还不满意,她还想要张贵宾卡。噢,是的,还想要孩子。孩子……我环视机舱,四分之一空位。大家要么睡觉要么看书。我猜阅读在这种场合下最有用。我前面那个头发乱糟糟的姑娘,她在看一本丰乳肥臀的杂志:用法语写的,我想,不过即使如此,我仍然看得出来她在浏览有关口交技巧的文章——口交绝技。她旁边座位上的皮毛大衣宽松得不像样,像艘充气的救生艇。她正飞向她的男人,也可能是飞离他,奔向另一个男人。相比之下,我左边那位戴眼镜的、热心的年轻女士看的是《罗素哲学》。这给了我一个良好的切入点。我伸手抓过另一小瓶烈酒,在飞行余下的时间里告诉她我的哲学是什么。很不容易,但不管怎样,我们过完了余下的时间。

"我在色情世界里四处游逛过。"菲尔丁·古德尼说,"我一直很努力、滑头,力图搞清楚上瘾产业:你不能失败。上瘾的人赢不了。毒品、酒精、赌博、各种录像——这些必定跟金钱密切相关。如今尽职的商人熟知事物间的依存关系。接着呢？所有的规划设计都瞄准了低能量、家用物品和难以搬运的因素。人们就是再也无法走出户外，他们全都对宅在家里上瘾，所以垃圾食物走大运了。吞下你的麻醉剂、快点吞，回家去。要不然把垃圾食物打包带走。不上街，在家里，跟色情一起……"

"……是吗？"我说。

我啜了一口腥红的饮料，又点燃一支烟。此时我们在苏活区的很南边——翠贝卡一带的一间意大利餐馆。菲尔丁说这间餐馆是黑手党的接头地，我相信：织锦、昏暗的灯光，像教堂般安静。我是个标准的、没什么花花肠子的凡夫俗子，可是看看古德尼，他身穿白色西服、古铜色肌肤、油光发亮的金发，在一帮潜伏、巡游于腥红色墙壁下的丧葬人员的衬托下显得分外刺眼。这些家伙，他们似乎只说话不动腿。就在这时，一个外表光鲜的中年恶棍——有张大众的歌剧明星脸孔，赃物和母爱让他稀里糊涂——簇拥着一个满头炫目红发的家伙经过我们桌旁，我们这张台很好，菲尔丁立即殷勤地转过身来。

菲尔丁抬起头，住了嘴。"安东尼奥·皮塞罗，"他说，"托尼·卡佐——来自斯坦顿岛。五年前他被人一枪打中心脏。知道什么救了他一命吗？"他问道，同时笔直修长的食指戳着自己的肋骨。"信用卡——一沓信用卡，用根带子绑在一起的。他过去是个坏小子，现在遵纪守法。"

"那个姑娘呢？"

"薇拉·格吕克。聪明的女士。一晚收费一千的妓女，半退休状态。她站街拉客干了十年——你知道，用头用手，一根鸡巴一块钱。接下来的五年处于巅峰状态，最顶峰。没人知道她怎么转型的。这种事不常有。看看她，那眼睛、那嘴巴——极好。没有证据。我想不明白。我讨厌我想不明白的事情。"

实际上，菲尔丁·古德尼可悲的什么也不了解。他单纯地微笑，埋怨自己，然后转过身，严肃地朝密切留意的侍者做了个头冲下的 V 形胜利手势。又要了两杯红鲷鱼鸡尾酒，马上就会送过来。菲尔丁修长的褐色双手拿着深红色菜单（丝质菜单，还有流苏，做得很美观，令我和我的手指想到塞琳娜以及她的秘密），手腕处是灰蓝色袖扣和整洁的金色链子。吃饭时，菲尔丁跟我解释了一通色情业的意外开支及丰厚油水、乌烟瘴气的四十二街、可以一睹小鸡鸡和链条盛况的第七大道的男士脱衣舞表演、马利布系列夜总会演员们黄昏时溅着水走过布景、搁浅在汽车旅馆的男领队、全世界有线电视和网络中情色电影的逐渐泛滥以及油漆喷枪和废物的含蓄意义、德国和日本的惊人变态，录像带邮购业务中的性变态取向，以及虐杀电影运作在墨西哥城萌芽、在纽约[1]死亡。

于是我问他，"这些电影——它们存在吗？"

"当然，不过数量不多，存在时间也不长，现在没了。"菲尔丁（我注意到）用正常的方式切着小牛肉，然后把叉子转到右手上，戳着肉说，"得了吧，滑头，现实点。只要有钱可赚，就该去试试……姑娘们总是水性杨花。"

"以前有没有看过？"

"你知道你问的是什么吗？你在问，我是不是一级谋杀罪

---

1 原文为五区（the five Boroughs）：指曼哈顿、皇后区、斯坦顿岛、布朗克斯和布鲁克林。

的同谋。我不是的,滑头。这是有组织的犯罪,超级有组织。没有别的办法。虐杀电影——这就是证据。"

这时,他变了,他的态度、他的气场不同了,虽然持续时间不长。他变得直率、亲密。他说,

"决定性的,不对?说明色情在堕落的证据,你说不是吗?"他放松下来,举止也缓和下来。"太烫手了,滑头。没人敢用它们。发行是个问题。"

我们继续讨论我们的发行问题,而这个问题,在我的朋友菲尔丁看来,根本不算问题。我们只不过是出租成品:那样的话,菲尔丁说,我们既保留了我们的艺术自由,同时又赚了很多很多钱。我觉得只有这个大男孩才能想出这种花招,但是这孩子的想法行得通。他的关系相当厉害,不仅仅局限于电影圈。他说话时,我灌下了长长一排格兰巴白兰地和浓缩咖啡。我仿佛紧握着、抚摸着真正的钱。金钱,我的保镖。

"你知道吗,滑头,"他说,"——有时候,生意对我来说像是条大笨狗,叫个不停就想要我跟它玩。想知道上瘾系列里的下一个增长点是什么吗?想知道我的直觉吗?想不想挣个一百万?要我领你入门吗?"

"好啊,"我说。

"拥抱依偎,"菲尔丁·古德尼说,"搂着入睡。两个人躺下来互相取暖、感觉安全。我们如何营销,一本使用手册?录像带?睡衣?拥抱工作室,外加拥抱女主人?想想吧,滑头。在拥抱里有上百万、上千万可赚。"

菲尔丁无意中看到不起眼的账单,往盘子里放了张二十元的钞票。他租来的独裁者汽车等在街上。纽约中城的灯光在他

脸上闪烁，他一度转身向我说道，"噢，滑头，之前那些话是我误导你了，是谋杀两个而非一个的问题。在纽约，谋杀一个只会交给警察、交给狱警，他妈的就那样。请原谅。"我在时代广场附近下了车，我听到菲尔丁对司机说了个地址，是在很有女人味的公园大道上。

我跟跄着走在炎热的色情之夜里。按我自己的生物钟和时间旅行坐标来算，嗯，此地此时是早上六点钟，我浑身酒味。这一天我穿越时空，旅行得够远。伙计，我真需要找个地方落脚。菲尔丁跟我说过，在艾什伯里附近的小巷子和屋顶上，有个身手敏捷的疯子到处乱闯乱爬。他做的就是朝那些看戏吃饭的路人头上扔石块或砖瓦。目前他已经做过五次。他扔了五次，有一次是致命的。谋杀了两人，紫外线警察等在那儿，但是看来他们抓不到他。这个屋顶精神病，身手老到地飞檐走壁，这个无限质量的艺术家，他在哥特式锯齿状的消防通道、排水管和电视天线之间飞奔、攀跃。他身下，百老汇在深夜的聚乙烯泡沫里生气勃勃，这里不涉及金钱。在任何时候，钱跟那上面的他没有关系。

你以前在纽约见过我，你知道我如何到纽约的。我纳闷这是怎么回事：跟这儿的能量，跟这儿的电力，跟所有的喧嚣和戏弄有关——这些让我雄心勃勃想大干一场。在纽约我的气质与在伦敦时完全不同，我精神振奋，身手不凡。今早我到纽约后直接谈起了生意，完全不顾时差还没倒过来，再加上我的宿醉，换个比较弱的人早就给撂倒了——我觉得，甚至比我在加州的那场宿醉更糟。我在加州的那次宿醉距离现在有七个月了，还是没有复原的迹象。可能会一直伴随着我，直到我死去……我跟你说过我在洛杉矶的寻欢作乐吗？很不错，对不对。那个手握棒球棒的大块头黑人——还记得吗？天啊，一个人冒险只换来几声笑。我常常想，那场加州宿醉持久不散跟无法相信我还活着多少有点关系。

躺在床上，电话、通讯簿、烟灰缸和咖啡杯通通排放在我的肚子上，我现在全力以赴办第一件事：卡都塔·梅茜……跟别人一样，跟你自己一样，我在大银幕上，在古装剧、音乐剧、意大利色情喜剧、墨西哥西部片中见过卡都塔无数次。我见过卡都塔卑躬屈膝，见过她昂首阔步，也见过她噘嘴板脸、傲慢嘲笑的样子。从前，我还是孩子时，夜里一边想她一边打手枪——跟其他人一样。我越想她，我就越想靠她来打手枪。她年轻时，身材结实，眼角眉梢、唇齿间总有丝乡下人容易上当受骗的感觉。过去那些年，时间对卡都塔还不错。过去那些年，时间对其他人几乎都很残酷。时间为所欲为，时间要人命，时间很恶毒。时间落井下石。现在的卡都塔四十出头，如果有个年纪够大且还是双性恋的明星搭档的话，还可以在罗曼蒂克的电影里演主角……你知道，我之前没有考虑过用卡都塔。我宁愿找个不那么耀眼、不那么快乐但却正常的人——桑尼·旺德，甚至戴·莱特波恩。可菲尔丁不同意，说卡都塔对整出戏很关键，在这种情况下得跟着钱走。我不知道为什么。卡都塔，是误入歧途的洛恩·盖兰德的妻子；是大胸脯布奇·波索莱的竞争对手；是贪婪、小偷小摸的瘾君子克里斯托弗·梅铎布鲁克或斯邦克·戴维斯或纳布·福克纳——或不管最后我们定了由谁演的妈妈。这个角色消极然而安静，是核心人物。真令人伤心。我想要个更现实点的人……你知道，在我的想法、构思之后的冲动，是很私人的东西，跟我的生活有关。自传体。是的，它跟我以前的生活有关。

我打电话到西塞罗，菲尔丁安排卡都塔和她的随从人员住在那儿。一个男人接的电话。卡都塔要我那天下午两点钟去小意大利区的某个地方。然后我往我伦敦的公寓拨了个电话。忙音、忙音……据菲尔丁说，卡都塔现在急需重拾信心。我很高兴，我打算给她一点。我只希望我还能剩一点。昨天跟我的行李含泪相逢后，我试着跟费利克斯来了个黑鬼击掌。为什么？我想。为了接触，接触。毕竟，我们是这儿仅有的人类，我们需要更多的夸奖与安慰，而我们实际上也得到了。凡人的安慰——永远供不应求，你不觉得吗？老实说，哥们、姐们，说实在的，上次另一个地球人让你把头靠在他胸前、轻抚你的脸、特意说些安慰你的话是什么时候的事了？这种事不常有，对不对。我们真希望这种事发生得比现实中更频繁些。难道我们不能多做点吗？噢，伙计（我打赌你正在这么想），那种把头搁在别人胸口的事，哎哼，我可以多来点吗？

我打呵欠伸懒腰——咖啡差点被洒出来。我伸手去稳住咖啡杯，却打翻了烟灰缸。伸手去扶烟灰缸时，我又打翻了咖啡，同时胳膊肘勾住电话唯一的一根长发辫——结果，随着最后一下猛烈的骚乱，我从床上一跃而起，不知怎么摇晃的小盒子砸在了我小腿上，然后像个炸弹似的落在我的光脚背上……二十分钟后，最疼的时候过去了，我剥开浸湿的电话簿，但愿玛蒂娜的电话号码没有写在上面。有个电话、一次爽约、一个道歉，我要乞求谅解。找到了：特里莎家、电视维修、泛美航空、特克斯卡纳——然后是玛蒂娜·吐温。等等，他妈的，这不是我的笔迹。这是——塞琳娜的！……婊子。这是不是反唇相讥，是不是奚落？我挑衅地合上电话簿。是的，接着我打了那个电话。

我仍在曼哈顿的静电噪音中冲浪。YIELD 是个交通标志——难道你没听见！不要让行，就这么回事。奋斗、追求、男子汉般应对——这是有关意志力的问题。然而，到中午时，我手抓第二瓶苏格兰威士忌，腰上围着条巴基斯坦睡袍，半裸的性感女侍跨骑在我的大腿上。我在第三大道上的快活岛。我从《泡沫》杂志上得知这个地方的……我觉得这儿还行：没有窗户的圆形房间，用某个死了的皮条客相片装饰的天堂般的凉亭——筋腱似的藤蔓、塑料葡萄串、竹子天花、潟湖灯光和预录下的鸟鸣。我甚至发现自己在哼着肥文斯最喜欢的一首歌。叫什么来着？——"噢，给我搭一座凉亭"。你知道，总有一种男人，他们愿意来这种下三滥地方，在这里操女人。不过自我提高根本没有人们以为的那么难，比如说我吧，我来这儿只为了打次手枪。

"是啊，那你会怎么做？"我说，"毛巾之后再用吹风筒，还是怎么？"

我正跟这个小妞聊她的头发和她头发的问题。我跟你说，她在找麻烦。她的头发顺溜滑腻，一根根油渍斑斑，结实的黑发垂到腰间。她站起来，转身给我续酒，小裙子短而硬，刚好遮住两只拳头大的屁股。伙计，我希望我有个美式发型，而不是这个跟了我一辈子的老式擦碗布发型……刚开始时，这位女士就诚恳地向我保证过，我看着谁长得好看，我就可以跟谁狂欢（除了她身上仅半盎司的比基尼外，这是她唯一的暗示：我们这儿可不是什么美容院或什么会所，实际上就是妓院。我也没装假）。那时我就想，现在我还在想，她所说的任何人是否也包括她自己在内呢。她友好地坐在我的大腿上，真的，可这样我只能彻底了解她的头发而已。也许她只不过是个吧女、收银员、万能重量分配员……也许我已经很了解她了。我身旁放着一只透明防水塑料袋，里面是我的钱包。钱，必不可少的东西。我在后面房间里，在两个身着夏威夷衬衫、头戴破草帽的黑胖子快活的侍候下，不得已洗了个烫得要命的澡。就这样，我身上没有一只虱子，坐在这儿，坐在快活岛里。在这次旅行和时空转换的刺激下，我的耳鸣深入脑袋各个角落。两只耳朵还在模仿飞机飞行，尖叫声、呜咽声，还有地下火饥渴的隆隆声。我把刚倒的饮料贴在前额上，仿佛可以缓减我的冲动、我渴求的表情——塑料杯、塑料冰、飞机饮料。啊，我说这种生活挺好。

"洗第二次，"我坚持说，"可能是个大错。它会扩大头发毛囊，于是清洁剂令头发变干变硬。"

"真的吗？"那姑娘说，"这倒是事实。"

"没错，"我说。对于解剖我可能知之不多，头发多少还是了解一点，我是个头发通。我与之鬼混的都是造型师、服装女郎和化妆师，外加我自己在这上头代价昂贵的体验。我点头、喝酒、四周打量，其他人选在哪儿？不管怎样，我认为这个穿着白色比基尼的个体对轻松说笑及头发知识颇为欣赏。这么推测的话,跟我聊天比为钱跟我上床更有意思——不过,不得不说,没什么利润可言。我对事情这样进展也挺开心。我很高兴坐在这儿喝着烈酒,我很高兴没有冒险到地下室,在索命电影里演个浪漫主角。不,实际上这儿非常非常文明。

此时她低头查看半开裂的指甲。在头发衬托下,小圆肩膀显得无助苍白——但是,得了吧,快活岛可不是局部对比的地方。这个姑娘,这个夹着胳肢窝紧抱双臂的纤瘦少女,她太合我胃口了。不过,作为我这种人,而非其他人(至少暂时还不是),我想要妓院的所有特权,得到那些有钱且随意选择的老男人的待遇。

"你的朋友们在哪儿呢?"我说。

她耸耸肩,环视了一圈空空的凉亭。我的朋友在哪儿?然后她朝我仰起脸,悲伤而认真地问,"嘿,你叫什么名字?"

"我叫马丁,"我立即说……我讨厌我的名字。我是说,你生了个孩子,小男孩,你能为他做的最好的事是就给他取名叫约翰?我叫约翰·塞尔夫。可谁又不是[1]?

"你呢?"

"他们叫我莫比。你结婚了吗?"

"没有。我猜我不是那种适合婚姻的人。"

"你做哪一行,马丁?"

"我是个作家,莫比。"

"那可真有意思,"她冷冷地说,"你是个作家?你写什

---

[1] 男主角名叫 John Self,故有此说。

么的？"

"啊，小说之类的东西。"

"流氓汉主流？"她仿佛在说。

"对不起，你说什么？"

"我是说，它们是主流小说还是恐怖小说或科幻小说什么的？"

"什么是主流小说？"

她赞赏地笑了，然后说，"问得好……我他妈好歹还是念完了大学的好吗？在NYTE英国文学专业好吗？你写小说？你干这一行的？你说你叫什么来着？"

这时我更想问一问莫比她做哪一行，挣多少钱——可恰在此时我感觉到另一个女人的整条大腿飘过来。我转过身，一个穿着清凉短裤、戴着胸罩的大块头骚货从后走廊的阴影处摇摆着出来。她简直是按塞琳娜的模子造出来的，只是有几处按照下流念头给放大了，该鼓的鼓，该凸的凸。我想道：我要。给我，给我吧。她叹口气，在吧台前的黑色塑料蘑菇上坐下来。几秒钟后，一个穿着考究西装、沾沾自喜、精疲力竭的男人晃荡着出来了。

"保重，希希，"他声音洪亮地说。

"你也保重，先生，"希希轻快地说，操着世上是个女招待都会有的生意腔。"谢谢你光临。下次再见，先生。"

"哦，好的。"

希希的嫖客晃荡着走了。在纯粹地球重力的影响下，那张松弛满足的脸仿佛就要掉到地上。很显然，他跟希希一起在后面时对自己没有任何节制。没错，跟希希在后面时，他纵情恣意地享乐着。

"嘿，希希，"莫比说，"这个马丁是个英国作家。"

"是吗？"希希说。

"是的，"我说着站起来，皮肤灰白，腆着肚子，裹着印花浴巾，我的头发是伦敦天空的颜色——竹下、林下，竹林下[1]。

"难道你不兴奋？"十分钟后，我被问道。

"又兴奋又不兴奋。"

"得了吧。噢，你肯定太兴奋了。"

"嗯，是的，"我说，"我猜我有点儿。"

真的，我现在光着身子躺在锁着门、点着蜡烛的简易浴室里。这个勤劳的希希肉乎乎的右手轻轻抚摸着我毛绒绒的大腿内侧……有那么一刻，刚才还在竹子下时，我有点犹豫，不好选择。可能小莫比对我更偏爱她的天才同事会感到受伤——可能会走出去，泪水夺眶而出，甚至自杀。不过，在快活岛可没什么自艾自怜之说。你知道，我怀疑我真不是逛妓院的料。我还有人性，虽然它微不足道、虽然我确实抵制它，可我就是无法摆脱这种人性……当希希带我走时，我和莫比友好道别。我跟着希希下了越来越窄的走道，走道上下左右全包上了地毯，像四面地板。希希吩咐我在高背床上躺下，仿佛看病检查似的。是啊，那感觉就像：去看那种非常可怕、早就该去看的有

---

[1] 语出 T·S·艾略特的诗作《斗士斯威尼》（Sweeney Agonistes）。

钱鸡巴医生那样，有种不祥之感。"为什么你不让自己舒服些？"她问，有点生气但并无恶意。我有礼貌地往后多靠了一两英寸，躺进厚实而毛绒绒的枕头里。"不——解开你的围裙！一分钟后我就来。"于是我光着身子躺在冲洗过的、没有空气的房间里，等着希希回来，真心希望我刚才挑的是莫比。

"如果我是你，"希希又说了一遍，"我会非常兴奋。"

"你会的，当然。"

"我会非常疯狂。"

"嗯，我正盼着疯狂，绝对的疯狂。"

"我相信。"

"是的，应该很好玩。"

"我太兴奋了。"

我皱着眉头说，"兴奋什么，说清楚点好吗？"

希希噘起嘴，做了个难以置信的表情。

"我是说，你长得很漂亮，"我说，"但是——"

"不是说我，天啊！是说你们的新王妃！"

"噢，她啊。"

于是，我和希希很严肃地议论了一会儿未来的威尔士王妃。未来的威尔士王妃显然是第三大道上妓女们的热门话题。希希对戴安娜女士的发型、服饰、举止都十分崇拜。她也在威尔士王子身上花了不少时间。她喜欢安德鲁王子。她喜欢爱德华王子。她甚至迷恋爱丁堡公爵。我俩这样越来越怪异地谈了近半小时，最后我拍着双手说，可能很突然，

"——好了。那么你卖什么？"

"噢，你要什么有什么，"她说话的速度上没有丝毫变

化,"你想给多少小费?"

"嗯,我们来看看。你有什么?"

"直截了当的、法式、英式、希腊式、土耳其式。或者一半一半。"

"……什么叫一半一半?"

"直接加法式。"

"英式是什么样的?"

"惩罚式的。"

"土耳其式呢?——不,别告诉我。让我来个,就给我个——我想我就来打个手枪好了。"

"打手枪?"希希呆住了,"好吧,如果你要的话。你想给多少小费?"

赤裸如我,避孕套似的塑料小袋还是放在我的大腿上。我在门口已经被迫交了四十块钱。打次手枪要多少钱?来,说说你怎么想的?我耸耸肩说,"五十块?"

"听着,"希希对我说,"你还不如马上穿好衣服,到第七大道或四十二街去。你只想出五十块的话,她们能帮到你。五十块?从没人只给我五十块的!"

"等等——嘿,放松点,"我说。坦白说我玩伴的腔调让我有点哆嗦,那时她的样子、她的声音像是冷酷的高利贷主在索要欠债。"我刚到纽约,对不起。要不你说个数?"

希希:"要么你给五十块现金,然后用卡付七十五块,另加我们租费百分之十五的补额;要么我们的温泉支票政策也行,减百分之十五,再加十美元补额。对这种规模的服务而言是没什么区别的。"

"……一百七十五块？打一次手枪？"

"听着，这是第三大道，不是第七大道。要不然你穿上衣服——"

"好吧，好吧。"

噢，他们早已把这个算计清楚了：某种男性思维觉得这也行——可能甚至觉得比那个破竹林、那些鸟叫声、潟湖灯光还要好些。所以你来这儿，光着身子，让性检查员给你的需求标上价格。她倒不是想让你觉得廉价，她想要你觉得你一钱不值……希希轻快地离开房间。不过她很快又回来了。她带着一台滑动的信用卡刷卡机。将什么塞进这台粉碎性棘轮机器中去呢——我的美国运通卡，我的约翰逊卡？现在，先生，我只是要记住你的阴茎模样……说到希希的内裤这个问题，我需要更多的预算支出。上衣倒是脱得干脆，不过她说，脱裤子不在这笔交易之列。

"你绝对知道如何点燃一个男人的欲火，"我说。所有激情消耗殆尽，只得再往总额里另添了一张二十块。

我们这样来说吧，说得最清楚。等我到卡都塔家时，状态不过尔尔。我喝了几杯酒，啃了几口快餐，跳上一辆的士。我只有吃快餐的时间。总有一天，我也要戒掉快餐。该戒快餐了。比快餐更快的时候到了……跟希希在一起一点也不愉快。虽然我在快活岛逗留了一个多小时，实际上打手枪不过片刻工夫——要我说，只有四十五秒钟。我只得折磨我的大脑，回忆更差的一次。"你准是兴奋过头了，"希希安静地说，从纸巾盒里抽出纸巾。又对又不对。我俩的那种打手枪是这样的，你直接从疲软到高潮，跳过了硬起来的阶段。我想希希一定使用了某种秘密性腺伎俩，结束得那么快。后来，她还想来一段让人昏昏欲睡的皇室总结谈话，但是我大步流星出了门，要多快有多快。麻烦的是——我根本不满足。普通的打手枪也让人不满足，可它们不会每秒钟花掉你五块钱。这种经常性开支通常很低。你喜欢打手枪的一个原因就是它们不会花掉你八十五镑。

坐出租车去市中心是一场痛苦的努力、痛苦的挣扎。我第一次来纽约时，甚至连交通堵塞也觉得很有意思。不过现在我对纽约的交通拥堵处之泰然。我希望我能搞清楚如何乘地铁。我试过了。无论我如何全力以赴，最后我总是头顶垃圾盖，从爱林顿公爵大道的一个沙井里爬出来。然而，多说无益，你绕不开纽约……我看着手表。我坐在闷热的后座上大汗淋漓、骂骂咧咧。天气热得要命，简直是为八月暴乱火上浇油。司机座位后的玻璃隔板上贴着许多指示，其中一条没事找事感谢我没有抽烟。我讨厌这个，我是说，言之过早是不是，难道你不觉得？我还没有不抽烟呢。结果证明，我最后总会抽的。我点燃一根烟，然后一根根抽下去。方向盘后的卷毛大声吼着什么，骂了一会儿，但是我在后面一直安静地保持着"非不抽烟"的状态，若无其事。

当地人说小意大利区是曼哈顿最干净最安全的聚居区之一。任何吸毒者或蹒跚着从鲍威利街来的醉鬼一来这儿，马上就会有五个手持球棒、斧头、表情严肃的肥仔从最近的意大利小酒馆里大步出来。嗯，小意大利对我而言更像村庄。之字形的消防通道看似每周被急切地使用两次——它们覆满煤灰污垢。在这阻塞的狭窄通道里，空气里混合着汽油、酸味和引擎冷却液的气味，还有永远摆脱不掉的卡车打嗝声、汽车放屁声。耀眼炫目的卡都塔在这种垃圾地方做什么？她在西塞罗有套房子，由菲尔丁·古德尼付账，有发型师、保镖和一个七十三岁的男友……我绕着这条街前后来回跑了好几趟，最后总算找到了那扇肮脏的门。

"好了，塞尔夫先生，'约翰'：我们的电影！"卡都塔·梅茜说，"我从大纲里看到那位女士是从……布拉德福德来的。我觉得没人会信。"

"嗯，你看的那是草稿，卡都塔——那是英国版本。现在我们把它换到了纽约，我们可以——"

"我更喜欢佛罗伦萨，或维罗纳。"

"当然可以。没问题，你自己挑一个吧。"

"这部电影叫什么？"

"《良币》，"我说。实际上我们还没确定。菲尔丁想把它叫作《良币》，我想叫《黑金》。菲尔丁建议在美国叫《良币》，在欧洲叫《黑金》，但我搞不懂这样做有什么好处。

"那好，"卡都塔说，"告诉我，约翰，这个特丽莎，她多大了？"

"呃……三十多？是的，三十九。"我小心地望着卡都塔。

"不好意思，可我知道她有个二十岁的儿子了。"

"没错。我猜她比三十九要老点儿。"

"我自己四十一了,"卡都塔说。

"别逗了,"我说,"嗯,那好极了。"

"所以,你能不能告诉我?为什么这个女人一把年纪还会一天到晚脱衣求欢?"

我坐在那儿,膝上搁着杯咖啡,我觉得那不勒斯的温暖令我透不过气来。这地方挤满了孩子——襁褓中的婴儿,蹒跚学步的小童、七八岁的孩子和到处跑跳的青少年。至少有三个父亲模样的男人,穿着汗衫和工装裤,在隔壁厨房里埋头于一堆没有标签的酒瓶和浇着鲜红酱汁、热气腾腾的意大利面。这儿甚至还有两三个浑身素黑的流浪女,安静地坐在门口的直背椅上。我没有看到一个妈妈。此外,整群人很可能刚从埃利斯岛[1]来……显然卡都塔是这儿的蜂后。她不停地拍手,肆意说着意大利语。她像百货商店的圣诞老人那样把孩子们抱在膝上。孩子们一个个轮着来,然后又爬下去。时不时有个爸爸大摇大摆地走进来,恭敬且相当谄媚地跟她说几句话。就剩一颗牙的流浪女们嘟囔着,点着头,画着十字。卡都塔也常常跟我说意大利语,我一点也听不懂。

我咳着说,"对不起,卡都塔,这究竟是怎么回事?"

"盖兰德先生。他说电影里有几场赤裸裸的性爱戏。"

"跟你?"

她抬起下巴,点点头。

"那是胡说,卡都塔。剧本大纲里根本没有性爱场景。"

---

[1] 埃利斯岛是一百多年前美国移民接待站。

"洛恩·盖兰德说古德尼先生向他保证过有三场性爱戏，全裸的。"

"我的天啊，盖兰德多大了？他想全裸是为什么？"

"他是个恶心的家伙。听着，塞尔夫先生——约翰，我需要你的肯定，这事不会发生。"

"我向你保证。"我瞟了一眼房间。流浪女们报以鼓励的微笑。"听着，卡都塔。在你和洛恩之间不会有什么性爱戏。你有一两场戏可能跟床有关，早上起床什么的——但是盖着被子，行吗？"

"实话跟你说吧，约翰，"卡都塔·梅茜说。她把孩子们从膝头嘘了下去。"我四十三了，正如我说，我的胸部不再那么好看了，肚子还行，屁股也还行，但是胸部？"她在空中一挥手，"我大腿外侧有二度脂肪团。对此你有什么想说？"

我无话可说。卡都塔穿着灰色山羊皮两件套，她轻轻一抖，把裙子拉到髋部。我可以看到丝袜的最末端、柔嫩的肌肤以及百万里拉的内裤。她捏住大腿外侧的肉，挤着，肉皱了起来。

"看见了吗？"她说着开始解衬衫纽扣。

我又扫了一圈房间。一个爸爸从门口探出头来，那个头微笑着，又收了回去。流浪女们盯着我看，一动不动。有个孩子趴在我膝头，仿佛要我把注意力重新拉回到天鹅绒宝座上的女士那里。

卡都塔迎上我的目光，她分开衬衣荷叶边，解开搭扣，那是厚重胸罩里最中间的乳沟。"过来，约翰，"她说。

我站起来，我走向前，我跪下。她把我的脸捧到她胸口。

就在那无比沉重之间,我感受到巨大的冲动。

"你从来没有妈妈,是不是,约翰?"

我发不出声了,但是我说的是,"对,我没有。"

我刚数过,我脑子里有四种不同的声音。当然,首当其冲的是金钱急促的声音,可以由打字机顶部横挡上的污渍来代表——£%¼@=&$!——加、减、错误与贪婪的组合。其次是色情之声,通常听上去像精神失常的DJ在说唱:她的举手投足让人雀跃,我至死方休,获得自由——吮吸吧,摊开吧,婊子,哦耶,为我跳跃吧,宝贝……等等。(我脑海里还另有色情次声,是个陶醉的黑人浪子或白痴,他漫不经心地哼着纽约时代广场的节奏。无法理解但明白无误的淫荡,他含糊的独白是这样的:呃嘎咯呀叮啊发呀呃呀发啊啊呀嘎撒吗发咔。我也脑子里那样说了很多。)再次是衰老和沧桑的声音,是时间日复一日的旅行声,是悔恨交加、悲伤无聊以及徒劳抗议日益微弱的声音……

第四种声音是真正的入侵者。上面那些声音我都不想要,可我特别不想要这种声音。这是最近才有的。跟辞职有关,跟需要思考我过去从不曾思考的问题有关。它有着妄想的轻快节奏、有着疯狂、愤怒和那种令人不快的哭泣的节奏,在发作时听得清楚明白;是醉话清醒后的回放。在电视上,他们不断播放歇斯底里的广告或他妈的新闻……所有声音都来自别处。我希望我可以把它们从我头脑里冲走。就像跟吸血鬼打交道一样,你不得已请它们进来,可它们一旦进来后,一旦你在脑中给了它们一块地方之后,它们便坚定地赖在那儿不走了。别让它们进来,这些不速之客。别让它们进来,哪怕不惜一切代价。

不过,那个卡都塔怎么回事,啊?

请注意,如果你觉得她举止怪异,那你更应该看看我。我不可思议地痛哭不已,卡都塔也是,两个孩子和一个流浪女也是。过了一会儿,爸爸们鱼贯而入。在这场人类情感丰富的展示与证明里,人人都又哭又笑。这是垃圾——我知道,是拙劣艺术,但你又能指望我什么?这些天来,好多回我是那么渴望温暖,强烈到止痛剂包装或维他命瓶上的说明("感冒初期,要确保……")也能让我强健勇敢。卡都塔紧贴着我的脸,我当然感激她。我深深地嗅着鼻子、把脸埋在她的胸前至少有十分钟,还舔了、亲了好几下。不过那与性无关。我从没想过占卡都塔便宜——不,不能占卡都塔的便宜——如果你非礼她的话,我会揍你一顿。当我回到酒店时,那种感觉仍在胸中澎湃。卡都塔分别时对我说的话——她像个战争新娘或战争母亲一般,我坐的出租车启动时,她追着车跑——她这样说的:"保护我,约翰!保护我。"我明白那是什么意思。我抓起电话,在异常愤怒中拨通了洛恩·盖兰德的电话。

"听着,洛恩,"当一个女佣把这个大人物请过来听电话后,我开口说,"我刚跟卡都塔·梅茜聚了聚。你向她提出的那几出戏——她不想脱衣服,而我得说我——"

"你说她不想脱衣服是什么意思!她只不过是个他妈的电

视演员！我他妈要撕掉她的衣服！"

我把电话听筒举得远远的，望着它。令我记忆最深刻的，我想，莫过于洛恩瞬间爆发的脾气，猝不及防且迅疾异常，然后突然间脾气没了——消失了，彻底不见了。我自己是个爆发力很强的艺术家，但即便是我也需要更长一点的时间。在我意识到这是最后一根稻草前至少还需要几秒钟。但是对某些人来说，很显然，每根稻草都是最后一根稻草。对某些人来说，第一根稻草就是最后一根稻草。

"洛恩，洛恩，"我说，"听我说。听着，剧本里并没什么裸戏，要有也不是跟卡都塔，是跟布奇·波索莱。是的，很好，去吧，你想拍多少就拍多少。不过，跟卡都塔，她——"

"什么剧本？没人给我看过他妈的剧本！"

"多丽丝·阿瑟还在创作，洛恩。但是我觉得我可以说在你和卡都塔之间不会有什么裸戏。可能半裸吧，但不会全裸。这是铁定的。"

当他侃侃而谈时，我手握免税酒感激地坐下来。洛恩的超级怒火发完了。他控制住了自己。他此刻不过是非常生气罢了。他说，

"定了？定了？孩子，你在这一行里真是新手。现在你给我听着，你个混蛋。我是洛恩·盖兰德，伙计。没错，是我！是我盖兰德！我对那个角色有意见。你不需要我，那为什么不去找个像卡什·琼斯那样的老傻瓜来演呢？"洛恩笑了。"我不知道我为什么这样说。我爱卡什。卡什跟我合得来，他是我相处最久、最亲密的朋友之一。约翰，亲密的朋友。非常亲密。"洛恩停顿片刻，"是的，但是如果你找洛恩·盖兰德拍

戏，你得让他发发牢骚，你得给他点尺度，你得给他点——有点大的东西，你明白吗？你看过我在《甜心》中的演出，约翰。我很高兴你打电话来，"洛恩继续他的怪谈，"因为我想告诉你我刚才冒出来的新念头。我虽然不是作家，但以前也写过一些场景，当然，实际上我，实际上这个想法是这样的。那个年轻人，对吧？我不知道你他妈找谁来演，我也不在乎谁来演，但是他和我会打一架，对吗？"

"你和你的儿子。没错。"

"剧本大纲里，约翰，大纲里说他打赢了。"

"没错。"

"我觉得从戏剧角度来看，那并不可信，约翰。"

"为什么不可信？"

"嗯，它向观众暗示他比我强壮。"

"没错。我是说，他只有二十岁，而你是个——成熟男人。"

"但是我知道你找来试镜的那孩子。他是个废物！我赤手空拳就可以把他撕成他妈的碎片！"

"但是人们不知道你能，洛恩。人们认为他该赢，因为他比你年轻四十岁。"

"啊，我明白了。你认为因为我没有他年轻，他就比我强壮。胡说！"

"我没那么想，洛恩。但是其他人会那样想。"

"好，好。我是个有理性的人。我们就这样做。还有，对了，我想全裸拍这整出戏，我俩都全裸，那是绝对的。我不会放弃这点、放弃这个想法的。好了，我会操卡都塔，对不对？

我是说真正地操她。那个女人在——等等。不对，是布奇。我只是以前操过卡都塔，现在我操的是布奇，对吗？我是说真正操她。那个女人在哭，完全失去自制。她歇斯底里，这时候，这个年轻演员走进来——他也光着身子——来摊牌的。我从床上一跃而起，赤身裸体，我就开始把他撕成他妈的碎片。他妈的他差不多快被我干掉时，这个布奇，光着身子，开始叫起来，'洛恩！洛恩，宝贝！亲爱的，你在做什么！住手，甜心，求你住手！'我意识到我已经——我身体内的野兽，因为，约翰，我们生活其中的这个世界是个恐怖世界，约翰，是个真正疯狂、糟糕透顶……的世界。所以布奇和卡都塔把我带走了。我想到自己对那家伙做的事，他妈的哭起来。这时，这个年轻废物走到我身后偷袭我，用汽车里的工具砸我的头。约翰，你怎么看这一段？"

"洛恩？我们再看吧。"

"不，不行！你等着瞧。是的，等着瞧。"

啪哒。

我把听筒放好，盯着我的膝盖。膝盖上放着玻璃纸封皮的盖兰德新闻稿——我是从这里搞到他的电话号码的。我大致浏览了一下，发现洛恩在走红时期，在舞台上或屏幕上诠释过的人物有：成吉思汗、阿尔·卡彭、马可·波罗、哈克贝里·芬、查理曼大帝、保罗·里维尔、伊拉斯谟、怀特·厄尔普、伏尔泰、斯盖·马斯特森、爱因斯坦、杰克·肯尼迪、伦布兰特、鲁思宝贝、奥利弗·克伦威尔、亚美利哥·维斯普西、佐罗、达尔文、坐牛、弗洛伊德、拿破仑、蜘蛛侠、麦克白、梅尔维尔、马基雅弗利、米开朗琪罗、玛士撒拉、莫扎特、梅林、马克思、战神、摩西和耶稣·基督。我并不了解所有这些角色,但想必他们全都是大人物,这么说来洛恩对自己有一两个可笑的想法也不足为奇。

噢,漫长的一天。废话!多么糟糕的一天。你知道我的时间现在几点吗?下午四点。嘿,如果现在你在这儿,姐妹妈妈女儿爱人(侄女、姑姑姨姨、奶奶),也许我们可以谈谈,相拥而卧——没有邪念,只是亲热温存。也许你会同意我把大脸放在你胸前的温柔怀抱之中。我脑子里想的只有那个,相信我。我知道你是个纯真的人。你不抽烟不喝酒,你不到处乱搞,我敢打赌。我错了吗?我爱的就是你身上的这些……现在我想我有六种现实的解决之道。我可以喝点苏格兰威士忌和一点色拉芬后立即上床睡觉。我可以回快活岛,看看小莫比在做什么。我可以打电话给多丽丝·阿瑟。我可以去第七大道看一场即将上演的活春宫。我可以走出去喝个酩酊大醉。我可以待在房间里喝个酩酊大醉。

最后,我待在房间里喝个酩酊大醉。问题是,我先做了其他事情后再喝的。有时候我觉得生活正在弃我而去,速度还不慢,并伴随着缕缕蒸汽、车轮火花迸射、发出强劲或恐惧的嘶鸣。生活在流逝,然而我是那个永不停歇的人。我不是车站,也不是停靠站:我是列车。我是列车。

"跟我说说那对奶子,滑头。告诉我它们的全部细节。"

"没门儿,一边去,伙计。这是我跟卡都塔之间的私事,我什么都不会说,我封口了。"

"你知道,她在罗马也有这样的住处,在巴黎也有。一家小托儿所,一年去那么一次,在那儿当女王。那些家庭也乐得如此,他们要做的只是当她现身时请母亲们走开,让兴奋的孩子们认为卡都塔是个超级子宫。跟我说说那对奶子,滑头。我想它们要比,比如说,比多丽丝·阿瑟的大吧?"

谁的不比她的大?我温柔地想道。我们大步朝前走,这是阿姆斯特丹大道,面前的横街慢慢移过。我们来到八十七街,然后是八十八街。当我们往北而行时,为了保持低调,独裁者总是慢慢潜行,跟我们保持一个街区的距离。我没来过上西区,可这儿让我想起了什么。它让我想起我那颗松动的牙齿至少已安静了一两周……我们在八十二街一家阿根廷小饭馆大快朵颐,席间我的朋友菲尔丁对整个洛恩—卡都塔的事情很有把握。他解释说,等我们拿到剧本时,所有冲突都会烟消云散。电影演员总这样烦你,直到有剧本可循时他们就没话说了。到那时,他们忘了性格塑造这码事,沉迷于台词、银幕上的露面时间以及特写镜头是否分配均匀的问题。多丽丝·阿瑟回美国了,在长岛租来的小木屋里拼命赶稿。我怜爱地想象小多丽丝头戴浣熊帽身穿工装裤,在凤仙花和旋转餐盘间,压水泵,修屋顶,甜美的嘴里叼着半打钉子以及两三个欧石南烟管的样子。第一稿,菲尔丁保证,再过三周就完事了。

"我们去哪儿?这么走是干什么?"

"今天阳光明媚,又是星期天,约翰,我们看看风景。告诉我,多丽丝给你什么印象?我是指感官上的,"他补充道。

那柔和、甜腻的眼神让我脚步趔趄，我说，"你去过她那儿，啊？她什么样？"

"听着。你告诉我卡都塔的奶子，我就告诉你我知道的多丽丝在床上的事。行吗？"

"一言为定。没错，它们很大、下垂，但最主要的是它们很沉很重。当然它们贴在胸部，有点往外且往下扩开，不过它们仍然很坚挺，它们——"

"我知道什么样了，滑头。我们不能用它们。我以为她本可以整一下形的。你会想，我们不需要奶子挺立的老妓女，我们要个真实的人，但是电影明星本身就不真实，约翰。他们身上没有真实性。你会明白的。"

"好，到多丽丝了。说吧。"

"恐怕我误导了你。据我所知，没什么好说的，多丽丝是个同性恋，滑头。"

我一个趔趄停下来，在空中打了个响指。"怪不得。天啊，我知道就会是这样。那个婊子……"

"你勾引她了？"

"哦，当然。难道你没有？"

"没有。我早就知道了，从那些故事里就可以看出来。"

"什么故事？起码跟我说说这个。"

"那些短篇小说，约翰，《啼笑皆非的时尚新款》，记得吗？"

"哦它们啊。"

可是走到这儿时，我看到街道的变化，尽管有阳光、有湿润的空气、尽管天空一碧如洗，可街道还是阴暗起来。三个街区远的地方，高尚褐石住宅区的街景中还能看到门前的凉篷、有钱人家穿制服的门卫。现在的弄堂里没有车，法律的触角伸不到这儿。弄堂里床垫裂开、海绵散落一地，张开口的衣箱面朝下扑倒在水沟里，我们绕过它们。我们看到窗户和铁丝网后那阴暗而茕茕孑立的侧影——这是个没有金钱的国度，只有冷水，没有电梯。突然之间，当城市把阔人与穷鬼像刀的两面一样紧密楔在一起时，除了对金钱的憎恨与愤怒外，所有的和谐与一致都在崩塌，你可以感觉到它的缺失……我注意到贫穷，贫穷也注意到我。我也感到——菲尔丁和我看起来有多像同性恋——堕落、无谓的态度以及奢侈。他脚踏跑鞋，身穿银色运动服，头发飘扬；而我呢，穿着很男性化的西装、薄款的吉基尔裤子和骄傲的圆头鞋。即使曼哈顿铁石心肠的男同性恋（我这么觉得）也会从楼上和高级公寓里关切地注视着下面的我俩并认为——我们太过厚颜无耻了，天知道，可是那些家伙，他们会搞砸整个计划的。

"嘿，黑鬼兄弟！"

九十八街。我转过头。两个黑人，牵着一条昂首挺胸的大狗。

"见他妈的鬼，伙计。我想放狗去咬这俩白人，随便哪个都行。"

"菲尔丁，"我紧张地说，"这样明智吗？我们回车上去吧。这地儿太他妈可怕了。"

"接着走，滑头。头抬高点，没事儿！"

他错了。菲尔丁错了。马上就会出事，肯定！如果你像我这样在这儿吵吵嚷嚷的话，你就会感觉到你无法就这么走过去或离开这里。你会感到你得让他们满意。前面不到一个街区远的地方，本来零星分布的低等有色人种开始聚集、围攻我们。我看见花哨的T恤、壮硕的肌肉、鬓发胡须。这些人，只看到我们是白人，我们有钱，其他什么都没看到。也许他们认为——你们不能到贫民窟来，在纽约不行。你们就是不能到贫民窟来，因为穷人们假装贫民窟不存在，而它们真的存在。它们向我们展示了那么多东西。直到现在我都一直听从于本能或习惯，时时检查长处与短处。不要走左边，待在人行道上——啊，那儿有个长相恶心的小个子。突然打了几记混合拳，像个狗杂种似的朝前面绿坡跑去。我眼光扫着旁边。菲尔丁抬起右手，向独裁者发出指令，但他的目光和步伐还是那么笔直、坚决。车冒了出来，悠闲地往前凑着。菲尔丁放慢脚步。他做了个优雅的手势，像是在解释，超级坦率。什么事也没发生。道路清空了，我们继续朝前走。

"哥伦比亚大学，滑头……芝加哥、洛杉矶，不管哪儿——在美国，我们的高等学府被这个文明世界里的最差、最大、最绝望的老鼠屎贫民窟给包围了，看来这是美国特色。这意味着什么？有什么含义？现在，看这边，约翰，我们可以真正好好看看哈莱姆。"

我看着哥伦比亚大学，我仔细地看。我以前也见过这些下巴高昂的廊柱建筑，根深蒂固的文化自豪让它们昂首挺胸。这个地方没什么新鲜的。菲尔丁揽着我的肩，我们走上城堡陡峭的城墙垛。我们靠在栏杆上，从树木枝桠中往下看，在最后一次企图爬上悬崖时，它们折断了背。在此之外便是方圆几英里的哈莱姆——是第二部分，是年轻的曼哈顿的另一部分、隐藏的另一半。

"刚才怎么回事？"我问。点燃了另一根烟，还是没有从未燃烧的战斗之火、惊醒的腺分泌中缓过神来。

"是那辆车，如此而已。"

"我们的人有用枪对着他们吗？我没看到。"

"没有。嗯，我想，他准备好了枪。不过这不是什么大事，车随时就来，一两分钟罢了。我们要的就是这个。"

我猜我懂了。独裁者、司机、保镖：这一切向他们展示了我们与他们之间的鸿沟、神奇的距离。菲尔丁的手势是什么意思？他一个手掌弓起来按在胸口，另一只手转过去，朝着车做了个礼貌的引介手势，仿佛在说，"这就是金钱。你们见过吗？"然后他两手合拢，面朝上，提供了一个简单证明。那些人纷纷退后，慌张、匆忙、略微不安的样子像路上所有给救护车或皇室让路的车一样。我说，

"为什么？"

"看风景，欣赏当地风光。车归你了，滑头。我打算跑回去。"

我看着他慢跑着不见了，前二十码他的头昂得高高的，为了更好地呼吸氧气，然后他低下头测量他步伐的节奏。我转过身，望向斜斜的、缩小了的楔形街道和低矮的廉价公寓，就这一次，我耳朵里的压力找到了合适的和弦、正解的乐谱。随着不祥之兆的低吟，我的目光在哈莱姆逡巡，仿佛在那些大烟囱和照明通道间都是我的钱、我特殊的钱，等待出世、等待自

由、等待力量。

只有一个凡人真正关心我，至少，这个人忠诚地各处尾随着我，仔细观察我，一直给我打电话。没有人会这样。塞琳娜从来不在家。其他人也是——只有钱。钱是我们都拥有的东西。美钞、英镑，它们是绝命书。金钱是绝命书。现在这家伙，他也谈起钱来，但是他的兴趣都是个人隐私。实际上他的兴趣相当个人化。

"你没想过他们，"他会说，"你没想过他们。你去贫民窟，但你从未想过他们——那些人。"

"谁？"我问他，"你可怜的伙伴们？"

"听着。我偷过食物，出于饥饿，只为了活下去。你可以那样做一个星期。一个月后，你就有了那种相貌，你看起来成了那种不偷食物就活不了的人。就这样，全完了。你再也偷不到食物了。为什么？因为人们一眼就能看出来，你刚走进商店，他们就知道你没钱，你甚至连钱什么样都不记得了。想想看。"

"听着很不爽。只说明当个穷人真是愚蠢之举。听着，我见过那种情形。我觉得那并不是什么新鲜事，伙计。我这一辈子都在听这种事。"

"你是穷人，你现在还太穷。"

"你错了。我有很多钱。我打算赚更多的钱。现在你，倒是你听上去为钱所困。"

电话弗兰克原来不仅是个金钱专家，或没钱专家，他还就小妞们谈了很多。比如：

"你只是占有她们，利用她们。然后你就把她们像沙拉似的扔到一边。"

"又错了。我一直想那样干——可她们没有一个愿意忍受。"

"女人们，对你来说，她们只是色情。"

"听着，伙计，我有个约会。许多有钱人在市中心等我呢。"

"我们总有一天会见面的。"

"我真心盼望那一天……好了，弗兰克，我们以后见。"

我八点准、在最后一抹余晖中到达银行街。头顶上天空仍然星光闪耀，在粉红与蓝色中杂有模糊的绿色，美化城市病态的墨绿色……我最好的西装——细条纹深灰色。我用宽宽的银色领带绕起来打了个丰满的温莎领结，格外引人注目。西村那儿的街道都有名字。

银行街看起来很像伤感的伦敦，黑色的栏杆和苍白的花朵围绕着羞怯的褐石建筑，甚至夜晚幽香中传来枝桠和树叶间谨慎的味道。我慢慢走着，看见一个蹦蹦跳跳的黑孩子，跟费利克斯年纪相仿，也许要大点儿，和他漂亮的小女朋友一起压马路。他随意伸手进了前花园，从树上扯下一朵花。他把粉色小花递给他的小妞，她容光焕发，在脸前转着这朵花，然后扔掉花朵。"嘿，"他说，"嘿，那是我干的漂亮事。那是我干过的——跟花有关的——漂亮事。你为什么把它扔了？你这婊子！"他继续往前走，发条拧紧不再弹跳，肩膀变硬，人也阴沉了下来。她落在后面，弯下腰，拾起那朵零落的花，将收集起来的干花瓣用裙子兜起来。

我琢磨着我还有半个小时要打发，于是几个右转，来到了低矮的第八大道的斜坡上——中等贫穷区，我猜。修鞋店、古巴亚洲快餐店、痛苦与销魂俱乐部、超感知觉阅读与咨询、麦克的自行车世界，以及酒铺、啤酒店与酒吧。人行道烧烤摊上的夹子是故意做得像巨人脚后跟的吗？年轻人在停着车的引擎盖上下象棋。苍白老胳膊上的褪色文身。他们又来了，老的少的，健康的有病的，混在一起，像穷富、美丑的美国奇观，像酷热与严寒的曼哈顿奇迹。有些人严重的破败失修。天啊，他们能来点小投资、小改造吗？但是我爱这种拥挤多变。是的，它令我兴奋。经历过纽约后，伦敦显得平淡、荒凉……此时我在关了门的银行、市政机构和生意不好的打烊店铺那晕黄的灯光下闲逛。为什么银行就不能像美国人关心的那般多样与随性呢？为什么我们不能有麦克的银行世界呢？我不知道，但是我觉得更稳定了。我一整天没喝酒，吃中饭时，尽管我点了可怕的马岛惊奇（三倍分量的混合烤牛排），但我什么都没吃。今晚我想保持最佳状态。我洗过澡，收拾好，我看起来还不错。跟菲尔丁的那趟远足、那趟上城野生动物园之旅对我真有好处。我需要它，我要自己强壮。你以为我精神错乱，可是我跟你说，伙计，有些事情正在进行中。你参与了吗？自打我上次来纽约，我便一直有这种可怕的感觉，那种有事瞒着我的感觉。我试着说服自己这只是心理作用罢了：可怜的男孩和他对成功的恐惧。这跟电影无关，电影没事，会拍的。另有其他什么事不对劲，某件更大的事。不管电话弗兰克对我做过什么，反正比那要大。不管塞琳娜对我做过什么，反正比那要大。比我正对自己做的事要大……我从一家商店橱窗转过身——为什么总是这样呢？——迎面碰上一个身高六英尺、红头发、头戴绒球帽，像蝌蚪般黑的面纱遮到下巴的女人。她故意往前靠，挑衅的模样：我觉得她的呼吸甚至吹到了我脖子上。"啊？"我说。可她只是站在那儿，透过面纱凝视着我……我以前在哪儿见过这个疯女人？你看，她又来了。在哪儿，我以前在哪儿见过她。

我在男同性恋区克里斯托弗街走了个来回。我也逛了堤岸区——至少有两个大妞不准我进她们的紫色圣地。后来我发现一个地方，上面的招牌清楚地写着单身酒吧，没人不准我入内……我在《泡沫》和《瘴气》杂志上看过这些性病制造厂的介绍，这两本杂志不容分说都采用了醒目的标题。一两年前有消息说，这些小酒馆里充斥着空中小姐、模特和职业女性：只要五分钟、几杯淡啤酒，你就可以跟一个小可爱去酒店或出租公寓开房，让她在你脸上劈叉。不是这样的！《泡沫》说，可能曾经有过那样一段日子，《泡沫》辩解道，但是两三周后，纽约郊县的乡下佬们来了，这下完了，小妞们全走了。《瘴气》甚至派出一队风度翩翩的男记者去调查，他们没有一个得手……嗯，这地方我看还行，唯一的缺陷是没有女人，她们全去了男性酒吧或迪赛迪斯科舞厅，所以我只好加入六个不说话的孤独者行列，开始喝起赛德卡鸡尾酒[1]。八点二十分：没问题。这杯酒敬你，玛蒂娜，我对自己说，在湿漉漉的镀锌吧台上抚平一张二十块的钞票。

你还记得玛蒂娜吗，玛蒂娜·吐温？可别跟我说你忘了。

---

1 指一种用白兰地、橘子酒和柠檬汁调制而成的鸡尾酒。

记忆怎么啦，老兄？姐们，回忆什么样？你记得她，当然。我知道我记得。她和我是老相识。关于玛蒂娜——关于玛蒂娜，我不知该如何形容她。提到玛蒂娜时，所有关于金钱、气候和色情的种种语言（所有那些无法控制的东西），它们全都无法胜任。想起她，我心头会涌上一种无言的慌乱——我在苏黎世、法兰克福或巴黎时有过这种感觉，当地人不会说外国话。我的舌头嗫嚅着搜寻根本不在那儿的句型和词组。于是我大叫……想想我这辈子与之厮混的那些人：造型师、模特、演员、制片人、候补演员、吸毒的、骗子、提词卡读稿员、当官的、投资客——搞笑的男人，非异性恋的男人，还有搞笑的女人，杂耍般的性爱、时间与金钱。谁是直的？我不是。我被弯折、被凿、被夹、被拽，最后被挤成这个可笑模样。每个人的生活都是一局棋，下到第七步时就死了，现在多变的棋局僵在那儿、变得缓慢，成了制约和矛盾的梦，随着迫近的每一步，所有棋子都给钉在那儿、串在那儿无法动弹了，要么就得迫移……但是我们随处可见这些人，他们好像在喋喋不休地说着真正的台词，他们是可怕的代表。通常，他们都很富有。

她的丈夫——英国人奥西，天生有钱，他就在钱堆里工作，纯粹的钱。他的工作除了钱这东西之外，与别的任何东西都不相干。跟他妈的股票、债券、商品、期货什么的统统没有关系，就与钱打交道。金发奥西坐在第六大道和切普赛特区他的幽灵塔里，用钱买钱卖钱。凭着唯一的装备——一台电话，他用钱买钱，为钱卖钱。他在货币夹缝中工作，随着每天外汇汇率的上下波动，赚取买卖差价。做这些工作，他的报酬是钱，大量的钱。太美了，他也是。

我从赛德卡换成古典鸡尾酒。不管怎样,这类晚餐聚会我总是到得早,走得晚,但从来不会太晚。卖酒的,再来一杯。我正美美地喝酒时,感觉到一个女人带来的嘈杂与美好。我转过身,发现一个姑娘来到吧台前,就在我旁边。她要了杯白葡萄酒,声音好似带电。跟一个曼哈顿人在一起,我变得丰富多彩起来。纽约到处都是让人心跳的姑娘们,浓妆艳抹、皓齿若贝、胸脯高耸,她们似乎全都理所当然地一样不拉。这其中必有猫腻。(有的。她们大多数都是疯子。你得记住这点。)高脚凳上的这个小妞——看起来像埃及艳后。我不知道埃及艳后是个什么东西,但我马上把她当成这儿的常客、床笫艺术家、鸡巴崇拜者,诸如此类。我总是能认出她们来。我瞟了一眼手表:八点三十——不,九点三十。嘿!该采取行动了。

"能赏脸喝杯酒吗?"我说。

她的脸放松下来,拒绝地抖了一下。

"白葡萄酒?"我说。

"不,谢谢。"

"这个'不,谢谢'是什么意思?难道你不识字吗?这是单身酒吧。"

"对不起!"她说,"服务员!先生!这个人在找我麻烦。"

"他妈的对了,我就是在找你麻烦。"我拍着她的肩膀,"你指望什么,孩子?那你为什么上这儿来?你喜欢加州夏布利酒还是墙上的那些塑料鸭子?"

"嘿,嘿,你,闭嘴!给我出去!"

这是酒吧招待在说话。

"什么意思?难道我是这儿唯一识字的人?外面招牌上不

是写着单身酒吧吗？还是霓虹灯的。我是单身，她是单身。"

"怎么回事？"

"他喝醉了。"

这是另一名孤独者。

"行了。那是谁说的？"

我软塌塌地从高脚凳上滑下来。这个动作不知怎么还需要第二下控制，即从地上站起来。

"他刚喝了十杯鸡尾酒，天啊。"

"这儿……把他……让他……"

我觉得有好几只手抓住我的胳膊，背后还被个膝盖顶着，有人在扯我的头发。嗯，不管怎样，时间在走，我觉得我最好也走。

十五分钟后，也可能是二十分钟后，我站在一个笼子电梯前发呆：横向收缩的铁栅栏，折叠门。我转过身，大步走向走道尽头。我按门铃。我喝醉了，行，但现在我又来了精神。喝酒就是这样：有些人可能受得了，有些人则不行。而我再喝一些，仍会一切正常，状态良好。我理直领带，用手把头发梳向脑后。我摁门铃——响了好久的门铃。有人咔嗒咔嗒下了木楼梯。门开了一道缝。

奥西站在那儿，穿着衬衫和背心。我可以看到玛蒂娜站在过道尽头，系着围裙，手里拿着盘子。

"嘿，我的朋友！"我哑着嗓子叫道，"总算找对了！"

他往前走了一步。"太晚了，"奥西说。玛蒂娜好奇的脸从他肩膀后探出。奥西说,"回家去,约翰。回家吧。"

门啪地关上了。他怎么回事?我纳闷。有些家伙……好吧,我来得是晚了点,但……我看看手表。一点一刻。接着我记起了一些事。我不仅来得晚——我还走得晚。

没错。我已经来过这个晚餐派对了。我依稀记得我表现得并不太好。

今天是我生日。我三十五岁了。根据我读过的最后一本好书,这意味着我的时间之旅、我穿越时间的旅程已走了一半,不过我并没有那种感觉——一点没有在半路上的感觉。我的菲亚斯哥车牌很牛逼,写着 OAP 5[1]。我的心智还没成熟,但是我的头发、我的肚子和牙齿都老了。我觉得好像一切才刚开始,又觉得一切就要结束,正在结束。就是这种感觉。

清晨,我起床……这个听上去没什么意思也不难,是不是?我打赌你一直这么做。不过,听着——在我这儿就成了问题。比如,在一块长满刺麻、随处是捏扁的香烟盒、用过的避孕套和空啤酒瓶的湿地上,我面朝下躺在篱笆或矮树丛下,或一些枯萎的灌木中。这倒是我再生的好地方,这儿给人就是这种感觉。显然,出生很痛:所以你们尖叫哭泣。接着,我只得检查全身,看看钱包、四肢、脸、鸡巴还在不在,我还活着

---

[1] OAP: Old Age Pensioner,在英国指老年人的意思。

没。再接着，我不得不在黎明细雨中哭喊着跑过水泥空地，直到我不那么惊慌失措慢慢冷静下来，直到我认出这座城市，发现自己在暗淡、悄无声息的街道上。然后我只得找辆的士，回这儿来。那家伙开始不肯载我，我只好给他看了我的钱。我不怪他。我梦到过——这种夜生活的梦谁要？——这种折磨、笑声、脆弱后背上的夹得生痛的梦谁要？

在浴室镜子前，我慢慢脱下衣服。首先是脸，左眼一圈灰肿，头发相当难看地倒向一边。打过一架？我觉得不像。如果打过架，那我一定会赢。我的身体还在，在明亮的灯光下颤抖、悲鸣，还好四肢俱在。我转过身——大吸口气。不……噢，天啊。我的背，我美好白皙的后背上布满三四十道鲜红的鞭痕，分布均匀，仿佛我在钉床上睡过似的。我双手抓住腰上的一圈赘肉，扭过来好好看看这些没有血色的伤口。一个小洞、红色的洞：我可以把哆嗦着的小指头插进半英寸。我退回来。没有别的损失。没有新的损失。我装满手纸的钱包完好无损：信用卡、八十多美元、三十多英镑。我的宿醉也还好。我的宿醉一直都还凑合。

就这样。我整晚或大半晚在字母地带——B大道的一块地上度过的。在银行街跟我的朋友们过了一个愉快、颇有收益的夜晚后，我显然又出去喝了一两杯。糟糕的主意！噢，太糟了！也不知什么时候，有人用一把工具、一根尖铁棍或一把钝刀痛揍了我一顿。我的衬衣有好几处破洞，不过我的外套没有——我那上好的、最好的外套完好无损。现在是八点三十。我用水洗了把脸，似乎觉得有滚烫的手指在挠我的后背。足足有十分钟，我吐得一塌糊涂，抽搐得仿佛有把汽锤在敲打我，我没有力气拒绝也没有力气承受。然后足有二十分钟那么久,我坐在淋浴头下的地板上抽搐着,银色水龙头的热水开到最大,但无法洗去我的呕吐物。我一定非常不快乐。我当时的行为只说明了这一点。哦,伙计,我肯定非常沮丧。我他妈肯定像在自杀。我希望我知道是为什么。

看看我的生活。我知道你在想什么。你在想:这种生活太棒了!太美好了!你在想:有些家伙运气就是好!嗯,我猜这一切看起来相当酷,机票、饭馆、的士、电影明星、塞琳娜、菲亚斯哥、钱什么的。不过我的生活也是我的个人文化——毕竟,我展示给你看的就是这样,我领你看的就是我的个人文化。我是说看看我的个人文化,看看它的状态,真不怎样。所以我渴望冲破这个金钱世界,进入——进入哪里?进入思想和魔力世界。我怎么才能去到那里?告诉我,求求你。我自己没能做到。我就是不得其门而入。

接下来两三天内没什么事,这对我来说很好。没什么发生。好吧,我说的,不过,当然我忍着背痛做了很多事。

我忍着背痛给玛蒂娜写了封信。是的,一封信。我甚至出门到第六大道买了一本字典来帮我完成这个任务。你是了解那些宿醉的,宿醉下你甚至无法拼出我是或你是,更别提对不起或再来一次这种话了?写信、封口、贴邮票、寄信,我各花了一天时间,不过最后我还是设法办完整件事。我为我的行为道歉(你知道那些行为举止的:几杯酒,几句笑话,太出格了),并问她什么时候可以请她吃个饭。我指出,毕竟我们还没试过午餐约会。喝酒、早餐、晚饭——但是午餐还没有过。我说,如果她想摆脱这种局面,到此为止,我也"很理解"。我说,换了我,我也不会让我请自己午餐的,我是说真的。天啊,你会吗?

我忍着背痛跟布奇·波索莱一道喝鸡尾酒。压根没提伯克莱俱乐部的大败,感谢上帝。布奇很漂亮——青春洋溢——眼下她看上去很温驯。这样做很明智,因为她要赚七十五万美元。她唯一的附带条件就是在电影里不做家务:她不想扫地,甚至连只咖啡杯都不想洗。小妞们要解放。你想谁跟你演对手戏?我问她。克里斯托弗·梅铎布鲁克、斯邦克·戴维斯或纳布·福克纳?布奇说她更喜欢跟脸部肤色深一点的演员合作。关于布奇最值得一提的是,正如她自己说的那样,她并不是个头脑简单的金发美女。对此我同意,虽然她看起来有点像,有时她的言行举止也很像,但她决不是个花瓶。这就是关于布奇最重要的一点。

我忍着背痛还跟菲尔丁的投资客开了几次会。我们跟斯图尔特·考沃依、鲍勃·堪比斯特和理卡多·费斯克一起在金色牢笼里吃饭。我们跟泰布·彭曼、比尔·莱维和格什姆·坦勒等一起去克鲁德和 39 店家泡吧。他们是群怪人,这些投资客:迈阿密的酒店大亨、内布拉斯加的农场老板、马里兰的石油大亨。他们唯一的话题就是电影明星和钱,谈起钱来完全一副贪婪的美国嘴脸,仿佛金钱是衡量万事万物的唯一标准、唯一尺度。我发现,他们在一起相当放松。菲尔丁赚英镑;菲尔丁也赚美元。每次开会都以投资客们说着类似我加入、我要加入这个、你懂的或我们动手吧的话告终。菲尔丁一直盘算着砍掉一两个投资金额小的投资客。

哦是啊，我忍着背痛，一天深夜总算逮住了塞琳娜。伦敦那边是清晨七点，她的声音很细很冷，我喜欢那种声音。她一阵软语轻声、撒娇卖痴后，我平静下来，我得告诉你这些热辣辣的话、远距离打手枪是我们又一个令人遗憾的固定节目……我发现，这一性反常行为跟其他东西一样，已经被设定在志在必得的纽约背景之上了。《泡沫》杂志中小广告栏目里全是这种远程遥控妓女的广告，她们为了钱成天只需像奥西·吐温一样坐在一部电话前。你给她们打电话，报上信用卡号，她们就跟你说下流话，你付多少钱她们就说多长时间。考虑到酒店涨价因素，想来她们很可能比塞琳娜便宜。毕竟她们在这边，而她在那边……我正准备挂电话时，塞琳娜开始聊起来，语气相当刺激人，说她新交了个有钱男友，是大西洋彼岸的有钱人，说他如何带她去酒店开房，如何打扮她，如何像操条狗一样在地板上操她。这本来是相当普通的事情，但我讨厌她的腔调。给我住口，我说。她的细嗓门还在挑逗。她说，当她不在这儿时，她准在那儿——跟他在一起，做那个。够了，我说。

"那么娶我，"塞琳娜说，但不怎么愉快。

菲尔丁像只猫似的背靠在豪华轿车的宽大座位上。他理直袖扣，坚定地说，

"要我说，我们找斯邦克。"

"他不是真的叫这个名儿吧，是吗？"

"当然是,"菲尔丁说,接着告诉我有两名来自南部的演员名叫萨德·麦克哥纳戈和法特·克莱贝尔。他放声大笑,他那百万美元的笑声,有点勉强,像所有那些可爱的笑声一样。你渴望听到这种笑声,你愿意做一切来激发这笑声。"也许,"他说,"也许在英国市场上我们可以叫他斯冈姆[1]。"

"这是个问题,你得承认。"

"我跟他的经纪人谈过。他知道斯邦克打算改名字。问题是,他的名字是受洗命名得来的,并且他讨厌电影明星这一套。他是在布朗克斯长大的蛮小子,不过敢闯敢干。你想再来一杯吗?"

"不用,谢谢。"

"怎么回事?才五点钟。"

"不了,谢谢。"

我自有原因。你想先听好消息还是先听坏消息?好消息是今天早上玛蒂娜打来电话,我们明天中午一起吃中饭。坏消息是这个好消息让我太宽慰太兴奋,结果我跑到酒吧,喝了许多杯烈酒。是吗?你会说。还有呢?这没什么新鲜的。同意。但是坏消息的糟糕之处在于酒精对我产生的真正坏作用。它没让我醉,话说我倒是自信地等着它。相反,它给了我宿醉。真的。我难以置信要了很多杯酒,努力争取避免这个结局,所以我才喝这么多。更为讽刺的是,跟电视及 B&F[2] 鬼混到深夜后,今天早上醒来,我感觉好得不能再好。这种现象是不是一种新

---

[1] 斯邦克:Spunk,在英式英语中有精子之意;萨德:Sod,有鸡奸者之意;法特:Fart,有放屁之意;斯冈姆:Scum,有垃圾、泡沫之意。
[2] B&F:指韩国一知名的化妆品和家居用品的品牌。

的时差？抑或是我这个行尸走肉的回光返照呢？天啊，我最好快点到加利福尼亚去，趁那儿的整容医生还有活干时就去。也许我最好径直飞那儿，请他们暂时修整一下。我脑袋也很痛。是的，脑子里也有难受的东西。里面挤满了罪恶和犯罪，思想无处容身，全都在自由坠落或旋转。我得把这些东西从我体内清除出去。不，不止清除出去，更有甚者，我要把我从我自己体内清除出去。我要这样做。

"集中精神，滑头，"菲尔丁说，"这个问题相当关键，是整部电影的重心。从赚钱这上头来说，梅铎布鲁克是个安全的选择。我觉得纳布·福克纳跟布奇合作会更好。不过用戴维斯是场赌博，大风险赌注，这个吸引我。用你的直觉想想，滑头。我说我们跟斯邦克合作。"

"你最好给我来点苏格兰威士忌。"

哎呀，这需要来点自我反省，因为这个角色——道格，这个儿子、这个贪婪的傻瓜、瘾君子、叛徒——多少是以我自己为蓝本的。现在看来在克里斯托弗·梅铎布鲁克和斯邦克·戴维斯之间有场直接对决，也许纳布·福克纳可以做个场外替补。我很了解梅铎布鲁克，他是个发挥稳定的合唱团团员，但绝不是明星。你见过他。他满脸雀斑、典型的美国佬面孔，瘦长无力的四肢带点滑稽色彩。他通常在一出戏里扮演大哥、腼腆的倒霉鬼、神经质的密友、满脸微笑的常春藤盟校学生。梅铎布鲁克来演道格，对他来说是个很大转型，但也正是这点吸引我，心不在焉后突然专注继而恍然大悟。另外那个家伙，那个戴维斯，我听说过，但没看过他演的电影，百老汇出身，刚拍完电影《史前》，影片还在剪辑阶段，马上会上映，我们打算看看样片，听说反响十分不错。菲尔丁说，戴维斯现在炙手可热。

我们在双车道的公园大道某处下了车。迎接我们的人，看着像总统保镖，领我们穿过大堂，进入专门放映厅——六个座位、浓厚的审讯气息、单面镜、公司宣传标语。戴维斯的经纪人，赫里克·施耐德已经在那儿候着了。这是个让人抓狂的人，他穿着件法式宽松罩衫、意大利熏火腿样的领结，头顶个最复杂的双重发型，我在演艺圈混了十年可从未曾见过。一缕黄色头发从他后脑勺上向前梳，而另一束头发却来自茂密的左鬓角。他的脸像奶油软糖圣代冰淇淋——我对天发誓，他可以在耳朵后放一把勺子，头顶上再放一颗装饰用的樱桃，看上去效果绝对不会太坏。我毫无节制地喝着端上来的香槟（大部分酒都不慌不忙地灌进我焦干发红的嘴里），听着赫里克谄媚奉承的幽默话。近年来，经纪人跟生意人差不多了——但赫里克比《小丑可可》更具娱乐性。不知何时菲尔丁提到了钱。这经纪人笑得像个要命的医生，说"哦，我觉得，在《史前》这部影片之后，我们期望的是五。"换言之，现在斯邦克的费用是五十万美元。菲尔丁只是点点头，说，"他有档期来演吗？"他完全有空，部分原因是，在《史前》这部电影之后，没人请得起他了。

《史前》开篇是个长镜头，系列山洞壁画：一个男人，一个女人，一场战争，一次性交、一头老虎——一只宇宙飞船。我们倒回去。火尚未发现之前的一伙或一族猿人挤作一团：斯邦克就在其中，正在磨他的长矛。方头、方唇、黑脸晦涩难懂、强壮结实。第二天清晨——或更早点，管他什么时候——斯邦克被淘气的、圆锥形的、说话哔哔叫的外星人发送到停在低处的宇宙飞船的船桥上。然后他们穿越时间，把斯邦克又发送到1980年的格林威治村。那是个夏夜，所以斯邦克一身毛、涂着土著人交战前的油彩、腰间系着野兽皮毛，看上去也不那么突兀。四处打量、咕噜了一大通之后，在一间单身酒吧外的喧闹人行道上，斯邦克出于本能救了一名醉酒的姑娘，她当时正遭人殴打。姑娘把他带回她的时髦公寓，于是有更多的叽里咕噜。她把他当成立陶宛人、阿尔巴尼亚人什么的——天知道纽约街头有多少无知冷漠的凡人。斯邦克喝了她递过来的一两杯烈酒，被领到床边，在那儿他告诉她他的生平。天亮后，小妞出去了，斯邦克还逗留在那儿没走——可以想见，糟糕的食物……接着有个精彩场景，斯邦克摇晃着出来，迎面碰上姑娘的室友。虽然那几个室友对这姑娘随意结识粗鲁的床伴已习以为常，但斯邦克（用牙齿咬碎坚果、吃没有剥壳的鸡蛋和生香肠）对她们还是很新鲜。让我赞叹的是，随着多变的有意切换，电影现在变成一出对温柔爱情戏的拙劣模仿。这个姑娘教会斯邦克最起码的文明教养——教他如何穿衣、吃饭、谈吐——斯邦克让她变得不那么文明：教她戒酒、不要随便跟人上床、不要自我毁灭，还有不贪财（斯邦克因城市生活而崩溃过一次后，他们一同回原始社会待了一段时间。哪怕是我，在情绪高昂之时，也能察觉到这其中的一点伤感）。自始至终，斯邦克都一副无怨无悔、迷惘克制、沉默发痴的模样、滑稽但不失尊严，令人望而生畏。影片结束时他的表演尤其好，当外星人（他们一直监视着整出闹剧，尴尬时帮斯邦克脱身）把他发送回原始时代时，他知道什么即将发生，他也知道早晚会发生，所以他用可怜的手势和语言尽量跟这姑娘解释。那个时刻，狂风呼啸中，斯邦克站在荒凉的峭壁上，承受着生离死别之痛，他眉头深锁，焦虑不安——双眼望向虚空。那个姑娘坐在那儿嘀咕着什么，哆嗦着，手里还拿着她最后一根香烟和电子打火机。然后是电影的致谢名单。我被深深打动了。打动？我神经质地崩溃了。当我从洗手间里逃出来时，眼泪还流个不停。毫无疑问，毋庸置疑：戴维斯会走红，他会名声大噪的。

在独裁者车里，我转身对着菲尔丁，哑着嗓子问，"他会说话吗？我是说得体地说话？"

"斯邦克？当然。去年秋天他在百老汇演出了《理查二世》。他对自己的口音有点紧张，但是说到谈吐清晰，绝对没问题。好了，滑头。你想说什么？"

"我说我们跟斯邦克合作。"

我们驾车径直到了一家木板餐厅，这餐厅位于第五大道和第六大道之间的餐饮区内。我们打算跟克里斯托弗·梅铎布鲁克来次试探性见面。看完《史前》之后，我情绪低落。只消看一眼梅铎布鲁克，我就知道他不是我们要找的人。这间餐厅的尖背椅让我想起塞琳娜的身躯和它那竖直的三角形模样，这种设计仿佛有意要让背痛的顾客难受。这家伙的外形让人惊异——这点很明显。他看起来不像个好人，也不像个坏人。他看起来像个虚弱、没有男子气概的完美受害者。有一次我在日落大道上一个衣衫褴褛的小男同性恋的脸上见过这种同样失神乞求的嘴脸，他蔫头蔫脑、受人欺侮且瘸着腿走回来讨要更多钱。喝了几杯酒，几分钟的开场白和随意闲聊之后，仿佛我们仨是上帝或猿人或太空人，菲尔丁干了件坏事。他先走了，去西塞罗跟布奇和卡都塔吃简便晚餐。他后来发誓说他前一天晚上提醒过我。毫无疑问他提醒过，毫无疑问他提醒过。我无助地看着他，他发誓说他十点钟时会回来。

当只剩我们俩后，梅铎布鲁克立即握住我的手，屈身向前说，"我一定要得到这个角色，先生。先生，你得让我来演这个角色。"接着他哭起来。这个我不需要……不用说，是钱的缘故。这名演员欠了七万五千块，他说是抽可卡因欠的债——不过他早就戒了。一个亲密朋友榨干了他（噢这可够亲密的）。他母亲需要动手术、他需要动手术，他就这么继续说着。我想，从理论上说，我有过一些困难时刻，但不太多，也不太糟。天啊，我可曾这么糟吗？我有没有多次显露出这种脆弱？他灌了四杯鸡尾酒。他挑起跟领班的无谓争吵。一个侍者跑回来，递给他一个滚烫的汤盘。梅铎布鲁克把那一盘滚烫的东西倒扣在大腿上，惨叫声完全不像是人类的，这叫声把餐馆的猫（一只懒散睡觉的波斯猫）变成了神风敢死队队员，旋风似的穿过玻璃屏风，受惊地躲进休息室的一角。这时他去了男洗手间，在里面待了有二十分钟，吱嘎作响地回来了，像盖革计数器那样滴答响着。我这才发现他只有一个鼻孔。大家都明白，如果你有个那种鼻子，受欺侮时，挨打的总是那鼻子。在我的家乡，离我家最近的一家酒铺里有个家伙：他长个得过脑溢血的草莓鼻。我避开他，我去另一家酒铺，那家伙的鼻子还行……此刻梅铎布鲁克玩起了莎士比亚。生存还是毁灭；明天和明天和明天；绝不绝不绝不绝不绝不。绝望中，我不顾自己的酒造成的混乱、酒疯、字母杂烩，仍然痛饮苏格兰威士忌。菲尔丁回来了。梅铎布鲁克晃着他的信用卡，像挥舞着信号旗，他大惊小怪地夺过账单。"扣掉那盘汤！"他警告说。

卡被放在一只银色托盘上送了回来，剪成了四片。

"我完蛋了，"梅铎布鲁克说。

"无信用评级，"侍者咧嘴笑着说。

"天啊，我们走吧。"

这是我说的。我站起来。

菲尔丁也站了起来。"你出局了，克里斯，"他说着从金皮夹里抽出两张五十元。

当你坐在的士里，穿过计速路段时，你会有种感觉，一种更为尖锐的感觉（肯定是尖锐的），那便是人文关怀之少——在纽约，经纪人高高在上，你总是感到他们的高度与分量。控制、目的、意义，他们高高在上。他们不会屈尊俯就。上帝已经把柱状纽约攥在右手关节中——拉扯着。那肯定让地面感觉更低。我坐在的士里，去往某处，忙于赚钱。我看着车窗外的那些人、那些流浪汉，我比他们更有话说。他们无话可说。二十三街，和街上狂奔的狗。

我现在可以肯定塞琳娜·斯特里特没有跟亚历克·卢埃林乱搞过，至少到目前没有过。这事儿我越想越劝自己，我以前看错了小塞琳娜。她对我是忠实的，那个塞琳娜。没错，她的言行举止总让人觉得她对我不忠，她的行为举止像个喜欢乱搞的人。但是她之所以做出那些举动，是因为她知道我喜欢。（我为什么喜欢那样？显然，我喜欢，是不是？那我为什么喜欢？）塞琳娜，她这么做只是取悦我。如果她真的一直不忠，她不会那样表现的，是不是？她会装得很忠诚，而没人可以指责她那样。多么欢乐!

见鬼,全是好消息。

"喂?"我警惕地说,希望是洛恩或梅铎布鲁克或弗兰克打过来的电话。

"是约翰吗?我是埃拉·卢埃林。我打电话给你是因为我觉得有件事你应该知道。我恐怕是坏消息。"

哦,得了吧。埃拉,没必要用这种语气跟我说话。我操过你一次——在楼梯上,还记得吗?——那次亚历克醉倒在厨房里。"嗨,埃拉。好,告诉我吧,"我说,我挺直身体准备接受最坏的消息。

"亚历克进了监狱,布里克斯顿监狱。目前在押。他自找的。他只是想要我告诉你。"

坏消息?坏吗?不,这是喜讯。好吧,在塞琳娜狡猾的面孔有机会得以从我脑海中退去之前,我感到一股单纯无害、眼前一亮的快乐,我最好最老的朋友身陷如此严重的麻烦之中。嗨,当某个同龄人走下坡路时的感觉真好。你知道这种感觉吗?愉快的沉醉,不是吗?如果你情不自禁地快乐,也别不好意思。现在亚历克脱不了干系,他没法逃、没法解释、没法澄清。跟那帮人待在一起,他没法再向上了。他肯定得待在下面,跟我在一起。他肯定得待在这儿,更下、更深,非常深的下面。

目前的约会在我的恐惧排行榜中排行很高。怎么会这样?在安全的餐馆,跟一位美丽聪慧的女子一道安静地吃个午饭怎么会是恐惧之由呢？站在高山上去问吧。（以前跟她的那些约会我也怕，不是吗？是的，我怕。）但是最后，它抚慰了我。只有当你受到抚慰时，你才发现你有多么需要安抚。我快要疯了。我快死了。我现在正在做的就是，死去。

在我们谈到那次幻觉般的晚餐派对之前，我们讨论了什么是美，或者说玛蒂娜讨论了什么是美学。以前我只跟我的整容牙医麦吉尔克里斯特太太讨论美学（因为"美打算收你这颗牙齿的钱"），或者跟那个古怪骗人的照明摄影师讨论，他对大块巧克力渐隐、特写牛臀肉汉堡、变焦拍摄的匹帕冉麻有自己的美学观点。玛蒂娜从更为宏观的角度谈论美。她谈到感知、表现及真相。她谈到一个人被他人观察而毫不知情的脆弱——人物肖像画与自然习作之间的区别。小说里类似的区别是有意叙述者与无意叙述者之间的区别——悲伤而不经意的叙述者。为什么当我们看到所爱的人被人观察而没有意识到时，想要保护他们呢？为什么看到一双没人要的鞋子心会痛？看到睡梦中的爱人心也会痛呢？也许被爱的人没有知觉的身体表达出所有这种缺失的哀婉、被人观察却不知情的无助……出钱请演员们假装他们不知在被人观看，但是当然他们靠的就是观众也在假装不知这是在演戏，这种做法屡试不爽。也有些不花钱的演员（我想）：他们你才真的值得一看。

我挺直腰身坐在椅子边上。偶尔能领会她说的大意，直到努力的半成就感——或观察自己的意识——来干扰我，让我思维分散。我有点紧张。有多紧张？可能也不是那么紧张……我们在西村离银行街不远的一家金砂小屋吃饭——持证经营的，当然。但是对食物是否健康、小心进食、微细菌以及长寿还有可疑之处。男女侍者们古怪地在木头旮旯里侍候着。汉塞尔走过去了。格蕾特尔走过去了[1]。他们一身白衣像医生和护士般走来走去。他们给你端上来的食物像是给你开的仙药。他们的食品最最健康——不像你在上城吃的那些狗屎。我渴望酒精，不过大杯大杯的白葡萄酒救了我。玛蒂娜自己喝壶茶就很满足。她两手抱着杯子，姑娘们都这样，为了取暖手指叉开。吃饭时，她每吃一口都会点一下头，她看着我：双眼那么圆、那么漆黑、那么干净。

"也许喝醉酒也这样，"我说，"我是说，他们不知道人们在看着他们。他们什么都不知道。我就什么都不知道。"

"他们也不是他们自己了，"她说，"那就没那么可怜。"

"是的，我打赌是那样的。你最好告诉我——跟我说说那天晚上。这种提心吊胆简直要我的命。"

"你真的什么都不记得了？可能你只是假装什么都不记得。"

我想了想说，"我不忍心去回忆。也许我努力想想可以想起来。但是想的这个过程让人受不了。比如说，那晚都有谁？"

"跟上次一样，我的几个朋友，奥西的朋友们全来了……《翠贝卡时报》的那位女士。芬顿·阿金波——他是尼日利亚作家。还有斯坦威克·米尔斯，《布莱克和莎士比亚》的人。奥西想问问他维洛那的二位绅士[2]。"

---

1 汉塞尔和格蕾特尔：德国著名童话《格林童话》中《汉塞尔和格蕾特尔》中的人物。
2 《维洛那二绅士》为莎士比亚的早期喜剧作品。

"啊?"这都是群什么人啊,我想。"好吧,跟我说说。"

于是她跟我说了。不算太糟糕,我如释重负。在我们这些人当中,我甚至给人留下更为深刻的印象。显然,十点差一刻时我带着三瓶香槟旋风般赶来,我在一次灾难性的抛接杂耍中失手,三瓶酒全掉在地上。玛蒂娜说,厨房地板顿时成了冲浪浴缸。我精力旺盛,在推迟的晚宴中坐下来,接下来的二十五分钟里,我讲了个笑话。

"噢,天啊。什么笑话?很下流吗?"

"我记不得了。你那时也记不得了。说的是个农场主的妻子?是的,和一个出门在外的推销员。"

"噢,天啊,接着呢?"

接着我睡着了。我并不是简单地在餐桌上昏睡过去,哦不是的。我站起来,打个呵欠、伸个懒腰,一头栽倒在最近的沙发上。我在那儿打呼噜、嘶吼、咬牙切齿将近三个小时,后来,一点过一会儿时我精神振奋地醒过来,急着要走。人人都走了,我也走。后来我又回来了,后来我又走了。

"我对芬顿·阿金波说什么了吗?我说了什么?"

"什么意思?"

"我是说,我没有把他叫作黑杂种之类的吧?"

"噢,没有。你只是讲你的笑话,就那样。"

"太好了。"

"不过,你对我说了些话。自从你离开后,这是第一次。"

"什么?"

她笑了,那么自然、狂野——不像成年人的笑,像个假小子的笑。她很容易就接近了她体内的那个姑娘。总能找到那姑娘。

"什么？"我重复道。

"你说你爱我。"她大笑不止，那种笑让大家全都惊诧得扭过头来，她脸红了，一只手掩在没有涂口红的嘴上。

"你说什么了？"

"我说……让我想想。我说——别傻了。"

"好吧，可能是真的，"我壮起胆子说，"喝了酒——你知道，酒后吐真言，是那样的。"

"别傻了。"玛蒂娜说。

没错，她听上去很理智，对不对？在与我打交道的那些人中她算得上很理智的，是不是？但是她一直很有钱——她从来没有过没钱的时候。钱从她服装的剪裁与质地中无意显现出来，从她的皮衣、从她光彩夺目的发型和语气中流露出来。那双长腿四处周游过，不光是做时间之旅。灵巧的舌头可以说法语、意大利语和德语。顾盼的双眸见多识广，还在期待更多。甚至还是姑娘时，她的情郎们就是千挑万选的精英，远非那种下等次品、贪钱且备受压抑的男人。她会心的笑让人振奋，顽皮又纯真。如果你一直都有钱，钱会令你单纯。要不然你怎么能在这个星球上活上三十年仍然无拘无束呢？玛蒂娜不属于这个世界，她来自别处。

"嘿，"我说，"你怎么总是知道我什么时候在纽约，什么时候回去？"

她耸耸肩，"奥西告诉我的。"

"他怎么知道？"

"他一直来往于伦敦和纽约。他肯定认识你的某个熟人。"

"有点道理。"

"你的女朋友——怎么样了?"

"塞琳娜。"

"是的。你们怎么样了?你跟她,你们在一起吧。"

我想了想,然后说,也可能是我的一个声音替我说的,"我不知道。我是说——你可以跟某人相处却仍然孤单一人。"

"……她很美。"

"那倒是。"我说,"奥西怎么样?"

她一言不发。

"他很英俊,"我说。

但她还是一言不发。相反,她问我怎么看自己喝这么多的,我告诉她我的看法。

"我是个酒鬼。"我说。

"不,你不是的。你只是个贪心的孩子,没什么更好的事可做罢了。难道你不觉得烦吗?"

"是啊,我烦,烦了好多年……是的,我厌倦了。"

二十分钟后,我们站在外面海绵样的人行道上。我们前面,马路对面,一排商店橱窗像一卷胶卷般闪闪发光——曼哈顿和它的一些小商号:泰式洗衣店、手袋修理店、熟食铺("朗尼"——好佳三明治——"没有核武器"——"对不起,关门了")、花店、佛教禅宗小摆设商店,那里欢迎使用各种信用卡,还有间迪塞尔书店。玛蒂娜和我用仅有的几步上演了一出人们分手时的犹疑之舞。她仍面对着我,可肩膀已经扭了过去……如果你很小,而你想躲避的东西很大(你可曾做过这种梦？），唯一可以藏身之处就是大东西到不了的地方。于是你不得不待在那儿，在那个小地方，或甚至必须缩得更小以便藏得更深。我对小地方已经厌倦了。我，我他妈在小地方受够了。我讨厌被人看还毫不知情。我讨厌所有这些心不在焉。

"好吧，你瞧，"我绝望地说，"帮帮我！给我找几本书看看，给我指本书读。"我冲着马路对面漆黑的店面比划着，"有教益的书。"

她抱着胳膊，想了想。我看得出她颇为得意。

"行吗？"我说。

我们一起穿过高低不平的街道。她让我等在外面。书店橱窗将来自女权主义阵线的最新阴囊紧箍器堆成扇形：它是卡伦·克兰基温克尔写的《别压在我们上面》。我扫了一眼复印的书籍封套上的简介和评论。作为一位有三个孩子的已婚女性，卡伦相信所有的做爱都是强奸，甚至在当事人双方并不这么认为的情况下亦如是。她勇敢而喜气洋洋的脸庞印在封面上、封底上。好了，卡伦，我不会用十英尺的棍子强奸你。不过，也许所有小妞们在被强奸过几千次后，都这副德行。

玛蒂娜回来了。她给我买了一本精装书，可能是二手的，但它看上去还值个五块钱，我想。

"多少钱？"我问。

"不要钱，我送的。"

"什么时候我能给你打电话？"

"等你读完这本书后，"说完她转身走了。

在曼纳农庄里，这天晚上，农庄的主人琼斯先生锁好了牲畜圈棚，但由于他喝醉了，竟忘了把活动门也关上。我伸个懒腰，揉揉眼睛。这本书难道打算就这样写下去吗？我是说，这里有什么讽刺意图吗？好吧，行了。这玩笑我开得起。我双手交叉抱在脑后，思索着。这他妈的活动门是个什么东西？……你知道吗？这种书呆子气的、沉思的生活。玛蒂娜甚至治好了我的耳鸣。一连三个小时没有一点吱吱声。阅读最重要的是——你得有个合适的阅读状态。平静就行，不要太挑剔。你必须能够不受干扰地倾听自己的思想。吃完中饭回去的路上（我步行的），我觉得街道有点儿轻飘飘。我更理解观察者和被观察者了。玛蒂娜送的这本书——午餐我们是 AA 制的，那么这本书是份礼物，合适的礼物。他妈的，我有多久没有从一个姑娘那儿收到过礼物了？我现在要给她打电话，谢谢她送我这本书。那可能更简单点。

我优美地伸手拿过电话，手指在按钮上停了一下。这个致命的电话，我一下子懵了。

"没有机会，伙计，没有一点机会。马上忘了吧。你和她？你？她？她送你的是什么书，朋友？自救吗？"

他笑了，笑个不停。他的笑声太可怕——无法形容，真的。我握紧拳头，平静地催促他。

"修理一下你的笑好吧，伙计，修过了就再修一次。人人都觉得你笑得太假。嘿，嘿，你能不能别缠着我？行吗？"

"你让我错过这一切？开什么玩笑？回答我一个问题：你跟她说了星期天晚上的事吗？你跟她说了你睡得很不好吗？"

"什么？"

"星期天晚上。还记得吗？就是那晚你给打趴下了。"

"那么说，"我说，"是你干的。"这让我想起来，可我希望那次攻击只是意外。在我这儿，总是希望事情都是无目的的，不希望事情对人产生任何影响。

"啊—哈，我只是看着。"

"你干的……你这个残忍的狗娘养的家伙。"

"不！不是我干的。是个女的干的，用她的高跟鞋、高跟鞋干的！"

电话断了，可是，我的脑子可活了过来。门被吹开，被关押的各种声音逃了出来。有那么片刻令人作呕，当她重新用她的双脚时，我后背上感到她笨拙颤抖的重量，还有她的声音在说……什么？废话，不——让我们就在此时此地中止这个回忆吧。我打了很多个电话。给航空公司。给家里，但没有回音。还给玛蒂娜打了，但只是道别。这些电话，它们无法给我安慰。只有菲尔丁有求于我。只有菲尔丁还有更多的苦行需要救赎。

"斯邦克，"我说，"——幸会幸会。"

我瞟了一眼菲尔丁·古德尼，他耸耸肩。

"我们很喜欢《史前》，"我接着说。"你演得太棒了。我是说真的。你绝对是——你棒极了，斯邦克。"

我感到菲尔丁暗中捅了我一下。

"言语无法表达。我跟你说，斯邦克——我，你在电影里的诠释真的打动了我。我们想要你。我们想请你来演《良币》。斯邦克，我们今天来这儿就想跟你谈这个……他妈的，菲尔丁，"我说，"我们去找梅铎布鲁克或纳布·福克纳或随便哪个吧。我不吃这一套。"

"好。很好。请坐下，"斯邦克·戴维斯说。

我们在联合广场十四楼。菲尔丁和我已经按门铃进来了，经过仔细搜查、X射线检查，再接受两名穿着洋红西装制服的保安的性骚扰。"戴维斯，斯邦克，"那人站在斑点植物、对讲机台和闭路电视屏幕中间反复思索着重复着这个名字。"用的是另一个名字。"他认为我们安全，给我们放行。我们进了电梯，电梯让人恶心地向上冲，呼噜着向上，向上。

"我是戴维斯太太，"一个小老太太应了门。嗯，我想她应该不太老，但她缩成一团的脸上皱纹交错，眼睛、嘴巴一圈都凹进去了。皱纹、皱纹，还是皱纹。冬天，在伦敦，你凝视着一排树时会有这种效果，光秃秃的枝桠纵横交错，窥探的三角形里只剩下光线尘埃。一张曾经辛勤劳作过且还在继续辛勤劳作的脸，不过她的眼神非常清澈。

"噢，嗨，"我说。

"戴维斯太太，"菲尔丁十分庄重地说，然后他吻了她的手，把她的手摁在胸口。这种礼节，这种温柔的表演，似乎不太适合我，可戴维斯太太能接受，她看了菲尔丁好一会儿，才问，"你得救了吗？"

趁着菲尔丁处理这个问题（"噢，夫人，是的，"）时，我转脸看着厨房或是会客室，房间样子乏善可陈，墙上却涂满人造涂料和各种色彩。一个出身卑微、肤色黝黑的绅士坐在那儿，一副吃撑了的样子，曾经强壮的身躯裹在细条纹双排扣西装里。我猜这人应该是老斯邦克。他扫了眼摆在俗气餐具柜上的电视机（上下晃动的篮球运动员），瞟了下手表（动作无力且淡定），再瞥了我一眼。我们简单无情地对视，彼此都知道对方是谁。他的舌头和牙齿发出一阵难听的声音，然后转身陷入无聊或苦恼或嫌恶中去了。是的，看他一眼，甚至我都得对自己说——女士们，可怜的女士们。她们每次都受到处罚。这个时候遇到他真不是时候，我承认，我满心恐惧，下午喝多了苏格兰威士忌，就想回家。这时戴维斯太太将手放在我的胳膊上，满脸乞求地说，

"你得救了吗，先生？"

"对不起，您说什么？"

"是的，他也得救了，亲爱的，"菲尔丁插嘴道，我说，

"是的，我也得救了。"

"我真高兴。斯邦克在大厅最里头。"

她领我们经过一系列暗褐色墙壁的会客厅，透过会客厅窗口，这一段波光粼粼的东河灯火通明。我看见一个桌球台，聚乙烯包装的三件套，许多虔诚的装饰和小玩意儿，发着暗淡的光，那种光芒我不需要。我们走进餐厅，里面黑得像电影院，长餐桌的尽头一个身形略微发光。戴维斯太太退回到明亮中。此刻是下午五点。

"两年前，"这位演员开口说，"我曾在你那儿试过镜，"他笑得很难听。"想拍一个广告。"

"是吗？"我说，"我真的不记得了。"他的声音——仿佛有某种阀门或肌肉在控制他的声音。我听出声音里的紧张。我在他这个年纪也这样说话，与顽皮的 H 音和喉塞音作斗争。

对于喉塞音,我只发一个音节,仿佛在吞咽,或话说到半道戛然而止。此时的斯邦克企图驯服野马般的单字结尾音和滑溜的元音。我现在说话正常了,但是我告诉你,这是十年辛苦努力的结果。

"我不够好。对于你的广告来说,我不够好。"

"你开玩笑吧,"我说,"你记得那是个什么广告吗?"

"不,我不记得了。弄熄它!"

他是指我的香烟。"在哪儿?"

"弄熄它!"

"天啊,"我向菲尔丁求助。这只是场戏剧化的宿醉,我想。我极其缓慢地走过去,在淡紫色光线中我可以很清楚地看见戴维斯,紧身背心下是一束束肌肉。他的头奇怪地偏着,或竖在那儿,头在肩膀上的样子仿佛他从自行车下弯把手上抬起头。他在笑。

"好吧,"他说,"抽吧。自打有关《史前》的消息出来后,我看了一大撂剧本。公路片、乖乖仔片之类的,最后抱得美人归,圆满结局。"他摇摇头,"我对《良币》很感兴趣,很感兴趣。但是有些话得先说清楚。你怎么看道格这个人物?"

"啊,我很同情他。"

"他身心不健全。"

"他有许多你不愿相信的问题。"

"听着,我不要抽烟,我不要喝酒,我不要性爱戏。"

"在电影里?"

"在电影里。"

嗯，罢了。我想，不过，我想了一会儿后抬起手指。"你会宿醉吗？"

"当然，"他说，"我是个演员。"

"等等，你在《史前》里有性爱戏。"

"那是个原始人，塞尔夫。还有其他事情让我不放心。关于那场打斗，跟我说说，行吗？为什么我会想跟一个老头打架？"

我发现菲尔丁也期待地望着我。这事儿很快就会结束的。像其他一切一样，这事儿就快结束了。

"这是高潮，"我说，"你和洛恩，你们为了那个姑娘打起来，也是为了钱。它——"

"行了，行了。可你不会跟老头打架。那样不行。不能用拳头。"

"如果你打输了，怎么样？那样行吗？要不，你用一种汽车工具打他的头？"

他怜悯地看着我，那厚下巴那扁平的嘴。"根本不可能出现那种情况，"他说。"我会用别的方法干掉他。有许多种别的技巧……催眠、意志力。不管怎样，这个我们可以改好的。赫里克告诉我你们还有两周就会有完整的第一稿剧本。那时你们再来这儿，我们再讨论。我母亲会送你们出去。"

往门口走的半路上，我横转身，仿佛就是照着这场宿醉的剧本演出一样，我走回桌前，走到我插在口袋里的手离戴维斯坐着的椅子只有几英尺远的地方停下，他抬起头看着我。是的，甚至他的脸也很壮硕，仿佛他在用耳朵举重。我说，

"我们总有一天会见面的。"

"啊？"

"101 房。"

"你说什么？"

"没什么。你知道，我真的很喜欢你的电影。它对我有着不一般的意义。我会再见你的，斯邦克。"

我们站在热砂桶一般的街上，看着第一大道的死亡之墙。道路在这儿急剧抬高，隧道风扇伸出地面，又爬上空中。现在车流轰然冲上斜坡，从立交桥下的计速公路上逃往上城。菲尔丁挥手把独裁者打发走了，我们散步加思考，身穿鸽灰色西装的制片人，炭黑色西装、一身烦人肥肉的导演。你知道吗，刚才我们走进斯邦克家时，我背后的钉子洞开始痒起来，可恶地沙沙作响。也许找家诊所去看看更明智些——那些伤口里可能很脏。要不我可以从我个人药品存货中找点盘尼西林对付它。在加州，后背整容要花多少钱？反正在飞机上与聚酯纤维共度一晚我就全知道了。家。回家。

"得，"我说，"又一个神经病。正是我们要的。'得救'是怎么回事？得救是什么意思？"

"重生，原教旨主义，滑头。美国所有宗教中最低等且无产的。尼哥德慕，《圣经·约翰福音》第三章：人若不重生，就不能见上帝的国。"[1]

---

[1] 此句《圣经》原文为："Very truly, I tell you, no one can see the kingdom of God without being born from above."

"啊?"

"《圣经》,滑头,你读过吗?"

"啊,我读过的。"

"斯邦克非常虔诚。那孩子是个圣徒,你知道吗?他在医院工作,他接下了位于布朗克斯[1]区的慈善项目。他父亲在玩女人、赌马上没有花完的钱,他全用在慈善事业上了。"

"我说过的,又一个疯子。"

"我们需要他。我们确实需要他。有了他,这个组合才有看头。对我们来说,他是最好的人选。这孩子会名声大噪的。斯邦克很红,滑头。嘿,"他说,简短地大笑几声,"你觉得他能管好那些肌肉吗?我知道你现在担心什么,你可以放心。我们控制得了他。多丽丝会在剧本里解释一切,等他看到打印好的剧本后他会步调一致的。他们都会的。再说,他喜欢你。他们都喜欢你。唉,你要回去真没劲。事情有进展,约翰。"

我说,该死的,我也可以在伦敦做预算和情节串连。如果多丽丝·阿瑟提前完成剧本,他可以在二十四小时内把剧本装在波塞冬包里,快递过来。同时,菲尔丁许诺,他会租个厂房或工作室,安排那些重要角色来试镜——侍者、舞女、黑帮分子什么的。

"很好玩的,"他说,"未来看上去很光明,滑头。"

我们拥抱,紧紧地拥抱,脸颊贴脸颊——但绝对是男人间的拥抱。伙计,我是多么需要那些活生生的挤压。独裁者此时沿街边缓缓停下。有些合同他让我就在汽车引擎盖上签了两次

---

[1] 布朗克斯为纽约市最北端的一个区。

(老一套：一份签在"联合署名"之下，一份签在"塞尔夫"之下)。然后他挥挥手，消失在黑色玻璃后。

顶着毒辣辣的太阳，我走过中城。在艾什伯里，前台知会我，我的账单古德尼先生帮我付了，而且他还预定了101房，什么时候要用另行通知。这是妥协。对我住在艾什伯里，菲尔丁很不赞同，我知道。他总是劝我在中央公园南边的巴特比或古斯塔夫买套公寓或买层楼，可是艾什伯里更适合我的速度。我现在在这儿住得挺好。

于是开始打点行李什么的。当我把玛蒂娜的书塞进我那套已经叠好的最好西装里时，费利克斯敲门进来了。他手里拿着一个小棺材大小的白色包裹，上头扎着火红蝴蝶结。塞琳娜有一套内衣就是这种颜色。塞琳娜。我有个大计划跟塞琳娜有关。好啊，另一份礼物，啊？

"有人送来的，"他挺直身体说。即使在放松状态下，费利克斯仍看似在原地跑步。

"给，费利克斯。你已经是我真正的朋友了。"

他接过钱，但表情颇为困惑。"这是张大钞票，伙计。你喝醉了吧？"他面带微笑，愉快地问。

没有多少事能比那个勉强的黑色微笑要好：值一百美元，甚至更多。他的眼帘绝对是黑的，让目光更明目张胆，让笑容更鬼祟，让费利克斯总有种厚颜无耻的表情。他已不再是个黑小子，而是个成年人了。可能我以前也有同样的表情，不过我早已失去它了。在学校，老师们一直叫我抹掉那种表情，可我从没意识到自己有这种表情，又谈何抹掉呢？

"收下吧，"我说，"这真的不是我的钱。给你的女朋友买个礼物，要不给你妈妈买。"

"现在你要悠着点，"费利克斯说。

我把黑箱子放在床上，就在白包装盒旁。我扯开缎带，打开盖子，听到自己发出愤怒、拒绝，可能还有羞耻的大叫。我赤手空拳把它撕成碎片。然后我站在房中间思考，哎呀，打住！挺住！但还是有好几颗眼泪差点掉下来，没有比现在更适合哭的了。眼泪全出来了。我要告诉你我的礼物是什么，我觉得你会理解我的心情。里面没有任何纸条留言，只有一个塑料做的女士，小牛肉般的粉红色，湿乎乎的样子，狰狞地笑着。

你知道，有人说我不喜欢女人。我喜欢女人。我觉得小姐们很酷。有人告诉我男人不喜欢女人，这事到此为止。噢，是吗？那么谁喜欢？因为女人不喜欢女人。

有时候生活看起来很面熟。在生活的眼里经常能看到那种熟悉的眼神。生活是一道洪流，汇集了所有的宿怨、阴谋、激情、自豪、自信及信仰与正义。

告诉你一个无人知晓的秘密：上帝是女人。四周看看吧！她当然是个女的。

4

这间沙龙酒吧的入口上方，挂着一幅莎士比亚画像，在风中摇摆。又是这幅莎士比亚，我记得自打我还是学生时、当我皱着眉读《雅典的泰门》和《威尼斯商人》时就见过这幅莎士比亚。他们没有更好的吗？他真的一直长那样？你本以为由于他现在众人皆知，人们会拿出什么更有吸引力的东西。那鸟喙似的上唇稀稀疏疏几根毛，那畸形发肿的下颌，老太太般枯槁的眼睛。而头发呢？难道不像个杀手？我总是从威廉·莎士比亚身上获得安慰。在沮丧地照完镜子或女朋友说了句难听的话或在街上被人难以置信地瞪视后，我就对自己说："好了，莎士比亚看起来像坨屎。"这话总能对我产生奇迹般的效果。

"呃，肥文斯，"我说，"——今儿早上你吃的什么？"

"我？我今天早上吃了腌青鱼。"

"中午呢？"

"牛肚。"

"晚上准备吃什么？"

"牛脑。"

"肥文斯，你是个恶心的家伙。"

肥文斯在莎士比亚酒吧是个啤酒箱装配工加业余保安。三十年来，他天天在这儿进进出出。不管怎样，在我印象中我自己亦如此，毕竟我是在楼上出生的。肥文斯小口喝着啤酒，他看起来也像坨屎，还有他儿子肥保罗……我对肥文斯有份感情，部分原因是他跟我一样是心脏病患者。他心脏病时不时发作，而我则早晚会发作的。肥文斯对我也有感情，我寻思。每隔几个月，他会把我拉到一旁，问我过得怎么样，他的呼吸带着酒味很好闻。其他人从不这么做，没别人会这么做了。有时候他还跟我谈起我母亲。肥文斯现在也是孤家寡人。他的妻子死于身份太过低贱，她受不了。我母亲，她只是得了种莫名其妙的消瘦衰弱症。以前放学后我总是跟她一起躺在床上。我可以感觉到她在坠落、在分裂。她怀念家乡美国，受不了巴里·塞尔夫。肥文斯还在维多利亚兼任斯诺克台球经理助理，待客随和，颇受欢迎。那儿有间小小的碗碟洗涤室，他在那里煮他那些可怕的食物。肥保罗威吓、敲诈、加热馅饼。在一号桌上，球杆顶着下巴，他猫腰靠在镶在球台桌四周的橡皮条上，瞄准那些难打的球……我母亲死后不久，肥文斯把我父亲叫出去，打了一架，就在这条巷子的男厕所旁，当时莎士比亚还刚开没多久，尽人皆知。

"这才是真正的食物，孩子，"肥文斯说，"你不懂——你一辈子都他妈的待在一间酒吧里。给你一袋薯片，你就觉得上了天堂。"

"给，你认识劳（莱）昂内尔，"肥保罗说。

"是的，"肥文斯说。

现在肥文斯不再那么庄重了，但他说起话来好像嘴巴上装着个套子。肥保罗则不然——肥保罗大胸脯大块头，冷漠厚实的一张歪脸，焦枯的酒吧头发，残酷的金色眉毛，双眼射出捕猎老手看到陷阱里的兔子或捕鼠器上的猎物时才有的光芒。要我说，肥保罗，对他的口音没什么担心。他发音清晰，也不胡说八道。每个音节都清晰地透着恐吓。你从来没听懂过那声音，不过，来听听吧。

"我星期天在街上碰到他，"肥保罗说，"我说——喔！你刚吃过咖喱吗？他说，'没有。星期沃（五）吃的。'我说——那你今天吃的什么？'不要钱的老（辣）比萨和两份兆（中）国汤。'事实上他还在用抗生素，因为他胳肢窝里的丘疹和他的闹（脓）疮。第二天，我在交通俱乐部撞见他。你知道……那儿有台机器，爸爸，那台卖薯片的。薯片。"肥保罗似乎还被这个新生事物弄得头晕脑涨。"他妈的一大箱油炸货。每月一次，有个家伙每月会来一次，把那些油炸货倒进通道里。五便士一盒。劳（莱）昂内尔，他靠着那台机器，往嘴里塞啊塞，直吃到自己恶心为止。而这些薯片，我跟你说，太他妈恶心了。无法猫（描）述。第四盒吃到一半时，他转过身对我说他不懂为什么他的皮肤一直有这些毛病。"

"他活着很幸福，"肥文斯说，"吃他喜欢吃的。"

"看到他的肚子了？"

"他父亲五十一岁死的。节食五年，结果更胖。后来他们发现他吃减肥餐的同时还吃平时吃的东西。他吃掉的东西你想都不愿想。伊娃回来后，把他的牙齿藏起来，但他把吃的东西全捣碎，再吃下去。他也很有钱。"

"钱，"肥保罗沉思着说，"如果你他妈没有健康的话，钱根本不值钱，两先令都不值，是不是？"

据说，法国人活着是为了吃。英国人，正相反，吃是为了去死。我端着我那一品脱啤酒走到吧台前，买了一袋薯片——

虾子和鲟鱼卷味的——以及一小袋猪肉松。我转过身，边吃边看着人们。毫无疑问，我在莎士比亚酒吧里鬼混的人群中长相还算不错。我长得可能没有菲尔丁和那些电影明星那么好看，但是在这儿，我还挺抢手。这些劳工阶层妇女们，她们像没用的讨厌鬼。显然沦为劳工阶层令你疲劳不堪，还牵涉许多折磨与痛苦。酒吧也帮不了忙。我又转过身，倚着木板吧台，两旁是纹章样的交通标志，像啤酒开瓶器标识，托盘大小的塑料烟灰盅，毛绒绒、乳头状的地毯，即使它们是干的，看起来也像湿的。手写的酒吧菜单用大头针钉在方木头柱子上，馅饼土豆泥和煎炸食物迷人的排列组合，"和"和"或"下加了下划线，"咖啡"和"茶"加上了奇异的倒置逗号。我盯着古老捐款箱的钟面看了一会儿。**让圣马丁医院的朋友们来告诉你你的财富。**你投入一个硬币，转动手柄，便可对敷衍了事的命运做简单选择。我审视着可选项：不要得痛风病，只喝烈性啤酒。赌博好运。你会快乐的。你的第二个孩子是个男孩……这儿百无禁忌。我害怕一切厄运。如果圣马丁医院的朋友们一直忙于散布，比如说，头发脱落或性饥渴之类的消息，那么他们可要自己照顾好自己。我把十便士扔进投币口，硬币落下去满意地叮当一响。手柄转动起来：**就要发财了。**我又扔进去一枚：**小心虚假建议。**好吧，一言为定。这时颤巍巍的恐怖屋镜子滑向两边：玻璃门打开来，我抬起头，父亲凝视着外面，然后朝我做了个鼓励的手势，仿佛站在球场边线。于是我猫下腰从地板门进来。

"嗨，爸，"我说。他穿着黑皮夹克，系条白丝巾。我父亲的头发很不错，浓密的银发。等我活到他这把年纪时，我不介意有他这副模样。实际上，我现在就不介意看起来像他这样。想来，五年前、甚至十年前，我就不介意像他这样了。是时钟，计时器的问题。我的心不准。

"别那样叫我，"他往后一缩，"我们是朋友。叫我巴里。现在，"他说着用一只不灵活的胳膊搂着我的肩膀，领着我朝会客室走去。"我想你见见薇诺。"

"薇诺？"他在扮机器人，我想。他扯了一下我的头发，让我停下。

"是的，薇诺，"他说，"现在你要表现好点。"

当我说"薇诺"这个名字时，发音可真不好听。我父亲由于上腭的某种麻烦或唾沫问题，发不好他名字中的"r"音，当他说薇诺这两字时似乎更糟。

小时候，我觉得到会客室的路很长。现在，它离钱很近。壁炉里熊熊燃烧的是煤气火，里面放的是一篮子假煤块，我小时候总是在可调节的暖热中换衣服上学。我过去坐在那儿吃吐司的老奶奶桌子换成了鸡尾酒小柜，嵌着塑料，三只高脚凳，众多的苏打水瓶和鸡尾酒搅拌器摆得像高楼林立的曼哈顿。薇诺躺在惹人注目的白色灯芯绒沙发上。她肤色浅黑，身材让人觉得舒服，跟我年纪相仿。我以前在哪儿见过她。

"很高兴见到你，"我说。

"久闻你的大名，约翰，"薇诺说。

"薇诺今天非常高兴，"父亲哑着嗓子说，"是不是，我的小可爱？"

薇诺点点头。

"今天是我薇诺最特别的一天。给他看，薇诺。"

薇诺坐起来，抚平身上土耳其长衫上的折痕。她伸手到咖啡桌下头，拿出一本色情杂志《潇洒》……我了解色情杂志：《潇洒》属于廉价低档一族，大量淫荡的家庭主妇、穿着或没穿连锁店卖的内衣、扭着身体，还有那些屁股上还有雀斑的瑞典妞，它的目标群是打手枪的劳动者。"坐下，约翰。"她用手掌摩挲着她旁边的座位说。

薇诺舔湿手指，一页页翻起来。她满足地叹口气，找到了光滑的对折页。她轻柔爱抚地把杂志放在我膝盖上。父亲也坐下来。我感到他搭在我肩上的胳膊，他们成熟、期待的脸离我的脸那么近。

我抚平面前的杂志。右手边这页上，是薇诺的脸，书中的她凝视着我。在她裸露的喉咙处是插图说明"薇诺"——再一次，双引号给出了它们奇异而不可能的承诺。"接着看，约翰。"我听到薇诺耳语。我翻了一页。还是薇诺，缠着常见的丝带胶布，做着为了钱这些小妞们做的所有事情。我翻页。"慢点儿，约翰。"我听到薇诺耳语。杂志里，薇诺坐在钢椅上，一手托着一个大乳房；薇诺仰面屈体躺在皱巴巴的白地毯上，抬高双腿；薇诺在敞篷跑车猎狗的车尾上伸展身体；薇诺蜷伏在平面镜上。我翻页。"看这儿，"我听到薇诺耳语。最后的对折两页上薇诺跪着，穿着吊袜带的屁股冲着照相机撅得高高的，洋红色刀片似的手指掰开忙碌的屁股缝。现在我认出她来：维罗妮卡，莎士比亚酒吧里多才多艺的脱衣舞娘。

薇诺哭起来，父亲则充满男子气概地望着我。我相信他眼里也有一两滴眼泪。

"我……我太自豪了，"薇诺说。

我父亲大吸口气,站起来,一巴掌拍在鸡尾酒调酒台上。他解释道,"粉红香槟。好了,又不是每天都这样,对不?来吧,薇诺!那么谁傻?祝福你,我亲爱的。"他溺爱地缩缩鼻子。"给你,约翰。"

"薇诺?巴里?"我说。"——干杯。"

我开着我的菲亚斯哥回家。这车,除了不完美的冷却系统、反复失灵的刹车和动力转向以及车身严重左倾之外,目前似乎跑得相当可靠。至少,总体说来,它多半时候能发动起来。我想我在美国时,塞琳娜不会怎么用这辆车,当然亚历克·卢埃林也没有用它,因为他现在一天二十四小时给关了起来……从皮姆利科到波特贝洛花了大约九十分钟,当我把车泊在我公寓外的双黄线上时,已是深夜。为什么要花上九十分钟?路上堵得像中午十二点交通繁忙的时刻一样,跟他妈的皇室婚礼有关。我堵在西区高速公路下的隧道里大半个小时,我坐在车里咒骂着。菲亚斯哥里热得要死。我也热得要死。每辆车里都挤满外国人或咧嘴笑的醉鬼。隧道的喉咙肿得像得了肺气肿的病人,精疲力竭、冒着烟,口臭难闻。后来我们终于出了隧道,挤进蓝色夜空,汇入点点星光中……伦敦也在倒时差。伦敦经历着文化冲击。它在错误时间以错误的方式做着一切。

我喝完酒时,塞琳娜坐在床上。

"在干吗?"我问。

"看我的书。"

"你的什么?"她并拢的大腿上摊着一本《蜜糖》。那儿还有本电视指南。

"巴里还好吗?"

"噢,还行。"

"你见过那个新荡妇吗? 他说打算娶她。那天他又非礼我来着。"

"他没说。怎么回事?"

"他把头伸进我裙子里。"

"什么?"

"我以为他开玩笑,可是后来他想用牙齿把我的内裤扯下来。"

"天啊。"

"医生?"

"啊?"

"医生,我觉得我把大腿内侧弄紫了。你能来看看吗? 求你了。一个石油商出五十石油美元让我在电梯里为他口交。"

"你怎么做的?"

"我要七十五块。不过他什么都想来,我觉得他弄伤了我的大腿内侧。你能来看看吗,医生?"

我告诉她少"医生医生"什么的胡说八道,有关那个石油商和他的石油美元以及他让她做什么——请说得再合情合理点……最后那一刻,她发出一种我以前从没听她发出过的声音,富于节奏的呜咽,是断念、是乞求、是迷失的声音。我以前听过这种声音,但不是从塞琳娜这里。

"嘿,"我责怪道(我觉得我是在开玩笑),"别装了!"

她震惊且愤怒地抬起头,"没错,我是在装,"她飞快地说。

有趣的是,我能让塞琳娜真正想跟我上床的唯一方法是不想跟她上床。这一招百试不爽。这真的让她很来劲。问题是,当我不想跟她上床(真会这样)时,我的确不想跟她上床。什么时候会这样?有什么时候我会不想跟她上床?当她想跟我上床时。可是,当她最不想跟我上床的时候,我却喜欢跟她上床。如果我臭骂她、威胁她或给她钱让她跟我上床,她几乎总是会的。

这很管用,是个极好的方法。塞琳娜和我一见钟情。关于塞琳娜重要的一点是她明白事理。她知道二十世纪。她飘在城市里……当我们一起上床时,有时候谈话会转到……做爱时,我们经常谈的是钱。我喜欢它。我喜欢那种下流话。

睡不着。全无睡意。我无法入睡,可塞琳娜睡得挺香。她睡觉也很在行,造诣颇高,睡得像个孩子。

我穿着短睡袍走到隔壁,给自己倒了杯酒。我环视周遭,寻找线索。昨天,要么几天前,前后误差不超过一周,当我从机场进门时,感觉公寓有点凌乱,匆匆入住的样子,仿佛清洁工的努力被人轻率地抹去或弄乱。桌上有鲜花,但洗衣篮内没有内裤。冰箱里有牛奶,可茶壶里是冷茶——塞琳娜喜欢喝茶,她对喝茶很讲究,手袋里常备着茶包……她在等我,我从她的警惕中看得出,太夸张太做作。你这段时间一直在哪儿?我问她。"就在这儿!"她坚称,头轻快地一摆。你怎么知道我要回来？"我不知道！"她还嘴硬。我没告诉任何人，连埃拉·卢埃林也没说，谁都没告诉。噢，管他呢，我只想赶快把她扔到床上，强烈地想要重新占有她。她让我搂了一会儿，假假地粗声喘息，她知道我喜欢听，并展露出一览无余的勃起、坦白的天赋——然后她叫停，滑下床，理好衣服、梳头、换鞋，朝鼻子上扑粉，把我的鸡巴从嘴里吐出来，坚持要吃中饭。

我们去了克罗采餐馆。我像没有明天般地胡吃海塞。我们没怎么说话。当顾客们被领上楼时，没人问扫兴的问题。我不想吓她，也不想吓我。我对地震、核战、外星人入侵、对在我和我的报酬之间的末日审判忧心忡忡。你只能听到约翰·塞尔夫的闲聊、恭维话，尖叫着要更多的酒。利口酒喝得我牙痛，我开着菲亚斯哥一路轰鸣回家，把它扔在马路当中。现在我成了个酒醉饭饱、吃过春药、中了爱情迷咒、嘴里念念有词的男巫，塞琳娜垂着头走进卧室。我大声哼哼着解开皮带。

……我从咖啡桌上拿起一沓信，从最下面抽出一封：是我的银行月结单，熟悉的褐色牛皮纸和一滴血似的封蜡。当然，这不再是我一个人的银行账户了，是联名账户。塞琳娜现在拥有一半——以支持她的尊严和自信，还记得吗？我粗壮的拇指撕开封口。我发誓，对账单足有三页长。在支出项下，除了通常简洁的记账外——美国运通卡、酒铺、玛莎·麦吉尔克里斯特诊所、加油站、克罗采、圣雄、泛美航空、酒铺——现在账单里还新挤进一群塞琳娜以前的玩伴。天啊，这是群什么东西？似乎这小妞手上有钱可烧时在特洛伊或迦太基这种地方逛荡：宙斯小屋、哥利亚、牧羊女、阿弗洛狄特、罗密欧与朱丽叶、罗穆勒斯和瑞摩斯、埃洛伊丝和阿伯拉尔……我以前总怀疑塞琳娜把所有钱花在按摩、做发型和内衣上——但那是在她几乎身无分文时。泄露天机的是贷记项下唯一一条账目：二千英镑，来自存款账户。我猜我不能抱怨。这是我们说好了的。这是我们的绅士约定。但是尊严和自信带来的最大麻烦是：它们花你太他妈多的钱了。

现在我是个失业人员。我们失业人员成天做什么？我们坐在高脚凳上，因鞋带松了在脏兮兮的人行道上停下来。在吃过让人疲惫的食物，喝过令人呕吐的饮料后，人行道像没有线编织的地毯：昨晚，掌管天气的诸神借酒浇愁喝至酩酊大醉，然后再从三千英尺高空吐下。我们迷惑地坐在公园里，低种姓花丛间。哟（我们想），这种生活太缓慢。我六十年代长大成人，那时有机会，那时大家全在等待。现在他们从学校里渗透出来——去哪儿？无处可去，无路可走。年轻人（你从他们脸上看得出），留着翼龙发型的绝望者、头顶鹦鹉冠的空虚者——他们对此反应恰当，那便是虚空，是虚无，是一无所有。排队领救济的人从出口处排起，一直排到操场上。暴乱是他们的娱乐室，昏暗的伦敦是他们的攀玩架。生活被他人藏在了别处。金钱离你这么近，几乎触手可及，可是它在另一边——你只能把脸贴在玻璃上看它。在我那个时代，只要你愿意，随时可以放手。现在你再也不能弃之而去。现在金钱说了算，你无法躲开金钱。你再也离不开金钱。所以，有时候，夜晚太热时，他们打砸抢。

与此同时，有些相当原始的人类，他们有钱坐鱼雷车或回飞镖车四处兜风，或有钱坐在圣雄或圣方济会里，要么就那么有钱地站着，在商店里，在酒吧里，在街道上。他们形形色色，是金钱开的这个全球玩笑的幸运受益人。他们什么也没干：是他们的钱在干活。去年酒吧里全是不可思议、任意挥霍的爱尔兰人：他们口袋里没钱——他们有的是欧元，那是更强大的东西。中东很有些钱，一伙财富空间入侵者开始抢劫西方。每次，当英镑在国际外汇市场上被群奸时，每个阿拉伯小妞就得到一件新裘皮大衣。也有些白人投资客，英国人，土生土长的。他们准是罪犯，一卷卷的钱、满嘴的污言秽语、残忍冒油的脸。我就是一个。我就是其中之一，白人或起码灰白，留着酒吧头，苍白的手臂搭在菲亚斯哥窗口，在交通灯前面毫无笑意，笨头笨脑，骂骂咧咧——可是有钱。我有钱，但我控制不住它：菲尔丁一直在给我更多的钱。我想，金钱无法控制，哪怕我们中间那些有钱人，也无法控制它。生活一直在哭穷，然而你很少听到说金钱坏话的。金钱，现在必定是种好东西。

自从我辞职等着电影开拍以来，我也感觉到事物之间的分歧。所以，你觉得像我这种人会怎么打发这一天呢？我不知道如何过完这一天。告诉我怎么过，求求你。金钱不会告诉我。我躺在小床上全无头绪，直到——直到什么时候？直到这种体验终将结束如何？起来，出门去，现在就行动，现在，现在。现在！我移动、我慌乱、我摸索、我乱摸……终于我来到厨房，衣衫不整，抽着烟，手拿咖啡过滤器。有时候对什么有瘾确实派得上用场：至少你会为它们起床。我望着窗外——街道、天空、湿糖般的颜色——我只是困惑于此，发愣、不知所措。窗户们，它们也没什么意义。双层的、沾满灰。窗玻璃看起来像跑了一千英里后的菲亚斯哥挡风玻璃。连灰尘都有自己的图案，寻找自己的形式……我辞职时感觉像期末，像星期六早晨，感觉很好，感觉不合规则。但是一件事的结束应是另一件事的开端，而我还没感觉到什么会要开始。我脑中什么也没有，一片空虚。塞琳娜是个早起的人。她的"大众时尚"本能（从她的尖脸上，甚至尖牙上可见一斑）把她推入金钱和交易的世界。她在她朋友哈莉经营的一间时装小店里有点股份，小店就在切尔西路下方，世界尽头。塞琳娜希望我能投点资。我不想投钱进去，但我可能会这么做。如果我真投了，我知道我永远也收不回来。

于是我玩单人纸牌、玩单人跳棋。玛蒂娜的书就在床头柜上：我还没进入看它的状态，我还不知道活动门什么样。我看电视，看录像。以前我曾收藏了很多相当出色的电影影碟，可惜我无法持之以恒。我看完了所有下流影碟，现在有塞琳娜在此，我不需要色情。晚上乱七八糟各种电视节目让我晕头晕脑。自然短片、喜剧小品。足球、台球、保龄球、飞镖。飞镖！还用说吗！哦，伙计……很快我就会跟那些端着啤酒，拿着飞镖的肥佬一个样。于是我耸起肩膀，望着乱哄哄的人行道，我慢吞吞下楼到酒吧去，端着一大杯酒、拿份小报挨着火坐在角落里。

苏联准备打波兰。如果我是苏联，我会那样干，装装门面也行——我是说，你不能让流言四下传开来。看起来，在查尔斯王子指定戴女士为真正的家庭成员之前，他跟戴安娜的某个姐妹有一腿。一位怕老婆的法官只判了谋杀送牛奶工的那个女人五十便士的罚款——经前综合征。我听说，西方联盟状况很糟。嗯，你指望什么？他们得到位演员，我们得到个小妞。利物浦、伯明翰、曼彻斯特的暴乱越来越多，内城只待腐烂与烧毁。对不起，孩子们，首相有经前综合征。有个女人在酒吧里为了两杯烈性大麦酒将五岁的孩子卖给陌生人。她跟同居的丈夫分了手，因为这位丈夫失业了。

我玩快速拼字游戏。我玩太空游戏和水果机。我像个机器人，为了奖品和机器人对手玩。我们都是一只手的吃角子老虎机。稳住、轻推、转动、踢、搅乱、翻倍、赢、输。现在全是为你而做——奖金猎人、自动暂停、自动轻推。不管我赢还是输，机器令我作呕。如果此时墙上有个洞的话，我想我也会投钱进去。我走到别处，吃了点垃圾食品、喝了点垃圾酒。我去了趟彩票投注站，把钱放在高脚凳上。我在报亭四处逛，看看杂志上的小妞们。我回家，躺下，然后一切又重新开始。有什么东西能帮我让事情变得有意义？时间让我焦虑不安，过去我浑身是劲。这些天来，说到能量两字才能让我精疲力竭晕死过去。在多丽丝拿出剧本之前，任何情节串联工作我都干不了。至于预算问题，我的第一位助手米奇·奥布斯，他他妈的可以做。他连同德思·布莱卡德以及凯文·斯喀斯，在正式开拍之前，已经开始领一半薪水了。

拿昨天来说。

十一点四十五分，我踱进开膛手杰克酒吧，这是众多本地酒吧中最粗暴、最不本地化的酒吧。这个乱七八糟的地方并不怎么挤，只不过吧台后的姑娘老是找不着，她也不看我。她跟两三个新进来的人打招呼、听他们说话，给他们酒、找他们零钱——就是不理我竖起的五英镑和刺耳的劳驾声。好吧，我可不是那种能忍受如此对待的人。

"怎么回事？"我大声说，"我是说，如果我在这里再多等几个月，会不会轮到我？"

人们转过身，可女招待没有转身。她走到钱柜那儿，晃得钱柜叮当作响。她一本正经地转过身来——她不是那种天生当女招待的料——把要找的零钱伸过去，刚好打我脸旁经过。我那张脸愤怒了，她也看得出。

"我们不接待你，"她宣布道。她的脸有点颤抖。这时她才直视我的眼睛。她的脸，那小宇宙，如数到齐。酒吧里的人们一下子全来劲了。

事实上，我走进这里时，非常想喝一杯，而那已是五分钟前的事了。

"你们什么？"我说，"为什么？谁说的？为什么？"

"昨晚之后。"

"你什么意思，昨晚？我昨晚根本没来这儿。"

"你甚至都不记得了，你醉成那样。杰罗姆！"她大喊，"杰罗姆！"

杰罗姆，穿着蓝色牛仔裤、戴着耳环、染着金色头发的小混混，从馅饼加热机和炸豆机的玩具城橱窗那儿慢悠悠地踱过来。

"什么事？"

这就是杰罗姆的贡献。那姑娘开始别处忙去了。她扭头说道,"告诉他,他就是昨天晚上那人。"

"昨晚那什么的狗屁话是怎么回事?"我说,"我刚跟你说过,昨晚我根本没来这儿。"

"等等,"杰罗姆说,"弗诺拉,是前天晚上。"

"星期天晚上。"

"那今天星期几?"

"星期一,"弗诺拉说,"是昨晚。"

"行了,到底怎么回事?"我说,"你他妈整天在酒吧上班,你也不记得。"

"他砸坏了机器,"弗诺拉告诉杰罗姆,他不高兴地抱起胳膊。"后来他又去攻击贝弗里奇先生,然后他又向我提下流诉求。"

"是的,没错,"杰罗姆说。

"嘿,杰罗姆,你,滚开。"我说,"弗诺拉。到这儿来。到这儿来。"

弗诺拉也抱着胳膊。"我才不会靠近那家伙,"她说。

我低下头,吸口气,眼泪出来了。伙计,我真想喝一杯啊。我想告诉他们我的眼睛、我的头发、我的心都有大麻烦,我想告诉他们我跟洛恩·盖兰德、布奇·波索莱关系很好。不过,更吸引我的是,一大堆啤酒瓶就立在我面前的吧台上。我伸开两手,把它们全扫了下去,它们花了点时间才全部掉落,到那时我已走在去门口的半道上了。"你别再进来了!"我听到弗诺拉在叫,我用肩膀挤出一条路,然后一头冲到了外头。

附近还有两间酒吧,屠夫的武器和耶稣基督。恼人的是这两间酒吧也禁止我入内,所以我只好去了匹萨店。我坐在昏暗的活动车内,一大碗红葡萄酒,外加一大块在大铁盘里无人理会、咝咝作响的匹萨。星期天晚上……想起来都可怕。也许是星期六晚上?我又干掉了一瓶,然后横过马路,找些合适的吃的。在一大排格拉啤酒的协助下,我喝掉三瓶无糖软饮料、吃掉两个塞克汉堡,一个美国方式和一个双份塔克果派。可是等等……你觉得我可能漏了什么吗?

吃过午饭我穿过马路到报刊经销店去,在色情书刊的哭墙[1]处找了个位置。像图书馆一样,这些杂志都被分门别类排列好了:这些杂志主要是大胸脯小妞;那些杂志里的小妞们都穿着丝绸、花边或吊袜带;而这边杂志里的小妞们在挨打。乖乖,有许多杂志都以小妞受虐为主打啊。你以为用半打这种月刊就能在嫖客那里蒙混过关,那你就错了,他们的要求更高。色情有股味道,有股特殊的气味。我觉得主要是因为报业大亨们使用的是处理过的纸张。色情之味干燥、辛辣,是头痛的感觉和蜡的味道……我刚才又看了一眼《潇洒》——看了薇诺、我未来的继母一眼。毫无疑问,未来继母身上有一对乳房,她甚至可在以大波妹为主打的色情杂志中获得成功。我把《潇洒》杂志放回去,拿起一本《爱娃》。请相信我,在英格兰,没有比《爱娃》更下流淫荡、更非法的杂志了。所以我就这么着,嘴里低声哼哼,麻痹地一页页翻着,耸起肩膀、垂着头——这时突然猛然来了一巴掌,摊开的杂志啪地从我手中掉落。

---

[1] 原文为 willing wall,原指耶路撒冷犹太会堂的残壁,此处指安慰物,慰藉。

我抬起头，惊慌、迷惑、恐惧。一个丰满漂亮的女孩，系着条很显眼的围巾，灯芯绒外套的翻领上别着两枚饰章，她的脸和姿态都活力四射、坚定且兴奋……翻书的男人们停下来，我周围有些人走开去，走出我的视线之外。

"你在干吗？"她大声咆哮——她大声喝斥。中产阶级的嘴巴，声音和牙齿都那么坚硬干净。

我往后退，我转身移开，我甚至抬起一只胳膊作保护状。

"你难道不觉得可耻吗？"

"我觉得，"我说。

"看看那个。看看。"

我们盯着掉落在地的杂志，它半摊开落在下一层架子上，那儿摆的都是正常的、法律类杂志，被码得整整齐齐。中间那一页卷曲着，仿佛有意避开那个四肢摊开的姑娘的凝视。一个没有躯干、软不拉几、疣子似的男性成员在离她贪婪微笑几寸远的地方晃荡着。

"真恶心，是不是？"

"是的。"

"你怎么能看这种东西呢？"

"我不知道。"

这时她稍作迟疑，我觉得她到现在也并没有真正听到我说什么。她一定费了很大工夫，跟长得像我的某个男人较劲，而我肥胖的肩膀和沉重的头颅紧绷着低头对着杂志上她那些迷失或扭曲的姐妹们裸身露体的样子肯定像极了那个男人。是的，哪怕她有坚强的圆脸蛋、完美无缺的牙齿，哪怕她坦白率直，肯定也让她付出了不少。没准她以前也这样干过几次，但次数不会太多。现在她仔细打量过后,看清我了,她的问题成了问题。她抬起戴着手套的一根手指。

"那为什么?为什么?没有你们它们就无法生存。看看它。"我们又低下头。那个爱娃几乎门户大开。"那画片在向你说什么?"

"我不知道。在说钱吧。"

她转过身,咔嗒咔嗒走过长长的通道,走到门口(这家商店里的其他声音和动作都奇怪地缓慢下来),用力推开玻璃门,一甩闪亮的头发,走上人群零落的大街。

接着传来一阵笑声和轻声交谈。柜台后工作的两个疲劳的中国佬如释重负、开心地笑了。我把《爱娃》重新放回架上,然后挑衅似地翻起《国际玩物》和《吵闹者》。然后我横穿过马路,又坐上高脚凳,在三点四五那盘上又输掉了二十镑。我觉得糟透了,像是生病了,被人彻底趴下了。噢,蜜糖,上帝,为什么你不挑别人?为什么你不能挑个输得起的人?

我在细雨中走回公寓。瞧这天空,天啊!厨房烟雾的色调,光线下只看到乌黑的薄膜和油腻的缝隙,我上方和下方的空气像个旧水槽,里面堆满了待洗的东西。受诅咒的、报废的、喘不过气来的、烂醉如泥的伦敦,在湿乎乎的天空下服刑。在百货大楼的华丽门口,一个老头站在雨里说着话,外套扣得紧紧的,褐色皮鞋擦得铮亮。他身边的其他老人面无表情,两个年轻点儿的女人穿着看不出是哪种制服的蓝色制服,面带褪色的真诚,用管乐器和敲鼓的行军音乐强调或打断了他的说话。"改变你的行事方式,"老人迟疑着说,谦逊得像上帝冷酷的看门人,"永远不会太迟。"他的薄嘴唇、眯缝眼、面对着下午闲逛的人群、年轻人、穿着长袍的好奇的外国人的嘲弄，"你们没必要，"他说，"为自己感到羞愧。"在鼓点声和空中的雨与奶中，你根本听不清他在说什么。

噢，可是朋友——你错了。天空如此羞愧。广场上的树垂下头，街道上的遮阳篷小心地掩饰着又湿又红的商店门面，晚报在它的包装里害臊，那说话老头站着的商场门口挂着的时钟在害臊，甚至那只鼓也觉得丢脸。

"你究竟是怎么把自己弄成这副模样的？"
"没错，你这个婊子，原来是这样！"
"这样什么？"
"当我从美国打电话来时，你他妈从来不在这里。"
"难道一个姑娘不能想回自己的公寓就回吗？"
"你也从来没在那儿！"
"难道一个姑娘有时候就不能不接电话吗？"
"你这个小演员，你到别的什么地方去了！"
"你是假装你不明白事情为什么会变成这样吗？"
"你对我不忠，你这个婊子！"
"你干吗这么生气？我在努力跟你说点儿事，难道你不明白吗？"

塞琳娜解开外套。她抱着胳膊，站在那儿，怒气冲冲，浑身上下一股街上女郎的反叛味道。

"天啊，"她说，"你可真是的。看在老天分上，上床去，晚饭前尽量睡一下。不过，我们去哪儿吃晚饭？"

是的，我会没事的，我说或者我抽泣着说——给我点茶什么的就行了……不知怎么搞的，塞琳娜现在反败为胜，这个塞琳娜。但愿我知道她是怎么办到的。我叹口气，抱着茶杯躺在沙发上。塞琳娜在小圆铁桌前坐下，桌上放着晚报、茶包和一根理所当然的烟。她轻快地翻着报纸，偶尔停下，皱起眉头，清清嗓子，眼睛眯成一道，身子前倾，带着冷冰冰的专注。我知道她在读什么。她在读加州的那个分居索要赡养费案件。塞琳娜一直在跟这个故事。我也是。分居赡养在男人们听来是个可怕的消息。照我的理解，裁决宣称如果一个小妞每周为同一个家伙泡茶一次——她可以分到他一半的钱。现在每个晚上，塞琳娜都径直翻到分居赡养这一版，变得非常安静。我希望她不会想从我这儿搞分居赡养费。

"让我们实际一次吧，好吗？"她后来说，"你太笨了，没有认识到我是你最后的机会了。不，不是那些。它们勒进我肉里了。除了我还有谁会受得了你？"

"不，不是那些。我们有天晚上用过它们。"

"看看你自己。不，它们需要洗洗。我是说你几乎没人追求，是不是。你三十五岁了。行动吧。"

"是啊，这样好多了。穿上这些，再戴上它们。"

"如果你还在等别的更好的人出现——等等。我明白了——你那是一厢情愿地幻想，老兄。再说，谁又会接纳你？玛蒂娜·吐温？"

"等等。把那些脱下，穿上这些。"

"她送了本书给你，是不是？"

"什么书？"我问，塞琳娜的女巫雷达让我重新想起来。

"你床头柜上那本图书馆的书。那本你每晚只读第一页的书。"

"还不错。还不错。它算是份礼物。"

"礼物,那才怪了!老实说,有些人脑子里只有他们自己。"

"面对事实,"她之后安静下来说道,"快点长大吧,看在老天分上。为了你我愿安定下来,请你也为我安顿下来吧。我会照顾你的,你也照顾我。我们生个孩子。娶我,给我一个承诺,让我觉得我的生活有点牢靠,至少让我名正言顺地搬来住。"

"好吧。行啊,行,"我说,"你可以名正言顺地搬进来。"

于是,第二天清晨,当广场上的乌鸦们还在饥饿地聒噪时,我从马厩修车厂雇了辆小货车,沿着伯爵府路,一路突突突地下山,去塞琳娜住处收拾搬运她的东西。她的室友曼迪和戴比半裸着身子在房间里转来转去,颇为诱人。出于对我这个阔佬、还债人的尊敬,她们给我端上咖啡。我懒洋洋地靠在阁楼客厅的沙发上。金字塔形的窗户深深凹进来,透过这些窗棂窗框,你可以查看外面的天气,此时的天气像是陷入职场困境的各色人士在卷土重来。太阳钝钝的,状态不佳,阳光照着照着,突然像个潮湿的火炬一下子没了。塞琳娜系着围裙,扎起头发,戴顶棒球帽,已经完全被女性化妆品和化妆技巧所淹没了,而曼迪和戴比则轮流着在楼下逗我笑。曼迪和戴比,她们看起来像本裸体杂志。她们跟塞琳娜很像。当代床笫艺术家可不是无精打采的克利奥人，她们不会懒洋洋地倚靠在闺床上，成天吃着巧克力，像猫般舔舔嘴唇、喵喵叫着，胡须上还沾着精液和奶油。不，她们不是这样的，她们的商业肩膀上长着商业头脑，敏锐狡猾，长相并不年轻，而且吃苦耐劳，皮肤被晒得黑黑的，憔悴了。塞琳娜跟这两人合了又分，分了又合，就像跟哈莉一样。她有次愤愤地告诉我，有人说曼迪和戴比在当伴游，交易如此：嫖客们每天花十五英镑，她们可以得到二英镑。没错：二英镑。很丢脸，是不是？所以，很自然姑娘们也自己做点生意。不过，在这间摇摇晃晃、电梯都没有的公寓里什么都搞不下去：能继续下去的还在洲际酒店的可换房间里、在堕落的俱乐部和热闹的地下酒吧的私人套间里、在发光的阿拉伯公寓里继续。曼迪和戴比看上去就像那种人，做这个尤为厉害。特别是曼迪，她频繁地跟我交换眼神、把手搭在我膝盖上，时不时掀开睡袍，弄得我几乎要问她要电话号码。不过，我发现在这种环境下，这是相当没必要的举动，我已经有她的电话号码了。

我开了一张三百二十英镑的支票，结清所有未付、待付的账目——这是"吻别金"，曼迪这么称呼它——把塞琳娜的所有财物集中放到小货车后面。她的东西少得可怜，真的。如果菲亚斯哥还开得动的话，菲亚斯哥完全放得下，轻而易举，可是菲亚斯哥不动了。满满三垃圾袋衣服、一个茶壶、两个相框、一个肥皂盒、一把椅子、一个熨斗、一面镜子和一盏台灯。

"好了，姑娘，"当我拎进最后一批东西时，我站在另一头对她说。

"谢谢你,亲爱的,"塞琳娜说。她站在我租来的客厅中央说,"那么,现在这是我的家了。"

塞琳娜有三本平装本书加入书架,分别是《从 A 到 Z》《常见法律问题》和《婚姻之爱指南》。再加上玛蒂娜的礼物,我的书籍收藏队伍真的壮大了。

"别告诉任何人,"亚历克·卢埃林说,"不过,这儿真正够酷。别笑!他们会看见我们的,觉得我没把这当回事。"

"你有自己的单间吗?"

他靠在椅子背上。"没有。单间意味着一个人,但是我那里还有两个家伙。我们太挤了。这儿关的全是偷盗犯和诈骗犯。我们有自己的小水壶。这儿太闲散了,我简直不相信。第一天早上我醒来时,感觉很好,像个孩子,伸伸懒腰,想点儿事。现在我会喝杯茶,踱踱步——!就在那时我突然想通了。"

"哇。"

"是的。我难以置信地解脱了。由于我的口音,我以为我在这儿不出五分钟就会被揍扁或被强奸,可完全不是这么回事。这儿可能是全英国唯一一个等级制度还管用的地方。"

我点燃一支烟,等他接着说。

"我觉得这跟嗓音的清晰有关。其他人,包括狱警和警察在内,他们好似刚学会怎么说话。他们不明白为什么我会在这儿。他们全都很怕我,狱警怕我,助理监狱长怕我,甚至监狱长还到我牢房里跟我亲切交谈。"

"吃得怎么样?"

"难吃极了。全是豆制品。你可以吃饱,没问题,但同时你还是没力气。你知道,我总以为他们下了抗性交的药在咖啡里。其实他们用不着这么做,他们根本不用往咖啡里加什么东西,因为他们根本没往咖啡里加咖啡。布奇·波索莱光着身子住在这里,也不会有人看她第二眼。我猜他们可能会试着用透明胶带把她绑在他们牢房墙上。每天你感觉就像刚打了十次手枪一般,是食物、这里的空气和这种禁闭造成的。"

我们坐在哥特式餐厅里。如果你抬起头,会有种在学校里的感觉。上面,在乡村酒店式窗户中间,是炫目的光,自由无拘束,容纳下面人类往来的一切噪音与热度。而下面,犯人们坐在一排黄桌较远的一端,而他们的访客——女人、孩子、老人——坐在另一端的厨房餐椅上。没有小隔间或金属栅栏。只要你们愿意,你们可以握手、可以接吻。老年囚犯是长鼻子黄鼠狼。有些人看上去像个半成品。他们坐在长条凳上,轻松地靠着后背,听话顺从的样子,很说明问题。他们的女人紧张地坐在椅子前部,缩成一团,问话、诉说挂念。孩子们只是瞪着眼,很慌张,高度紧张——毫无疑问,他们表现最乖。

"我给你带了一条烟来,"我说,"还有十二瓶半瓶装的酒。"

"谢谢,你有没有——"

"当他们告诉我我能带些什么时,我很吃惊。一天可以喝半瓶酒——虽然不够,但也够那什么的。我把它们全放在那家伙那儿了。"

"你有没有带点书来?"

"啊？"

"啊，笨蛋！明天给我带点来，好吗？答应我。老天啊，你以为我整天都干什么？他们这儿只有一点点西部小说和恐怖小说，一半页面还被撕去包茶叶或擤鼻涕了。这几天我他妈的一直在读《圣经》。就那也行，不过人人都会以为我是个疯子。给我带点书来。"

"我都不知道你喜欢看些什么书。"

"天啊，什么书都行。我会开张清单。小说，历史、游记，我不在乎。诗歌，什么都行。"

"诗歌，在这儿？"

"我赌一把。"

亚历克穿着件海军蓝的连衫裤——法国工人的工作服，或实际是在 C. L. & S. 事务所筛查时某些小新浪潮自恋狂的装束……他穿着这件衣服的样子让我突然意识到他跌得有多深。别让他跌得太远、太深，我想，要不然他会消失。这儿的每个人，他们全都踩过了界，他们全都为金钱犯过罪。现在金钱让他们偿还。

"我想起来，"我说，"你没有拿到那六千英镑，是吧？"

亚历克挠挠头皮，尖鼻子缩了缩。"是的，嗯，我很抱歉。"

"怎么回事？"

"我给了艾琳一些，剩下的钱我想在轮盘赌上翻倍。很棒吧，我同意。不过还不够。你真应该看看我受审的样子，伙计。我热得要命。那个戴着假发的老傻瓜，当他大声宣判时——噢，我想，他说的准是别人。谁？是说我吗？这还只是押候下级审理，如果数目上了九千，我会去更严酷的地方。"

"我能帮什么忙吗?"我飞快地说。

"不用,我需要——我肯定会需要,我甚至没法问你。埃拉说什么了吗?"

"没多说什么。你恨她吗?"

"噢,你知道。你们互相争吵,看对方不顺眼,这时她发现自己有法律保障,感觉肯定很好。法官、五百名警察和布里克斯顿监狱都站在她那边。她朝你扔的不是一只烟灰缸,她朝你扔的是监狱。"

"天啊,我要——"

"这不怪她。全是跟孩子有关的法律闹的。可笑的是,"亚历克·卢埃林说,脖子扭了几扭,"好笑的是安德鲁——他甚至不是我亲生的。"

"你怎么知道?"

"看看他的样子、看看他的头发,再看看曼多琳娜。两个人完全不同。"

"你肯定?"

"她怀孕的那个月我们相处得很不愉快——我没有跟她睡过,那个月没有。她说我喝醉后操过她。可如果我醉得不省人事的话,我也无法操她了。不管怎样,埃拉在我进来后的第二天来看过我,眼珠子都要哭出来了。她想尽量忍住不哭,你知道。"

"噢,是吗?"

"塞琳娜怎么样?"

"很好。对我来说,千真万确。"

"你这个傻子,你这个容易上当的家伙。"

我说出他念的小学、我说出他的中学、我说出他读的剑桥学院。"现在是布里克斯顿,"我说,"接着会去哪里?"

"本顿维尔单人监狱。"他从我摊成扇形的香烟中又拿了一支。"好吧,这儿是大学生活。每天你获得新知识。比如,伙计,有个杀人合同可是针对你的。"

"噢,那个啊,"我冷冷地说,"是啊,我听说过了。"

"这儿一个小狱友告诉我的,一个非常小的合同,五十英镑左右。"

"谁拿到了这份合同?"

"那他不知道,或者没记住。但他记得合同金额。"

"才五十镑,"我觉得很受伤,太小瞧我了。"什么样的合同——夹耳朵?刮中国痧?"

"用钝器朝脸上打一家伙。现在,我要列书单了。你他妈给我把这些书带来。"

这张纸轻轻换了手,一张十英镑的钞票也是。若再给他更多的钱就不太慎重了,再说这儿也没什么东西可买,不过钱的威力很大,哪怕是在这里……不久他就被带走了:一个穿制服的警卫隔着半开的门简单朝他招招手。当亚历克·卢埃林走开时,朝我严肃地点点头,亚历克,穿着蓝色外套,这个爱穿着打扮的家伙。我从进来的地方出去。罪犯们在拥抱、鼓励他们的女人,许多女人们颇有毅力地天天哭天抹泪。再次的担忧让孩子们老实安静。我走过安检室,走过长椅子排成一线的更衣室,经过垃圾桶和老式暖气片。第二轮家庭已挤作一团等在那儿了:第二轮傻瓜、强盗小偷们正从牢房里给带出来。穿衬衣的警卫们按一定步伐走着——快活、操劳过度的样子。门口有个家伙帮我推了一把菲亚斯哥。在每秒钟几转的转速下,我开着车下了绿色滑道进入布里克斯顿,再开过去。等我开到泰晤士河边,看到一碧如洗的天空时,我才敢把车靠边停下,处理我的恐惧。

我从车里爬出来,走到巴特西大桥半坡上。身后发电站的四个烟囱笔直向上,一幢刚起头的建筑体积庞大到难以想象,真可怕。身下的泰晤士河像人脑一样转动,发送着信号,波光粼粼,犹如一股厚厚的液体从水面上滑过,毫无疑问河流有生命,它们也会死亡。我扶着栏杆,隔着铁条,朝外面吐着,直到恶心感消失。

你瞧,我来自犯罪阶层。没错,我是的。在我体内、在我的血液中,有这种犯罪因子!像我这种人,我无法在自己和监狱之间划出清晰的界限。我只能把金钱放在中间。金钱渗入血液中、深深渗入。也许等我飞往加利福尼亚,为自己来个终结整容时,我会尽最大努力,把我的血液也清洗干净。

加利福尼亚,我的梦想与渴望之地。

你在纽约见过我,你知道我在纽约什么样,但是,伙计,在洛杉矶,我跟你说,我收获更多——兴奋、进取、调停人、大忙人、真正的新经销商。去年十二月,我拍摄的三十分钟的短片《定街》在天艺大剧院上映。在一尘不染的酒店里,在雾气弥漫的泳池边、在冲浪浴缸里,我谈了好几笔生意,都不错,很可能成交。像往常一样,就是在这种快活的地方,我发现了个问题。

在洛杉矶，你不开车什么也干不了；可是我不喝酒也什么都干不了。而在洛杉矶你没法将喝酒与驾驶联结在一起，真是不可能。哪怕你松开安全带、掸烟灰或掏鼻孔，都会被送往阿尔卡特拉斯岛[1]，事后调查问话。你觉得，只要你胆敢做违法犯科之事，不管什么坏事，都会有个手提式喇叭，一副望远镜和一个坐在直升飞机里的警察在瞄准你的头。

所以一个可怜的孩子能干什么？你走出旅馆，弗拉蒙特旅馆。越过热闹的沃兹区，市中心的轮廓模模糊糊像上帝的脓鼻涕。你往左走，你往右走，你是繁忙河岸边的一只老鼠。旅馆不供应酒，这地方没有肉，这地方也没有异性恋。一天二十四小时，你随时可以给你的黑猩猩洗头，可以给你的鸡巴文身，但你能吃到中饭吗？你应该看看街道远处闪烁的**牛肉——酒水——无附带条件**招牌，然后你可以忘掉它。到马路对面去的唯一方法就是生在那边。所有行人过街的标志都是"禁止通行"，全都是，永远都是。**禁止通行**——这是洛杉矶传达的信息、传达的内容。待在室内。禁止步行。请驾车。别走，跑吧！我试过出租车。没用。的哥全是土星人，他们甚至不确定这是右行星还是左行星。每次上车后，你不得不做的第一件事，就是告诉他们怎么开车。

我喝醉了，拨了租车行的电话，租了辆伤痕累累的回飞镖车，预计开四天。我四处飙车兜风，两腿间夹着瓶酒。富人区、马利布、威尼斯。后来，最后一天晚上，我犯了个大错，

---

[1] 阿尔卡特拉斯岛：美国加利福尼亚州西部的一座岩石岛屿，位于旧金山湾。1859至1933年间它是一座军事监狱，1963年以前为联邦监狱，现为旅游胜地。

做了那个我跟你说过的糟糕交易。我不喜欢妄加评判，但它真的是个大错。我沿着日落大道猛冲：纯粹是心血来潮，我在斯凯尔特附近冲黄灯左转，在那儿我见到一些穿着淡粉运动短裤的甜美黑妞们在街上闲逛……不知何故，结果是，反正我躺在回飞镖车的前座上，裤子褪到膝盖处，跟一个浑身是劲、名叫阿格尼丝的祖鲁族女人达成了个二十美元口交的生意。我是说，价格难以置信的合理，难道你不觉得？多好的国家！多好的价格！如果换成英镑，才九镑！不过阿格尼丝和我有个问题要解决。"这就是为什么它们被称为硬起来的原因，"我记得我这样跟她解释，"一点也不容易，它们很难。"阿格尼丝没了耐心，也失去了收入。车顶上有人重重地拍了几下时，我的腿实际上伸出了回飞镖车车窗外。

我想：法律。扫黄警察！我伸长脖子一看，一个穿着睡袍的迷人主妇正从开着的边窗上看着我们，她的脸框在我的两只鞋子中间。"快点，朋友，"她说，"你们是在我家车道上！"说时迟，那时快，仿佛吃了只坏牡蛎，阿格尼丝把我的鸡巴吐出来，开始朝这位讨厌的敌手尖叫起来——阿格尼丝的语言，你无法想象：就是我都觉得恶心。她恶狠狠地痛骂那个女人，还有她的狗、她的孩子们，亲密地提及多个女性器官和气味，我甚至从未听说过。"好吧，让警察来管吧。"那位女士最后说，大步走回屋里去了……我手脚乱动，但是由于阿格尼丝还猫腰在我两腿中间，还有那瓶威士忌什么的，我根本无法挣扎着直起身子。这时，我脑后的车门突然给人拽开，车灯像个闪光灯，一个七尺高的黑人皮条客低头朝我大吼，手里握着根桃心木的棒球棍。

好吧，你从来没感觉如此赤身裸体过，从来没有——你从没有过。关于球棒，用马鞍皂擦拭过后，它表面的纹理清晰得令人很不愉快，让我想起为什么我要离开斯凯尔特和那些甜美小妞和她们便宜的口交呢。这是非常严肃、非常暴力、非常犯罪和非常卑鄙的。你不能去贫民窟，在这儿不行，因为贫民窟会反咬你一口。当阿格尼丝摇摆着身子从她身后那扇车门退出去后，大块头皮条客举起他的棒子。我闭上眼睛。赶尽杀绝。我听到空中一声闷响，哼了一声，惊心动魄的爆裂声，然后我以准确得奇怪且流畅的动作坐了起来，说了声钱，从放钱包的地方取出钱包，朝那张满脸是汗的黑脸上扔出五张二十块的钞票，拼命关上车门，做了个三点掉头，镇静地开出了罗沙林街。接着，身后传来尖利的警笛声，汽车留下一串烧焦的车辙印，火箭般地朝日落大道飞驰而去，我连闯三个红灯，在弗拉蒙特下面的停车场来了个让人叹为观止的紧急迫降。我溜出车门，冲进电梯。我站直身体，提起裤子，它一直卡在我的脚踝处，再提一次。幸运、幸运、幸运、噢、幸运，当我在666号房间里洗去鼻子上的血时，我不停地说。第二天，当我鬼鬼祟祟回到租车行，他们甚至没有发现回飞镖车前灯给砸碎了，没发现车门上邪恶的新鞭痕。我穿着西装，俯下身，在信用卡回执上再次签名，咬过的指甲在滚烫的车后备厢上发着光。我身后，在展示灯光下，日落大道慢慢往下消失。

一小时后，洛杉矶机场。我系紧安全带。头等舱：天艺大剧院——他们出钱招待的。用预先拌合的马蒂尼酒敬约翰·塞尔夫，我也是个鸡尾酒调制器，欢闹与恐惧兼而有之。我刚才一直在读《时事要闻》上有关罗沙林街连串的斗殴和谋杀案：

前天晚上一名日本计算机专家和一位德国牙医被人发现死在一个停车场里，他们的脸都给踏烂了。我觉得我吓坏了，或者说我虚脱了。"你真幸运，你真幸运，"我小声嘟囔着，透过雪堆砌的云层和轮廓痕迹，望着下面壮丽的落基山、烟基山或洛皮山……邻座上懒洋洋的躺着一个优雅的年轻人——夏季商务西装，加州古铜色肌肤，浓密未分层的头发：我还以为他是演员。他从他的精装本书上抬头瞟了一眼，小口抿着香槟。他抬起酒杯。"为运气干杯，"他说，"也为金钱。"嗯，我用不着太多怂恿，很快就喋喋不休地说起我的梦想和恐惧。据说他一直在这个电影节上物色人选。他看过《定街》，很喜欢。而接下来呢？我跟他说了《黑金》——另一部短片，没什么大不了的。我们商议、我们制订计划，我们交换电话号码，就像你在飞机上做的一样：是酒精的影响，是罐装空气和赚快钱的小故事的影响，是旅行色情的影响。

"我会给你打电话的，"我们在肯尼迪机场分手时他说。噢，当然，我想，我排队买飞往伦敦的机票。三天后，他给我的公寓打来电话。他说，

"我们有洛恩·盖兰德。我们有布奇·波索莱。我们有八百万美元，金额还在上升。抬起你的屁股上飞机吧，滑头，我们来赚这笔《黑金》。"

我可以看到现在的我。我在硅谷的设计部门。太阳出来了，但看不到舞动的阳尘。我信心满满地在技术人员、智囊团、有创意的顾问们、工程师和微调人之间走来走去。有人给我看了我的新耳朵和新鼻孔草样。我弯下腰对着画板，批准了一个假阴毛模型。负责心脏的小伙们再次核对检查我的具体要

求。我跟头发部门的人员有个会议。我们向前推进到基因池、DNA 程序员、血站这里。偶尔我会说几句"看上去不错，菲尔"、"这个有什么保证吗，史蒂夫"或"是的，丹，但会不会太紧"，最后，我掏出钱包，人们安静下来。

"好了，先生们，现在我想澄清一点：我付了最贵的钱，我期望最好的。我不在乎花多少钱，我要它高贵，我要它皇家气派，我要钱能买到的最好血液。接着干，他妈的，这一次要给我最佳的。"

跟塞琳娜·斯特里特一起后，我的生活质地已经改变或有了细微变化。在塞琳娜的抱怨和努力之下，这间没有爱的公寓对女性的存在慢慢有了反应。随着没有先例的变动，它迟钝地直起来，尽量显得礼貌、体贴和心甘情愿。伪善的秋波很少透过面具发光。它的行为举止聪明起来。毛巾摆放得当。它把单身生活挡在外面。是的，这个地方的味道，即使我塞住的鼻孔也闻得出，绝对大大改善了。对此，我要感谢塞琳娜不要钱的香水和沐浴香精，她的衣服洗得干干净净的味道，她皮肤上昂贵的油腻和滑溜的分泌物。甚至现在，她又回到了浴缸里，这个两栖动物塞琳娜。接着我听到她在卧室里收拾打扮，用丝绸和蕾丝抚爱自己的曲线。我们打算去一家昂贵的饭店，非常之贵，那种地方塞琳娜可以盛装出行……公寓感觉越来越好了。倒不是因为她是个多么辛劳的家庭主妇或吸尘器使用者。现在清洁工每天来一次，而不是以前一周一次。但塞琳娜有效率、讲究实际。她很划算。

家里有个小妞，你不可能再过以前的老日子。你就是不能。我知道：我试过了。横跨在没有整理的床上，宿醉时打手枪——你不能这样做了。在咖啡过滤器里擤鼻涕——没机会了。在洗手盆里撒尿——她们就是受不了。世界上被称作女人的人绝对不会让这种事发生。女人们有好办法。没有女人们，生活是个酒吧，凌晨三点差一刻的爬行动物酒吧……你们有没有发现，你们这些家伙，黑色、蓝色或红色短裤一连好多天都是干净的，而白色短裤——白色短裤怎么啦？它们很少能保持一小时的干净。这些突变、这些玩笑店的东西、这些内裤小花招是怎么回事？无论如何，有塞琳娜在这儿，我的生活就住在白色短裤里。它们好多了，真的，我想，哪怕你得不停地换它们。

我拿着塞琳娜的玩具饮料走到隔壁。"嗨，"她说。她站在镜子前，全套妓院装束。真有才。真艺术。她转过身。她的性特征谈不上什么丰满，它们只是难以置信地突出。屁股、阴部、肚子、乳房——就是那么难以置信的惹眼。她穿着那套行头看上去太挑逗了，我想让她脱下来，或最好是，把其中某些弄到一边去，那样会好得多。

"到这儿来，"我说。

"不。"

"为什么不？"

"你知道为什么不？"

"……我今天见了特里·林奈克斯。他向你问好。还有关于我离职金的好消息。他说六位数已经准备好一半了。"

"那是多少？五万？"

"放松点儿。"

"怪不得。特里·林奈克斯非礼我。"

"什么？什么时候？"

"我以为他只是动手动脚而已。后来，我的睫毛卡在他的拉链里了。然后他——"

"天啊，够了！到这儿来。"

她哼哼着。

"为什么不来？"

她抖抖黑色礼服。"你知道为什么不。"

实际上我压根不知道。最近我们老是为钱吵架，不过，话又说回来，可能是我的脸的问题。我的脸从来就不是我长得最好的部位，左上脸颊，还是那么肿。那颗牙牙痛又发作了。我带着我可怜的嘴巴去见玛莎·麦吉尔克里斯特，她恼火地往里面插入导流管。所有认为自己是女权主义者的小妞都该来见见玛莎·麦吉尔克里斯特。好家伙，她可真像个男人。她让我觉得自己像个初涉影坛的小明星。玛莎·麦吉尔克里斯特——她是个女汉子。她还说，下次我那颗牙齿再发作的话（那是肯定的），我也无法保住它，哪怕我有爱，哪怕我有钱。那颗牙齿只不过得等着加利福尼亚，跟其他东西一样。

我冲塞琳娜吼了一会儿，然后回到沙发上，回到我的酒边。电视开着。电视总是开着。今天下午，当我走过广场时，我看见两条狗串在一起，背对背。它们的主人就站在附近，等着。两条狗也等着：它们看起来很尴尬、愚蠢，但很淡定。它们以前也经历过，或至少它们的基因经历过。如果你想试图分开它们，那很危险……我看着电视上播放的有两个头的蛇的纪录片。双头蛇很少见，也不会存活太久。它们永远在为食物、在为走哪条路而争吵。它们一直企图杀死并吃掉对方。不久，大头成为主宰，小头服从尾随，不再说什么。这种安排让它们继续活下去，不过它们还是很快就静静地死掉了。

如果我觉得有一件事我很有把握的话，那便是我必须娶塞琳娜这件事。我非常确信这点，我想。是的，我是该安顿下来，我该长大了。真的没有选择：再不安顿下来，不成长，我会死的。我得放弃：放弃年轻，趁现在还不算太晚。

我一定要娶塞琳娜，安顿下来，成个家。我必须安全的。天啊，安全听上去可怕极了。安顿下来——对我来说，似乎有点冒险，有点轻率。生孩子！真的需要勇气。当丈夫和父亲：是的，那最像个男人。不过，几乎每个男人最后都那样。我打赌你已经或你将会变成这样。我也想这样，我想，在某种程度上。

当然，少了些东西。你注意到了，你不是个瞎子。是我身上少了些东西，不见了，永远也不会在那儿。塞琳娜和我十分般配。我们相处融洽异常。我一定要娶塞琳娜。如果我不娶她，我会死的。如果我不娶她，没人愿意娶，而我也会毁掉另一个人的生活。如果我不娶她，我想她可能会起诉我，拿走我的每一分钱。

今天我打破习惯和传统，到新生餐厅吃中饭。新生餐厅是个颇受欢迎的小洞穴，铺着塑料板和福美加桌面，一半像便宜的小酒馆，一半像混混们的小吃店，里面有几个意大利精英和零星几个不常来的人——本地清洁女工，改头换面的流浪女，伦敦清道夫。这儿什么人都有，从清洁工到中层管理人员。菜单以薯片为主打，且这个地方可以合法卖酒。试问它怎能过于指望我的光顾呢？今天我要了份肉汁汤外加两份青菜和一饮料瓶红酒——对我这个匹萨店、汉堡屋、甜甜圈小店和热狗店的老主顾来说，这相当于一把黄米和一杯泡腾维他命C。（附近也有些健康小饭店，是上了年纪的嬉皮士或不苟言笑的丹麦人开的，但我才不会吃那些鬼东西。我就是不吃。）我坐在那儿等着我点的食物时，马丁·艾米斯从敞开的门口踱进来——你知道，有天晚上我在酒吧里跟他聊过几句。这儿人很多，他犹豫着，直到看见我桌边有张空椅子。我想他没看见我。

马丁在我对面坐下，飞快地打开一本书。这孩子打算毁了他的眼睛……我，我脑子里装着很多东西，包括一个绝望的宿醉，我没心情无事生非。昨晚有个新的宿醉。鸡尾酒：十七英镑。晚餐：六十八英镑。塞琳娜：两千五百英镑。你听到我说的了，两千五百镑。我在快活岛买的那个手交——我跟你说，希希半途而废。我失去控制，崩溃了。一年前，在塞琳娜两小时的蜡烛资金募集会上，她除了耳朵上挨一下什么也没得到。（我会干得很好的，跟你说了，不是在餐馆之类的地方，而是在菲亚斯哥里，要么回到公寓里。）我真的不行了，我的健康在恶化。在卧室里我给她支票，她把它塞在黑色胸罩的夹缝里。然后，伙计，我确实如愿以偿。一小时后，电话响了。这时午夜一点。"别接，"塞琳娜低声说。但是我很欢迎被打扰，其程度正好跟塞琳娜憎恨它一样。她和我分开来（就像试着解开纠缠在一起的鞋带），而我则蹒跚着去拿电话。菲尔丁·古德尼,带来各种进展的消息:多丽丝·阿瑟已完成了"梦幻剧本",卡都塔·梅茜和布奇·波索莱已签了字,斯邦克想加入,洛恩想退出——洛恩·盖兰德快疯了,要么一直就疯。钱从天而降,快得菲尔丁接不住。我精神振奋,心情大好之下,走到隔壁,白兰地酒瓶从我手里被甩了出去,害得塞琳娜诅咒她妈为何要生她。两千五百英镑——现在看来很多钱,但是菲尔丁谈的是上百万。如果一切进展顺利,我下半辈子天天晚上可以睡塞琳娜。

酒来了。不管怎样,我得吃完我的饭,于是我往前靠了靠,说道,

"命运。"

他抬起头,脸上闪过一丝惊慌——然后平静下来,笑了。他认出我来。人们通常这样。我不存在人们认不出我来的问题,我没有这个问题。这是长成我这副模样得到的回报。

"噢,嗨,"他说,"我们不能老这样见面。"

"你在这个垃圾店里干什么?难道你不用跟你的,你的出版商之类的人吃饭吗?"

"得了吧,我两年才跟出版商吃一次饭。你做什么的?"

"我拍电影,"我说,"就在这儿。"

"那你为什么不跟洛恩·盖兰德一起吃中饭?懂吗?这种事不会天天干。"

"你为什么说洛恩·盖兰德?"也许他已经认出了我——要么以前就认识我。毕竟,我在某些圈子中还算小有名气。

"没什么,"他说。

"约翰·塞尔夫。"我伸出手,他握住。

"马丁·艾米斯。"

"幸会。"

"嘿,"他说,"是不是——你是不是拍广告的那个家伙,那些被禁播的广告?"

"是我。"

"啊,"他点点头,"我觉得那些广告好玩极了,人人都这么看。"

"谢谢你,马丁,"我说。

女招待端来我的中饭,堆得高高的、热气腾腾的一盘。她记下马丁点的东西。他点的标准小混混早餐再次让我很吃惊——鸡蛋,熏肉和薯片。是啊,我觉得他们根本不会给作家多少钱。

"要烤吗?"那姑娘问。意大利人,不过她的外貌由于长期混迹于厨房已大大本土化了。

"不,不用烤,谢谢。"

"喝什么?"

"茶,谢谢,"马丁。

我朝咝咝冒泡的红葡萄酒做个手势。"想不想尝尝这个?"我问他。

"不,谢谢。我吃中饭时尽量不喝酒。"

"我也是,不过如果我不喝点儿的话,整个中饭时间我会难受得要死。"

"是的,一切都归结于选择,是不是?"他说,"晚上也一样。你是想晚上舒服还是早上舒服?生活也如此。你想年轻时舒服还是老了后舒服?这样或那样,两者不能兼得。"

"难道这不可悲吗？"

他带着些许小心望着我，我悲哀地跟随着他的视线，看到他看到的东西：我苍白的脸颊、泛红的眼睑、嘴巴像个投币口，还有发黑的牙齿——而我的头发干枯，是酒鬼的头发。

"不过，你还是把钱花在晚上了。"

"没错。"

"早晨你难受得要命，"他幽默地瞟了一眼我的红酒，"你下午也难受得要命。"

"是的。嗯，我是个夜猫子，"我颇不自在。

他点的食物来了——他们这儿一点也不乱——他伸手去拿盐，然后吃起来。他安静地说，"那天我在报刊亭里——就是你跟那个女孩起争执的时候。"

"是吗？"我说，突然觉得血往上涌。

"总而言之，我觉得你控制得很好。恶心的事情。"

"是啊，他妈的真尴尬。"

"你本可以跟她辩解说，那个男人也是被人利用的。"

"什么男人？"

"照片里有个男人，对吗？"

"没有。那个姑娘脸上倒是有根鸡巴。"

"好吧，你觉得那根鸡巴是谁的，智多星？"

"是啊，可姑娘们不觉得那是利用。她们觉得，她们觉得男人们全都想做那种事。"

"嗯，她们搞错了，对吗？"他温和地说，"我不愿做。你不愿做。那些男人们那么做也是为了钱，跟姑娘们一样。"

"肯定有些家伙喜欢做，我年轻时总以为这种钱赚得容易。有些姑娘也喜欢做，别忘了。"

"你这样认为的？"

"噢，当然，"我说，"我认识一个人，上过《潇洒》杂志。提到这事儿时她自豪得哭了。"

"自豪？……是嘛，我想这很能说明问题。"

"怎么见得？"

"混混艺术，"他说着擦擦嘴，"嘿，听着，我得走了。"

"得了吧，"我说，"你得让刚吃下去的东西消化消化。那样不健康。喝一杯。"

他摇摇头。走之前，他伸出那只空着的手，我握住它。

"很高兴跟你聊天，马丁。"

"再见，约翰。"

约翰。这是什么名字，啊？它是厕所，它是嫖客。我把盘子推到一边，喝起酒来。我点燃一支烟。我深思。混混艺术……是啊，当薇诺抽泣着向她未来的继子展示自己为钱不穿衣服帮人打手枪的照片时，她对我解释说——哑着嗓子，尽最大努力，滚烫的眼泪还沾在睫毛上——解释说她从来都很有创造性。"我一直都很有创造性，约翰！"她说了一遍又一遍，仿佛我在不敬地坚持认为她只有偶尔或直到最近才有创造性似的。薇诺强调她还是学生时艺术课成绩就很好，艺术老师就经常表扬她。她举例说她的针织活儿做得很不错，很有室内装潢的天分。"我知道总有一天我会出现在书里的，"她说着再次伸手去拿《潇洒》，"而现在，约翰，那个梦想实现了。"她舒服地把折页摊平在膝盖上：那是薇诺，四肢着地、从后四分之三角度拍摄、穿着丝袜、高跟鞋、紫红色裤子被扒下一半到屁股口袋处的。"美极了，"我听到父亲在我肩膀后咽着口水说。"你看，约翰，"薇诺说，"如果你有创造性……""天才，"我父亲说。"创造性天才，约翰，我想你会——贡献出你的天才，约翰。约翰，看看这个。"她翻了页。这儿，薇诺忸怩作态地斜躺在白色地毯上，一条腿勾住一只胳膊肘，一只手在中央分界线那儿忙活着，扭过去的脸上一副欣喜若狂的表情。"你看我奉献了多少，约翰？那个摄影师罗德一直在对我说，约翰。他一直说：'奉献，薇诺，奉献！'……"半小时后我走了。走时薇诺和巴里还在哭，互相搂着感激、安慰地哭着。

请记住，我只打算说一次。

三年前，当我开始真正赚钱，而不是做我一直在做的事时，我父亲在赌桌和场外赌马上遇到了大麻烦，而他……你知道他怎么做的吗？那个懦夫？他给了我一张账单，上面列明他养育我的所有花费。没错——他他妈的开了张账单给我。我的童年时代倒也不太贵，因为我在美国姨妈家住了七年。我的文件还保留在什么地方的。六大页纸，用拇指打的字。三十双鞋（大约）……在内尔西的四次露营活动……共同分摊油费……他记下我的一切消费，零花钱、冰淇淋、理发、一切的一切。他随账单寄上一张便条，以他的文书风格解释说，当然这只是个大概估计，并没有要求我偿还他每一便士。通货膨胀也考虑进去了。我总共花了他一万九千英镑。

不管怎样，我们俩的作为都与性格相符——我们性格相同。收到父亲的信后，我喝得大醉，寄给他一张两万英镑的支票。收到我的支票后，父亲也喝得大醉，把钱押在切尔腾纳姆金盾赛马场上的一匹赛马身上，名叫，我不知道，可能名叫"打手枪"或"屁股男"，管它叫什么，反正那匹马参加障碍赛，只是还太嫩了点，竞技状态也不怎么样——但是巴里有热门小道消息，一百赔八的赔率，他觉得很不错，于是通过消息人士下了注。他的一个狐朋狗友莫里·杜比达特，促成的这笔交易，并为父亲的赌注作了担保……十分钟后，巴里惊惶失措，企图取消这笔赌注。但是赌注登记员一顿恐吓后，赌注继续有效。巴里垂头丧气地对着威士忌酒瓶，收听广播里快结束的赛马评论。果然，屁股男懒洋洋地出了马厩，四条腿各自迈向不同方向，戴着眼罩和帽子，嘶鸣、跌倒。最终，在骑师的鞭打下驯服听话了，屁股男开始追赶那些已跑得不见了的竞争对手。这匹马得到评论员奇怪可笑的评论，气得父亲把收音机给砸了，喝完威士忌，鼻血流得差点连命都没了。

　　巴里后来搞来一盘那场比赛的录像带，甚至现在还洋洋自得。屁股男不仅赢了，甚至可以说它是唯一的幸存者。在倒数第二跳时有一堆乱糟糟、湿乎乎的障碍。屁股男喷着鼻子轻快地跨了过去——很清楚，只剩一个篱笆要跳了。这匹唯一的赛马无力地后足腾跃，它并没跃过那个篱笆：它只是一路嚼着前进。这时，前面只有平坦的绿地，在离终点只有十码远处，屁股男摔倒了。骑师完全给摔了出去，他企图重新骑上去。有个跟他一样倒地的骑师也想这样。大约十分钟后——几匹没有骑师的马已经越过终点线，另一名竞争对手已经完成最后一跳，就要赢了——屁股男终于在鞭打下兜完了一系列圈子，有气无力地跃过终点线，以超出其他马匹半个身子成为第一名。

　　然而这个赌注登记员只是个中间人，不正规，父亲带着莫里·杜比达特、肥保罗和两名枪手去要他赢的钱。而我到那时酒也醒了，我想取消那张支票也给他添了不少麻烦——最后父亲在电话里狂吼。黑帮火拼一个月之后，他拿到钱——不是所有的奖金，不管怎样，也足够付清他的债务，买酒，装修莎士比亚内部，安装桌球台，雇脱衣舞娘和装射灯……他说今后他会还我钱的。管他呢，没用了。我这道伤疤永远不会愈合，我想他也从没认为会愈合。

我结账——相当有用的一张账单，是我心情郁闷时喝掉的一排白兰地。我回到公寓，打点行李，准备回美国。

5

独裁者轻柔迅捷地掠过一排排廉价屋和连绵不断的黑人家庭生活场景,篮球场上的兄弟们和势均力敌的对手,纱窗后母亲们的身影,在喊什么。靠近拉瓜迪亚机场黑色水域附近,神出鬼没的飞机在豪华轿车车顶上嗡嗡着。"人行通道"、"禁止在路肩上行驶"、"不得穿越白线"、"严格遵守交通法规"、"线内行驶"、"升级——保持速度"。难道我的司机需要别人告诉他这些个东西?难道开车还达不到这种效果?我们离开沿海的棚屋带,滑入快速行驶的高速公路。现在——纽约又出现在我眼前——天边参差不齐、林立的高楼,清晰细致、艺术作品般的纽约。

在艾什伯里,我给司机二十块钱。

"不用了,先生!"他说,"已经付过钱了。等您安顿好后,能不能给古德尼先生打个电话,先生?"

我再次把二十块塞到他手里,他还是不收,所以我把它给了费利克斯。

"我真不想这样对你,滑头,可是你得去见见洛恩·盖兰德——就今儿晚上。"

"噢,天啊。"

他告诉我为什么。我正要挂电话时,菲尔丁狐疑地问我,"嘿,你坐的什么?经济舱?"

"是。"

"滑头,看来我得跟你认真谈谈费用问题。振作起来。经济舱太丢人了,在投资者眼里太寒酸。去古斯塔夫租一层楼;租架喷气飞机,跟布奇和卡都塔在加勒比度个周末;买箱香槟,把它们全浇在你的鸡巴上。花钱!花钱!如果你老坐经济舱,那你对我来说没一点用。坐超音速、坐第一流的飞机。他妈的,滑头,坐好飞机。"

我刮胡子、我洗澡、我换衣服、我还喝了一杯免税酒,然后搭热烘烘的出租车去东八十街。思·威皮犹斯基开车,也许是威皮犹斯基·思。纽约人会告诉你出租司机证件上姓氏总是放在前面。不过这是谁说的?如果是史密斯·约翰和布朗·戴维这种名字,哪儿是名哪儿是姓,你又如何能确定?有次我碰到个哥叫超级悲哀摩根,也许他叫摩根超级悲哀。可是,他褐色的眼睛真是忧郁之极,他的眼神真是超级悲哀……

我的任务是什么?稳住洛恩·盖兰德的心。据菲尔丁说,洛恩极其期待重树信心,他一直想要别人的保证,可惜至今尚未顺意。"去吧,给他点信心,约翰,"菲尔丁建议道,"你会替我们省去许多中期麻烦。"洛恩想确保他在银幕上至高无上的地位,确保他的台词比例和特写镜头的时间。洛恩想确保他年轻、健壮的体魄、想确保他仍广受欢迎。洛恩想确保那个角色的性情。我也是,伙计。洛恩,我深表赞同。

洛恩扮演盖瑞,那个无用的坏蛋父亲。以我过往的经历,我想,很清楚,盖瑞像谁。盖瑞就像巴里,是巴里·塞尔夫:双颊凹陷、下巴突出的不可知论者、浅薄的享乐主义者、粗暴自负的典型,他依然顽强地利用那一点点魅力与运气……为什么我要为我父亲伤脑筋？谁又会在乎？父子间至关重要的是什么？我不知道——不是因为他是我父亲，而是因为我是他儿子。他弄得我团团转，他的先发制人、唱反调基因弄得我团团转……盖瑞，也是这样的，他身上有许多我父亲的影子，正如我像那个儿子道格一样。当海洛因出现在面粉里时，盖瑞想把它退还给犯罪集团。道格想以市价卖掉，价值两百万美元。他俩都坏，都贪婪，但是老盖瑞是个懦夫——是的，幸运的懦夫。

菲尔丁跟我说过，洛恩可能会在哪几点上找麻烦。洛恩想提高盖瑞的档次。洛恩不想让盖瑞当什么酒馆或小吃店老板，而想让他成为明星级的餐饮大亨。年龄问题也令他恼火。菲尔丁说洛恩甚至于冒出过这种念头，盖瑞和道格应该是兄弟，而非父子关系。这样的话，洛恩确实希望忽略他和合作演员之间四十年的年龄差距。此外，还有性的问题。

"我是星期四，"我站在洛恩家顶层公寓门口时，那姑娘这么说。"我去叫他。"

我看着星期四小碎步穿过走道，来到桌前。她穿着学生装束——宽松短衫，系着领结，拉拉队百褶裙、少女短袜，身高六英尺，看起来像个性感迷人的易装癖，很可能是加州那边某种下流念头的变性手术获益者。当她弯腰冲着对讲机讲话时，小裙子来了个"躲猫猫"游戏，你可以看见白色内裤像胸罩似的裹着她的屁股。我纳闷……菲尔丁觉得洛恩"精疲力竭"，在他事业巅峰的第一个十年里，洛恩在性事上索求无度、狼吞虎咽最后落到残败不堪的地步，这在电影圈内屡见不鲜。据菲尔丁说，洛恩三十五年没硬过了。当然人们得记住那个洛恩，那个黄金时代的洛恩，曾经非常大、庞大、巨大。五十年代，在西班牙拍摄《巨人传》时（又是菲尔丁说的），花大价钱从纽约、伦敦和巴黎租了性爱飞机，只为在为期五个月的拍摄中为洛恩提供小妞。他曾吹牛说只要一瓶白兰地和一次疲软，便可对付一整批女人。好吧，洛恩那时很大。我这一生总在大银幕上看到他竖在那儿。

"盖兰德先生。先生，你的导演来了！"星期四拍电报般唱道。她淫荡地大笑。"当然，亲爱的，没问题。"然后她转过身，"如果我看来有点儿兴奋，我很抱歉。洛恩成天找我做爱。他就在那儿。"

我爬上铺着垫子的旋转楼梯，从马厩登上了天庭。洛恩浮现在一堆地毯那头，在第七重天上。他身穿白色睡袍，在冷气中伸开宽袍大袖的胳膊。沉默中他猛地转过身，冲着窗台打手势——在汗流浃背的曼哈顿高空中，这是他的阳台，他的私人包厢。他为我倒了杯喝的，品过后发现装在起霜的玻璃杯里的东西居然是威士忌而非琼浆玉液，我挺吃惊。接下来，洛恩盯着我看了很长时间，老练坦率。我说了一通，可能是那晚我说的最长的一段话，我说我估计他很想跟我谈谈他的角色、谈谈盖瑞。洛恩又盯着我看了更久，然后，开口说道。

"我把这个加菲尔德看成相当有文化的人，"洛恩·盖兰德说，"爱人、父亲、丈夫、运动员、百万富翁——而且他博览群书，知识……渊博，约翰。他是诗人、是探索者。他拥有整个世界，女人、金钱、成功——但这个人上下求索。作为一个英国人，约翰，你明白我在说什么。他位于公园大道的家是个艺术宝库。雕塑、古老名画、织锦挂毯、玻璃器皿、地毯，以及来自全世界的财富。他在什么地方担任艺术教授。他在，在，在某家学术刊物上发表学术文章，约翰。他是个了不起的业余考古家。世界各地的人们都来寻求他的艺术指导。开场镜头里，我看见加菲尔德在演讲台上大声朗读莎士比亚的第一稿，手稿还是用胎生小牛皮装订的。他身后的墙上，是整面墙的油画作品。古代杰作，约翰。他抬起头，他朝镜头看着，他的单片眼镜上闪着光，而他……"

当洛恩喋喋不休时，我冷冷地打量着这间房。首先，谁是加菲尔德？那家伙名叫盖瑞。巴里也不是巴菲尔德的简称，是不是？就叫盖瑞，不必再说。然而，无庸置疑，这只不过是我们之间最小的差异。洛恩现在在描绘加菲尔德的阅读书单。他花了一些时间谈到一个名叫林波的诗人。我猜林波是个来自于发展中世界的朋友，就像芬顿·阿金波。然后，洛恩说的话让我差点认为林波是法国人。你这个狗屎傻瓜，我想，它不是林波，不是兰波，也不是兰布。兰布有个朋友或同龄人，我似乎还记得，名字有点像个葡萄酒的名字……波都。巴多林诺。不，那是个意大利人……难道不是吗？噢，天啊，一无所知真令人精疲力竭。神经太劳累辛苦了。什么都不知道，让人心力交瘁。有人跟你说笑话，你却不明所以，根本笑不出来。你越来越虚弱。有时，当我独自坐在伦敦公寓里凝视窗外时，我想，看着外面的雨，却不明白它为何落下，这是多么沮丧、多么痛苦、多么沉重啊。

是的，总之，一场可怕的小型演出正在我面前上演，就在这二十层楼上。至少我知道。洛恩穿着包金拖鞋，犹豫不决地从一个窗口踱到另一个窗口，痴迷入神的脸向上仰着，两手召唤着天神，传达兄弟般的天神发布的启示。跟所有电影明星一样，洛恩身高约两点九英尺（跟浓缩的、集中的存在有关），但是这个老家伙状态好得很，你得承认，还发着全美机器人国王的那种暗黑银光。对，就那样：这不是个人，我一直在想，这是台发疯的老机器，由锌、铬和线路冷却剂做成。他像我的车，他就像他妈的菲亚斯哥——他的黄金时代已经过去了，徒留悲伤给后人，他在烧钱、烧橡胶和油。

洛恩继续探索加菲尔德的奢侈生活。他在巴黎和罗马经营艺术画廊，他在帕尔玛和贝鲁特享受歌剧，他在托卡纳、多尔多涅和贝克莱广场有房子，他在巴巴多斯隐修，他的养马场、他的曼哈顿直升飞机起降台……这个晚上，当这条老狗口吐白沫地吠叫不休时，我抽空想了想我的计划、我的预算。我已在脑中盘算了好久，本来预计七万五千美元，不过现在可能上一千五百万美元了。我不太确定，但我一定要牢牢把握住我在这儿的优先权。一部好电影不重要。《良币》不重要，钱才重要。钱重要。

"洛恩，"我说，"洛恩！洛恩？噢，洛恩？"

"红宝石、钻石、翡翠、珍珠，以及价值一百五十万美元的紫水晶。"

"洛恩。"

"说说你的想法，约翰。"

"洛恩。如果盖瑞这么有钱，谁还在乎厨房里有没有价值才几百万美元的海洛因？"

"你说什么？"

"那样会大大削弱戏剧性的！不对？想想吧。想想。如果盖瑞是个有钱人,那么道格也是。他们当然会把海洛因退回去。这样做没问题,可也没了这部电影。"

"胡说八道!加菲尔德想把海洛因退回去。但是那个家伙,那个你叫他道格的家伙,他想据为己有。为什么?"

"是啊,为什么?"

"嫉妒,约翰,嫉妒。他嫉妒加菲尔德。"

洛恩又谈了二十分钟的嫉妒。嫉妒是多么强大、影响多么广泛,像加菲尔德那样的人(我想他甚至说过加菲尔德爵士)尤其可能在像道格这种低下、卑微的人身上引发这种感情——加菲尔德,连同他的专家身份、直升机起降台、博学、巴巴多斯隐修所等等,这又谈了二十分钟。

"再加上,"洛恩说,"他嫉妒我对布奇的所作所为。"

"为什么?如果他也上她的话,他可能没那么嫉妒。"

"我很高兴你提到这一点。你知道,约翰,我觉得——我从来就觉得——道格也操她这根本不可信,约翰。"

我狠狠地盯着他。

"完全说不通。根本不合理。"洛恩笑起来,"约翰,如果布奇跟加菲尔德上床,她怎么还会冒着幸福、满足的风险,再跟个小阿飞……"他摇摇头,"好吧。这上头我们还可以再讨论,但是我说的情节梗概要保留。我的看法是这样:布奇在遇到这个精彩绝伦的家伙之前从没有过高潮,他向她展示了她梦想中的世界,奥塞罗喷气式飞机和加勒比大厦的世界,一个……"

我还是瞪着他。时间在流逝。突然,洛恩话说到一半时、亮点说到中间时打住了,接着说,"我觉得现在我们该谈谈那场死亡戏了，约翰。"

"……什么死亡戏？"

"啊，加菲尔德男爵的死亡戏，"洛恩·盖兰德说，"是这样发生的。那帮黑社会分子，他们折磨我，我手无寸铁。我像疯了似的打斗，但他们有十五人。他们想要海洛因——他们也想要我收藏的世界各地的文化宝藏。但是我什么也没告诉他们。当这些王八蛋们折磨我时，布奇和卡都塔被迫在一旁看着，也许她俩也是光着身子。我不确定，约翰，你可以想想，考虑一下这点。这两个女人，当她们看着我时，痛苦、沉默、赤身裸体，这家伙给了她们一切，这家伙是她们他妈的一生中最棒的性伴侣——这两个女人，这两个简单的裸体女人，她们忘了彼此间的敌意，互相搂着哭着。最后是片尾致谢名单。"

"洛恩，"我说，"我得走了。"

事实上，在星期四领我出去前，我还待了一个小时。剧本会议在洛恩抖掉身上的睡袍、含着眼泪问我"这是个老头的身体吗"中结束。我一声不吭。顺带提一句，对于洛恩问题的答案是"是"。我只是挥了挥手，啪嗒啪嗒下了楼梯。

星期四开门时，勉强笑笑。"他裸体了？"她淡淡地问。

"是啊，他光着身子。"

"噢，"星期四说。

为什么它们会发生在我身上，这些麻木、脸红、无法回答的问题、这些色情东西？好吧，我猜，如果你是个色情中人，那么色情之事就会发生在你身上。

我从正东区往西斜插过去，打装饰过的垃圾桶、低矮商店大肚子遮阳篷、黑色发烫垃圾的臭味中穿过，在离热闹的哈莱姆只有五个街区远的一间吵闹、憋闷的传媒界餐馆里，跟菲尔丁·古德尼和多丽丝·阿瑟一道吃饭，我事先并不知情。多丽丝的剧本交给打字员在打印。我吻她的手、我叫香槟、我要求看看草稿。讨厌的是，他们说我得等等才能看。我怀疑还有许多玩笑。不过酒精和旅行让我的脑袋太迷糊，我也说不准。洛恩已请我喝了好多杯收藏九十多年的威士忌。我要为洛恩说句公道话。我们为多丽丝的梦幻剧本又额外喝了些香槟。这个地方全是电影明星，许多电影明星。为什么我要跟电影明星混呢？我根本不喜欢电影明星。天啊，演员都是透明的。不过，专业人士一般不怎么危险。你想看的是演员们的真实生活——没错，尤其女演员的。我不停地打嗝，仿佛下巴上挨了好多记上勾拳。实际上，有一次打嗝扭伤了我的脖子，我只得躺在桌下地板上，等好些后我才站起来。从这个角度看吧台上的台灯线让我想起我见过菲尔丁耳朵里伸出来的助听器的线。我的膝盖碰到多丽丝的，一次、两次，我想两个年轻人相爱是多么美好的事情啊。我不断地进出洗手间，那儿墙上贴满了裸体小妞的画，真难以相信。我发现有个女人在不高兴地讲电话，我想让她高兴。甚至她男朋友或丈夫不知打哪儿冒出来之后，我还企图这样做。我不喜欢他说话的腔调，他伤了我的感情。我们吵了起来，不久就以我面朝下趴在隐藏的楼梯脚下一堆湿纸箱上告终。这位女士运气不好，她显然渴望之极。振作起来后，我向几位电影明星打招呼，在他们桌边坐一坐，说句得体的俏皮话。获邀进入密室后，我跟一对已婚夫妇闲聊了会儿，他们说他们拥有这地方。她显然是有身份的夫人，我倒不为这个心烦。她对此予以否认。当菲尔丁领着我回我们的桌时，我用言语狠狠调戏了一番一个淫荡女招待，她全都承受下来，然而却非常难过地去了厨房。当我冲进两扇门后想安慰她时，两个身穿灰色T恤的家伙向我保证，那个可怜的姑娘用不着我再为她做什么。我签了名。多丽丝穿着睡袋装很可爱。在乱蓬蓬的头发和宽松衣服之下，她是个大眼睛甜心，床笫瘾君子、鸡巴追随者，跟其他人没有两样。她也予以否认。你知道，我真的不喜欢她。我大声嚷嚷着要多加烈葡萄酒，又喝了几夸脱黑咖啡直令得我舌头起泡。多丽丝搀扶着我往门口走，但她肯定有片刻松了手（也许是我急切地戳她屁股的缘故），因为我跑走了，如果不是点心小推车挡住了我的全力冲刺，我可能一路跑到市中心——也许更远，跑到西村，跑到了玛蒂娜·吐温家。当我奋力挣脱跑进夜色中时，整个餐馆都在为我加油。

我靠着一根灯柱喘着粗气，多丽丝轻柔地弄掉还粘在我西装上的太妃糖和巧克力蛋糕的碎末。菲尔丁还逗留在饭店里恭喜——或安慰——老板娘。才多长一点儿的纽约啊，我想。

"天啊，你没事吧？"她问。

"我知道你是个同性恋，我全知道。但是我要跟你说问题出在哪儿：你只是还没遇到合适的人。就这么简单。我们一起回你的酒店，玩一玩吧。来吧，亲爱的，你知道你喜欢这样。"

"你这个混蛋。"多丽丝笑了。然后她变了脸，告诉我一些非常可怕的事，那么奇怪，简直灭绝人性，结果我对她说的话一个字也没记住。菲尔丁和独裁者从不同地方冒出来。人们的脸在人行道上晃动，我往后猫腰上了出租车。

说到压力，这些都不算什么。压力！人们怎么受得了这东西的？

第二天清晨，我醒得很早，心情愉快。我伸手去拿一本《娇弱》，这是证明我是否还活着的最经济的方法。而其他问题——例如谁、如何、为什么和什么时候——虽然同样迫切，也只好等着轮到它们再回答。在一堆女士中，没有碰到明显长得像塞琳娜的，我发现自己完成了编辑们给的压力测试，删除不适用的，你的尼古丁和酒精消费与造成压力的各种艰难困苦相对平衡时，你可能会，也可能不会产生冲突。就《娇弱》而言，我不知人间烦恼，然而我抽烟喝酒像个四肢瘫痪的破产者。这时，我突然想到：压力——也许我需要压力！也许一剂好压力就是我梦寐以求的。我需要亲人丧亡、敲诈勒索、地震、麻风病、受伤、贫穷……我想要试试压力。你上哪儿能买些压力呢？

你可以买压力，我开始行动了。我琢磨，是纽约，是推力、是马力、是曼哈顿电网的电力。是它给你充的电。给我个难题，快点，我会解决它。

带着昨夜残留的节奏以及功成名就的快感，我到茂丘西奥买了四套西装、八件衬衫、六根领带以及一件很有型、很轻的防水风衣。这些服装要等收费昂贵的裁缝修改后才会被送到我的酒店去。甚至连领带也需要被拿出来。价格是三千四百七十六块九毛三。我用运通卡付的。

在第三大道的豪华轿车租车行,我租了辆六门的杰弗逊,车内还有鸡尾酒酒吧、电视和电话。我开着它径直转了个弯,停在了列克星敦和四十三街昂贵的停车场里。每天停车费一百五十多块。

我在五十四街的金色囚笼里吃了份一百美元的中饭,在五十五街的极乐世界做了两百美元的按摩外加陪伴沐浴。实在不知干什么好了,买东西买累了,要买的都买了,我在百老汇一间脱衣舞酒吧里为四个醉鬼和三个脱衣舞娘买了九瓶香槟。我在考虑坐出租车到亚特兰大城,在轮盘赌上扔点儿钱去。我有最完美的方法。可它总是输。最后,我干脆兑现了我的旅行支票,躲开时代广场上冒烟的水坑,朝那些被我挑中的流浪汉、妓女、流浪女和时间跛子伸出一沓二十美元的钞票。两个警察不得已平息了随后发生的小骚乱。"你他妈疯了。"有个警察对我说,深信不疑。但我懒得告诉他,他大错特错。

回到我的房间,我坐在桌边思考。金钱上的忧虑跟别的忧虑不一样。如果你欠了一万元的债,其忧虑相当于欠五千元债的两倍,但只有欠两万元债的忧虑的一半。欠债一万元的忧虑只有欠债二万三千三百三十三元忧虑的七分之三。如果你欠债一万元,而出现了一万元——啊,那你所有的忧虑全都消失了。而同样结果很少发生在其他忧虑上,(比如说)对欺骗和衰亡的忧虑。

我躺在床上,开始为钱发愁。实际上我非常担心起来。我猛地拖过我的钱包,查看了一遍信用卡和旅行支票摘要。目前来看,我身无分文。这真让人忧心。

有人在敲门，我摇晃着站起来。一个优雅得不能再优雅的年轻黑人大大咧咧进了房间，胳膊上挽着几只聚乙烯裹尸袋。

"放在床上，先生？"他问。

"是的，不，"我说，"我不想要它们了。我改主意了，把它们拿回去。"

他嘲弄地看着我，抬起傲慢的下巴。"您的收据上写有购买条款，先生。"

"好吧，把它们扔那儿。我只是开个玩笑罢了。"

我给了他十块钱，他走了。十块钱……接下来一小时里，我收到许多东西，都是我买的，大部分我都不记得我买过。我就那样躺在床上喝着酒，我想戴安娜女士在她大喜的日子里肯定也是这种感觉，仿佛来自英联邦各国的礼物由马车队送到。一套矮胖的玻璃器皿，一件原产地伊朗的近代手工橙色地毯、一只西班牙吉他和一对沙球、两幅油画（一幅画的是睡着的小狗小猫；另一幅是裸体，描绘得很完美）、一只大象脚、有个像麦克风架子的东西，但细看原来是个加拿大雕塑，一个孟加拉棋盘、初版《小妇人》，还有来自世界各地的其他文化宝藏。当东西全送到后，我来到浴室，爆发性呕吐起来。压力，太昂贵了。高昂的个人代价。却来自午饭、香槟、金钱、所有绿色折叠的东西。吐完后，我走到隔壁，给菲尔丁打了电话，问他要一笔数额大得难以置信的钱。听来他好似正在等我这个电话，他很满意。当天晚上，一个大信封被送到我房间，里面是张白金的美国运通卡、一沓厚得像块砖的旅行支票，还有第五大道上一家银行的现金业务授权书。如果有需要，一天可以支取一千美元现金。我如释重负，在床上睡了两天。实际上，没有太多别的选择。沉着点，我想，沉着。金钱很坚定，可你没有力量。看来，在我置身的这个世界里，无论我做什么，我只是越来越有钱……

以及越来越大的压力。

"再次谢谢你的礼物，"我说，"正是我一直想要的。"

"我这是在教你点东西。难道你不明白？"

"什么东西？"

"许多东西。怜悯、自控、精神丰富。尊重女人。"

"滚一边去——天啊，"我说，"我算明白了，你病得可真不轻。"

他笑了。"难道你不爱这些？"他说，"比如，你那样做太傻。你不能就那样发钱给别人，伙计。你要做得合适，合适地给钱。"

"噢，我知道了。我终于懂了。好吧，恶心鬼，你想要多少钱？要多少钱你才能让我安静会儿？"

"错，大错特错。我不想要你的钱。"

"那你想要什么？"

"我想要你的命。"

"再次谢谢你的礼物，"我说，"感激不尽。"

"你读完了吗？"

"啊？哦，还没呢。"我在飞越大西洋的飞机上读了九页，但还有许多页要读。"我生病了。听着，我们能不能见个面？"

"你生病时整天做什么？"

"大部分时间我只是躺着。生病。"

"我相当清闲，"她说，"奥西又去伦敦了。"

"太好了。今天晚上怎么样？"

"那你时间够吗？我是说，读完那本书……喂？"

"我在听。"

"得了吧，别装虚弱。我想要份读书报告。我打算测试你在这上头的……喂？"

"我在听。"

"那好吧。等你读完那本书你再给我打电话。"

等待。观察……是的，她又出现了。我得跟你说说在纽约跟踪我的那个女人。是的，她一直跟踪我。这女人四十多岁，四十五吧。脚踝有点粗，穿着高跟鞋，连鞋跟一起大约六英尺高。她透过黑帽上垂下来的黑纱看着我。她留着短发，红色、烫过。下巴短粗，一副蠢相。

她晚上活动。我从酒吧出来，她就在场，抱着胳膊站在街对面的一个门口。我走过去，她跟着我，保持一定距离。我猫腰低头从色情商店抽筋似的霓虹灯下走过，路灯照耀下的一名普通路人而已。她就站在那儿，从纸袋里掏着爆米花或板栗吃。有时候，在十字路口，她走得太靠近，我后脖子上几乎能感觉到她的呼吸，但是我没有转身。她让我想起某个人。我不知道是谁。我以前在哪儿见过这个疯婊子？等待。观察……是的，她又出现了。

他们直奔我而来，这些人。他们总是这样。他们像动物、像狗一样，把我嗅出来。当这位流浪女走进安静的咖啡馆、从容地穿过一串桌子；当流浪汉站在那儿直面迎面而来的人群，做出轻松的选择时，我们都知道他们脑子里想的是谁。我和他们眼光相对——我没办法。我心中的什么在对他们心中的什么说着什么。他们心中的什么在对我心中的什么说着什么。什么？我们脑中有些多余材料、松散部件。我们认识到这点，朝它而去。我觉得现在有一两个人或一两样东西正飞快地朝我而来。

"嘿，我的朋友，"费利克斯在门厅里说，一只大拇指朝下指着我的小翻领。"你知道，我喜欢他的风格。跟这个家伙一起，上一周班，休息一个月。怎么了？"

我们在试镜。那天上午，我从艾什伯里下得楼来，炎热中我放声大笑。纽约不是当真的吧，有关人造回飞镖飞行的部分空间我在报纸上读过，要不就是电视上看过。外面太热了，几百万华氏度。热得让人精神错乱。七月的纽约，这种热让人发疯。在汽车横冲直撞的百老汇街头，出租车全都牢骚满腹，运送着机器人、恶狗，前往上城、下城。我一把抓过我的随身物品，汇入人群车流中。

纽约像热带丛林，人们这样说。你可以进一步说，纽约就是热带丛林。不错，纽约是热带丛林。在一丛丛古老雨林下，熔化碎石铺就的、沼泽般的第九大道就是无情的林波波河，容纳着大批愤怒的鳄鱼、龙、虎鱼、噪音制造机、汗流浃背的求雨人。街角上站着巫医和猎头，胡言乱语的伏都教徒——土著们，熟知丛林生活的土著。晚上，在赤道蔓生植物和吸热云层的笼罩下，你听到刺耳的警笛，像猫头鹰在叫，又像是猴子的吱吱声，火焰绽放抵挡魔鬼。小心：街道上坑坑洼洼，布满网和陷阱。雇个向导。带上防蛇咬的药和治飞镖伤口的血清。认真点。你得多点儿丛林求生技巧。

现在，我置身于火热的车笼里，朝西村末端的肉市场而去。这儿是兼饰两角的红砖仓库，既是尸体存放处又是老鼠窝。曼哈顿的动物，无论死活，都在寻找它适当的位置。这儿你也能发现大量男同性恋出没的场所：尖钉、水橱、母矿。谁也不知道这些酒吧里发生着什么故事。只有重口味的男同性恋知道。即使菲尔丁对这个问题也含糊其辞。你受攻击、遭鞭打、被人诘难——无论在谁看来，你这段时间过得真痛苦。一般顾客都是坐一辆出租车来尖钉，但回自己公寓时必需两辆车才行。第二晚为了更多的而来。他们把自己用铁链绑在架子上，他们在小便池内得到满足。照我看，他们的父母，尤其是妈妈们，要做许多解释。抱歉把你们女士像这样单拎出来讲，但是故事总得有个开头。对时常杀人的渴望——它无法实现。与此同时，菲尔丁告诉我，大自然母亲在旁观、轻拍她的脚、舌头，吧嗒作响。作为一夫一妻制的捍卫者，她正在酝酿某种奇妙新病种。她就没打算忍受这事。

我起身离开座位，下了车，从侧车窗付车费——伦敦习惯，在纽约，这却是个坏习惯。老的哥坐在车笼里没有反应。

"十块钱没法找零，"他说。

"什么？"

"你认字吗？"他指着黄色标识说——那标识上说，对任何面额大于五块钱的钞票，司机可以不用找零。"没办法。"

"那标识准有十年历史了。你从没听过通货膨胀吗？"

"没办法。"

"啊，那就别找了。你们这些家伙面对许多事情，可你们就是不愿面对现实。"

出租车拖着疲惫的身躯走了。我抬起头，街对面，看到一列修车用斜通道，笨重的卡车车身停放在那儿。在一台这种没生命的或石化机器机身上，三个晒得漆黑的年轻人手脚摊开躺在那儿。其中两个衣服脱到腰间，黏乎乎、毛绒绒的，而第三个则穿着缀满钉子的拼接皮衣和破烂牛仔裤。我这才发现，菲尔丁所在的大楼正门就在他们那边，要去菲尔丁那里必得经过他们。在大黑板条之间有扇门，上有门牌号码……我很夸张地把新西装中间那颗纽扣扣上（灰色西装、黑色缝头；我对这衣服没太多把握——但愿你在这儿，但愿你能告诉我它看上去还行），两手插在裤口袋里，故作轻松，从容地穿过街道。

到目前为止我从未被同性恋骚扰过。说起来有点伤心，我不是他们喜欢的类型。反正从未发生过，从来不是问题。但是，当我横过摆着坛坛罐罐、箱子的街道时，除了常有的、越来越多的嘲笑和敌意外，我还有别的感受——我感到有人在对我的体重、我的身材、我的肉体品头论足，被人观察、估量，不是出于欲望，不是，而是我以前从未感觉过的肉欲臆测。天啊，你们小妞就是这种感觉？我直直盯着前面的门口，我感觉到蠢蠢欲动的男人就在现场，虽然他们并没出现在我的视线里。

我从他们身边走过。

"读者的[1],"有人似乎在说。

我停下来。我低下头。你可以就这么走过去,装作什么也没听到,但我不行。我转过身,饶有兴趣地问,"你刚才叫我什么?"

"下种的,"那个男人说。他手里拿一种钩肉的钩子,放在两腿间。"下种的大家伙。"

我满脑子都是想说的话——但我只是不屑地一挥手,把他从我这儿掸掉,继续前行。但这也不够明智,这样做就是丛林傻瓜……我走进门。门内的阴暗让我几乎看不见东西。我找到陡峭的楼梯,开始向上爬。这时,我听到身后有脚步声,听到大门合页关上时僵硬的声音,还有铁链抖动的咔嗒声。我跟你说,我吓得想尿尿,因为我暴露在外的屁股,我爬这些楼梯比一个火急火燎的男同性恋要快得多……顶楼沉重的铁门推了五次才推开,这时我回过身,只见几个耸肩的人影退进明亮处,我只能听到笑声。

我昂首挺胸走过去,站在光线明亮又宽敞的玻璃幕墙大剧院旁边喘气眨眼,天空一碧如洗,你这凡人肉眼中只看到尘埃。我平静下来。远处角落里,松树柱子间,菲尔丁·古德尼站在那儿。他穿着牛仔裤和干净的白衬衫,朝气蓬勃而富有——就像总在空调房似的——他风流倜傥、果断坚决。菲尔丁正对三名穿着直筒状蓝色工作服的工人或宴会筹办者发布命令。他抬起手向我打了个招呼。

---

1 原文为 Reader',和下文的 Breeder(下种的)音近。

在等着自己呼吸平稳时，我绕着这套租来的上层仓库兜了一圈。我点燃一支香烟，第一口便呛得我弯下腰，从肺里怒吼出来。一个酒鬼从我身边一闪而过，我眼里像是有了泪，弄得眼睛痒痒的，像宿醉一闪而过。唷，喝酒这码事，喝酒这种人生选择，对那些选择了它的人来说非常痛苦。我继续漫步，尽量享受这光线，穿过医院里挂的那种帷幔和罩子，零散的白色电磁板、一张工作台、一张呼哧直响的弹球戏桌，后面墙上挂着六张奶白色海景画。不管谁画的，画画的人准把生活看成牙膏一般干净，或假装有那么干净。我转过身，让阳光洒满全脸。高高的窗户上方，曼哈顿就藏在那儿，你能看见世贸中心的双子塔尖，在外面湛蓝天空的映衬下，像两只金色打火机。我摇摇头。我眼里的尘埃、光线无法生存的盲点，朝我晃着黑色手指。

"嘿，约翰，这套西装真不错。你要去哪儿？亚拉巴马？"

"啊？"

"出什么事了吗？滑头？"

"没什么。路上有几个男同性恋骚扰我。"

菲尔丁笑了，接着皱起眉头，担忧地问，"然后呢？"

"他们叫我下种的，菲尔丁。这他妈是什么意思？"

"很美啊！"

"得了吧，这种地方可不适合试镜。女演员们得经过那些捣蛋鬼的地盘才能到这儿。"

"用不着，约翰，她们全都可以从前门进来，"菲尔丁说着把胳膊搭在我肩上，带我走过房间。"那下面有家小曲奇店，一部很好的电梯。我让你从后面进来的。"

"为什么?"

"受点教育。现在喝杯酒压压惊,滑头,做好准备迎接姑娘们。"

这可能是菲尔丁最好的回应了。我们朝低矮的舞台走去,菲尔丁在那儿装了架录像设备(还有两台手提式摄影机)、立体声音响、茶几太空游戏,鱼缸、两张沙发面对两张低矮的钢桌,一台小胖冰箱。我喜欢新家具。我喜欢全新的家具。我以前在皮姆利科、在新泽西的特恩顿长大时,全是他妈的老古董,真是受够了。但是新家具一定得简单,你知道吗?菲尔丁跪在地上,用指甲敲着脏兮兮的鱼缸玻璃。我盯着鱼缸看,看到那里面的我,看到不同的新家具,钉子、珠子和黑白条纹闪烁、跃动的饰边以及水果泡泡,还有巴里的沙发、薇诺的闺房。

"所有鱼都受阿尔法鱼的操控,"菲尔丁说,他扁平的脸映在玻璃上。"那条是阿尔法鱼——那儿,黑尾巴的那条。"他看看手表,站了起来。"今天我们试镜,选那个脱衣舞女。"

"那个舞女?"我说,"那布奇怎么办?"

"你知道这个角色会由布奇演,我知道会由布奇演;你知道她是个跳舞的,我知道她是个跳舞的。而这些姑娘,她们什么也不知道。你懂我的意思了吗,滑头?我们打算找点乐子。"

我们也确实玩得很开心。喝着菲尔丁准备的一壶红鲷鱼鸡尾酒,当第一个试演者在地板上扭着身子时,我所有的痛苦全烟消云散。她是个身材高大的黑甜心,有着最好的……不,等等。也许我们以那个有着……的金发辣妹开场,不。是那个小黑妞，她的……不管怎样，过了一会儿，在酒精、谎言和色情的泛白守护下，姑娘们在我脑海中被割裂、被肢解。还是老一套，菲尔丁让她们从那扇门出入，像排队接种牛痘似的。在我们这一行里，在为色情角色挑选年轻女演员时，你要尽量营造一种轻松的氛围，这是由来已久的习俗。比如，C. L. &S. 事务所的特里·林奈克斯，有套特别的说词。他只是说，"好了，这是一幕性爱戏。我演那个男的"……天啊，她们那么迫不及待，这些疯狂的、快活的曼哈顿女郎。

她们从舞台那边走过来，真他妈性急，而且还异常兴奋，从头到脚高度紧张。每个姑娘的身材肤色、举手投足都各有韵味。我们请她们坐下，给她们一点喝的，问些普通问题。她们无需鼓动：你瞧，她们真的以为名利有可能、很可能、肯定会挑中她们，她们就是名利双收的那个特例。她们聊自己的职业、聊自己心力交瘁的时候、谈她们的男人、她们的心理医生，还有她们的梦想。菲尔丁让她们细声慢气地说了五分钟，然后颇有技巧地暗示道："——还有莎士比亚呢？"好吧，她们对这个问题的回答，连我听了都要大笑几声。"是啊，我真的想演麦克白夫人。或《埃及艳后》或《错见错觉》。"我发誓，有个姑娘，不知出于何种原因，认为佩里克利斯[1]大概是个汽车制造商，另一个显然认为《威尼斯商人》的故事发生在洛杉矶。

"很有意思，维罗妮卡，或伊妮德或色瑞迪皮蒂，"菲尔丁会说，"现在我们要请你脱掉衣服。"

---

[1] 佩里克利斯：为莎士比亚戏剧作品《泰尔亲王佩里克利斯》中的人物。

"有音乐伴奏吗？"

"当然，"他说着伸手去拿磁带。

"我真的没有穿合适的衣服。"

"得了吧，莫琳，或尤弗瑞雅，或阿思迪娅。你是个演员，对吗？"

接下来，首先露的是牙齿，姑娘们要经受严峻的考验。我透过羞耻与恐惧之光、欲望与笑声之光，我透过我的色情之光看着她们。姑娘们顺从于色情。地道的城市居民，她们经历了二十世纪。她们不跳舞、她们不开玩笑——她们是跳脱衣舞的，真的不是。她们脱掉身上大部分衣物，给你上了一节身体构造课。有个姑娘干脆躺在地板上，撩起裙子，来了次手淫。她是最好的。忙忙碌碌三天下来，总共有两个姑娘抱歉地拒绝了我们。菲尔丁说是莎士比亚酒吧让她们兴奋，跟轻柔的握手艺术引起的兴奋有关。

我时不时想想，从某种意义上说，菲尔丁是不是在推销这些姑娘们，可他从头到尾说的不过是"这是她的号码，滑头"或"约翰，她适合你"或"我觉得她看上你了"。

"你怎么看多丽丝？"有次中间休息时我问他。

"多丽丝？多丽丝是个同性恋，约翰。你知道的。"

"她的剧本在哪儿呢？他妈的？"

"耐心点，滑头。冷静。噢，还有——今晚你得跟斯邦克·戴维斯见个面。你要问他点事情。我先警告你，这事儿有点讨厌。"

"什么事？"

他告诉我。

"不行,"我说,"噢,不行,不。你去问。"

"他只听你的,滑头。你能让他硬起来,一码长。"

"哦,天啊,"我说。这时,又一个性感美女在舞台上朝我们走过来,我烂醉如泥,无法跟他理论。

所以你看,过去这几天,我没时间阅读。我一直忙着试镜。

"庄园农场的琼斯先生,过夜前倒是把鸡舍一一上了锁,"我读道,"可实在因为酒喝得太多,还有好些旁门小洞却忘了关上……"[1] 我还是不知道什么是旁门小洞。我四处问过。菲尔丁不知道,费利克斯不知道,字典不知道,你知道吗?

"嗨,"一个声音在我身后说。

我转过身。"啊,滚开,"我说,又转回身子。

我丢下书,打量起四周来。这儿不是读书的地方:在烧焦的东二十街三十英尺深的地下,一间男同性恋酒吧里。我们潜入地下如此之深,像座倒转的摩天大楼。也许曼哈顿有一天也会这样——摩地大楼、地心大楼,往地下建个一百层。已经有些不那么时尚的纽约人,在下水道和地铁通道里住下来。他们已经这样做了。他们把那儿变成许多小房间,有床有五斗柜。金钱驱使他们深入这个星球内部,金钱把他们带入这个世界……我四周全是些非女人,光下巴、小平头、肌肉男、身穿

---

[1] 摘自乔治·奥威尔的《动物农场》。

皮衣像蛙人，胡茬、肌肉和汗水的亚当。在阴暗和锯屑间，你需要的只有你的雄性和发酸的睾丸激素。

"嗨，"我身后有个声音。

我转过身。"啊，滚开，"我说着又转回身子。

这地方我并不常来。我猜你们这些曼哈顿男同性恋可以在去"水橱"或"母矿"赴地牢或死亡之约的路上顺便进来看看，喝上最后一杯白葡萄酒。但这儿一片黑暗，摸索、低语、人影幢幢。他们的形状看不出颤抖或恐惧，在把他们带到这儿的欲望雷达之下，倒更像是僧侣入定。

"嗨，"我身后有个声音。

"啊，滚开，"我说着转过身。"噢，嗨！对不起。你好吗？"

"好。你喜欢这地方？看看你，吓成这样。好了，你想跟我谈什么。"

我深吸了口气——听到我肺里敌对势力发出的细小抗议声。他坐在我身旁的高脚凳上。T恤、青筋暴起、肌肉发达。他要了杯水。自来水，不是瓶装水。他不打算卷进那些泡沫里，不，斯邦克没这想法。

此时我得牢牢记住眼前这个年轻人很复杂。他不喝酒。他不抽烟。他不吸鼻子。他不吃东西。他不赌博。他不骂人。他没有性生活。他甚至不打手枪。他做倒立。他做俯卧撑。他冥想和意念控制。重生，他是个真正的信仰者，他做慈善工作：他关心穷人和弱势群体……是的，所有我那些人类的管理技巧在他这儿都派不上用场。我看着他紧绷的脸，说，

"斯邦克？是关于你的名字。"

"是吗？它怎么啦？"

"你可能会为此恨我。"

"我已经恨你了。"

"问题是，斯邦克，"我说，"在英格兰——"

"我知道你要说什么。我知道你要说什么。"

我等着。

"你想告诉我，在戴维斯后面再加个 e。好了，忘了这码事，塞尔夫。去想个新点子。我不会的。不可能。"

"不是的，"我说，"戴维斯这个名字挺好的。斯邦克，你可以就这样一直保留戴维斯这个名字。戴维斯挺好。我们有麻烦的是另外那个名字。"

"另外那个？"

"是的，有麻烦。"

"你是说，斯邦克这个名字？"

"就是它。"

他看起来很吃惊，乱了阵脚。我又要了一杯苏格兰威士忌，又点了一支香烟。

"问题是这样的，"我说，"在英格兰，它还有别的意思。"

"当然。它还意味着勇气、胆量、英勇。"

"没错，但还有别的意思。"

"当然，它还意味着奋斗、毅力、睾丸。"

"没错，但还有别的意思。"

"什么？"

我告诉他。他给击垮了。

"我很抱歉，斯邦克，可事实就是如此。"

他年轻的脸低了下去，颤抖着，像牙痛似的眯起了眼睛。为什么以前没人告诉他这个呢？他们可能不敢，我想到，耸耸肩，喝了一口酒。

"我是说，"我接着说，"如果你跟一个英国演员一块儿演戏，而他叫，我不知道啊，精液·通道什么的，你肯定得——"

"去他妈的英格兰。英格兰关我什么事？"

"这是个问题，你得承认……你只需稍稍改动一点。斯旁克怎么样？"

"斯旁克？饶了我吧。斯旁克是个什么名字？！"

"还有许多类似的美国名字。斯基普。菲力普、里普、特里普。汉克、韩克。韩克·戴维斯，"我试探性地说，"要么宾克，或顿克或芬克，或……江克，要么伦克，要么——"

"你再说一个字，我就把我的耳朵撕下来。"

"还有朋克，"我说，"还有昂克。"我考虑着说。当你仔细想这个发音时，似乎并不是个很好听的声音，这个 unk 音。

斯邦克噌地一下站起来，仿佛失去平衡似的揪住我的领带，他让我见识了演员的凝视，这凝视正在两眼之间，持续了好长时间。我感觉他是在我身上试他的意念控制，但不太肯定。然后，他关节粗大的右手用力一推他那一大杯水，杯子在湿滑的金属吧台上来了个西式冲浪。玻璃杯晃动着停下来后，离桌沿只有几寸。

"斯邦克——？"我说。

但是斯邦克径直走了。

我冷静地再要了一杯酒，坐在高脚凳上转过来。如果斯邦克指望挑这个地方见面来吓唬我，那么斯邦克运气不好。我现在对这些东西习惯了。由于我不得不跟这些男人般的女同性恋、公牛般的男同性恋、脱衣舞女、易装癖和财迷打交道周旋，我再也不会因为不正常而生气。世界动摇了。谁是直的？你吗？玛蒂娜·吐温？……我这看看那瞅瞅——脸庞、肩膀、手。我呢，不管怎样，我到目前还没同性恋史。我没有同性恋过往。但是这个年代，谁知道呢？也许我有个灿烂的同性恋未来。作为一个同性恋，我没准会获得巨大成功。

嘿，你们这些家伙，你们这些搞决裂的同性恋们。我是说外面的你们，不是里面的你们。你们决定单干。你们决定像个男人般解决问题。没有她们，是什么样？只要想想：没有天气、没有月亮风、没有雨，没有生物。不冷不热的地带。全是男人。人类正像那样一分为二。千篇一律是不是让人很安心？够奇怪吧？是啊，那请告诉我我一直想知道的事。是不是有些时候你俩都无法勃起？你们有没有过那种"我也不"的夜晚？嗯，这个世纪是你们的，是你们这些家伙的。我承认。我最近听说澳大利亚大胆公布了自己的同性恋取向。澳大利亚！全是些南瓜脸的乡下佬和三层的巨大海滩——他们都是男同性恋。怎么回事，他妈的？有些人埋怨女人。我责怪男人。在无忧无虑过了五百万年后，第一个烦心的是，我们举手投降，成了同性恋？有这样表现的吗？我是说，你一个男人能有多女性化呢？来吧，你们这些家伙，别扔下我跑了。那古老的洞穴精神哪儿去了？别投降。别逃跑。怎么啦。说到底，他们只是女人。

我又叫了一杯酒。侧眼瞟过去，我看见奇怪的一幕、不同寻常的一幕：一个姑娘，一个丰满的十来岁少女，歪歪斜斜地从人群中朝我挤过来。她可能十六岁不到，这个迷失的可怜孩子，穿着粉红裙子和牛仔短上衣。男同性恋们的头都跟着她转过来。她吃力地坐上我身边的高脚凳，向板着脸的吧台招待要了杯橙汁。我马上意识到我该怎么做。啊，我现在可是全明白了。回到她的深宅大院里，跟她妈来番解释性闲聊，跟她爸来个无语感激的握手，跟她的小弟弟下盘棋，还有，我走的时候，在娱乐室里来次超爽的站立性交。

"嗨，"我说。

她转过身来。"滚开，"她说着又转回去了。

实际上，我听从了她的建议。我去蒙古小吃店里吃了几块轮胎大小的匹萨，坐出租车回到酒店。然后我又在当地的意大利小饭馆巴巴里勾吃了晚饭。明天是个重要日子。我要去见玛蒂娜·吐温，所以今晚我要完成大量阅读。

玛蒂娜的礼物名叫《动物农场》，是乔治·奥威尔写的。你看过吗？是我好的那口吗？我摆好台灯，香烟拿出来排成一排。接着我喝了许多咖啡，等到我噼里啪啦把书摊开在膝盖上时，我有种谋杀犯第一次坐上电椅的感觉。乔治·奥威尔原名埃里克·布莱尔，他把名字改了。我不怪他。他的书从动物们召开会议声讨它们悲惨的生活开始。它们的生活听来确实艰辛——只有工作，没有玩乐，没有钱——但是它们指望什么呢？我对玛蒂娜·吐温就不抱什么实际渴望。我抱有不切实际的渴望。你知道，目前一个挣大钱的傻瓜能得到什么吗，真让人吃惊。如果你是异性恋，而你碰巧又有几个钱，你可以搞到顶级小妞。顶级男人全变成了同性恋，或者选择了色情傻女人。在动物会议上，它们唱了首歌。《英格兰牲畜之歌》……我走到床边躺下来。我的脑袋里全是让我分神的事。我需要眼镜。我想打次手枪。但是我一定得继续看我的书。关于阅读，重要的一点是，你得具有阅读的条件。物理条件也需要。我的身体老在捣乱。你看我，努力阅读，忙于阅读，然而我不得不停下来把书放到一边，去上厕所、剪指甲、刮胡子、呕吐、刷牙、梳头、打手枪、吃片阿司匹林、抽支香烟、再要些咖啡，挠着耳朵看窗外。我又开始读起来。在动物会议上，它们唱了首歌，《英格兰牲畜之歌》。很压抑，非常压抑，房间里太热了。我下了床，到镜子前查看我的后背。全好了，除了那个发炎、愤怒的伤口。这伤口比我还愤怒。我准备对整件事一笑了之，可我背上这个伤口看来还真的很恼火、真的很生气。我又开始读起来。我继续读了好久，弄得我自己都搞不清到底读了多久。我给塞琳娜打电话。此时那边是清晨六点钟，没人接电话。她会说电话不通。婊子。我又开始读。十二点四十五分，我要横穿纽约，去西塞罗跟卡都塔·梅茜一块吃中饭。但现在只有十一点一刻。我又开始读起来——我一直在读，或者至少看了几页。我必须承认，我很佩服奥威尔的这种写法，到第七页才切入主题的迟开头法。这样做是为你好。不过阅读颇为费时，难道你没发现？比如说，花了好长时间才从二十一页看到三十页。我是说，首先你得看二十三页，然后二十五页，然后二十七页，然后二十九页，还没提到双数页面。然后是第三十页。然后你才看到三十一页和三十三页——没有尽头。幸运的是,《动物农场》不是本太长的小说。但是小说嘛……它们全都很长,是不是。我是说,它们全都太长了。过了一会儿,我想起要打个电话,叫楼下的费利克斯给我送点啤酒上来。我在抵制诱惑,但是抵制的过程也要花很长时间。于是,我打电话,要费利克斯给我送啤酒上来。我接着看书。

五点差一刻,我吃完午饭休息了一会儿回来,回来的路上又顺道光顾了一两家酒吧。还有三小时,一百二十页要读。九十秒一页:轻而易举的事。卡都塔·梅茜在她敞阔的套房里也没给我找麻烦。她像唱民谣似的谈起孩子、妈妈、出生、季节和她自己在托斯卡纳的小丘,那儿青草蔓蔓,微风习习,天空湛蓝,而我只是坐在那儿跟她的卡什米尔老王子(还处于从二次世界大战的康复期)一起点头而已。在卡都塔家乡的山坡上,春天万物复苏,泥土赋予万物新生,蓓蕾绽放,小树汁液越来越多。"现在我应该走开一会儿,让你们男人享受咖啡和波尔多葡萄酒,不要老是听女人们唠叨,"卡都塔说着不见了。卡什米尔和我坐在那儿,沉默无语,这样持续了大约四十五分钟,直到卡都塔拿着三大本厚相册回来。相册里全是她的教子教女。卡都塔只有教子教女们这种子女,但是,天啊,她的教子教女们可真多。我坐在沙发上,紧靠着她,瞅准机会时不时给她个孝顺的拥抱……到现在,我和这本书进展迅速。阅读是只百灵鸟,它太容易了。我的理论是威士忌帮了忙,威士忌是让阅读没有麻烦的秘密,要不然就是《动物农场》是本非常非常容易读下去的书……唯一令我困惑的就是整个有关猪的玩意儿。别骗人了，朋友，我不停地对自己这样说。我是说，猪怎么会那么聪明、那么开化、那么有教养呢？你们见过猪什么样吗？我见过，相信我，那是他妈恶心得要命的经历。当时我在一家农场为一种新的猪肉制品烤肉卷拍商业广告，我去看过那些猪。当我发现我得跟这些猪们打交道时，我差点一走了之，离开片场。你真应该看看这些胡子拉碴的史前动物，这些大便样的东西，在食槽前哼着拱着挤着。趁你女朋友不注意时，吃她的尾巴——而这，按照猪圈的标准，还算是表现好的，还算是旧世界礼仪。当我想到它们在草堆里干的好事时，我甚至都哆嗦了。我跟你说，它们被叫作猪不是偶然的。然而，奥威尔在这本书里却把它们描绘成农场里最有头脑的家伙。他可能没有见过真正的猪，要不然，就是我漏了什么。

"敢情动物们从窗外朝里望，目光从猪移到人，"我读到，"再从人移到猪，又重新从猪移到人，要分清哪张脸是猪的，哪张脸是人的，已经不可能了。"太妙了。我给玛蒂娜打电话，甜蜜地约她在第五大道的檀格坞见面。她找了些无关紧要的借口拒绝了——我忘了是些什么。我沐浴更衣，准时到达。我要了一瓶香槟，我喝完了，她没有露面。我又要了一瓶香槟，我喝完了，她还是没有露面。于是我想，去他妈的，我决定自己还是一醉方休罢了……而且，等真的醉了后，恐怕我得告诉你我早把警告抛到了一边。

我就是在这儿、在美利坚合众国长大的——或者说成长起来的。从七岁到十五岁我是新泽西州特恩顿居民。我做过所有美国小孩都会做的事。凉鞋和短裤我消耗惊人，球鞋和长裤我很快就穿烂。我龅牙、招风耳、平头，还有一辆带白胎壁和电子喇叭的自行车。我在大西洋中部为自己的声音定了调。亚历克·卢埃林告诉我，有时候我的声音听上去像个英国唱片骑师。当我回来后，这儿发生过什么大事我全忘了，但是那些小事，桩桩件件，我记忆犹新。汽车、冰箱、房子——省吃俭用、可笑。就在这儿，我不知不觉中学会了有关财富和回报的小窍门。我对垃圾食品、甜饮料、烈烟、广告、整天看电视——也许，还有色情和打架——的入迷上瘾就是在这儿打下的基础。但是我不把这推到美国身上。我不怪美国。我怪我父亲，我母亲一死他就把我送到这儿。我怪我母亲。

我几乎忘了她。我只记得她的手指：那些寒冷的清晨，我站在她床边等着，她从毯子下伸出暖和的手，帮我把衬衫袖扣扣好。她的脸……我不记得了。她的脸永远给罩住了。薇拉身体一直不好。我只记得她的手指、她的指纹、她弄污的指甲和指尖轮廓上的白点。推算起来，大约那时我还不会给自己扣袖扣。看来我需要人类关爱。有一刻我差点迸出眼泪，但我忍住了。实际上我从不想哭，也不愿意哭。我似乎需要点什么好让自己能永远记得她，我得到了什么？当她走后，只有她的手和家里的变化，还有指责、羞辱。

我喜欢我的姨妈和姨父，莉莉和诺曼。他们住在特恩顿。薇拉和莉莉是姐妹：在那张找不着的相片里，她们仿佛在寻觅什么，那么美国化的脸——灿烂的笑容，微微内曲的上门牙、幽默、爱吃甜食。姐妹俩很高兴彼此是姊妹。这是基因带来的快乐。敬你们一杯，姑娘们。当我看那张相片时总这么想。

（我在哪儿把它给弄丢了？）祝你们过得开心。那两张脸也会害怕。她们一个二十岁、一个二十一岁。我懂那种感觉。当你还那般年轻时，事情是——你看起来充满信心而其实你什么也不懂。姐妹俩一九四三年来到英国。我不知道她们来英国是不是找丈夫的，但英国丈夫是她们的唯一收获。莉莉带着诺曼回家了。薇拉留下来，跟巴里·塞尔夫一起。

我喜欢我的表弟表妹，尼克和朱莉。他们比我小。尼克和朱莉彼此相亲相爱——他们更年轻，更美国化，那种程度永远无法到达。除了他们受欺侮，我去打架、去欺侮别人来保护他们之外，我不在他们身旁，他们会更开心。他们比我小，这不是他们的错。然而我还是觉得年纪大受排斥。如果我是《动物农场》里的一员，我会是谁？一只老鼠？我起初想。但是——噢，对自己宽容点，尽量放松。现在，经过深思熟虑后，我觉得自己可能会是条狗。我是条狗。我是一条拴在海滨篱笆上的狗，主人和情妇在沙滩上嬉戏玩耍。我跳、我扭，呜呜哭泣，吞噬自己。一条狗可以忍受奇怪的侮辱和踢打。作为一条狗，你终生与侮辱相伴。踢打呢，看看街上那些狗，每件事都牵扯着它们，每件事都与它们有关，它们又是如何朝着伟大的发现奔去的。想想那种悲哀吧，正热闹时——有玩耍，有想法还有迷恋的东西——却被拴在篱笆上，就在绳子够不着之处。

我早就知道美国是机遇之地。对于充满活力的杂种狗来说，美国是块成功沃土，是向上爬的和刚当官的新世界，财富在这片土地上咧嘴而笑，做出三环标志……是啊。噢，也不对。就说诺曼姨父——他开始做的是干货生意，当然，小规模的。诺曼勤劳努力，那些日子过得悠长而甜蜜，可是岁月流逝，一切还是老样子，他仍然做着干货小本买卖。于是他卖掉公司，把所有钱投进居家用品行当。他失败了，居家用品才不管他是不是把所有钱投给它们。他又去木材场试试运气，在那儿也遭遇了失败，一点运气都没有。这时，诺曼做了个出人意料的惊人之举：他把自己住的平房抵押出去，把贷来的每一分钱都投到了通风排气工程上。通风排气工程轻轻松松卷走了他的钱，再没还给他。然后他做了真正困难之事。他回老家了。

我被送回父亲家，在莎士比亚酒吧的父亲。我十五岁了，跟巴里块头一般大。我外出打工，这太适合我了。我的小家庭分崩离析。莉莉再婚，帮丈夫一起在劳德代尔堡打理一家熟食店。朱莉也结婚了，生了孩子，住在加拿大什么地方。尼克在海湾——我猜是在卡塔尔，要么是阿联酋，鬼知道在那儿做什么。诺曼在坟墓里。我寻思他不管失败与否总会去那儿的。一个和蔼、不可思议的人，总是在制造大乱子。白纸黑字，我欠诺曼钱。我曾寄过一次钱给他。他们把钱退回来。在坟墓里——那儿金钱一文不值。

十五岁的我觉得自己很大了，热切渴望，愿意用上我的一切才能。每天清晨，我跟肥文斯一起扛箱子。白天一整天我在华莱士和艾略特之间送信。晚上，我帮肥保罗把醉鬼弄到酒吧外，喏，就是莎士比亚酒吧。我……我不太明白为什么我会跟你说这些。它在我的时间旅程里已走过很远了。当旅途没有目的地、只有终点，途中停留之处并不重要。街道上传来女人们走路的咔嗒声——她们嘀嗒着走过她们的时间……以前如此，现在如此。像消失的薇拉，过去死了消失了。未来可以这样，也可以那样。未来的未来从未如此艰辛。别把钱押在那上头。

听我的,把握现在。这才是真的、唯一的,当下,喘息的当下,才是一切。

"你昨晚怎么回事?"我在电话里问。我准备大度点。

"……我没去。"

"是吧,那么看来我没记错。"我等着,"你为什么不去?"

"去也没用。我在电话里就说取消的,可你不听。"

我等了。"我等了,"我说。

玛蒂娜叹了口气。"你喝醉了。你知道,整晚跟一个醉汉待在一起,有许多要问的。"

……当然,我早就知道这个事实。醉鬼们知道事实,但他们通常都很体贴,不说出来。事实反应迟钝。这就是跟不喝酒的人在一起的麻烦——你永远不知道他们接下来会说什么。是的,清醒的人是怪人:无法预测、看不透、又很挑剔。但我们竭尽所能配合他们。

"今晚我们再见一面,我不会喝醉,我保证。听着,昨晚的事我真的很抱歉。"

"昨晚?"

"是啊。事情有点失控了。"

"昨晚?"

"是的。我不知道我怎么回事。"

"不是昨晚,是前天晚上。八点给我打电话,到时候我可以告诉你。如果你喝醉了的话,我挂电话了。"

说完她挂掉电话。

我晕头晕脑爬下床来，在窗户前慢慢脱下衣服，只觉得远处浓墨重彩的天空上黑云滚滚。我甚至对自己说，天啊，又一次日食——这时费利克斯端着我的早餐进来，祝我早安。一切看来都挺好，只是食物除外。盘子里的煎蛋卷看起来软塌塌的，不过它马上就要承受奇怪的生命之力了。

我摁铃叫费利克斯，让他到101房间来。

"你给我听着，孩子，"我非常严肃地说，"你昨天怎么能让我睡过头了？你应该当心点。时间就是金钱。他妈的，费利克斯，我是个大忙人。"

"啊？"费利克斯偏着头说，"伙计，你昨天根本不在这儿。我以为你去别处过周末了。你昨晚才回来的，很晚。"

"喝醉了？"

"喝醉？"他开始笑起来，"楼下的人们可不这样认为，只有我才说你喝醉了，我觉得这样说最好。你头上戴着顶派对帽子，整张脸上涂满口红。喝醉了？他们根本不知道你去过哪里，做过什么。你无药可救，用那酒瓶为难自己。你——你就像死了一般。"

这真是混蛋透顶，没错。昨晚的事我一点儿也不记得了，要么是昨天，要么是前天。更糟的是，我对《动物农场》一点印象都没有了。

不管昨天我做过什么，反正让我屁股上生了个疖子——是个大疖子。我屁股上以前也生过几个疖子，但这可是疖子里的王中王。好家伙，还有比这疖子更大的吗？我以为这类东西早就随着集体手淫和走调的八度音淡出了我的生活。显然没有，显然没有。一定是酒精闹的，一定是海洛因、一定是那些色情……我觉得我好像坐在滚烫的核桃上或坐在致命钚镇静剂上。一想到这身体仍然怀有这种阵痛、这些可恶的表面毒物，真是好奇妙，甚至有点飘飘然了。他妈的也很痛。如果我背对着一览无余的镜子，用手摸着我的小腿，从分开的两腿间看过去，就像愁容满面的色情惩罚，谢天谢地，我能清楚地看到左屁股上有个青紫的大伤疤冲我瞪着牛眼。这真不是闹着玩的。这可不是胡闹。怪不得他们把这叫作疖子。噢，兄弟，有时候，浴室，不管是熟悉得像身体的浴室，还是这间租来的、有着双重倒影浴巾、长斑点的钢条、浴帘皱得像一把年纪的雨衣的浴室，它们都能把你带回二十年前，让你怀疑自己到底有没有在做时间之旅。就躺下来还凑合，走路痛，站着痛，坐着痛。忍着痛。肯定是酒精闹的，肯定是海洛因，肯定是色情惹的祸。

所以我这天就成了透写纸和隐形墨水的奇怪一天。我坐着阅读，再阅读，在脑子里过滤，寻找线索和笑料。《英格兰的生灵》。拳击手是个卖苦力的。浴室里的洗脸毛巾看起来像忙碌妓院里的滚筒擦手纸。口红是从哪里来的？谁印上去的？她可能是位专业人士。没人再心甘情愿地吻我了。尖嗓门是个谎话精。绝对是酒精惹的祸，绝对是……当我清洗那个疖子时（哎呦——我的屁股从来就不是世界奇观，但现在却真成了个时光骇客），我不由自主想到了快活岛：希希——是她干的。我得坦白一件事，我还是承认了的好。我不能糊弄你。那就是，我——我没有你想的那么好。不用说，一切太美好，好得不像真的，令人生疑。我已回到第三大道，不是快活岛，但就是那种地方，极乐园、伊甸园、世外桃源之流——我向上帝发誓，我每天只去一次，而且是去打手枪（在生病或醉得太厉害的几天，我根本就不去那儿）。我去了四十二街看成人电影。我去看循环播放的黄色小电影。赤裸裸的色情里没有亲吻。想到此处，我想在第三大道上也没有亲吻。那儿有法式、英式、希腊式和土耳其式做爱，但没有亲吻。为这个不同寻常之举我绝对另付了钱。我准是出了高价。啊，我很抱歉。我之前不敢告诉你们，是怕你们不再喜欢我了，我怕失去你们的同情——我实在需要它，需要你们的同情，再说我也失去不起。拿破仑，那个恶棍：这头猪喜欢他的苹果。我在我外套口袋里找到一盒火柴：泽尔达——晚餐加舞女。那我还去过什么地方？也许我该问问那个在纽约跟踪我的女人。她知道。我在钱包里找到三个装的一包避孕套，在裤脚摺边里找到两根大麻烟头，鸡尾酒吸管插在我头发里。我屁股上长个疖子还有什么好大惊小怪的呢？肯定是酒精闹的，肯定是海洛因，肯定是色情惹的祸。

你知道（这个下午在最最忧郁中从我身边溜过，书还摊开在那儿，很快就要读完），我躺在这儿，想到身体的种种问题时，警世意味的正义让我畏缩——很简单，也许根本没有什么正义。想想那些灰头土脸的修女，看不出性别来的化妆，她们在标准化的小屋里因月经痛和更年期扭曲着。有些孩子能够完美地老死，心却永远年轻。失去了锌或铁、锰或矾土，完美的坚忍之人开始噼里啪啦、嘶嘶作响。我身体里的敌人们组成军团，与我的罪恶相比，它们更邪恶。它们有组织、有经费（谁为它们买单？）。它们有步兵、侦察兵和狙击手、它们有街头霸王、雷区、化学武器体系、高热原子核反应设计，而且还不止于此。现在，我的身体也在十分小心地玩着太空入侵游戏，群袭战机、突变异种、诱饵、毛发竖立着的呼啸而过的战舰和砰砰作响的智能炸弹。唉，我们全都待价而沽。再想想视力超好的偷窥者，疾跑且犹豫的路贼和他那颗极好的心，头发浓密且腹部平平的 X 级电影明星、迷人的孩子杀手和他纯正的笑容。

屁股上生了个疖子，你还能长大吗？谁会把你当回事？一个玩笑罢了，嘲弄我。

肯定是酒精闹的，肯定是海洛因闹的，肯定是色情惹的祸。

"实际上我很喜欢它。接下来是什么书？《小熊鲁伯特》？得了，饶了我吧。下次给我看本真正的书怎么样？猪猡和吱嘎还有其他那些家伙。我太老了，看动物故事不适合了。我是说，我们没必要折回那么远再开始吧，对吗？"

作为没有任何准备的即时讲话，我相当聪明地彩排了一下。我盼着玛蒂娜会耸耸肩，向我道歉，给我本更难的书读。对于她唤醒的令人不安的智力，她会印象深刻，也许还有点受刺激，受惩罚。我迎着她的目光。她有着黑眼圈但却顾盼有神的眼睛充满着错愕与快乐。他妈的，我想。《动物农场》一直是个笑话。

"你知道那是个寓言，"她说。

"什么?"

"这是个寓言。是关于俄国革命的。"

"什么意思?"

她解释了。

原来这是个动摇者,毫无疑问。俄国革命对我而言并非什么新闻——嗯,我估计在本世纪初期什么时候,他们发生了大乱和改革。当然寓言这码事也令我措手不及。我任玛蒂娜说个不停。那匹大马拳击手——它代表农民阶级,如果你愿意这么想的话。小吱嘎——它不是头猪,他是宣传家莫洛托夫。我可知道莫洛托夫是革命前《真理报》的总编吗?我不知道。我收好我的惊恐(是面对无知的惊恐),抛出我的评论,关于猪们的评论。

不知何故,玛蒂娜对此报以大笑。跟大部分人一样,她有两种笑:有礼貌地回应似的笑和真正的大笑。玛蒂娜真正的笑是我听过最没女人味的笑了——野蛮、孩子气,但是像交响乐,竞赛般的高度和旋律。是的,她喜欢畅快地笑,这个玛蒂娜。

"我很抱歉,"她说,"实际上,这些猪比狗要聪明得多。就身体大小而言,它们的头更大,这应该能说明问题。猪几乎跟猴子一样聪明。"

"你不是说,"我说,"好吧,我不了解你,不过看来这也是一种生存方式。我是说,如果他们真这么聪明的话……我是说,你见过猪的,是不是?"

"我喜欢猪,"她说。

她给我端来一杯白葡萄酒,让我在台阶上等着,她上楼去换衣服。这是今天的第一杯酒。我没有宿醉。我也没有嗑药——可是在所有酸涩与静止中还有丝绝望的欢乐。玛蒂娜的台阶上种着许多花,种在盆里、缸里、墙上的吊篮里,大朵的、小朵的、红的、蓝的。肥胖的蜜蜂监视着它们,它们的盾牌像流动水中的黑色鹅卵石那么圆胖、闪亮。这些低空中的生物闪着金属般的光泽、活力四射、绕着我飞个不停,像串通一气的魔鬼,这么沉,沉得当它们在空中盘旋时仿佛是有看不见的绳索牵着停在半空中。我欢迎它们的陪伴。它们不愿在我身上浪费它们自杀式的叮咬。台阶下是还没铺好的后花园的方格露台——鱼塘和细细的喷泉,花饰家具,一个女人穿着工装裤、手拿剪刀。纽约的鸟儿们在垂折的树枝间颤抖聒噪。纽约的鸟儿们算是完了,可怎能怪它们?它们受到曼哈顿和二十世纪的加工处理。普通的英国鸽子在它们中间就像美冠鹦鹉——知更鸟更是来自天堂的鸟儿。纽约的鸟儿们像穿着橡胶雨衣游手好闲的老家伙。它们靠慈善和福利的施舍过活。它们咳嗽、抱怨、为了暖和点拍打着翅膀。它们落魄潦倒,从生物链上滑落了好几级:实在太难了,好吧。不再有歌声、再没有胖小虫可吃、也不再会飞到夏天的海洋上去。二十世纪对纽约的鸟儿们来说,是个糟糕透顶的时代,它们知道。

"你在下面还好吧?"

我撞翻了我的椅子。玛蒂娜从楼上窗户里探出身子看我,她的脸被垂下来要梳的头发遮住了。

"好极了,"我说,"这下面是天堂。"

那张脸默默地退了回去。我在炎热的黄昏里坐在台阶上,在木偶蜜蜂中间喝着葡萄酒。

我们在她家吃的饭,这让我有点惶恐。本来我在西百老汇的时尚餐厅最后一班地铁那儿定了位,急于花点钱出去。"取消,"玛蒂娜说。于是我取消了。她做的晚餐,煎蛋卷、沙拉、水果、奶酪、白葡萄酒。两层楼的公寓布置整齐,一看便知他们过着健康有意义的生活。书籍、油画、桌子表面、打字机、象棋盘,还有轻松靠在壁橱门边的网球拍。楼上,奥西的衣服干净清爽,折叠摆放得整整齐齐……高个头的玛蒂娜穿了件V领运动衫和蓝色牛仔裙。她的屁股翘得高高的,胸脯得天独厚,不过可能还是没有我想象的那么丰满。不,这是她自己的身体,不是按什么模型做出来的。"我们进去吧,"她说,"那样更好些。"我可以坦白点吗?你确定你想听?那好,我现在就坦白地说我一直偷偷怀疑玛蒂娜就好粗俗这一口。没错——她喜欢的就是我这种人,喜欢床上的我。起初听起来不可思议,我承认。但是目前人们都靠不住。这种事常有。二十年前,她的家、她的兴趣、她光鲜的丈夫完全可以满足她。她压根不会考虑我。但是现在呢?你什么都不知道——你不知道,他们不知道。为什么她坚持跟乱七八糟的我搅和在一起?我是说,今晚我在这儿做什么?我要说什么?

请注意,她似乎一直都喜欢我。六十年代时,我常去看他们,奥西和玛蒂娜,郎才女貌的一对。他们外出时,他牵着她的手从路虎车的踏板上下来。这对高个子夫妇手挽手看马戏、看歌剧、坐改装后的电车,或去最喜欢的餐馆用餐、到地下酒吧买醉、到小吃店吃小吃。这两人赢得极大的回头率。他们的部分魅力不容否认：他们是如此优秀、如此般配的一对，富有而干净，而那些低俗之流却在小巷里勾勾搭搭，迷糊于毒品：迷幻药、大麻——是啊，还有盘尼西林。奥西那时还是个演员。他演莎士比亚作品。现在的他只是个有钱人，跟别人一样，我很好奇对此她有什么看法。我早在电影学校里就认识玛蒂娜，过去我总是向那些发型师、化妆师类的姑娘献殷勤，跟她们鬼混，对有才华的人只打个招呼。这确实于我的名誉有益。因为玛蒂娜总是很高兴看到我。也许那个时候她心里就想要个粗俗点的男人。

所以，当晚餐行将结束，玛蒂娜站在我身边给我倒最后一点葡萄酒时，我把手伸进她的裙子里说，"来吧，亲爱的，你知道你喜欢这样"……别紧张。我并没有真这样做。实际上我整晚都表现得非常乖。你知道，我那时已经想明白了。噢，我知道她要的是什么——我知道玛蒂娜·吐温这个人追求的是什么了。友谊。友谊：不要性、不要口是心非、不要复杂，不要钱，只要没有摩擦的人际关系。好吧，他妈的对我没用，是不是？起初我这么想。时而清醒时而戒酒弄得我快疯了——我觉得头晕眼花，我显然醉了，在这儿跟这个神经病一道吃饭，她在我身上除了我自己什么也没看到。天啊，我在跟什么样的变态狂打交道？然而，我很镇静，谈话也相当随意。我耸耸肩得出结论：世界上什么人都有。我就顺其自然吧，再说了，我屁股上还生着个疖子。

不过，十一点半要走的时候，我确实在她身上试了点小花招。最好的女人，有时候，是最被忽视的，再说也许你会交好运。

"噢,对了,"我只是说,"再给我一本书看。"

"好啊,那你等等。"

《一九八四》——又是乔治·奥威尔写的。

我抬起一根手指对着她。"没有动物吧?"

"没有。只有几只老鼠。"

"是寓言吗?"

"不全是。"

"啊,"我说(这就是我的小花招),"有天晚上我做了个关于你的春梦。"

通常,随着这句话出口,以我的经验,有的女人会难为情地缩回去,有的女人会当场惊慌失措,这要看不同的女人来定了。可玛蒂娜只是高度好奇地盯着我,问道,"哦,是吗?梦里怎么啦?"

"啊——嗯,我好像从印第安人手里把你解救出来。不过他们不黑反而很白,金发。我把你救到我的车里,菲亚斯哥,可这时车子点不着火了。"

"这有什么春不春梦的?"

"噢,又冒出另一辆车,我开着那辆车带着你走了。到了安全的地方。"

实际上,这是我第一次歪曲事实。我确实做了个梦。在梦里,印第安人不见了,或去了别的什么地方。菲亚斯哥变形为某种花花公子的公寓,玛蒂娜脱下她的棉衬衫和鹿皮裤——我在那张椭圆形床上好好爱了她一把。

"是的,讨厌极了,"我说,"我的车总是那样点不着火。"

"可能是喝醉了,"玛蒂娜说,笑着打开门让我出去。

这部成人电影是古装片，情节设计比一般的更精致。故事说的是一个黑人全权大使（土耳其奥斯曼帝国？迦太基人？）和他能干妻子（朱厄妮塔·德尔·帕布罗）的欲望。这位妻子在女仆（戴安娜·普罗列塔利亚）的帮助下，不仅跟她丈夫性交，而且还跟她丈夫的许多手下，还有几个仆人、奴隶、阉人、玩杂技的，最后，是刽子手。终于他抓住了朱厄妮塔，把她扔进牲畜圈里，她被狮子吃掉了。当我拿着奥威尔和酒瓶，慢吞吞走过走廊时，一个歇斯底里的画外音在大肆宣传广告之后的精彩片段（"……饰演戴安娜·普罗列塔利亚，色情公主，野性十足，热辣辣！"），两个黑汉子疲劳地爬起来，揉着眼睛。

"伙计，我肯定可以用些公元前的元素。我不想回到过去太久。"

"是啊。也许几个星期。"

"两个星期，或者三星期。我不想回去太久。可是，伙计，我肯定能用些公元前的东西。"

五分钟后，我在百老汇的一间脱衣舞酒吧里，跟一位名叫辛迪、刚下班的脱衣舞娘讨论通货膨胀。如果你问我感觉如何，我跟你说，真是太舒服了——重回文明世界。

"我要谢谢你，约翰，"电话里的声音说，"为了我们那晚的见面。"

"那是哪天晚上？"

"星期六晚上，或者星期天凌晨。别告诉我你不记得了。

我们算是见了面。你对我非常友好，约翰。你没有企图杀我，完全没有。你那么可爱。"

"别废话，"我说。

又是电话弗兰克，找我麻烦。实际上，我仍然十分好奇星期六晚上到底发生了什么。我越是拼命想记起来——或者，让我们更准确点吧，我越是拼命赶走记忆——我越肯定，绝对发生了什么真正可怕的事，一些具有决定性意义的、自毁终生的事情。我想，怪不得星期天我把自己喝得烂醉，我是想让记忆消失、消失。不过电话弗兰克我能对付得了。这个懦夫我不担心。

"你在口袋里找到一盒火柴了吗？……再去把它找来，约翰。我在里面给你留了言。"

"噢，是吗，写的什么？"

"去找来，约翰。我要你看到证据。"

我走到衣柜处，搜我的西装。我什么都没扔。我从不扔东西。这儿，这盒泄露天机的火柴、情人般的粉红、甜蜜的口红颜色：泽尔达——晚餐加舞女。我把它撕开，找到那条留言。

"噢，你这个恶心的家伙，"我说，"你这可怜的白痴。你想跟我说什么？为什么你要这么做？再说一遍，我老忘。"

"哦，你要的是*动机*。你想要动机，好吧，给你。给你动机。"

于是他发表了一通迄今为止最长的演说。他对我说，

"记得吗，在特恩顿，位于巴德街的学校操场上那个戴眼镜、面色苍白的小男孩？你害得他哭。那男孩就是我。去年十二月，洛杉矶，你驾着租来的车，你在冷水峡谷闯红灯，撞毁

了一辆出租车,你没有停车。出租车上有个乘客,那就是我。一九七八年,纽约,你在沃尔顿中心试镜,记得吗?那个红发姑娘,你让她脱掉衣服,然后对她动手动脚,你还笑。那人就是我。昨天,第五大道,你从一个流浪汉身上跨过时,你低头骂了他几句,还踹了几脚。那人是我。那人是我。"

艾什伯里。101房,我坐在那儿,午夜电影的最后几幕在我的鳄鱼大脸上一闪一闪。我不——

我不记得操场上那个戴眼镜、脸色苍白的小男生——但是,毫无疑问,有一两个那模样的男生。我小时候是个坏孩子,也总有那么些面色苍白的男生——去年十一月,我是在洛杉矶,没错我租了辆车。是发生了些侥幸的事情,有些下坡路,紧急刹车,紧急冲刺。总有些侥幸之事……一九七八年,我确实在沃尔顿中心搞过试镜,为一种巧克力棒拍广告,为一个放荡女人的角色试了许多模特。其中肯定有红头发,我平时工作时就是那样(我工作起来完全像换了个人——很不友善)。总有那么些红头发……一九七八年我是个坏小子。去年我是个坏小子。还有这次。

昨天,我沿着金色第五大道朝公园那条黄褐色小沟走去。大商场人群攒动,人们快步进去,缓步出来。曼哈顿瘦长的图腾照应着它们。这些偶像或岩石雕像严肃地直瞪前方,淡然默许下面街上进行的种种买卖。这是在扔钱。人行道上,卖花生的和玩三张牌魔术的、视力大考验、卖热门手袋的、卖走私品的——全都忙于自己的小生意。今天,许多漂亮精致的女人们外出购物闲逛……曼哈顿从来不缺大胸脯。大胸脯不是问题。这儿人人都没这个问题……这时我看见你在这儿常常看到的东西：一个穷人、地球扁平论者、纽约游民，脸朝下躺在石板路上，像条湿漉漉的狗，人行道连绵不尽，一波一波全是挥金如土的人。当我从他身上跨过时，我低头看他一眼（头发硬得像树皮，耳朵像石榴皮），并且我想是相当亲切地说，"起来，你这个懒虫。"我接着往前走——菲尔丁从书店踱出来，我向他打招呼。我们手挽手到了卡罗威，在那儿见了两个投资人，巴克·斯派思和斯特林·邓恩。他们都对这个投资项目十分兴奋，同样确信我在我们这个行业里大有前途。后来他们坐独裁者去了夜总会，但我喝得太多，走不动也说不了话，所以我……

泽尔达——晚餐加舞女。火柴盒里写着留言，手朝前倾，有点抖，不像我的笔迹。这是在美国，在我那个年代，上写字课时，先把你的写字板左倾四十五度，为了写出这种卷曲、颤抖的风格。"弗兰基和约翰尼[1]是爱侣"，以吻封缄，完整的唇印、甜美的粉红。

总之，我一点也不明白这家伙的动机。

金属桌上新的可视对讲机发出哽咽的哔哔声。菲尔丁摁下按钮，等着画面出现。他看起来有点惊愕。

"是谁？"我问他。

---

1 弗兰基是弗兰克的昵称，约翰尼是约翰的昵称。

"那好，多萝西娅。谢谢你。不，你就等我们电话好了。"菲尔丁坐下来说，"纳布·福克纳。"

"好，"我说。由于斯邦克·戴维斯擅自离开，由于他愠怒，不回我们电话，菲尔丁和我只好决定见见纳布·福克纳，作为后备。我在小本上记下人名和要做的事。

"是 o-r-k，滑头，"菲尔丁说。

我往下瞟了一眼小本。"我就是这样写的。"

"……你常看书吗，约翰？"

"什么书？"

"小说。"

"你呢？"

"噢，当然。阅读让我有很多想法。我喜欢《喧哗与骚动》，"他不可思议地说。

这就是阅读对你的影响：你开始这样说话了。"是啊，"我说，"嗯，我一直在读乔治·奥威尔的小说。《动物农场》。实际上是重读。哦，还有《一九八四》。"我挺喜欢《一九八四》。

"《动物农场》？"菲尔丁说，"当真？"

多萝西娅或管她是谁在挥手道别，咔嗒咔嗒走到门口，扣上她的衬衫。我们看见她越来越小的背影一闪，很快进了门厅。纳布·福克纳低头慢慢走进来，半道中停下对自己又增加了的体重叹了口气……我对纳布的作品一点不了解。真的，我打着盹、打着嗝看过他主演的两部电影——不过是在三千英尺的高空、在跨越大西洋的飞机上逃难般的黑暗中看的。我膝上新闻稿证实纳布在《酸威士忌》里演过印第安波尼族游民,还在去年的大制作、疯人院般的《可笑农场》里出演过聋哑人。游民和哑巴这两个角色,我依稀记得,都是受到突然且偶然的暴力而变成超级精神病——婊子养的、头号尖叫专家。好了,现在纳布咯吱咯吱穿过格栅朝我们走来,头发抹得油光锃亮,长及肩膀,返祖人的关节摩擦着地板。显然,菲尔丁和我肯定会想到他身上某种无法避免的东西,他的山洞人般的胡须、原始牛仔裤以及高尚野蛮人的啤酒肚。你甚至用不着多看一眼,就知道纳布是个真正嘶嘶冒泡,随时会爆炸的精神病。他大约身高六英尺五,重三百磅。是的,纳布看上去很有用。

"嗨,纳布,"菲尔丁冷冷地说。"干吗不坐下?"

为什么不呢?纳布拖过一把椅子,手腕一翻,漫不经心地让它侧转起来,翻倒在地。接着,他挑中菲尔丁时髦的煮蛋计时器(那是用来为脱衣舞女定步速的),扔在地上,一脚踩下。他弯下腰,伸出一只胳膊放到桌上,准备横扫高科技桌面。他飞快地抬起头,我看到他的脸,满是期待的巴结讨好。

菲尔丁飞快地站起身。"放松点,纳布,"他说。

纳布皱着眉站直。"这是幕愤怒戏,对吗?"他用极其平静的语气说,"男人的愤怒。我是演技派。我首先得变得愤怒。"

整个事情打一开始就是出闹剧。纳布是定了型的演员,只会演一种角色:长胡子的女人。他对我们没用。谁会相信卡都塔·梅茜会生出这种占空间的大胖子呢?他如何才能努力不败在洛恩·盖兰德手下呢?你能想象他在布奇·波索莱怀中的样子吗?算了吧。纳布只能接着等,等下一个神经病胖子角色的出现……但是我们还是得试试他，他也得试试我们。他得来这儿看看他独特的粗鲁气质、他独特的斜眼，是不是还能再赚几个钱。我猜我们有什么卖什么。演员就是脱衣舞女：他们成天做这个。菲尔丁跟他说了通废话套话，最后他哆嗦着离开了。

"好极了，"我说，"又回到起点。"

"别这么容易泄气，滑头。你知道，纳布和斯邦克的经纪人都是赫里克·施耐德。我打算给赫里克打个电话。你来搞定酒水，这次轮到你了。"

菲尔丁打电话给赫里克·施耐德，说他喜欢纳布的作品，想知道纳布有没有空档期。至于价钱也谨慎地提及，压低至六位数。

"纳布完全有可能演，"菲尔丁把电话听筒放回去，转身朝着对讲机时说。

"是啊，我相信。"

"噢，得了吧，他可能演一个粗暴的——那个断臂者。现在，你能来看一眼这个吗？塞丽·乌纳穆诺，墨西哥人，十九岁。据说她真的很受欢迎。"

"天啊，"我说，"我希望布奇·波索莱不会发现这些事情。"

"放松点。嘿，你怎么看布奇？个人看法。"

"别跟我说你已经上过她了。"

"对她来说，我太年轻了点，滑头。她喜欢成熟的男人。她喜欢你这种。"

"布奇重要的一点——嗯，你知道，正如她自己说的，并不是因为年轻、有才华、漂亮，她就不可能聪明了。布奇最重要的是,她不只是……"我停下来。

"你猜的,啊?"

"什么?"

"她是个白痴,"菲尔丁说,"布奇最重要的是她的屁股。嗨,你好,塞丽。请坐,随意点,把这儿当家。约翰,酒呢?"

二十分钟后,当塞丽再次穿回衣服时(她看起来像黄色卡通画,连环漫画,只有那双眼睛,还不到二十岁,几乎无法指望它们隐藏起恐惧与无助),我站起来,幽灵似的移到白色窗户前。我拿着冰冷的金属鸡尾酒搅拌器,看我肩膀动的样子,你还以为我在哆嗦,其实我没有。我只是在思索,不知为何我竟在地狱,为什么这是地狱?天空像个帐篷,包裹着这一切,美女、欺骗与疯狂举动,这个白色帐篷的意义何在?我一直看着天空,说道,是啊,我就像天空,那么忧郁,那么深沉的忧郁。怎么会这样?我以前干过,我还会再干。没有警察阻止你这样做。我知道人们在看着我,而你也未能幸免或也并非无辜,我想。但是现在还有别人也在看我。另一个女人,这是最他妈讨厌的事。玛蒂娜·吐温,她在我脑子里。她怎么进去的呢?她在我脑子里,还有那些噼啪声和交流声。她在看着我。她的脸在那儿,就在那儿,看着。观看者观看着,被人看的观看者——在这第二种病中,我被她看,而她在无意中看着我。她喜欢她看到的东西吗?废话,噢,无论是什么,我一定要挺住,我必须要抵制。我绝不是爱情警察。金钱,我一定要用钱武装自己,很快我就会有更多的钱。我一定会安全。

"菲尔丁,"我说,"你怎么能这样对我?什么?十二天了,他妈的,剧本在哪儿?"

"明早,约翰。我保证。"

电话响了,我粗鲁地咒骂——原来是菲尔丁一直在等的电话,斯邦克·戴维斯打来的。我回到窗前,菲尔丁在安慰他、哄他。

"跟我想的一样,施耐德对他很直接。你看,斯邦克对纳布恨之入骨。这事说来话长。"菲尔丁无力地耸耸肩,"好了,他加入,赫里克退出。"

"那好,"我说,是真心的。

"有一个条件。听着。他想要这间餐馆是个素食餐馆。"

"在电影里。"

"在电影里。这帮家伙……"

我笑了,菲尔丁也笑了,他可爱、深情地笑了。当他露出干净的后槽牙(胖鼓鼓、孩子气、没有受过伤),我木木地想,天啊,长得多么好看。当我为了整容飞往加州时,我想,当我带着支票光着身子被推进手术室时,我知道我要说什么。我要说,"扔掉蓝本、敲碎模型。我要整个菲尔丁。是的,给我一个古德尼。照他那样做一个我。"

我已经提到过,我挺喜欢看《一九八四》。那里头没有花里胡哨的布置,没有伤感、势利或文化偏好,一号空降跑道颇像我生活的那种小镇。(我把自己当成思想警察中一名理想主义的年轻下士。)此外,还有受欢迎的性趣和那些老鼠酷刑让人心向神往。深夜我跟跄着回到艾什伯里,我吃惊地看到我租的房间也是101号。也许，如果我多读点书，少想点钱，我生活的其他方面会更如意、更多感伤。第二天我没时间读书。阅读让我忙坏了。

十一点钟，费利克斯用装订得好好的四册《良币》吵醒了我。基于约翰·塞尔夫提供的主要情节，多丽丝·阿瑟写出了剧本。我要了六壶咖啡，同时一人独个儿做完了在洗手间里该做的事。我拔掉电话。我坐好。一盏全新、可调角度的台灯从我肩头上方颇有兴趣地凝望着我。阅读——这几天我一直在阅读。我就是坐在这儿阅读。但这次不同，这次是工作，这次是钱。"1. 内景。晚上。"我开始看起来，奋力阅读，危险而兴奋。

作为一个状态良好的读者、一个阅读老手，我用不了两小时便翻完了《良币》。看完后我放声大哭，我摔断直背椅，将一满壶咖啡砸向门口，我用蛮力狠踢床脚，我不得不用个枕头捂着嘴满屋跑，最后我才止住了自己的尖叫。我他妈简直不敢相信……菲尔丁在某种程度上是对的。《良币》是个梦幻剧本，条理极其分明，节奏感很强。对话迅速、好玩，欲说还休的勾引。节奏也很美。你大可以沉浸其中，一个月内拍完整部电影。我在桌前坐下，桌上有免费赠送的笔和纸。我开始重新阅读。

我他妈简直不敢相信。谁这样作弄我？是谁？首先：加里，那个父亲，"加菲尔德"——洛恩·盖兰德演的角色。在片头前开场桥段里，我们可以瞥到穿着湿乎乎睡袍的洛恩，手里拿着一团衣物从他们夫妻睡房里被骂了出来。这是洛恩的最佳时刻，其后每况愈下。虽然洛恩不停地吹嘘自己博学、富有与年轻，（我们发现）现实中他是个文盲，已破产，老态毕现。是的，老洛恩快不行了。在他的恐吓下，那个年轻舞女终于上了他的小床（极富喜剧色彩的一段情节），老洛恩却不举。举？他甚至找不到它！他沮丧地抽泣，狂揍嘲笑他的年轻美女。美女回报以一脚，正踢在他的蛋蛋上，洛恩像根折断了的棍子咔嚓弯下腰。在一场来真格的打斗戏里，尽管穿风雪衣的洛恩·盖兰德用汽车工具把睡梦中的合作明星吓了一跳，他还是被痛扁，差点给打死。他最后几句可怜的台词是从躺在重症监护病房里、石膏被打得像个木乃伊似的身体里发出来的。至于那个儿子道格——就是斯邦克·戴维斯演的——嗯，一开始，他想吞下黑帮海洛因的动机是这样的：哪怕以一天一千美元的代价，他也要煽旺自己毒瘾之野火、那片耀眼的金雀花。他是根老烟枪、强迫症赌徒、没药可救的酒鬼和（此处多丽丝怎么说的？）憔悴不堪的手淫艺术家。斯邦克还是垃圾食品名副其实的精神导师或法师，他主宰着餐馆厨房里的坛坛罐罐，以及各种致命的添加剂和黏乎乎的香精。至于他在性事上的不检点，给我们留下无尽揣测的空间。不过，在一幕与主题无关且令人难忘的场景中，斯邦克跟他母亲一道去某间孤儿院来了次"慈善"访问：在一连串紧凑的特写镜头里，我们看到他在给流浪儿童们分发糖果的同时，却对瞪大眼睛看着他的孩子们动手动脚。

再来看看女士们。如果你想找个词来概括卡都塔·梅茜演的这个人物，那么不育这个词会从你嘴里蹦出来。卡都塔的关键之处在于她是多么多么不可思议的不育。天啊，她是有多不育！卡都塔没有多余的孩子，她根本一个孩子都没有：斯邦克

(这可是泄露天机)是她领养的孩子。尽管她丈夫阳痿尽人皆知、尽管她公开庆祝五十三岁的生日，卡都塔仍在说总有一天她要生多少个孩子。剧本里还有许多象征性时刻：卡都塔绝望地凝视着操场，那儿全是笑语喧哗的孩子们；卡都塔很镇静地靠在花瓶旁，花瓶里是凋零枯萎的花。还有那次孤儿院之行。甚至还有个梦幻般的连续镜头，不育的卡都塔在无边的灰色沙漠里游荡。一个女人能有多贫瘠？没错，你真的会很同情卡都塔，为她这难以置信的不育难过。至于布奇·波索莱——情妇、舞女？我本指望同为女权主义者的多丽丝会成全布奇唯一的附加条件。我以为布奇能免去家务琐事，不用洗碗拖地、铺床叠被。可是，错了。从阿瑟的剧本来看，布奇本来名叫"苦工"、是节省劳力的家用电器广告代言人。她削土豆皮、摆放垃圾桶、清洗抽水马桶。甚至在夜总会里，布奇永远也在清洗酒杯或熨烫丁字裤，跳舞基本就是在模仿拖把和提桶。关于布奇还有什么其他重要事情吗？你猜到了，你比我先猜到。一个自信的健谈者，想法多多，她依然是个哗众取宠的低能儿、兴高采烈的大胸脯肉弹。经典的、教科书式的愚蠢金发女郎：这就是关于布奇最重要的一点。

"他妈的，有人在捉弄我，"我脱口而出，感觉到自己的疖子都爆了。

于是我走了，又跑起来。

我飞快地穿过前厅，打盹的门役惊醒得太迟。我穿过摆满古董和小玩意儿的轩敞内室，直奔两扇门的卧房。我两手抓住两个门把手——一把推开……菲尔丁穿着黑色睡袍坐在床头，没有丝毫慌张的神色。他身后，一个深色肌肤的年轻男孩赤身裸体躺在床上，脸扭到了一边。

如我无意中瞥见别人的真正癖好，我会跟任何人一样吃惊，但是我那会儿气得不得了，我只是想，原来他也是个同性恋，是不是？没错。

"到这边来。"

"出什么事了，滑头？"

他看起来悠哉游哉，我要让他狼狈不堪。他关上身后的门时，甚至打了个呵欠、挠了挠头。"那个剧本，"我说。

"哦，难道你不喜欢？"

"彻底砸了，你知道的。"

"……怎会如此？"

"那些明星，那些明星！他们永远不会碰那堆狗屎的。全完了！"

"请原谅，滑头，"他说着从托盘里倒了杯咖啡，"不过你这样暴露了你缺乏这方面的经验。你想来点吗？喝一口。明星们全签了字，他们会演的，否则我们的律师会介入。你得展现你的权威，约翰。你喜欢写实。他妈的，我就是喜欢你这点。"

"那不是写实。那是——是有意捣乱。"

"难道你不明白我们手里握着什么吗，滑头？《良币》将会是本年度、十年来、本世纪唯一一部真正展示电影狂乱、演员裸露的影片，它确实——"

"你找错人了。我不能这样干。我不打算再玩下去了。多丽丝必须走人。那个婊子彻底变了,她脑子有毛病。我要去找我需要的剧本——我要找我的人来做,别担心。给多丽丝钱,把她打发走。"

菲尔丁停下来,看着别处,那神态仿佛一个男人最深沉、最神秘的计划给削弱、给打乱、给弄砸了。他轻声说:"难道你不觉得多丽丝该听听这个?"

"当然,给她打电话吧。"

"我会的,"他喊道,"噢,多丽丝?"他说。

多丽丝·阿瑟从卧室里走出来,除了一条清凉短裤外什么也没穿……我脸上一亮,这表情只好流露出来,又被我抹去——这也是无法抗拒的一幕。她走过早餐小推车,随意地晃着胳膊,轻松得像海边九岁的小孩。对她来说,没什么可隐瞒的,没有,什么也没有。另一方面,那裤子——那条我刚提到的裤子很有用。按恋物癖的标准来说很有用,更别提按女权主义的标准了——裤子包住很多东西:耸动的屁股,前面的毛丛好奇地下垂着,像一颗被包在手帕里的李子正等着被擦亮、被分享。我猜测(我想),我猜等她有了孩子,她才会有大小适中的乳房,那时这个,那时这整个——

"那好——对,是啊,"我说,"执着于虚构,多丽丝。你把它搞砸了。你出局了。听着,"我告诉菲尔丁,"很简单。要么她走要么我走。要我还是要你的小妞。天啊,如果卡都塔读了那堆垃圾的一个字。哦,还有洛恩!"

"他们现在正在看呢,"他说,"今早我让人开车把几套副本送出去了。你、卡都塔、洛恩、斯邦克、布奇。"

"行啊,"我说。这是我的行动,我的尝试。你只能做一次，而且你得说到做到。"现在四面八方都会扔来狗屎。你准备应付吧，伙计，因为我今晚就飞了。我还要告诉你另一件事。我不会回来了。我不在乎。我要回 C. L. & S.，接着拍我的广告去，等着合适的生意。要么她走要么我走。她走，我们接着干，不然我彻底出局。"

菲尔丁坐在椅子上一动不动。多丽丝无动于衷地喝着咖啡，双手捧着杯子。我转过了身。

我走了。走过长长的房间，经过沙发，发光的桌子。远处门两边灰色电路板闪着微光，钥匙台、功能控制板，满满一盒软盘，许多屏幕上的文字读物，压得扁扁的像矮胖的机器人样……往门口走去的这段路，我想——走得好，继续走。你做的是对的。我是认真的。我要走出这扇门，我要继续走下去，一路走到英格兰，我永远不会回来。

"滑头，"菲尔丁说。

中城一个铺着石板路的公园。天气虽然炎热，但是石板间仍然可见潮湿的水渍。炎热使出浑身解数，仍然没用。这座一个街区长的水泥凉亭尽头有幢建筑，以及被精确开凿的墙角石，样子看来有点朴素，不过广场是大家的，具有街头文化气息，黑人和街头艺人、鸟屎、吹萨克斯的、贩毒的、丛林艺术家。木头长椅上，坐在我旁边的是玛蒂娜·吐温。

她刚去了博物馆。博物馆让她的肌肤苍白耀眼。她有多种色彩，但此时她处于失血状态。当然，通常我愿把这归咎于我的出现和对她的接近，但这回肯定另有隐情。凭男人的直觉，我感觉这跟奥西有关。我也在想塞琳娜,我刚给伦敦那边打过电话,这次这个轻佻小姐总算在家。"是的,"她甚至说,"不,那好。快点回来……"这次跟玛蒂娜见面——我在旅行前慌慌张张给她打电话道别,整个一副逃跑的样子,这时我想:等等,慢点。她的声音听上去很可怜,当我说再见时她更可怜地不吭声。所以,这是次沉默的见面,没有进一步,只有当下,也许有点安慰。说到底,朋友是用来做什么的?他们有什么用?我常常这么想。

还有些其他刺激让我也不想说话。电影明星们,显然他们读得快。当我午饭后大步流星走进艾什伯里时,立即被一群成人围住,大约一打东西马上扔在了我脸上。有人朝我的脸吐唾沫,有人扇我耳光,有人冲我咒骂,有人对着我的脸挥拳,有人在我面前晃着禁令。眼泪汪汪的星期四由一个身材跟纳布相仿、穿着侍从制服的黑人男子陪伴,他自我介绍说他叫布鲁诺·比金斯,是洛恩的保镖。老王子卡什米尔,准备在中央公园召开一次黎明会议。赫里克·施耐德戴着他的假发圣代,替斯邦克出头。还有个名叫霍里斯·托尔恰克的盗尸者在大声抱怨——这是布奇·波索莱的律师……最后,我只能从他们的包围中逃出来,躲进一家酒吧,膝盖上搁着电话。此时已近傍晚:菲尔丁整个下午都在四处安抚,事态慢慢平息下来。

不过我自己,我并不平静。跟玛蒂娜约的见面时间还早,我在时代广场上漫步,低矮的四十年代建筑,高大的三十年代建筑。在一个阴暗的十字路口,我看见黑色雨篷,我的双腿还记得我曾来过此处,因为我摇晃了一下,往前一个趔趄,肩膀塌下来,像炮火下受伤的士兵。"泽尔达。"我走得更近点,

"晚餐加舞女。"我透过豪华轿车的玻璃望进去。桌子、罩着的钢琴。里面一片死静,仿佛万物灭绝,灰尘和满满的烟灰缸给里面的东西抹上一层冷冰冰的灰色。所有员工和顾客全在他们木乃伊坟墓和吸血鬼棺材里,等待夜幕降临……我横过街道,溜进一家酒吧,转过我的高脚凳、面朝被遗忘的雨篷。

"给我一杯——它们叫什么来着?"我说,"白葡萄酒和苏打水。"

"你确定?"酒吧招待说。他是个大块头,不怎么利索的爱尔兰人,系着干净的白围裙,像个刚开始一周工作的屠夫,其实是开始一周的杀戮。在他的怀里,在这位屠夫的怀里,抱着的是一瓶尖嘴苏格兰威士忌。

"当然,我当然确定。"

他满腹怀疑地把 B & F 放到一边。"你的女士朋友呢?"他问我,不太友善——不,一点都不。我觉得他打算把我给轰出去,虽然我才刚进来。

"什么女士?"

"红头发、大个子。那个把舌头伸进你耳朵的女人。"

"什么时候?"

"我他妈怎么知道?我不知道。星期六晚上。"

"那不是我,"我说,在说这句话之前我已想好了理由,"那是我的孪生兄弟。跟我说说那件事。"

他冷淡地摇摇头。我给他一张二十块的钞票,可他就是不告诉我。

"我叫约翰——他叫埃里克,"我解释道。

"你?孪生兄弟?"他说着从我身边走开,走到吧台那儿。"你们是一个人,朋友。一个人这样做的。"

……玛蒂娜在身边动了动。我们沉默的会面即将结束。她站起来,俯下身子,抖落衣服上的细碎东西。她长长的眼睛望着我。什么都没发生。为什么一定要发生什么?为什么必须要?我们的手碰了碰,互道再见。我看着她走下台阶,走到第五和第六大道之间的四十二街的人行道上,再往西,不久就消失在人流里。

于是,就在肯尼迪机场这儿,我坐在人造月亮洞穴里,手里拿着杯三份的 B & F,天空里正播放一部有关不久之未来的电影,嘈杂得很——一部好电影,定格在我的舷窗里,总摄影师拍得很棒。我周围的人个个一副机场表情、起飞表情慢慢挪动着。他们来自四面八方,慢慢进入他们的飞行状态。地球人是一流乘客:他们一天到晚这样。《良币》……事情发生了,挺好。我觉得挺好,我觉得不可思议,我觉得几乎成年了。我不只是个过客——我是一个生命飞行员。决定事物命运的权力、力场,我倒要晃晃它们。我可能失败,但我清楚地知道我打算怎么做。

该走了。我朝连机通道走去。一阵冲动之下,我给我的朋友玛蒂娜打了电话,再次道别。就这么突然,也没认真思量,我就无比自然地坐上了头等舱。

6

我住的附近最近发生了一起男同性恋谋杀案，整个小区都有所耳闻。嗯，此时这种天气正是同性恋杀人的天气，这里也一直是同性恋杀人的小区。今年头几个月间，天气像一盆冰凉的待洗餐具。现在，随着夏天终于真正来到，天气像盆温热的待洗餐具。入夜，一切都是血液热度，让你出汗却不温暖。街头庆祝和街头暴乱。伦敦到处都是街垒路障和彩旗，谈论的话题不是皇室便是骚乱。

此时也是谋杀妓女之时。妓女们最近给引进我住的小区附近。不知是谁或是什么把她们介绍来的，但是她们确实来了：你好，姑娘们，欢迎。她们单个的、三三两两地站着。她们很勇敢。男人们开车进来。你看到这些姑娘们弯腰倚在车门上讨价还价。姑娘们都是土生土长，可嫖客们却来自异乡——所以常有沟通问题。实际上沟通一直都有问题。"没错，不！二十镑。"有个红头发，还不算个女人，穿得却像个小市民妻子，围着鼠皮围巾，挎着精致手袋，一张下巴突出的尖脸。曾经有一次，她隔着敞开的窗口即将谈妥生意时，我注视她放肆的屁股，接着挣钱的担心又让她钻了进去。另一个是金发肥妹，穿着穷酸、没形没款的冬季外套。当我第一次在她的摊位外为她的步伐计时时，我自言自语道，开什么玩笑。然而我得承认，这小妞做生意很有一套。不止一次我看见晕黄灯光下晃动的黑手指把她从一群人中给挑了出来。还有个姑娘是波斯人（我觉得），炫耀着浅蓝色裙裤上的条纹和半透明的上衣。现在她看上去仿佛值任何人的二十英镑。她有晃动的奶子和剃得发光的褐色大腿。跟她那些紧张、胆小或勇敢的同伴相比，对于妓女这一行，她似乎没那么无聊，也没她们那么害怕。

妓女们被引进我的小区，谋杀妓女也随之而至。三周前，一个姑娘被人发现被扼死在一辆偷来的车内。前天，又有个姑娘被发现给人用刀捅死在旅馆地下室里。然而，其他人还是在灰尘仆仆的广场做生意。那可是生意，对不对，冒着风险、担惊受怕？嫖客们，他们一定喜欢且尊重这种勇气和恐惧。他们付出了好价格。啊，可怜的姑娘们——你同情她们。昨晚我回家很晚，当我从菲亚斯哥里爬出来，踩灭香烟，欣赏温暖夜色时，看到两个妓女，那个红头发和一个我没见过的妓女靠在火灾多发的旅馆栏杆上。不认识的那个身体壮壮的，小脑袋结实得像个灯泡或洋葱。我冲她们说，"嘿，我听说那天你们有个人被抓了"——可能我用词不当，但我很友好，替她们担心，还有种感同身受的味道。她们以一种派对或夜总会里不许有妓女的姿态厌恶地转身走了。"对不起，"我说，"你们要钱吗？给——拿点钱去吧。"我看见醒醒的皮条客，亚裔，不安地站在街角的西班牙咖啡馆附近，笑着露出一口牙齿，鲨鱼一样猛冲过来，只见到闪光的鱼鳍。被包得紧紧的屁股口袋里一卷钞票鼓得像根鸡巴。

我有种感觉：塞琳娜在做什么事。这只是我的推测。是的，她在做什么事，这个塞琳娜。我才知道——不过，我发现，你很难察觉小妞们在干什么。昨天中午，我从希思罗机场坐出租车回家。喝酒、头等舱，一点不觉得旅途劳顿。塞琳娜殷勤体贴，一尘不染的公寓里，什么都在，一件不缺，仿佛她刚刚冒出来，空降在这儿似的。客厅餐具柜上的鲜花垂下睡着了。我吻她，她的唇在躲避我。她的呼吸有股鸡蛋和金属的味道，那么她在排卵，这个婊子，我想。问题是——通常这会令她很冲动，却让我很冷淡。而她冷淡时——我却会冲动。但我很冲动时，而她却冷冰冰。是的，她再度占了上风，小塞琳娜。我怀着最美好的愿望，带她到克罗采吃饭。我坐在那儿，鸡巴兴奋得戳进了肚脐眼里，而塞琳娜却骄傲得一声不吭。香槟、美酒佳肴，完美搭配。我车技娴熟地飙车带她回公寓。她不愿跟我上床。这可真让我兴奋难耐。不能再拖了，我寻思，得让她有自己的美国运通卡和贵宾卡——要么两张卡都给。她还是不肯跟我上床。我豪爽地夸下海口，许诺要给她的小店注入一笔可观的投资。她还是不肯跟我上床。我无奈地点点头，写了张三千英镑的支票。她才提议说给我打次手枪！——好吧，不用多说，就那么个意思。我们在厨房里。我在喝白兰地，而塞琳娜理直气壮地喝她的茶。她一手放在喉咙上，哼哼着，我直盯着她看。我受够了，所以当她提出要给我打手枪时（我是说，天啊，我们这是种什么关系？），我接受了，告诉她穿上哪种行头，用什么方式，等等。"你真是让人难以置信，"她说——收回了她的提议。最后，我决定冷静处理。我撕掉支票，喝完白兰地，上床，自己打手枪。

我睡着了。我睡了几个小时，或觉得睡了几个小时。当我醒来时——我脱离了时间，我自由了。我的书等东西还在那儿，在一堆飞机垃圾和耳机以及大西洋上空天气的诸神之间。

时间在旅行。夜晚和白天经过我身边，飞快地朝着错误方向奔去。我落后了。我必须迎头赶上，把握住，抓紧了。在卧室外面，塞琳娜在兜圈子，继续她的停顿状态，保持距离，高度警惕。我叫她的名字。她出现在门口，被灯光定格在那儿，然而却感觉遥远，她再也不完整了，去到其他影片或故事里去了……今天，在机场排队等出租车时，我看见的应该是奥西·吐温。我没有跟这位高个子旅客打招呼，当他付完车钱，扣好外套，抬起头时，我退回到队伍中，为自己的小秘密笑了。玛蒂娜的脸，是不是还在看着我？是的，在那儿，现在更苍白了……塞琳娜一声不吭地给我端来咖啡，像个护士，她把马克杯放在床头柜上，站在我够不着的地方。

"喂？"我说。听上去线路不好，但也可能是我的头一直嗡嗡作响的缘故。耳鸣这个老毛病——不久我就得伴着枕头上刺耳的半导体收音机睡觉了。显然，即使耳朵聋了，耳疾患者仍能听到脑袋里的噪音。运气真差。双倍的差。

"是约翰·塞尔夫吗？我是马丁·艾米斯。"

"哈利路亚，"我说，"你的电话来得正是时候。我有份该死的活想找你来做。我给你的出版商打过电话，你的经纪人，全国——你知道，书什么的。你在干吗？有没有偷偷摸摸做些什么？"

他没回答。我很谨慎。作家们——你跟他们打交道得温和点，他们是群怪人，成天坐在家里。

"不管怎样，谢谢你打电话来。谢谢你的经纪人转达我的留言。好了,听着,你在电影圈内干过,对吧?"

"……一点点,"他说。

"那好:小伙子,今天你走大运了。我有个想法,想跟你谈谈。我有个——"

"不,等等。如果你当真的话,请跟我的经纪人谈。"

"不,听着,"我说,"妙就妙在这儿。我们砍掉了经纪人以及工作室。"

"是啊,那些在酒吧或飞机上,以及在街角包装电影的人也一样。"

"不,听着。起初我也有疑惑。不过情况是这样的,我的制片人,他找了个律师来起草合同,律师会收取一定费用,但不会有提成。这是个好消息。完全干净合法,别担心。"

他沉思着。"我们现在到底要干什么?"

"啊?"

"钱。我加入这本书。等你知道了再打电话给我。"

他挂了电话。我抽了两根烟,摁下十四个号码……此时,曼哈顿那边,是清晨七点钟。菲尔丁刚刚晨跑回来。他精神抖擞,脚步轻快,充满活力。他公事公办,仿佛这只是他许多部电影之一。我还有种感觉,《良币》在艺术上已经失去了他的支持,现在充其量不过是个回报颇高的投资罢了——再说,也只是其中之一而已。它不再是他的宠儿,不再是他的宝贝。自从多丽丝那场灾难以来,这是他给我的新感觉。我怀念那种人情味,但是没有它我也能活下来。我完全应付得了,而且,很可能不用多久温暖会回来的……菲尔丁,当然,他听说过马丁·艾米斯——他没有读过他的东西,但最近那场剽窃官司、文本盗窃案,报纸、杂志上铺天盖地都是。所以,我想。那时,小马丁伸向钱柜的手指给当场捉住了,是吗。文字罪犯。我会记住这一点的。

我俩经过仔细考虑,敲定一项交易——一份草稿多少钱、重写一次多少钱。

"等等,"我说,"我们找这家伙可以便宜点,我觉得那要花好多钱。"

"也不完全对,约翰,"菲尔丁严肃地说,接着予以解释。我听着,佩服得哈哈大笑。原来他们是这样干的。费用听起来也很奇特,搞笑——但是你真的是按页数付钱给那家伙。草稿或修改稿,然后你告诉他改得太臭,一脚将他踢下楼去。那样我们就以百分之六十的最低价格弄到我们的剧本。多丽丝·阿瑟了解实情。

我冒险问道,"多丽丝怎么样?"

"挺好,"菲尔丁说,"现在我让她把那个剧本再写成小说。你错了,约翰。"

"我没错,菲尔丁。"

多丽丝在九十五街的传媒界餐厅外对我说过什么,我就是想不起来,但是我知道我永远不想再听到,所以多丽丝来了个大转变,这是一个原因。是的,不过是原因之一而已。

"今天就给那家伙支票。让他开始写。你手头现金还够吗?"

我说我手头现金还行。菲尔丁告诉我用预支账户,他会很快充钱进去。

"放松点,滑头,"菲尔丁说,"要用钱尽管取。"

我喝完一杯酒,翻出电话簿:马丁·艾米斯的名字在电话簿里,很好——实际上,他在那儿出现了两次,一次是作为马丁,一次是作为 M. L.。有些人为了把他们的名字变成铅字不惜一切代价。

随着购物袋窸窣声,塞琳娜一阵风似的从前门进来。她染过色的头发油光发亮。我发誓,有时候,塞琳娜的鬓发像奔涌的水流——油膏加上小诀窍让她的头发波浪起伏。她说她很累,她说她病了。她吃了片止痛药,上床了。不用说,我垂头丧气跟在她身后走进房间。你知道,这姑娘的大腿内侧异常光滑。那儿的皮肤像蛇一样滑溜,令人兴奋:那儿的皮肤有光泽。如果你看的话,你能在她大腿根部找到丝般光滑的褶缝。你很难搞到有这种大腿内侧的姑娘。

塞琳娜,她像男人杂志上的女郎,她可能就是男人杂志上的女郎:近来这种姑娘越来越多,很难在她们身上打上标签。正常的姑娘,她们不像色情杂志里的姑娘。这儿还有个不为人所知的事实:色情杂志里的姑娘们也不像色情杂志里的姑娘。色情就这样,男人就这样——他们总是给你错误的女人信息。没有姑娘会像男人杂志里的姑娘那样,哪怕塞琳娜也不是那样,甚至男人杂志里的姑娘也不是那样。我查看过一两个那种姑娘,我知道。可以说,人人都有自己的形状、身材。可是,你试着告诉色情这一点看看。试着告诉男人们这点看看。

我是怎么发现这个不为人知的事实的?我又是怎么能核实得了色情杂志中的一两个小姐的?那么,你觉得呢?

钱——没错。

"回答我个问题。你每天会给自己规定写作时间吗？还是说你只有感觉来了时才写，或者别的什么情况。"

他叹口气说，"你真想知道？……我早上七点起来开始写作，一直写到十二点；十二点到一点我读俄罗斯诗歌——翻译过的，哎呀；很快地吃个中饭，然后看艺术史看到三点；接着是一个小时的哲学时间——没什么技术含量的东西，也不难；四点到五点：欧洲史，一八四八年什么的；五点到六点：我学德语。从那之后到晚饭前这段时间就随意阅读，想他妈的看什么就看什么，通常是看莎士比亚。"

"是啊，我几天前也在重读一本书。《动物农场》。你怎么看？"

"我没看过，很好笑吧。"

"《一九八四》是说什么的——说什么来着？"

"噢，等有时间我会抽空读一下的。我对这本小说的思想并不那么感兴趣。我也不喜欢《上来透口气》。"

"啊？嘿——你挣多少钱？"

"没个准。"

"但是是多少？"

他告诉我。

"那你他妈的在这上头花了多少钱？"

我跟你说，这个马丁·艾米斯，他生活得像个学生。我用广告人的眼光打量过他的公寓，留意他的花费和生活方式、他的度假开销。什么也没有，没有录音机、没有档案柜、没有电动打字机或文字处理器。只有他的浅色手提式打字机，像个老式箱子。只有圆珠笔、便笺纸、铅笔。只有黑乎乎的广场边两间满是灰尘的房间,没有门厅和走道。他赚得够多。为什么他不用所挣的钱过一种好一点的生活?他准是有个读书的坏习惯,这家伙。那些书多少钱?看来他阅读这事真差劲。

"看来我有很多活要干。这可不寻常,"他说着打开多丽丝·阿瑟的剧本摊在膝盖上。他自信地翻着。"这些就是你的初稿?你有什么问题?"

"我们有个英雄问题。我们有个动机问题。我们有个打斗问题。我们有个现实主义问题。"

"你的现实主义问题是什么?"

我告诉了他,花了很长时间。

"……这样,还有这样,是啊,你就从这儿开始加入的,"我说,结束了这个话题。

"这不是写作问题,"他说,"这是心理治疗。"

"你看这样行不行。"

"说说看。"

我说个数目,就那也花了很长时间。天啊,对于一个作家来说,数目相当可观。

马丁笑了。我觉得他咽了口唾沫。"……英镑还是美元?"他问。

塞琳娜说我不懂真爱。错了。我真心爱钱。真的,我爱。噢,钱啊,我爱你。你是如此民主,你不偏心。你让我和我这种人在一切面前平等。

"英镑,"我毫无准备地说,"不过,钱当然来自美国。你有多忙?"听了我的话,他耸耸肩,噘噘嘴。"可能会吞掉你几周哲学时间,"我说,"可生活就是这样。莎士比亚可以停一停。历史可以等待。"我冷静地提到我口袋里就放着支票,再漫不经心地提及一两个付款细节。我在想——我们这是在这孩子身上浪费钱。他为了这一半的钱也会干的。想想这些钱他可以买下多少书吧。

"我打算说不。"

不!狗娘养的!"什么?为什么?"我一阵苦涩发热——紊乱的刺痛,仿佛我的一个孩子或我自己受到残忍怠慢,哭着从学校跑回家。哦,这个世界还能这么伤人。一如既往的尖刻。

"没什么个人原因,"他说,"我只是不太了解你、不太了解《良币》这部电影。"

"天啊,我刚才全告诉你了。"

"问题就在于,"他停顿了片刻,头低下了。"这部电影,由谁来导演?你吗……你跟我说了情节。你像个十岁的孩子在回忆一个黄色笑话。现在我倒不担心这个。电影产业里充斥着发迹的笨蛋和不会说话的百万富翁。我担心的是……拍一部电影你需要活力,干劲十足。电影导演就是那样的人——干劲十足的人。而你呢,你看着像正要住进感觉缺乏综合征病房的病人。我一直在想:只要他眨眼,他便会心脏病发作。我早就注意你了,你真是个异数。你可真了不起。"

碰巧我是这种人:看见女人就想上,看见男人就想斗。三年前、三个月前、三周前,对于马丁的拒绝,我的反应可能是一把拎起他,猛撞他的眉心。出于某种模糊的原因(我想跟他的名字有关,跟我苍白的守护者太接近了),我奇怪地想要保护小马丁:从某种程度上说,我讨厌毁灭他,讨厌看着他被毁灭。不过从另一个层面上说,有天晚上,我能听到自己——我能嗅出自己——狠揍了马丁一顿,真正地痛打了一顿,怒不可遏,红了眼一般不管不顾。我觉着有时他也感觉到了,也感觉到我们之间的这种粘连。我怕他,怕他的言论。是的,他聪明,我希望我能像他这般口齿伶俐,但我估计他是个懦夫,打一开始就是。

我往后坐,让我的心继续慢慢跳。我扫了一眼面前的烟灰缸,这个万人坑,还有它里面的烟灰和一打捏碎了的烟屁股。我说,

"我打算翻倍。"我说出修改后的数目,只觉得我的蛋蛋恶心地抽搐了一下。"那只是开始。"我拿出支票簿给他看。"行了,拒绝这种钱,你在哪儿还能得到满足?做吧。为你的女朋友,或你的母亲买个礼物。做吧。来吧,拯救我的生命。"

"……好吧我干。"

"谢谢你,马丁。"

"但有一个条件。"

"什么?"

"支票不能跳票。"

"支票没问题,"说着我把它递过去,"我两周内需要第一稿。天啊,你重写得了。"

他抬起头看着那些颤抖的零。他说,"这——这不像真的。"

我嗖地一下站起来:干劲十足。马丁有点怕。他观察着我。他知道我们之间怎么回事,也许他觉得自己有点多心了。

错了,他还不够多心。我向他保证。

现在当我从菲亚斯哥里出来时——我也开始疑神疑鬼。我觉得有人在跟踪我。这些天来我看后视镜的时间比我看前面的时间还多,甚至可以说死死盯着后面。如果有辆车跟在我身后也转了个弯,那行,我不介意,这种事经常有。但如果一辆车跟着我转了两个弯,我就会眯起眼睛,紧握方向盘,偷偷摸摸像个演员了。如果它跟我一道转三个弯,那就真是红色警报了。毕竟,妄想症就是这样的。红色警报。我锁上车门,关上窗。我采用转移战术,转无数个弯,想看看他们是否还跟着我转。我加速……有时候我从前面的车传染上疑心病:前面的车可能对我也疑神疑鬼,以防我在跟踪他们。有时候,我想后面的车会觉得我在跟踪前面的车。我努力让每个人都安心,也包括我自己,我常常超车——或我企图超车。菲亚斯哥似乎没有以前重了。我老在超车:它极度危险,而我好几次都差点撞上。菲亚斯哥失去了转矩和杂音。有一天,我被一辆破车撞了。当时我开车沿着贝思沃特路大摇大摆朝大理石拱门开去,这辆玩具城的三轮车突然从路上蹿出,朝我的车头撞来,直奔没有车的内道而去。我减速,我把脚放在地板上——但是那跛子以为我死了弃我而去。连争辩都没有。昨天我又疑神疑鬼,一辆脚踏车跟着我转了个弯。我停下车。由于直截了当的怀疑我停下车,自行车叮叮当当地骑了过去,是个老太太……今天我正开着车,突然又觉得非常可疑。我不喜欢:发生什么事了——很安静,太安静。于是我发现为什么我会疑神疑鬼了,因为没人跟踪我。

离皇室婚礼结束越来越近。伦敦像天气恶劣的布莱克甫尔或博格诺或贝尼多尔姆。这是历史：英格兰臣民们聚集到首都，以示对王储婚礼的尊重。这是历史，而他们都想参与其中。土耳其人和波斯人，还有穿长袍的黑人、新伦敦的印度人，他们很迷惑，觉得自己受到冒犯——他们不习惯本地人比他们人数要多。面色苍白的庆祝者们在昏暗温暖的夏天打扮得喜气洋洋。你看他们穿着颇具波普艺术的喜庆装束，从大客车的滚滚热浪中挤下来，在临时旅馆的狭窄通道上排队。他们笑语喧天，他们的时机到了……三年前的某月，我在地中海周边的某个机场，准备回国。我殷勤侍候着塞琳娜的某位前任，叫什么多丽或波莉或莫莉的。我们办好登机手续，我们喝着下午鸡尾酒，我们在免税店里买东西，头脑一片空白地在我们的人之间穿行。这个机场曾是英国的一个空军基地，到贝尔法斯特、曼彻斯特、格拉斯哥、伯明翰和伦敦郊区的往返机票十分便宜。我们告别太阳，向着月亮飞回去，尽管有啤酒肚、脂肪团、发胶和快照密封剂之类的东西，大家仍然神采奕奕。舰队街的小报在多层报亭里有售。酒吧招待的寥寥几句英语却颇为管用：他们全都知道怎么说没有冰块。我们都来了，准备回家。上身丰满的姑娘们穿着紧身T恤和被裁掉一截的牛仔裤头重脚轻，还有些在拙劣地模仿着那些出色的女性也穿上了当地流行的荷叶花边裙衫。女招待们也在被包裹得肉粽般的紧身衣中生机勃勃，泛着潮红的脸让那些雀斑愈发明显。古铜色肌肤的彪形大汉们在酒吧里撩拨着自己的躯体，演绎着他们理想中的现代男性之优雅——带八字须的肌肉男。无数的酒水和挣得盆满钵满的假日经济。重新了解了他们的身体，温暖的、抹了油的、精心照料，他们都有性感的褐色肌肤：这就是所谓的健壮体魄。所以这群人、这场天真的进化灾难——他们、我，还有霍莉或高莉或萝莉，风撩起裙子的快活荡妇——我们踢踢踏踏穿过热浪来到轰鸣的飞机前。飞机紧张地蹲在那儿，像做了如厕紧张的噩梦般尖叫着。跟着晶体管、免税酒、大胸脯、白裤子一道，我们从机舱尾部的活板门钻了进去。

观察。等待。他们又来了，这些人……以前，对我来说，交通只是交通，无名无姓、无所谓——交通，纯粹交通而已。现在我对身后的活动了解得多了些。每辆汽车都是独特的，有自己的力场。有的温顺、有的敌意、有的孤单。我看到汽车的脸、汽车的眼睛和汽车收紧的冷笑，有的车畏缩害怕、有的车怒发冲冠、有的车毫不在乎。当我看着人群、看着街道上拥挤的人们，我看到的不是人流，而只是人类的力场——各种老破车、敞篷车、金属顶篷车、大马力车，人类轿车瞪着它们的车灯，把我单拎了出来。

"查尔斯和戴女士在二十九号结婚，"我隔着咖啡和吐司对塞琳娜说。她穿着雍容华贵的晚礼服，绸缎丝滑得如糖霜。还是半透明的那种。"要不我们来个双重婚礼吧？那准有趣极了！我们现在就可以跳上出租车，到邦德街给你买个戒指。你喜欢什么样的？祖母绿、红宝石、大钻石？我们可以在诺克斯吃中饭。我会给旅行社打电话。仪式完毕后我们可以去巴黎待上几天，坐头等舱去。我们要住那家新开张的酒店，那家号称世界上最昂贵的酒店。还有，你需要添置一衣柜新衣服。我也觉得你该有辆自己的车。菲亚斯哥对你来说太大了点。我听你自己这样说过。今年夏天你想去哪儿？想想吧，巴巴多斯、塞舌尔、斯里兰卡、巴厘岛？"

"我听不到你说话，约翰。约翰。你在做什么？"

"没什么，"我说，可实际上我做了很多事。此刻我跨坐在塞琳娜的厨房椅子上，手里摩挲着她的一个乳头，另一个乳头在我嘴里像薄荷糖似的滚来滚去。"你说什么？"我说。

"什么？哎哟。听着，别搞了。我想看电视里的皇室婚礼。"

"去你妈的，"我说。

"去你妈的呢。"

"滚开！"

"你才滚开！"

"啊，我操，"说完我下楼去"屠夫武器"[1]了。

……有个老太太住在公寓里。一天，三个黑小伙和两个光头仔来叫门。他们毒打她、强奸她，偷光她的钱。当老太太的儿子带着警察来时，一个黑小伙还在床上睡觉。这孩子才十六岁，而那位儿子已七十二岁，老太太八十九岁，独自一人住在那儿……一个阿拉伯酋长被一枪崩掉了。据《晨间快报》的一条消息，中东突然间比以往更为动荡，世界和平受到严重威胁。现在又引发出更为严重的问题：油价会不会飙升？国际货币市场上英镑会不会受打击，甚至遭群奸？考虑到油价将要上

---

[1] 英国第一家微型酒吧。

涨，我今后挣的美元会不会贬值？我要求知道。也许会爆发世界大战，随之而来的是费用上升和不便增多……电视因一种神秘疾病被匆忙送进医院。第五页，金发乌拉炫耀大胸脯和清凉短裤。希茜·斯科里莫斯基原来是个同性恋，她的一位前女友起诉希茜索要赡养费。昨天我在塞琳娜的内衣箱里乱翻时，发现一份我从没见过的法律文件，律师的诉讼事实摘要，大体是关于普通法和女人权利的……俄罗斯坦克控制了波兰边境。我在《一九八四》里面畅游过大洋国，对边境有疑问。我担心波兰。我担心莱奇和101房间，担心达努塔（你知道她又怀孕了）还有他们的孩子。我呢，我想团结工会可能很快就会死于过度兴奋。莱奇做的每件事在自由国度里的男女们看来都很理智，但我打赌波兰人民不这样看，那儿掌权者是严酷异常的笨蛋。你有没有听说过一个有关钱的笑话？很好笑。问：在波兰唯一值得用钱买的东西是什么？答：钱。其他品牌的钱——我们的钱，那可是贵得要命。真是笑破肚皮，太好笑了，对吧。

"巴里认为她做过。肥文斯认为她做过。塞西尔认为她做过。维罗妮卡认为她做过。我认为她做过。"

"做过什么？"我问。

"已经做过了。"

"跟查尔斯王子？"

"是啊。嗯，这样听起来才合理。他是王储。我是说，他应该知道他得到的是什么，对不对？"

我和肥保罗——我们像兄弟。我们总是嬉戏打闹，总是吵架打架。二十五岁时我们不再吵也不再打了。太伤人了。肥保罗从没输过，现在我怕他，我在他身边时总是非常小心，不想喝醉。他因为比我更暴力而挣了好多钱，不用说，如果我像肥保罗一样，就靠它生活的话，我的打架水平也会提高。行了，他是专业人士，我对自己说，而我呢，暴力最多只是个爱好。

"我对性没有兴趣，"今天早上我深情款款为塞琳娜端上茶，她喝完后说。

"那又怎样？"我问她。

"天啊，客气点行吗。发挥点想象力，会过去的，我只是对性没兴趣。"

那你想说什么？我想说，但我没有。我抵制这种诱惑。我看着她那张骄傲演戏的脸，看着她喉咙上的喉结和气管，看着她一缕缕湿头发，看着她比以往更重的乳房坚挺于胸膛上，还有她裸露的肚皮，屁股上的突兀光泽，睡觉的味道。

"那你想说什么？"

"你，"她说，"太不真实了。"

小塞琳娜很幸运，我不再打女人了。如果我停止不打女人的话，那她准第一个知道……所以，我逃走，跟我的艺术指导和布景师一起过了个无聊却很有必要的上午。我带着助手米奇·奥布斯一道去的。这些懒汉全在雇佣之列。菲尔丁有个特别编号的账户处理这个问题。接着我跟凯文·斯喀斯和德思·布莱卡德一起吃中饭。他们也在雇员名单上。你真该看看我是怎么跟这帮人打交道的。马丁·艾米斯真该看看我是怎么跟这帮人打交道的。这些人觉得我是上帝。我可以从他们谄媚的笑脸、声嘶力竭的笑声、宁静的仇恨中看出来。接着，我去莎士比亚酒吧看我父亲，寻找父子关系这码子事的线索。

"巴里在哪儿？"我问。

"给，"肥保罗说，"拿着钥匙。"

老酒吧罩着紫色窗帘的地下室里，我父亲正在面试脱衣舞女。他心情不佳，这些女人们都很差劲——三十来岁、赘肉横叠的家庭主妇，迫于钱的压力来到舞台上。她们甚至拖儿带女来这里，孩子们在后面，紧张地打着呵欠。这些孩子让我想到别的孩子——是的，监狱里的那些孩子，布里克斯顿的孩子，那些小小探监者。我不愿看这些，我背对着光重重地坐下。

"拿个杯子来，约翰，"父亲说，像个债务人般飞快瞪了我一眼。"那么你叫什么名字？艾玛？那好，亲爱的，你可以走了。"

我说，"维罗妮卡怎么啦？"

"别在我面前提她。自从《潇洒》杂志之后，我跟她之间就没什么好说的了。她现在一心想拍录像带，她对录像着了迷，脱衣舞满足不了她了。她自称为身体艺术家，她不脱衣服，她搞人体艺术。上周三她在这儿的舞台上搞身体艺术，简直是场灾难。谢谢你艾玛！是的，谢谢你，亲爱的，够了。"

我转过身。艾玛拎着一团衣服，在灯光下点着头。一个穿着短裤、面色苍白的小男孩从钢琴凳上滑下来，向她走去。

"下一个！"

"上周三怎么啦？"

他鼻子里狠狠地哼了一声，眼睛与舞台保持水平。他说："她让那个基佬罗德做整个舞台设计。那个摄影师，我跟你说，他最好是个基佬，不然他们都得进医院。他做的所谓的灯光设计，漆黑一片，客人们走路碰到墙壁，酒水都洒出来。非一般——你知道，那姑娘事后穿着一只袜子走来走去，如果你愿意你也可以给她五十便士。不对,好座位和两英镑的入场费。维罗妮卡遮着面纱、披着围巾上台,黑暗中仅有一点微光,后就下场了!客人们气疯了。我走过去说——出去,脱掉你那些衣服。可是她不愿意,她就是不,还说就是那样。我只好退钱。心碎啊。谢谢你,亲爱的!美极了。我看看能为你做些什么。"

"嘿,我想问你件事。你有没有计划——"

"你会拿回你的钱的,"他说着,第一次正面看我——上眼皮耷拉着,嘴唇外翻。

"跟钱没关,"我说,"是问你的结婚计划。"

"噢,它们呀。"他耸耸肩,随便朝我一挥手。"帮我个忙,约翰。你出去时,顺道看一下女王殿下。她想跟你说话。嘿,那个塞琳娜。"他滚动的冷笑加深了,似乎与眼睛突然一亮有关。"我打赌她是个下流坯。难道我错了吗?"

"塞琳娜?"我说,出于本能的忠诚,加上我是个容易伤感的傻瓜——"她很脏。"

他哼了一声,转身走了。"你走吧,儿子。快走。"

我在五颜六色杏仁糖般的会客室里找到维罗妮卡。她躺在沙发上看电视,摆了个引人注目的姿势。高昂的头像个托盘、尖尖的高跟鞋、黑丝袜、绿松石色和服式家居服上有许多神秘的开口和搭布。黑睫毛浓密得有如军人肩章的垂须,脸颊和眉毛处涂抹的粉厚得像死人的殓妆,映衬着蛛网般迷蒙的双眼。维罗妮卡和她身处的房间质地相同——糖果店、果子露、甘草糖。她一边说话(有关巴里、有关戴安娜女士发型的缺点),一边用前臂摩挲着乳房,很舒服的样子——"为了保持良好形状，约翰，"她说。从这儿开始，谈话转到了她的身体上，她有多恬不知耻啊。换了别人，他们可能对自己的身体感到羞耻，但她不，维罗妮卡不会。"为什么我要对我的身体难为情呢，约翰！告诉我为什么，为什么？"我没有答案。于是维罗妮卡问我在成人电影或黄色录像甚至色情小电影里有没有熟人关系。

"没有值得一提的关系。没这种关系。"

"巴里对我的职业前景持怀疑态度，约翰。不过，罗德对我的才华很有信心。你是搞艺术的。我敬重你，约翰。你觉得我行吗，约翰？"

"凭我的经历，维罗妮卡，这种事两者皆有可能。"

她看着我，认真思索着，双手交叉放在蓝色翻领上。"我会是你的好妈妈的。我会的，"她说，"我会的，真的。"

"作者与叙述者之间的距离与作者发现叙述者邪恶、欺骗、可怜或可笑的程度相符。对不起，我让你很无聊了吗？"

"——啊？"

"这个距离不完全由传统手法决定。在史诗或英雄主义框架下，作者把他的一切都给了主人公，甚至给得更多。主人公是神，有着神权或种种美德。在悲剧里……你没事吧？"

"啊？"我重复了一遍。一根椒盐饼干刚戳到我摇晃的上牙。我在脑海里回放了一次这小小的厄运，我想我准是非常明显地一缩，然后又缓慢沉重地抽搐了一下。我用舌头检查那颗牙齿。马丁还在口若悬河。口腔医生就像现金装修工或打零工的管道工。年轻时,你觉得成人服务世界可靠、高效且省钱。等你长大以后,长成了大胖子、四只眼、恶霸或书虫、骗子和摄影师。我抿了一口酒,用苏格兰威士忌冲洗着我的上西区。

"他的比例越小,你越能随意改动他。你可以对他想做什么就做什么,真的。这造成了一种惩罚的强烈愿望。作者不能一时冲动,任意虐待。我认为这是——"

"嘿,听着,你得给我一个期限。你不用卡得太紧,但我得向菲尔丁和洛恩,还有卡都塔,还有戴维斯交代。那场打斗戏怎么样了?"

"哪场打斗?"

"洛恩和斯邦克之间的那场。你知道,那场恶斗。"

"没人相信有人叫那种名字。"

"是啊,是啊。我们跟他说过了。你看,许多美国人叫这种名字。他们有许多人叫什么孔啊洞啊手交啊。他们不在意。他们认为这很酷。"

"嗯,我觉得这是个问题,先不管它。你看这样行吗,他让洛恩揍了他一顿。"

"斯邦克?"

"斯邦克。"

"为什么?"

"以示他的超脱,也说明他完全能掌控他的身体,他可以驾驭这些殴打,而且——"

"得了吧,"我说,"洛恩不会上当的。洛恩想让斯邦克在一艘航空母舰上偷袭他。而且他想要,你知道,他真的想要以绝对优势打败他。"

"打败斯邦克?"

"是啊。你看,英雄不……我得跟你解释下。洛恩演惯了英雄。英雄不会输。在洛恩时代他们永远不会输。他们开始可能会输一点,后来他们又扳回来,不会输。英雄嘛,是不会输的,除非跟十个家伙打,而且那些家伙全都持刀握鞭,而他还生着病,同时遭遇母亲去世、妻子怀孕,而且——"

"好了,我懂你的意思,"马丁说。

"即使这样,他们在下一次打斗中也会赢回来。"

"那这样行吗,洛恩让斯邦克揍了自己一顿。"

"为什么?"

"出于对布奇的爱。自我牺牲。"

"是啊……不,斯邦克不会上当的。他甚至都不想跟洛恩打,除非绝对必要。他得受很大刺激、被攻击得太厉害的情况下才可能。"

"那就没辙了,如果双方都不想输的话。"

"你是个作家,"我说,"发挥你的想象,看在上帝分上,把你的才干用在这上面。你们这些家伙每天都该干什么?"

"如果我们有两场打斗戏,那我猜他都想赢第二场。没有打斗怎么样?"

"不行,打斗戏一定得保留。我们一定得有那场打斗。不行,我想要那场打斗。"

"我看看我能不能帮到你。"

我们接着讨论了我们的现实问题。还是在马丁的公寓里,我们坐在他堆满书的椭圆形桌子旁,桌上除了书以外,还有威士忌酒瓶、玻璃杯、烟灰缸、写作工具。马丁喝酒、抽烟都很凶，或者说此时是这样。总的来说，我对他评价越来越高了，但是，我发现他的这一套学生作为却不免让我小瞧。你知道吗，他甚至自己卷香烟。他到底想过怎么样低贱的生活？屋外天空如白云搓盐撒絮般，你能听到行人往来的各种声音。

"所以关键是，你得做点什么。"我总结道，"你要让他们的表现令人信服，但又不能让他们知道或太过在意。他们就那么自然地做就好了。行吗？"

"唉，这真让人头痛。"他说。

我考虑了一下说："你写小说时有这种问题吗，马丁？"我问他，"我是说，关于不良行为什么的很重要吗？"

"不。不是什么问题。当然，会有人向你抱怨，但我们都一致认为二十世纪是个讽刺的年代——每况愈下。哪怕现实，最低级的现实，对于二十世纪来说，也过于美好。"

"没错，"我说，舌头感觉到了那颗牙齿。

我穿过街道走回家，天空突然哆嗦着变得淡灰，然后黑炭般，像条湿漉漉的狗抖着身上的水，像波涛汹涌的水面。我停下来——我们全都停了下来——抬头仰望天空，就像奴隶或动物般仰起脸，虽然害怕惩罚，但仍要冒险一试。一束束阳光仿佛发光的楼梯，通往一碧如洗的天空，远在空蛋盒、满水槽、厨房水雾般的那种常见天空之外。"好啊，露给我看看，"我说着用手擦了一把脸。就在那清澈的远空，有一团粉红云团，玫瑰色的尖角两端都生着卷须，像直立的眼睛，直立的嘴巴。在正中央，有个动物或人特有的东西，极其细致，女性化……

不——我把那种想法推开了吗?从我脑子里冒出来,色情能塑造云彩,并让那形状漂浮在半空中吗?等等……那玫瑰、那嘴、那闪光。算了吧,如果它看起来像什么就像什么。再说我也不是唯一一个以为自己被自己看待事物的方式改造的人。天上的云在我看来像极了女人的阴户。

要知道,这些天我看什么几乎都这样。我回来一个星期了,塞琳娜还跟我保持距离。她继续她的暂停模式,那个塞琳娜。晚上,晚餐越来越贵,从汤到坚果一路过来我得到的只有反对性爱的宣言。她处于敏感时期,她说,情形非常微妙。起初我想她这么拒绝我只是为了一个真正的大奖、一大笔存款或养老计划。结果我错了。我已经给了她几千英镑,我向她提出结婚、生孩子、给她一个家,整套的。我不知道,也许我不够精明,她看着我仿佛在说,你怎么可能?我希望有人告诉我我该责怪哪种荷尔蒙。她的那种荷尔蒙,在那儿砰砰作响,糟蹋我的健康。哼,要是我的手能摸到那种荷尔蒙……她不再打扮,小塞琳娜。她不再卸妆。没有妓院或男人杂志里的行头,也没肉色丝袜,也没医院病服。她光着身子睡觉。我也是,我也是啊。

今天晚上,休息前,我十分小心,不沾那瓶白兰地。我进卧室时塞琳娜刚从浴缸里出来。她光着身子站在床边,抬起两手梳头,湿漉漉的身上隐约闪光,像地球上的海洋。我蹒跚穿过房间,哀求她,我吻她的喉咙,我跪下了。

"求求你,"我说。

我听她一下下梳着头,听着她身体内的日本音乐,沉默的嗡嗡声。

"一万,"我说,"——给那间店。"

没有回答。

"嫁给我!为我生孩子!我们可以搬到一个——哦,他妈的,这真是——闭上你的眼就行了!我一分钟都不要!见鬼,你给我过来!"

"如果你爱我,"塞琳娜说,"你就明白。"

于是我企图强奸她。我得老实坦白这不是什么很体面的努力。我在这方面是个新手,总体上说办得不成样子。比如,我浪费了很多时间企图控制她的双手。很显然,强奸姑娘们的正确方法应该是先解决腿的问题,朝脸上扇几巴掌也不失为一种办法。还有一个小窍门:行动开始前请先脱掉衣服。当我右手抓住塞琳娜的胳膊,左手去解皮带扣时,她用瘦骨嶙峋的膝盖狠狠给了我一下。正顶在我门户大开的私处,我承受了这一下。哎唷,这一下可真厉害,我想,我的背磕到地面,痛得我弓起身子、蜷成一团躺在地上,台灯阴影照在我脸上。我觉得我全身从脚趾头开始在慢慢变绿。终于,我爬到隔壁,像头被宰杀的鳄鱼,对着厕所的风洞大吼了好久。

这一下可真够我受的,我想。我在厨房里吃着苹果,我一瘸一拐地在地毯上走来走去,紧扭着双手。天啊,怎么会这样?……等我再回卧室时,塞琳娜眼睛都没抬一下。她靠在床头,被单紧紧裹在她胳肢窝下,一本漂亮的杂志摊在膝上。"对不起,我真的很抱歉,"我说,"我从没觉得这般可耻过。"她转过身,抚平枕头。慢慢地——转过来,侧着身子,跳上床——我脱掉衣服，钻进被单里，在她旁边躺下。我一只手小心翼翼地放在她肩头。"塞琳娜，求你说没事了。"她冰冷雪白、没有防备的后背冲着我的腰。她原谅了我，"没事了，"她说。她伸直左腿，右手掌心向上放在平滑的枕头下。好长一段时间，我躺在那儿，双手抱着这个会呼吸的包裹，悲伤地听着她的叹息声慢慢小下去。

然后我企图再次强奸她。

从纯粹技术性因素、从强奸窍门等角度出发，我第二次尝试绝对比第一次有进步。完全不同级别，真的。这次我从后面袭击她，她翻腾着扭动挣扎。此时突袭起的作用更重要，因为塞琳娜那时已经睡熟了。你吃惊得要命。有了当天晚上的教训，我这次强奸很巧妙：我放平她的身体，用自己的腿以一种镊子反向打开的动作撬开她的两条腿。这也管用。妙啊，我对自己说。她完全听凭我的摆布。太好了。现在我需要的就是硬起来……塞琳娜用她那只自由的手猛抓我的肋下，用力撕扯我的头发。这我都受得了，我觉得。它不利于性爱，这倒是真的，不过也没那么痛。可是，现在怎么办？塞琳娜结束了僵局。她突然找到了攻击目标，她的手肘绷得紧紧的，像凿子一样冲我的脸颊狠狠一击——正打在我的上西区，那颗摇晃的牙齿还活着，还挂在那儿。这次我在地板上撞得更狠，不久我踉跄着、咒骂着去了厨房。我总结出来，人们高估了强奸这种恶作剧，比对止痛药和苏格兰威士忌的评价还高。那些强奸犯是如何应付的？……当我偷眼看时，塞琳娜已经在沙发上为自己做了个床。她钻了进去，仿佛钻进鬼怪汽车，白色车门在她身后关上。"我要睡那儿，"我说，"到床上去。"她不理我。我朝她吼。这晚第一次，我觉得我可能随时会变得相当凶暴。塞琳娜走过房间（此刻穿着纯羊毛睡袍），我考虑给她最后一次英雄般的袭击。但我内心善良的一面敦促我今天到此为止算了——趁我还活着，体面地撤吧。整晚我在滚烫发痛的皮上翻腾扑打（床单似乎绑着我、缠住我、测量我），当轻快新鲜的疼痛探索着它们意外的游乐场时，我做东招待了它们。

等我"醒来"时，大约十点钟，塞琳娜已经走了，一天都不会回来。早上的邮件里有我的银行账单。我饶有兴趣地打开来，盯着那些栏目看了好久。终于有证据了，清楚地证明塞琳娜误会我了。最近四周，她没花我一分钱。

"《高利贷者》《预算》《配偶的权利》。太感谢了，言语无法表达我的感激之情，约翰！"

"它们怎么啦？"我问，"它们是书，对吧？"

"这儿早有这种垃圾了，我盼了六个星期！"

"我怎么知道？你要书，去问你剑桥的朋友要。"

"我没有剑桥的朋友。哪儿都没有朋友，再也没有了。你觉得我为什么会跟你这种人混在一起？"

"这本书怎么样？"我说，"《动物农场》……"

"什么？噢，我十二岁时就读过了。"

"那时你可能没意识到它是个寓言。那时你才十二岁，对你能有多少要求。喏，那些猪，从某种意义上说它们是领导——革命的领导。而所有那些家伙,像马啊、狗啊,它们全都是……噢,亚历克。我讨厌这么说,可是你看起来真他妈糟糕。"

"我不喜欢听这话。"

亚历克·卢埃林脸上有淡淡的恐惧。蜡黄的脸,正像他们说的那样——黄色、菜色、母猪样,毛孔粗大。最受影响的是双眼下的深坑,像伤疤,两块黑色印迹。那双眼睛(曾经那么水汪汪、那么清澈,几乎冒着泡)是因于灵魂内生灵的眼睛,活在我朋友体内,盯着远处,看看是不是安全可以出来。他的头发长了,随意、纤细、在下巴下方朝里卷着……这里是本顿维尔,女王陛下的监狱。本顿维尔监狱不像另一处——它不像布里克斯顿,耸耸肩、道个歉,一种应付了事的感觉。不,本顿维尔士气低落、黑暗、潮湿、空气恶臭、阴沉。甚至监狱看守们穿着汗渍斑斑的哔叽制服的样子也很弱智。我在废弃教室里跟一群晃来晃去的妻子们一起等了讨厌的两个小时——不同的妻子们,不老也不阴郁,年轻但却无聊,生气、受伤、受折磨。这些姑娘们,她们跟错了人:跟了罪犯。也许她们根本没得选择,她们只是跟错了罪犯。

"等级制度,"亚历克·卢埃林说,"在这儿还不太稳固。我跟两个粗人共住一间牢房,他们让我觉得自己像埃文河畔的天鹅。一个因抢劫、另一个因强奸进来的,那是他们做过的唯一明智的事。约翰,"他换了种新声音,颤抖沙哑得厉害,"你知道在这儿的不该是我,在这儿的应该是你。"

我不要听这种话。"你怎么回事?"我问。我们坐在一楼娱乐室的一间阴冷潮湿的猪圈里。就像六十年代的咖啡吧,即将腐烂,没有窗户,灯丝裸露的照明,一闪一闪让人心脏病发作。每隔几分钟,我去一趟柜台,为亚历克买杯咖啡,再买块巧克力饼。他飞快地吃着喝着,不愉快,但还算好。

"听着,这里说'九点熄灯'。灯字后一个撇号。撇号!这儿说'一杯茶或"咖啡"'——咖啡用的是倒置的逗号。为什么?为什么?在图书馆里,写的是'不能随地吐痰'——不能两个字,不字是大写的。这是错的。一个错误。"

"行了,"我心神不安地说,"这个地方不是书虫们管理的好吧,也不是语法家在管。天啊,控制一下情绪好吗。"

"你给我滚出去,"他说。声音尖利起来。"这是个错误。在这儿的不该是我,应该是你!这是个不折不扣的错误、他妈的笔误!"

"嘿。嘿。安静点。天啊。"

亚历克在某种意义上说对了。我身上有这种因子。我父亲的父亲因造假币被抓起来过。他做的一张廉价的五元钞票还用镜框框起来挂在莎士比亚的吧台上方。看来很糟,像一块法兰绒面巾。我父亲他自己有多种状态,真正有用的预先表演——巴里还没进过可笑的伦敦老监狱。肥保罗因为实际且严重的身体伤害服过刑了;我呢,我在本地监狱蹲过古怪的一晚(醉酒且妨害治安,破坏和平,拒捕,还有,情急之下攻击一名警察,被判刑三个月,缓期执行)。只有肥文斯是干净的——绅士文斯。这儿的所有人,这些穿着连衫裤囚服的大傻瓜、这些紫鼻头的失败者、愁容满面的笨蛋、大拳头骗子、暴力返祖人,他们全是我的同类。他们竭尽全力在逆流中碰运气,而你却游往另一个方向。犯罪这一行里大有赚头。麻烦的是如果被人发现，你就要蹲监狱。这次来看亚历克，我原以为监狱离我更远，可我错了，我感觉它离我更近。

我将我的手帕递给他，拍拍他的肩。我不太善于做这些。"两个星期，"我说，"还有两个星期你就出来了。两个星期，你和我，我们就可以找个赌馆，叫上一群小妞，喝个大醉。"

"不，我不要。我要跟埃拉和孩子们在一起，现在我就靠这个活着。"他朝我轻蔑一笑。"跟你还有几个荡妇一起在赌场酩酊大醉，像天堂是吧。你以为我没有那样过？"

我走去为他再买咖啡、买块巧克力。亚历克在贫民窟生活了十年。用十年的工夫他才发现贫民窟是真实的。贫民窟会反咬你一口——用它们可鄙的小牙齿反咬你一口。我把钱递给柜台后系着围裙、受优待的囚犯。是啊，这是另一种男人的世界。你可以闻得出来，没有一点女人气息，只有那种酸酸的、纯粹睾丸激素的味道。我的探视时间快结束了，谢天谢地。很快我就要出去了，同女人鬼混，与金钱为伍。

当我走回亚历克桌边时，尖利的铃声响起。我还站着，看到我脸上如释重负的表情，亚历克来了劲。他在对面盯着我说，

"那个关于你的合同。"

"噢，是啊，"我冷冷地说，"五十英镑。有一天，趁我不备时，有人要扯我的头发，或踩我的脚趾。"

"我知道是谁设的。"

"哦，真的吗？谁？"

"这可是用钝器朝你脸上来一家伙。你准备好了吗？"

"准备好了。"

"站稳了。"

"站稳了。"

"——是你爸爸。"亚历克·卢埃林说。

一小时后,我坐在另一间候客室里——在哈雷街。我候着时想到塞琳娜,此刻她也许在帕丁顿警察局里,坐在矮长凳上,虔诚地赌咒发誓,申请约会强奸禁令。不过她从没那样对我过,塞琳娜没有。强奸禁令没钱可捞。我为她难过。为什么?昨晚兴致昂扬的小表演当然很快就会过去的。不——我只是觉得她正离我而去。打住,我想说,别那么快,停下,等等……麦吉尔克里斯特夫人不耐烦地再次弄干我那颗牙齿。她说几乎没救了,很快会再次发作的。

一小时后,我坐在另一间候客室里——在索和区,卡伯顿和林奈克斯事务所。我抽着烟,咬着指甲。我猜所有监狱都有候客室。所有监狱——所有房间全是候客室。你的房间是候客室。你在等待,我在等待。一切都向终点靠近。终于,苗条的特鲁迪领我进门。

特里·林奈克斯四仰八叉地坐在他的办公室里,在一堆棕榈叶和高脚杯、飞镖奖杯和意大利证书之间,像个放荡不羁的公园管理人。现在是下午四点钟,所以他摁铃要了威士忌加冰。

"好了,老伙计,"他说,"快车道的生活怎么样?我能为你做什么?"

"事关我的手淫费。天啊,我的离职费。"我喝了一口酒。我脑子想着塞琳娜。我没有脸红也没不好意思。当你跟特里·林奈克斯在一块时,你不会脸红也不会害羞。

"正在准备中。"

"多少?"

"噢,六位数的一半吧。放松点。"

"什么,有六万吗?"

"应该有。"

"什么时候付?"

"问基思吧。自从你走后,事情都慢了下来,"他好像犯困了,"我们怀念你的活力,约翰。"

"啊?"

"还有你的才华。还有这所有的税务上的胡说八道。给,你还跟那什么门牌号码[1]在一起吗?"

"塞琳娜。塞琳娜·斯特里特。"

"是啊。"他皱起眉,舔湿嘴唇道,"我但愿,你和她,你们俩不再是一对了吧。"

我觉得地球引力突然重起来,像一直以来的天气那样。我觉得地球引力刚刚跟天气诸神签了约。它把我的脸扯下来,扯下来的还有我的心,还有那些不起眼的零碎东西,那些低空中的陌生者。我本能地说,

"是的。一切都结束了。我甩了她。为什么这么问?"

"那好。"特里说着打了个呵欠,"你想听吗?……上周我做了一期泳装系列广告。盖勒特客户。我只是勾引那个模

---

[1] 原文为 street number,塞琳娜姓斯特里特,street 正好是街道的意思,故有此暗讽。

特，对吧——梅塞德斯·辛克莱。你有没有跟她共事过，约翰？这个女人的洗澡水你都会骄傲地喝下去。我们没有乱搞，直接去史密斯会所来个——五点至七点约会。你懂这些套路的。"

我知道这套把戏。史密斯会所是家精巧别致的性爱小屋，就在公园大道附近，很有名，广告界的顾客颇多。你付迪迪耶三十五块钱，你就得到一小时的钟点房外加一瓶香槟。我过去常带着我的德比、曼迪、米兹、苏姬们去那儿。我们都这样。他们一天换五次床单，房间总是干净整洁，空气清新。我慢慢喝着酒，等着特里接着说。

"那个下午很忙。真的很搞笑。诱骗妇女为娼的家伙们站在柜台前喘着气。我笑着大声嚷道，'快点，迪迪耶，不然我们整晚就站在这儿了！'队伍最前面的是塞琳娜和一个家伙。"

"哪个家伙？"

"高个子金头发。听口音来自美国，不过现在人们说话都有点美国口音。不论如何，那家伙熟悉这一套，他要了个黄昏房间——租了个床位。这时塞琳娜很生气，说什么'我这辈子没受过这种侮辱'，所以这家伙就付了全部费用，七十块。您要香槟吗，先生？最后他花了一大笔钱，只在那儿待了四十分钟。事后我和迪迪耶为此还大笑了一番。"

"名字。那家伙叫什么名字。"

特里耸耸肩，伸了个懒腰。"告诉你吧，完事后，他用信用卡付的钱。账单上肯定有他的名字。今天晚上我正好要去那儿。我会问问迪迪耶。这次我会待一整晚。跟梅塞德斯一起，五至七点约会不够。真正的调情高手。明早我再给你电话。至于塞琳娜,人长得漂亮,也是个真正的行动派,我毫不奇怪,还好你全身而退了。她没品位。"

伦敦充斥着手挽手的短篇小说。在乱哄哄的街道上,成双入对的怪人数不胜数,各种肤色、各种年龄、各种性别都有,皇后和杰克、骑士和十、梅花和方块,黑桃与红桃,手挽手走着。你瞧那个表情痴呆的年轻女人,酗酒或腺功能失调让她痴肥,她脚步跟跄地走着,承受着倚靠在她身上的老男人的重量,那男人错位的腿像是断了的圆规,完全不登对。再看那个十七岁的朋克女孩,不管有没有那双黑眼睛,都像极了一只发疯的鹦鹉,倚在一个年纪可能差不多够当她爸爸的牛奶工的怀里。这其中的关联在哪儿?还有一个宽肩膀的四十岁金发女人,两个穿背心汗衫的立陶宛同性恋男人粗暴地拥着她。他们哪里合适了?伦敦充斥着短篇小说、长篇小说、史诗、闹剧、情景剧、传奇、肥皂剧和小品,它们手挽手四处走。

我演的是什么?可能是出闹剧。色情闹剧,被人往脸上扔蛋糕的角色、是真正他妈的在别处重新开始之前,跟房东太太或旅馆服务员一道的喜剧消遣。我从卡伯顿和林奈克斯事务所出来后飞快地走着,直奔电话亭。我已经想好了开场白,可是塞琳娜不在家。哪儿都找不到她,所以我只好故意破坏电话亭,拿它撒气。我好久以来就想砸烂一部电话。绝缘胶木迎合地裂成碎片,再报复以电击。我站起来,任那发烫的听筒从大锤子般的基座上垂挂着。菲亚斯哥不愿启动,我只好也揍了它一顿。我踹掉挡泥板，用一块砖砸烂车灯。这些事情成了有益的治疗，让我平静下来，后来贪婪的黑色出租车竟然要收六英镑的排队等候费让我的火又腾地升起来，我火冒三丈，几级台阶一跨地上了楼，啃过的指甲钻心的痛。

公寓里空无一人，当然——它以那种无动于衷、无可指责的状态，吃惊地看着我（相当坦率）。首先，万物俱寂中，我看到一个信封，上面有华丽的"J"字。我以为这个撒谎的婊子已经离我而去了。然而她的衣服、她的甘草酊和油膏都还在，她特殊的茶、她的味道、她的女人味还留在这儿，还没带走，还没有。"跟哈莉吃饭，大约十二点回来，"便条上写着，"爱你的，塞琳娜。"等待听起来好像很消极，可实际上这种守夜、这种等待，跟我曾经经历过的其他事一样活跃、紧张。你可以用无数的方法消磨时间，但能否消磨总取决于你与之斗争的时间是何种时间：有些时间无法消磨，它是永恒的。无论我在做什么，我总想做别的事，但是当我开始做别的事时，我发现我也没做那个。抽烟、喝酒、咒骂和踱步，我全都能对付。那时，没什么可做，只有等待。所以我独自一人，在我的私人候客室里喝酒踱步抽烟咒骂了七个小时。

午夜时分，塞琳娜进了门。她看起来气色很好，很快乐，身上还有种可笑的沉醉或色彩，我以前从没见过。我大吸一口气，想指责斥骂她，却发现我失语了，不是因为酒，而是因为紧张，她知道我知道了，你瞧，她不在乎……我多么讨厌真相。我坚持自己的权利，我要求不知情。她洗了个澡。她泡茶时哼着歌。过了一会儿，我们上床了，一起躺在黑暗中，像病人，等着真相前来巡视查看。

"我怀孕了，"塞琳娜·斯特里特说。

你知道，你私底下对这种不成熟状态，这种无儿无女、这种孩子气的状态有多厌倦，总是让你措手不及，大吃一惊。没有女人的男人会变得女里女气，反之亦然。没有子女的成年人也会变得孩子气。孩子们，改变，正是自然而然接下来要做的事，就像离开家或认识一个女人，找到你的位置，找到工作，参加舞会，活生生而可怕的阴谋。我不能等，我很抱歉。我当然知道这是典型的骗局，我们漏了些东西，我们要考虑她这个男朋友，要为她的——而惩罚她，不过我要这么做。要做！其他事我显然已做完了，是不是？够了。结束了。所以当塞琳娜说话时，我转过身来，感到我的下巴蹭在枕头上。我伸手去摸她，摸这具躺在我身旁的滚烫、沉思、变了样的身体。

"那好。我要——我不问问题。情有可原。没关系。我们明天结婚吧。"

"不是你的，"她说，"我可以证明。"

啊，那些夜晚——它们总发生在夜晚也绝非偶然。白天时你无法如此行为。你会想要做点别的什么事。你会打开电视，或下楼去屠夫武器酒吧。晚上正是时候。再用七个小时，许多手术刀和钳子、几加仑的开水，我们总算把真相接生下来。亮灯、不堪入耳的高腔。有惩罚。我没打她。当你打姑娘时，你穿过一扇门，在隔壁，一切突然间没事了，那是个绝妙的地方，在那儿只要你愿意，打姑娘绝对没问题，甚至更为文雅时尚。我哪儿也没去。我只是躺在床上，继续盘问。你知道那些夜晚。最后，她比我还受不了。于是，黎明时，伴着怀孕的胸膛上颤抖起伏的一盒面巾纸，她告诉了我整个答案，漫长的秘密。难以置信，可是我信。

塞琳娜等着，看着。她不知道它并非真的那么不可思议，绝不可能。她说，

"总体看来，你表现很好。我今天上午会搬出去。没关系。如果你愿意，你现在可以操我。"

我想。我试了，蒙老天眷顾。但最后，我只是爬过那段被单，在我的眼泪的帮助下、在她对激情的记忆中，我吻那干干的阴道，把它吻得滑溜，然后什么都没做。

十一点钟电话响时，我还躺在床上，想着找点什么事儿做。

"在我前面有一串人名，"特里·林奈克斯说，"其中有一个是他。如果你以前听说过，就打断我。"

过了一会儿，我说，"是他。"

"重要吗？"

"没什么大不了的。"

"听着，O 是什么意思？"

我告诉了他。

"你说什么？"特里说。

我说，"O，两个 S，I，E[1]。"

---

[1] 指 OSSIE，奥西。

"有什么关于虚构(小说的)的道德哲学吗?当我创作一个人物时,我令他或她经历某种苦难,我想干什么呢——道义上?我能负责吗?我有时候觉得——"

……你知道,顺道说一声,菲亚斯哥会要多少钱?九百英镑。是啊,显然我用那块砖砸烂了引擎盖,现在它需要个新的转角架什么的。再加上车里面全坏了,所以它才动不了,所以我才狠狠地砍它,才在那儿用块砖砸坏引擎盖。

"而那些人物有着双倍的天真。他们不明白他们为什么生活在他们现在的生活里。他们甚至没有意识到他们活着。比如说,如果——"

……今天上午十点钟,塞琳娜走出了我的生活,走进了一个新篇章。你应该把它递给这个姑娘。真痛,但我不会再为塞琳娜烦恼了——真的。她准备打一场亲子关系的官司,向奥西·吐温要钱,而且她志在必得。没有争议。一个月来,她已经雇了一队律师和医生,在她的阴道里安置了司令部,怪不得她不愿……啊,可是你猜对了。你不是瞎子。你知道谁赢谁输。我,我觉得上当受愚弄,我觉得自己死了——然而又令人难忘地活了过来。坚强点,我告诉自己。失望孕育出奇怪的决心。那准是我投身于这种工作中来的原因。

"接着说。不,我不要了,谢谢。噢,我觉得哪儿还有一瓶酒的……是的,你看,读者是天生的信徒。他们太把作家创作生活的权力当回事了,而且——"

"嘿,那场打斗,"我说,"那场打斗你是怎么处理的?"

"那场打斗全都搞定了。没问题了。"

"——怎么弄的?"

"很简单。洛恩为了救布奇，同时不让卡都塔知道内情，故意激怒斯邦克，让斯邦克痛揍他一顿。妙的是，斯邦克也想挽回布奇，保护卡都塔。"

我花了一会儿工夫才算搞明白，然后我一拳砸在手掌里说道，"马丁，你他妈真是个天才。孩子，我雇你就为了这！你终于开始挣钱了。"

"过度之处我还得调整下，不过那也不是问题。好玩吧：洛恩如愿得到他的死亡戏，而斯邦克也如愿用他的方法——意念控制、星座空手道——杀死了洛恩。当然我们用不着拿这些去烦观众。你只需用镜头切换，不要叠用镜头，然后在剪辑室里充实点就得了。"

"好啊。"我们谈到截止日期。然后他说，

"怎么啦，约翰？你看起来很消沉。"

这时我一股脑全倒了出来，关于菲亚斯哥的事。有时候我想我的菲亚斯哥让我受到一系列羞辱——当我站在这个敲诈人的工作台上，色情海报和裸体日历上的女郎睁大眼睛、叉开双腿居高临下冲我媚笑；满身油腻的汽修工人透过轴承和千斤顶恶狠狠地盯着我；老板转身向我，难掩蔑视的轻笑，说完"让我们想想"后就变戏法似的拿出神话般的费用单。夹紧阀、连杆头、进气管都有问题。车打不着火、控制不了方向、停不下来。当我钻进车里，像袋鼠那样跳出修车铺，还没出去就听到他们的哂笑。第二天，我用拖车把车又拖回来了。那辆车，它不喜欢启动，它喜欢待在昂贵的修车行里。我发誓，那辆该死的菲亚斯哥，花我的钱比塞琳娜花得还厉害。

"我是说，"我说，"照理它该闪亮迅速，可它却总是熄火坏掉。"

马丁想了会儿认真地说，"在我听来，你的车就像个笑话。"

"是的。我有时候也这么想，"我若有所思地说。

"你有女朋友吗，约翰？"

"我有女朋友吗？我——是啊，我在纽约有个小妞。她有高学历。"

"你没说过。"

"你有女朋友吗，马丁？"

"对不起，我从来不谈我的私生活。见鬼！"

"什么？"

他坐直了，然后突然大步走向房间那头他的小电视机。

"有什么看的？"

"有什么看的？！今天是皇室婚礼。"

"啊，饶了我吧。"我再给自己斟满酒。此刻塞琳娜正在别处看皇室婚礼吧，在她的新贵、她的新保护人的地盘内——在酒店房间内，也许，要么是在一个沉默中间人的临时公寓里。我斟满酒杯说："别告诉我你打算坐在这儿从头到尾看完这东西。"

"为什么反感它？"

"他妈的，我们在工作！把它录下来，以后再看。"

"我没有录像机。"

"你狗屁都没有，是不是？请问你挣多少钱？真是不道德。花点钱吧，买东西、消费，看在老天的分上！"

"我猜哪天我得开始了，"他说，"但是我真不想掺和、我真不想卷入这场金钱阴谋。"

"这公寓是你自己的吗？你开的是什么车？你怎么回事？"

"嘘……看看这天气，"他低声说，"连续三周鬼一样的天气，然后它们给了我们这种好天气，真神奇。"

随着轻微的抽动，电视机小屏幕嘶嘶的有了生命——出来了，皇室婚礼，出现在屏幕上，人群拥挤的林荫大道，太阳、把人们及时送到教堂的马匹。在历史的注视下，戴安娜女士满脸绯红，低眉顺目，慢慢从走廊尽头走来，陪伴在她身旁的是她蹒跚的父亲，小女花童在她身后咧嘴而笑。查尔斯王子出来了，跟我年纪相仿，身穿制服站在笔直的王子们中间。肥保罗说的对吗？查尔斯王子已经上过她一次了？他打算今晚给她来一次——那是肯定的。我在位子上扭动、小声嘟囔，我发现我一直看着马丁。他嘴唇翕开，悬在那儿不动，疲乏的眼睛一眨不眨。如果我盯着他的脸看，我可以分清废品区和疲劳区，月亮光斑和骨头阴影，这是混迹于二十世纪的你注定会有的。当然，你确实看到过似乎完全不受时间之旅影响的人，不仅不受他们自己的时间之旅，而且同时也不受这颗星球穿越时间之旅的影响。他们有种色彩。你在街上从来看不到他们，在任何街道上都看不到。那种色彩，看起来像健康，或太阳的，或骗人的青春的光辉，其实却不过是金钱的色彩罢了。金钱让生命缓慢坠落，你知道，金钱砸碎了坠落。不管怎样，马丁还没有那种色彩。我也没有。你也没有。握手。戴安娜王妃有。她十九岁，生命才刚开始。现在屏幕上出现了她，马儿们顿足停留时，她上了马车。全英格兰都在跳舞。我再看看马丁——我发誓，我保证——我看见一滴灰色的泪珠在那双沉重的眼睛里闪烁着。爱与婚姻。马儿们嗒嗒地走下长长的斜坡。

过了一会儿,他扔了一卷厕纸在我膝头。

"你喝茶吗?"我听到他问。"或者吃一片阿司匹林,要么色拉芬?别不好意思。婚礼非常感人。对了,好好擤下鼻子。你会觉得好多了。啧!好些啦?控制点。别担心。一切最后都会好起来。"

晚上,我听到公寓楼顶上无家可归的人在说话,声音小得听不清。他们来了,又走了,他们继续前行。黑暗中我梦游到浴室里,弯腰喝水安抚我焦干发痛的嘴。窗外,我可以看到黄色天窗旁聚集着衣衫褴褛的一群人,也许是一家人。其中一人在挥手召唤。我抬起一只苍白的手。他们在烟雾弥漫的黑夜燃起蜡烛,含着香烟含糊说话,嘴里的香烟随之嚅动。那之外,更高处,公寓外面,一个大女人盖着皱巴巴的防潮布睡着,像个半圆规。曼哈顿的下层阶级都住在地下,沿着尚未建好的地铁线分布。而在伦敦这里,他们散布于屋檐墙角。多奇怪,竟然让金钱将我们这样四处渗漏……今晚外面也是,在许多政府廉租屋区(如同上帝的半导体收音机忘了关,隐隐浮现于整个市镇上空),一场打砸抢的试验或打砸抢的暴乱正在进行中。孩子们突然间想要牵着马驹坐电梯上高层,骑着它们穿过廉租屋的通道和走廊,一边是前门和窗户,另一边是低矮的围墙和夜空。这是真的。他们从哪里搞来的小马驹?从郊外菜地?从运河?他们上去了,直到错乱的塔顶。听上去不怎么好玩,他妈的。我年轻时也是个破坏分子,相信我,因为这是免费的娱乐，很难控制的打砸抢。打砸抢总能制造出许多笑料……居民们真倒霉，听到动物的惊慌。动物们也倒霉，它们骨子里可能从没想到会过这种夜生活，这种刺激的生活。但是马驹们不能抱怨。它们只是跟我们其余人一样碰运气。它们必须适应、必须转变。它们无法躲避。没人能够。真的，马驹们改变它们的行为，为二十世纪尽其所能的时候到了。

我是时间滞后、文化冲击、时区变换造就的东西。本来人类没有想到会像这样飞来飞去。口干舌燥、满脸疙瘩、记忆消失——对我来说并不新鲜，这些日子来情况更糟，倒不是因为我乘坐了这个星球穿梭车。我不得不半夜起来上厕所。每天我的疲劳高峰随时会出现，通常是清晨喝过咖啡后。坐下来吃东西时，我要么狼吞虎咽、鼓着腮帮子口水直流——要么没来由地把自己塞到撑死。我心血来潮大下午的用牙线剔牙。甚至我这些伴随着早泄的未遂的手淫也显得那么的笨拙无能。白天，我像是活在夜晚，与夜晚的思维、夜晚的汗水结合在一起。到了晚上，好吧，我又完全成了别的东西，再次成为别的东西，我是过度往复出现的什么东西，一条咸咸的细流越来越小，一路流到黑色大西洋。

星期五到了，该怎样便怎样，然后就过完了，星期五总是如此。总的说来，我状态还凑合。我耐心地躺在那儿，等着情况好转。见鬼，我想，我扛得过去。我十二点起的床，穿上牛仔裤和运动鞋，一路小跑到酒吧。我吃了许多酒吧食物：嚼不动的香肠、姜汁烤的豆荚、一大盘农舍派。我也喝了多种酒吧酒：从手动泵里压出来的传统淡啤、上好的葡萄酒和最佳选择的烈酒。我在水果机里花了九英镑五，在隔壁的赌马经纪人处花了七十五英镑。我买了份晚报和一些土耳其烤肉外卖,在喝咖啡和吃吐司时调点味。我啃指甲。我完成了一个高度复杂、十分费神、几乎试验主义者才会做的浴室拜访。五点钟时,我给自己做了杯鸡尾酒,接下来的四个小时我在沙发上昏睡。然后我又起身,洗头、洗了一两只马克杯,扫了一眼《晨间快线》,走回酒吧。在回家的路上,我顺道光顾了披萨包,吃了一个厚大多汁、滚烫无比的披萨。在热狗工厂旁边,我把三个近乎全肉的汉堡王和一个美国方式,全贴在肚子上了。所以,黄昏时,我泡了一壶茶,带着一品脱苏格兰威士忌和几张黄色影碟,蜷缩着一直看到睡觉。我睡了个好觉。很好。没问题。塞琳娜这件事证明我没什么应付不了的。它们从哪里来的,这些力量、勇气和意志力?我吃惊,我佩服。第二天我的情况开始每况愈下。

我的衣服是用味精和消毒剂做的。我的食物是用塑料、人造纤维、卢勒克丝做的。我的洗头水含有维他命。我的维他命有清洁剂的成分吗?我希望有。我的大脑由大小如夸克粒子的微处理机操纵,价值十便士,掌管全局。我由——垃圾食品做成,我就是垃圾。

星期六上午,我想我应该打破常规,对自己好一点,所以我开着菲亚斯哥狂飙。奥西会在庭外合解,这很有可能。他有钱。如果他能把这件事压下去,花点钱对他来说不算什么……我系着男式三角巾,身穿运动夹克,沿着切尔西道直下而去,来到乡村小妞们喜欢泡的酒吧和葡萄酒吧。一点没有好转——

拥挤的交通、警察、重装过的菲亚斯哥十分懒惰。但我确实去了许多家酒吧和葡萄酒吧（那儿全是乡下小妞，是的，还有乡下汉子）。我开车回家，贝思沃特路上堵得厉害，一只嗡嗡叫的黄蜂从侧窗飞进来，消失在我的两腿间。到底谁的处境更糟，是我还是黄蜂，颇具争议。一辆旅游大巴横在前面街上，我把拳头放在喇叭上，朝大巴车丑陋的肚子发牢骚。我突然水桶般乱晃起来——黄蜂在蜇我。我把车停在街边，脱下裤子。大腿上有个小红点。看起来像最温和的烟头烫伤。我想：这就是你能做的最好的事了？你失去了重量，你这可怜的垮下来的家伙，靠薯片、汽水为生，在汽车废气和亚裔贫民窟中长大的家伙。我拉好拉链，一只鸽子准确地飞过人行道，吃了块薯片。一块薯片。像马蝇和其他动物自导自演的小电影一般，鸽子住在快节奏的动作片里，自然它更喜欢快餐。城市生活无处不在。黄蜂死了，那一口叮咬是它最后一击。苍蝇中了头晕的咒语，蜜蜂有酗酒问题，红胸知更鸟因身心溃疡和过量胆固醇而倒地不起。小巷里，狗儿们因烟草和兴奋剂狂吠得心都要迸出来。由于这些压力，蔫了的花儿们在湿透的花床里忍受着茎痛，任花瓣零落。甚至空气中的微生物、孢子都发现压力让它们神经紧张。

我重新发动车，急急忙忙往回走，回家。菲亚斯哥在这些小巷里表现好多了，它在那儿卖弄它的加速度。这时我发现一辆车在尾随我。我不是多心。它真的是在跟着我。它闪着灯，鸣着喇叭，用驾车指令做出骂人和胜利的 V 形标志。我把脚放在车内地板上，全速冲了一两个十字路口。我一直在全速前进，这辆车不再跟着我，它超车到我前面。

"请下车好吗，先生？"

警察，该死的警察。"当然，"我说着下了车。真讨厌，我绊到什么，猛地撞在人行道上，不过我又尽快站起来，拍拍身上的灰，表现出充分的自信。

"今天喝酒了，先生？"

当然，我对此有准备。绝对没问题。多少年来对如何回答这个问题我已经训练有素，完全能应答如流，而我很快就给这位警察答案了。"啊，现在让我想想，"我认真地说，"午饭前我喝了一瓶香槟梨酒和黑醋栗酒，啊，一杯烈酒来配我的特辣羊肉。"回答得不错，是不是？不是这两杯酒的问题。不，你看，整个花招的关键在于相当开心地承认你喝了几杯不那么厉害、像女人喝的酒精饮料，而同时阻止法定的酒精测试。回答得很妙，对不对？

"对不起，你说什么，先生？过来，斯蒂夫——不错啊，下午三点钟的时候？"

真讨厌，我又跌倒了，这次真的懒得麻烦地站起来。

"你能去趟警察局吗，先生？在那儿把你的话再说一遍？来吧，斯蒂夫，快点儿，看来我们找到个死人。"

我对我的许多想法拒绝承担责任。它们不是我的想法。它们来自于逗留在我脑中的那些擅入者和流浪汉，这些家伙施施然打我身边经过，就像入了籍的、获得自由的鼠辈（证件齐全），像士绅化的老鼠，拍着爪子说，"嗨，朋友"，当它们泡咖啡或占着厕所时我得等着，不能介怀——对他们我无能为力。这地方是个两房公寓，没有客厅没有过道，我不得不慢慢走；这地方是个学生公寓，充斥着我无法阅读的书。这里的人，再加上身处他们其中的我，不好也不坏，都没有权力，完全平等，就像生病的蝙蝠或褴褛的猴子，穿着嬉皮式喇叭裤、破旧T恤，三颗纽扣直扣到喉咙处。我对他们，对这些未知的地球生物无能为力。

你懂的，在过去几天里（我对这个想法特别不开心，现在唯愿我从没想过它），我发现自己越来越不情愿地面对这个事实，即，在某个时候女人的嘴曾招待过男人的……她们都干过。每个女人，甚至那老可爱们、圣洁的老奶奶们，甚至扭曲的寡妇们，她们偷偷溜进客厅角落，像酒吧里的鹦鹉——她们全都干过，他妈的。她们全都干过，要么很快就会这么干……我是说，十年内，二十年内，到那时她们就全都干过了，每个活着的女人。姐妹们、母亲们、奶奶们；女士们，你们在做什么？你们做了什么？

我不吃惊，只是失望。我的语调也不生气。我的语调担忧、柔和、悲伤。请想象一下，我又肥又亮的脸，我深信不疑的皱眉。我的退缩和耸肩。我把它展现在你们面前。你们许多姑娘们都对我那样干过。谢谢。我非常享受——我很感激、很感动。再次感谢。不，真的。但是你们在做什么？噢，你们做过什么？

另外，看看人类的嘴巴得忍受什么。我努力从你的角度来看它。无法想象，第三世界的一座座食物大山在那个精致的处理器里搅拌、回旋。潘帕斯草原那么多的牛、深不可测的生命之洋，一望无际的土豆和绿色青菜，传送带上全是威利汉堡和劲爆汉堡，成桶的香精与色素，加上香烟、吸管、温度计、牙医的牙钻、医生的镊子，药品、舌头、指甲、进食管。就是这样对待嘴巴、可怜的嘴巴、人类的嘴巴的吗？所以也许，在所有这一切之后，在有关色素、质地和冲击的连环漫画之后，男人的鸡巴看起来也不那么坏。

啊，见鬼。很快，大部分男人也会这么做，我们全在同一条船上，跟你们姑娘们一起。我猜哪天甚至我也可能腾出时间来做——由于睡在我脑子里的那些邪恶的思想、那些不速之客，我这么做也不足为奇。在窗台上它们的牛奶盒，地上湿乎乎的双人床垫，它们日益自信起来。起初它们也很紧张，真的，但是没人努力赶它们走，它们习惯了这种不确定，它们习惯了艰苦生活。这就涉及历史必然性，一种歇斯底里的必然性。所有男人的嘴巴也会及时地为男人的鸡巴提供空间。我们有一天会这样做的，不过我们大家真应该知道得更多。那会是个多么绝妙的笑话。

我现在在街上走的时间更多了。菲亚斯哥还在汽车扣押场。我一直想要去那儿把它给赎出来，可是我懒得麻烦。麻烦的是，我懒得麻烦。猜猜奥西和塞琳娜在一起鬼混有多久了。两年。可笑吧，是不是？可笑？我几乎死了。总之，警察们对我还算宽宏大量。菲亚斯哥是否能严肃地归入移动交通工具之列尚有疑问，这样对我有利。我可能会被轻判为醉酒驾车。菲亚斯哥真的没有我说的那么快。奥西操塞琳娜的时间跟我一样长——实际上，如果你把过去几周算上的话，比我还长。他们一开始就彼此喜欢上了，但直到那次他们去斯塔福德之后才有了性关系。菲亚斯哥真的比我透露的慢得多。自然我拒绝进警察局,坚持说这是我的权利,警察们只好拿来酒精测量计。我坐在人行道上吸烟。我还试了另一招。你只要掏出一小枚硬币,最好是那种半便士的,把它像止咳糖似的含在嘴里,破坏酒精测定计。不管怎样,我只有一枚五十便士的硬币——而且一个警察当场捉到我舞弊。当我吸气要证明我的清白时,这枚硬币卡在我的嗓子眼里了。等另一些家伙带着氧气囊赶到时,我已经憋得满脸乌黑了。而且,当我吸了满口氧气时,那个水晶袋几乎把我像个氢气球似的提离人行道。显然,奥西在床上很古怪。他让我看起来像普通诺尔曼。她说,她不再那么喜欢他了,可是另一方面,他确实非常有钱,钱多得难以置信。我呢,我现在已有五周没有大醉过了。酒精对我的荼毒害得我在这里都没法来次手淫。甚至我的手淫也是个笑话。这是什么样的生活,啊?多么可笑的生活!我必须面对某事:首先,无论这种认识可能有多痛苦,我必须承认我不是个酒鬼。如果我是的话,我应该具备某种很酷的酒鬼特质,而我没有。当我明白这一真相后,我走出去,借酒浇愁,然而我无法醉得像个酒鬼。只有酒鬼才行,他们是唯一能应付自如的家伙。只有酒鬼具备当酒鬼的条件。

我现在在街上走的时间更多了。失业是个问题,我同意,但是我跟你说,有工作也是问题。酒精测量计上我的度数是三百三十九。我给一个律师打电话,他专攻醉驾官司。他曾为二百四十度的酒汉辩护过,他为二百四十五度的醉汉辩护过,他甚至辩护过一个二百五十度的,可他从没为三百三十九度的辩护过。不过,如果我能给他他要的钱的话,他会为我辩护的。

你知道小塞琳娜如何为她的阴谋标价的吗？她没有用我的钱，也没用奥西的钱。一个高度有原则的姑娘，她像条狗似的在哈莉的小店里工作来支持这一壮举。不过哈莉的小店可不仅是家服装店，它还是间成人用品商店。塞琳娜赌咒发誓她只是管管柜台、兜售按摩棒、开裆裤和塑料女士——卖振动棒的女售货员和包假阴茎的工作人员，此外别无其他。她怒不可遏地否认她在店后的陪侍洗浴里出借了一只手。我不相信她的话，律师费就是律师费。谁在乎啊。街上人车流动，但谁也无法摆脱金钱的影响，任意而行，肆意而为。只有有钱人才会这么做。在停在那儿的卡普里特车和阿里拜车的方向盘前坐着慌张的男人，大腿上放着订单和发票。女人们像蜜蜂采花蜜似的在商店间飞来飞去。现在我每天不再上班……为什么人们该上班？谁说的？为什么没人征询我的意见？你奉献出你所有的清晨，然后爬回来，身心四分五裂的。别再忍了，组织起来！去他妈的工厂！你每天去上班时，你并不是真正地活着。从某种意义上说，它肯定是种很大的解脱。真正地生活——现在那种朝九晚五的东西（就像每天去上班）真的不容易。真正的生活是我现在正在过的这种生活，简直要了我的命。当个流浪汉并非易事。似乎只有流浪汉才能做到，只有流浪汉能应付。我推进具体的金钱运动，做这个，搞那个，忙些金钱杂事。由于金钱，我成了个怕女人的男人，不过美国也是。俄罗斯也是。我们全都遭到践踏、受粗暴对待，被钱扇到墙上。明天地球会不会整个倒转呢？受到核武器攻击，自杀，那么我们都会有我们的绝命书，痛苦条，悲哀状——金钱即自由。没错。但是自由即金钱。你还是需要钱。我们应该像狗晃老鼠那样摇晃金钱。

啊——！"如果你告诉玛蒂娜会怎么样呢？"塞琳娜说。我也在想。"那样你可能对自己好一点，"塞琳娜说，"她喜欢你。奥西告诉我的。"那张脸现在怎么样了？啊，亲爱的脸！嗨，亲爱的。她的脸苍白、焦虑、警惕。

我现在在街上走的时间更多了。我……今天早上，阳光灿烂，我看见一个苍白的男孩，三岁或四岁，或不管多大，他坐在没有护罩的童车里，父亲推着这童车。这个男孩戴着厚眼镜，粗粗的黑镜框。眼镜跟童车一样廉价，没有链条。这眼镜从孩子苍白的耳朵处滑落，他在脸上摸索着，眼睛茫然地瞪着，向父亲求助。父亲三十多岁，很瘦，长发稀疏，穿着T恤，牛仔裤卷着。孩子脸上那种淡淡的痛苦神色，有时候你在那种苍白、渺小而又痛苦的观看中能得到这种神色：他露出奶白色的牙齿，表情痴迷，期盼，成了一种恰当的恳求。父亲轻快地帮他整理了一下——并非不和蔼，不，完全不是。孩子苍白的小手抬起来，指尖轻轻地放在那只更黑、更忙碌的手上……我很受打击，那眼神那么苍老那么迅捷，与那苍白、克制的东西正好一对。

"你哭了，"我说。

"嗯，一点点。不算哭。"

"是的，你哭了，你这骗子。我看见你哭了。"

"可能吧，我擦掉了唯一的一颗眼泪。可是你——你真是难以置信。你在嚎啕大哭。"

"她真是倾国倾城的姑娘，她是的，"我含混地说，"戴安娜女士，她爱她的人民。她会为我们做任何事，伙计，任何事。任何事！"

"噢，不。我受不了。他又要哭了。"

"我……没有。"

马丁很小心地重新给我续上喝的。我昨晚从街上找了个小妞回家。我什么也没干。我们只是聊天。我又一次嚎啕大哭。我给她五十英镑。前天晚上，我去了骚乱的地方。十一点钟当我沉重地从披萨包走出来时，我看见拉德布罗克丛林路全是碎片火光。我在一家美国熟食店搞了瓶朗姆酒，投身于这场运动。细节我记不太清：砸玻璃、践踏橱窗摆设、掠夺者的鼠类生活、混乱孩子们的暴乱快乐。第二天，我醒来时，后背像波纹起伏的屋顶、烧焦了、枯萎了。在过道上，我发现两台电视机——黑白的，十五镑。我费了好大劲才扔掉它们。上楼下楼，蹒跚穿梭于街道中寻找簸箕。最后，我把它们塞进翘曲的垃圾桶里。他妈的对我还真好。掠夺与抢劫——我不知道谁为它们做策划的，但真的高估了它们。暴乱可能有时候真是个冒牌货。暴乱，跟其他任何东西一样，是个难活儿。

"嘿，"我说，"有天我走过查令十字街，没有一家书店有你的书卖。"

"哦，哦。"

"只有一个家伙听说过你，他说你脑子有毛病。"

"你知道我是怎么解释现代写作的黑暗的吗？"马丁问，"像目前任何人一样，作家只得过没有仆人的生活，他们得洗洗涮涮，凡事亲力亲为。怪不得他们病态，怪不得他们疲倦。"

"你应该跟你他妈的出版商打个电话,伙计,他们很有本事。"

"是啊,是啊。"

嘴巴的位置界定了脸,仿佛瞟一眼旧哈哈镜,沿着分型线就能寻根纠错——是的,随着玻璃上的灰尘旋涡和斑点。没错,他是这个世纪的人。他开着一辆黑色小拉戈车,型号666。晚上,快速的大家伙看起来尤其黑。我曾见过的最黑的东西是凌晨三点的一辆疯狂巴士,从威斯威一路而来,没有灯光,没有人类司机。我在《晨间快线》里读到的。有人给抛甩出去。损失惨重。你知道那些追逐的梦,它奔跑或吼叫时很不好受。我夜夜做这种梦。我可以想跑多快就跑多快,可以想叫多大声就叫多大声。速度与音量可以调到最大,但是我仍然在逃跑,仍然在尖叫。羞耻是个小妞,有时她在厕所里为你口交。噢,她是那么的不知羞耻。你看她朝你的蛋蛋冲来!太寻常了,恐惧总是为了找点儿事做而频频操羞耻。他不怕。她不可能在乎。昨天下午我在浴室里跌倒了,摔碎一品脱苏格兰威士忌。后来,我从街上叫了个妓女。什么也没发生。她好得不能再好了。知道为什么吗?因为她以为我可能想杀掉她,那就是为什么。今天早上,当我终于半途中放弃了一场灾难性的、脖子发烫的手交时,电话响了。是《埃及艳后》杂志,邀请我担任本月钻石王老五。成功没有改变我。我还是原来那个我。

"全都很好,很紧凑,别担心。十分完美。多丽丝·阿瑟只是想让你难过几天。不是我。有你那些有票房号召力的明星,一切都会好的。嘿,来吧。振作起来。"

我去皇后大道做了个发型。十五英镑，只为了女性的触摸。我追求的就是那个。抽着烟的小妞用手指梳理着我的头发，愚蠢地说："你谢顶了。""我们全都是，"我说。我们全是的。我们全都在谢顶——挥手或召唤或只是吻吻我们的手指，我们全都在淡去、缩水、苍白。生活就是失去，我们全都在失去，失去母亲、父亲、青春、头发、外貌、牙齿、朋友、爱人、外形、理由、生命。我们全都在失去，失去、失去。把生活拿走。太难了，太困难了。我们不会生活。让我们试点别的吧。把生活束之高阁，把生活从架子上取下来。太他妈难了，我们不会。

"剧本。什么时候出来，什么时候？"

如果我们可以浅浅地撒上一层钱，就像给万物铺上一层东西那样，这个世界可能会更柔软。但是生活，生活这么难。生活这么难。噢，这么，它是这么——废话。妈，母亲，妈——你从来没告诉我，没人说过。它，它是，它是这么——

"很容易，"马丁说，"——改好了。全在这儿。喏，就在这儿。只要过来取就行了。擦干眼睛，老小子。礼物早已备好。你会看到了。最后一切都会回到正轨上来。"

7

此时此刻，我正在做一件事，全球成千上万人渴望已久、为了它不惜付出痛苦、死亡的代价。爱斯基摩人梦寐以求。俾格米人为此手淫。朋友，你也想过，相信我。还有你，天使，如果你也总那么想的话。全世界都想做爱，而我正在做。我必须说，在美国这么快就能振作起来真是太神奇了。这座城市没有任何煞风景、光说不练的挑逗、亦没有任何败兴之事。纽约很少有什么光挑逗却不来真格的事。这不是问题。

我正在操布奇。你不相信？可我就是在！而且，是从后面。请想象一下这个画面：她跪在吱嘎作响的黄铜床上，手抓床头板。如果我向下瞟一眼，像这样，缩起肚子，我可以看到她的心形屁股和神秘裂缝，就像切开一半的苹果的内部。现在你信了吧。等等：她的手来了，慵懒地斜搭在她屁股上，每只指甲的保养就花了十美元。啊，她看来……哇。塞琳娜就不经常涂指甲。我打赌塞琳娜在我们的第一次约会时也没有这么做。嗯，真正的床上艺术家，她们宠爱自己，宠爱每一寸肌肤。我也是跪着的，正全速高效地干着。我可以告诉你，摄影机不会撒谎。我以前见过布奇的裸体，银幕上的半裸，还在某本专门介绍明星不雅事件的变态杂志上见过她完全、彻底的正面裸体，但是我没有为这昂贵的肉体和高价的结实肌肉作好准备，更不要提床上技巧如此鲜明地展示在我面前。这是高质量的装备，而且她让这个……等等，她在翻身。我觉得她想翻过身来。什么？哦是的。我们又分开了。我说了，我一直干了整整二十分钟，但我仍然精力充沛，而且我觉得，对于自己貌似炫耀的表演，我真的惊讶且敬畏。我后背难以置信的痛，真的，我的右腿那么沉重、仿佛要死了，但我绝对可以尽量撑下去。多么意外，多么好的款待，多么畅快。我们刚刚在西村吃完中饭，后来，她在出租车里说……等等。什么也别说先。再等他妈的一分钟。她想要，她想要让她——或者至少她似乎想……天啊，这是个新我。整个全新的概念。啊，我明白了：事实上她的腿还保持原地不动，而她横扭过来——废话。等等！我明白了。我要跟你一起。后来，后来，噢，是的，我们刚进她的公寓，她就从冰箱里拿出一瓶香槟，给我一份可卡因，大小跟刽子手绞刑用的绳子一样粗。她顽皮地牵着我的手，领我进了她的卧室，她的镜厅。我想，这里头准有问题。她准是把我跟另外某个家伙弄混了。但是突然，她就光着身子了，还在我惊讶万分时就上前来扯我裤子上的皮带扣。这时我明白了，接掌了全局。休想，布奇，你不能那样。谁也不能，哪怕你也不行。她似乎在努力绕着某处弯下头，唉，我会是个狗娘养的。新颖无比。高度控制。节奏分明。简直是天才！那一定也很痛——要么就是她经常锻炼。我一直在找这件事中的破绽。我是说，这不可能免费，可能吗？她这样做不是为了她的健康……实际上很可能是。她可能就是为了健康这么做的。这儿，你知道，她们总是寻找好玩的法子来保持体型，而布奇肯定用这个……找了个对自己有利的有氧运动。她不是当真的。谁，我？哎哟！不，求求你，那样很痛。嗷。哇，我的腿完全……至少让我——这样好些了。这样好多了，真的完全可以忍受了。哎哟，好吧，这是件辛苦活。我的肺像着了火，心脏咚咚咚像在敲鼓，自从上次跟菲尔丁的网球比赛后，我没再受过这种打击。即使那次也没有用我的蛋蛋做握力测试器。痛苦的屏障给打开来，又关上。就快结束了。每次呼吸都像着了火……最后：她开始发出那些声音，像所有崩溃的小妞们一样。我不太肯定那种声音预示着什么，但是布奇似乎为某种天启大奖作好了准备，没错，我也就凑凑热闹罢了，喘息、含混地说话，拼命忍着。机不可失，时不再来。我必须想点什么来助我跳下这趟列车？我要想想布奇·波索莱。很管用。

……性就像死亡，诗人们如是说，医生们也如是说。我就是个例子。原来，按照布奇·波索莱的理解，高潮也不过是整套运动中的一半。噢，好家伙，有些姑娘们——她们让你觉得自己才是个小妞。所以，我想，口交就是这样的。其他任何时候——那不是口交，不真的是。天啊，洗车时，菲亚斯哥一定有这种感觉。她不是在口交；她是在漱洗。她用软管洗它……听起来不错，啊，朋友？伙计，我打赌你在想，我能用一下那个吗。一点点吧，也许。但是你能用很多吗？半小时后，或大约半小时后，布奇嘟囔着，

"约翰，我可以说件事吗？"

"行啊，"我摇摇晃晃地说，直起头从我肚子上方看一眼她。她在那儿，正对着麦克风说话。

"我同意洛恩·盖兰德的观点，约翰。我们需要赤裸裸的性爱场景。我觉得那种视觉对比会相当美。但是必须得说清楚那个姑娘献身老头是出于同情，也是出于艺术感。这种为艺术

慷慨献身的行为,是奉献。我们可以让她说点什么'你老了,我年轻。你破旧粗糙,我清新鲜美像清晨。我把自己奉献给你,老头。一份青春之礼'。"

"噢,天啊。"

"你说什么?"

"你的厕所在哪儿?"我说。

接下来的事更糟,但在我告诉你后面那场打斗之前,我先跟你说说前面那场打斗。我有种预感,在这件事结束之前,我还得操很多次,还得打很多次架。我像头动物似的活着——吃喝拉撒、睡觉、操女人和打架——就这样。活着而已。远远不够。

我跟布奇一道吃中饭。我们在那儿吃了点东西喝了点酒。我坐在她对面,表情严肃、满脸病态、一言不发,总之是最没魅力的样子。头发没型?一直这样。牙痛——痛得钻人。心脏恐惧:在燃烧。没什么气氛。我将一瓶白兰地倒立在她大腿上。我骂骂咧咧,侍者对我很无礼,欺骗我。我们坐出租车回她的复式公寓时,我闷声放了个臭屁,谁都知道是我放的。我的舌头好似个爆炒热狗。我打看门人谄媚淫荡的目光中走过,半道中,我从大厅的镜子中看到我裤子的拉链坏了,粉红色内裤悲哀地从那个开口处望着外面……我有我的理论。她们有决定权,难道不是吗?姑娘们决定。全都给定好了,全都有人照管。那些夜晚,你带着兰花露面,举办演出、招待盛宴,她们使眼色、努嘴、跟你玩花招。除非她们决定对你好,不然你不会有任何好处。她们做决定,很早就决定了。她们如何决定有其深层原因，与你无关。然后，某个夜晚，你坐在那儿打嗝，挠胳肢窝，想着钱——你得到了一切。

可是出事了，外面街上出事了，有可能是这事把布奇推到我身边的，我不知道。不管是什么把她推到我这儿来的，反正不是我……我付了账，旋转门把我们卷出来，在外面等待着。噢，这不是当真的，这是玩笑般的酷热。我的宿醉，到现在已经一周了，以双倍频率和完整的多普勒效应袭击着我，让人变得热血沸腾，挤眉弄眼、尖嗓瘪肚。"你想打的吗？"我边问她边朝一排流动的黄色出租车挥着手，我一个踉跄，侧身撞在一台嚎叫着的空调的屁股上，它朝我脸上喷着滚烫的臭气。这是第八街，就在第五大道的西边，八月的干涸街道色彩浓艳，许多出租车和身穿夏威夷衬衫的哥，在闪烁着诱惑与警告的丛林中活动。十字路口，车全都没动。这时出什么事了，纽约酷暑的热情与闷热中总可能出点什么事。

五十英尺开外的地方，一个挣脱束缚的高个男人旋风似的冲出来，用铁链抽打瘫痪的交通。这位铁链艺术家，是个大块头白人，他半裸着身子，扎着黄色马尾。大家看着他——这儿有好戏看了，被人群遮挡、看不到的嘴在说着剧终台词，最后的话。铁链慢慢扫过空中，我们可以感觉到铁链沉重的闷哼声，接着，当它砸在那些停着的车的头辆车车顶时，我们也能感受到铸铁的哐啷声。汽车们低吼着，瑟缩着，像关在笼子里的野兽在鞭子前面瑟瑟发抖。我们再往前靠。此时，从丑陋的吵嚷声中传来鸟鸣般清脆嘹亮的警笛声，还有两位警察猫腰从街对面跑来。看不清他们的脸，枪握得紧紧的，只露出短粗的一截。铁链艺术家坚守阵地，用哼哼的铁链扫出一片空地。警察们犹豫着放低了枪。他们也兴奋起来，因为这火热的接触，喜欢用拳头和警棍的机会，他们半蹲着，数着拍子。啊，我明白了，我想：他们要伺机而动，来次成功伏击。然后，当铁链转向另一方时，他们就一起行动，把他按倒，像电影里那样。对付有铁链的家伙，就该这样，他们也是这样试的。可是这位铁链艺术家，他挥了好几鞭厉害的，亲自跟着他们，四肢哐啷响。啊，当这种麻烦爆发时，这个疙疙瘩瘩的昆虫，手足不分。在我看来，他很有味道，但那些空手道的踢打严格说来只是电视作秀，在街上不怎么管用。突然，围观的人越来越多，我们失去了有利的位置。等我们再次挤入人群中时，已经放了一枪，无烟火药的烟雾疑云还在盘旋，一名警察枪举过头顶，而另一名警察（紧塞着手电筒）在他身边小心移动着。终于，铁链艺术家跪倒在地，抬起两只拳头，双臂僵硬，头垂了下去，整张脸显得年轻，让人有种偷笑的罪恶。演出结束。没戏看了，今天没戏看了。

  警察们走了过去，把这家伙摁倒在黏乎乎的碎石地上。"别打他！"人群里发出尖锐的叫喊声。"别打他！"站在我旁边的日耳曼巨人附和喊道，他身穿运动服，俯卧撑和苜蓿造就的奇迹。其他人带着劝告和建议加了进来，愤怒的司机们从被砸烂了的车里钻出来，冲他吼。一个系着红围裙的黑胖子从街对面傲慢地跑过来，吼着说出他的故事版本。纽约到处都是演员、制片人、创意顾问。铁链艺术家被拖进警车、另一辆长形警车开过来，最后一名警察拿出他的手提式扩音器，像个助理导演——"好了，演出结束。大伙该干吗干吗，都散了吧。结束了"——人群重新回到丛林里，我跟布奇留在那儿，我把手

放在她的胸口说,

"带我回家吧。"

我这是在哪儿？噢，是的，在布奇家的厕所里，在布奇家的化妆间，实际上这儿更像个植物实验室或植物温室，常见的化妆用品只是偶尔落在这里。我无意中在一块折叠的毛茸茸叶子上擦手，差点儿朝一只特大号的保温盒里撒尿。植物、自然、生命——纽约市里所有有价值的商品都在这里。再往上有些爬行植物或攀缘植物，我发现，一只粗壮的鹦鹉在天花板的一角鄙视地瞅着我。空气是那么甜腻、炎热、醇厚，对什么都好，就是无法呼吸。我干完要干的事，回到温带。

布奇坐在床上看成人电影（默片、露骨的性），对面墙上挂着六英尺宽屏幕。我也看：一个肥胖苍白的家伙正在一张摇晃的铁床上狠操一个褐色肌肤的金发女郎。电影拷贝质量很高，但是制作水准太低——固定的摄影机、镜头角度没有变化，也没有特写镜头。很快我便发现这个姑娘原来是布奇·波索莱，再过一会儿，我意识到那个男人——那个男人是约翰·塞尔夫。换句话说，那男人就是我。你猜的没错，你早就知道，布奇就是那种人。她紧闭的双眼和微侧的脸在镜头下露出满足的快乐。我判断着角度，转向右边，摄像头就在那儿，热感应器公然安装在窗户下的一张桌子上。屏幕上那对男女经常交换姿势，拼命干着。依我看，从这些杂耍动作中可以断定女主角占有更大优势，不过他们也向你展示了男主角的优势，这个胖演员或临时演员或小角色，他布满麻点的背，颤动的肚子和肿胀的喉咙——不，不是身体的问题（我们全都有身体），是那张脸。啊，那张脸！龇牙咧嘴、衰老瑟缩、无比惊异的样子里透着羞耻与恐惧……现在我们看到口交部分，我的脸可真的有点看头，甚至布奇也作了评论。

"难道你不喜欢？"她问，"你真是个丑八怪，约翰。我就喜欢你这点，我真的喜欢。很吸引我——这有点无聊。我要快进，然后再回放。没错，你真的不喜欢，是不是？"

"中间那部分，"我说，"我喜欢中间那段，不是后面那段。这东西整个都一样，没区别。"

"它一直在放，可同步也可延迟播放。"

电影慢下来。屏幕上的布奇在说话，很安静，用眼睛寻找着摄像机。我的头有一瞬间从肚子上露出来，然后又垂了下去。布奇在说什么？视觉对比啦、年轻和年老、我清新鲜美如清晨、献身艺术的慷慨行为之类的。是啊，我懂了。

"嘿，布奇。你多大？"

"一月份我就二十了。"

"天啊。你为什么不和家人待在一起？"

"我讨厌我妈，我爸死了。"

"行了，删掉。"

"你说什么？"

"那盘录像带。删掉，快点。"

"不，我不愿意，约翰。你知道我跟每个人只做一次，所以我得留着。"

"删掉它。"

"滚开。"

"快点。"

"想让我删掉,那得看你的本事。"

所以我只好揍她。没错,我揍了布奇一顿。没什么太过分的——只是摇晃推搡几下而已。我的心不在这上头,真的不在:我对这种活动没有了以往那种兴致。可是你猜怎么回事,她还挺喜欢的。现在我明白为什么那些打女人的男人总是说女人们喜欢挨揍了。我这一辈子也搞不懂她们为什么要尝试这种方法。我很清楚,我揍过的女人们都不喜欢挨揍。如果她们喜欢,那么打她们还有什么意思?她们都非常讨厌挨打,而事后你通常不得不大量地赔小心和买鲜花、保证下次不再犯。也许我打错人了,也许有些人喜欢。实际上每种人类活动都有其爱好者。布奇喜欢挨揍。我看得出。怎么看出来的?当她删掉录像带后(那时我已经单手扼住她脖子,完全控制住她了),她告诉我她喜欢被人控制,还想再找我上床。

"是啊,是啊,"我说,"如果你听话点,我可能带我的换洗衣服到你这儿来住。现在给我听着,我不想再听你那些讨厌的想法,你就是个演员。从现在起,给我闭嘴,你熊爸爸怎么说你怎么做。"

"好的。到床上来,你这个丑八怪。"

但是我让她穿好衣服,然后我带她去看电影,然后吃披萨,然后长谈。我们之间结束了,我说,我不想危及我们的工作关系——我们的艺术合作。

菲尔丁·古德尼理好袖扣,小口抿着他的葡萄酒。突然间他笑了，露出胖乎乎的后牙。普通亚麻布、无尾礼服的侍者、有流苏的菜单、二十美元的开胃小菜，超级流氓和一些麻木耀眼的女人——老一套。我点了自己的菜：那是唯一一个我能发得出音来的菜名。我比斯邦克·戴维斯略胜一筹：他认为大比目鱼跟马利布押同样的韵。如果时间是金钱，那么快餐两者都节约了。我喜欢时髦纽约的这些时髦场所，但是我的肚子咕噜直响，直白地表达了我对垃圾食品的渴望。我准备戒掉快餐，用我的钱开始做点正事。

"你对布奇做了什么？"菲尔丁说。

"我给她来了通说教，"我说。你看，我非常谨慎。实际上我有种感觉，菲尔丁本人就在那儿。"菲尔丁！"布奇曾说过，"他真是个怪人！"但出于某种原因，我没有追问她他到底怪在哪里。再次谨慎，我想。

"嗯，不管你做了什么，接着这么做。你走后她给我们找麻烦，他们全都找我麻烦。可现在呢？乖得很，他们都很乖。我不知道你怎么做的，滑头，但你做到了。洛恩和卡都塔为你疯狂，甚至连斯邦克也觉得你很可爱。"

我怎么做的？我不知道。电影全靠运气和混乱。然而我站在这儿，站在悬崖峭壁边缘——抓住护栏。实际上，我异常清醒。我说，

"是新剧本的缘故。"

"是某种剧本吧。那家伙怎么样。你确定他是个作家？你确定他不是搞公关的？不是伏都教的？有没有在接受心理治疗？"

"啊？"

菲尔丁耸耸肩。"篡改吧。他所做的就是把多丽丝的剧本拿过去，往作品里添点甜和蜜。不过是个大拥抱罢了。"

"啊，可美就美在那里，"我说。

没错，马丁保留了多丽丝·阿瑟剧本的整个轮廓。除了某些结构上的调整外，其他东西他几乎全都保留下来。角色们还是那么卑劣贪财，行为还是那般肮脏妥协。他只是在中间穿插了大段独白。在独白里，四位明星每个人都得到另外三位的精心夸奖，都被证明是清白无罪的。所以，继洛恩在卧室里受嘲弄后，多产但却被孩子们弄得精疲力竭的卡都塔不悦地诉说自己的失败，以满足像她丈夫这种精力旺盛的剑客。又比如：在布奇被斯邦克扇了几巴掌后，她告诉卡都塔，她故意激怒这位任性的诗人和梦想家，以确保得到她极度渴望的他的爱。而斯邦克对洛恩承认男人的悲剧性格在于喜欢伤害他爱的东西。如此等等。无可否认，在纸面上看来很奇怪，但是《黑金》（新标题）目前读来相当松散乏味。如果独白真的拍摄下来的话，它们会直接被送到剪辑室的厕所里冲掉，我可以想见那样做毫不困难。

"你得给他点表扬，"菲尔丁让步说，"这是个完美骗局。几乎是色情的。"

菲尔丁带着权威人士的悲哀说，他看到自己的支持者在逐渐减少。"多丽丝怎么样？"我问他。

"挺好。作家们，"他含糊地说，"事实上，他们的权力过大。好吧，滑头。你不再需要我了。从此后我是严格意义上的执行人。《良币》会给我带来一大堆项目。错了，应该是《黑金》。钱的来势无法阻挡。我想你该开始思考你的第二部故事片了。"

"你指什么?"

"让你的人赶紧飞过来,滑头。现在一路顺风,你看到的全是空白支票。嘿,你走之前,我要你签点东西。"

外面街上,黑色独裁者无动于衷地等在那儿。司机也候在那里——这回换了个司机,但仍是衣着考究、留着八字须的司机家族一员。菲尔丁朝他一挥手,挽着我的手转过街角。这次没有保镖。第二个家伙是个没必要的装饰,多余的人,甚至菲尔丁有时候也节约,像所有有钱人一样。然而司机配着枪,我看到他腋下鼓鼓的,像个鼓鼓的钱包。"外面是谁想找你,朋友?"我们一道走着时我问菲尔丁。"穷人,"他说着一耸肩。于是我问了第二个问题——为什么要这辆豪华轿车?他只是冷冷地看着我。我想我知道为什么。它们给你的拥抱与光芒,哪怕引来街头仇恨也值了。可能这只是整件事情的一部分,金钱粗钝生硬、无比残酷。我们转回头,谈了一会儿,然后菲尔丁钻进车里,慢慢坐下来。

我步行回旅馆。你想发财就得厉害点。人人都知道,你要挣钱就得厉害。但你想得到这些也得厉害。对那些有钱的人来说,钱意味着许多东西,正如它对没钱的人也意味着许多东西一样。《金钱》这本书里就这样说的。是真的。有个公共资源。想要发财的话,你要分步骤同时做很多事。我不知道我有多厉害。我会搞清楚的。我知道钱对我意味着很多。玛蒂娜给我《金钱》以及其他几本书:弗洛伊德、马克思、达尔文,爱因斯坦和希特勒的。《金钱》最有意思。比如说,劣币驱逐良币,格雷欣法则。凸印在钱币表面的帝王君主头像,就是统治者们创造出来的自我膨胀。当卡利古拉最终死后，人们熔化了所有钱币，把他讨厌的脸从钱币上抹去。你知道，他们过去用肉来代表钱，还有鼻子和酒也可以当钱，当然还有小妞们，还有火药都可以当钱，还为此开战。现在这些听来就像我这种市场力量。如果生活在过去我会更快乐些。你用不着一定得付我钱。你可以用其他那些东西，那些劣币来付。有时候，《金钱》给我一种奇怪的感觉，焦虑的感觉。让我想起那次多丽丝·阿瑟在东九十五街对我说过某些不可原谅的话。我有种感觉，一切都有意瞒着我。你也在其中，是不是？你是的，对不？我不知道怎么回事，最后我会搞清楚的。

我步行回旅馆。晚上灯光下人们的投影各有不同。灯光很低，让你在街上的侧影更大。在灰头土脸的伦敦，我们的黄色街灯挂得更高更黯淡，这样一来，影子跟其所代表、跟踪、尾随或追踪的真人相比，要小得多。

当我走进门时，电话铃正响着，我心里大致明白是谁在这种黑夜里攻击我，我不认识、你也不认识的人，但不管怎样，在攻击我。

"他多好啊！"我到纽约的第一晚，玛蒂娜·吐温对我说，"你无法相信，他完全改变了我的生活。我不知道没有他我该如何活下去。我回家时，他在家里等我。我喜欢晚上抱着他。难道你不觉得他很漂亮吗？"

"他看起来很不错，"我说。

"你看起来可够糟的，"她说，"我很抱歉，可怜的你。"

"是啊,我这周过得很不好。"

自从我上次见过玛蒂娜之后,她迷上了一只狗(或者说迷上了一只大块头小狗),黑色阿尔萨斯牧羊犬,穿着件黑色小背心,黑眉毛皱成一团,下面是双乞求的眼睛。她在第八大道上发现他弹跳打滚,没有主人、饥饿不堪,在二十三街上跟其他狗打架、对宠物狗随意胡踢乱打,精疲力竭。她牵着他的后颈脖带他回家,请兽医过来给他检查,给他打了一个疗程的抗生素。有差不多一周的时间这只小狗很可怜——只待在狗篮里,只吃自己的食物。现在,看着这头动物感激、健康、歇斯底里的样子,很难想象他以前的模样。他名叫影子,是"看得见的影子"的简称。"看得见的影子"是古老的印第安名字,是阿帕契族或夏延族人的名字。我非常喜欢这个名字。你不想给狗取名斑点或杂种狗,对吧。你也不想给狗取名叫奈杰尔或基思,是吗?狗的名字,应该是向神秘的动物生命致敬。影子——这名字真好。他马上喜欢上我了,当然,狗都喜欢我。我想这是因为我身上有种狗喜欢的气味。而我也喜欢他。天啊,他绝对反对堕胎,生命是多么美好!这影子可能自己也无法相信自己居然运气那么好。在他的梦里,在他在二十三街上踽踽哀泣的狗梦里,他永远猜不到生活居然可以这般甜蜜,住在银行街这套半独立豪宅里,大大的狗篮,可爱可亲的女主人,他可以狼吞虎咽那么多食物,还有一个漂亮的新项圈,皮和钢做的,向全世界昭告现在他有了大靠山,不会再受欺侮。

"是啊,他是条漂亮的狗,"我说。

她听了很开心。上楼换衣服时,她碰到我的胳膊,小狗在她身后跳着。

我端着葡萄酒走到外面露台上。我向假蜜蜂打招呼说你好。我看着纽约的鸟儿们,那些游手好闲之徒。这么说,玛蒂娜她什么也不知道。奥西只是去伦敦而已,他常去。现在我袖子里有这张王牌——真相。怎么用它?我到底该不该用它……?一开始我思索这件事时,想到了以下方案:我要等到玛蒂娜沮丧或情绪低落时再说——利用这个消息乘人之危。那之后,你知道,她会倒在我怀里,眼泪汪汪、梦幻迷离。不过,再次亲眼见到她,那嘴、那双人类的眼睛,我马上就怀疑起我那方案究竟是否可行。嘿,你,你们这些小妞,告诉我该怎么办?帮帮我。我该不该对她说实话,像男人对女人那样?要不就告诉她这事,顺道来点亲密的调情?也许我该闭嘴?嗯,坦白说,我不明白其中有何好处。我觉得在这个事上我欠揍……我似乎陷入了道德困境,他妈的。道德困境——你能拿它怎么办?责难与限制让我精疲力竭。我以为告诉玛蒂娜这事很容易,我以为就像滚根木头一样。但是,我可以看到真相大白时她的表情,我能看到真相大白时自己的表情。我以为这事儿很容易,看来很难。我做了决定,太复杂了,我不告诉她。你知道为什么吗?因为太复杂了,我懒得说。

正在这时,影子跳到凉台上来了。他直奔我而来,贪婪地在我胯下嗅着。这很好,但很难说这是对我个人卫生最受欢迎的评价。我抬起一只手——警告他,不要再这样——影子匍匐在地,扭着身子打滚,他的头侧向一边,哀求害怕地蜷曲着腿。我这才明白这条狗曾经非常怕某个很像我的人,某个紧张焦虑的大块头白人。我跪下来,拍拍他滚烫的肚皮。"想闻就闻吧,"我说,"我不要你怕我。我受不了。"我站起来时,看到门口玛蒂娜好奇的双眼。

我们在乡村沙拉小店里吃晚餐,那儿的侍应们看着像正牙医师,食物有终生保证,厕所像棵从马桶里伸出来的橡树。晚餐临近尾声,我做了件跟我性格完全不符的事:我没有喝醉。我顽强地将就着喝了几杯洗手盆大小的普通白葡萄酒——没喝什么白酒。她的手在光光的台面上,我把手放在她手上说,

"也许你有点失望。别理会错我的意思。我可以这样说是因为我对自己的生活感到很困惑。可是你希望你的生活更清晰更平坦。你指望,甚至认为它就是这样。也许不是,也许根本不是这样。我真的不知道我在说什么。"

我也不知道。那是我的一种声音。我常常发现没什么理由不说些话,包含着我所有的其他声音。她的手在我的手下动了动,我点了根烟,她开口说道,

"你觉得我失望。我不失望,我没这感觉。我没有其他人那么失望。"

她面露惊讶,还有别的神情吗?我觉得还有迷惑和强颜欢笑,还有种热切的神情,跟显然有人心中有她有关,而这准是……嗯,起码是,始终如一。我同意,这不是那种最可怜的爱情,而是种亲情,绝对是种亲情。

"我真不是吹毛求疵,"我说,"谁,我吗?我不过是个笑话罢了,可你从来不是。"

"人人最终都是个笑话。"

是啊,我想,用我的胖手捧住额头。手捧前额这码事,我大错特错。我准是脸抽搐刺痛,因为玛蒂娜男孩般的笑声那么

野。我晚上发白日梦时，常常看见她的脸像个神奇的灯笼，是人类的，里面困着的全是灯光。

"天啊，"她说，"看看你遭的罪。"

"我知道。太滑稽了。"我从胸前有汗味的衣袋里飞快地掏出钱包，但是玛蒂娜的手指（有点被咬过，没有涂指甲油，不像塞琳娜的手指）一把抢过账单。

"已经付过了，"她说。

这是我们最接近那件事的一次。她一无所知。也许她不需要知道。一切都归结到钱上头——全归结到那上头。如果奥西真的很有钱，他确实有钱，他可以每年分出几千块钱出来，根本不会心痛。可以这么想，只要他在伦敦，仍可以过去鬼混，照料一下塞琳娜。多么幸运的混蛋，啊？我从来就不喜欢他那副长相——人生戏子的长相。但是，他是个多么幸运的懦夫啊。想想吧，纽约有玛蒂娜，帮他打理半独立公寓，博得他的投资者们的称赞，就我所知，晚上回家睡觉。然后，过了几周那样的日子后，他又跃过池塘跳回英国，一把扯下塞琳娜的衣服！天啊，这太让人愤慨了，这是丑闻！不过，金钱也是，只是你无法击败金钱阴谋，你只能加入其中。

我陪玛蒂娜走回家，而我们俩一起溜影子。我的头晕已经好了，我现在又变回以前那个自己，琢磨着回上城前跟她道晚安吻别时给她一两个不祥的暗示。影子在感官印象的轰炸下，忙于执导他的超高速电影，他的脸闪烁着，他检测着拴狗皮带的长度，以及嗅觉、视力和听觉等其他极限。这时，这只狗停下他的狗事，颤抖着跪下了。那对影子根本没什么麻烦——不像我，《晨间快线》、香烟、咖啡杯、咬紧牙关硬挺着。

"乖孩子，"玛蒂娜说。

"那是什么？"

"屎铲。"

"哦，是啊，"我说，"狗粪铲。天啊，你们美国人。嘿，得了，你不是真的打算——嘿，算了吧。"

"这儿的人会气死的，"她说，"他们会朝你吼。"

"一点狗屎又不会伤害到任何人。"

"不。狗屎毒气很大，孩子们在街道上玩。狗屎会让你生病。"

"那什么不会？我意思是，如果你仔细看，看久一点，什么都会让你得病。狗粪铲让你得病。也许孩子们也会让你生病。"

"看，"她说。

这时我们走到出租车群集的第八大道街角，影子停下来。他呜咽着，朝罪恶与死亡的二十三街、朝切尔西、朝世界尽头瞟着，那儿的一切都没有拴上狗绳，也没套上口鼻罩。二十三街上没有项圈、没有拴狗绳，没有名字。影子扯着、嗅着、鼻子贴在地上爬着。他看起来迷惑饥饿，刹那间有点像狼豹，应和着更为尖锐的本性。

"一到晚上他就虚弱得多，有时候他拽得很凶，似乎想要逃走。"

"离开你？别紧张。他现在尝到美好生活的甜头了。"

"可那是他的本性，"她说，也是一副烦恼犹疑的样子。

我们道晚安。影子明亮孤独的眼睛看着我们，我招手拦了辆出租车，钻进去。平安无事。一个酒吧，一杯酒，然后是旅馆房间，电话耐心地等着我，叮铃铃响着，发出它的问候，耐心而痛苦的问候，宛如痛苦。

关于那个老是给我打电话的瘸子，我有很多事还没告诉过你们。我应该告诉你们的，但问题是，我不能——嗯，好吧，也许我应该努力一下。你可能知晓其中关键，但我不明白。现在一切顺利，实际上我的生活在萌芽，一片欣欣向荣，电话那头微弱的声音只是街上的嘈杂声、空中含糊不清的声音、陌生人类的声音——迟到者、队尾艺术家——你不会上当去努力听对方在说什么的。为什么你得去听？说到恐吓电话，这些恐吓电话似乎相对友好。在加利福尼亚，醉酒的司机被迫参加戒酒协会的会议、前酒鬼兄弟会，等等，让无聊来惩罚你。有时候这种电话就给我这样的感觉，不过我总是尽量让这些电话生动些。

"你的小妞怎么样了？"有一天我问他。

"什么小妞？"

天啊，多么愚蠢的声音。这家伙，我现在比他好得多。"那个红头发大块头，擦太多口红的妞。那天晚上，在泽尔达对面的酒吧里，把舌头伸进我耳朵的那位。"

他迷惑。"那么你还记得。"

"哦，当然。"

"你不记得她跟你说了什么。这我肯定知道。"

"怎么知道的？"

"因为如果你记得，你此刻就不会在纽约了，所以我知道。如果记得,你是不敢再回来的,永远不会,你会跟你的小红头发待在伦敦。"

我迷惑了。"你在伦敦也有办公室?你居然知道伦敦在哪里,我真没想到。我没想到你居然听说过它。"

"大人物,"他说。

"小鬼,"我说。我一直有种感觉电话弗兰克是个瘸子,截肢了,从某种程度上说身体有残损。我当然希望他这样。

"那好,有一天我们会见面的。"

"噢,我知道。"

"我们有一天会见面的。当我们……"

他通常会以几声廉价的嚎叫或恐吓结束电话。他像个不值钱的恐吓者,想来我爸爸冲我发泄的就是这种恐吓。你很难把这些家伙当回事,他们背后没有钱。可是他又打来,他现在经常打电话来,特别是晚上,在我很难从其他声音里识别他的声音之时。

太多声音了,所以另一个人不会受伤。至少我希望不会。我希望它不会太伤人。

自从我在斯邦克·戴维斯那儿取得突破后,我们这个组合看来非常牢固,铜墙铁壁。我告诉你,那孩子是我手中的面团。他甚至已经同意改名字了。

"S·J·戴维斯,"我们的长谈快结束时他说,"你觉得怎么样?"

"你中间的名字是什么,斯邦克?"我谨慎地问。

"杰弗逊。妈妈不喜欢它,不喜欢这个S.J.。她说我破坏了信仰。"

"胡说,"我告诉他,"对你的朋友们来说,你还是斯邦克。孩子,你重生了。S·J·戴维斯——棒极了。"

环境成就了我。昨天下午我在联合国广场出席了一场剧本会议——戴维斯太太应的门,摁在鼻子上的手帕浸透了血。她企图遮住她的眼睛,不过我还是看到她乌黑的眼圈。是的,鼻梁上只有挨过一计狠揍才会那样,而且准是刚揍的。我闻到暴力的气味,像煤油一样的家庭暴力气味,我觉得脸上突如其来的发烫,难看起来。

"哇,"我说,"你没事吧?"我伸出手,她不好意思地挡开我的手。她站在那儿,捧着脸,小女人,身形比以前更小。从她身后望过去,我看到戴维斯先生肥胖地塌陷在一把扶手椅里,穿着汗衫,拿着罐啤酒,面冲厨房电视。他头也没抬地扫我一眼——冷酷、恼怒——抬起手指头碰了一下脏兮兮的眉毛。

我在这套公寓最尽头,在黑漆漆、没人用的厨房里找到斯邦克。他坐在餐桌边,抱着胳膊,肌肉过分发达的脸上有一种让人不快的沉着。他就那么阴郁地盯着我。

"怎么啦,斯邦克?"

"我要干掉他,"他说,冷静地解释道,"我要干掉他,"他向我走来,向门口走来时,又证实了一遍。

我扶住他的肩膀,感觉到他竖起来的力量。他可以干掉他,毫无疑问。但他不会的,虽然他完全可以做到。我在此看到我的机会,权威与雄辩之感油然而生,体会了一把你对付演员时需要的那种最新风格。于是我听到自己大吼道:

"你不能杀掉他！他就是你。你是你父亲，你父亲是你。你比他要好些，但是有一天你会变成他的——那肚子、那汗衫和那罐啤酒。不用说，哪怕他死了，他仍是你父亲。我懂，因为我也有一个这样的父亲。"

"你明白这对我意味着什么吗？"

"那你告诉我，现在就说。"

他发出孩子气的痛苦呜咽，他努力缩回脸，最后他说："就像我的名字。它——不论我做什么，不论我挣多少钱回来，不论我演什么，我永远是这个混蛋。我永远是笑话里的那个家伙。"

"孩子，我们都是。这是二十世纪的感觉。我们都是笑话。你必须得经历，斯邦克。你必须经历这种笑话。"

接着，在黑暗之中，我和我的热血小兄弟，我们长谈了三小时。

"你有没有过那种感觉，菲尔丁？"

"啊，没有过，滑头，我想没有过。我只有二十五岁，记得吗？我也没有那种父母问题。我猜那种该死的东西还在外面候着吧。跟我说说，约翰——我很好奇。"

我们在腾德隆的一个阁楼上结束了一天的文字工作。沉闷但简单——我只是坐在那儿签署些东西。菲尔丁现在建立了一家公司，黑金有限公司，雇了三个姑娘和一个办公室男孩。他们在楼下工作。这些天一名合同法律师也常来。

"喝一杯。"

"不，谢谢了。"

"跟我说说，约翰。你在纽约做了些什么？我简直不相信你那个小狐狸精让你那么难过。"

"塞琳娜，噢，"我顽皮地说，"她让我快乐。我活过来了。"

"我们可以一起做件事。在第五大道。你会去的，对吧？神仙酒加冰加柠檬。谢巴女王带你去她的闺房，用头和手让你前所未有地硬起来。你见过的。你低头看着它想：这是谁的鸡巴？你再抬起头，天花板折叠着收了回去。猜猜你看到什么。"

"一桶狗屎泼在你身上。"

"他妈的，滑头，你怎么会这么不浪漫？实际上你看到的是，天花板打开，这位浑身涂着油的公主吊着根丝绳降落下来。她在劈叉。你明白我在跟你说什么吗？你们连接起来，可能只有半英寸。这时一个三百磅的相扑运动员从门口进来，用手托起她的腿，把她像个陀螺似的转起来。"

"天啊。"

"一千美元一次。就费用来说，不算太贵。消遣一下，滑头。你说怎么样？我们现在就可以去。"

"听来不错，但我不想去。"

"如果你喜欢黑色的东西，麦迪逊那儿有个地方，埃塞俄比亚。你去的，对吗？那儿是那样的——"

"别跟我说了。我今晚有约会。"

"噢，是吗？跟我认识的人吗？"

"是啊。不——你一个都不认识。"

你可能注意到除了偶尔失误之外，我已经设法戒掉了骂人的坏习惯。我也开始停止做些其他事情。啊，我那些癖好注定进入死囚营了：骂人、打架、打女人、抽烟、喝酒、吃快餐、色情、赌博和手淫——它们现在全缩到角落里去了，等着那段漫长之旅。你知道为什么。这是全新的我……不骂人显然最容易，做到毫无问题。我也不怀念打架或打女人。至于抽烟，嗯，每次我点燃一根烟，我就问自己，你真的想抽这根烟吗？到现在，答案一直仍为是，但这些是早些天前的事了。同样，当你是个酒鬼时，很难滴酒不沾。戒酒是个问题，我能感觉得出来。快餐呢，我的原则是，我规定自己每二十四小时只能暴吃一顿，那些我感觉特别饥饿的特殊日子除外。在纽约我从不担心赌博。我找不到可以赌博的地方。无疑这儿肯定有赌窝，不过我没找到它们。我上下左右看了一遍、我四处寻找过，但我没有找到一个可以赌博的地方。现在只剩手淫这码事了。我这一辈子四处打听过，这是我得出的结论：人人都手淫。姑娘们、牧师、我，还有你。（是的，你也手淫。你多大了？振作起来，伙计。来吧，姐妹，是时候休息一下了。）我放弃。你呢？就我个人而言，放弃手淫是个相当长期的规划，我承认，但是我已经暂时禁止我的那些视觉辅助设施了。这场战争我已赢了一半。没有色情，我看不出手淫有什么意义。但是，从某种程度上说，我很有信心。不，你错了，我全戒掉了。我相当肯定我可以把这些垃圾冲走，赶出我的生活。我不费吹灰之力就把骂人踢出了我的生活。谁需要这些坏习惯：我是说，它们有什么用？是啊，我可以做。实际上我确信也不会那么困难。唯一的麻烦是——此处，也许我们看到了我问题的症结所在——唯一的问题是，我懒得这样做。

我觉得自己权力大且办事有条不紊，让人羡慕，我接受我制片人的建议，开始一对一对安排明星排练：洛恩和布奇、斯邦克和卡都塔、布奇和斯邦克——你可以想象那种场景。用人类的观点来看，这样做很管用。首先，不管怎样，在我找到解决方法前管用。卡都塔和期邦克组合：不太坏。布奇和洛恩组合：不好。洛恩和卡都塔组合：太糟了。斯邦克和布奇组合：实际上很糟糕。布奇和卡都塔组合：真的真的非常糟。不过，最糟的是，到目前为止，最艰巨、最让人难为情的是洛恩与斯邦克的冲突。女士们至少有她们的策略，有她们自己的可行方法，至少她们不暴力。跟斯邦克和洛恩在一起，我像个心理医生、我讨好奉承——我还当裁判——一直都在当……在洛恩的坚持下，我们在八十五街盖兰德的顶楼高级公寓里会合。我们想排练这出戏：斯邦克告诉洛恩，他知道他有情妇，如果洛恩不放手海洛因这事的话，他就要告诉母亲他有情妇。斯邦克坐在那儿，冲着洛恩大声念出台词，他乜斜着眼、一副厌恶的表情。洛恩听到后转过身对我说，"约翰，我受不了这种气。受他的气？在我自己家里，约翰？"斯邦克收敛了些，嘟囔辩解说这出戏对他有点难，因为他一直恨他父亲。洛恩声称他一直恨他儿子以此作为反击（他儿子是个中年会计，我后来听说的）。然后洛恩指责斯邦克密谋偷他的电影，斯邦克反过来指责洛恩企图让《黑金》这部电影沦为盖兰德工具。洛恩说他比斯邦克大得多——没错，也强壮得多。斯邦克请洛恩证明一下。"喏，约翰，"洛恩得意洋洋地转向我说，"我居然在自己家里受这个小阿飞的威胁？"我明白我首先要做的是得让这两位明星在一个中立的环境下工作，我把整个活动转移至市中心的一处库房里。于是交通问题又跟着来了。

菲尔丁一开始便说过，独裁者供两位明星驱使。我把这个告诉洛恩，他说，如果斯邦克坐这辆独裁者的话，那么，他，洛恩，不可能坐一辆比杰弗逊胜利者还差的车。我把这个转告斯邦克，他不屑地说，他会跑步去工作，他一直如此。我回告洛恩，后者先是随意提到一辆不起眼的老虎鱼或两门的"明日"小跑车就足够满足他简单的需求，然后又说他本人会快跑或游泳或三级跳着去工作。最后我们谈妥由独裁者接送。妙的是我得每天早上九点接上他，再跟他一起开八十个街区去市中心。这段路程中，洛恩一直说个不停。我很快便发现宿醉未消的话绝对无法做到。不可能。我试过几次后，越来越肯定根本不可能做到。

第一天，在列克星敦一动不动塞了一个小时后，司机开车穿过公园，在西区没有法律约束的大道上试试他的运气。当盖兰德注意到青枝绿叶，或混凝土的缺失（大约在半道上）时，他含糊说到一半的话卡住了，他举起紧握、颤抖的拳头。"怎么啦，洛恩？"我问，但是洛恩直挺挺地坐在那儿。当我们超车进入中央公园以西时，他吼叫着，吵吵着，"靠边停下。"洛恩如释重负、软泥似的瘫靠在座位上。"永远不要从中央公园穿过，约翰，"他哑着嗓子说，"永远不要！你跟他说。这次就算了，但是你永远不要再带洛恩·盖兰德穿过中央公园。永远不要。"我问他你为什么永远不那样做。"直升飞机，约翰，"他说，现在平静了下来。"哦，是啊，"我说道，然后我们继续开车。

可是在仓库楼上发生的事情恍如一个梦，或像个阴谋。整件事的关键在于一个极其简单的认识：每个明星成天想的就是，坐在那里听不分好坏一视同仁的赞美——听马丁编进剧本里的颂歌狂想曲。嗯，我不能给他们那个，但是我可以给他们一点东西。实际上，我似乎记得马丁自己就建议过这样一种程序。所以我开场说道，"斯邦克。要不我们来试试你关于洛恩的长篇大论吧。"然后又说："洛恩，你要不要就斯邦克来一通重要演讲。"一位明星滔滔不绝，而另一位明星甘之如饴。过了一段时间后，我以这种方式开始所有的排演，也在女士们身上试用并取得同样成功。被这些黏乎乎的吹捧软化与爱抚，演员们精神振奋地开始吹毛求疵的、充满恶意的对话，这些对话让他们有机会表达对彼此的真情实感。目前这些感情，当然，糊涂得可怕，但是剧本也体现出这一点。我有些很好的收获，特别是从男士们那儿获得的。《黑金》肯定会与众不同。你最后一次看所有明星都那么微弱困惑、那么荒唐软弱的电影是什么时候的事了？这是现实。我对马丁·艾米斯真是佩服得五体投地。

自然啦，也有些问题，就像你在问题之都里可以预料到的一样。比如，今天上午，我到洛恩家，发现这个大人物在他的帐篷里赤身裸体生闷气。"我从没见他这么糟过，"星期四说，她看起来比在聚光灯下老了至少一倍。"他甚至连果汁都不喝了。"我看见大布鲁诺也难过地蜷缩在大厅里。我给菲尔丁打电话，让他去市中心安抚一下斯邦克，然后我走进洛恩红楼妓院般的睡房。他坐在窗帘遮掩下的黑暗里，光着身子，凄凉地凝望着墙壁。一两个小时后，他才告诉我怎么回事。

"跟我说实话，洛恩，"我说，"说吧。想想我是你的朋友——还有你的影迷。"

"嗯，约翰，是这样的。谁都不知道，约翰。这个世界上没人知道。百万年来甚至没人猜到过。可这是真的！事实是，我知道你不相信，可事实是，约翰，我觉得非常不安全。我是个极其无知的家伙，约翰。我什么都不知道。这让我觉得非常不安全。"

噢，你这个可怜的老家伙，我想。如果洛恩不是侥幸成功，一天有三千美元收入的话，他现在会在哪儿呢？我知道。他会在百老汇大街上，大声狂叫。我一只手搭在他肩膀上，突然想到要说什么。

"老天，洛恩。如果你都觉得不安全，那我们这些可怜的老百姓还有希望吗？"

他抬起头看着我，脸上闪过一丝犹疑，然后表情像个孩子一般纯净了。

"约翰？"他说，吸着他的鼻子，"——我们去拍电影吧。"

在避开折磨人的中央公园以南的交通后，独裁者还是给堵在剧院区的一条小街上。洛恩在跟我说他的百老汇大作、他对舞台的热爱诸如此类的东西，我们慢慢意识到一阵轻微且持续的嗒嗒嗒嗒声，是硬币在玻璃上敲击的声音。洛恩就像影子般一个翻身倒在车里。"没事，"我说。原来隔壁出租车里是多丽丝·阿瑟，她在笑。洛恩坐直身体，让自己镇静下来。他往外看：一个美丽的姑娘正盯着他。他咧嘴笑了，给她一个飞

377

吻，然后不好意思地转向我，满脸感激，心不在焉地对多丽丝挥挥手。多丽丝却直盯着我的眼睛，眼神很可怕。当她坐的出租车慢慢启动时，她的脸慢慢放松、干净的舌头伸出来，做出一个愚蠢或假装疯狂的表情，要么就是对我目前蒸蒸日上的状态无可奈何。我觉得心在收缩，脑袋嗡嗡发叫。为什么？我三天前就已戒掉烈酒了。戒烈酒无所谓，只要你大量喝啤酒、雪莉酒、葡萄酒和波特酒，就能应付特别糟糕的宿醉。我觉得我有一场特别糟糕的宿醉。几分钟后，我们颠簸着下到第九大道，离玛蒂娜家不远，我觉得——我感到它的好处，营养的好处。天啊，就像咬一口苹果，用粗钝的牙齿咀嚼它。我现在每天工作时给她打电话。我们可以聊很久，聊许多事情。我今晚要见她。我，要去听歌剧——《奥塞罗》。我对此真的很期待。我以前从没听过歌剧。你觉得我有没有可能喜欢歌剧？玛蒂娜让我强壮。为什么多丽丝却令我虚弱呢？当我阅读《金钱》时我有同样的感觉。我一直在看《金钱》这本书，浏览玛蒂娜给我的其他几本书。爱因斯坦，你们应该表扬他。分享世界，看清世界的阴谋，看到亘古常在者的秘密。达尔文也是的。弗洛伊德，马克思——多么伟大的猜想家。我也没有放弃小说：我读了《麦田里的守望者》，在我看来，这是一流的作品，是最有力、最优雅的写作。至于希特勒，嗯，我很害怕。我懒得相信那套东西。看看他把他的暴力推广得有多远。我觉得我是个好斗的孩子。哦，三四十年代的德国人准是昏了头，要么喝醉了酒，居然让那种恶心的小瘸子钻进他们的头脑里。我真害怕。我无法相信这种事。你是在告诉我这是真的吗？

说到这场歌剧，很显然，是淡季的慈善庆祝活动。不管怎么说，是大件事。我决定为自己租套燕尾服。菲尔丁给了我列克星敦大道上一家商店的名字，洛恩和卡都塔的排演结束后，我坐出租车穿过城市来试衣服。

"我们这儿没有合适您的尺码，先生，"那个临时老演员往库房跑了十五次后，略带失望地说。

"你们什么？"

"今晚没有。无法办到。"

我忍住没发火，冲到街头另一家商店……是啊，然后再一家，然后再换一家。

耶稣基督啊，我想，这就是纽约，他妈的，卡洛里之都，大块头城市，超级大胖子水桶似的在被踩坏的人行道上起伏着，没人注意，没人嘲笑。看看那个穿着哔叽裤套装的黑妞，屁股上内裤勒出的印迹凸显出来，像包裹上系着的绳子。看看那些大傻瓜们，透过热浪凝视着大威利汉堡的价目表。他们不在乎，别人也不在乎。在伦敦，如果有这样一座黄油大山涉足户外，会引发一场暴乱、一场狂欢革命。可是，在这儿，在这鱼龙混杂的大都会里，找不到纯粹古怪滑稽的人物。这是幽默感的问题。如果你找到这么一个，你会连着好多个小时笑得流眼泪。不管怎样，我总算在哈莱姆的边上的一家名为高宽帅，或高大强或（让我们说准确点）帐篷出租处的郁冈小店结束了我的搜寻，在一群极瘦或极胖或腿极长，或大肚子、大屁股、脸红得像番茄的几百磅大胖子中间总算拼凑出一套礼服。我到银行街时已是汗流浃背、唇干舌燥、气喘吁吁，尿憋得不行。

不过，玛蒂娜看起来也心烦意乱，我还没反应过来又回到电梯里，进了出租车，一路向上城开去。我们迟到了。玛蒂娜穿着普通黑裙，细细的颈脖上挂着一串珍珠项链。她避开我的眼睛，只说很可能会错过第一幕的爱情二重唱。她的声音很尖，略带犹疑。她没有评论我的晚礼服——宫廷官吏的双排扣上衣，两翼胖鼓鼓的蝴蝶结，迎合我胃口的粉红色腰带，涂了漆的鞋罩——我想我看上去还行。我们神奇的一路绿灯，然后从刚搁浅的出租车里跑出来。中央大厅像内疚的学校操场，里面一个人也没有，只有铃声正响着、蜂鸣器在嗡嗡叫，一个坏脾气的小妞，直接把我们嘘进前排座位区。我们没赶上诵经时间，就在红色幕布的海洋开始慢慢分开时，我们跌跌撞撞、磕磕碰碰地摸到了中间座位区。

听歌剧当然花时间，是不是？歌剧真的拖得很长，至少《奥塞罗》如此。我心中揣测下半场就在这场之后，而此时这场进展慢得惊人。《奥塞罗》还有一点让我印象深刻——它不是用英语表演的。我一直指望着他们会振作起来，开始正确地演唱。可是不：显然说的是西班牙语或意大利语或德语。也许，我想，也许这是某种意大利佬的聚会或狂欢，是西班牙人或波多黎各人的集会？但是观众们不动声色的也看不出什么种族。我是说，那些留着山羊须或浓密假发的家伙、那些有着战斧般的侧面、晒得金星人一般黑、身高六英尺的女人们——我是说，他们就是美国人。我不安地伸直脖子寻找穿燕尾服的家伙。歌剧让女士们有点兴奋，真的，但是男人们全都穿着办公室装束。是啊，我不该穿得太隆重。绝对不该。怪不得玛蒂娜投来无礼的眼光。我突然想到我在舞台上还没我在观众席上这么显眼。

幸运的是，我肯定看过《奥塞罗》的电影或电视，尽管它漏发了个 H 音，音乐剧版本还是完全忠实于我熟知的情节。虽然语言仍是个问题，但我还是可以不怎么费力地跟上情节发展。古时候，那个招摇的黑人将军占领了某座小岛后，带着他的戴安娜女士，他的新娘，跟他同行到了那座岛上。后来她开始勾搭上他的一名副官，一个爱玩乐的家伙，我一看就喜欢这人。老故事了。她老在她丈夫身上试些极其微妙的把戏——你知道，她总是站在那个男友一边，为他唱赞歌。但是奥塞罗的密友识破了他们的诡计，把一切告诉了总督。不过，这个大黑佬，他无法相信或不愿相信。经典的情景。嗯，我想到，爱情是盲目的。我在椅子上挪动着。

老实说，这些都不是我脑中的主要问题。年轻纽约的丛林之夜，外面的炎热相当清楚地证明了剧院的垃圾制冷系统。我开始发现让人难忘的、毫无保留的气味正从我租来的外套中散发出来，不是一种气味，而是许多胖子散发出来的要命的气味杂烩。在我之前穿过的人和在我之后将会再度穿它的成千上万种汗味的汇总。在我后面的人，他们能闻到我的气味么？玛蒂娜现在就皱着眉头，嗅着鼻子。每次我在座位上蠕动一下，外套就颤动着选出又一种难闻的味道。要么是我鼻子的幻觉，要么我在这儿闻到的味道更多：烟灰缸、拥挤不堪的施粥所、色情商店里使用过的包间，杂志用蜡、酒水泡沫。毫无疑问，这件衣服曾在某些非常肥胖、火热和不健康的家伙身上服过刑。我揉揉鼻子。哎呀，真难闻。我的右胳肢窝里又发出另一种难闻的屁味。玛蒂娜嗅鼻子，扭动。动作轻点儿，我想，寻找一种不动的状态、入定的状态。

命运给了我另一个好理由保持原地不动。我急着小解——一小时前就很急了，在开往市中心的出租车里我就急迫地想象着我在玛蒂娜家厕所里舒服而漫长的那一段——现在我进入了苦不堪言的新时代。我觉得我坐在那儿，腿上放着一颗白热发烫的炮弹。当然，我考虑过闯入厕所，但显然这周围没有。你现在不是在看电影，你知道。人们来这儿是听歌剧的，不是上厕所的，甚至在家里也不上。如果我以这套行头站起来，不管怎么说，我会把房子弄垮。我缩起身子，我扭动，想松开压着膀胱的腰带。气味仍在散发。奥塞罗为他丢失的手帕在怒吼。玛蒂娜嗅着鼻子，在座位上动个不停。也许她觉得《奥塞罗》看得很难受。她不知道《奥塞罗》让我遭了什么罪，她不知道她身旁这个大水壶忍受着什么样的酷刑、何种超级的痛苦。

幕布洪水般退了回来，包厢里人人兴高采烈。我迈开湿透的双腿，跟着玛蒂娜下了台阶来到走廊上。当我们走到夹层时，我看到厕所样标志，痛苦的黑色闸门给冲开了。废话！残疾人专用！有个电动童车挡在门口，一个身穿白制服的侍者或医护人员对我怒目而视。我跟跄着转过身——看到不远处玛蒂娜独自坐在没有靠背的沙发上，在大庭广众下抽泣，同时在手袋里掏什么东西。我希望人们不要边哭边想着做什么，这样太痛苦了。我赶紧回到她身边。我想，都是《奥塞罗》惹的祸，所以我说，

"这不是真的，你知道的。这是假的。天啊，怎么回事？"

我把手给她，她握着我的手，把我的手贴在她脸上，我太

渴望人类的触摸了。

"别走开。请别走开,"她说,"听着。"

她什么都知道。她知道得比我多。不过,谁又不是呢?你就知道得比我多。

当这种事情真相大白后,当它们以一种搞笑的顺序出现后,你也知道是怎么回事,你通常根本没有心情去听。我坐在那儿,双膝颤抖,像个泵钻,咬着嘴听着。遥远的、阴沉着脸的奥西那天下午从伦敦回来。有冲突——玛蒂娜知道,她早就知道了,真的,知道两年了。她们察觉得出来,她们闻得出来。他坦白了。塞琳娜,孩子,陷阱。他生气,很生气,有点懊丧,很受挫折。他差点打她,那个狗娘养的。他几乎动手打了她。噢,如果我……她说她这辈子就想要个孩子,自从她自己还是个孩子时就想要了。奥西不想要孩子,不想要那些小宝宝,但他还是尽了力,他试了。五年来他们一直在尝试。他们手握手坐在研究机构的候客室里。他们也吃了好多个疗程的万灵丹。他还曾对着试管手淫,屁股里插着体温计在家里走来走去。仍然没有运气,没有孩子。感情破裂……玛蒂娜掌管着所有的钱。所有的,一直都是。奥西拿着高薪——当然,一大笔:如果不是为了钱,你每天浪费时间买卖金钱干什么?但是他并没有真正的钱,没有那些不可避免会沉沦其中,永远离不开的东西。所以,她把他赶了出来,就在今天下午。再没有别的什么东西能像钱一样解放妇女了。你要看看她们有钱时的样子……她的手还在我的手里(这时有几个没有品味的人从酒吧里回包厢去了）玛蒂娜感谢我做她的朋友，感激我所谓的淡定。她表扬我对这个故事中塞琳娜的部分保持了男子汉般的沉默。她觉得她可以把这一切全告诉我，她说（现在第一遍铃声响了，蜂鸣器嗡嗡响，西装礼服人群快速地经过我们身边），因为今晚我坐在她身边时，她发现我也被深深打动，对沉默的受骗者、苦难者有锥心之痛……是的，你明白吗？只有人类，以各种各样的方式。我低下头看着她的手指尖，看到指甲被啃成那样。人类之痛已经蔓延至她的指尖，但是我从没见过，没真正见过。

"玛蒂娜，"我说，"甜心。我——"

"演出开始了。"

"我必须上厕所。"

"没时间了，去吧。快点。"

"去哪儿？"

"那儿。"

"不行，那是给残疾人的。"

"去吧。你进去吧。"

两分钟后我就出来了。我们逃回座位。

"你现在舒服了吗？"我们落座后，她问我，"你看起来魂不守舍的。"

"是啊，我舒服了，"我说。其实我不是。

我魂不守舍。我无法把他妈的腰带取下来。天啊，系腰带是个多么糟糕的主意。在侍应生开心的讥笑声中，我跳、我骂、我扭动身体，最后我只是让肚子里即将化掉的西瓜绷得更紧。玛蒂娜在外面喊我，当我从门里慌慌张张冲出来时，她停下来为我擦掉眼泪。

幕布分开来，老故事再度开始。

痛苦非常有耐心，但痛苦偶尔也会变得烦闷，想再试点别的。痛苦甚至也会生气，渴求变化。痛苦也不想一直纠结于伤害。过了差不多一小时，我已经移至一种自我催眠的忘我水平、失重水平上了：它让我隐约想起，当我发现（或得到昂贵的通知）菲亚斯哥的某些戏剧性新缺陷时，我大致经历的那种佛教徒式的愤怒失速状态。我想，我开得起玩笑，哪怕笑的是我的生活，笑的是我自己。我，我常常觉得自己很可笑。但是，这个笑话，就跟其他东西一样，越来越不好笑了。当我看到我的生活步入正轨，我是第一个放声大笑的人。太搞笑了，我想。步入正轨的生活太荒诞了，它们像圈套、像诅咒一样失去价值，并成为惨无人道的缺陷为止。也许我们全都是跛子——要么就像他们说的那样，被人怀疑是跛子。我就是。我受到质疑，而这种质疑赢了。没有异议。我在生活中，在许多活动领域里就是个跛子。我是个头发白痴、肚子废物、牙龈瘸子。我心脏有毛病。我什么都不懂。我虚弱、花心、困惑、懦弱。我需要一种全新维度。我厌倦了当个说俏皮话的人……现在，舞台上的故事接近尾声，我发功把我急迫的痛苦逼进顺从的角落（噢，这满肚子温柔的折磨），我听到那个女人在无助地乞求原谅，坦承肉体带来的所有危险和沉迷。"奥塞罗？"……"如果……"啊，原谅她吧，看在老天的分上，让她受点教训，跟她离婚，但是不要不要不要……此时他举起枕头。我看不下去。悲剧，他妈的悲剧！别杀她，那只是她的本性，我想着，随着这种突然而至的紧急情况，我上厕所小便的迫切需要重新升至顶点，演出剩下的部分，在我眼里，只是酸雨。

"你能送我上电梯吗？"她问。我说，
"当然。"
玛蒂娜咔哒咔哒上楼梯，穿过大厅。我跟着她，步伐轻松。我觉得……嗯，否认也没用——我觉得痛并快乐着。在最后六次谢幕的掌声和欢呼声中，我告诉了玛蒂娜我的问题，在欢闹的亲密中，她帮我解开了腰带，然后我们找到第一间两足动物用的厕所。尿本身苍白，清白无辜，不是我担心的浓稠深红或发黑的动脉血。然后我们轻快地穿过马路，在一间老酒店的洞穴酒吧里坐下来喝了点酒，嘲笑我的装束，真诚坦率地谈起塞琳娜和奥西，奥西和塞琳娜。后来，我们避开挤来挤去的出租车，走下第八大道，穿过二十三街，经过切尔西，没有一点痛苦。

"明天见？"我问。
电梯到了，门缓缓滑开。
"好啊，但是我该拿你怎么办？"
"什么也不办。"
她笑得很开心，很放肆、纯友谊的笑，也很温暖、张大嘴的笑，笑得那么开怀。我懒懒地往前移。她往后退进电梯，停住了，站在那儿。我懒懒地往前移。千万别在此刻停下。她脸上突然露出恐惧神色时，我首先想到的是——她反应过度了，的确。我并没有那么坏。这时我觉得一个硬邦邦的胸膛紧顶着我的后背，我听到电梯门突然合上的声音：现在我们三人站在上行电梯里。我小心地转过身。一个黑大个，跟费利克斯差不多，不，年纪稍大一点，个头更高点，哆嗦着，手里拿着一把八九英寸长的宽刃刀。

啊，就这样发生了。真的发生了。我们都在这儿，就这么发生了。现在怎么办？那把刀，那锋利的刀，可不是开玩笑的。这可是动真格的了。

"好了，孩子，"轮到我说了，"你想干什么？"

"闭嘴，"玛蒂娜说。

"第几楼？几楼？几楼？"

"七楼，"她说，"顶楼。"

他伸出左手啪地摁下按钮。电梯停顿了一下，然后开始上升。

"钱，"玛蒂娜·吐温说，"你要钱。我给你钱。我这儿有七十美元。拿着。你可以拿着。"

她把手袋给他。她举起那只自由的手，掌心向上。没有任何附带条件。给，她说，我把它放在你面前。电梯缓慢地摇晃着往上爬。

玛蒂娜对我说，"把你的钱给他。快点。"

"为什么？"

"给他。"

现在她那张脸变得骄傲或愤怒，目光决绝。那张脸，有一会儿可真丑陋，我知道除了反抗我别无选择。

"等等，"我说，"他甚至还没问你要钱。"

电梯停了,他用力推开门。在举起的刀子的镇压下,玛蒂娜顺从地带路到了她家门口。

"里面什么也没有,拿上我们的钱走吧。求求你。我保证,我发誓我们什么也不会做。拿着我们的钱走吧。"

天啊,我想,这真是罪恶的幸福。富人们跟他们的钱过得好好的,但是当真正的穷人手持大刀露面时,他们就冒出分配财富的新思想。

"开门,"他指着门说。

玛蒂娜哭着找她的钥匙,啜泣声清晰可闻。好,我想。她家的门有很多锁。把他们挡在外面。我转过身。接下来会怎样?我们不知道。他可能也不知道,现在还不知道。那家伙站在那儿,精神高度紧张,哆嗦着,高度戒备状态,他的神经绷得紧紧的,随时会崩溃,手里他妈的那把刀在灯光下明晃晃的。是的,一切都在哆嗦。玛蒂娜摸索着。从门里传来焦急的吠叫声,尖声叹息。那孩子很紧张,紧张到没法再紧张的地步。当他的眼睛望向大门两侧时,我想,操你妈的,狠狠一拳打在他的下巴颏上。

大约十秒钟的梦幻时刻,什么也没发生。他站在那儿盯着我,难以置信、倍显忧郁。啊!我想:我再也没有力气了。打他是我动过的最糟糕的念头。现在,他准备对玛蒂娜为所欲为——是啊,先在我脸上洗洗他的刀子。不过,这个插曲结束后,在漫长的困惑沉寂后,他飞快地移到墙边,我也在那儿,我奉陪前往,又一拳打在他心窝里。他的头垂下了,哐啷响的刀还在震颤。我弹回来,然后再次用尽全身力气,角度准确地飞扑过去，抬起我的胖膝盖，朝他的脸庞来回地踢。

打架时，你一定要让你的对手异常清晰地明白他就要输了。因为在所有运动中，高昂的士气和正确的态度是关键——再加上谨慎。高昂的士气和正确的态度可能在清脆的半秒钟内消失，比如，当你的鼻子突然被掀翻到你的头顶上时。你得用好几周或几个月才能恢复过来，重新找到打架的状态——但你还有那半秒钟重振士气，就在那两只臭烘烘的手指已经戳进你的眼睛，胖额头像块砖似的直奔你的牙齿而来之时。

所以，我用膝盖顶到他的脸上后，我狠击他的蛋蛋，然后又一记重拳打在他的上唇上。砰然两声重击，他毫无偏差地沿着墙滑了下去。我自动控制住局面，准备再踢他几脚。关于打架还有一件事——实际上是打架为数不多的可取之处——如果你搞定这个身无分文的家伙，那么你至少可以指望在你高兴的时候管好你的靴子。我试探性地踹了他一两脚，这时我感到肩膀上给人猛戳了一下，头发被人揪住了。噢，可千万不要再来一场架，我想着转过身，面对着她。

"你住手。"

我低下头，喘着气，站稳了。那孩子已不成样子，蜷成一团，刀也掉了，两只跑鞋颤抖着挤在一起。"好了，"我说，"叫警察吧。"

"你差点害死我们。你知道吗？"

"什么？"我瞪着她。她本来想控制局面。她本指望用她的个人魅力掌控整件事。不需要我野人似的干预，根本不需要。"噢，是吗？"我说，"你是说他差点干掉我们。"

"你给他们钱，他们就会走。"

"难道你没听说过?金钱不再管用了。他们要的是报复。你给点钱不可能把他们打发走的。他们要拿走一切,再灭掉你。"

这时,那孩子挣扎着,想向上弓起身子。我条件反射似的突然转过身,随随便便朝他屁股上踹了一脚。

"你是个暴力杂种,是不是?"

"没错,你他妈是个自以为是的家伙。"

"自以为是?"

"等会儿,先给警察打电话。打吧。"

她用窸窸窣窣的钥匙打开门,我双手平撑在墙上……他的眼睛睁着。刀离他不是很远,这孩子还想最后一搏,可是他没有还手的力气,今晚不行了。

"你一个人吗?"我问他。他难过地点点头,我也是。我体内的肾上腺素或好斗因子凝固了,我觉得自己精疲力竭。你可以赢一场打架,你可以赢得相当轻松,但是在我这个年纪,你不可能赢得太……我低头看了他一会儿,看着他那张被打败、满是泪水的脸。干这种事他太年轻太软弱了。他居然敢先袭击我们,我真是很吃惊。他看来伤得不怎么厉害,也没那么绝望。不过,也许玛蒂娜和我看起来也没那么可怕——这姑娘很高很苗条。是的,而这个男朋友,小丑一个。我扯下我的领结。此时,影子蹦跳着跑进了过道。他跟我打招呼,他的头像牵线木偶似的一扯一扯地动着,查看着地上我们的朋友。考虑了几种可行方案后,影子在他嘴上长长舔了一下。看来这是那孩子最不喜欢的事,在这个异常失落的夜晚,他再次体会了沮丧。

玛蒂娜回来了。她向男孩俯下身,那姿势是女人们查看彼此的鲜花或童车时常有的姿势。

"你没事吧?他没事吧?"

"没事。他们说要多久才到?"

"今天是星期五。"

我们低头看他,他抬眼看我们。我换个脚站好,他吓得一缩,我看到他的牙齿根本不是那种黑人完美的牙齿,有黑斑、镶着金牙。作为一名纽约黑人,你有许多烦恼,但是牙医开销这一项应该不在其中。运气真坏。就像有些姑娘的遭遇:有肥胖的身材却没有丰满的胸。运气真差。双倍的差。

"放我走吧。"他说。

我嗤之以鼻。"哦,不行,不行,朋友。你,你用刀指着我的脸。警车在路上了,现在你想要我——你以为我是谁,自由党人?不管怎样,看看你。你今晚哪儿也去不了,我的朋友。你能相信这家伙吗?"我转过身,面对玛蒂娜说。

他们说的是真的:在纽约干鸡鸣狗盗之事风险挺大。危及健康、麻烦不便,还有身陷囹圄之虞。凡此种种之外,还非常昂贵。

我费了好大劲才把这家伙提溜起来,然后我背冲外把他拖进电梯。电梯一路下行,在最后三层时,电梯停了一次。一个牵着狮子狗的老太太不安地加入我们。我觉得她什么也没发现。也许,如果你注意的东西太多,你在纽约就无法活到老太太这把年纪。你只要站在那儿,保持一张狮子狗的脸就行了。

我们三人蹒跚着并肩经过大堂，听到警笛的鸣叫与呜咽，我对玛蒂娜说——

"我们先说好，如果他们已经等在外面，我就踹一脚他屁股，把他交给他们。别搞砸了，听到吗？"

她站在外面，检测着十字路口来往汽车的嗖嗖声。我也出来，跟她在一起，连同我背上那个笨重、咯咯作响的重担。就在第七大道那头，在通宵营业的熟食店里、色情折扣店入口处，仍然人声鼎沸。两辆目中无人的灰狗巴士，由于要在火热的曼哈顿度过它们重要的夜晚而兴奋不已，在一把年纪的司机的驾驶下腾跃而过、奋力前冲。我向左看，我向右看，我向街道对面张望。见鬼，除了那个女人，我什么也没看到。那个红色头发的女人，斜靠灯柱，抽着烟，那种熟悉的挑衅加责备的姿态。

我把那个笨蛋从肩上摔下来，说，"好吧——快逃吧。"可是他今晚给我揍得太厉害了。我告诉你，他没有前途，在这种法律与秩序的游戏中没有前途。

"帮他一下。"

"我在帮。"如果我们可以把他弄到第八大道就好了，我想，他可以躺在门口或一洼水里，这没什么区别。"帮帮我。"

此时一辆破旧的格子出租车慢慢驶过来。它看着我们，像条脾气暴躁的龙，年纪越大那黄眼睛越加谨慎。玛蒂娜朝它跑了过去，它开得更近，我拖着三条腿追它，出租车更加慢了，最后停下来。那个满脸斑的黑胖司机有意盯着我们。

"你愿意载他吗？"玛蒂娜神神秘秘地问。

"他生病了吗?"

"没有，他还行，"我说，"这是二十块。就——"我掏出钱包，我的姿势换了。那孩子再次滑落下去。

"我不做这种事，"司机说。可他没动，其实他快睡着了。他的车不是家而胜似家，他那模样仿佛这二十年来一直嵌在前面座位上似的。

"我出双倍的钱，"我说。

"我说了，我不做这种事。"

"他是你们兄弟，对不对，他妈的。他是你们的一个兄弟。"

"跟我没关系。"

"好吧，"我对玛蒂娜说，"警察可以带走他。他们不收钱。我受够了。"

新的警笛声朝我们而来，两三个街区远。我可以看到旋转的灯光在克里斯托弗街上晃动。这时的士司机若有所思地说，

"看来你们想让他吃点苦头。你们打电话叫警察来抓他，然后又改了主意什么的。我只是正好路过，你们得解释到底怎么回事。"

此时，我的本能就是自己赶快逃，但是的哥垂着的手来了个反肘动作，他打开了乘客座位的门，朝我困倦地咧嘴一笑。

"还有你，先生，"他说，"通常来说，我告诉你，你可以留着你他妈的钱。但是你要给我五十。给后面我的朋友二十，算车费。"

最后我俩一人一半，玛蒂娜和我。她想全归她付——不过我付了一半，不知怎么回事，可能是遗传。毕竟，她付了《奥

塞罗》的钱。不过,她有钱,还记得吗?上楼上到一半时,我挽起玛蒂娜的胳膊。红头发女人还在看。在树叶和灯光的定格下,她拿着一根火柴,正打算再抽一根烟,她的面纱半撩起来,肩膀向内窝起来。今晚她站在那里,看起来不怎么生气,我想。她似乎控制住了她的陌生感。

"看到那边那个女人了吗?"我说,"她一直在跟踪我。她今晚跟着我。"

"那不是个女人,"玛蒂娜轻快地说。

"啊?"

"看看她的手,还有那脚踝,还有肩膀。"

我看过去……小腿很苗条但是直直地连接到脚,连接处没有一点曲线可言。肩膀很厚实。背很厚实。天啊,是的,看看那双手——它们不是女人的手。它们是手淫工具。此时,红头发在我们的凝视下站直了。我不知道我还有多少力气来打斗,但我开始走下台阶,嘴里吼着,

"嘿,同性恋!嘿——二尾子!"

那个人往后退,犹豫迷惑中还有点女人味——可是哪个女人会像那样退后呢?

"过来,兄弟,我们谈谈,"我说,一副打架的口吻(嘴硬、催促、迫切)。"嘿——易装癖!"

不,她一点也不喜欢这样。当我来到马路上,离她还有十五英尺远时,她机敏地脱下鞋子,猫腰拾起它们,一手撩起裙子,飞快地向着第七大道跑了。我站在那儿,看着她逃了。

"你为什么要那样?"我回去后,玛蒂娜问我,"你伤了她的感情。"

我的理论是——我们真的没有走出那么远走进别人心里，哪怕是我们自认为走进别人心里的时候其实也没有。我们几乎从没走进去把它领出来过。我们只是站在狭窄的洞口，擦亮根火柴，飞快地问那儿有没有人。

我独自站在街上，安抚粗壮的警察们。我等了好久。让我惊慌的警车完全是在执行另一项任务，看来像是同性恋街上的基佬口角或打架。曼哈顿糟糕的双关语之一，曼哈顿开的一个拙劣玩笑。"你知道，约翰，"有一次布奇·波索莱在排练中说，她自以为是得脸放光，"我不明白为什么他们叫'gay'。他们全都不快乐！"没错，我想。他妈的真蠢。菲尔丁是对的。现在又一辆警车和救护车风驰电掣而来，一个血迹斑斑的T恤男默默走过，一个鼓鼓的担架和一只蜷缩的手有气无力地朝着粗糙的黑色街道挥手道别。玛蒂娜带着影子出来露了个面，她拿来一杯加冰的苏格兰威士忌和一把钥匙。那个老太太和她的狮子狗，也回来了。"晚上好，"她说。"晚上好，"我说，很地道的邻里关系……我的警察们，当他们露面时，已经没有麻烦要他们处理了。他们很满意。"我先下手制服住他，不过还是让他跑了。"我觉得他们看我那身行头，把我当成性爱计划意外落空的神经病。"我把他打倒了，可是他跑了，"我解释说。"是啊，那么你打他还打得不够狠。"……我发现玛蒂娜已经在客厅沙发上为我铺了张床。我脱掉衣服，过了很久我还躺在那儿辗转反侧。噪音顺着烟囱管道滑进来。呼吸声听上去浓稠得能流动，我听到哭喊声，听到涌出的忧伤在闪烁，哭泣者用枕头堵住口自杀。苦难不会用其他苦难的尺度来衡量自己。没有群体意识。与其他痛苦没有关系，是不是。我不是唯一注意到这点的人。不管谁最先说——他们还有话要说吗？眼泪可以一直流，但是我不能。我把自己裹在被单里，像鬼似的爬上楼梯。我打开门进到卧房里。影子躺在她怀里，身子摊开着，很痛苦的样子——有一刹那，他躺在那里很像个人，升华了、困在另一种本性里。但他很快滑下来，溜到地板上，如释重负地抖抖身子，从我身边爬进了大厅，他看来很高兴，合格的地球人已经取代了他。什么也没发生，然而发生了这个。我握着她的手。我搂着她的肩。我用指尖抚摸她的脖子帮她入睡。我可以做影子做不了的事。我躺在她身边的狗篮里很温暖，屋顶的雨声传入耳里像遥远的欢呼。噢，上帝啊，我心怀恐惧地想，原来我的生活可以变得这么认真。当她们哭泣时找到她们。当她们哭泣时抱住她们，她们虚弱、自然，她们不能把你赶出去。

我以一种恶心的速度呼啸狂奔，我火箭般穿越我的时间，砸破种种限制，时间限制、速度限制、城市限制，冲红灯、抄近路、狂耗汽油、燃烧橡胶，我凝视着肮脏的挡风玻璃，双手摁在喇叭上。我就是那辆深夜从你身边呼啸而过的列车。尽管无处可去，我盲无目地地直奔我的时间终点而去。我以绝望的节奏仓促地活着。我现在想慢下来，看看风景，偶尔停一两次。我想要个分号。也许玛蒂娜会是我的大刹车……我无法改变，不过，也许我的生活可以。光亲近便可以帮我做到。也许我只要坐在那儿，喝着酒，让我的生活自己来改变。

我睁开双眼，看着模糊的东西慢慢显出形状……遮着窗帘的窗户，阳光给它罩上蓝色的边，床头书架上有棱纹的书挡，壁炉上一大束鲜花，壁炉里星星点点的煤气火，洗澡或冬天时很舒服，小小的梳妆台上立着带镜架的小镜子和女性用品。细节与圣物，不收费的日常生活。成年可以变成这样子。开始喜欢睡眠，开始喜欢牛奶，开始喜欢中性的东西。空气和水，而不是泥土与火……我翻了个身：只有一张纸条，是她结实纤细的手写就的。她早就起来了，成年人都愿意这样，要出去一整天。我能确定身后的门是不是锁上的？她今晚会见我吗？爱你，玛蒂娜。

上过厕所后，我光着身子，谨慎地慢慢下楼。影子在浅黄斑驳的阳光下打盹。他睡意蒙眬地认出了我，尾巴一甩，我回报以——嗨，老弟。我抚平我租来的礼服。在明亮的白天，我租来的服装更有种喜庆的小丑味道。当然，夜间租来的灯光下，它看起来可能没这么糟糕……我坐在沙发上，摩挲着脸。我觉得很不习惯——松开的、怪诞的。我想了好几分钟，我准是病得很厉害，没有前兆，病入膏肓。我的症状包括清晰的鬼怪幻影，头皮发麻，四肢抖动，嗓子眼处一股淡淡的怪味儿。哎呀，完了，我想，肺部问题、心脏问题、脑袋毛病都来了。终于我搞清楚是什么问题了。原来没有宿醉。没有宿醉的清晨就这样。以前也有过的，我现在想起来了。

我要为此喝上一杯，我想。然而我发现，总体上说，这种瘾很容易抵抗。我只抽了一根烟，给自己倒了些橙汁。我套上衣服，跟影子说再见，向门口走去。很快我又回来了。我在房间里转了几圈，不到五分钟的惊恐后，我立即接受了现实。玛蒂娜把我锁在了家里。前门没有上锁，所有的组合，链条和插销松松地垂在那儿，耷拉在那儿。可是门打不开，它不让我出去……好吧，谁怕谁？我也没地方可去。这儿有吃有喝有住。我这一整天会拴上链子、戴上口鼻罩。不过，那又怎么样？

我设法从厨房架子上面朝下排成一排的银质器皿中拿一个来煮点咖啡，结果溢出来几次，我满嘴脏话地擦拭渣滓。我跟这个了无生气、触碰得到的世界之间有什么？我用力拧开过滤器，手肘却把牛奶盒撞翻到地。伸手去拿抹布时，我踩翻了垃圾桶。飞快地转过身想扶稳垃圾桶时，膝盖蹭到了开着的冰箱门上，我一把抓起砸在脚趾头上的一瓶腌黄瓜，踩到牛奶上滑了一跤，最后自己坐在阳台上，垃圾桶罩在我脸上……后来我又搞坏了咖啡研磨机。我盖子揭得太早，咖啡粉末弄瞎了我的眼睛，撒得厨房缝隙里到处都是。最后，我端着一杯微温、很浓的黑咖啡从厨房里撤退出来，我加了牛奶后，咖啡变得更黑了。不管怎样，我喝了下去。现在做什么好？

我跟影子在地板上嬉戏打闹了一会儿，说些什么"好样的，影子"和"谁是老板"和"你和我，伙计"之类的话。不过，我的玩伴很快就玩累了，慢慢回到光柱下，叹口气、打个呵欠。我打开电视，乱摁一通按钮。我来回不停地换台。各个台都在播《金钱游戏》，沉默、兴奋的节目——同样杯形蛋糕脸的主持人、同样的竞争者，像参加派对的巨婴。我盯着窗外。我给菲尔丁、费利克斯，还有斯邦克和卡都塔打电话。我盯着窗外。我着魔地想去偷看玛蒂娜的私人物品，不过关于她的什么人性印记令我害怕，让我踌躇……桌子和梳妆台的抽屉里总的说来没什么有意思的东西。床头柜里、衣柜里，档案柜、床下衣箱等全没什么意思，但是当我手脚着地，在楼下壁橱里翻检时，我确实发现了一样迷人的东西。一个标有"奥西"名字的纸箱，毫无疑问，这是玛蒂娜昨晚整理出来的，放在这儿等奥西来取的。里面有很多种洗漱用品，一双帆布胶鞋、几件有污渍的衬衣，一本没用了的护照（那张金发年轻照上，一脸典型的自负），一只旅行袋里全是零碎东西：信用卡存根、账单、用过的车票、一张印有埃文河畔的斯特拉福德辛柏林酒店信头的便笺纸，一边写着电话号码和约会时间，另一面是塞琳娜写的消息。"哦，喔——"留言是这样的，"很调皮。打赌你不懂那个，回银行。一直到五点。塞。"

此时我身体内似乎有个小人，他像个手淫执行人或鼓吹家或特许权受让人。他拥护手淫：他真诚地相信手淫对我有好处，他总是建议我马上去做，来一次手淫。我体内也有个反对派，准军事性的，他对手淫的看法完全相反，想把它们全部消灭掉。不过手淫警察们不常来，总在别处忙着，吃力地四处走着，幕后操纵……我不知道那是什么，但我突然生出一种想真正手淫的渴望，是啊，打一次手枪，用图片帮忙。当然，我本可简单地爬上楼，脱掉短裤，沉入往日的单调回想中去。噢，电视机里的小妞们——那些珺啊、瓒啊、琼啊、珍啊、瑾啊和简啊，她们都上哪去了？塞琳娜在哪儿？好笑的是苔丝德蒙娜的罪行居然令奥塞罗那么兴奋：想到深爱的人居然张开腿迎向那个白人，她向那人张开腿。当我老了、功成名就时，有人可以为我写本传记。不过，我的色传——已经摆在书架上了，由塞琳娜·斯特里特操刀，诚挚感谢多位野心勃勃的造型师，无拘无束、才华横溢的协调人，同疯狂工作、有创意的顾问以及贪穷的艺术指导们，感谢他们把它拼凑起来。市场力量就是市场力量，永远没有取悦男人的问题，没有，先生，我的作品里没有。

你明白我在说什么吗。

有了我这样的爱情生活，谁还需要色情？

我需要色情。

受反抗的驱使，我又开始四处嗅着鼻子。影子又被激起来，他抬起头，脖子愤怒地竖起，我敏捷地在公寓里走来走去，我的目光冰冷，我像个专家，感觉又敏锐又警惕。你瞧，即使在最呆板的家里，真正的职业人士总能找到点什么……我在客厅和洗手间里的一沓沓杂志里扑了个空。全是些鉴赏家和生意类杂志、艺术类杂志、金钱杂志。我没指望找到全套的《嘴巴疯狂》或《爆乳》杂志，但是你至少会惊奇地发现你到处能发现旧的《好色之徒》《玩物》，或至少是《风雅》《蜜糖》，如果连这也不能，上面印有某种内裤或胸衣或紧身褡的商店购物手册或是礼品目录也行。我吧唧着嘴，走到墙一般的书架处，手指头准备指向《纽约女人》《维多利亚内衣》《美女招贴画》《健身保持健美》《私人生活》《妓院》《丝绸》《影像》的书脊——不管是什么都行的书脊。可是什么也没有，只有历史、小说、哲学、诗歌和艺术！让人愤慨，我翻着密纹唱片封套，想找点配合的噘嘴生气的妓女或兴致勃勃的黑妹。可我找到什么？一套丹麦风景画，以描绘动物和小精灵为风格，还有许多金属旧派人物，海象眉毛和睿智的脏鼻子。天啊，这是个什么样的家？我在楼上翻找挖掘了一会儿，找到一本旧影集，有张玛蒂娜穿着滑稽的一件套泳装、奥西古铜色的胳膊懒懒地搭在她肩膀上的快照,还有张他们没穿上衣、没有胸的朋友在花园淋浴时嬉戏打闹的照片。喔,这根本没用。我不知道如何定义色情——但金钱要在画面中。得涉及到金钱,或这样或那样。金钱总要牵扯其中。我顽强地回到大书架那头,挽起袖子,开始干我的事。

一小时后,我收集起我要的东西。我干得不错,我挺开心。可这时我犯了个错,我想把整批东西一次扛到楼上去。本来挺顺利,上到最后一级楼梯时,我摇摇晃晃朝后一仰,也许是绊倒了,也许是在我的书的重压下倒向一侧。我发现,几乎是突然之间(我觉得),发现影子在我脸上吠叫着。当我从那堆壮观的崩塌的书中爬出来时,他站在那儿哆嗦着,紧张地啃着他的骨头,吧唧直响,一条城市雪狗。最后,我终于把这堆东西运进卧室,扔在床上。色情比这软不了多少,我颤抖着解开腰带时想到,好了……

它完全成了《花园中的女人》《裸体的玛哈》和《排成直线的穆拉塔女人》之间的三方角逐。这时我听到影子兴奋地吠叫,清脆的脚步声噔噔噔上楼来了。我只够时间翻过身,来次可怕的抽搐,玛蒂娜就用力推开了门。她站在那儿,明艳动人,笑得花枝乱颤……后来,我想搞明白她看到了什么,她有没有吃惊。约翰·塞尔夫,肚皮朝下躺在床上,一条腿怕羞地蜷缩着,在不好意思地翻看着被摊成扇形的一堆名画,满脸绯红,表情羞怯。不管怎样,她是这样说的。

"我把你锁在了家里。我给你的钥匙呢?你,你是个骗子,是不是。"这时仿佛突如其来的决定,或以前的旧决心轻拍着她的肩头。"你何不上床,我去洗个澡,马上就来。"

晚上八点钟。那准是我睡过的最好一觉。我觉得这一天过得稀奇古怪……十点钟，我们打电话给一家熟食店，要了些凉菜和白酒。我坐在床上，菜吃起来怪怪的，难以下咽。那晚我认识到的另一件事是：苔丝德蒙娜根本没那样做。她是忠诚的。她是真的。苔丝德蒙娜从没干过——是的，她从没做过。那晚我学到了许多东西。

所以现在我彻底变了，或者说我最好是变了。我，我五英尺十英寸，二百二十四磅。我穿得花里胡哨，四四方方的夹克，巨蟒般的脚步，鲜艳的袜子和黑色山羊皮鞋，模糊的、向后梳的头发，疙疙瘩瘩有鳞的脸，一条胖蛇的脸，它可以突然顺从，可以突然反抗。还有什么？你也在这里，哥们儿，姐们儿，与这种天气、这种衰老为伍，与金钱、与我们原地不动时不由自主我们身边经过的事物为伍。只有玛蒂娜置身事外。还有谁？天啊，她的眼睛冒着火，死死盯着我。当我的嘴碰到她的唇，那么小心、那么危险，这是生命之吻，是死亡之吻——它让两人——接吻。有她在，有她的光芒在，我有时候想……也许，也许没这个必要，也许没必要如此惭愧。我会留在那儿吗，留在她的光芒中？不知怎么我有点无法相信。我是说，你信吗？不过我试了，他妈的，我试了。

全发生了，每件事就这么发生了，我拦也拦不住。我现在是导演，我必须做导演该做的事。我必须把整个晕眩留在脑子里，不能让它飞出去，飞入它喜爱的混乱状态里去。我必须挺住，我必须坚定，我必须在动机和性格之间保持平衡，我必须现实点。谁，我吗？……就在劳动节长周末[1]后，我们从曼哈顿八月的隧道里钻出来，开始了正式拍摄的第一天。在正式拍摄的第一天里，我们开机拍摄。正式拍摄的第一天，我拿到一张几十万美元的支票。难以置信吧？我希望这会对我的自信和干劲产生奇效，凡此种种下文再说。

凯文·斯喀斯和德思·布莱卡德到纽约来了。他们昨天飞来的，头等舱，现在闷闷不乐地藏在东六十五街的霍格里。听他们的口气，他们很快就习惯了坐头等舱，比我快得多。不过，这是有钱四处跑的小混混的规矩——难讨好，把它当成人权。伙计，我希望我有他们这种范儿。塞西尔·斯里普、米奇·奥布斯和迪恩·斯派尔斯明天就会到。剧组人员和服装人员，场记和茶水助理、大鼻子听差和换手巾的，他们搭乘的贪婪大商船下周就到。我希望这会对我的分寸感产生奇效，凡此种种下文再说。

我和菲尔丁现在成了欢乐谷计划的创始人，上西区新工作室的租赁人。你可能已在报上读过了。不久前，这个欢乐谷还是间养老院：它看起来也像伦敦的一个终点站，或中世纪的最后一艘战舰，停泊在蜿蜒曲折、脊梁塌陷的百老汇。去年，某些地产天才以火险漏洞为名把老年人轰走了，现在船身部位被一剖四半分成四块兴旺发展的土地。在这块黑暗火热的地方，我只觉自己年轻、渺小。正如菲尔丁许诺的一样，欢乐谷的设施，从顶楼的电脑化剪辑室直到楼下的游泳池和地下室的咖啡馆，全是顶级的、最新潮的。两部顶级制作已经开始在欢乐谷

---

[1] 美国的劳动节为九月的第一个星期一，通常被视为夏天的结束。

拍摄了，我的一位同行是来自苏活区的另一位导演——阿尔菲·康恩，又一个傻胖子。我从他的啤酒肚、被太阳烤焦的头发、古铜色的罪犯面孔里获得不少安慰。我们一起喝过一杯，老阿尔菲和我，自始至终，他对我屈尊俯就，阿谀奉承。非常讨人喜欢。在走道里、电梯里、游戏室里，我很想跟戴·法瑞戴和康诺特·布罗登那、赛·布兹哈特和谢里尔·索罗这种人混在一起。你真该看看门童和邮差、制作设计和外景研究的人对我有多尊重，更别提那些明星们、制片人和投资者。你不会相信的。在工作室的简易餐厅里，他们靠近我，悄声问我的希望和梦想。我加入了。我很受欢迎。我能控制一切，现在我喝得很少。我希望这对我的身体健康和自我控制能产生奇效，凡此种种下文再说。

当然也有星际爆炸，有黑洞，有白矮星、死恒星。当你与想写自己生活的那些人打交道时，你注定会碰到这些。昨天就很典型。首先是布奇打电话给我，想讨论她擦门把手的场景，斯邦克有份参与。在剧本里，她擦门把手是为了消除斯邦克的指纹，但是对布奇而言，这仍然算是厨房活计。我跟她讲道理，现在她说如果斯邦克能准备他们后来一块吃的点心，她愿意演那个场景。"斯邦克是个乡下佬，约翰，"她告诉我，"一个真正的笨蛋。他能做。"我给斯邦克打电话，他说他很高兴做饭，如果这顿饭只有酸奶和苜蓿的话。"布奇是个婊子，约翰，"他跟我说，"有钱的婊子罢了，她无论如何不可能做的。"不过，他不愿演的一幕是：他懒洋洋地靠在浴缸里，卡都塔给他擦背。斯邦克说，那个场面太恶心。我还没给卡都塔打电话，卡都塔先打给我了。"我要你来我这儿，约翰，我要你等我跟你说了我不得不说的话后，站在我这一边。"我坐出租车到了西塞罗。卡都塔让我坐下，握着我的手。新剧本为卡都塔配备了五个模糊但却是她的亲生孩子后，她似乎对这个角色相当满意。然而她说，"你明白我最深沉的困扰，约翰。你不是个瞎子。"嗯，我说（实际上那时我是坐在她膝盖上的）我猜跟孩子有关，是不是这样，卡都塔？"没错，约翰。我讨厌这些孩子。我一直如此。我没办法，孩子把我拖垮了。我觉得最好是他们根本不出现。啊，但是这个你知道的！第二点，约翰，"当我踮着脚尖朝门口走时，她说。第二点是关于一个三秒钟的连续镜头，观众会看到布奇在一惊一乍地插花。卡都塔觉得这个没有说服力。卡都塔争辩说，当像卡都塔这样的人准备亲自插花时，却让观众看到像布奇这样没用的小娼妇在一惊一乍地插花，这太不可信了。如果由卡都塔来插花，那才可信。不管怎样，卡都塔会信。于是我当场就给布奇打电话，对于这个交换她冷冷地说行。你不会看到布奇插花的，噢，不会。我刚回到走廊上，电话响了：是星期四，她要求我赶紧赶到上城去，跟洛恩·盖兰德开一个异常重要的剧本会议。我赶紧往上城赶。洛恩以十分钟的握手和长达一小时的无政府演说迎接我，演说里至少隐藏着一打相当认真的要求。他想要更多的裸露场景，他与卡都塔或布奇做爱时要增加几个他勃起的变焦镜头，他要修改特写镜头比例，新加一个女性角色（一位高贵的艺术批评家衷心爱上洛恩，但却未能打动洛恩的心），一场激进、冗长、垂死的演说，一幕奇怪的插曲——也许是提前致谢名单——在这期间，洛恩乘坐超音速飞机赶赴巴黎又回来，因对国际文化的贡献而接受法国荣誉军团勋章。若未能遵从这每一项提议将导致洛恩启用他合同中的艺术分歧条款，而洛恩有可能会前往棕榈海滩，费用由我们负责，"直到你们这些鸡巴人把这些狗屎搞清楚为止。你自己也是个文化人，约翰，我知道你懂的。"那晚十一点钟，我们才敲定出一个折中方案。只要我砍掉布奇和斯邦克在做完爱后那个场景中的一句台词，洛恩就愿意放弃这所有要求。这句台词是布奇说的，只有一个字。这个字是"哇"。对于这场交易，洛恩似乎很满意——实际上是极度狂喜。当我蹒跚着准备回市中心时，星期四从内部对讲系统控制台里冒出来，穿过大厅，严肃地朝我而来。她穿着束胸式的有花边的露脐装，还在结实的肚子上打了个结。她说，"先生，我想谢谢您为洛恩·盖兰德做的一切。"然后她跪了下来，我觉得她的大手抚着我的胯部。"我能帮你离开这儿吗？"她问。我说我还行，谢谢，然后猫腰出了门。我想她是个男人，不管怎样，我最不需要的就是混乱的性，凡此种种下文再说。

接着，八点后我去银行街待了一会儿。然后，我……嗯，现在晚上都一样了，今晚跟随便哪个晚上都一样。

我用自己的钥匙开门进了公寓（是啊，我自己的一套钥匙），小心地按了一下门铃，只是告诉他们我回家了。我揉搓着极度兴奋的影子，在他女主人干爽而柔软的颈脖上一吻。

我冲凉。我换衣服。我拿着一杯白葡萄酒走到外面露台上。我告诉玛蒂娜我这一天干了什么。"你在开玩笑吗，"她说，要不就"难以置信"或"这是个笑话。不是真的"。她照料她的花儿们，心不在焉地听着我说话。玛蒂娜，她很为她的露台骄傲。

她领我四周看看，告诉我一些植物的名字。我已经认识几种花了，从广告标志、巧克力盒子、水果机器上认识的，但现在我对我的话题更为自信。那些噘着嘴等待的紫鱼——它们是郁金香。那些一大束三枝三枝的有斑点的橙色花，是虎百合。有着层层叠叠漩涡般花冠的红色生物是玫瑰，人人都知道。它们也有粉红色的，还有黄色。粗茎、有卷须的礼帽——它们是孤庭花。

近距离地看，从她手中的水管里流出来的水看起来像各种天气。不用说，最像雨，但也像冰雹、雪、彩虹。暴风雨的天气。她可以碰碰水龙头就出太阳或电闪雷鸣。我总是想，如果我曾遇见过气象之神，那麻烦就大了。当然，我要求补偿。可她是我现在的气象女神，我没有抱怨。在她脸上，我看到……透过花床水槽，从她的姿态中，我看到它。让我为你去移那个吧，我可能会说。"你真是个王子。"好了，我喝着我的葡萄酒。

玛蒂娜做饭时，我站在厨房里，抱着粗胳膊看她做。她的动作准确而精致，手指长长的。是的，她有许多漂亮的法子。哪怕是她的蓝T恤两个胳肢窝处的汗渍斑也是漂亮的半圆形。连汗渍也在寻找它的图案和形式。我仔细地听着她因努力、聚精会神、同意而发出的温柔咕哝声。

我们吃饭：煎蛋饼、沙拉、白肉、白葡萄酒。我看着我的玻璃杯，我看着我的体重，我看着玛蒂娜·吐温。我握刀像握着铅笔。我咀嚼的样子不对，我满嘴食物时说话。太晚了，没法改了。她吃东西极细心，胃口也不大。我对她的胃口很纳闷。咖啡？咖啡，或来自东方让人毛骨悚然的某种溶液。她洗碗，我擦水。

接着听音乐。不是塞琳娜偶尔听的粗俗的流行歌或自以为是的民歌——而是爵士、歌剧、古典音乐。我看书——弗洛伊德或希特勒。不是《金钱》。《金钱》令我被恐惧侵袭，哪怕是那家伙打算讲讲意大利银行业或美国企业的诞生，我也很恐惧。我不知道为什么。我们玩象棋。我总是赢。我象棋下得很好：象棋是我最重要的成就。过去我还是个小青年时，总是在汉普斯戴德咖啡馆和倍思沃特的酒吧里下棋挣几个五块钱……我喝完酒，她倒空烟灰缸，锁上露台的门。非常斯文。非常斯文。然后我们上床，凡此种种下文再说。

不过，首先我要带影子出去溜溜，晒月亮去。当影子拉屎时，我手拿狗屎铲站在那儿等着。在玛蒂娜的坚持下，我带上了狗屎铲。我从不用它。同一个家伙总是从第一层的窗户里探出头，冲我和我的狗吼着狗屎这码事。我不回应，只对影子说，"行了，影子。好好拉一大泡。"然后我们走到第八大道街角，第八大道笔直伸出去，成为纽约夜景之一。影子在此发出向往的叫声。先是鼻子里发出一种焦急的啸叫声，再以那种喘不过气来、带泪的吠声收尾。难道那儿有他的妈妈、姐妹、兄弟？我们凝望着在电磁热中噼啪作响的二十三街和中城，我抽了最后一根烟，那地方，生命全挣脱了约束，都不需要名字。"他用力拉扯了吗？"当然等我回家时，她会这么问我。影子拉扯着，我把他拽回来，要很用力，非常用力。

"你是个圣人，"玛蒂娜说。

我把盘子放在床上，拉下窗帘。我往我的茶里放一点儿糖。生活中的每一天都需要热与甜的准时款待。床单上仍有余温，我干枯的灵魂寻找清晨咖啡的糖块之魂。然后，在街上，就刚才，我用香烟之火将其封缄。

走过整条平屋顶的第八大道——经过监狱和仓库——像是看一部名叫《地球人》的外国纪录片，不是什么好电影，导演很弱，无动于衷的剪辑，没有技巧，没有总结，没意思的地方跟有意思的地方一样多。你得选择。你总是得选择。

我急急走进艾什伯里的大门，经过微笑着的穿制服的门役，径直上了楼。十四楼，十四扇防寒方窗，一扇接一扇。我走进我的房间，扔下钥匙——再没有行动。呼吸像拉上的拉链，房间里充满危险和警告。我站在那儿，双臂耷拉，肩膀耸动，埋头痛哭，涕泗横流。也许我从没奢求过它。天啊——不，我从没渴望过它。不管怎样，我没渴望过它。

后来我走进浴室，看看镜子有何话要说。我的眼睛……它们很久没哭过了。它们荒疏于哭泣，哭得不成样子。我的眼睛像是哭出血来，生命之血，哭出我的一切。

当然我该告诉你了。废话，我能用一点……噢、嗨、亲爱的。哎哟，是的——对了，就是脖子那一圈，用你的手……是的。很好，好多了，真的舒服多了。别停下。别走。

当然我该告诉你了，跟你说说我自己、玛蒂娜和那……是的，当然是时候了。嘿，兄弟，给我一杯酒。我需要酒。让我感觉到你的手在我肩膀上。认同。同情。借我一点你的时间。

嗯，我知道它永远也不是肚皮舞和土耳其软糖。我知道这是认真的。她喜欢的是扭动与逗留，找到那一点，然后，调整到最佳状态，锁得紧紧的，带着迫切、带着优雅，带着——带着情感做爱。她开始来直的。她喜欢这样，喜欢那样，但是含情脉脉，斯斯文文。

不管怎样，这就是我的结局。相当没有把握的结局，我承认。我们一起过夜了——什么？——连续十个晚上。而我得，我还没有，我似乎无法……好吧，你已经代我说了。

它们真的很难。它们一点也不容易。所以那是它们被称作硬起来的原因。

哦，啊，我的天啊，呜呼哀哉。多么讨厌的一天。多么可怕的叫声，啊，多么大的骚乱？生活是小丑、是笑星，生活是派对生活。它光芒四射。当然，我以前听过这个笑话，这是个老笑话了。我经历过性饥渴、被人放鸽子，我有足够多的拥抱技巧、我硬塞进去，花样繁多，一通猛撞，然后倾泻而出。可是我从没听说过这个笑话的加长版或系列版。我可以朝布奇·波索莱扬起我的鞭子。我可以朝塞琳娜·斯特里特和第三大道上那些自以为是的妓女扬起我的鞭子，不论大小形状、不论美丑好坏，我的老鞭子久经沙场，可是我无法朝玛蒂娜·吐温扬起鞭子。不行，先生，似乎我这条老鞭子对她来说还不够好。

"没关系，"昨晚她说。这是第二十次了。我躺在那儿，一颗二百二十四磅的眼泪，闪烁着、痛苦着，全是苦涩。"噢，是吗？"我哑着嗓子说。她拥抱着我，炙热的耳语表达着人类可以言说的一切话语。"噢，是吗？"我再度哑着嗓子说。我甚至无法再变成动物，即使作为一头牲畜，我也精疲力竭了。"天啊,"我说,"我还有什么用?"

这些书是卖的,先生们。你们别在这儿读这些书。别在这儿读,回家读。买回家去读。

此刻我站在色情商店里,寻找线索。我飞快地翻着散发着一股书蜡味、带有光泽的一沓小册子。老奶奶、孩子们、排泄物、地牢、猪和狗。噢,这个世界,噢,金钱。我猜准是有人想要这些。我猜准是有人喜欢这些。供与求,市场力量。我们是地球上鱼龙混杂的人群,没有两个人的牙齿和指纹是完全一样的。在这儿,种类齐全,应有尽有。各色各样的人,不再有羞耻,没有羞耻。人人下定决心要做真正的自己:这是越来越流行的事。女人们想从我们男人身下解放出来。男同女同们不愿与异性恋性交。黑人们有白色权力。街头罪犯们更喜欢在没有警察骚扰的情况下做生意,而警察们致力于逮捕他们,把他们投入监狱。甚连恋童癖——是那种如此热衷于对儿童进行亵渎的人做的事情——也敢露出他阴暗的脸:他想在这儿得到点尊重。打开灯。没关系。我四周打量这间必需品商店,看着一架架杂志、私人小格间、脸色阴郁的收银员用挂包收钱。我觉得自己格格不入,紧张、极易受惊,但是这儿的其他人,他们利用午餐时间轻松购物,飞快地找到需要或喜欢的东西。而我呢,我不喜欢我需要的东西。我想要的东西早就不是我喜欢的东西了,而我只能悲哀地看着它溜走,我无能为力。我为此羞愧为此自豪,羞愧于我现在的样子。有什么可羞愧的吗?

我又开始打手枪了。你真该看看我。我又回到你们中间来了——我也在这么干。你好啊,嗯,我们全在这儿,仰面平躺，胡乱拨弄着像把扭曲的毕加索吉他般的自己。这太荒唐了——可是我能怎么办？你知道，在炎热的城市里、在钢筋丛林里，跟街头女人待在一起是什么感觉。不是天气让她们出来的。只是天气让她们把大部分衣物脱下来。在酷暑的曼哈顿咆哮的疯狂中、在纵横交错的街道上，女人们特女人味地四处走动，大乳房和大屁股，四处浪荡，甜蜜的透明，醉人的沉淀。男人们苍白地从炎热中穿行，甚至连菲尔丁也显出紧张神色。"真他妈讨厌，"他说，"滑头，我们斗不过它，不如我们跟它一道吧。"他不断提议去有异国情调的地方喝酒作乐，金星妓院、快递上门的女人、电话女人、外卖女人。这个小妞，那只小狐狸，那些鸟儿们、那些钻石狗们。舞女、脱衣舞女、疯子、妓女。如果我没听错的话，他甚至说他可以在长岛跟朱厄妮塔·德尔·帕布罗和戴安娜·普罗列塔利亚过个周末。可是我不需要这些正儿八经的诱惑。不管怎样，美梦成真了。

你不会相信的。这是他妈最糟糕的事。突然间，仿佛有一半纽约姑娘都想钻进我的裤子里——是的，我的裤子，松垮的裤腰和透风的前门。这就是成功？这就是金钱？是玛蒂娜·吐温投下的光芒，带来的升华？在欢乐谷晃荡时，简易餐厅和游戏室里有几个疯子跟我搭讪。她们直奔我而来，一身盛夏的短打，建议马上去她们或我的住处来个小聚。我坐在酒吧里喝着淡啤酒，整理我混乱的思绪——一个人高马大的荡妇爬上来紧挨着我坐下，一只手扶着我的大腿坐稳。"请我喝一杯，"她对我这样说，"我好热。"还有个晚上，我发誓，黄昏时，当我沿着四十三街走着时，一个纽约女人叉开腿站在我前行的路上，当我走近时——仿佛——掉下一方手帕。在艾什伯里的门房里还有些下流的便条等着我。在艾什伯里的门房里还有些下流的女人在等着我。你想干什么？我说。"我们能去你房间里讨论一下这个吗？我真的想在你房间里讨论这个。"我挡开她们，满心恐慌，感觉很失败。喝酒，痛饮，从没这般畅快过。但是我靠葡萄酒和色拉芬过日子。为什么会突然这样性膨胀和性浮肿？我寻找线索。有时候我想：我就是它。我就是这线索。

最后的最坏消息，似乎是——上帝爱我，哦，主啊，饶了我吧——现在我对斯邦克有了种近乎同性恋般的感情……是啊，难道这不是道风景？几天前，我带他到欢乐谷，在内部小餐厅请他吃饭。他看着菜单，脸皱成一团，局促可怜，对着长发侍者想叫一份他那种算不上食物的沙拉。在许多次结结巴巴的修正与重来之后，我才发现原来这个可怜的孩子几乎不识字！丢脸与疼爱几乎让我当场晕倒——同时，我还发现他脖子上的肌肉凸起来、鼓出来，发红的样子可爱极了。就现在，当秘书或接线员说，"斯邦克·戴维斯找你"，我顿时变得痴呆、被催眠了一般，仿佛电话那头是某个重要小妞。我曾经对亚历克·卢埃林九岁的女儿，小曼多琳娜，小曼多着迷过。好吧，有欲望成分（我爱她的触摸），有典型症状（她无情的一瞥，就什么，什么也没有了，只有自杀）——但是这不算性爱，不，绝对不算，远远不是。也许我对斯邦克的感觉就是那种感情。有时候，我对自己说——放松点，他只是唤醒了你年轻时的自己而已。有时候，我在狂热之中，在反复无常的思绪里，开始面对这样一个事实：很可能从我跟菲尔丁·古德尼相识之初，我就深深爱上了他。哦，伙计，怎么办？我只得承受下来，我想。我只得寄望于最好，祈求不要再出什么坏事，变得更糟糕就好了。我得挺住。

由于我精明地自喻为一名绘画爱好者、一名油画迷和大众艺术家，这段混乱时期的大部分时间，玛蒂娜让我沉浸于高雅艺术之中。因此，当我被领着走过让人头晕的木地板，走下隐秘不明的台阶、经过笼罩在灯光下隐藏的影像时，我处于高雅文化的休克状态——空白茫然、惊慌失措。你得排队、花大价钱、跟骂人的翻译、被手电筒照亮脸的日本人、满嘴脏话语无伦次的家伙、贪婪的家伙、学生、单身汉、顺手牵羊的人、意志坚定的采样者以及被这座超载的城市抛甩出来的消费者们混在一起。这些人，我注意到，大部分都是劳动阶级，都是向上爬的，穿着铮亮的皮马甲和浅褐色裤装的乡下人。男人们穿着浅色连衫裤装，都像肥胖而年久失修的老爷车，慢慢走着，微笑点头。女人们则是那种会说话的洋娃娃，张口就是妈咪，如果你把她们头朝下拎起来，她们会撒尿，在鱼子酱色拉般、蛋糖霜样的头发下，她们的脸又圆又亮，十分可爱。英勇的消费者们，他们在许多事情上都有份参与，现在他们也想在艺术这东西上分一杯羹。他们似乎觉得它就在那儿供人拿取。也许是的。但是我呢？我来自错误的一边。我来自大西洋错误的那一边。我从英格兰来、我来自伦敦。现在我确信这套行头不适合我。太难受了。当别人都在看名画、读书或投身严肃音乐时，我脑子里只有金钱、塞琳娜、勃起、菲亚斯哥。我很费劲，但那也费劲。费劲，费劲。

我和玛蒂娜，我们去看各种演出。我们去上东城的什么地方看构造论者表演。五月花柱和圆顶帐篷支柱砰然发响，水泥钢筋痉挛扭曲、丛林吉姆们被撕成碎片。我们去公园边上看现代主义演出。撕碎的扑克牌和象棋棋子，西洋双陆棋战场、骰子碎片、欺骗与危难的掠夺品。我觉得有必要对这些表现出热情，然而我的装模作样、我的闲话早就用光了，现在面无表情的我只能装傻充愣，假装入迷。昨天，我们去看了一场古典大理石裸体秀。在炎热中看到一些女人这么凉快、这么中性真不错。不过，她们并非彻底的一丝不挂，这些裸体们，被最近的一只手遮住了。玛蒂娜说，她们加上这小小的遮羞布和小树杈太可笑了。噢，我不知道，我说：别太性急——留点想象空间挺好。她不同意。在我看来，这些小妞们如果穿上丝袜、吊袜带、丁字裤和脚踝系带的高跟鞋会更好看；但那只对你来说有美感。明天我们要去看莫奈或马奈或莫力或哪个叫那种名字的家伙的新展览。

所以，我在那儿，简单晚餐后，我坐在玛蒂娜家的客厅里，喝着葡萄酒，皱眉对着弗洛伊德。这时电话响起来……我对卡都塔·梅茜没了孝顺的感觉，我现在只是很喜欢她而已。"我把你当儿子看待，约翰，"今天她喝茶时这么对我说。"这就是我为什么不喜欢斯邦克、不喜欢布奇·波索莱的原因，他们让我想起孩子，但是你不会。"她把我的手放在她膝上的带电的羊绒毯上——我觉得我的鸡巴病态而醉酒地一抽。幸运的是，卡什米尔王子的肺挑了这个时辰把他呛醒了。卡都塔告诉我，洛恩现在称她为妈妈。他们一起勇敢而愉快地痛哭、痛彻心扉、声嘶力竭。洛恩为了卡都塔愿意放弃生命，不过他仍然想要拍那些裸体场景。"可是，妈妈，"他说过，"那可能非常美"……而电话铃响起。电话铃响起，打碎我置身其中、我们必须称之为幻觉的成人世界，还有我的书，掉落的棋子，《奥塞罗》的最后一幕和它的吉卜赛长笛。我是个成人，我明白事理，有时候。我读时尚杂志，我去看成人电影。但是电话响了，是找我的。

"找你的，"玛蒂娜说着把电话递给我，她手臂内侧暗色血管中隐约透露出反对或迷惑（至少我这么觉得）。

猜猜找我的——是谁。

"你怎么弄到这个号码的？"我问。真奇怪，我肯定没人知道我秘密生活的真相。我肯定人人都觉得我晚晚外出嫖妓、找野鸡，喝得酩酊大醉。"你的红发朋友？"

"她与此无关。我——我不见她。她说你再也不好玩了。"

"嘿，我们得见见。我真的准备好了。"

正如我解释过的，挂掉电话弗兰克的电话没有用。他会再拨过来，拨个不停。你得让他说话，你得让他愤怒、让他说个不停，让他抽泣，直到他说完他想说的话，情绪稳定下来，精疲力竭，要哭的哭了，该说的说了，愿意跟你说再见才行。电话弗兰克喜欢就没钱会怎样等等制定法律。电话弗兰克没有钱。他什么也没有。当所有的容颜、魅力、运气和金钱都抛散了后，老弗兰克总是落在队尾——正如我找机会提醒他的一样。他反击，逐条说明要他哪天来看我时要如何折磨我。我听他说完，然后沉默，突然我一点头，说道，

"你是个瘸子,对吗。"

"我有个——我有个……是的,"他说。

那么你觉得你怎么能打败我,人渣?我想问他。但我只说(我是当真的),"很遗憾,真的很遗憾。"

我轻描淡写地对玛蒂娜说了整个事情。"某个不满的演员,"我说,"他不停地给我打电话。"

"就是那个化妆成女人的男人吗?"

当然,我想到了这类事情,不过现在我比以前有把握得多。"不是的,"我说,"这是个小家伙。"

我跟玛蒂娜讲了纳布·福克纳的故事。顺道说一下,我们雇了纳布,还有克里斯托弗·梅铎布鲁克,演两个恶棍。跟他们打交道是场噩梦,但我绝对相信他们会成为可怕的组合。纳布,肥胖且疯癫;克里斯,成熟而无用。像我和亚历克·卢埃林,在伦敦的夜晚搞的那些勾当……他俩恐吓斯邦克·戴维斯的那场戏——真的很可怕。用长镜头拍他们,我对自己说,让感情宣泄。嫉妒、暴躁、仇恨,就让它宣泄。

我带影子出去溜了一会儿,然后跟玛蒂娜·吐温上床睡觉。我真的不想谈这个。我们此时的把戏只有爱抚和拥抱,拥抱和爱抚。跟其他姑娘们一样,她对温暖有瘾:她喜欢开着空调,然后躺在被子里让自己慢慢暖和过来。我抱着她。满脑子是些我不理解、也说不清的抽象愿望。我躺在那儿,非人、非畜生,什么也不是,我搜遍脑海,寻找亲吻、温柔的挤压、冰凉的抚爱。这时它们全变为色情……我脑子里的这间演播室(只供会员使用,但入会费便宜)变得有股怪味,烟雾缭绕——这间摇晃的房间就在那上头，里面是些湿漉漉的座位和装满烟头的烟灰缸，还有咔嗒播放着的影片。什么也没发生。我夜夜像苔丝德蒙娜那样在多个枕头间死去……昨天清晨我尝试的第一件事是给她来次晨间福泽。你可以想象那种感觉会有多光荣。不过，没用。我不得不起床撒尿。有时候，我觉得我的鸡巴在那次看歌剧时受到了严重创伤，也许还不止于此。是的，可能不止于此。

观看。等待……我又来了。我可以看到我自己。我快乐地打个呵欠，从刚出道的年轻女明星的美姿床垫上坐起来。我吃了跟我鸡巴差不多大小的春药，我在维他命漩涡里扭动。"早上好，先生"：这是我的洗澡助理，或是我的网球教练，或我的狮子狗男仆、发型导师、青年瑜伽信徒。我喝着我那杯低卡路里、带着"让-你-醉"标签的水。"房子-到-车"的理疗师抓住我的手——我离开了，沿着日落大道走下去，头皮上覆着人工草皮，满嘴钴和锶九十——百万美元的电脑化求爱设备，一条仿生学的长毛狗舒服地依偎在我两腿间。手术轻而易举，成功了。大家一致认为我能变成这样实在太棒了。

啊，可是你知道吗，你知道有时候我觉得自己仿佛已经身在加州了——然而，没用，我觉得……修复术没用。我是个机器人，我是个人形自动机，我是个电子人，我是个复制品。我在哪里看到过——要么有人曾告诉过我，要么我在酒吧、酒馆或小饭馆里听说过（不管怎样，现在已成了我个人文化的一部分）——绝大部分的凡夫俗子，五分之一，或三分之一，甚至二分之一的凡人，都有这种印象，即他们所有的思维与行动都受另一世界的生物操纵。这些人可不仅是些迷惑不解的傻瓜和胡言乱语的街头流浪女：他们是耳疾缠身的收税员、凸眼律师和被智能炸弹轰炸过的官僚们。以前（我希望我对时间的了解更多一点——以前。我觉得我永远搞不清这是什么意思），以前，这些太空脸、被征服的人群苦思上帝、地狱、谎言之父、灵魂之命运，而灵魂被当成内在生命，它穿着粉红小睡衣，是个含泪微笑的天使，或做鬼脸的妖精，全摆出胜利的手势，糟糕的发型和手交。但是现在，入侵者是裹在线轴和打印图纸里的图表影子，他一副外星人嘴脸。

我有时候觉得我被某人控制了。有些空间入侵者侵入了我的内心世界，该死的某个无耻之徒。但是他不是来自于外界。他来自于内心。

我们起得很晚，在某个价格不菲的兔子农场里抓了一把豆芽便坐出租车到上城去了。我几乎早已忘了雨是什么样子，可今天的雨让我想起来了。雨仿佛从没离开过，回到它本来属于的地方，回到它的天然环境之中。我意识到，阳光照耀下的街道美则美矣，但只是虚无，真的，什么都不是，局限于异常的严格与对称之中，只是虚无罢了。现在长长的街道消失在雨雾里——下颏松开、吞云吐雾。劳动节的长周末，街上空无一人，零星几辆车停在弯道上，或来回移动，像圆木漂流在湍急的河流里。我们从车里钻出来，在一把粉红色雨伞下排队。这个雨中的午后，爱德华·马奈是我们自己人。

他做的第一件事是把我带回了巴黎。你知道那幅画，在脱衣舞酒吧或空中飞人酒吧里干活的一个姑娘，她温和受气的表情，没有打开的半瓶装香槟、厚玻璃盅里的橙子，还有，她身后远处，一排戴高礼帽的男人[1]……去年我第一次去巴黎，为一种新的冰冻马肉排拍广告。我们以河边的马术练习为主题，构思的是这样：男孩在德加赛道前遇见女孩，然后他带她去一家时髦的小酒店吃高档的老驽马炸肉卷或老马汉堡或不论他妈的什么东西……巴黎令我异常兴奋。我泡在左岸街上，喝得酩酊大醉，在购物人群中横冲直撞，围着花钱人转来转去，每隔五十码，只要我看见，在咖啡店玻璃窗框出的油画般场景中，面容憔悴、古铜色的金发美女或发型别致的流浪女，孤独地坐在那儿喝啤酒、喝咖啡，耐心地等待某人时，我便死死停在前行的路上，看来她是在等我这样的人。于是我冲进去，说起国际语言。"你好，我的小可人。我请你喝一杯。为什么不跟我回我的酒店，来吧，切丽，你知道你喜欢这样。"我肯定被轰了出去，噢，大约五六处地方都是如此，甚至可能多达十到十一处，然后我才明白怎么回事。噢，小妞们已经战胜了巴黎，好吧她们操纵一切，所以她们可以想到哪里游逛玩耍就到哪里游逛玩耍，绝不会有任何意外的醉鬼或流浪汉从街上跑来让她们难受。嗯，现在太晚了，我想。事已至此。但是谁让她们如此逃脱的？

……此刻，在湿湿的曼哈顿，在火热的画廊里，我们一股

---

[1] 此处指马奈的代表画作之一《福利·贝热尔的吧台》(A Bar of the Folies-Bergeres)。

狗身上的潮湿味儿。我看着玛蒂娜，玛蒂娜正直直地盯着那个死去的斗牛士看，心无旁骛。我想——是啊，女人，她们跟我们不同，就像法国人跟我们不同一样，比如（女人，她们开车时两边乱晃；没有友情也放声大笑；她们两手捧着热饮、抱着自己取暖；她们反对比赛和运动；说我的远远比我们男人说得多；她们有男人们称之为自信的东西，责备你在她们的梦里怠慢她们，她们是阴谋理论家，是慈善独裁者），但是她们是凡人，非常像我们自己。女人更开化些。小妞们，她们温文尔雅。她们可能在家里让你难受，但她们不会让你在街上难堪。男人在女人的驱使下去认识他们本质中女性的那一面。我以前总是觉得这是与男同性恋们厮混的女人的说法，现在我不那么确定了。也许我身上正发生着这些变化——我正变得女里女气。这可以解释很多事情。过去我已经试过让自己女性化。我女性化好多年了。没用，不过另一方面，我确实操了很多姑娘。谁知道？听天由命吧。我从来就不是前排司机。我坐在后排，或是最后一排。我忘了我以前可曾控制得了自己，但我知道我现在做不到。

所以我看着玛蒂娜，她看着马奈：文明的愉悦和按时举行的圣礼，没什么痛苦，没矫枉过正。牡蛎当早饭，死鱼，比死人还要死的死鱼。盛妆的女人们，骄傲的制服男。花园是工作和休息的地方，牡丹花儿开在罐中。作家的女朋友，作家在桌前熬夜。钱多得不行的世界。充足的世界。我看到这一切，但我看不到它的亮点。我，我喜欢让人产生幻觉的东西，酒、酒吧、食物，野餐时的荡妇、魔鬼身材的金发女郎，熟悉、充满爱欲。我看着这一切。我看不到它的光芒，可是我看到玛蒂娜的光芒：她的眼、她的嘴、她的肉体——她的一切。

不管怎样，我那时得离开这姑娘，他妈的，我风驰电掣般穿过纽约城，提前一两个小时到达菲尔丁·古德尼在卡罗威为我们的投资商们举办的宴会。现在甚至有两三个投资人到了。我们有从布宜诺斯艾利斯来的里拉·克鲁塞罗斯，我们有从苏黎世来的安娜·马祖马，我们有来自法兰克福的瓦卢塔·格罗钦。我跟你说，在这种闹哄哄的展示上，看到这许多金钱——权力，这钞票——掌控闹哄哄地展示出来，对我这颗老心脏很好。我是说，《黑金》——整个拍摄得花多少钱？每天肯定得比三万五或四万要多，而我们还没开拍呢，要到下周中才会正式开始……由于有菲尔丁令人费解的警告，我们没有邀请斯邦克·戴维斯（布奇·波索莱也没有）。但是年长的明星都出席了——卡都塔·梅茜，百般呵护着衰弱的卡什米尔王子；还有洛恩·盖兰德，穿着机器人的正餐外套，怀里搂着吸血鬼星期四。我看到英国代表团，斯克琉斯、布莱克埃德、米奇·奥布斯和我的神童编辑，杜安·梅奥。他们闷闷不乐地站在一隅。有一会儿我觉得自己仿佛是只母鸡，或者是个兰花培植专家，要安抚照料这么多灵魂。但是菲尔丁把这活接了过去，轮流吹捧这些艺工明星，我得以自由地在拥挤的有钱人中穿梭。

请注意，他们这群人惊人的朴素，没有一丝光芒——寒碜的鞋子，有些人急需几千块的发型设计或面部肤色固定。爵士乐和含糊不清的说话声混在一起，还有上好的香槟、极漂亮的开胃小面包、穿燕尾服的侍者、金钱、我在人群中穿行，交换着古怪的微笑，互相挥手或吼几句，自由得像水。他们似乎都在谈演戏，还相当专业——工作、休息、档期、试镜、放映，全是寻常话题。好吧，我想，他们都是业余制片人，要不他们现在是。做一个富人也与表演有关，对不对？一种风格、一种姿态，一个你强加于这个世界的解释？不管是与否，你自己已经做了这事，你得开始假装这是你应得的，假装金钱正确地选择了你，现在轮到你用金钱做些正确的事了。财迷也好，哪怕就是个财主，你得假装这是自然而然的事情……就我所做所为而言，我赚的那些钱真是受之有愧，这可能也是我为什么一直很恼火它的原因。不过，我无法挥霍这许多钱。这儿的便池没那么深，钱太多。于是我只得与他们，与这些金钱艺术家为伍。

我跟菲尔丁早已说好，只等着他庄重的点头，然后，跟洛恩和卡都塔分别握下手便溜出来，打的士直奔市中心。在第九大道上我们遇到怪异的交通灯接力，五十个街区没有踩过一次刹车，一路绿灯仿佛在说着：是的，走吧，没事儿，你能做到。这无异于火上浇油，我怒不可遏。恰恰就这一次，这个后排座位的旅客渴望制约和障碍，渴望在快车道上被阻断。于是我弃车步行走完最后一里路，好舒缓我内心的骚动。我穿过切尔西十几街到了第八大道，经过经营惨淡的酒吧散发的蓝光或紫光，经过伤心酒店的黑色幽深处（有个壮实的黑妞在敲着桌子），然后我在最美的曼哈顿黎明时分停下来，空气中弥漫着银灰黄雾，透过菱形线管我看着八个孩子在这摇晃不停的洞口下拍着他们的球。

玛蒂娜沉默地站在台阶处，穿着T恤和有用的短裤。一手叉腰，拖着水管……我们就在外面湿木排上吃的饭。沙拉、面包、奶酪，一瓶小儿科的白葡萄酒，还有两侧腐枝泥土的潮湿麝香味。后来，影子晕晕欲睡乞求着女主人，睡眠中的样子，十分的焦虑，睡梦中发出叹息声。我坐在那儿，腿上摆着本《希特勒》——将军们的夜晚，烧焦的土地，崩溃和羞辱以及死亡：一个快乐的结尾。现在我得从头开始阅读《金钱》。玛蒂娜给了我这些书。玛蒂娜给了我二十一世纪的一套入门指南。不过，我送给她的也是这个——面授机宜。她感觉敏锐，过去这几周来，她热切地关注着我，正如我热切地关注她一样。她对她在这个星球上的时间之旅挺了解。她跟这个柔软的胖子渗透了些东西，他自由下落，颠倒的思想，一个收破烂的男人，空虚之极的男人，用垃圾、垃圾填满的男人。

我说，"嘿，你一定得告诉我。"

"告诉你什么？"

"为什么你会让我这样子在你生活里晃荡？这太说不通了。我是说，谁会相信？你会吗？"

"噢，"她说，"你这人不算太坏，你知道。再说这儿就你，没有别人。你在努力。我就是喜欢你。"

"为什么？"因为我太二十一世纪了？"为什么？"

"因为你像一条狗。"

说到此处我有点儿着急。我对这种事仍不太高兴。一直以来，跟姑娘们一起时，我总是要求她们认真待我。但是我确实明白我在这儿要求多了点儿，特别是这段日子里我自己很难板着脸。

"你已经有条狗了。"

"现在我有两条。你什么都没想时在想什么？"

"我要想想，"我说。那一刻我是那么渴望威士忌——否认恐惧在这里面、在银行街这儿的这些交易中起了大作用也没用。对未知的恐惧，对认真的恐惧。酒瓶里还剩有一杯白葡萄酒。但是你无法从一杯白葡萄酒里获得勇气。我说，"你先告诉我你在想什么。"

"失去的东西。"

她陷入沉默。我以为她在想失去的东西。我凝视着她发青的眼白。是的，没错，她的哭肌很发达：那双眼睛在它们的一生中早已费力地抬起过许多次。她说起来，原来她说的是失去的人，而非失去的东西。她一直在不断地失去亲人，这样已经有段时间了，以每年失去一个的速率。她的祖父母已经在七十年代中期就去世了。然后，她失去了母亲（癌症）、最好的朋友（车祸）、父亲（自杀），还有，去年，她唯一的兄弟（落水、淹死了）。那是去年夏天的事，就在这个海岬。我对此一无所知。

"天啊，"我说。当然，有钱人死去会给你留下些东西，而我这儿则正好相反，你总是得掏空口袋来偿还债务、支付丧葬费用。"不过，"我继续试探着说，"今年你还没失去任何人。至少到目前为止。"

"不，我失去了。奥西——永远地。"

"哦，是的。"

"你呢，你什么都没想时在想什么？"

我觉得我的脸肿起来，变得很傻，然后我耸耸肩说，

"钱。要么是钱,要么是恐惧与羞耻。我就用这些来对付那些可能恨我的人。"

"可怜的你,"她说,"也许你还不是那么特别。"

我们上床。我们以成年人的方式上床睡觉——你知道,仿佛是再自然不过的事。用不着修饰情绪或语调深沉,没有色眯眯的呻吟或轻快的喊叫与笑声,没有道具,没有白兰地、没有妓院行头、皮鞭、拇指夹,没有第三人。她飞快地脱下衣服。她的裤子也性感迷人,但是你甚至来不及好好看一眼它们。她褐色的双腿修长,大腿内侧就像钳子的结合处般曲线玲珑(臀部宽宽的,背部厚实却并不结实,还有些皱纹),玛蒂娜大步走向浴室。她回来时正面向我,肉体刚开始有点松弛,这是时间、死亡留下的最初印迹,让你确信如果你运气够好的话——你当然会跟一个女人在一起。那是个女人,就是她,不会错。我说,

"上帝啊,发生了这一切,你仍然还要思考你那些事。我没想到,很抱歉。"我也窥见到她的其他念头,就在那上方,像她的脸,就在我头上。

我脱了衣服,钻进被子,跟她在一起。我们亲吻,我们拥抱,我知道我是个慢性子,是条乏味的狗,但是我终于明白她的裸体在说什么,我明白了它的直截了当,它在说——来吧,我将它完全呈现于你面前。是的,温柔地来,我想,用这双暴力的手……清晨,当我醒来,天啊(别笑——不,别笑我),我觉得自己像朵花儿:有点枯萎,当然,茎部有点下垂,也许没有真正的生命,只有虚假的一生、花盆中的一生,舒缓它的花瓣,抬起头,开始吸收这一天的营养。

"我该松开他吗？你觉得怎样？"

"是的，松开他，"我说，"他很平静。"

"他可能会跑。"

"你总得找个时间试一下。"

纽约，华盛顿广场，劳动节的周日，空气厚重得像厨房蓝色墙壁上的水珠。丛林日历上的又一个大日子，所有人都来到户外，伶俐的孩子们脚蹬旱冰鞋左躲右闪穿过十几条不同的路线，飞碟同性恋们上蹿下跳，伸展手臂（他们旋转的飞碟永远悬挂在温热的雾气中），下棋的、嗑药的、咒骂喊叫的，两辆警车四扇门全都打开来，警察们准备好的陷阱等待着第一只不谨慎的爪子。不知羞耻，不管何处。有点威胁、有点绝望，还有冷酷在警察们梳理过、根根直竖的胡须中、在强有力的掌握里彻底表露出来——可恼不知耻……狗正拼命扭着身子，想跑开去，消失在这个危险的人群之中。我们解开他。起初他绕圈跑，圈子越来越大，舌头差不多像条围巾似的搭到自己肩上。然后他停下来，侧身坐在那儿，挺直腰，很有公民意识，那姿势就是象棋中马在第三排静候的姿势，冷静地思考着接下来的走法。

我从自动售卖机上买了几听淡啤酒。我们坐在石头长凳上说话，玛蒂娜浑身素白（白裙白衫），而我呢，畏缩躲避，沾沾自喜紧绕心头。跟随存在之链向上移动，社会性流动——这是很大件事但却一点也不累。只要握紧手，待在原地不动，不要滑倒，不过这也要有胆才行。影子在我们左右跑来跑去，跑回来接受我们鼓励性抚摸的次数越来越少。我找个话题，跟玛蒂娜聊起了哲学。不是她的哲学——而是大众意识里的哲学。她给我举了几个例子，哲学家们常干的那种事。比如，你怎么知道晨星和昏星真是同一个东西？我马上反应过来，说它们当然不是同一个东西：即使它们共有一个母公司，它们仍然是两个独立资产，因此在预算和税收上会被视为两个完全不同的个体，如此等等。玛蒂娜笑了，赞许地点点头。她笑了，全新的笑声，似乎传达出简单的快乐或听天由命的感觉。我觉得哲学真是小菜一碟，所以我说，

"好吧，再来一个。"

但是她突然变了脸色，腾地站起来。"噢，不，"她说，"影子去哪儿了？"

这也让我心烦。影子有好几分钟没有露面了，我一直偷偷努力在鼎沸的人群中找他。我们什么也没说，在广场里走来走去，绕着广场边上又走了几圈，又再在繁忙沉默的热浪中穿行。没看到狗，没看到影子。我们分开来，兜着更大的圈子，跑回来做个鼓励性碰头的次数越来越少。

一小时后，我沿着十七街在跑，啤酒肚上下晃荡。我是快到终点的慢跑者，一路上眼睛四处搜寻那只狗，跑得上气不接下气。玛蒂娜和我联系一下又分开，她不停地说那只狗被人偷走了，但我知道他跑了，跑回上城，回到二十三街那边的横街去了。开始我只是想，老天啊，让我们找到这个小杂种吧——至少我可以躺下喝上一杯。过了一会儿，我甚至觉得：如果影子永远离开我们，那于我并无不利。可是此时，我摇晃着跑过

街道，我确信我的命运跟这条狗的命运紧紧相连，如果影子走了，我可能也要回到二十三街跟宠物狗待在一起。不会再有中产阶级住宅。只有内城，冷水，没有电梯。我觉得我看见他了！在停着的车、咪表和消防水龙头的缝隙间跑来跑去、跳得齐膝高，但是当我东躲西闪穿过来往车辆来到人行道上时，我只看到一个破垃圾桶在风中滚动。我继续跑，上了第八大道，朝着世界尽头跑去。

我在二十一街找到他，就在老林波波河一个混浊的排水口处。我本能地想大声喊、想飞奔向前，但是我慢下来，从侧旁小心地靠近他。小旋风卷起的一阵碎石，影子迷惑地站在当中——你知道城市里的垃圾一连好几个小时在风里飞舞的样子吗，就像玩转玫瑰游戏：食品包装盒、香烟盒、啤酒瓶，全都像死后的无头苍蝇一样乱撞……我走得更近。影子看起来怪怪的，他哆嗦着，吧嗒着他的长嘴，无力的爪子指向、指向上城。他身上有些实际变化，重要的细节，我说不清。他的项圈，项圈不见了。在丛林中才待上一小时，影子已经遭遇抢劫、被盗——失掉了他的一切，没有了名字。他转身看着我，眼神漠然，又无聊地看向别处。他正打算小跑着去向大道繁忙处，我用尽仅有的一点力气狂喊他的名字，他转过身，吃力地穿过人行道，向我走来，肩膀特别顺从地隆起，异常可怜。我没有打他。我抓住他的后颈。我带他回家。玛蒂娜在门廊上等着。之前她一直没有哭，可此时她哭了。

她谢谢我，把我的手贴在她的脸上，我想——她真的爱他，爱它。她爱影子，爱这条狗。是的，她一直在骗我，玛蒂娜。她只是个凡人，只是个凡人罢了。却原来到最后她是这么平凡的一个人。

一、二、三、四。我躺在艾什伯里的十四楼，只穿条短裤，腿在空中扭着，像只倒立的甲虫。我在做什么？我在锻炼身体。练出拉屎的力气和腹肌是我当下的目标，不过也有另外的考虑。为了玛蒂娜我在做体型锻炼。这可是全新的我。这是我的变形记。五、六、七、八。要是我能找到痛苦障碍，我就能穿越过去。再说，我知道真正的肌肉在我大脑的某处，羞耻的肌肉。唷，我希望它们还在那儿，我希望它们还没有萎缩，我希望它们醉得不厉害。我要的就是锻炼我的大脑。我需要某个虐待狂般、穿紧身连体背心、玩哑铃的艺术家来让我的大脑工作过度到达巅峰状态。我需要我的大脑感觉到这种脂肪燃烧。明天将正式开拍。我得了一张大支票。人人都必须更尊重我——包括你，先生，是的，你也一样，女士。昨天我什么也用不着告诉你。似乎你只要对他们好一点，对他们坦率、忠诚，然后你就得到这一切。太值了！

我翻过身来做了一两个俯卧撑。第一个做得非常好。不过，第二个做到一半时，两只胳膊同时一软，仿佛地毯向上一扑，罩在我鼻子上。我躺在那儿，汗流浃背，嘟囔着，把嘴里的毛毛吐掉，这时电话响了。十分钟前我刚跟玛蒂娜通过电话，有点希望这是菲尔丁或电话弗兰克打来的。老弗兰克，那个跛子——他现在怎么能伤害得了我？

所以这是个双重惊奇。

"嗨！……——是我，还记得我吗？"

"你开玩笑吗，"我说，"你在纽约？"

"你说对了。"

"不可能。"

"为什么不可能？我们见个面，我就告诉你来龙去脉。一起吃中饭？"

我对付不了这个，所以我们定好在中央公园南边的巴特比吃中饭，二点三十分。我再度躺下，惨白的身体让我自己也眯起眼。我的滞缓、跳跃和转换，我所有的现实状态都纠结在一起。你永远猜不到是谁打的电话——不过你也许猜到了。嗯，是小塞琳娜。

现在我该穿上西装出门了。我要跟布奇·波索莱和斯邦克·戴维斯一起吃中饭，这是最后的和平会谈，鼓励加油、积累信心，为明天的大日子作准备。我觉得我该带这俩孩子去五十三街的巴尔干咖啡馆……首先，由于斯邦克的随性外套（实际上他比我以前见他时要潇洒漂亮得多：丝质衬衫，连衫裤、皮鞋），还在门口就引起小骚乱，但是我往经理的大巴掌上塞了五十块钱，他把我们领进吧台附近的一个包间。进小包间时，斯邦克居然同意让布奇先进去，还相当夸张地秀了一番这礼节，然后又怜爱地掐灭了她的香烟，我就该知道有状况了。接着，他含情脉脉看着这位女士的同时，居然同意来一杯香槟！嗯，在此之后，（在瞟了一眼布奇飘飘然的身体语言和斯邦克偷偷摸摸、不安的苍白之后），当他们靠到一起，手牵手，请我当他们婚礼的男傧相时，我不好装得太过吃惊。天啊，你能相信这些人么？两周前他们彼此还打得不可开交。我知道我对斯邦克的基佬情怀早就悄悄消失了（同样，我对布奇的男女之情也从没真正开始过），因为我第一想法是——好极了：公开这个免费的信息能赚个一百万美元。另一方面，我转念一想——糟糕：这会危及整部电影的拍摄。拍摄中我再也没法从他们身上得到什么，而洛恩听到这个消息的刹那便会一屁股坐到地上晕死过去……可是，我希望你明白这是怎么回事。经过了天堂般的周末后，我当时觉得他妈是睿智性感的老杂种，所以我玩外交手腕。我告诉他们等等，先保密。当然，他们似乎有点吃惊，一顿饭下来都是我在侃侃而谈，这顿饭看起来、吃上去像大量新鲜的海豹精子和鳗鱼头盔。是的，我相当有说服力，非常感性。而我也是当真的。我坐在那里意识到，我三十五岁了，我是个沮丧的父亲。也许我该在年轻时、在我有时间思考之前就生孩子。

当斯邦克溜到厕所里去后，布奇意味深长地看着我，停了几秒钟后说，"我怀孕了，约翰。"

很好，我想：现在卡都塔也要精神失常崩溃了。随即，我又想到别的。"你确定是他的吗？"

"不太确定，不。"

"但你有在吃药什么的吧。你得采取点什么措施。"

"约翰，回答我这个问题：为什么总是女人得采取措施？"

啊？"因为怀孕的总是女人。"

"我以为我早就生不了了。"

"谁？"

"我绝育了。"

哦，是啊——跟绿玉押同样的韵。

"今年我已经堕胎两次。斯邦克不知道。"

"不知道你堕胎的事？"

"不。不知道我怀孕的事。"

"小心点，布奇，"我说。"记住斯邦克的宗教。他们把生命的权利看得很重，而你——"

"行了。他现在不会再相信那套废话了。他什么也不知道，约翰。我想告诉整个世界。"

你想那样的话，我想，那我就告诉整个世界——在《每日备忘》的首页发表。她伸了个懒腰，愉快地哆嗦了一下。不用说，她服用了可卡因，现在很激动，也因为没来由的自我肯定而激动。没错，现在我手上有个疯狂、愚蠢、受毒品刺激的婊子，但是我让她发誓暂时保持沉默。斯邦克回来后，她自己又奔厕所去了，看上去信心满满。事实上，她去了好长时间，长得我以为她可能就在那儿把孩子给打掉了。

斯邦克信赖地盯着我。"我知道你在想什么，约翰。你在想这会影响到我们《黑金》的拍摄工作。你错了。"

"那请给我点儿信心。"

"我们一直一起排练，所以才发生此事的。在剧本中，你知道的，那段漂亮的说话，布奇谈论我的灵魂之旅的那段话。"

"哦，"我不太痛快地说。

"那是首诗——是音乐。你知道我那段美丽说辞吗，说布奇在生活中是个孩子的那段？当我们一起工作时，我们开始明白我们生活的意义是种双重绽放——"

"听着，斯邦克，"我说，"不如这段时间你多操她几次，但是忘了结婚这码事吧。"

他挥拳朝我打来，可我已经准备好用成年人的目光迎接他。我受不了这一套，这种低声下气的闲谈，我很高兴又看到他以前的样子。

"你不懂,"他说,"她在教我如何生活。"

这点毫无疑问。他看起来很可怕。按他的标准,他似乎堕落到弱智的地步。天啊,毒品、香槟和高科技录音录像设备,再加上布奇食品柜里的不管什么东西,想想这两个年轻人在小床上会干些什么吧。光这样想想,我便累得直喘。不过,从某种程度上来说,他这样正合我意。我不想斯邦克在银幕上看起来太乏味或太健康。让这家伙这样搞一个多月,眼睛下添点黑眼圈什么的,他会正如我希望的那样颓废。

"我是说,她一直很有钱,对吗?"他说,"她知道如何花钱。钱,她告诉我钱只是供你使用的某种东西。你知道我身上从不带钱,没有零钱,一个子儿也没有,因为我永远也不想忘记贫穷是什么滋味,贫穷是恐惧、是羞耻。为什么不忘掉?现在我想通了:我有钱,我觉得挺好。"

这个哲学家皱眉沉思着得出他的结论。可惜的是所有小报和美国头条先于他得出这个结论。"好吧,"我说,"现在你知道了。"

当布奇重回座位上时,他站起来,身子挺得笔直像根通条,隔着咖啡蛋糕,他们接吻爱抚,耳鬓厮磨,像一对汗涔涔的大学生——不,不像那个,倒更像成年电影预告片里的一对演员。也许我性欲平和,也许我的财富让我没那么惊奇,我心平气和地看着他们气喘吁吁地扭动着。我对与塞琳娜的见面也有同感——那个塞琳娜……当我把我的贵宾卡扔在递过来的托盘里时,侍者朝我温和苍老地一笑。无论如何,这起浪漫史今晚便会传遍全城。还有,是的,剧本可以容纳下这种焚身欲火，没错，只是这儿那儿得做点儿改动。对于这场恋情的免费公开我得做好准备并想法安抚洛恩。他那种贵族般的艺术批评。又一个裸露场景。又一种折磨场景。他可以洗完澡后走出来，踩在肥皂上摔倒，与我无关。天啊，这是个精神错乱的行业！我甚至不能称其为行业——这是场阴谋，一场金钱阴谋。我也仔细考虑过，而且不是第一次，新剧本邪恶的适应性。菲尔丁是对的。你可以用这剧本拍你喜欢的东西：它有淫秽的可塑性。那个剧本是朱厄妮塔·德尔·帕布罗或戴安娜·普罗列塔利亚：她带着它四处去。

"你的卡，先生。"

我看着托盘——只觉得羞愧的汗水像冰一样流过胸膛，像热的冰、像冷的汗。我站起来。在托盘燃烧的光芒里，我看到侍者等待的脸——我的贵宾卡，被整齐地剪成四块。

"他妈的经理在哪里！嘿，你，到这儿来！"

"公司政策，先生。我们在电脑上查过你的信用卡，里面有欠款。"

"那就是电脑出了毛病，对吗。你知道这是谁？布奇·波索莱！你知道这是谁？斯邦克·戴维斯！你知道我是谁？我可以买下十多个你。我可以——"类似的话滔滔不绝。我至少好几周没发生过这种糟糕的事情。我咆哮了好一阵，但是真的——局面如此混乱滑稽，我没法老这样下去。以后可以把这个告诉玛蒂娜，把这当笑话跟菲尔丁说说……这个三天的长周末后，我身上似乎只剩下几张十块和五块的钞票了，这时斯邦克从他屁股后口袋里掏出了一卷厕纸般的百元大钞，冷冷地甩了一张在巧克力蛋糕上。我们鱼贯而出。在铺着流苏的前台处我停留了一下,冷静地问领班,"你从中得了钱。我没说错吧?"

"你说没收卡吗?五十块一张卡,先生。"

我把我那张五十块钱从他的小西装外套上胸前印有纹章的口袋里掏出来,我们进来时我看着他把钱塞到那里的,冲着他的脸晃着这张钞票。然后我扔下钱,大步走出来,来到街上。

多可笑,啊?公司政策……等我来到位于中央公园南边烧焦的反应堆上的巴特比时,我还没想好要不要多此一举给贵宾卡的人打个电话,痛骂他们一顿。是啊,我得找个《黑金》摄制组里的小妞给我打这通电话。

"做爱和购物,"塞琳娜·斯特里特说,"只有这两样姑娘们能多做点儿。你不觉得吗?"

她坐在那儿,身边环绕着一堆时髦的盒子篮子,这是来自第五街的战利品。塞琳娜穿着她才有的那种酷暑装束:孩子气、有荷叶边的芭蕾舞短裙,外加一条胸罩大小的半截衬衫,她的香汗这儿那儿浸湿一大块。她的腰是不是粗了一圈?也许,有一点儿。

"我胖得不行了,"她说,"你看起来跟以前不同了。"

"怎么不同?"

"你戒酒了?更有控制力了。"

"你也是。你看起来还是那样,不过更好些。"

可她看起来不一样了。她得到了她一直想要的东西。在钻进钻出汽车时、在珠宝店的光芒后、在像这间一样的酒店大堂内，你能看得到这种不同。这是与时间和气候相对的光芒、双重光亮。她现在有色彩了，金钱的色彩。

塞琳娜往后靠着说话。纽约跟她想象中的一模一样。我朝水族馆般的休息室里忙碌的侍者挥挥手。这是一个游乐场的舞台，是美国深呼吸，炫耀公司财富的舞台、是观光电梯穿过喷泉、叶饰和洁净玻璃上下穿梭的舞台——是未来伟大展览中的一个展台，有一天它会被命名为金钱……她来长岛一周了，跟鬼才知道的人做些鬼才知道的事。她一股咸咸的怪味，晒黑了，还有锋利的牙齿。此外，她来这儿是想彻底解决她的事儿。奥西也在纽约，在什么地方。虽然他们之间结束了，他仍然对她非常之好。她得意忘形：她胜任于此。她配得上。塞琳娜仍然对她那间所谓的小店抱有很大希望，那间小店兴旺昌盛，那间小店昌盛兴旺。塞琳娜说话时，漫不经心用指甲挠挠大腿，慢慢交叉她的腿，偏着头，皱眉看着衬衫系带上的污渍。我利用这个机会再次重温了一下她大腿的模样，还有白色内裤，那线条像极了远景尽头的船帆。

"你知道吗，真可笑，我一想到你就很伤感。"她往前倾着身子，眼光柔和地在我脸上移动。"有天晚上，我跟别人在床上，是谁我不想说。他把我翻过来，你知道，从后面操我，就像你喜欢的那样。我不得不停下来。我做不下去。"

她摇摇头，仿佛这种坚贞真正值得惊异。

"但是你又接着开始了，"我提示道，"你过了一会就继续做了。"

"是的，当然，不久我就没事了，我干了整晚。他很有钱。今天上午我一直在买东西。我本想给你买件礼物来着，因为我觉得我欠你一件礼物。你以前对一切都那么满意，真的。但是最后我只给自己买了些礼物。看看，这个好不好？我知道你喜欢朴实的黑白，可这些鲜艳的红色也很好看。我通常不会花这么多钱买件这样的东西。这也太贵了。它紧裹着两腿间，十分修身。你知道这件小东西，这么小，却值一百美元。它几乎轻若无物。摸一下。它们是我的礼物。但是它们也可以是你的礼物。我想把它们全试一遍。嗯，就在我的住处。我会叫香槟。我要送你点东西让你永远记得我。我晒黑的肤色。你想来看吗？"

我小心地看着她的脸，看着她那双高街眼睛。它们也有一种光芒，是购物商场六点钟时的光芒，是必要商业活动的银色、青紫和灰白的三重照耀之下打烊时的光亮。她脸上的表情很伤感，可那双眼睛不伤感，甚至并不和善。我感到危险——我的胳肢窝都在哼着危险。不是发现什么的危险，而是反转的危险、颠倒的危险、是尖刻、戛然而止的笑声。塞琳娜是对的：我变了。我明白她的提议和企图，明白这对我的攻击。我对玛蒂娜的誓言仍在我的嘴唇上留有余温，我遗憾地笑了（你永远也不知道有多遗憾），我摇摇头，停了片刻后说，"当然。"

三点二十五分。香槟还没送到。是啊——我的香槟在哪儿？这场演出结束了，但另一场表演已经开始。好吧，是场表演，这位床上艺术家的表演，蔚为奇观。还有时间留给麻木中的思想，还有时间留给所有沉思中的沉思。是沉思一直让舞者站在舞台上，让女演员一直待在光柱下，是让人忍住不鼓掌的镜子游戏。这只是场私人表演，是他们能给出的最私人的表演。

"我想在上面。"

"你说了算。"

她的身形、体格在我上方浮现。她闭上眼,头往后仰。我看着她脖子上的喉管,盯着茶碟大小、镜片似的内衣,她睁只眼眯只眼,但是两眼都凝视着什么地方,我看着她腰上系的一圈细金链,裹在丝带和花结里的屁股十分突出醒目。她的肌肤像裹着唯一器官的超级皮肤。她就像勃起的阴茎,她就是根鸡巴,坐在我身上……所以——为何恐惧、为何羞愧?我知道只有等我骑在她身上时我才会觉得好点儿。我应当穿上我的裤子,不是她的。但是这时,她蹲坐在我身上,一手握着一只乳房。老狗学不会新把戏。塞琳娜,她真的对我的情欲了若指掌。真正堕落,异常粗俗,强烈的二十一世纪,她将永远是我可怜色情的捉刀人——小塞琳娜,这个塞琳娜……

现在她往前靠过来,手放在我的肩膀上,让一只乳房滑进我的嘴里。时间溜走了。时间溜走了,直到外面的世界——真正的世界——隔壁房间有人在敲门我才回到现实中来。"谁,"她恶狠狠地说,"进来,"然后又柔和地对我说,"送香槟的——他们把它放那儿了,"接着更温柔地说道,"别停下。"可是我开始挣扎着要起来,我觉得那扇门无声地推开了,第三个人走进了我们的空间。

塞琳娜一个动作便坐了起来,转过身来,伸直一条腿,像个体操运动员似的站起来。我抬起头,望过去。

相当成人的场景,难道你不觉得吗,塞琳娜正在系透明睡衣的腰带(不承认地低头看着——甚至她也不愿原谅我),而玛蒂娜定格在门口，精纺浅灰套装，黑鞋（她看到了什么？无情的勃起，肚子、害怕的脸）——而我呢，被人踩在脚下的笑话、惊慌失措、狼狈不堪，挥舞着两只胳膊？我有过几次裸体经历，但从没这次这般暴露过，甚至那次在日落大道的回飞镖车里、在皮条客的棒下连滚带爬时也没这般赤身裸体过。

相当成人的场景，而玛蒂娜看起来像个孩子。她看起来像个孩子，一天内遭受的逆转比她这一辈子记得的还多，生活比她想的要残酷，人性本恶，却没人给过她应有的警告。对于这个事实她不知是拒绝还是接受。

她垂下眼睛，目光四处游移。她摇着头。我想她甚至在跺脚。她说，

"影子丢了。"

"噢，不会吧！"

"从屋顶上跑了。"

说完她也跑了，穿过外面房间，穿过门，跑过我脑后铺着地毯的长长走道。

终于我滚下床，伸手去拿衣服——裤子、不再重要的西装。花了好久的时间才爬进我这些该死的衣服里面去。

"这到底是怎么回事？"塞琳娜十分紧张地说。我没法看她。"不，别告诉我。你操过她，是不是。你一直在操她。你。多么可笑。"

终于，我从她身旁走过，我举起手，像是投降又像是防卫。在门口，我勉强转过身说，"她到这儿来做什么？"

"我怎么知道？"塞琳娜说，"这是奥西的公寓。你问他。你问她。"

在楼下乱哄哄的棒球场里，我喝了十二瓶波旁酒——是的，没错，喝下你的毒药——我给玛蒂娜打电话，直拨到我麻木的手指出血。没人接。没人接。占线。占线。那可憎的声音。忙音。忙音。忙音。我颓丧地坐在酒吧里，摸索着我最后的一点钱，醉汉们总这样。这一生我从未指望从我的名字中获得快乐。这时我听到自己的名字——约翰·塞尔夫——被公开呼叫。我移到粉红色电话前。我想：是她。

"你好？"我说。

"结束了。玩完了。"跛子的声音。跛子的笑声。

"是你，"我说，"噢，得了吧，我们见个面，现在，就现在，我准备好了。"

"好吧。听着。在你经常逛的那家性用品商店后面有个停车场。走到电话亭处右转，走五六十码后，有扇破门旁堆着些垃圾袋。我们找一天在那儿碰头。当我们见面时……"

"我们马上见面。"

"行。马上。"

我走出来走到高楼林立的第六大道、美洲大道，那儿几个棍子腿的泥水工在他们的工作台上等着。时间和温度在上方闪烁。"九十九度，"货摊上的那个男人说。"狗娘养的。"我向前走，脚下在摇晃，只觉着我的心在燃烧，我觉得我也朝燃烧的天空喷射出去，快如旋风。纽约上百万扇窗户低头怒视着我，怒视着这个异教徒。噢，天啊，我的生活才认真了十分钟，现在重又是个笑话了。那好，就让我们给这儿贡献点邪恶，让我们把这个笑话变得彻底可鄙吧，我一边想一边朝南而去。

准备好了，我准备好了。我小跑着穿过狭窄小巷，穿过性用品商场噼啪作响的厕所窗户，那里面，收了钱的姑娘们为了钱永远在她们该死的圈上这边那边扭动。我小跑着穿过炎热的停车场，战斧车、回飞镖车脸上全都写着仇恨，恨这炎热，恨这仇恨。我朝头戴棒球帽的男孩们挥挥手。他们也朝我挥手，充满鼓励。我继续往前，继续，你走的路没错。我向右转，跑了五六十码。那儿有些黑色袋子，气味刺鼻得像裹尸袋，那儿有个平顶仓库被锯短了的铁门。好啊，这是个打架的好地方。我恨恨地等着，香烟似乎即时点燃了。没有恐惧。现在他还能从我这儿夺走什么？我准备好了，完全准备好了。正在此时，我感到一股影子从身后罩住我，像一件沉重的东西轻轻落地立在那儿，两只长长的手臂猛地箍住我胸口。

我觉得，在把最初连串的震惊从我体系里给挤了出来之后，一切都毫不费力。鞋跟直截了当在右脚背上来一脚会解决一切问题。然后，胳膊肘冲脸上来一下，就这么简单……可现在我倒吸口凉气，我觉得我的脚离开了地面。我的腿没有支撑无法踢出去，加上两只手都被控制住，我能做的只有让头和屁股倒个个儿——他的头在哪儿？天啊？我找不到他的头。情况突然严重起来，他开始上下摇晃我，他的髋骨戳着我的屁股，猿猴交媾的吵闹声和急促的笑声，还有我的脖子上他滚烫的呼吸。我第一次感觉到他有多疯狂，我想，我完全不是他的对手，这家伙还有其他能量来源，这家伙有力量爆炸……但是我也很强壮，他妈的，我从没像今天这般疯狂过。就在此时我的一只脚被他提着离对面的小巷墙壁很近了。太好了：正如我愿。我抬起两只脚，使出蛋蛋爆裂的力气猛地一推，他往后一坐，跌到金属门上，我重重地压在他身上。他站起来，毫不松懈，绝不手软。他猛地一张口，咬掉我的头发，吐出来，狂笑，把我上下摇晃得更厉害……只有一个结局。这是最后的拥抱。我觉得我的脸紫了——这是另一场战斗，这是为空气而斗，空气告诉我如何斗。香烟还在我嘴里，折了但仍在我紧咬的牙关间燃着。我扭过擦伤的脸，扭到无法再往那边扭为止。只差几英寸了，而我的力气像煤气泄漏一般嘶嘶往外冒着离我而去。可就在这时，他犯了个错，而他不得不如此。他太离谱了。他把舌头伸进我的耳朵，这在我是无法忍受的。确定无误：忍无可忍。所以随着咔嚓一声，我脖子猛地一扭，愤怒地咬住了他的喉咙。

我自由了，我在空中舞动。我跟跄着转身，拳头打在他脸上。我左右开攻，两手往他头上、肩膀上狠揍了六下、八下、十下，往下，往下，就像把帐篷桩打进地下一般。当我抬脚给他最后一击时，我看到了那张脸，太迟了——太迟了，因为靴子出得太快，当我踢到那张脸时（而我不想这样的，我不想这样的），从传来的声响可见那伤害足以致命，像是弹子机向银球致意时发出的一击或重敲：哐啷！你知道我干了什么？我踢的是一个女人的脸。

"嘿，"我说。也许我说的是，"没事吧，"或者，"你没事吧？"

等待。观察。那家伙转过身来，嘴里吐出咬得半碎的肉渣和打断的牙齿。我们四目可怕地相对。我以前似乎见过这双眼睛，但不是在这张脸上。他的头发掉了，原来是块红垫子。这家伙在模糊不清的衣服下哆嗦着。

"你是谁?"我说着深深吸了一口折了的香烟。

不是女人。声音是个男的,跟其他男人一样。

"他妈的,滚。"他似乎在说,"你这狗人。"

我坐在艾什伯里的房间里,一股新的恶心长久不散,一直让我害怕。我喝着苏格兰威士忌,读着《金钱》。我站起来,慢慢走动,慢慢伸出手,拿来一支圆珠笔,一张纸和一本字典。我掏出玛蒂娜给我的镇静剂。她说它们没有我吃的色拉芬那么容易上瘾。标签上写着:玛蒂娜·吐温——晚上服用……我坐下。我在纸上写出我们所有投资者的名单。我喝了一口酒。我再次查看《金钱》的索引。里卡多、格雷欣、比德尔、巴鲁克。我在字典里查考罗伊。我喝了一口酒,又吐出来。我在字典里查瓦卢塔。我站起来,打开窗,探出头。我查迪布斯和邓恩[1]。我站起来,去洗手间,大声呕吐。我回到房间。吃了三片镇静剂,也吞了好几大口威士忌。传来一下敲门声,费利克斯自己走进来,突然且迅速,就像香烟的烟雾随着一股气流在各个角落里翻腾汹涌。

"费利克斯,"我粗声粗气地说,"我的衬衫送回来了吗?你还好吗?好久没见你了。"

然后,我只得问他,"怎么啦?"

"结束了。你干了什么,伙计?"

---

[1] 考罗伊(Cowrie):有斑纹的贝壳,在南太平洋地区和非洲,有些贝壳被当作货币使用。瓦卢塔(Valuta):币值。迪布斯(Dibs):少量的钱。邓恩(Dun):迪布斯讨债者。

费利克斯嘴发干，眼冒巫毒火，他告诉我，全美国通过计算机处理器连在了一起，计算机的根从摩天大楼的躯干往上延伸，最后它们像张网把一座座城市连在一起，分类、清除、保有、认同、否认、否认。软件美国在连接和锁定的繁忙网络中蔓延，伴有信用评级、债务分析的显示屏和主板。现在各个州都在键入我的名字，视屏显示器像受了惊吓的脑电图一样抽搐着。美国在用约翰·塞尔夫这几个字玩太空人入侵游戏。我是金钱敌人。账单警察在追踪我。

"别逗我笑了，"我说。

"收拾行李。"

"这只不过是个错误。"

"收拾行李。"他的眼神激愤、痛苦兼而有之。目光超级悲伤。"劳动节刚过他们就来查了。他们查你的名字十次、十五次。他们叫来他们的人。我告诉你，伙计，你花光了整整一大笔钱。"

我们听到电梯的吱扭声。松开的电话用新腔调对我说话。我没有接。我甚至没有收拾行李。费利克斯领着我从员工电梯下楼，从厨房里走出来。穿着廉价T恤的工人们在水槽和炉子边，镇定地看着我。他们懂我的危险。我们走进堆满垃圾的小巷。人行道上那些深深嵌进去的污渍——它们永远出不来了，一百万年也没用。我们转过身，彼此最后一次面对面。

"好了，"费利克斯说。

"谢谢。"我一手伸进口袋。两张钞票——六块钱。我条件反射似的给了费利克斯那张五块的。

他瞟了一眼手上那张钞票，给回我，我收下了。

"不用，伙计，"他嗤之以鼻，"你不懂。玩完了。"

我是某种让人难以置信的东西，我向前冲，二百二十四磅的风驰电掣。我是行驶于梦结束之处的特快列车。你坐在旁轨上的火车里，当我咆哮而过时，你吃惊地从书页上抬起头来，随我而来的黑色气流拎起你的车厢，车身晃动，车窗缝隙上的泥灰掉落。然后我走了，你重归平静。我走了，我还在继续走，还在逃离，还在呼啸。

经过卡罗威大堂，我低头上楼梯。双扇门开着，让恶心的房间通风透气。房门边站着两名警卫、一名酒店女仆、一个穿着廉价西服的大块头正弯腰听着助听器般的内部通信设备，一个高个子老太太，穿着连帽衫，褐色弹力裤，佩戴着徽章，上写："戴茜之家：再好不过的退休生活。"

"我是贝里尔·古德尼，"她坦承道，"他母亲。你就是那个可怜人吗？"

我从这个悲伤的女人、敬畏却窃窃私语的保安们身边走过。菲尔丁坐在窗边的一把直背椅上，肩上搭着条毯子。他感觉到我的走近，慢慢转过身来。枯糙的头发软塌塌地平趴在头皮上，肿大的嘴唇，下巴线条上少了某种致命的东西。我觉得，他的下巴不见了，而那是他生命曾经潜伏的地方。

"钱，"我说，"钱哪儿去了。"

"根本就没他妈的钱。"

我冲这间屋子、这些家具、电脑、送酒水的推车、枝形吊灯，冲纽约摊开双手。"这些谁付钱？"

"你。"

"噢，你做了什么？"

他滑稽地看着我，嘴里吐出些含糊不清的话，解释道，"我四十五了，滑头。"

在门口，他们拦不住我，那时我那种势头他们拦也拦不住，我气喘吁吁跑到街上，一滑，站稳了，我在想往哪儿跑。街角一辆黄色出租车一个急刹车，多丽丝·阿瑟钻了出来。她转过身，看看自己，又打量了一番我及大酒店。

"我警告过你，"她喊道，"我努力想要告诉你。"

我上前揪住她的衣领，一拳把她揍到小巷里。不知道为什么我总是有打女人的麻烦。可这时实在是自然而然的事。不过我只是用右手捏住她的下巴说，"好啊，你这个婊子，你也参与了。"

"你不听，是不是，肉丸子？"

"为什么？你参与整个事件。为了什么？"

她把我的手从下巴上推开，我任她推。"性，"她说。

"是啊，你们这些娘们、你们这些作家，老一套。你们嘴上说一套，某个适合的鸡巴出现后又是另一套。"

"你这个混蛋，"她说着，笑了，"你永远也猜不到。在床上他是个女人。"

这时，我听到身后传来一声深沉而严肃的叫声。那个戴着嘈杂助听器的高个子酒店人员站在街角。多丽丝走了，世界再次全速打我身边经过。

我接着奔跑。你知道什么吗？我真的很会跑。真的。如果我能够跑着逃离美国——我会这样做的。我有腿，但是我没有翅膀。我没有钱。

接下来我在浅口大碗般、黑暗的肯尼迪国际机场跑了很久。那个大坑四周是长着钢铁眼睛的候机楼，十字架形的飞机打我头顶上呼啸着逃离。我刚从一个的哥那儿骗了二十五美元。这个的哥不是常见的那种口香糖嚼个不停的返祖人，而是来自以色列，朝气蓬勃、想挣钱的年轻人，为读大学攒钱，为帮助耶路撒冷的亲人们过上像样的退休生活攒钱。当我们快到肯尼迪时，他问起我闪亮耀眼的生活方式——伦敦-纽约，纽约-伦敦——我说，嗯，拿这两座城市对比非常有意思，车开得不错，孩子，我要从座位上滑过去，我欠你的……我下了车，越过墙头。我跳下十英尺高的墙，手肘屁股着地，等我站好后，我又跑起来，跑进纵横交错的隔离墙、交叉路、管线区。没人追我。我只听到他含混的一声"嘿"，声音那么疲惫，透着对纽约这些赖账的、开空头支票的、信用卡骗子、金钱强盗的恶心、厌恶……

我第一个尝试的是泛美航空公司候机楼。理理我的西装，我轻快地走向售票处。"没问题，"帽子下的那个矮子说。经济舱、靠走道的座位，抽烟：哪怕是一部一般般的电影也值得期待。我殷勤地赶紧递上我的白金美国运通卡。他把我的姓名和卡号输进去，说，"先生，请稍等。"便从小矮门退到后面去了。我手插在裤兜里，吹着口哨，从售票口踱开，占据了通往前厅的玻璃门处的一个位置。是啊，果不其然，那家伙出现了，一边一个便衣——机场保安？侦探？不，只是金钱警察而已：侦探、警察、垃圾。金钱垃圾——我出门离开了，又跑起来。

我惊慌失措地来到巴航，想在英国阿尔比派教徒那儿再试一次。结果我的航空预算卡被关掉，也让我卷入一起延长的追踪插曲——二十分钟，虚掷我这一生的光阴在外圈跑道上，一个小灵犬样的老家伙在身后追我。曼哈顿、肯尼迪机场，你知道，当你没钱时这些地方突然变样了。你变了，它们也变了，甚至连空气也不一样。当我从卡罗威走出来时我马上就感觉到了。有钱时，光怪陆离的纽约是个水晶暖房。没钱了，你赤身裸体，只能用块碎玻璃遮掩你的小弟弟。每个声音每种气味每道目光都那么难以承受。这是座残酷的城市。我明白一切都是真的。残酷？这是他妈的倒霉！这个地方真正发生的事近乎下流。它在这儿更鲜明，更现实。你要与之打交道的是新种有钱人，穿着得体西服、才华横溢的英里赛跑选手，他们在你身后呼哧着尾随你奔跑，急转闪躲着零钱和金钱钥匙。

我的腿在我身下交错狂奔，我蹲伏在新西兰航空候机楼的一个厕所里，翻遍口袋找钱或类似钱的东西。我已经在考虑卖手表、钱包和短裤，或多余的一个肾，我牙齿上镶的金也可以卖。我可以坐巴士到加拿大，给我爸拍封电报要钱，或者用讨厌的吊桶在地球冰层下挖出一条通道……啊，我不想再回那儿，不回纽约，不回美国。我早晚要试一次劫机的。我早晚会游泳游过它的。我不会再回美国了。永远不。

现在我成了这种男人，他们的证件或钱财都随身携带，就放在胸前的马鞍包里。我一辈子的故事——不是什么好故事，是个真正让人沮丧的故事——在我大腿上皱巴巴、被卷成一团：一张加油账单、歌剧院票根、香烟礼券、护照、电话留言、查税通知、花名册、拍摄计划、克罗采餐厅、巴特比、快活岛的账单和信用卡回执、费用表、酒醉驾驶传票、马奈的明信片、玛蒂娜的便条，没有钱，一张没用的机票……我把玩着最后这一样东西好久，然后才去想这是什么。没用过的机票。空轨。纽约飞伦敦，2万公里。提前预订一年。定期票。

好了？天啊，我好久都没有过好运气了——我几乎不认识它那竖起的大拇指，那张搞笑的皱脸。还记得那次吗，也是在这儿，菲尔丁在贝克莱给我一张头等舱的机票？炸弹恶作剧，还记得吗？嗯，我永远不会用空轨的票，那天我是用自己美好的钱买的机票。这儿这张机票，有点儿小皱，没错，漆黑污渍的指印，但仍然有效，仍是真的，仍是好的。

一个和蔼可亲之极的搬运工告诉我空轨的登机口在隔壁附属楼内。我赶紧靠着一辆巡游的大客车做掩护溜了过去。十点三十五分，十一点的那班飞机上还有大把座位。我那位大嘴巴荡妇抖抖那面红色的旗子说，

"是的。这张机票还有效。"

"噢，甜心，我相信机票是好的。你知道对我的钱来说，你们是天上最好的航空公司。毋庸置疑。你们可以装上所有人——你们是人民的航空公司，他妈的！你们可以跟航空巨头对抗，你们赢了。是啊我听说过你们的财务问题，但是你们会成功的。你们还好啦，我真这么想。是啊，你们能做到的。从

现在开始我永远坐你们空轨的飞机。你们为我们办事,你们会的。办任何事。你们是真正唯一的——"

后来我发现,我本来可以像这样一直喋喋不休。我知道是肩上重重的一巴掌才让我住嘴的——不是警察什么的,只是空轨的官员,他惊异的目光和语重心长的劝说最终让我擦掉眼泪,唱假声似的吸了几大口气,一头扎进花园门。没有包包、只有我,没有任何附带东西。我上过润滑油、流线型——我像空气一样适于旅行。候机室的酒吧关门了,但是命运或正义给我派来了一位清洁工,他是上帝之子,带着一架小瓶酒和一辆带轮子的冰箱——我把六块七毛五全花在三瓶热乎乎的 B&F 上了。我觉得自己强壮无比自豪无比,我甚至想给玛蒂娜打电话,澄清误会。但是我花光了钱。我只得离开,花掉所有的钱。没错。我无法省下钱,我一个子儿都省不下来。

没过多久,我已把自己埋在一个空荡荡的三排座靠窗户的座位上。多么值啊。多么好的服务。我哑着嗓子快活地喊了一声,这时飞机迅速一抖哆嗦着隆隆驶进起飞坪。我看着灯光之海,看着驶离的垃圾车,觉得残酷纽约的掌控和凝视在松懈。好,你们现在抓不到我了。我们系好安全带,然后尖叫着飞速进入黑暗管道,冲进夜空。

当飞机平稳后,我点燃最后一根烟。慢慢吸着——从没哪根香烟有这般甜美过。我开一人派对,一切都订好了,座位、菜单、娱乐:鸡尾酒、晚餐、晚场电影。钱是个问题,真的,但我总是能为她们烧张支票,或呈上我的非白金美国运通卡,或以魅力压倒空姐。今晚我打算一醉方休，就在这片免税之地上。我扭过身子，找推车。这时突然发生了三件事。

首先，一开局，有人朝我脸上踹了一脚——但是是从里面踢的。这一脚痛得让我的头左右直摆，这记上勾拳，没有废话，直截了当。同时，我觉得整个极可意按摩浴缸在我肚子里搅动、毒药泼倒在我肚子里。三瓶囫囵吞下的 B&F 在我胃里翻江倒海，上腾下跃，躲藏欺骗搅和。与此同时——我早就知道半空中有生物，气候诸神、带电孢子的积云怪兽，在三千英尺的高空中乱舞。某种巨大而愤怒的东西把我们带进混沌之中。我们头上怪兽因吃惊而嘴张得老大。人们说话怪腔怪调，甚至飞行员的声音也像在唱优得尔，一阵阵颤音。这上头有魔鬼，我想，它们从天上坠落下来。不，是纽约，还是纽约，用它粗壮的手指挠着我们的心。我置所有警告于不顾，站起来，来回摇晃着走进机尾的老鼠厕所里。

我觉得我从没感觉如此空荡过，当我坐在抽水马桶上，下巴顶在洗手池里。十六石？我甚至没有十六盎司重。我是一股屁中的一颗死牙。我拥有的一切都离我而去，都在坠落，往下经过塑料杯、香烟头、飞机食物残渣，经过急促、恐惧和失败的导航，向下坠入恶劣天气，坠入黑暗的大西洋……飞机最后终于成功飞出气流。我也是。飞行员的声音重新回到线路中。我也哭着检查自己的损害程度和受伤报告。飞行员有他的问题——但是我们谁没有问题？他可以把这架破飞机开进北极，我才不管。痛苦再一次袭击我的上西区。痛苦是告诉我们哪里有毛病的自然方式。在我们接收到这个信息很久之后，痛苦还在耐心地告诉我们。那颗牙死了，它们通知了我——永远死了。那颗牙死了，可我还活着。这时第二个信息传来。我别无选择只能听着。

"你们会注意到这次我们要掉个大头。看来我也失业了，所以……女士们先生们，我不得不告诉你们，这是空轨的最后一次飞行。他们已经关掉了整个业务。我们在回肯尼迪机场的路上将会再度遇上那股气流。请系好安全带，呃，掐灭所有冒烟的东西。谢谢你们。"

当我们像矛一般插入海湾上空时，我回到座位上，正赶上看到一道道伸展的银弧和一圈圈松散的金光，看到街道组成的种种形状和图案，只是街道并不自知。

8

"一本小说临近尾声,你也松懈下来。可能翻书都翻累了。为了快点读到结尾,快点摆脱你,人们读得太快。我明白他们的问题所在。你沉浸在他人的生活中有多久?才五分钟而已,并非五小时。真是要强打精神。"

"是啊,是啊,"我说,"马丁,听着。我跟你说,这他妈太丢人了。猜猜怎么着?"

"我们又回到了从前。"

"没错。你怎么知道的?"

"天啊,难道你没看出它是一步步发展过来的?"

这时候我破口大骂,没有特定顺序——菲尔丁、电话弗兰克,在电话亭后面的打斗,卡罗威那间死人屋……

"为什么?"我问,"为什么他要这么做?动机是什么?电话里他一直说我把他害惨了。我怎么可能?我会记得的。哪怕是晕死过去不省人事,我都会记得。"

马丁思考着。当他说"我觉得那全是胡说八道,你从未伤害他"时,这家伙让我感到一丝温暖。

"真的吗?不过还是没道理。"

"没道理?这些天来?我有时候想,作为人类世界中的控制力量,动机到现在可够累的。它再也起不到激励人们的作用了。到街上走走。你能看到多少动机?"

"为什么是我?我就想知道这个。为什么是我?是我?"

"好了,你在各个方面都非常适合,不过我有种预感这事儿跟你的名字有关。"

"我的名字怎么啦?"

"名字是非常非常重要的。不管怎样,你最好现在走,行吗?我要好好想想,如果你愿意,我们可以再见个面。别担心,最后会真相大白的。"

"好吧,你在笑,"我说,"反正你拿到钱了,至少拿了一半。"

"那张支票我还没去兑现,就在这儿,你想收回去吗?"

"天啊,你没有一点金钱的概念,是不是。听着——拿好了。那些投资人中有些人可能是合法的。这事到最后可能会有点钱。"

"你不明白。那些投资人压根没有钱。他们是些什么人显而易见。"

我看着他,直到他说,

"他们全是演员。"

街道在歌唱。是的,它们在歌唱。你能听到吗?这些街道在尖叫。你被告知这是街头文化,其实关键是根本没有什么街头文化。现实如此。这首歌在哪儿结束,尖叫声从哪儿开始的?在伦敦西区的独白商场和合唱街道里,尖叫者们唱着歌,歌手们尖叫着。他们面对着通宵开放的太空游戏厅、通宵营业的超级市场、不夜城呼出的热气。就像他们游荡之处一样,尖叫者们也是二十四小时,连轴转,我们-永不-歇业。他们永不歇业。那褐腿女子——天啊，她多么有力量！——二十四小时全天候在门口一张一合。跟其他合唱人员一起，她永远在排演单独的悲哀、孤独的阴谋、唯一的背叛。它在猥亵和仓促运动、自我仇恨中收声，仿佛她再也受不了离自己这么近。噢，妈……尖叫者们唱的歌他们也无法忍受，这首歌是对无法忍受这个字的诠释或模仿。

你有没有注意到，人们在快餐店和电影院里说话声那么大，一旁的后花园在无能、鼓手、六孔小笛、竞争的晶体管的壮观之下颤抖；你在鬼云之下的公共汽车站，看到、听到性爱剧的咒骂和手势，生命怎么跑出了门？醉醺醺的酒吧里，播放的摇滚乐吓得老派人退避三舍。我们得大声说话才能听清彼此。我们不久全都会变成尖叫者。

电视对我们有影响。电影也是。我们也搞不懂是怎么影响的。我们等待，数着症状。我们全都知道，有个现实主义问题。有些人觉得电视是真的！那么真实性在哪儿呢？人人必须有、人人要求有鲜明的个性，有他们个人肥皂剧、街头戏剧，大家在其生命中必须有某种艺术……我们的生活，它们采取的形式，艺术形象，我们希望我们的形式能展示出来，尽管我们只在我们的细节里活动，如钥匙、海绵袋、咖啡杯、衬衫抽屉、支票簿、亚麻布、发型、窗帘杆撑架、冰箱品质保证、可吸水小圆珠笔、纽扣、金钱等。

我在找钱，我在找钱。给我点钱。来吧，给点儿。给，拿着这点钱……今天上午我试着去兑现支票。直到最后一秒钟之前，一切顺利得像场梦，一场美梦，最后我被坐在木栅栏后的那个小妞一个简单的摇头给拒绝了。我把口袋翻了个底朝天。我指望在旧网球短裤里翻出几张皱巴巴的一英镑钞票，在牛仔裤口袋里找到几张五块的，在沙发垫子下找出几张十块的，架子上的坛子里有二十块的。啊，我找到了九十五便士。开着神经质抽搐的菲亚斯哥（油表刚亮了红灯），我来到苏活区卡伯顿和林奈克斯事务所。我不知道我马上要面临的是什么，但我知道我需要钱来帮助我阻止它的发生。否则，哪位财神会随时扑过来，给我一大口，咬掉我的头发。我走进特里·林奈克斯的办公室，说道，"我想要我的离职费。给我我的五万英镑。"特里曾向我保证过我的离职金差不多是六位数的一半。特里言出必行。请注意，他有点担心他自己，这个老特里。他给我倒了一杯苏格兰威士忌，他透露了点实情。冒险的逃税伎俩、财务冻结——我对底细一点不清楚。我们握手。他给我写了张远期支票。特里向我保证我的离职金将是六位数的一半，倒确实是，三位数。一百二十五镑。

一小时后，我在亚历克·卢埃林家的厨房里喝着去年的樱桃白兰地。我们佝偻着背，像两个赌鬼对着赌桌。我们这样面对面不知多少次了。我们俩都没什么话说，因为没什么可说的。亚历克·卢埃林欠我几千镑。但是你能说什么呢？这儿没钱。我可以感觉得出来。这儿只有红色的钱，负数的钱。我什么也没说。不过，他知道。金钱雷达仍然在他痛苦感性的脸上的残留部分运作。他知道我为何而来，他怕我。

这是我从亚历克·卢埃林那儿得到的最后一点儿恐惧了，所以我往后靠着椅背，任恐惧攀升。

我等着你好奇地问我如何逃离纽约的。从某种程度上来说，我自己也很惊奇。我等着你好奇地问是谁为我付的机票钱。玛蒂娜？

不。哎呀，不是的，不是玛蒂娜。

空轨深更半夜像拉屎似的把我们拉在候机楼。这是二十一世纪场景，好吧，星际恐慌，记者们、拿着笔记本和姓名贴的男人们，难民们大放悲声。人民的航空公司有没有为它的人民提供替代飞行服务？没有。它给我们的只有一张软饮料券和一个小圆面包券。当我在混乱人群中看到布鲁诺·比金斯和霍里斯·托尔恰克时，我几乎晕过去。好！我想，来吧，带上我。可是我离开那儿，跑起来，躲开布鲁诺、霍里斯这些金钱垃圾，躲开全美国……我整晚窝在巴航厕所里。每隔几秒钟，我便凄凉地打个嗝，等着那颗牙齿戳我的脸。这儿有个阿司匹林自动售货机，就在厕所里。可惜我没有钱。我身无分文。如果我那晚可以杀死我自己，我就干了。但是自杀，像阿司匹林一样，像任何东西一样，都是要钱的，而我没钱。除非你真正勇敢，自杀总得花你几个先令。我试了玛蒂娜的药丸，我无法下咽，没有酒来帮我完成这件事。大约清晨五点钟，我进入这种状态：我像个局外人似的为我那颗牙感到悲哀，毕竟它饱受死亡的痛苦，极度痛苦地死于自己之手、过早夭折。

八点钟，我往巴特比打了个对方付费电话。最难的是劝说酒店小姐违反公司政策接听我的电话。塞琳娜·斯特里特径直坐出租车来到这儿，这个女英雄。她在英国阿比尔派教徒处（入境处：我觉得那儿更安全）接上我，一阵风似的把我带到拉瓜迪亚机场附近的"欢迎入内"酒店里吃早中饭。只消看看我脸上的表情，她就知道她赢了。她很满足。她扭着腰肢带头走进酒店餐厅体贴的黑暗之中。我跟着她，跟在这个翘得高高的、裹在夏装裙子里、放鸡巴的屁股后面。我没有苦涩感觉。谁，我吗？

"昨天，玛蒂娜那事，"我一边把我第一杯血腥玛莉里的芹菜、黄瓜和西瓜拣出来一边说。"是个陷阱，是不是？你设计害我。"

"是的。我很抱歉，"她说。

"怎么做的？！"

"噢，很简单。"

是的，很简单。玛蒂娜和奥西约好三点三十在他的房间里见面，谈正事。然而塞琳娜告诉奥西，玛蒂娜打来电话要求推迟时间。她打发奥西去见他的律师——然后她跟我一起喝酒。玛蒂娜很准时，一如既往。玛蒂娜非常准时，我们全知道。

"为什么？"我想。这是典型的塞琳娜风格：陷阱很简单，但是表演十分艺术……不，不是的，只不过不得已罢了。这是色情。她所做的不过是给我看看她的乳房，她的第八大道。其余的事情都是我做的。

"你知道，骗人很好玩，"她说，少见地点燃了一根烟。"你不明白这点，因为你不怎么会骗人。你没有这种本事。你撒谎，那简直是个笑话。把你们俩搞到一起，奥西和我觉得很好笑。很好。这意味着我们可以交叉检查你们的动向。事情发展成这样他觉得很恐怖。我们俩都觉得恐怖。"

"用你不同的方法。"在这家黑暗的餐厅里，女招待们被迫把自己塞进女仆装束里——围兜、丝袜，老一套。毫无疑问，市场研究认为这是常见的能引起男性快感的东西。她们也一直在说请慢用和祝你今天愉快以及不客气。人们认为这是美国天生的小毛病，天生的迷人之处。难道他们不明白吗？这只是公司规定罢了。她们受训这么说。她们是程序化的。全是金钱捣的鬼。天啊，我简直迫不及待要离开这个金钱世界。

"先生，牛排之后，您还想要一份甜点吗？"

"谢谢你，但是我——"

"不客气。"

"但是我只想要一杯白兰地。"

"放松点，"塞琳娜说。

"你爱过我吗？你那么做，准是什么时候爱过我一点点。"

"没必要，"她说，"很好玩，而我想我上瘾了。"然后她耸耸肩不仅表示了无所谓，而且表示自我解嘲，表示寻求支持。"我不想你跟其他人一起快乐。不能跟她一起。再说，她看中你哪一点？"

"我不知道。"

"我很抱歉。太残酷了。她让你快乐吗？"

"我不知道。"

后来，她说了些话，我无法不介怀，至少现在做不到。我迅速下沉，沉到谎言、直白和黑暗之下。塞琳娜订了间房，像个母亲照料小孩子似的把我带到那儿。我可能用某种舒服或报复的动作想让她陪我——性、打人、哭泣、强奸：我不记得是哪一种，不过好像也没区别。我一头栽倒在床上，弹第二下时我就昏睡了过去。

就这样我回家了。当我醒来，发现已过了一天半：我也发现塞琳娜已经结完账，给我留了买候补机票的钱，还有三十美元的酒钱，她是个好妓女。肯尼迪机场的热潮已退去。我跟其他人一样搭乘泛美航空公司的飞机。我从肯尼迪坐飞机到了英国，然后搭地铁从希思罗机场到了皇后大道，在七弯八绕肠子般的地下穿行，步入散发着食肉气息的伦敦清晨。我家台阶上坐着马丁·艾米斯，他跟牛奶盒、报纸一道在等我。

我回家了。我回家了，但我还在跑。

"我只是根据现有情况推断，"亚历克·卢埃林说，既愉快又有点儿警惕。"这儿有个大汗淋漓的哑巴。他来这儿因为他想要回他的钱，他需要他的钱，理由充分。我没有钱，也情有可原。然后我问自己——为什么他需要他的钱？"

我咳了一阵说，"忘了什么钱吧。随你什么时候还。你最近怎么样，说说吧。"

"噢，你想听听我的故事是吧。好啊，那好，我们来看看。我在这儿，在家里。我已经三周没有喝过一滴酒了，还是出狱时我喝过一杯鸡尾酒——就那点儿。我跟你在这儿就已经违反了九条禁令。如果我打开一瓶苹果酒瓶盖，如果我在浴室待得太久，如果我哪天晚上没有让她高潮，她可以随时拨九九九，把我再送回他妈的监狱……别误会我，回这儿我高兴得不行。我在找工作，但谁又不是？这儿没有工作。埃拉上班，我管家。我可以抽烟可以骂人，就这些。我他妈是家庭主夫，你等会儿就能看到我系上围裙给孩子们做中饭。"

当他听到埃拉带着孩子们上楼的动静时,他确实这样做了。他们进来了,这个家、色彩和混乱,一切都变了:埃拉,她以前那传奇般的发型现在换成孩子气的童花头,告诉你这些日子以来她过得多艰难。小曼多琳娜,我的教女,像只绿眼猫,生着一张邪恶的嘴——安德鲁殿后。安德鲁一直有点毛病,现在仍有,以后还会一直有。他未老先衰的脸仿佛在说:我新来乍到,我还不确定我喜不喜欢这儿。没人跟我说清楚。我应该知道,我应该得到警告。我想回去。也许你能帮我回去。

我站起来。通常我会亲吻埃拉打个招呼,彼此拥抱一下,嘟囔几句,交换安慰。毕竟,几年前我在外面楼梯上操过她一次,那时亚历克在晕睡。亚历克知道这事吗?不可能,因为埃拉甚至也不知道,不再知道了。已经重写过,不会再发生了。日子过得很艰难。没有亲吻、没有微笑、头上没有系发带,裙子上没有荷叶边,一切都不是从前了。她现在穿裤子,长裤。

"电影巨头近来怎么样?"她说。

"凑合吧。"

"你看起来很糟糕。"

"说真的。"

"跟约翰说声你好,"当曼多琳娜侧身朝我们这边来时,亚历克说。她手里拿着把破雨伞。

"你好,你能修好它吗?这是新的,"她说着,把那把坏了的伞递给了我。"我十岁了。"

女孩们总是知道她们是女孩,从一开始就知道,但是孩子们似乎不知道他们是孩子。孩子们对时间一无所知。天啊，孩子们，尤其是女孩们让我太着迷了。我一直觉得她们能看透我的心，觉得她们身上那种年轻会感到莫名的悲痛。她们将看到我这一生，各处境遇、金钱和色情。我总是给曼多琳娜钱。她跟大人们说话很大胆。我不想让她对我说那些话，所以我才给她钱……玩具雨伞在我手里晃荡着。它廉价，而且它知道它注定活不长久。它知道它注定会坏掉。俗话说万物皆愿永存不朽，哪怕一颗沙粒也想永远是颗沙粒，它不想坏掉。可我不知道，这把雨伞看起来因为坏掉、因为从定义世界里脱身而出并再次成为一根塑料棍而如释重负。

"我会给你买把新的，"我说，"不过现在我得走了。"

亚历克送我到楼梯处。没错，那事儿就发生在这儿，就在楼梯口上。

"嘿，"我说，"你能借我点钱吗？嗯——五块钱都行。我把钱包忘家里了，我开着菲亚斯哥来这儿的，现在油箱空了。"

亚历克走了有一段时间。我听到压低的责怪和盘问，声音忽高忽低。我听到孩子们轻快的脚步声慢下来，停了。这太糟糕，难以置信的糟糕。在最近的奔跑中，我忍受过一些漫长的时刻，一些缓慢的旅行，但都没有这次这般漫长、这般缓慢。门开了。安德鲁含泪站在那里。

"怎么啦？"

"你喜欢我吗？"

"安德鲁！噢，当然，我——"

这时亚历克出现在他身后，用大手温柔地遮住他的脸。男孩溜进安静的公寓。他父亲耸耸肩，伸出三英镑的钞票。

"谢谢，"我说，"我真的非常感谢。我在这儿操过埃拉。就一次。我很抱歉。"

"我知道。安德鲁也知道——多少知道一点吧。我操过塞琳娜。"

"是吗？什么时候？"

"不管什么时候。许多次。一直有。天啊，我看得出，你几乎玩完了，是不是？"

菲亚斯哥精疲力竭地上了梅达谷。它咳嗽、呜咽，疲惫不堪地沿着人行道爬行，像游泳的人在奋力搏斗。我希望它只是没有油了，不过实际上还有比那更基本的问题。再说，我只加了三英镑的汽油。也许离合器坏了。也许排气管坏了。也许连杆头都坏了。也许他妈的这辆车坏了。我把它扔在路边，继续往南行。

三点差十分，莎士比亚酒吧。三点差十分的爬行动物之家，两种独特的风味已经散去：中午酒精的焦渴味和进餐时间地板上的食物残渣气味。我喝着让人更虚弱的强力啤酒。我的胖朋友肥保罗刚才塞给我十英镑。现在我把最后一点钱全扔进金钱迷宫，就是那台声音时断时续的水果机，它靠近男厕所门口、暴露在男厕所呼出的咸味空气里。这些强盗们为你做任何事。自动抓住、努力轻推、抢夺机械。你只要站在那儿，往里面塞钱就行。

三点过十分，莎士比亚酒吧。肥保罗正在收拾酒杯，准备打烊。肥文斯不在——我本可以让他把手放在我肩膀上，聊聊天的。我挤过镜子拱顶，走进后面房间。维罗妮卡在那儿，她躺在沙发上，喝着粉红香槟。一本普通杂志搁在膝盖上，她穿着色情居家外套……我发现，这间房再度被装修过，贴了软垫、被精心装饰成糖果店的色彩、悬钩子和巧克力以及酸橙的颜色，光看看墙壁我的牙齿也痛。

我的巨大身影浮现在门口。我说，"巴里在哪儿？"

"彩票投注站。"

我的声音含糊不清，她也是。只有下颏在动，慢慢地动，仿佛合页上油太多，动得太厉害可能会滑出来。她坐直身体，用不一样的眼光打量我。

"你想要回你的钱，约翰？"

"他要多久？"

"很久很久，"她说着转过身冲着尖刺形的钟。她的手肘滑动，她莫名其妙地笑着，"我彩排的时间到了。"

"什么时间到了？"

"我的杰作，约翰。"

"你在彩排？"

"你也得彩排，约翰。你本来就该把我拍进那个录像的，约翰。"

她裹紧睡袍，举起酒杯，三大口、四大口。她斜着朝楼梯走去，重重地倚着栏杆、那个护栏、那条分界线。她牵起我的手。

这是我母亲睡过的房间。她就是在这儿去世的。在床上，另一张包着翠绿丝的床上——是人造丝而非天然蚕丝，湿湿的样子，那堆光滑的外壳如同滚烫碎石上的一汪水——维罗妮卡身穿睡袍和衣而卧。她没有看我，薇诺没有。她自己认真地照着对面墙上的瓦伦丁镜。在我看来，那面有毛病的镜子不过让我看到一团软不拉叽的灰色云雾。可是对薇诺而言，它只简单地框住了她的肉体。

"那本书说了算，约翰，"她开口说道，"有些书更，比其他书更——成人化，约翰。更——直率。"她的眼神从没对视过我的眼神。她站起来，仰头松开头发，睡袍褪到肩膀处。她两手比划着做解释，拽了一下荷叶边。"在有些书里，你付出得比他人更多。它取决于你有多少可以付出的，约翰。"现在她跪下来，伸展后背，我可以看到她整个盛况——长而尖的鞋子、丝网袜、银色皮裤，双筒似的乳罩。此时，睡袍从她肩膀上滑落。"有些书与时俱进，约翰，但你仍然能很艺术。"她两手伸到背后，脖子绷紧、扩张开来。当她放松身子后——她抬起两翼准备飞行——那柔软的身段欣然落下，甚至像一股光滑的水流滑到地板上。她用红得发紫的指甲抚摸着乳房，仿佛在用某种异常昂贵的油膏涂抹它们似的。"可是在最好的书里，约翰，你展示你对自己的爱——自我之爱的艺术，约翰！"我踌躇着向前移了一两步，太难了，因为赤裸裸的色情令气氛那么沉重，赤裸裸的色情令气氛硬得像水泥或钢铁。

她躺回床上，入神而停顿了片刻，然后她的手一路向下，直到手指开始悬挂在两腿间那块草皮上方。"他们说你没有写那些书，约翰。那不对。你写了那些字，约翰。我做过。我知道。"那手已然滑落在银色带子之下，那是最后的约束、最后的限制。过了一会儿，传来一阵轻微的滴答声，潮湿而有规律，像是嚼口香糖的声音。"'维罗妮卡，'"她腔调不同了，"'维罗妮卡，庄重高贵。维罗妮卡身体之诗意是种真正的美。愉悦是维罗妮卡的哲学。快乐是她的信仰。爱是她的艺术……维罗妮卡。'"她翻过身。脖子伸直绷紧。这儿还有一面镜子：维罗妮卡可以看到我看到的。一个女人四肢摊开趴在床上，一只手紧抓银色带子，扯着。"来吧，"她说，"来干吧，约翰。其余的是巴里的。"

"老天，"马丁说，"他妈的，你怎么搞的？"

我朝他挥挥手。

"你看过医生吗？听着。我的拉戈车停在外面的。我可以送你去圣马丁医院看急诊。"

"没事，"我说着一饮而尽，"什么都没断，只是看起来比实际可怕。"

我得老实承认，我的头看起来很可怕——肿得像爆发的火山，只觉得脸从下巴到眼眶都被击得粉碎。脑袋里面什么都可能发生。当我张开嘴时，我能听到软组织研磨的声音；当我转动头时，我感觉到软组织的摩挚声。打呵欠可不是什么好主意。噢，这念头太糟糕了。颊骨对于触摸异乎寻常的无情——至少暂时如此——但它似乎又不同，结构上的不同。得要一段时间我才能熬过这次伤痛。是啊，还有一个伤口，深深的伤口。

"我明白了，"他说，"你打算挺过去。出什么事了？"

"我在这家酒吧里，"我说。

"出什么事了？"

"我和一个家伙起了争执。"

"出什么事了？"

"我不想谈这个。你能说点别的吗？"

"……好吧。实际上，我打算回到动机这个问题上来。在我看来，动机是来自于艺术而非来自于生活的想法，更非来自二十一世纪的生活。现如今的动机来自于大脑，而非来自外界。换言之，它是神经质的。记住有些人，那些耀眼夺目的病态大话王、英俊的谎言精——他们中有些人像艺术家。让我们看看最近的另一种现象：无理由犯罪。对不起，你在听我说吗？"

"是，是的。"

事情是这样的。

我摇晃着站在绿床边。我对维罗妮卡的激情——没有一分钟就结束了——哦，太容易了：这是，这是四十二街。有塑料烧焦的味道、有蜡烛扑灭后的味道，还有硫磺或无烟火药的味道。当我抓扯着我的裤子时，我几乎被一股新的难以忍受的恶心压垮。阵阵露骨的色情，它们在你深处找到你。它们在你的内心深处找到你。维罗妮卡趴在床上，眼睛和嘴微微张开，但却那么像具尸体，搞得我紧张地等着她的呼吸声。缓慢的潮汐声中加入了细微的滴答声，潮湿而有规律。我转过身。巴里·塞尔夫站在卧室门边，嚼着口香糖。"这就是你的钱，约翰，"他冷冰冰地说，一根手指戳着。

我推开他，跑下楼。我费劲地穿过镜子门口。我知道没完，远远没完，无论如何还没完。

才华横溢的肥保罗站在空荡荡的酒吧里等着。他准备好了。他手里拿着一只黑袜子。我知道这是什么意思。我觉得我的腿像隔着水看的那种效果，发软晃荡。后门——他们把门锁上了吗？不要紧。你可以跑，但你不能跑。你跑的话，会被揍得像条狗一样，没错，真正法西斯的拳打脚踢。我决不跑，可我也不想站着，但我不得不站着。

"好了，"肥保罗解释道，"你不能一走了之，是不是。不能从那儿一走了之。彼此都要公道，约翰。我是说他们星期二才结婚。"

他点点头，苍白的嘴唇变薄了。他走到台球桌旁边。台球像炸弹般掉落，一群球急着拥向它们的出口。他给我看他手上的黑白两球。

"得啦，伙计，"我说，"放我一马。天啊，我们像亲兄弟。"

你很少听到从肥保罗嘴里发出的笑声——他的嘴巴生来不是用于发笑的——但我听到的就是他的笑声。他停住了。他在考虑。他让台球滚到刺眼的绿色球桌上，穿过障碍来到弧形抽屉前。铃声响了。第一轮。不。第十五轮。他拿起银行包好的两管硬币，把硬币倒进袜子里，猛拽这黑黑的阴囊。

"重量还是一样的，"他饶有兴趣地说，"但是用硬币，弹性更好。知道我的意思吗？你应该会好得快一点。"

"肥保罗，听着，"我说，"不就是钱嘛。他给你多少钱？五十镑？我给你一千镑。放我走。"

肥保罗皱起眉。"不。干这事我只喝一杯，没有真正的钞票。那只是巴里这个大嘴巴在宠物鼠酒吧里瞎吹的。来吧，约翰。现实点。"

他朝我走来。有微弱的滴答声——很有规律，但这次声音很冷。

"打哪儿？"我问他。

"脸。"

"多重？"

"全身力气。"

"几下？"

"一下而已。但是得两清，行吗？抱歉，约翰。"

我站稳，让接下来的事情发生得更快点，让接下来的事快点儿结束。我听到上面传来愤怒和恐惧的颤抖——但它可能是笑声，笑声罢了。我看到那胳膊抡起来。在空中，那长长的黑袋子离我还有一定距离。当胳膊抡直后，那一击就会随之而来——第二击。

过了一会儿，我听到身后的闪电爆裂声，是巴里·塞尔夫在帮眼冒金星的我站起来。我再次跌倒。他鄙视且快乐地低头看着我。那鄙视一直以来就有，可快乐是新添的。他等这快乐等了好久，等了三十五年。

"好了，老小子？现在我们两清了。"

"你，"我说，"你他妈是我爸爸啊。"

"我不是你爸爸，"他说。他告诉我谁是，"噢，肥约翰。噢，你这个天下一字号的傻瓜。你什么都不知道吗，你这个婊子养的杂种？"

我感觉好些了，好笑吧。不，我真的好多了。对整件事感觉好些了，我觉得我完全平静、冷静了下来。现在我知道我能够非常完美地对待我的生活。是的，一切都在好转。实际上前途看来真的很光明，现在我决定自杀。我已做出决定。我决定了。啊，原来这么简单。决定是最难做的，生活已经为我做了决定。今晚。我就要完成这件事，就在我的公寓里。今晚，一个人。最后一件事。

"再次谢谢你过来看我，"我说。

马丁赶紧起来。"我想我该走了，"他说，"你继续忙你的吧。"

"不，别走！……来吧，再待一会儿。一两个小时都成。"

他叹了口气，歪着头。

"来吧。就一两小时。我知道你不欠我任何人情。好吧，我也就是让你在这儿瞎混一会儿罢了。不过我绝不会要求第二次的。拜托，看在朋友的分上。"

马丁无聊地环视了一圈屋子。他看看他的表。

"我刚才，我刚才一直在看这本关于弗洛伊德的书。你在读什么书？"

"阅读被高估了，"他说，"就像莎士比亚的女人们被高估了一样。我要是你，我才不会用那种书来害我头痛……那是什么？一副九柱戏或什么吗？"

"那个？天啊，那是副象棋。玛瑙石的，"我说。

他从翡翠盒子里随意挑了个棋子。"这是什么？国王还是皇后？"

"那是个卒。怎么啦？"

"你常玩吗？"

"是啊。我以前常玩。你也玩的，是不是？你下得很好？"

"那还用说，"他说，"来一盘怎么样？这样时间过得快点。"

"好吧，当然，"我说，突然间兴奋得发热。这是什么？沉冤昭雪、报仇雪恨的期望？我他妈的要露一手给他看看，我想，这个笨蛋，这个学生，这个有节制的家伙，还有他的滑稽和他的身份。他的一无所知让我沮丧，他居然不知道我是个象棋艺术家。我要露一手给他看。"是的，"我说，"我们玩赌钱的吧。"

"钱？你以为这是什么？开膛手杰克酒吧里的飞镖游戏？你不能下象棋赌博。"

"十镑。翻倍的。我们赌钱。"

"……可你没钱。"

"噢，是吗？光这套象棋就值五百镑。我那儿还有一件羊绒外套随便就值一千镑。还有，"我说着伸直一根手指，"还有，我有那辆菲亚斯哥。好了，有什么那么好笑？"

"没什么。对不起。听着，你确定你不想玩对牌或三子棋？不想？好吧。是来真的，对吗？"

"噢，当然玩真的，伙计。你那么吃惊干什么。来吧，我们来下吧。"

我从西洋双陆棋里拿出带数字的骰子。我调好两面钟：每面一小时。艾米斯执白子。

"啊哈！"我说。1. P‑QN3。我问你。"你从哪儿学的这一招。从某本书上？"

你不会看到我按常理出子的，不过许多开局走法已经成了我的保留节目。我觉得没有哪个对手能在中场前真正击败我；然而，还没走到第五步，小马丁就越界了。他一直在用他的马做些无意义的突袭，他的马在棋盘中央地带昂首阔步。而我却用逐渐形成的前线快攻他。有这样一种开局，不过这是防守，不算进攻。我觉得他完全是只兔子，我加倍。这时他却"海狸"我！我低头盯着这个再度翻倍的骰子……象棋是思维的交锋、是个人文化的碰撞，而有时却又是羞愧的源泉。我"水獭"他。他"浣熊"我。我"鼹鼠"他[1]。倍数的骰子投出三十二。暂时就这样。

"我一直在想你在纽约的小小历险，"他边说边把他的马急速撤退至第二排。"我觉得我全都搞清楚了。你想听听我的理论吗？"

"先给我闭嘴。我在集中精神思考。"

现在布局上是我领先，不过我的小卒结构明显不完善。这局棋安静地下了几个回合，因为我们在照料各自的后花园，两人都轻快地在王翼进行王车易位。当他发动一系列沉闷的刺探、进攻我走出来的小卒时，我则在寻找方案、排兵布阵。毫

---

1 海狸、水獭等都是双陆棋术语，表示玩家要求得加倍的意思。此处虽然下的是国际象棋，但采用了双陆棋里的倍数骰子。

不费力地反击，但是我得从他稀疏的王翼、从中央地带掉转我的枪头，马丁在那儿开始部署了两三个小棋子儿——又是那匹马，还有一个有用的黑格上的相……噢，天啊，我想，这变成另一种游戏了。三招之内，我陷入一种错综复杂的无力境地，我的棋子挤在一起，都被牵制住，误入歧途、目标各异。至少要用两个先手才能找到一点自由。我似乎永远省不下一招棋。我的每一步都是在日益缩小的空间内微调、精致的修理。

"菲尔丁·古德尼，"他说，"——在我出现前，一切都如他所愿。我是一副牌里的王。我不知道他的计划如何——如何现实可行，但很可能以前这样干过。加倍，"他说着移了一步。

他的第二个相斜刺里冲出来，把我的马和我的皇后绊在一起，皇后已经被她偏执的手下给闷杀了。噢，这是地狱，是紧压的噩梦、被钉住、被叉住、被串起来的噩梦。我唇干舌燥，寻找兑子的机会。有两个有可能，但每个都受到强大的牵制——双叠兵。一条开放线给他的中央车留出通道，那将会……伙计，我可能马上就会输！这真太严重了，我边想边抬起一只手对着我毁掉的脸。

"想想他签约的那些明星，想想他们的神经质和妄想症，多丽丝·阿瑟的剧本根本不可行。看着你努力把他们哄进来，那本来是个洋相，可你坚持下来。他以为你是个废物，可你不是。他低估了你的分量。"

"接着说，"我说。突然间我看到了光明，透过气来。如果我可以把我的皇后插入第三排，那么我便能保护我的马，解放那只相，并威胁到他的……是啊。我只需要一个先招。别惹我，你这个婊子养的。他妈的，就这一步别吃我的子。继续说你的。我瞟了一眼那钟，露出兴奋或犹豫的表情，我把我的皇后从皇宫里移出来。马丁想了一会儿，然后温和地把一只小卒往前推了一步。

"接着说。"

"你说到最后那些一直在追求你的姑娘们。她们也在雇员名单上。要不是这样，那她们就是——她们就是在试镜，但是你也不像他希望的那般傻那般醉醺醺，你坚持下来。你的那位女朋友，那个有文凭的女朋友。也许她是张王，就像我。也许她是这副牌里的第二张王。"

用了一招反击，我总算跟他旗鼓相当了。而且，嗯，很难形容，但是棋盘另一边，在我看来已呈疲态。我似乎有许多先招可以挥霍——就像玩塞琳娜一样，棋盘远处白色棋子形成了漂亮组合。不再有，不再有对抗。悠闲的马丁继续推进他皇后翼的小卒们，显然对我在他左边积聚的即将爆炸的军火库无动于衷。现在我两只联手的相威力覆盖到他的国王，我两只圆胖的车也各就各位，只要有条开放线就能把它给干掉。时间，也在我这边。

"菲尔丁最初的想法可能如下。你研究过那些文件吗？显然没有，阿瑟的剧本充其量不过是个巧妙的人格诋毁，四分五裂，明星们被剧本绑住动弹不得，明星们毁约。菲尔丁因他们撕毁合同而向他们求偿。本来没什么大不了的，讨厌的索赔而已，时常发生。明星们一直有这种保险，所以他们不会有什么真损失，菲尔丁也有不履约保险，但约翰·塞尔夫没有，而你却把我带进来，搞砸了这一切。"

"加倍,"我说。我把骰子从六十四转成十六——常见的大赌注。"一千六百镑。行吗?"

他没什么兴趣,我觉得。他走的几步都是候着的招数——但是在等什么呢?现在棋盘大局已在我手中。马丁想等多久就等多久吧:不等他知道,他的裤子上就会有黑色。当马准备停当后,我就要直取他防守分岔处。是的,我和我的两个车,我们要把那联结撕成碎片。我不是要给他一下子。我要让他有好瞧的。

"他如何管理那些钱?那是另一个故事。有句话怎么说的来着?'多重欺诈的疯狂能力。'你说他房间里有许多计算机设备。很明显他在非法入侵电脑——你知道,线轴艺术家,驾驭银行和大企业的软件以及存储电路。他无法让球永远在空中不掉下来,但有时他手里也有钱。他可以挣钱,可他不在乎钱。不是那么在乎钱。加倍。"

这家伙也不在乎。我漏了什么吗?我飞快地重新检查了一遍他的部署,他的棋子们可能的走法。零走法——没有书本上的牺牲,没有强烈的组合,没有被发现的精彩。皇后翼那边领先的小卒们可能接下来会让我头痛几次,不过……接下来?天啊。他们说小卒是象棋的灵魂。也许这可以解释为什么我不到结束时不太把它们放在心上,不管怎样,到残局时你不得不考虑你的灵魂了。那四个白色光头仔正朝我扑来,如同漩涡般屏幕上的太空人入侵。黑棋垮掉的防御墙就立在那儿,裂着口,我的军队再一次溃败。

"奇怪的是,"马丁沉思着说,"奇怪的是菲尔丁没有及早收手,早点跑路。可能他沉迷在他的理论与设计中,他在自己的艺术作品中陷得太深。魔术师、谎言大王、情节串联人——他无法自拔。然而，当然，他的性格中也有阴暗的一面。那些性格必然有自己的行事之道。为什么那天在卡罗威他让你走出门外，不阻拦你呢？因为他无法脱身。他陷在虚幻里、陷在艺术里。他想来个了结。我们都想。一个失败的演员，他想要演员的复仇。他把复仇带到了真实生活中。"

此时，小卒们开始耀武扬威，而侧翼上略有起色。这准让我们有种大屠杀的感觉，因为中央地带成了一条血腥之路，处处是猛攻掠杀。那些消亡的小卒们将新力量吹入沉睡的同伴：我眼睁睁看着这一切发生，捉我能捉到的，我呜咽着在后方挤作一团。那批受伤的棋子在告诉我我只损失掉一个小卒，但是我有两个棋子受到威胁，而他的胖车潜伏在我的第二排。只要我能保命，我想，只要我能保命，我不奢望能打败这家伙。不过，我也不愿让他打败我——我受不了再一次的失败。

"你记得吗？"他问我，"你记得在小巷里、打斗完毕后，菲尔丁说什么吗？他说了什么。你还记得说的是什么吗？"

"我不知道。你——新人狗。有点像这个。没头没脑的说不通。"

"可不可能是非人狗？……太迷人了。纯粹的移情。噢，他妈的拉戈车。我跟你说，我没想到你下得这么好，但这钱仍然来得太容易。如果你赢了，我付所有的钱。如果我们平局，算你赢——我会把这盘棋算你赢。如果我赢了——我只从你这儿拿走一样东西。任何我想要的东西，只一样。"他指着骰子，"不管怎样，到目前来说，钱是个笑话，或是种象征。

性、身份、阴茎。我还漏了什么吗？"

这个狡猾的杂种，我想，噢，我发现他提到他自己的小破老爷车。他绝对是在打我的菲亚斯哥的主意。

"好吗？"

"好。"

我确实保住了命，多少算吧。行了，所以我输掉了兑子——用马换了车——但是我重新夺回我失去的小卒，小心翼翼地步入终局，就像街上的狗跐着脚往家走——朝食物、温暖、庇护而去。是这边。白色国王、小卒、车；黑色国王、小卒、马。小卒们站在皇后翼的相的纵线上。现在理论上讲他可能有胜算——但我也有点东西：时钟在我这边。马丁，他一直在说话，他用自己的大好时光说话去了。我的钟上还剩十九分钟，而他的钟上不到七分钟了……我们的小卒头冲头，护卫着各自的国王。他的车横扫很大范围，接近，再退后。我的马坚守阵地。它堵塞交通、转道、禁止通行；他决定性的几招棋似乎都让他的国王与相处于同时受攻击的境地。时间滴答走着。我甚至冒险把马走出来，无意义地分开他的相和他的小卒。

"这招太妙了，"他说——用国王走一步候着。

我贪婪地盯着棋盘。他的车在那儿等着被人吃掉。兑子，然后锁死小卒，打成平手。一切结束。我想我下面甚至有点硬起来，当我靠在桌上说，"我希望你是说真的，伙计，因为你不会再有它了。加倍。"

"加倍。"

"加倍。"

"加倍。"

我倒在椅子里，享用着我的酒。啊，在这张棒子式的脸上、在这间租来的公寓里，甚至在这种绝境中，这是多么奢侈。我要马丁看到这一切的来临。我会用我的马吃掉他的相。他会再吃掉我的——或者认输。那会留下敌对的四个棋子，他的国王在我的小卒的左面，我的国王在他的小卒的右面。当我把他的支票拿在手上时，我打算撕个粉碎，扔在他脸上，"这就是你的报酬，"我会说，然后指着门。

"六万四千英镑，"他说，"我觉得你根本不会有那种可能。但是我打算拿走我想要的东西。你不会想念它的。你甚至根本不知道自己拥有它。"

"你想要什么？是那辆菲亚斯哥，是不是？"

"你不明白。你的车只是个笑话。我觉得我搞明白菲尔丁在金钱上是如何做的了。你在整个事件中损失了多少？个人的？"

"我不知道。不太多。他几乎付了所有的钱。"

"错了。我终于想明白了。干得真漂亮。你签了许多文件。我猜每份文件你都签了两份。一次是签在共同签署人名下，一次是签在自我名下。那是你的名字。你组建的公司不是古德尼和塞尔夫，而是塞尔夫和塞尔夫。就是塞尔夫。酒店、机票、豪华轿车、工资单、租工作室。你付了一切。是你。是你付了一切。"

我一哆嗦，心里凉透了，只说了声，"我们接着下。"

我吃掉了他的相。他吃掉了我的马。四个棋子姿态僵硬地杵在那儿。我们站起来，伸了个懒腰，隔着棋盘面对面。我向他伸出手，说，

"平局。"

"不。恐怕是你输了。"

"得了吧,这儿没法再走下去了。"我轻盈地朝棋盘做了个手势,看到他是对的。我唯一可以走的是国王,而走国王相当于自杀。他却可以吃我的子儿,把他的小卒置于射程之内。

"迫移,"他说。

"这他妈是什么意思?"

"从字面上说,是强制移动。它是说,轮到谁走谁就输。如果现在该我走,那你就赢了。但现在该你走,所以你输了。"

"换句话说,纯粹他妈的困境。愚蠢的运气。"

"不完全是,"他说,"敌对本身就是种迫移,在迫移里,国王之间的关系被视为常态。不过,有这样一种东西——非正统敌对。在你冷静时,你可以把它们称之为配对棋格研究。你看,这——"

我用手捂住耳朵。马丁还在喋喋不休,模糊、苍白、表情闪烁不定。我不知道我这奇怪的新嗓音从何而来,可是我用它说道,"我是个笑话。我就是个笑话。原来是你,是你。"

我没看到我的第一下挥拳——但是他看到了。他低头闪避,飞快地站到一边去,我第一拳正好扫过他头顶上的灯架。我一个大反手转到一旁,跌倒在这把低矮的椅子上,椅背正好戳在我的肋骨上。我胡乱地挥动双臂,像头关在小笼子里的大猩猩,在房间里乱转,可是无法击中什么。哦,天啊,他就是不在那儿,他就是不在那儿。我最后一击,让自己倒栽葱倒在犀牛皮沙发旁,整张脸正好撞在沙发的钢铁脚上。我的头顿时炸开,破裂爆炸。房间倾斜、变成地道、尖叫着逃入夜晚之中。

我醒来时,马丁还在房间里,还在说话。

我再醒来时,马丁走了,四周悄无声息。

天刚亮,我最后一次出门来到街上,然后我回来。有什么可说的?打喷嚏的警察,可怜的交警,穿着跑鞋的光头黑邮差。还有人们,一个接一个,告别黑夜走向白天,忙着寻常事务。然后我回来了。还有什么可说的?还有什么可说的?

我把苏格兰威士忌酒瓶排成一排,玛蒂娜的镇静剂加上四十多片我从厨房药罐里找出来的药片。我写下一封绝命书,这次是很短的一封。它只说,"亲爱的安托妮娅,别走进卧室。回家去,打电话叫警察。很抱歉我不能付你钱。很抱歉我把房间搞得这么乱。"我一把把吞下药片。快得让你吃惊。开始时,那阵朦胧有点像爱,是的,就像你在这个世界上无法找到的爱,我呜咽着说,"来吧。带我走。噢,快点——带我走。"这时,我感到最后的羞耻袭来。废话!我活着是个笑话。我要死得严肃。所以我才这么害怕……别像我,朋友。姐妹们,请另寻他法。不久,你和我将不再存在。来吧,让我们一起感觉一点恐惧。给我你的手。握手……

9

十二月,一月。一九八一年,一九八二年。

猜猜怎么回事。那天我差点杀死自己。是啊。真的只差一点点。罪魁祸首是谁?你说对了。菲亚斯哥。

我正以每小时二十五英里的速度朝前滚着。回想起来,也许每小时二十英里多点儿,或者只有十五英里。菲亚斯哥不喜欢冷天。菲亚斯哥也不喜欢热天,也不喜欢下雨天。跟你说实话吧,不管你坐菲亚斯哥上哪儿去,它几乎总把事情搞砸。在它所有的性能中,它就没有把你从 A 处送到 B 处的设计。它喜欢的只有——它真正擅长的,擅长得让人难以置信的——就是趴在那儿不动……主干道有裂缝,成了烂泥沟。这是汽车们最恨的那种交通,一千次的制动反应时间让街道慢下来,无数的车一辆顶着一辆。我向右来了个急转,试验性抄近路,从交通外围来了次新角度切入。菲亚斯哥可能是整个清晨第一辆在这条街道开的车。碎石子看起来湿,其实很干。我加速朝十字路口驶去,碰到刹车,发现自己处于一块没有摩擦力的光滑黑冰之上。刹那间,一股感激之情涌上心头,菲亚斯哥终于露了一手,来了一个更为纯粹的平面之旅,像轮子给卡住的雪橇,我们滑了很长一段路,滑进玩具城般的街道——哎哟,我想,这结果到底会怎样?

我驶进一条主干道，无声地尖叫着驶入。街道太正常了！胖巴士吃惊地呼哧着。有人侧身从一辆自行车上跳下来。装着一箱箱牛奶的小货车抖动着停下不动了。菲亚斯哥溜冰溜在半道上时调个头，从街边烂泥中冲过，朝远处趴在路边计时咪表附近的车冲过去。在一片片凌乱喧闹的车辆中，我侧着身子努力应付着毫无意义的车轮。像一艘船找到了码头，菲亚斯哥飘进了那条狭窄的死胡同，摇晃着死死停住，不动了。

我爬了出来。街道完好无损，瞪着我。我往咪表里塞进一枚硬币，径直穿过戴安娜王妃酒吧敞开的大门，要了一杯双份苏格兰威士忌，我坐在吧台上，抚慰着虚拟伤口带来的悲痛。基督耶稣啊，我他妈差点杀死自己。

伦敦的圣诞时节。在伦敦，圣诞时节，出租车司机的零钱烫得像从水果机装钱的碗里咳出来的硬币；办公室碌碌无为的家伙在酒吧和廉价小酒馆里酩酊大醉，在长桌上跳舞，出丑；圣诞时节是新年前那几个沉闷的日子，人们在公共汽车和地铁里向全世界展示他们的礼物：衣领像冰冷的敷布裹住脖子，搁在膝盖上僵硬的手套像腌渍过的八爪鱼，手表和自来水笔在借来的光线中喷洒着它们的信号。圣诞时节是姑娘们谈论温馨可爱小玩意的时节。

年度第一场雪引发了沮丧、崩溃、骚乱，一如往年。一周来我穿行于伦敦的大街小巷，纳闷它们都什么模样。它们像某种熟悉得不能再熟悉的东西。人们在它们有毛病的陀螺仪上摇晃。哎哟！我们全都走上了有蹄印的织锦。我们凝视着人行道想找到自己的脚印，可是我们无法分辨人行道是什么样。雪咯吱松脆、洁白干净保留了十五分钟，然后就根本没有颜色了——没有颜色，甚至不是灰色。它像什么？从那浑浊的碎屑和堆积起来的一道道渣滓看来，它就像洗碗水，就像伦敦的天空。伦敦夏天的天空——冬天的街道像夏天的天空。夏天的天空：它就像冬天的街道。那么一切都是一样的吗？

本年度第二场雪引发沮丧、崩溃、骚乱，一如往年。第二场雪洁白坚硬，保持的时间较长。它质量更好，显然更值钱。大雪让众人惊讶，一如往年。它让我惊讶。不过，大雪也吃惊。大雪真是不可思议！它是惊喜的因子。有一阵子，这个世界一片银白、静谧，它花言巧语骗人。第二天清晨世界仍然安静，你终于你听到汽车轻声的抱歉。我们全都踮着脚尖走出门外，眯眼看这世界，人人都觉得一切是自己的错，可有时候我们也表扬自己。

表扬？我从没得到过表扬，也许永远也得不到。是的，我破产了。你知道有什么便宜的公寓吗？你能借我一些钱吗？——到星期四就还你，我会还的。说真的，马丁是对的。照例我最后一个知道，不过我的律师最后证实了是谁为整出心理剧买的单，从出租车车费到实验室费用，从汤到坚果。是我，是这儿的这个笨蛋。我操！为什么我不看看他让我签的东西呢？噢，我是个自负的傻小子，我们要正视这点。不过，他也迷住、骗倒其他许多人：这个我有证据，因为直到最近我正受到他们八九个人的指控，包括洛恩·盖兰德、卡都塔·梅茜、布奇·波索莱和斯邦克·戴维斯。最后我给这四位明星打电话，哭诉了我的故事。卡都塔立马撤诉，但是私下里她让我最难受。"我,是我给你一个——为什么,约翰。为什么?你愿意告诉我为什么吗?为什么?为什么你对自己做这种事——为什么?"如果每次卡都塔问我一个为什么我可以得到五分钱,那我就能摆脱困境,然而我没有答案。真正让人意外的是洛恩。他好得不能再好——或平静得不能再平静了。"那好,约翰,"他说,"有时候会有这种事,"但是真的吗?"啊,向来如此,约翰。"是吗?真的吗?斯邦克不出所料,没有问题。《史前》在纽约掀起了热潮,斯邦克已经签下一系列浪漫喜剧。你可能听说过他了:他现在叫杰夫·戴维斯。相反,与他疏远了的女友布奇·波索莱仍然揪着我不放。霍里斯·托尔恰克每天通过邮件和电话折磨我。"我有你的裸体录像带,"他最近宣称,"殴打我客户,是强奸,是刑事指控,朋友。"但是我的律师认为我们可以把整个事情推到古德尼头上。菲尔丁现在正在棕榈泉的康复机构接受心理测试。你想知道为什么菲尔丁这样做吗?你真的想知道?好吧,给贝里尔、给他妈打电话。我给你她的号码。她会告诉你为什么。她会跟你说上几个小时他的动机是什么。她甚至会给你打回来。如果你真的想知道为什么菲尔丁这样做,给贝里尔·古德尼打电话。她的号码是2210-6110。区号215。

没有钱,你只有一天大、一寸高、还光着身子,但是好处在于,如果你身无分文,对你做任何事都没有意义。他们可以对你做什么,但是如果你没有钱,他们才懒得麻烦。另一方面,我现在既面临着民事诉讼也面临着刑事指控。有件审理中的官司想引渡我——要知道:这个官司不错——罪名是疏忽、不正当致富和严重漠不关心。我的律师说,只要我把所有钱都给他，我们可以应诉，有可能赢。考虑到目前情况如此，我不该去美国。不过我才不想去美国，我也付不起去美国的路费。现状令我飞快地衰弱下去。我的生活陷入困顿。巨大力量、五角星形状和意义现在已不能再伤害我或令我快乐了。

肥文斯帮我找了份工作，在海德公园照管一辆冰淇淋车。春天时开始工作。他觉得我在有活力的行业可能会有未来。也许有一天，我会玩回广告。那些广告人，他们喜欢看你失败，他们喜欢展示他们的爱。现在我名叫烂泥，这是他们让我回去收取的代价。他们最后会让我回去的，可有时我想，不，我不要回去。当我看着电视上的广告时，我觉得恶心，我内心最深处只觉得恶心。这儿的电视，是宗教，是普通思维中的神秘部分。我不想在这个敏感地带工作，我不想卖东西给它。如果我们放下手头的活计，牵手十分钟，丢掉对金钱的信仰，那金钱便不再存在。当然，我们永远做不到。也许金钱是最大的阴谋，最伟大的虚构。也是最伟大的沉沦：我们全都对它上瘾，到现在我们无法改掉这种习惯。除了惰性外，它也没什么二十世纪的特色。你就是无法把它戒掉，戒掉这堆垃圾，哪怕你再想也没用。你无法让金钱这只猴子从你背上下来。

我仍然哭泣、喋喋不休、牢骚不断，不过我一直这样。我喝酒，我打架，我在街上横冲直撞。我仍然是高风险地带。我仍然是内城贫民。

至于我的自杀之举，好了，如果你猜想得到的话，整个事情完全是场灾难。我喝完一瓶半苏格兰威士忌，吞下九十片镇静剂。有一会儿我觉得美妙异常。我想，这个自杀的玩笑，太容易了。我坐着等。然后恐惧袭来,就像在收缩——仿佛世界变得越来越大,越来越黑,我却变得越来越小,越来越苍白。伙计,我对自己说,我需要再喝一口酒或再吃一片镇静剂吗。突然,我再次兴奋起来,开始看光明的一面。我穿着靴子的脚一脚踢穿电视,我在立体声音响和录像设备上踩踏。我打算跑到楼下拿菲亚斯哥出气,可我摔倒了,摔得还有点厉害。此外,我依稀记得我把车抛在梅达谷。绝对是那个时候,我有了第一次重要的反思。你看,我不是故意的,我一直在吼。你知道那是怎么回事。于是我喝了几口,事情就不受控制了。我很急躁,难道一个人就不能犯次错?我原地跑步,试着做一两个俯卧撑。我洗冷水澡,衣服还没脱就淋水。我在厨房里吃了一罐法国芥末酱,用手指掏自己的嗓子眼——没有快乐,根本不快乐。我觉得我能感觉到贪婪的死神在我脑袋附近闪躲,在那儿晃荡,寻找切入口、寻找通道。所以我只是尽可能地走来走去……上午十点左右,白天平静地从我窗户下滚过,我觉得自己精力太旺盛,旺盛到我觉得我还不如把床砸了,随它发生什么。当所有这些兴奋劲头过去后,我又给自己倒了一杯酒。我太累了,累到我觉得上床睡觉去之前最好还是再吃一片镇静剂。我想我们甚至无法排除我企图来一次手淫的可能性。不管怎样,几小时后,我被一名警察和两名急救人员叫醒。我,我觉得死了一般,我一直在想——也许我做到了,也许我死了,也许死就像活着,同样老一套,只是更恶劣些。他们想让我去洗胃,可是我身无分文。我向我的清洁女工借了十镑。我做了最男人的事情,外出到酒馆里泡了一天。你知道什么救了我一命吗?玛蒂娜的镇静剂,我猜,那可能只是安慰剂。我回忆起有一次在纽约时我溶化了一两片,觉得它们看起来、尝起来非常像阿司匹林。我也一直凝视着我的药罐,越来越怀疑……那么我的自杀配方暂定如此:一百盎司的苏格兰威士忌,五十五片阿司匹林,为期一周的抗生素,以及十二片酵母。怪不得我感觉那么难受。差不多一周后,我才能自信地说话——是的,我确定我又活了。

现在你明白为什么我不太记得那个晚上和那个黑暗的清晨,然而我现在应该多回忆。以前我常常拼命想拴住的记忆——它们全回来了,一件接一件,记忆的手在空中挥着。我猜我跨过了失忆的界线,接触到所有隐藏的东西。我要把它们写下来。不然我会忘掉。我不记得自己记得它们。我不记得我把它们写了下来。便笺簿上的笔迹无从辨认,不像是我的,更竖直、更准确些,我的变化该有多大。

我记得那次在贝克莱俱乐部,我总怀疑发生过可怕的事。可怕的事发生过。菲尔丁带我到厕所冷静一下。然后他从厕所尿池边转过身,手里握着他的鸡巴。他说,"真醉了,啊,滑头?"——朝我跨着的大步前扫了一排尿……我记得那次在九十五街,当多丽斯·阿瑟领我出了媒体饭店,回答我邀请她回酒店玩玩时,她的嘴唇贴在我面颊上,低语道,"你这个杂种。这是个恶作剧。菲尔丁在骗你。这是场游戏,一场骗局。下车吧,下车!"……我记得那次在泽尔达饭店对面的爱尔兰酒吧里(用餐加舞女。最坏的时刻?也许吧),红头发带着菲尔丁的眼神亲吻我、爱抚我,"你知道我是谁吗?"它低语着,"它就是我。我就是它。我是你的制片人。"而我坐在那儿点着头,笑着,惊讶着,发呆、迫移……我记得马丁,在我的公寓里,站在我上方，不停地说啊说，结结巴巴，可怜地小声说着，"太对不起了。"他不停地说，"太对不起了。太对不起了。"

当死亡如此接近，生命似乎如此美好的那个清晨——我没有向人求助。我纳闷这是为什么。我只能这样解释。请原谅我。我的生命是在羞耻与恐惧之间的搏斗。自杀，便是羞耻赢了。羞耻比恐惧强大，不过你仍然害怕羞耻。你依然害怕恐惧，至少我是这样，突然间你想叫停整件事。在完成的自杀里，羞耻赢了，但你不愿任何人看到它赢。自杀是如此丢脸。我会憎恨所有看到我自杀的人。不，我不愿像那样自杀、死在那间卧室里。

我交了个新女朋友，感谢主。她叫乔治娜。她在怀特城一家干货行当秘书。她是个大块头姑娘，基本上，有点像胖护士，医生要的那种。你会喜欢乔治娜的。我感激不尽……我在盲猪酒吧认识她的，也可能是在屠夫武器酒吧？那次我面朝下趴着，刚刚被一个壮硕、敏感异常且清醒得不可思议的澳大利亚人给打倒在地。她把我带回她的公寓，用块肉敷在我眼睛上。我追求她约莫一个星期。她跟我体重相当，我们真正般配。乔治娜有大大的……她心胸博大，那个乔治娜。

我一周给玛蒂娜写两封信。每天清晨我趴在冰冷的油地毡上，寻找那个红白蓝三色信封。什么也没有。我仍然抱有希望。我的情书虽不是什么艺术作品，但他妈的真诚，我跟你说。如果你真的那么爱她们，她们就应该再次接受你，对不对？如果你敞开一切，足够爱她们，她们应该再次接受你。不对？她们就该如此。开始我忙于为她难过，现在每天我准时会感到疼痛，准时得就像那姑娘。她是最棒的。她是最棒的，而我想要，我想要最好的……我想吗？我要到过吗？也许我从未真正有过想要最好的习惯。文化和其他一切——我们，我们有些人，不仅不是那种料，我们甚至还有点恨它。我在尝试。我读了很多书。这是我唯一还能负担得起的东西。阅读很便宜，我要这样说。我读了乔治娜书架上所有的财经性爱恐怖小说。我在图书馆里打发时间。当你失业时，图书馆是个好地方，暖和、没人管。那里是庇护所。

我也给塞琳娜写过信。那可能是个更现实的结局。她会有个小孩，有份收入，有所房子。房子不是家，我知道，可它至少是幢房子。奥西不会跟她在一起的。如果他还有点理智，如果他妻子还愿意要他的话，奥西会爬着回到她身边的。我希望她——玛蒂娜找到她的"影子"……我写信给塞琳娜，由她的妇产科医生转交。我想抚养那个孩子，仿佛它是我亲生的，尽管它今后会比我高级许多。戴安娜王妃现在也步入家庭生活了。这个世界在增生扩散。努力制止它。在塞琳娜饶舌、快活的回信（伦敦邮戳，没有回邮地址）里，塞琳娜告诉我，如果性别一样，她会用皇室宝宝的名字给孩子取名。我猜很可能是玛丽或伊丽莎白，要么是乔治或詹姆斯。我同意，但我见不到塞琳娜，除非我又有钱了。

菲亚斯哥还在跑，不过不是此刻。菲亚斯哥是我花费巨大却百无一用的东西。菲亚斯哥，它是我的骄傲和欢乐。在我和菲亚斯哥之间，如果没有它，我不知道我能否度过这段时光。我现在经常洗车，就在外面街上，用桶子、抹布、半导体收音机。噢,别担心,车会重新上路的。我会忠于这辆菲亚斯哥。想到我的菲亚斯哥我便哽咽难语。我们一起经历了许多。我们还要经历更多,菲亚斯哥和我。

至于另一件官司——那桩酒后驾车的官司,或者说,醉酒拥有一辆非正常机动车辆的官司——我的律师一直在努力无限期押后审理。这让我花了很多钱、他赚了很多钱。这也是我雇用的其他律师喜欢采用的一门技术。我的钱直接进了律师的腰包。我领着那种他们为路上的醉鬼、尖叫者和流浪汉保留的失业救济。我的主要收入来源是我的公寓。我从公寓里搬了出来,搬进拉德布罗克丛林路附近的一间地下室小破屋里,把我租来的公寓转租给一个一夫多妻的浪荡子和他的一群孩子。很容易:我只在香烟店橱窗玻璃上贴了一个小广告,那上头还有其他广告,诸如法语、希腊语和土耳其语教学以及你敢给贝茨沃特婊子打电话吗。在明白我自己公寓的状态之后,我特别不愿学什么土耳其语。我每四周会去那儿拿我的租金。那个穿着睡袍的巨人面无表情地递给我一卷钱。我瞟一眼他身后,沉默的老奶奶们、枯槁的妻子们和受蹂躏的女儿们深不可测的气氛。那儿只有一个男孩:从没哪个孩子生活这么优裕这么幸运过。那间公寓给毁了,但租金却是最高的,可以满足我律师的胃口。还有,我的老爸爸,他手头宽裕时,也会塞给我十块、二十块的。

香烟百万富翁,那是过眼云烟,那是从前——我现在一天抽不了两包烟。这是我负担得起的开销。我甚至自己卷烟抽,他妈的。我几乎不再喝酒了:只喝杯大麦啤酒,两杯特酿、一杯威士忌和几杯姜汁梨酒。要不然,就来一瓶塞普路斯雪莉酒或保加利亚波尔多葡萄酒,帮助我入睡。我只喝得起这些。我在色情上也很节约,再也没有裸体杂志或陪浴什么的,它们太贵。我仍然时不时来几次手淫。谁又不是?说说你喜欢手淫什么吧,如果你愿意,你可以臭骂它们,但是它们真的便宜得不能再便宜了。最后,你只好对手淫甘拜下风。它们真的大众化。

我不再见特里·林奈克斯,因为他欠我钱。我不再见亚历克·卢埃林,因为他欠我钱。我不再见巴里·塞尔夫,因为他欠我钱。我不再见马丁·艾米斯,因为从某种意义上说我欠他钱。金钱,无所不在的金钱。我曾以为他和我可能成为好友。但是我们之间什么也没有,现在我们之间连钱也没有。

请注意,我确实见过他一次。我在酒吧里,在伦敦学徒酒吧,也可能是耶稣基督酒吧,喝啤酒,耐心地把我最后一点救济金喂进水果机里。他走进来时,我们四目相对:他看我的眼神,就是以前我不认识他时的样子——受到侮辱似的,脖子突然一伸。我赢了两个西洋李,用它们换取在闪烁的交换器上的双推。那儿有三枝郁金香,是为了两镑的累积奖金的。我拿这双推来赌博,赢我需要的四支郁金香。避过胜利寻找者,我选择手动来推,伤感地向古老手艺、古老技巧致意。不管怎样,我搞错了,左边搞了两个樱桃。二十便士。这时我感觉到身后他的气场。我没有转身。"嘿,你在这儿做什么?"他问,"你怎么会在这里。"我扭头扫了他一眼,说——滚开——我不知道为什么会这么说:准是我体内小混混的基因唆使我这样说的。从酒吧后的曲面镜里,我看到他走开去,木然、惊愕、害怕。我把赌注加大到三十便士、五十便士、七十便士,再到一点四镑。我又赌博了。机器人暂停，麻木了，吐出一个十便士。由于喝醉的缘故，我错将硬币投入代币口，硬币卡住了，我像平常一样因为踢打这台机器而被人扔了出来……你觉得救济金非常宝贵，是不是？你觉得它就像世界上最后一点钱。不对。它像垃圾，像要扔掉的东西。它什么也不是。

金钱。金钱发臭。真的臭死了。没错，它发臭。请拿一沓用过的钞票，在面前扇动它们。拿起来，扇动它，扇它。动手吧。小男孩的袜子、让人头痛的浓烈色情气味、老酵母、面包、食品柜、湿毛巾的味道，钱包缝里的烂渣、手掌心里的汗和成天与这些钱打交道的人们指甲缝里的灰尘，如此这般的贫穷。啊，它太臭了。

为了那颗疼了好久的牙齿，我去见了麦吉尔克里斯特太太。我穿着防护服坐在那里，她给我的脸部拍X光。她宣布说那颗牙齿死了，但仍能维持下去。我知道这是什么感觉。她钻我的牙、她抽干口水、机器咯吱尖叫。后来她给我开了张发票，但我用新手段拒绝付钱：我没钱付。她能怎么办？她能怎么办？不会再有伤害。它空洞、轻若无物。有天清晨，我用力嚼一块吐司面包皮时，突然想到，它仍然很有用。我上个月失去了另一颗牙，门牙，在中城中心，就在中央公园南面。这颗牙是在皇后大道上一家名为"手淫"的新鸡尾酒酒吧里，被一个阿拉伯人打掉的。是谁跟我说过阿拉伯人不擅打架的？如果给我找出是谁说的话，哼……实际上，这发人深省。那之后我只打过一次架。我琢磨我只剩下一架可打了，最多一架而已，事实也确实如此。我打算在打架把我踢开前先踢开它。一天晚上受酒精与愤怒的驱使，我打算痛揍一顿乔治娜。这主意很糟糕。你知道，她是个壮实的姑娘，这个乔治娜。她不像那些小东西，当你抡起拳头时只会尖叫着求你怜悯。不，她打回我，你看怪不怪。我醒来时，一只耳朵是肿的，还有一只眼睛乌黑。乔治娜把茶给我端到床上，问我还会不会再干这种事。我说——不会了，先生。在我这把年纪，你不能再打架了。在我这把年纪，我什么都需要而什么也无法更新。也不会再有麦吉尔克里斯特太太了，所以我必须依靠肥保罗所谓的全国矮人机构[1]。那颗后牙死了，可我还活着。那颗前牙也不在了，但我还在。

今天我睁开眼睛想到，唷，我以前从没像今天这样觉得老过。然而，这种感觉非常准确，对不对。我以前从没像今天这么老过。我们生命中的每一天都会这样。你也是，兄弟，还有你，姐妹。日子过得怎么样？你们还好吗？……我打算马上照照镜子，发现我脸上的鼻子炸开来。兑水烈酒扁平苔藓病像铜绿似的在我脸上偷偷蔓延开来。这时体内部件开始怠工。我的胖朋友肥保罗曾说过，如果没有健康，金钱一文不值。是啊，但是如果你既没有健康又没有金钱，那会怎样？当你没有健康之时，你才真正需要几个子儿。

不过，我不能抱怨。感谢乔治娜，我比以前要健康许多。有一天我去看医生，不是我的口腔医生，也不是我的鸡巴医生，而是我的全科医生——我的时间医生。老心脏还相当稳

---

[1] 英国国民保健署（National Health Service），由于肥保罗的发音问题，把 Health 发成了 Elf，变成了全国矮人机构。

定。总之,头发、肚子和口腔的各个部件似乎都有毛病但还是撑住了。他问我抽不抽烟喝不喝酒之类的问题。我张口便是假话,可他——对于我的需要,对于我的现状——仍然很吃惊。

这天下午晚些时候,我带着一瓶苔丝德蒙娜利口酒到乔治娜家去。这本会是相当寻常的一个晚上:意大利面、闲聊、她的小电视、床小却很舒服。我来早了,因为菲亚斯哥克服了种种困难,起动了,前进了。乔治娜还没回家,我老是把她给我的钥匙弄丢。在这条繁忙街道的彩票投注站楼上,乔治娜有间宽敞的客卧单人间。

天很冷,但还不是那么冷。第二场雪还整洁地装饰着人行道。我坐在一把长椅上,靠近乌黑的桥,靠近地铁站张开的大口。我穿着旧夹克——我把它从被遗忘的衣柜里翻了出来,我确信它比羊绒大衣暖和,那件羊绒大衣我卖了二百一十五镑,卖给了波托贝洛路[1]上的一个老骗子。

一九八二年一月四日。世界重新运转起来。地铁芳香的气息混在卖汉堡的小摊热腾腾的饱嗝与印度外卖地毯般潮湿的辛辣之中,人们每五分钟一班从地铁陷阱里拥出,满脸冰霜满心热望地朝着温暖、食物和移动的人群走去。乔治娜会在他们中间,朝着同样的东西走去,那些东西全在一个房间里。

英国的生活相当好,但是这个星球很残酷。请你别跟我说有什么不同。在最好、最自由、最富裕的国度里,仍然很残酷。如果你曾到过地球——请当心。你可能听说过两极在下沉。是啊,军事法则。戒严令。一个名字像宿醉疗法的家伙现

---

[1] 波托贝洛路 (Portobello Road):伦敦著名的二手服装街。

在统管全局。他做的第一件事就是将所有物价涨三倍，那个鼓眼睛的小狗崽子。你再也听不到任何有关那个薄嘴唇、厚胸膛的莱奇·瓦文萨了。达努塔还好，生了孩子，但现在她单身了，独自养活自己和他们的几个孩子。

乔治娜这姑娘现在在哪儿？他们有时候让她干活干到很晚，还没有加班工资。真是丑闻，我同意——但是，衰退来了，人人都有点忍让，老板们利用大家的恐惧心理，还觉得自己很有公德。他们也烦恼，我想，他们可能失去的东西更多。

我想再次变得有钱，但我觉得现在没钱也挺好。这是些小冲动。你，当你没钱时，他们拿你没办法。对他们来说，没钱的话，他们才懒得费神。我以前富过也穷过。穷比富更糟，但是富也可能是场失败。你知道，在那段药丸与酒精的时光里，在那次自杀时，整个未来从我的脑海里闪过。猜猜怎么回事，全是些无聊之物！我的过去至少——什么？至少……有钱。现在我的生活穷困潦倒。现在我的生活只是现在，更为真实的现在，更持久的现在。

好了，我想以几句至理名言收尾。我希望我离你比他离你要近点。但是如果我有什么好建议的话，我不会告诉你，我要给自己留着。你想知道生命的意义是什么吗？生命是个集合，是所有曾经生活在地球这个星球上的生命的汇总。这就是生命的意义。

是啊。我想我已经解决了我的年龄问题、我的时间问题——推断，而非解决。作为六十年代的产物，他们让我相信保持青春是一大成就。人人似乎都鼓励我这样理解，特别是老年人。作为一个打破传统的人，我没有时间死亡。我过去老是站在那儿骂你们大家——你们这些卑鄙的家伙——而你们只是点头微笑。你们似乎觉得我很棒……想到这里,看来过去我也混得不太差。我的头发鬈曲却强韧带电,我的肚子平平,我的牙齿洁白。我那时候要好些。可是他们跟我说我十全十美,他们在说谎,那些卑鄙的家伙。

还有一点。这并非什么大众兴趣也不是什么请求,而只是唯一一桩我知道我是对的事。如果你发现你自己不知道父亲或母亲是谁,如果你有个不知道父亲或母亲是谁的孩子,告诉他。早点告诉孩子。告诉他。如果你是个姑娘,那么你是你妈妈,你妈妈是你。如果你是个男孩,那你是你爸爸,你爸爸是你。所以说,如果你连自己是谁都不知道,你又能如何严肃地生活呢?

没有几个父亲会像巴里·塞尔夫虐待我那样虐待他们的儿子。但是巴里·塞尔夫不是我父亲,肥文斯才是。那么,从某种意义上说,我的生活从一开始就是个笑话,从子宫里开始就是,从肥文斯眼中的第一次闪烁起就是。我过去总认为我开得起玩笑。但是这个玩笑我受得了吗?

我打开苔丝德蒙娜利口酒,享受地大口痛饮。好了,这是新年,不是吗。我口齿不清地吹起口哨唱起歌——胡言乱语说起了菲尔丁、洛恩、卡都塔、布奇和斯邦克,大颠倒、整个歇斯底里、整个阴谋……我解决了动机问题。我满足了它的需要。如果不是因为约翰·塞尔夫,自信的伎俩五分钟内便会玩完。我是关键。我是需求、伤害艺术家,是缺陷艺术家。我想要相信。我是那么想要那笔钱。我,还有我非常自信的伎俩。现在我把"自信"看成一种精神错乱。自信,是求助的呼叫。

497

我的意思是,看看外面的世界,你觉得什么是自信?

肥文斯和我见过一次面。我们在斯诺克球厅后面的房间里哭作一团。"你应该早点告诉我的,文斯,"我说,"不是我不告诉你,儿子。""但是当你看到别人没打算告诉我时,你应该告诉我的。"我盯着他的脸看,他狼狈、困窘的脸。"别误会,"我说,喝完一瓶酒。"我很自豪叫你作父亲。"我确实是的。他以他的方式成为一个了不起的人,肥文斯。他爱我母亲,比巴里更爱。我说他绝对更优秀。

而乔治娜爱我。她爱。她这样说过。今晚我打算向她表明我是多么感激。没有乔治娜,我是个死人。如果我做得对的话,她快乐得光芒四射。塞琳娜对钱发光,玛蒂娜对画作发光,但主要是对花发光……乔治娜可能会对鲜花发光——提到钱的话,她也会对钱发光。我没能力给她钱。但是当我能够时,我对自己说,乔治娜不会要的。我会摆脱玛蒂娜这样的人(不,不。那种事不会再有了)或塞琳娜这样的人,或其他名叫蒂娜或琳娜或尼娜的姑娘。

整个下午,天空看起来像盛鸡蛋的空盒子,也许这儿、那儿的有个鸡蛋。后来,落日像一条条熏肉。现在西边的天空中,夜晚的云朵憔悴得像匹马,从某个角度看又像门钥匙,或西班牙机车头。但是云彩顺其自然,不知道也不关心自己有多美。什么知道自己的美、在乎自己的美呢?只有美丽的女人——噢,是的,还有艺术家们,我猜,真正的艺术家,不是那种我一直想成为的床上艺术家、谎言艺术家、骗子和大话王。我是个艺术家——逃跑艺术家。

那次在拉瓜迪亚机场附近的欢迎入内酒店里,在黑暗、女招待们、逃跑的飞机这些之后，你知道小塞琳娜对我说什么吗？她说，"也许听起来有点残酷，可我知道你会身无分文的。从一开始我就知道，你总是闻错钱的味道。你从没闻对过钱味……"现在我觉得更冷。我觉得冷，我还觉得需要庇护。给我一点吧。这风从哪儿来？为什么它要这样吹——明星、神话？谁能分辨？如果我一直这么穷，那么乔治娜可能有幸留下来。幸运就是我想要的两个字吗？我对她很好。我承受不起对她不好。她爱我。她这么告诉过我。我觉得她一定经历过粗暴的男人，那个乔治娜。

我轻轻动了动帽子，算是稍致敬意。我的帽子，我的布帽子用处在于让我的头发保持服帖，我再也付不起二十镑的理发费了。现在乔治娜帮我剪发，扑哧扑哧像个园丁似的在我絮有棉花的窝里忙活着。我坐在这儿——喝酒，唱歌，我胡言乱语，掉了的牙齿让我口齿不清。人们从地铁里急匆匆地出来，非常世俗，年轻的健康，老年的精明——四分之一人的漂亮、四分之一人的聪明。人类啊，我尊敬你们。

这时我感觉到在我两腿间宽松的衣物上，传来轻微而突然的一响。我向下看：在布料脏兮兮的纹路间，一枚十便士的硬币落在我帽子里。我抬起头：一个矮小精悍的女士从我身边走过，面带简洁而生动的微笑。好了，你得笑。你必须笑。别无选择。我不骄傲。别为了我的缘故而忍住。终于乔治娜出来了，离开人群，向我微笑着走来，那笑容动人又可笑——愉快却严厉，无比自信。

Martin Amis
MONEY，A SUICIDE NOTE
Copyright ⓒ 1984 by Martin Amis
Simplified Chinese edition copyright：
2024 SHANGHAI TRANSLATION PUBLISHING HOUSE(STPH)
All rights reserved.

图字：09-2013-385号

图书在版编目(CIP)数据

金钱：绝命书/(英)马丁·艾米斯（Matin Amis）著；陈新宇译.--上海：上海译文出版社，2024.6
（马丁·艾米斯作品）
书名原文：Money, A suicide Note
ISBN 978-7-5327-9578-9

Ⅰ.①金… Ⅱ.①马…②陈… Ⅲ.①长篇小说-英国-现代 Ⅳ.①I561.45

中国国家版本馆 CIP 数据核字(2024)第 086399 号

金钱：绝命书
［英］马丁·艾米斯 著 陈新宇 译
责任编辑/徐 珏 装帧设计/董茹嘉
上海译文出版社有限公司出版、发行
网址：www.yiwen.com.cn
201101 上海市闵行区号景路159弄B座
苏州市越洋印刷有限公司印刷

开本 850×1168 1/32 印张 16 插页 6 字数 283,000
2024年6月第1版 2024年6月第1次印刷
印数：0,001—4,000 册

ISBN 978-7-5327-9578-9/I·6003
定价：88.00元

本书中文简体字专有出版权归本社独家所有，非经本社同意不得转载、摘编或复制
如有质量问题，请与承印厂质量科联系调换。T：0512-68180628